HEYNE BÜCHER

Von der gleichen Autorin erschienen außerdem
als Heyne-Taschenbücher

Der Engel · Band 01/844
Die Ehe der Maggie Hobart · Band 01/966
In einem großen Haus · Band 01/5043
Der Herr der Erde · Band 01/5087
Einst wird kommen der Tag · Band 01/5121
Eine Säule aus Erz · Band 01/5161
Alle Tage meines Lebens · Band 01/5205
Ewigkeit will meine Liebe · Band 01/5234
Doctor Ferrier · Band 01/5252
Mit dem Herzen eines Löwen · Band 01/5294
Um deines Namens willen · Band 01/5345
Melissa · Band 01/5368
Die Turnbulls · Band 01/5401
Ein ruhmreicher Sieg · Band 01/5437
Prolog zur Liebe · Band 01/5518
Die Armaghs · Band 01/5632
Aspasia · Band 01/5692
In einem großen Land · Band 01/5753
Wolf unter Schafen · Band 01/5799
Nie siegreich, nie geschlagen · Band 01/5873
Wo Licht und Finsternis sich scheiden · Band 01/5910
Alle Macht dieser Welt · Band 01/5972
Und vergib uns unsere Sünden · Band 01/6045
Der Anwalt des Teufels · Band 01/6079
Einer gibt Antwort · Band 01/6171

TAYLOR CALDWELL

DAS ENDE ALLER UNSCHULD

Roman

WILHELM HEYNE VERLAG
MÜNCHEN

HEYNE-BUCH Nr. 01/6217
im Wilhelm Heyne Verlag, München

Titel der amerikanischen Originalausgabe
CEREMONY OF THE INNOCENT
Deutsche Übersetzung von Grete Steinböck

2. Auflage

Genehmigte, ungekürzte Taschenbuchausgabe

Printed in Germany 1983
Umschlagfoto: Mauritius/Volkert, Mittenwald
Umschlaggestaltung: Atelier Heinrichs & Schütz, München
Gesamtherstellung: Presse-Druck Augsburg

ISBN 3-453-01751-X

VORWORT

Dieses Buch schildert das tragische Schicksal einer Frau und das tragische Schicksal eines Landes. Es geht darin um zwei Geschichten, die zeitweise parallel laufen, die sich stellenweise berühren, die mitunter verschmelzen und schließlich eins werden.

Den historischen Hintergrund dieses Romans habe ich bereits in einem meiner früheren Werke, in »Die Armaghs«, dargestellt; dort findet sich auch eine Bibliographie, die hier also nicht wiederholt zu werden braucht. Nur soviel: Die Verschwörung ist nicht Phantasie, sondern sie ist Realität, allerdings unter einem anderen Namen.

Obwohl dieses Werk keine Selbstbiographie ist, obwohl weder Ellen Porters Umwelt mit meiner identisch ist noch ihre Erscheinung noch ihr Geburtsjahr, haben wir doch die gleichen Gedanken gedacht und die gleichen Erfahrungen gemacht. Ich bin im Leben vielen Figuren dieses Buchs begegnet und habe von ihnen erduldet, was Ellen Porter erdulden mußte, doch sie sind hier in dichterischer Freiheit dargestellt und daher nicht identifizierbar. Viele von ihnen sind überdies längst tot.

Dieses Buch ist also in gewissem Sinn ein wahres Buch. Es gilt dafür das alte Wort: »Ein Mann kann sich selbst zerstören. Eine Frau kann nur von einem Mann zerstört werden.«

Taylor Caldwell

Robert J. Gibbons,
einem der wenigen wirklichen Freunde,
die ich in meinem Leben besaß,
in herzlicher Dankbarkeit zugeeignet.
Im Grunde ist er verantwortlich für dieses Buch,
denn ohne seine ständige Ermutigung
hätte ich es weder begonnen noch zu Ende geführt.

ERSTER TEIL

Lieben – oder untergehen?
Nein! Lieben –
und untergehen.
Anon

I

Der Pastor reckte sich mit allen Kräften auf die Zehenspitzen, er breitete die Arme wie Flügel aus und hob das Haupt in höchster Verzückung. Sein Greisenangesicht leuchtete, seine Augen starrten ekstatisch auf die stockfleckige Decke der Kirche, als sähe er dort oben Engel in hellen Wolken schweben. Gebannt hingen die Augen der Gemeinde an ihm. Sein faltiges Antlitz schien von überirdischem Licht umflossen und sein Lächeln entrückt. Milde und tremolierend sprach er: »Lieben oder untergehen, lieben oder untergehen – das ist das Gesetz. Es gibt kein anderes. Wer nicht zuerst Gott und dann seinen Nächsten liebt aus ganzem Herzen, der ist armseliger als der Staub und niedriger als das Tier. Was hülfe es, wenn wir die Reichtümer des Midas besäßen und hätten der Liebe nicht? Wir wären ein Nichts, ein Nichts. Vertrauet, vertrauet! Wer seinem Nächsten nicht vertraut, ist schlecht, ist böse. Die schwarze Sünde nistet in seinem Herzen. Liebet also! Vertrauet!«

Die Orgel ächzte wie zustimmend und schwoll dann jäh zu voller Stärke an. Die armselige, kleine Kirche erzitterte in allen ihren Fugen. Heiß fiel die Sommersonne durch die hellen, glatten Glasfenster. Wie in schwerem Kummer ließ der Pastor plötzlich seine dünnen Arme und sein kahles Haupt sinken; ein trockenes Aufschluchzen drang aus seiner Kehle. Er war ein alter Mann, und er war sehr bescheidenen Geistes, fast so bescheidenen Geistes wie seine Gemeinde. Wie in heiligem Schauer wiederholte er flüsternd: »Vertrauet, vertrauet, liebet, liebet!«

Nie noch hatte er seine Zuhörerschaft so tief gerührt. Die Frauen fuhren sich mit dem Handrücken über die Augen und schauten verstohlen zu ihren Nachbarinnen, ob diese Ergriffenheit auch bemerkt und gebührend gewürdigt werde. Die Männer räusperten sich und scharrten mit ihren schweren Stiefeln auf dem Steinboden. Die Orgel schluchzte. Ein Kind wimmerte in der hochsommerlichen Hitze, der gelbe Staub wehte durch die offene Tür herein. Das Licht war grell und glühend. Der Pastor hoffte, daß die Kollekte ergiebiger sein würde als sonst, denn er hatte seit nahezu zwei Wochen keinen Bissen Fleisch mehr gegessen, außer einer mageren Suppenhenne am letzten Sonntag. Unter bleichen Lidern blinzelte er zu seiner Herde hinunter und stellte befriedigt fest, daß er sie aufgewühlt hatte.

Er kannte sie alle, kannte sie sehr genau. Viele von ihnen hatte er getraut und noch mehr getauft, und er hatte ihre Toten begraben. Er wußte um ihre Verfehlungen und kannte kein Mitleid mit ihren Schwächen, mit ihren seelischen und körperlichen Leiden. Alles war Sünde, alles Verworfenheit. Die Kinder schon rochen danach, sogar die Kleinsten im Arm der Mutter. Alle Frauen waren von Natur aus unkeusch, alle Männer Verführer, Ehebrecher, Lügner und Betrüger. Vertrauen, Liebe! Was verstanden sie davon? Er seufzte wieder und ließ seine halbverdeckten, farblosen Augen über jedes Gesicht da unten schweifen, über jedes gequälte, jedes traurige und jedes junge Gesicht. Sünder, alle, alle, reif für den Sensenmann und für die Hölle.

Er sah seine junge Enkeltochter in einer der mittleren Reihen sitzen, adrett und sauber in ihrem gepunkteten Sonntagskleid und ihrem Strohhut mit den roten Stoffrosen. Ja, Amelia war eine Heilige, die einzige Heilige in dieser Kirche. Wie die meisten Mädchen unten hatte sie einen kleinen, rosigen Mund mit fest zusammengepreßten Lippen, einen hinter langen Wimpern sittsam gesenkten Blick und steifgedrehte Korkzieherlocken, die ihr auf die schmalen Schultern fielen.

Nicht weit von ihr, aber auch nicht allzu nah, saß dieses gräßliche Mädchen, diese Ellen Watson, in ihrem derben blauen Kleid, das trotz mehrmaligen Verlängerns zu kurz und durch häufiges Waschen fast weiß geworden war. Nicht einmal einen Hut hatte sie auf. Das war eine Beleidigung sowohl für die Kirche wie für den Pastor – das einzige weibliche Geschöpf im Gotteshaus, dessen Kopf unbedeckt war. Noch schlimmer: Ihre Augen waren nicht demütig in mädchenhafter Schüchternheit gesenkt. Sie schaute zu ihm auf, unverwandt, er konnte den funkelnden blauen Blick wahrnehmen, ein geradezu unchristliches Feuer. Sie nickte, als spreche er noch und sie erkläre sich völlig einverstanden mit seinen Worten. Dreizehn Jahre war sie jetzt alt, genauso alt wie seine geliebte Amelia. Und mehr als einen Kupferpenny spendete sie sicher nicht: auch das war eine Herausforderung.

Es geschah ihr recht, daß sie so häßlich war. Da saß sie und wetzte auf der harten Bank und wartete auf die Fortsetzung seiner Predigt. Ihr Haar war eine riesige Flut von rotem Gold, funkelnd im Sonnenlicht, und nicht wie das Haar aller andern Mädchen artig durch eine Masche gebändigt. Es hatte sein eigenes, knisterndes Leben, als würde es sich bei der kleinsten Bewegung von Ellens Körper lösen und lodernd entschweben. Sie war auch viel größer als die anderen Mädchen ihres Alters, sie sah wie sechzehn aus, ihre kindliche Brust wölbte sich schon und schien das abgetragene Kleid sprengen zu wollen. Dem Pastor lief ein längst vergessenes Prickeln durch die Adern, und das machte ihn erst recht wütend. Ein Frauenzimmer, das solches Haar und eine so biegsame und früh entwickelte Gestalt besaß, konnte gar nicht anders als schlecht, als eine Versuchung für die Tugendhaften sein. Und ihr Gesicht! Sie sah ihren Geschlechtsgenossinnen überhaupt nicht ähnlich, weder den heranwachsenden Mädchen noch den Frauen. Das Antlitz war schmal und durchscheinend wie Porzellan und sehr hell, bis auf den rosigen Schmelz der Wangen und den großen, vollen Mund. Ihr Kinn hatte ein Grübchen, ihre Ohren waren wie aus Marmor gemeißelt, und ebenso ihr weißer Hals. Die Nase war gerade und makellos, die langen, feingeformten und sehr sauberen Hände zeigten die Spuren harter Arbeit, die Nägel waren gebrochen.

Sie besaß eine Art klassischer Grazie und echte, unbewußte Würde. Der Pastor – und all die anderen – ahnten nicht, daß sie atemberaubend schön und geradezu vollkommen war. Sie war anders und damit häßlich. Sein Blick fiel auf die bis zum Ellbogen nackten Arme, glatt und schimmernd ohne das geringste Fleckchen, und wieder spürte er das verdammte Prickeln.

Ein Ärgernis für die Tugend! Ein frühreifes, verderbtes Geschöpf, das unweigerlich der Sünde verfallen mußte, eine Schande für die ganze fromme Gemeinde!

Ellen schaute aus ihren großen blauen Augen mit den dichten, goldschimmernden Wimpern geduldig zu ihm auf. Ihre weiche Brust hob und senkte sich unter dem billigen Kleid, ihre gefalteten Hände ruhten im Schoß, die Füße in den abgetretenen, plumpen Schuhen waren leicht gekreuzt; ihr zu kurzes Kleid ließ die zarten Fesseln und die groben schwarzen Strümpfe sehen. Die anderen Mädchen ihres Alters trugen knöchellange, sittsame Röcke, wie es sich gehörte. Kannte ihre Tante, May Watson, denn gar keine Scham, daß sie die Nichte in einem so unanständigen Aufzug in die Kirche schickte, wo sie doch Gottes Wort und heilige Mahnungen hörte?

Ellen war wie ein flammender Paradiesvogel inmitten einer Schar brauner Hennen; und zwischen ihr und den Nachbarinnen war kaum merkbar ein Raum ausgespart, als wäre sie eine Paria. Sie hatte keine Freundinnen, keine Verwandten, außer ihrer Tante, die Schneiderin und zugleich Putzfrau war. Gewiß, Mrs. Watson war arm, ärmer als die meisten im Sprengel, aber schließlich könnte sie doch einen Meter Stoff auftreiben und die Nichte dezent anziehen – in dieser Aufmachung war Ellen einfach ein Skandal! Ja, ein Skandal!

Die Orgel schwoll an, und die Gemeinde erhob sich, die Gesangbücher in den Händen. Der Pastor sagte »Hymnus 59«. Die Stimmen setzten ein, schwach und unsicher:

»Hell erstrahlt des Vaters Gnade
von dem himmlischen Palast.
Wir auf irdischem Gestade
fassen kaum der Strahlen Glast.«

Der Gesang wurde lauter und sicherer, und über alle Stimmen erhob sich eine von wunderbarer Süße, leidenschaftlich und glühend, die Stimme Ellen Watsons:

»Uns obliegt's, das Licht zu hüten –
Send es auch hinaus aufs Meer,
wo die wilden Wellen wüten!
Sieh den Schiffer angstvoll ringen,
den das Meer droht zu verschlingen –
Rette ihn, du kannst es, Herr!«

»Amen, Amen«, knurrte der Pastor, der nur allzugut diese starke und jubelnde Stimme heraushörte, die sich leuchtend und melodisch emporschwang. Warum mußte dieses freche Geschöpf so brüllen? Er schaute sie zornig an, aber Ellen merkte es nicht, ihre Augen waren in andere Höhen gerichtet, und um ihre Lippen spielte ein seliges Lächeln, das ihre blinkenden Zähne freigab. Diese Person machte den Hymnus zum Gespött! Ihre Nachbarinnen schauten sie an, mit gerunzelten Stirnen, manche gehässig, alle tadelnd. Sie selbst war wie immer ahnungslos und voll Vertrauen. Sie erkannte die Bosheit nicht, die so oft auf sie niederprasselte, sie verletzte und verwundete. Sie wußte nicht, wie geächtet sie war, sie wußte nur, daß sie ganz allein stand und keinen einzigen Menschen auf der Welt besaß als ihre Tante. Aber das störte sie nicht. Zuweilen ging es ihr durch den Kopf, daß sie wahrscheinlich deshalb verfemt waren, weil sie so bittere Armut litten; ja, sie waren noch ärmer als die anderen in diesem gottverlassenen Nest, und das betrübte sie manchmal. Aber sie trug ihr Schicksal ohne Aufbegehren, ja voll Zuversicht, sogar freudig, denn sie war von Natur aus unschuldig und gutgläubig.

Der Pastor wußte um den Klatsch des kleinen Dorfes Preston genau Bescheid. So flüsterten sich die Leute mit hämischem Grinsen zu, daß Mrs. Watson keine »Mistreß«, sondern eine dahergelaufene Person mit einem unehelichen Kind sei, das sie als Nichte ausgab. Sie war von auswärts nach Preston gekommen, als Ellen noch klein war, und hatte sich als Witwe und Schneiderin bezeichnet, die aber auch bereit war, im Haushalt auszuhelfen, wann und wo immer man sie brauchte. Sie selbst ging niemals zur Kirche, schickte jedoch Ellen hin. Der Pastor bezweifelte die umlaufenden Gerüchte nicht, denn Ellens bloßer Anblick genügte, um alle Gemeinen, Niedrigdenkenden und Beschränkten zu unflätigem Schimpf zu reizen. Man munkelte, daß man sie oft schon »mit irgendeinem Burschen« des Nachts »in den Feldern« gesehen hätte. Ihre Schönheit berührte niemanden, nur dann und wann einmal einen Halbwüchsigen oder einen Landarbeiter, der sich was Junges schnappen wollte. Die andern fanden sie nur auffallend und abstoßend und vor allem dumm, denn niemals schien sie die Feindseligkeit zu erkennen, die man ihr entgegenbrachte.

Weil sie so auffallend war wie eine blühende Rose im Mistbeet, wurde sie von den übrigen Mädchen, die einander glichen wie ein Ei dem anderen, gehaßt und gemieden. Sie war einzigartig in ihren Zügen, ihrer Gestalt und ihren Bewegungen und erweckte damit die Abneigung all derer, die zur grauen Masse gehörten. Ihre innere Rechtschaffenheit, von den anderen unklar erfühlt, war eine Beleidigung für alle, die sich zwar den Anschein der Wohlanständigkeit gaben, aber keineswegs unschuldig waren. Jede Schlechtigkeit, jede Missetat traute man ihr zu. Die Mädchen beschuldigten sie heimlicher Laster und unaussprechlicher Worte. Auch diese Anwürfe glitten an Ellens Unschuld ab. Wenn man ihr Gesichter schnitt, mit Fingern auf sie wies, sie höhnisch angrinste, blieb sie gleichmütig und heiter und bestärkte damit ihre Quälgeister noch in ihrer Meinung. Sooft eine Schulkameradin ein hübsches Band, ein Fünf-Cent-Stück, ein Buch, einen Bleistift, eine Feder verlor, galt Ellen als die Diebin.

Nie begriff sie, daß die Bösen und Gemeinen all ihre Mitmenschen für böse und gemein halten, besonders, wenn diese Mitmenschen von der Norm abweichen. In ihrer Gutgläubigkeit meinte sie zuweilen, wirklich etwas verbrochen zu haben, und fühlte sich schuldbewußt, ohne recht zu wissen, warum. Dann verfiel sie für eine Weile in Traurigkeit, doch nicht allzu lange, denn sie war von Natur aus fröhlich und durchaus nicht melancholisch. Man hat mich gekränkt, gewiß, dachte sie, aber es war nicht böse gemeint, war nur ein Mißverständnis. Mitunter bedauerte sie die, die ihr übel wollten. Sie waren ja so arm und führten ein so hartes Leben. Liebe, Vertrauen. Sie war die einzige in der Gemeinde, die diese Forderung wirklich mit dem Herzen begriff. Wurden die Quälereien allzu schlimm, so daß selbst Ellen nicht darüber hinwegsehen konnte, war sie nicht empört, sondern nur verstört. »Du dummes Ding«, schalt ihre Tante sie, und Ellen wehrte sich nicht. Wahrscheinlich bin ich dumm, gab sie innerlich zu. Aber warum sie »dumm« war, das ahnte sie nicht.

Sie hielt sich für häßlich, weil sie viel größer war als ihre Altersgenossinnen. Manchmal beneidete sie die eine oder andere um ihr hübsches Durchschnittsgesicht, um die piepsende Stimme, das gezierte Gehabe, das Geseufze und das Gekichere. Man lachte sie aus wegen ihres Haars, ihrer Länge, ihrer großen blauen Augen, und sie verstand nicht, daß es Neid war, wenn auch unbewußter. Ellen kam sich linkisch und derb und lächerlich vor, und wenn sie sich in dem kleinen, fleckigen Spiegel über dem Spülstein der Küche betrachtete, dann sah sie nicht das Schöne, sondern nur das Häßliche und wußte nicht, daß es die Häßlichkeit der anderen war.

Ihre Tante sagte zuweilen seufzend: »Du bist nicht hübsch wie deine Mutter. Sie war zierlich und zart, mit schwarzen Locken und hellgrauen Augen. Aber kränk dich deshalb nicht. Versuch dich nützlich zu machen, arbeite fleißig, das ist das wichtigste auf dieser Welt.« Denn selbst May Watsons Meinung über die Nichte war durch die Erinnerung an eine süße, reizvolle Schwester getrübt; eine Schwester mit einem seltsamen Lächeln, die sich zwar nach Wesen und Aussehen von Ellen unterschieden hatte, aber voll von Rätseln gewesen war wie sie. Es war May selbst nicht bewußt, daß sie im geheimen ebenso für Ellen fürchtete, wie sie zeitlebens für ihre Schwester gefürchtet hatte.

Als Ellen an diesem Sonntagmittag die Kirche verließ, sprach niemand mit ihr, nur boshafte Bemerkungen und spöttische Blicke folgten ihr. Wie immer bemerkte sie es nicht. Ihr fehlte jedes Selbstbewußtsein, und sie ahnte nicht, wie gefährlich dieser Mangel in einer gefährlichen Zeit war. Und so dachte sie: Wenn ich nur ein hübsches, neues Kleid hätte, statt dieses alten, dann wären sie auch nett zu mir. Nun, immerhin, die Bibel sagt, daß mich Gott liebt, und darauf allein kommt es an. Wie hatte der Pastor gesagt: »Lieben oder untergehen.« Sie lächelte leise. Ihr Herz schwoll von einer unbekannten Sehnsucht, einer jubelnden Freude, als warte eine Zukunft voll Liebe, Glück und Zuneigung auf sie. Sie mußte nur arbeiten und sich nützlich erweisen; dann würde all ihr Sehnen Erfüllung finden.

Mit ihren langen, schlanken Beinen wanderte sie über das rauhe Pflaster der einzigen großen Straße des Dorfes. Ihr unbändiges Haar wehte im Wind, ihr Gesicht leuchtete vor Eifer und Erwartung. Sie dachte an die bevorstehenden Feiern zum 4. Juli, dem Staatsfeiertag, an dem die Platzmusik Märsche und patriotische Stücke im Park am Dorfende spielte. Sie war versessen auf Musik, selbst die zackigen Märsche berauschten sie. Hörte sie die Klänge eines mechanischen Klaviers aus einem Fenster oder das Kreischen eines jener neumodischen Grammophone, dann stockte ihr Fuß, sie war wie gelähmt, vergaß ihre Umgebung und lauschte verzückt. Die Vorübergehenden, vor allem die Kinder, lachten sie laut aus, aber sie kümmerte sich nicht darum, sie schwebte in anderen Regionen, wo alles nur Harmonie, Freude und Wohlklang war, wo man alles begriff, alles verstand. Sie hatte noch kein musikalisches Unterscheidungsvermögen, aber sie schüttelte sich, wenn sie moderne Schnulzen oder sentimentale Weisen oder pathetisches Tremolo hörte. Billig, dachte sie, und wußte selbst nicht genau, was sie damit meinte.

Sie liebte die Musik fast noch mehr als die Bücher. Zu Hause besaß sie eine Anzahl von Druckwerken, die sie auf Abfallhaufen zusammengeklaubt oder um einen Cent in der Sonntagsschule gekauft hatte; da gab es eine zerfledderte Ausgabe von »Quo vadis«, eine Sammlung von Shakespeare-Sonetten ohne Einband, den »David Copperfield«, die »Abenteuer des Tom Sawyer« sowie eine »revidierte« Ausgabe einer alten Bibel, mit einem so winzigen Druck, daß er sogar ihre jungen Augen anstrengte. Sie las diese Bücher immer und immer wieder, selig, wenn sie bei jeder Lektüre noch etwas Neues entdecken konnte. Aber sie hatte wenig Zeit zum Lesen.

Da und dort hörte sie die Klänge eines verstimmten Klaviers, die Begleitung zu falsch gesungenen, pathetischen geistlichen Hymnen. Auch das gefiel ihr nicht. Sie fühlte unbestimmt, daß Gott mehr Größe verlangte als diese klägliche Huldigung, aber zugleich empfand sie ein dumpfes Schuldgefühl. Wie durfte sie es wagen, auch nur einen einzigen Ton häßlich zu finden, der zu Ehren des Herrn empor zum Himmel stieg? Aber sie konnte leider nicht anders: Ihr Sinn verlangte nach Majestät, Erhabenheit und Glorie.

Die bescheidene Hauptstraße von Preston prunkte mit den feinsten Häusern der Stadt, mit Häusern, die hochmütig hinter gepflegten Vorgärten und goldschimmernden Bäumen standen. Hier gab es Tröge zum Tränken der Pferde, Pflöcke zum Befestigen der Kutschen und hübsche Beete hinter den Gebäuden. Ellen schaute das alles mit Vergnügen und ohne jeden Neid an, denn Mißgunst war ihr völlig fremd. Außerdem war sie aus unerklärlichen Gründen davon überzeugt, daß ein Haus dieser Art irgendwo auf sie warte, mit kühlen, dämmrigen Räumen, Portieren, Fenstern mit Spitzenvorhängen, dicken Teppichen, blinkenden Fußböden und geschnitzten Türen.

Sie kam zu einer Wiese voll weißer Gänseblümchen und kniete nieder, um die kleinen Blüten zu bewundern und sie zart und mit liebevoller Scheu zu berühren. Die seidigen Blättchen beglückten sie wie der Wohlklang süßer Musik, sie schienen ihr vollkommen. Lächelnd betrachtete sie die winzigen goldenen Herzen mit ihrer Unzahl fast mikroskopisch kleiner Pünktchen. Niemals wäre ihr eingefallen, Blumen abzureißen, sie zu töten. Sie hatten ihr Lebensrecht, das niemand verletzen durfte. Zwar vermochte sie dieses Gefühl nicht in Worte zu fassen, aber es stand ihr klar vor der Seele.

Während sie im Gras kniete und die Fülle ihres Haars in der Sonne wie ein Feuerbrand leuchtete, fuhr eine elegante Kutsche, von zwei Pferden gezogen, die Straße entlang. Zwei Herren saßen darin, der eine ein Mann in mittleren Jahren, der andere etwas über Zwanzig. Der Junge lenkte die prächtigen Rappen und riß sie fast zurück, als er das Mädchen erblickte. »Ein bildschönes Geschöpf!« rief er seinem Begleiter zu.

»Ja«, nickte der Ältere bewundernd. »Möchte wissen, wer sie ist, hab' sie noch nie in diesem gottverlassenen Kaff gesehen. Vielleicht erst zugezogen. Aber ein bißchen zu auffällig, nicht? Könnte eine kleine Schauspielerin sein.«

Der junge Mann lachte: »Sieh dir das Kleid an! Das ist keine Schauspielerin. Wie alt sie sein mag?«

Der andere lächelte nachsichtig: »Aber, aber, Francis, du mußt doch nicht jedem hübschen Ding nachschauen! Na, schließlich ist es das Recht der Jugend. Wahrscheinlich ist sie hier irgendwo im Dienst, ich schätze sie auf fünfzehn oder sechzehn Jahre. Aber wirklich, ein feines Gesicht. Ob das Rot auf den Lippen und den Wangen echt ist? Man kennt sich heutzutage mit den Dienstboten nicht aus, die Herrschaft läßt ihnen zuviel durchgehen. Früher einmal hatten sie einen halben Tag im Monat frei, jetzt zwei ganze Tage, und das kann dazu führen, daß sie sich ... na, sagen wir, anmalen.«

»Die da hat nicht das Gesicht eines Dienstmädchens und schon gar nicht das Gesicht eines Mädels aus dem Bordell – sofern es in diesem Ort überhaupt ein Bordell gibt.« Der junge Mann ärgerte sich richtig und wußte selbst nicht, warum. Der Wagen rollte weiter. Ellen stand auf und ahnte nicht, welches Interesse sie erweckt hatte. Ihr Gesicht strahlte, es war, als hätte sie einen Schein der Ewigkeit eingefangen, und sie hörte die jämmerlichen irdischen Gesänge in den Häusern nicht mehr. Nun begann sie zu laufen; in der Straße roch es köstlich nach Steak und Schwein und feinem gebratenen Huhn. Ihr Magen verkrampfte sich vor Hunger, aber sie lächelte nur. Denn sie hatte ein Geheimnis: die Welt war unendlich schön, unendlich lebendig, unendlich erregend. Und da sie das wußte und begriff, tanzten ihre Füße über das Pflaster, sie schienen zu fliegen. Sie hätte so gern jedermann von ihrem Glück erzählt, aber niemand war da, und sie hätte auch kaum die richtigen Worte gefunden.

Am Ende der langen Straße, dort, wo sich ein unbebauter und menschenleerer Platz befand, konnte man das Pocono-Gebirge sehen, verschwimmend in lila und goldenem Dunst, unter einem tiefblauen Himmel. Das war ihr Lieblingsplatz, weit, frei, ohne Zäune, mit wild wucherndem hohen Gras und Bäumen bewachsen, von Schmetterlingen, Vögeln und Kaninchen bewohnt. Sie blickte zu dem Höhenzug am Horizont, und wieder hätte sie jubeln können vor Freude, vor Glück, und wieder stand es wie mystische Verheißung vor ihr. Von hier aus konnte man glauben, daß es nur Berge, Hügel, Wiesen gab, keine Menschen, nur Frieden, Entzücken, Poesie und Musik.

Da entdeckte sie eine Tafel: »Gründe zu verkaufen«, und mit einem Schlag zog tiefe Trauer, Niedergeschlagenheit, ja Verzweiflung in ihr Herz. So würden auch hier häßliche Häuser wie graue Gefängnisse aus dem Boden schießen, den Blick auf die Berge verstellen, und die Rauchfänge würden die Luft verpesten.

Im Rinnstein an der Straßenecke sah sie ein paar Papierfetzen liegen; es waren ausgerissene Seiten eines Buchs. Schnell bückte sie sich, um sie aufzuheben, aber sie waren in schmutzigem Wasser gelegen und voll Flecken, sie konnte nur ein paar Zeilen entziffern. »Pope«, las sie, und dann das Fragment eines Gedichts:

»Wo jedes Bild und jeder Blick beglückt
und nur der Mensch Gemeinheit ist.«

Ja, dachte sie niedergeschlagen, ohne ihre Trauer in Worte kleiden zu können, das ist wahr. Sie erschrak über diese beunruhigende Erkenntnis und schalt sich selbst. Dann steckte sie das verschmierte Blatt ein und lief weiter, nicht mehr so fröhlich wie zuvor. Jeder Tag bringt eine neue bittere Entdeckung, dachte sie. Aber sie war sehr jung, die trübe Stimmung hielt nicht lange an. Man durfte eben nur an die Gänseblümchen und die Berge denken, sagte sie sich vor und sprang weiter.

Nun kam sie zu kleinen, ungepflegten Häusern, die grelle Sonne legte mitleidlos den ruppigen Rasen, die eingesunkenen Zäune, die verfallenen Einfahrten und ausgetretenen Stufen bloß. Hier gab es mehr Menschen als im Nobelviertel. Kinder tummelten sich auf der Straße, Erwachsene schimpften und schrien; Phonographen kreischten ordinäre Schlager, Männer saßen in Hemdärmeln vor den Türen und tranken Bier. Ellen rannte, so schnell sie konnte, die Burschen pfiffen hinter ihr her und riefen ihr nach, aber das war sie gewöhnt. Sie verstand es nicht, aber sie litt darunter und fühlte sich erniedrigt und beschmutzt. Mit blutroten Wangen lief sie weiter, aber sie tröstete sich: Sicher, weil ich häßlich bin, ich darf den Leuten nicht böse sein, Liebe und Vertrauen, hat der Pastor gepredigt. Es wäre eine Sünde, sie nicht zu verstehen und ihnen zu zürnen. Wahrscheinlich ist es eben doch meine Schuld...

Im kleinsten Haus der Straße war sie daheim. Es hatte nur vier winzige Räume mit einem Anbau auf der Hinterseite, aber Tante May hielt es nett und rein, zum Unterschied von ihren Nachbarn. Die Fenster waren blank geputzt, wenn auch nur ein einziges einen Vorhang hatte. Das Gras war gemäht, der kleine Hof sauber gefegt. Ein Zettel im Fenster der Vorderfront verkündete in kalligraphischer Schrift: Maßwerkstatt, Änderungen, Haushaltshilfe. Ellen trat durch die rosa gestrichene Tür ein, die sich hübsch von der grauen Mauer abhob. In der dunklen kleinen Küche roch es nach Kohl, Salzkartoffeln und Schweinsrippchen. Das war Ellens Lieblingsgericht, es kam nur sonntags oder an hohen Feiertagen auf den Tisch, und sie strahlte. Sie stolperte über das rissige Linoleum, und eine dünne Stimme schalt: »Heb doch deine Beine! Kannst du nicht aufpassen? Und spät bist du dran, du weißt doch, daß ich um zwei Uhr bei der Bürgermeisterin sein muß, weil sie Besuch hat. Den Bruder und Neffen aus Scranton. Geh dich waschen, du bist ganz verschwitzt. Und zerrauft bist du auch.«

»Es tut mir leid«, sagte Ellen mit ihrer klingenden Stimme. Es tat ihr immer leid, ebenso wie sie sich immer schuldig fühlte. Sie ging zum Brunnen, goß kaltes Wasser über ihr Gesicht und versuchte, ihr widerspenstiges Haar zu bändigen. Dann schaute sie sich in den halbblinden Spiegel über dem Spülstein und seufzte. Warum konnte sie niemals so nett und hübsch aussehen wie Amelia Beale, die Schönheit der Stadt?

»Was hat er denn heute verzapft, der Narr, der Herr Reverend?« fragte May Watson gereizt, während sie bei dem rußigen Herd hantierte.

»Er ist kein Narr«, widersprach Ellen zögernd. »Er sprach von Liebe und Vertrauen.«

»Wen soll man lieben und wem vertrauen?« fragte May und stieß geräuschvoll mit einem Teller gegen den Wandbrunnen.

»Nun ... unsern Nächsten natürlich, denke ich, Tantchen.«

»Noch blöder. Liebe niemanden und vertraue niemandem, hörst du, Ellen. Ich habe meine Erfahrungen!« Und nach einem Seufzer: »Deck den Tisch, viel Arbeit ist das ohnehin nicht.«

Ellen stellte zwei Teller auf den Tisch und schnupperte. Gut roch es! Und dann: »Ich glaube, es gibt eine Menge in der Welt, das man lieben und dem man vertrauen darf.«

»Und zwar was?« Es klang sehr bitter. »Du dummes Ding, du!«

May Watson war eine kleine, magere Person, flach wie ein Bügelbrett, mit verhärmtem Gesicht und grauem Haar. Auch die Augen waren grau und illusionslos. Ihr Mund, ein Strich in einem farblosen Gesicht, ihre Nase, die ständig zuckte, gebogen. Das Kattunkleid in Grau und Weiß war sauber und gestärkt, darüber trug sie eine weiße Schürze. Sie bewegte sich sehr flink, denn sie war erst vierzig, aber ausgedörrt wie ein Strohhalm. Kritisch blitzte sie ihre Nichte an. Ellen konnte schon gut nähen und alle Hausarbeiten verrichten. Im nächsten Jahr, wenn sie vierzehn war, mußte sie in Dienst gehen – Schluß mit dem Unsinn von Lernen und Schule. Es war wirklich empörend, daß jetzt die jungen Mädchen bis zum vierzehnten Jahr in der Schule behalten wurden und ihnen bis zu diesem Zeitpunkt das Arbeiten verboten war. Zwei oder drei Dollar mehr im Monat würden dem Haushalt sehr gut tun.

»Nach Tisch bringst du die Küche in Ordnung, dann schrubbst du den Anbau und reibst den Fußboden in deiner Kammer, aber anständig, hörst du«, befahl May Watson. »Du bist immer so schlampig.«

»Ja, Tantchen«, sagte Ellen. Sie blickte durch das winzige Küchenfenster hinaus, und ihr Gesicht umwölkte sich.

»Ich frage heute Mrs. Porter, die Bürgermeisterin, ob sie dich im nächsten Frühjahr anstellt«, fuhr die Tante fort. »Sie zahlt ihrer Köchin acht Dollar im Monat. Ein Vermögen! Ich habe gehört, daß sie eine Hilfe für die Wäsche braucht, hoffentlich nimmt sie mich, dann wirst du das Haus allein in Ordnung halten – nach der Schule!« fügte sie grimmig hinzu.

Brummend stellte sie einen dampfenden gelben Topf auf den Tisch. »Schweinsrippchen, acht Cents das Pfund, ein Wahnsinn! Zwei Pfund habe ich genommen. Iß nicht alles auf, für morgen abend muß noch etwas bleiben. Mein Gott, bist du groß und lang, du könntest wirklich schon richtig arbeiten. Wenn du so weiter wächst ... du wirst wie dein Vater.« Sie biß sich auf die Lippen, denn bisher hatte sie Ellens Vater nie erwähnt.

»Mein Vater?« Ellen hob neugierig den Kopf. »Wie hat er denn ausgesehen, Tantchen?«

»Braungebrannt, mit schwarzen Augen und groß wie ein Haus, mit einer lauten Stimme wie deine«, antwortete May kurz und setzte sich auf den wackeligen Stuhl. »Denk nicht an ihn. Er hat nichts getaugt. Hab' nie begriffen, was deine Mutter an ihm verloren hat. Nimm nicht zuviel von den Rippchen. Du bist so heißhungrig, wieso eigentlich? Du arbeitest doch nichts.« Ihr Ärger legte sich, als sie das Mädchen betrachtete. Sie hatte Ellen wirklich gern. Vielleicht, dachte sie, kann ich heute abend ein paar Brocken Fleisch heimbringen; sie kochen gut im Haus des Bürgermeisters, weil sie die große Farm haben und alles was sonst dazugehört. Vielleicht auch eine Kante frisches Brot oder einen Kuchenrest oder etwas Pastete. Vielleicht sogar eine Handvoll Erdbeeren. Mrs. Porter ist freilich sehr geizig und läßt nichts aus, und ihre Köchin ist noch ärger. Unwillkürlich griff Mrs. Watson an ihre Schürzentasche. Die war groß, darin konnte so manches verschwinden, wenn niemand hinschaute. Freilich, das war Diebstahl und eine schwere Sünde, aber Ellen war im Wachsen und immer hungrig. Einen Dollar in der Woche bekomme ich, dachte Mrs. Watson bitter, und arbeite jeden Nachmittag bis tief in die Nacht, weil das Hausmädchen krank wurde. Man munkelte, daß sie der Sohn des Bürgermeisters »ins Unglück gebracht« habe. Auf jeden Fall hatte man sie hinausgeworfen. Zu meinem Glück, dachte Mrs. Watson. Trotzdem: fünfzehn Jahre war sie erst alt, die kleine Alice, eine Waise. Zwei Jahre hatte sie im Haus Porter gearbeitet und niemals einen freien Nachmittag bekommen. Von Sonnenaufgang bis Mitternacht, Tag für Tag. Scheint mir nicht ganz in Ordnung, dachte Mrs. Watson. Aber schließlich hatte sie sich ja etwas zuschulden kommen lassen. Eine Schande. May warf ihrer Nichte einen scharfen Blick zu. Nein, in dieser Beziehung brauchte sie sich keine Sorgen zu machen, das Mädel war nicht anziehend genug, sie gefiel den Burschen nicht. Aber vielleicht wollte sie einmal ein gesetzter Farmer heiraten, sie war groß und stark und gesund und konnte fest zupacken, wenn man sie dazu anhielt. Das war die einzige Hoffnung, die Mrs. Watson hegte, für Ellen und für sich selbst. Bevor sie starb, wollte sie Ellen gesichert wissen, in einem Haus, wo sie genug zu essen hatte, mit einem Sonntagskleid und einem festen Dach über dem Kopf.

»Lieben und vertrauen«, murrte sie. »Daran hat sich auch deine Mutter gehalten, und wie ist es ausgegangen? Sie ist immer in den Wolken geschwebt. Man hat ihr noch soviel Vernunft predigen können, sie hat nicht gehört, hat immer an ein Wunder geglaubt. Niemals hat sie begriffen, daß es für unsereinen keine Wunder gibt. Nur Arbeit.«

»Arbeit stört mich nicht«, antwortete Ellen. Das Fleisch war köstlich, es zerging auf der Zunge, und der Kohl und die Kartoffeln schmeckten wunderbar. Sehnsüchtig blickte sie auf die Schüssel, aber sie beherrschte sich. Das Abendessen für morgen.

»Schön, dann bist du klüger als deine Mutter.« Und nach einem Zögern: »Meinetwegen, nimm dir noch etwas, wenn du willst.«

»Ich bin ganz satt«, sagte Ellen tapfer und wendete ihre Blicke von der verlockenden Schüssel ab. »Es war so gut, Tantchen.«

Mrs. Watson nahm einen Löffel und legte eine Kartoffel auf Ellens Teller. »Ich habe noch zwei draußen, die koche ich morgen dazu.« Die

Welt ist nicht gerecht zu unsereinem, dachte sie bitter. Irgendwas ist falsch in dieser Ordnung. Aber sie rang das rebellische Gefühl nieder, es war zwecklos, zu räsonnieren. Aufbegehren und Räsonnieren wurden bestraft, so wie ihre Schwester bestraft worden war. Wenn May betete, was selten geschah, dann bat sie den Himmel, daß Ellen demütig und bescheiden blieb und untertan der Obrigkeit – daß sie brav arbeitete und sich nichts anderes wünschte, als leben zu dürfen. Mary war an der »Auszehrung« gestorben, sie hatte höher hinaus gewollt, als ihr zustand, und deshalb hatte sie die gerechte Strafe ereilt.

»Du kannst auch noch einen Löffel Kohl haben«, sagte Mrs. Watson großzügig, doch Ellen schüttelte den Kopf, obwohl es verdächtig in ihren Augen glitzerte. »Ich bin satt«, wiederholte sie, ihr Mund zuckte ein wenig. »Tante, es schlägt halb zwei. Du hast einen langen Weg. Geh schon, ich mache die Küche sauber.«

Standen wirklich Tränen in Ellens Augen? überlegte May Watson. Warum sollte sie weinen? Sie hatte eben eine gute Mahlzeit bekommen, seit drei Wochen das erstemal Fleisch, und das Brot war nur drei Tage alt. Ellen war unberechenbar wie ihre Mutter. May Watson hatte niemals gewußt, warum ihre Schwester gerade geweint, gelacht oder gesungen hatte. »Gut, ich gehe«, sagte sie und stand schnell auf. »Wenn du schon dabei bist, kannst du auch den Küchenschrank auswaschen.«

Sie legte ihre Schürze sorgfältig zusammen, denn die würde sie im Haushalt des Bürgermeisters tragen. Plötzlich ließ sie die Arme sinken und sah ihre Nichte mitleidig und warnend zugleich an. »Wir leben in einer schlechten Welt, Ellen«, sagte sie und wußte selbst nicht, warum, »finde dich damit ab, erwarte nichts.«

»Ja, Tantchen.«

May Watson seufzte: »Du verstehst mich ja doch nicht.«

Vielleicht deshalb, weil ich es nicht glaube, dachte Ellen, und wieder überkam sie das dunkle Gefühl einer Schuld ohne Namen. Ihr Schullehrer sagte immer, daß man ehrerbietig zu Vorgesetzten, Erwachsenen und »hohen« Herren sein müsse, und sie, Ellen, lehnte sich heimlich dagegen auf. Deshalb wohl fühlte sie sich schuldig. Sie erhob sich und küßte ihre Tante auf die Wange. »Arbeite nicht zu hart«, sagte sie schüchtern, denn das Zeigen zärtlicher Gefühle war zwischen ihnen verpönt.

»Was soll ich sonst tun?« entgegnete Mrs. Watson und holte aus der Schlafkammer ihre alten Handschuhe, die sie des »Anstands« wegen trug. Es war unschicklich, schäbig herumzulaufen, und außerdem zahlten die Leute dann schlechter. Der zehn Jahre alte, ausgebeulte schwarze Hut wurde mit einer Nadel auf den dünnen Haarknoten gesteckt. Aber ihre Handschuhe waren weiß und rein, sie trugen ihre Tasche mit Würde. Sie wollte heute um eine Erhöhung von 50 Cents bitten. Die Frau des Bürgermeisters war als geizig bekannt. Aber trotzdem, dachte Mrs. Watson herausfordernd: Mit 50 Cents zusätzlich konnte sie die nötigen Lebensmittel für fast eine Woche einkaufen, Rüben, Kartoffeln und vielleicht ein Stückchen Fleisch für den Sonntag, gar nicht zu reden von dem Krug Milch, dem Laib Brot, der Ivory-Seife und dem so dringend nötigen neuen Handtuch. Die vorhandenen drei Handtücher waren fadenscheinig und zerfielen bereits. Es ist nicht gerecht, dachte Mrs. Watson wieder, und es ist nicht anständig. Mit hocherhobenem Haupt und mutigen Blicks schritt sie energisch aus dem Haus, wie ein Soldat zum schmetternden Trompetenschall. 50 Cents. Sie standen ihr zu, neben dem Dollar, für die viele Arbeit, die sie bewältigte. Sie wollte sich auch um eine Aushilfsarbeit für Ellen bemühen. Arme Leute mußten eben schuften, wenn sie nicht verhungern wollten, ob sie nun Kinder waren oder nicht. Gott war schrecklich hart zu den Armen. Ob er sie haßte? Mir scheint, ich bin keine Christin, dachte Mrs. Watson, während sie durch die Straße eilte. Nun, vielleicht ist es ganz recht so. Wir müssen eben selbst auf uns schauen, niemand nimmt uns das ab. »Süßer Jesus, gut und mild«, sagten die Pfaffen. Sie vergaßen, daß Gott auch zornig sein konnte, vielleicht weil sie selbst nichts davon verspürten.

Wieder dachte sie an ihre Schwester Mary, die lachend die Welt verachtet hatte und ihren eigenen Weg gegangen war – den Weg in den Tod. Irgend etwas ist heute mit mir los, grollte sie. Sie erinnerte sich der Tränen in Ellens Augen, dieser strahlenden Augen, so ähnlich ... May seufzte wieder. Besser man arbeitet und denkt nicht und findet sich ab.

»Wo steckt deine rothaarige Hexe?« rief ihr ein Mann zu, der auf den abgetretenen Stufen seines Hauses hockte. Mrs. Watson funkelte ihn zornig an. Vielleicht hat Gott recht, dachte sie, daß er die Armen haßt, manche verdienen es. Man bekommt eben, was man verdient. Ich bin mit einem schwachen Kopf geboren, deshalb muß ich mich schinden, und Ellen ist von diskreter Geburt, deshalb wird auch sie ihr ganzes Leben hart arbeiten müssen. So ist das nun einmal.

Unter solchen Grübeleien erreichte sie das Haus des Bürgermeisters, das ansehnlichste der langen Straße; sie schritt über den fliesenbelegten, eingefaßten Weg des Vorgartens, vorbei an den Fenstern mit den gerafften Spitzenvorhängen. Sie hörte Gelächter auf der Veranda der Hinterfront und das Klingen von kristallenen Limonadegläsern. Vielleicht war Mrs. Jardin, die Köchin, heute gnädig gestimmt und gab ihr auch ein Glas von diesem eisgekühlten Getränk, sie konnte eine Erfrischung brauchen. Leider kaum anzunehmen. Mrs. Jardin war ihrer Herrin sehr ähnlich und übertraf sie zuweilen sogar.

May klopfte an die Küchentür und trat ein. Die Wände und der Fußboden waren rot gekachelt und gewichst, sie schimmerten im Sonnenlicht, das durch die offenen Fenster fiel, und die Abwäsche war aus Porzellan und hatte Fließwasser, heiß und kalt, würdig der Küche eines Königs. Der Herd wurde mit duftendem Birnenholz geheizt, und der Geruch, der aus den gußeisernen Töpfen drang, war mehr als verlockend. Aber der Raum war glühend heiß, und einen Augenblick lang verschlug es May den Atem.

Mrs. Jardin war eine stämmige Frau mit einem jovialen Gesicht und kleinen schwarzen Augen wie Kohlenstückchen, das dünne, schwarze Haar war zu einem Knoten aufgesteckt. Ihr geblumtes Kleid — May hatte es angefertigt — schützte sie durch eine gestärkte Schürze, die bis zu den Knöcheln fiel. Sie lächelte ständig und stand daher im Ruf, eine gutmütige Person zu sein. Aber hinter dieser Fassade steckte ein Wesen aus Eis und Granit, unterwürfig zu den Vorgesetzten und höhnisch und boshaft zu den Untergebenen. Davon wußte May ein Lied zu singen. Außerdem war sie eine Klatschbase und glaubte grundsätzlich von jedermann das Schlechteste. Sie ärgerte sich oft über May Watson, weil aus ihr nicht die kleinste Tratschgeschichte herauszulocken war.

»Sie konnten wohl nicht früher kommen«, piepste sie May giftig an, denn sie hatte eine kindliche Stimme, die sie für verführerisch hielt. Zweimal war sie verheiratet gewesen, und beide Männer waren zu ihrem Glück bald nach der Hochzeit gestorben; Florrie Jardin ließ kein gutes Haar an ihnen. Aber als kinderlose Witwe hatte sie einiges ersparen können, und in ihren dicken Ohren steckten goldene Ringe.

May legte Hut und Handschuhe ab, zog die Schürze über und sagte: »Es ist noch nicht zwei, ich bin also früh dran.« Dabei warf sie einen schnellen Blick über die Regale an den gekachelten Wänden, um nach einem Stückchen Pastete oder Kuchen oder vielleicht sogar Schinken für Ellen Ausschau zu halten.

Mrs. Jardin merkte es genau: »Schade, wären Sie nicht so spät gekommen, dann hätten Sie ein Stück Kirschtorte haben können. Hab's für Sie aufbewahrt, aber weil Sie nicht da waren und ich dachte, Sie bleiben aus, hab' ich's selbst aufgegessen.«

May zuckte die Achseln und rieb ihre rauhen Hände. »Essen Sie nur. Bin nicht hungrig. Also schön, womit soll ich anfangen?«

Im heißen Wind schlugen die Zweige eines Baums ans Fenster und die Blätter schimmerten im Licht. Aber in der Küche war es dumpf, und der Herd bullerte. Die roten Kacheln schienen zu glühen. »Sie können die Erdbeeren in der Schüssel dort oben abzupfen, dann die Kartoffeln schälen, den Salat waschen und die Erbsen entschoten.« Die kindliche Stimme wurde schrill: »Soviel Arbeit und keine Hilfe!«

May Watson nützte den Augenblick. »Nun«, meinte sie mit gleichgültiger Miene, »da wäre meine Nichte, Ellen. Sie könnte während des Sommers aushelfen. Vielleicht für einen Dollar die Woche, für sechs Tage.«

Mrs. Jardin riß die Augen ungläubig auf und schnappte nach Luft: »Einen Dollar die Woche für ein paar Stunden im Tag! Alice hat für einen Monat nicht soviel erhalten, bei zwölf Stunden täglich und das siebenmal in der Woche! Glauben Sie, wir sind hier Millionäre? Ich bin fünfzehn

Jahre im Haus und habe jetzt erst einen Dollar Aufbesserung gekriegt, die erste in der ganzen Zeit. Das macht neun Dollar im Monat, im ganzen Monat, und ich stehe von halb sechs Uhr früh bis acht abends in der Küche! Im übrigen, ist das Mädel nicht noch in der Schule?«

»Ich will, daß sie etwas lernt«, erklärte May, »daß sie zumindest die Grundschule absolviert. Das ist ganz in Ordnung. Sie hat eine hübsche Handschrift, aber sie versteht auch etwas von der Hausarbeit. Sie könnte Ihnen während des Sommers eine gute Hilfe sein, Mrs. Jardin, immer freundlich, immer guter Laune und sehr willig. Auch vor schwerer Arbeit scheut sie sich nicht.«

Mrs. Jardin zog ihre kleinen Augen so fest zusammen, daß sie fast in dem blauroten Gesicht verschwanden. Sie grinste: »Wie alt ist sie? Hab' gehört, daß sie fünfzehn war; zu alt für die Schule.«

May zögerte. Dann sagte sie mit Überwindung: »Ellen ist erst vierzehn, nicht fünfzehn.«

»Das letzte Mal haben Sie gesagt, daß sie dreizehn ist.«

»Vorige Woche hatte sie Geburtstag, und jetzt ist sie vierzehn«, trumpfte May auf und schämte sich der Lüge.

»Und da muß sie im September weiter in die Schule gehen? Blödsinn. Na schön, ich werde mit Mrs. Porter wegen Ellen reden, vielleicht kann sie in den Ferien aushelfen. 75 Cents die Woche, und das Abendessen, ich glaube, das ist hochanständig.«

Es könnte schlimmer sein, dachte May. 75 Cents in der Woche wären ein beträchtlicher Zuschuß, und dann war Ellen hier verpflegt – ein wahrer Segen! Sie zuckte die Schultern. »Gut, sprechen Sie mit Mrs. Porter. Aber es ist ein Schandlohn, glauben Sie mir!« Sie holte tief Atem. »Und bevor ich mit der Arbeit beginne, will ich Ihnen noch etwas mitteilen: Ich verlange heute zusätzlich 50 Cents, daran ist nicht zu rütteln.«

»Sie sind verrückt«, gickste Mrs. Jardin. »Und jetzt schauen Sie, daß Sie mit den Erdbeeren weiterkommen. Die müssen eingezuckert werden.«

Trotz ihrer angeborenen Hartnäckigkeit war May innerlich zum Nachgeben bereit. Aber plötzlich packte sie der Mut der Verzweiflung, ihre flinken Finger fielen herab. Sie sagte: »Ich muß diese 50 Cents haben. Sie kaufen doch selber ein, Sie wissen, wie teuer alles geworden ist. 4 Cents statt 3 kostet der Brotwecken jetzt, und dabei ist er kleiner als früher.«

»Sie verlangen eineinhalb Dollar und arbeiten nicht einmal den ganzen Tag?« schrie Mrs. Jardin zornig. »Was bilden Sie sich ein! Sie sind ja auf den Kopf gefallen!«

»Nein, ich bin nicht auf den Kopf gefallen. Ich komme nicht vor halb elf nachts hier weg, das heißt, daß ich neun Stunden täglich arbeite, und die ganze Zeit auf den Füßen und servieren und putzen und Geschirr spülen, während Sie um 8 oder 9 Uhr abends im Bett liegen. Ich bin auch ein Mensch, Mrs. Jardin.«

Mrs. Jardins gedunsenes Gesicht verzog sich hämisch, es sah kein bißchen munter mehr aus. Du – ein Mensch! dachte sie. Du und dein Balg! Schamloses, unanständiges Pack, beide! Ein Mensch! Sie schüttelte die Faust: »Ein Dollar ist ein Dollar, und damit waren Sie einverstanden. Das ist eine Menge Geld. Dafür arbeiten Männer zwölf Stunden im Tag, unten in den Sägemühlen am Fluß und auf den Frachtschiffen. Ein Dollar ist ein Dollar!«

May begehrte selten auf, aber der Gedanke an Ellen stärkte ihr das Rückgrat. Sie stellte die Erdbeerschüssel nieder und trocknete die Hände lässig an der Schürze ab. »Schön also, ich gehe jetzt heim, wenn Sie nicht sofort mit Mrs. Porter reden und ihr sagen, daß ich 50 Cents extra verlange. Was machen Sie dann? Im Haus sind Gäste, und Sie werden nicht allein mit allem fertig. Oder vielleicht kommt Mrs. Porter heraus und hilft Ihnen. Dick und fett genug ist sie ja!«

»Halten Sie das Maul, Sie unverschämte Person! So sprechen Sie von einer Lady wie Mrs. Porter! Kein Respekt vor der Herrschaft!« Aber Mrs. Jardin war zu Tod erschrocken über die Drohung. Wenn May sie im Stich ließ, hatte sie die ganze Arbeit allein auf dem Hals, und dazu die Gäste aus Scranton, die so etepetete waren und alles ganz genau haben wollten, und Mrs. Porter mit den scharfen Augen, die alles bemerkten ...

»50 Cents extra«, sagte May Watson, und sie witterte Morgenluft. »Nun, worauf warten Sie noch?«

Mrs. Jardin fühlte das unbezwingbare Verlangen, den Kochlöffel, den sie in der Hand hielt, an Mrs. Watsons Kopf zu zerschlagen. »Unverschämt!« kreischte sie. »Gut, ich werde es Mrs. Porter sagen, und Sie setzen lieber gleich dieses Machwerk von Hut auf und ziehen die Handschuhe an, mit denen Sie immer herumrennen!«

May griff nach ihrem Hut und sagte stur: »Ich warte.«

Mrs. Jardin warf den Kochlöffel in die Abwäsche und stampfte wütend aus der Küche. Jetzt begann May zu zittern. Vielleicht war sie zu weit gegangen. Ein Dollar für neun Stunden Arbeit war gut bezahlt. Ihre müden Augen irrten durch die Küche. Sie entdeckte eine angeschnittene Pastete; flink war sie daran, schnitt eine Scheibe ab und steckte sie in die Schürze, aber sie zitterte am ganzen Körper. Ellen besaß ein einziges Paar Schuhe, und die waren zerrissen und schon zu oft ausgebessert und außerdem zu eng. May schloß die Augen, ihr war elend zumute. Wenn sich Mrs. Porter weigerte, dann mußte sie doch zu Kreuz kriechen.

Die Tür öffnete sich, und jetzt rauschte Mrs. Porter herein, groß, massig, in ihrem blauen Seidenkleid mit den Rüschen und hinter ihr, nun wieder obenauf, grinsend, Mrs. Jardin. Mrs. Porter war nicht nur aufgedunsen und dick, sie ähnelte einer alternden Milchfrau, denn ihre Haut war rauh und ihr Mund brutal. An ihren plumpen Handgelenken baumelten Armbänder, und ihr schütteres lichtes Haar war kunstvoll zu Rollen und

Zöpfen gebauscht. Ihre farblosen, rot geränderten Augen mit den spärlichen Wimpern erinnerten an abgerahmte Milch. Sie musterte May empört und ungläubig.

»Was soll das heißen, May?« fragte sie, und ihre sonst so süßliche Stimme klang scharf und grob. »50 Cents extra gerade für ein paar Stunden, wo Sie mit einem Dollar einverstanden waren – und das ist schon eine sehr noble Bezahlung!« Die silbergrauen Rüschen am Ausschnitt und am Saum knisterten. »Seine Ehren, der Bürgermeister, zahlt seinem Hauptbuchhalter nur 6 Dollar die Woche, für sechs Tage Arbeit, und Mr. Hodgins ist sehr dankbar dafür und bleibt, wenn nötig, bis tief in die Nacht! Nach dem, was Sie verlangen« – eine kurze Kopfrechnung – »würden Sie 9 Dollar die Woche kriegen! Sie müssen wahnsinnig sein, May!«

»Es ist nicht dasselbe wie eine Ganztagsbeschäftigung«, widersprach May und zitterte, »ich komme tageweise und bin nicht angestellt. Der Hausbesitzer hat gerade jetzt die Miete um 50 Cents im Monat erhöht, und meine Nichte Ellen kann mit den alten Schuhen nicht mehr gehen. Beim Trödler bekomme ich um 75 Cents ein Paar aus zweiter Hand, Mrs. Porter. Ich darf das Mädel nicht zerrissen herumlaufen lassen.«

»Ich habe nicht die Absicht, ein Waisenhaus zu finanzieren, May«, sagte Mrs. Porter mit einer ungeduldigen Handbewegung, als verscheuche sie eine lästige Fliege. »Ihre Nichte ist ... alt genug, wie mir Mrs. Jardin eben sagt, um sich selbst ihr Brot zu verdienen, anstatt im Haus herumzulungern, zu essen und zu schlafen. Ein kräftiges Geschöpf wie sie! Vierzehn!« Sie warf Mrs. Jardin einen Blick zu, die mit boshaftem Vergnügen lauschte. »Mrs. Jardin teilte mir mit, daß auch Ellen in Dienst gehen will. Ich werde ihr 75 Cents in der Woche zahlen, und wenn Sie vernünftig sind, May, dann machen Sie sich klar, wie unverschämt Sie mit Ihren Ansprüchen sind!«

Ellen, Ellen, dachte May Watson. Aber sie spürte wieder Oberwasser. Mrs. Porters Stimme hatte recht weinerlich geklungen. So sagte May mit einer Bestimmtheit, die sie sich selbst nicht zugetraut hätte: »Ich muß die 50 Cents bekommen, Ma'am. Ich muß. Vielleicht nur dieses eine Mal.«

Mrs. Porter verzog grimmig das Gesicht und zauderte. Dann streckte sie die Hand aus. »Gut also, May. Aber ich werde es mir merken, darauf können Sie sich verlassen. Nie noch ist mir eine solche Undankbarkeit untergekommen. Ich bin Ihnen eine gute Freundin gewesen, May, und wir haben Sie oft aushelfen lassen, wenn Mrs. Jardin überlastet war. Aber diese kleinen Leute sind niemals dankbar! Niemals! Das ist eben das Schlechte an unserer Zeit. Undankbarkeit, Mißbrauch der Güte. Ich befinde mich momentan in einer Notlage, May, sonst hätte ich Sie sofort hinausgeworfen. Sie sollten sich in Grund und Boden schämen.«

Dann blickte sie an ihrem Kleid herunter: »Und einen Dollar haben Sie mir für ein paar kleine Änderungen gerechnet! Um einen Saum auszulassen und die Rüschen festzunähen!«

»Es war alles Handarbeit«, sagte May. »Nicht mit der Maschine, wie bei anderen Kleidern. Handarbeit, drei Nächte bin ich dabei gesessen, ich hab' nicht nur den Saum ausgelassen und die Rüschen angenäht. Ganz zertrennen hab' ich es müssen und neu zusammensetzen, hab' nicht gedacht, daß ich es noch fertigbringe! Sie haben wirklich sehr zugenommen«, fügte sie ungeniert hinzu.

Das grobe Gesicht färbte sich blaurot und schien vor Zorn zu platzen: »Wir sind recht unverschämt, he? Sehr frech und unvorsichtig, scheint mir. Die Welt ist gottlos geworden, May Watson.«

»Das war sie immer«, antwortete May und staunte über den eigenen Mut. »Niemals war sie gut.«

Mrs. Porter lächelte wieder, jetzt noch grimmiger, und zischte: »Das müssen Sie selbst wissen, nicht wahr, Mrs. Watson?«

»Natürlich weiß ich es«, sagte May leise, und ihre Hochstimmung war dahin.

Mrs. Porters rote Hängebacken wechselten ins Violette, und die milchigen Augen glotzten: »Was habt ihr euch auch anderes verdient, ihr Gesindel? Aber – ich habe Gäste. Dieser Streit ist unter meiner Würde. Sie sollen heute Ihre 50 Cents extra bekommen.« Sie blickte Mrs. Jardin an und fuhr zögernd fort: »Sie können mir Ihre Ellen morgen früh, Punkt sechs Uhr, schicken, weil ich mich in einer Zwangslage befinde. 75 Cents die Woche. Wir werden es mit ihr versuchen. Von sechs Uhr früh, bis sie Mrs. Jardin ungefähr um sieben entläßt. Sind Sie wenigstens damit zufrieden?«

»Ja, Mrs. Porter. Abgemacht.«

Die Hausfrau drehte sich wortlos um, ohne noch einen Blick auf die verblüffte und sehr verärgerte Köchin zu werfen. Schwerfällig stapfte sie zur Küche hinaus, jede ihrer Bewegungen drückte Empörung und Abscheu aus.

»Sieh einer an, Sie haben gewonnen«, sagte Mrs. Jardin zu May und zwinkerte wieder, diesmal aber, um Tränen der Wut zu verbergen. »Das hätte ich niemals erwartet. Ab Weihnachten muß ich um einen Dollar erhöht werden, oder sie kann sich um jemanden anderen umschauen. Vielleicht sollte ich Ihnen sogar dankbar sein, May.«

Diese unverhoffte Bundesgenossenschaft wunderte May sehr. »Die Leute verhungern lassen, das können die da oben«, murmelte sie, und ihre Stimme schwankte. »Eines Tages werden wir es nicht mehr dulden.«

»Amen«, sagte Mrs. Jardin und kicherte. »Und jetzt zupfen Sie endlich die Erdbeeren ab. Das Dinner ist um fünf Uhr, wie immer an Sonntagen.« Sie gab ihr einen scherzhaften Klaps mit dem Kochlöffel und begann mit durchdringender Stimme zu singen:

»Ja, wir marschieren nach Beulah Land, Beulah Land,
ja, wir marschieren nach Beulah Land, am Morgen!«

Beulah Land, dachte May, während sie mit flinken Fingern zupfte, möchte wissen, wo das ist? Sicher nicht ein Land für unsereinen, für uns gibt's eher die Hölle, aber die haben wir schließlich schon auf Erden.

Während der Abwesenheit seiner Frau hatte der Bürgermeister eine kräftige Portion Rum in die Gläser von Bruder und Neffen geschüttet. Er zwinkerte ihnen zu: »So, und jetzt gießt diese verdammte Limonade drüber.« Er war beleibt wie seine Frau, aber kleiner und umgänglicher. Deshalb nützte er freilich seine Arbeiter nicht weniger aus. Sein Haar war dicht, weiß und seidig, und er trug einen prächtigen modischen Anzug, obwohl er an Wochentagen im Büro schlicht schwarz gekleidet war. Heute funkelte ein Diamant in seiner breiten Krawatte, sein Rock war schwarzweiß kariert, was er sportlich fand, und seine Hose blendend weiß.

»Wo ist Jeremy?« fragte Francis Porter, der Neffe des Bürgermeisters.

Mrs. Porter erschien mürrisch in der Veranda, als sie aber den Namen ihres Sohnes fallen hörte, lächelte sie selig und stolz: »Er ist bei der Nichte des Scrantoner Leichenbestatters eingeladen«, sagte sie. »Ihrem Vater gehört das größte Stahlwerk in der Gegend, und sie ist ein Einzelkind, ebenso wie unser lieber Jeremy. Wir haben Hoffnungen«, fügte sie mit einem schelmischen Lächeln hinzu, während sie sich in den Korbsessel sinken ließ und beziehungsvoll seufzte: »Es ist der zweite Sommer, und ich glaube, die jungen Leute schreiben einander regelmäßig. Außerdem ein sehr hübsches Mädchen — überaus gebildet und wohlerzogen.«

»Wenn wir schon von hübschen Mädchen sprechen: Ich habe heute ein bildschönes Ding gesehen«, sagte Francis. Er war ein großer und sehr schlanker Junge mit seidenem Flachshaar und offenen blauen Augen, mit hellem Teint, der durch die roten Flecken auf den Backenknochen noch betont wurde, und einem großen, liebenswürdigen Mund. Er sieht interessant aus — und eigentlich ist er auch hübsch, dachte Mrs. Porter, obwohl sein etwas weichlicher Typ ihr nicht zusagte. Ihr geliebter Sohn Jeremy war gerade das Gegenteil.

»Oh?« sagte Mrs. Porter und hob ihre hellen Augenbrauen, die so schütter waren, daß man sie kaum bemerkte, »wer könnte das sein? Es gibt ein einziges halbwegs hübsches Mädchen im Ort.« Sie verzog geringschätzig den Mund, denn da sie aus Scranton stammte, konnte sie das Nest Preston nicht leiden. »Ganz nett, es ist die Enkelin von Reverend Beale, Amelia. Sehr sittsam und gepflegt und ordentlich, ungefähr vierzehn.«

»Könnte stimmen«, nickte Francis. Sein Vater, der seinem Bruder, dem Bürgermeister, sehr ähnlich sah, lachte: »Francis war wie verhext. Wir sahen sie heute früh auf der Straße, sie kam sichtlich aus dem Gottesdienst. Francis hielt die Pferde an, nur um sie besser bewundern zu können. Ich muß gestehen, sie hat auch mir sehr gut gefallen.«

»Ein sanftes, kleines Gesicht mit mattem, braunem Haar?«

»Nein, Tante Agnes. Sie war alles eher als süß und sanft, sondern sehr aufreizend mit wunderbaren Farben und einer riesigen roten Mähne, die ihr über den Rücken hing. Ein großes, dabei sehr anmutiges Geschöpf.«

Mrs. Porter runzelte die Stirn und überlegte angestrengt. Dann plötzlich rief sie lachend: »O nein, Francis, das kann nur diese unmögliche Ellen Watson sein, deren angebliche Tante gegenwärtig bei mir in der Küche hilft! Du kannst sie nicht genau angeschaut haben!«

»Doch, Tante. Das junge Geschöpf, dem wir begegnet sind, hatte ein ganz regelmäßiges, ungemein sympathisches Gesicht. Und in meinem ganzen Leben habe ich nicht so prachtvolles Haar gesehen, wie ein Katarakt aus Kupfer in der Sonne, und von keinem Band zusammengehalten.«

»Du siehst, mein Sohn ist verhext«, schmunzelte Walter Porter. »Aber wirklich: das Mädel war schön. Eine recht außergewöhnliche junge Dirne ...«

Francis errötete noch tiefer: »Sie ist keine ›Dirne‹, bitte, wie du den Ausdruck auch verstehst, Papa. Sie wirkte ... überlegen, ja, stolz, edel, geradezu engelhaft. Sie könnte von einem andern Planeten sein, sie gleicht niemandem, zumindest niemandem in Preston, wo alle Leute wie über einen Kamm geschoren sind.«

»Ich stimme dir zu«, seufzte Mrs. Porter. »Sehr primitives Volk haben wir in diesem Ort.« Dann, lebhaft: »Hättest du sie nicht schön genannt, dann wäre ich überzeugt, daß diese geheimnisvolle Person Ellen Watson ist – das ist zumindest der Name, den ihr die Tante gibt. Man munkelt nämlich allerlei ... Nein, es kann nicht Ellen Watson sein. Sie ist kein bißchen attraktiv, ein linkisches, übergroßes Ding, das älter aussieht, als es ist. Im übrigen wird sie in diesem Sommer in meinem Haus arbeiten, dann kannst du dich selbst davon überzeugen, daß sie es nicht ist.« Und nach einer Weile: »Trotzdem geht es mir nicht aus dem Kopf, wen du eigentlich meinst. Rotes Haar ... Ellen Watson ist die einzige im Ort, die rotes Haar hat, obwohl du es Kupfer zu nennen beliebst.« Dann fiel ihr noch etwas ein: »Wie war sie denn angezogen? Elegant?«

»Nein, sehr armselig, wirklich. Die Schuhe aus den Nähten geplatzt, wenn auch blank geputzt.«

Mrs. Porter zuckte zusammen, aber sie sah ihren Neffen nur schlau an: »Ich bin neugierig. Nun, morgen werden wir es ja feststellen können.«

Walter Porter hatte ihnen schweigend zugehört. Jetzt sagte er nachdenklich: »Ich habe einmal eine Dame gesehen, die ihr sehr ähnlich war, oder vielmehr nur deren Porträt, denn sie selbst war schon in jungen Jahren gestorben. Damals war ich in Francis' Alter und besuchte öfters einen Freund in Philadelphia. Wie hieß sie nur? Doch, Amy Sheldon, aus einer bekannten Familie. Sie war die Mutter meines besten Freundes, John Widdimer. Übrigens kam John häufig zu uns, erinnerst du dich, Edgar?«

»Freilich«, nickte der Bürgermeister. »Was ist eigentlich aus ihm geworden? Ich glaube, er hatte eine glänzende Zukunft vor sich. Aus einer der besten Familien in Philadelphia, außerdem sehr reich und ein aufgeweckter Junge.«

»Eine sehr tragische Geschichte, Edgar. Sicher weißt du noch, daß er einen schönen Reitstall besaß und ein begeisterter Reiter war. Er wurde von einem Hengst getötet, den die Widdimers erst kurz zuvor erworben hatten und von dem sie sich viel versprachen. Der alte Widdimer erschoß das Pferd, was meines Erachtens eine unverzeihliche Sünde war ... Aber John war ein waghalsiger Bursche und wollte unbedingt jedes Pferd selbst zureiten. Ein schweres Unglück!« Er seufzte. »Niemals werde ich das Porträt seiner Mutter vergessen. Sehr ähnlich dem Mädchen, das wir heute sahen, das Haar, das Gesicht, alles. Ein Unglück!«

»War er verheiratet?« fragte Mrs. Porter neugierig.

»Nein, aber ich glaube, verlobt. Mit einer Brigham-Tochter, recht hübsch und aus sehr reicher Familie. Traurig. Ich glaube, sie hat Florence geheißen. John hatte etwas übrig für hübsche Damen.«

Aber Mrs. Porter paßte nicht mehr auf, sie äugte mißtrauisch zu ihrem Gatten. Hatte Edgar etwa wieder getrunken? Obwohl er doch fest das Gegenteil versprochen hatte? Er lächelte sie strahlend an, und sie platzte fast vor Wut. Sie konnte ihm niemals verzeihen, daß er die Farm hier gekauft und sich in Preston niedergelassen hatte, obwohl er doch Bürgermeister und somit der bedeutendste Mann im Ort geworden war.

II

Ellen schöpfte schnell einen Löffel voll Saft aus dem Kochtopf, der so köstlich nach Fleisch und Gemüse roch, stellte ihn dann mit schlechtem Gewissen in den Küchenschrank und deckte ihn sorgfältig zu. Sie schrubbte den Tisch, den Fußboden und die beiden altmodischen Stühle, schmirgelte den Herd, putzte das Fenster, wusch Handtücher und andere Lappen, wand sie aus und ging dann hinüber in ihre eigene fensterlose Kammer, die nur ein schmales, weiß bedecktes Bett und eine kleine Kommode für ihre Kleider und ihre Habseligkeiten enthielt. Auch dort räumte sie auf und wischte Staub. Das Nebenzimmer, der »Salon«, zwar kaum geräumiger als ihre Kammer, war hingegen, wie May behauptete, »luxuriös« ausgestattet: ein Liegesofa aus echtem Mahagoni, auf Hochglanz poliert, Plüschsessel, sorgfältig in weiße Schutzhüllen eingeschlagen, und vor dem einzigen Fenster des Hauses, das einen Vorhang besaß – natürlich aus Maschinspitze – ein unechter Teppich in Brüsseler Muster, abgetreten und ausgebleicht vom ständigen Putzen. Auf einem kleinen Tisch bei dem Liegesofa stand eine alte, überraschend elegante Kristallampe mit weißem

Schirm. Hier, auf diesem Tisch, lag Ellens geliebte Bibel, aber Ellen war die einzige, die darin las. Zum Unterschied von den anderen Zimmern mit den gekalkten Wänden, prunkte dieses hier mit einer farbenprächtigen Tapete, die May selbst aufgeklebt hatte; auf grellrosa Grund prangten riesige scharlachrote Rosen wie unförmige Kohlköpfe, von giftgrünen Weinranken umschlungen. Ellen haßte diese Tapete, May aber fand sie vornehm, und Ellen widersprach ihr nicht, um sie nicht zu kränken.

May und Ellen betraten diesen geheiligten Raum nur selten, gerade an hohen Feiertagen, wie Weihnachten oder Ostern, oder wenn sich einmal eine Kundin zu ihnen verirrte, die sich von Mays geschickten Händen ein Kleid ändern lassen wollte. Hinter dem Liegesofa, diskret versteckt, stand Mays uralte Nähmaschine, die sie zehn Jahre zuvor um ganze zwei Dollar gekauft hatte. Die Maschine hatte einen Deckel aus echtem Nußholz und wurde so sorgsam geputzt und gepflegt wie die anderen Möbel, denn sie stand als Wall zwischen den beiden Frauen und dem Hungertod. Sie war nicht schön, aber nützlich, und deshalb wertvoll, und wurde somit von Ellen geliebt und bewundert. Sie staubte die fleckenlose Maschine nochmals ab, stellte den Stuhl etwas näher zum Fenster und vermied es, auf die Tapeten zu schauen.

Dann hängte sie die gewaschenen Tücher draußen im Hof an die Wäscheleine; der Holzzaun des Hofes wurde genauso geputzt und geschrubbt wie der Anbau. Auch ihr einziges schönes Sommerkleid aus lustigem rosa Leinen hängte sie auf; es wurde nur zu besonderen Gelegenheiten getragen, so etwa an Sonntagen, beim Platzkonzert im Park. Es war fast drei Jahre alt, May hatte es genäht und den Saum durch eine Borte künstlich verlängert; Ausschnitt und Ärmel waren mit Falbeln verziert und von einem schmalen blauen Band durchzogen. Ellen hatte es wieder einmal gewaschen, denn sie sollte es am 4. Juli, beim Kirchenpicknick, tragen. Voll Stolz betrachtete sie es. Es stand ihr gut, fand sie, und sie sah fast hübsch darin aus.

Da hörte sie das glucksende Lachen einer tiefen Frauenstimme hinter sich und drehte sich um. Die alte Mrs. Schwartz, unförmig und unbeschreiblich dick, mit einem schmalen und scharfen Gesicht wie eine Messerschneide, lehnte an Mays Holzzaun. Das verfilzte braunrote Haar war gefärbt, die haselnußbraunen Augen funkelten, die Adlernase sprang vor und um den Mund spielte immer ein spöttischer Zug. Sie bestritt ihren Lebensunterhalt durch Wahrsagerei, außerdem half sie im Haushalt aus, trotzdem war sie als Hexe verschrien. Sie war auch eine ausgezeichnete Köchin und hatte May oft Arbeit in guten Häusern verschafft, wenn man jemanden zum Gründlichmachen oder zum Waschen brauchte. Aber sie war May, die ihr aus dem Weg ging, trotzdem unheimlich. »Dieses heidnische Wahrsagen gefällt mir nicht«, erklärte sie. »Komm ihr nicht zu nahe, Ellen. Sie kann dir Unglück bringen, wenn sie will.«

Ellen aber fühlte sich unwiderstehlich zu Mrs. Schwartz hingezogen. Sie hörte ihr begeistert zu, wenn sie lebhaft und witzig erzählte, Dinge, die Ellen freilich nicht verstand, ja, die sie zuweilen verlegen machten. Mrs. Schwartz war niemals »sanftmütig« oder »lieb«, sie schmeichelte nicht, und alle ihre sarkastischen Bemerkungen wurden von beziehungsvollen Blicken unterstrichen. Sie hielt ein Buch ohne Einband in ihren schmutzigen Händen und reichte es Ellen:

»Hab' dir etwas mitgebracht, Mädchen«, sagte sie, »damit du deine hübschen Augen wieder ein bißchen anstrengst.«

Ellen lief schnell auf sie zu, ergriff das Buch und schaute es ehrfürchtig an. »Walden und andere Schriften« von Henry David Thoreau. Sie öffnete und wendete die fleckigen Seiten vorsichtig, um sie nicht zu beschädigen. Mrs. Schwartz beobachtete sie listig, schürzte die Lippen und nickte gedankenvoll. Dann zeigte sie auf eine umgebogene Seite: »Da, lies das!«

Ellen las laut:

»Unzeitiges Trauern vernichtet die Traurigen,
kurz bemessen ist ihre Frist im Reich des Lebens –
schöne Tochter von Toscar.«

Das Mädchen verstand nicht, was es las, spürte aber die Schönheit der Sprache und wurde wehmütig gestimmt, wie immer bei der Begegnung mit etwas Edlem.

»Schöne Tochter von Toscar«, wiederholte Mrs. Schwartz, blickte Ellen an und nickte wieder. »So nenne ich dich, Ellen, mein Mädchen.«

Ellen schaute sie verlegen an und blätterte weiter, gierig wie ein Hungriger nach Speise.

»Dieser Schriftsteller, Thoreau, war kein Feigling«, fuhr Mrs. Schwartz fort. »Ich glaube nicht, daß es Sünden gibt, die niemals vergeben werden, aber wenn es eine gibt, dann ist es die Feigheit. Fürchten sich vor ihrem eigenen Schatten, die Feiglinge, liebäugeln und schmeicheln den Menschen, die was Besseres sind als sie, und jagen ihnen das Messer ins Kreuz, sobald sie Gelegenheit dazu finden. Angst haben sie, den Teufel zu beleidigen oder jemand anderen, der in Teufelsgestalt daherkommt, sie grinsen und blecken die Zähne und reden dabei von Liebe. Das ist wirklich schlecht, Ellen, und am schlechtesten sind die, die sich Menschenfreunde nennen. Vor solchen Leuten mußt du auf der Hut sein und wie ein Kaninchen davonlaufen, wenn sie dir in die Nähe kommen. Ja, Sir.«

Ellen spürte, daß sie widersprechen sollte, aber sie fand nicht die richtigen Worte, und so sagte sie nur mit gesenkten Augen: »Danke vielmals, Mrs. Schwartz. Ich gebe Ihnen das Buch zurück, sowie ich es ausgelesen habe.«

»Nein, es gehört dir, mein Schatz. Hab's im Kellerkram heute früh gefunden und mir gleich gedacht, daß es dir gefallen wird. Und es wird dir noch besser gefallen, wenn du älter bist. Mir hat es auch gefallen, vor langer Zeit.« Sie lächelte Ellen mit versteckter Zärtlichkeit zu: »Tochter von Toscar«, wiederholte sie.

»Warum nennen Sie mich so?«

»Weil du das bist, wie mir scheint.« Sie schaute auf das rosa Kleid an der Wäscheleine und seufzte leise, dann richtete sie ihren durchdringenden, den wissenden, den schrecklichen Blick auf das Mädchen, und die Augen wurden ihr feucht. »Ach«, murmelte sie und rieb die runzligen Lider, »diese verdammten Mücken! Wie unschuldig du bist! Wahrscheinlich kann dir niemand helfen, nicht einmal ich. Dem Untergang bist du geweiht, ja, das ist es. Unschuldig dem Untergang geweiht.«

Ellen schaute sie bestürzt an, und Mrs. Schwartz lächelte: »Ich weiß, deine Tante kann das Wahrsagen nicht leiden. Sie hält es für heidnisch oder noch schlimmer. Eine Arme im Geist, na schön. Aber auch eine gute Frau. Traurig, sehr traurig. Ellen, vertraue niemandem, und verbirg es sorgfältig, wenn du liebst, wie Gold, das zu kostbar ist, um an Unwürdige verschwendet zu werden. Weißt du, was die Bibel sagt? ›Niemand außer Gott ist gut‹ – manchmal glaube ich aber nicht einmal, daß er gut ist. Sonst wäre die Welt nicht solch ein stinkender Misthaufen. Ich bin eine Heidin, eine Zigeunerin nennen sie mich, obwohl ich deutsches Blut in den Adern habe. Aber ich habe Augen, die sehen, Ohren, die hören können. Bei einem heidnischen Dichter habe ich etwas gelesen, paß auf:

›O Du, der Du Menschen aus gemeiner Erde schufst,
und mit dem Paradies die Schlange auch erfandest
um all der Sünden willen, die das Antlitz des Menschen entstellen
erbarm Dich ihrer – und erbarm Dich Deiner selbst!‹«

Sie lachte kurz auf, als sie sah, wie sich das Antlitz des Mädchens verschattete. »Geht unter die Haut, nicht wahr? Merk's dir! Deshalb hege ich einige Zweifel an Gott. Nicht aber am Teufel, den gibt es wirklich. ›Fürst der Welt‹, besser könnte man ihn gar nicht nennen. Ich erzähle dir das, Ellen, weil ich besorgt um dich bin.« Dann, plötzlich: »Gib mir deine linke Hand!«

Ellen zögerte. Und wenn Frau Schwartz wirklich dem Teufel verfallen war, wie die Leute flüsterten? Dann aber streckte sie ihr die feine, schwielenbedeckte Hand hin. Mrs. Schwartz lächelte nicht mehr.

»Ja, blind und unschuldig.« Ihre Stimme wurde rauh, als fiele ihr das Sprechen schwer. »Unschuldig und – verdammt. Aber so war es immer. Die Unschuldigen sind verdammt. Niemals lernen sie, wie diese Welt wirklich ist und wie die Menschen sind, die auf ihr herumstolpern. Versuch, sie zu töten – sie werden nur erstaunt sein und nichts daraus lernen. Ich nenne das blöd. Und doch«, sie stockte – »wenn es einen Gott gibt, dann schickt er die Unschuldigen vielleicht als eine lebendige Mahnung auf diese Welt. Er liebt sie nicht um ihrer selbst willen, so scheint es. Sie sind Opfer, die etwas beweisen sollen, was wir weder verstehen können noch wollen.« Sie verzog den Mund, als hätte sie etwas sehr Scharfes auf die Lippen bekommen. »Vielleicht versteht es Gott und der Teufel, sonst aber niemand.«

Angestrengt blickte sie auf die abgearbeitete Hand. Ellen sagte schüchtern: »Der Pfarrer hat gepredigt, daß wir lieben und vertrauen sollen.«

Mrs. Schwartz feixte: »Soso, hat er das? Was versteht denn er davon? Liebe und Vertrauen! Das Rezept für den sicheren Untergang, möchte ich behaupten. Ja, es steht hier in deiner Hand, mein Kind, klar und schrecklich. Schrecklich. Mit Haß und Mißtrauen, nur damit kommst du in der Welt weiter. Aber das bringst du niemals fertig, fürchte ich, und das ist entsetzlich für einen Menschen wie dich.«

Dann, nach einer Weile: »Ganz schlimm ist es nicht. Du wirst ein bißchen Glück haben, und das sehr bald. Aber es wird nicht zu dem führen, was die blöde Welt Glück nennt. Und Geld! Massenhaft Geld, noch und noch! Das ist ein Trost. Geld kann zwar nichts ersetzen, nicht Liebe, nicht Freude, aber trotzdem ... Schön, das freut mich. Aber es kann auch zum Fluch für einen Unschuldigen werden, Tochter von Toscar.«

Ellen jedoch freute sich kindlich. Eifrig schaute sie in ihre Hände: »Fein, dann kann ich Tante May helfen. Wann bekomme ich das Geld?«

»Nicht in den nächsten Jahren, aber du kriegst es bestimmt, Mädchen.«

Plötzlich ließ sie die Hand erschrocken fallen und sagte hastig: »Hör nicht auf den Unsinn, den ich verzapft habe, wenn auch das eine oder andere wirklich eintreffen sollte. Laß dir nur noch einmal einschärfen: Vertraue niemandem und verschenke dein Herz nicht. Ich weiß, daß ich tauben Ohren predige, der Unschuldige vergißt immer wieder die Kränkungen, die man ihm zugefügt hat. Wie eine Schnecke ohne Haus bist du. Schnapp, schon ist sie aufgefressen. Vertrauensvoll rennst du in dein Verderben.«

Sie drehte sich um, und trotz ihres Gewichts lief sie davon, als fliehe sie vor etwas Schrecklichem. Ellen blickte ihr verständnislos nach. An der Tür ihrer armseligen Behausung, die kaum größer war als die von May Watson, blieb sie nochmals stehen und schaute zu Ellen zurück: »Weißt du, was die Bibel sagt, Mädchen? ›Die Bösen blühen und gedeihen wie ein immergrüner Lorbeerbaum.‹ Und noch etwas: »Die Kinder des Bösen tanzen fröhlich in den Straßen.« Merk dir das. Hilft dir vielleicht, wenn du es brauchst.« Sie schüttelte den Kopf und verschwand im Haus.

Ellen schaute ernsthaft in ihre Handflächen, aber das sagte ihr nichts. Doch Mrs. Schwartz hatte von Geld gesprochen, und Geld konnte Tante May brauchen, und darauf allein kam es an. Geld würde die Tante von ihrem chronischen Elend, von der Not befreien, würde die Sorgenfalten in ihrem vergrämten Gesicht glätten. Ja, das allein war wichtig. Fröhlich singend trat Ellen ins Haus zurück.

Sie öffnete den Speisekasten und bemühte sich, den Blick von dem verlockenden gelben Topf abzuwenden. Tante May klagte ständig über Ellens Appetit, und wahrscheinlich war das auch eine böse Sache. Es gab ein Stückchen alten Käse, einen Schluck Tee, eine Scheibe Brot und ein paar Kekse zum Abendessen. Das ist genug, sagte sie tapfer zu sich selbst. Sie war noch freudig erregt wegen der Weissagung, daß es bald Geld für die Tante und für sie geben werde, setzte sich an den rissigen Küchentisch und verschlang den Käse, das Brot und di Kekse, während das Teewasser auf dem Herd brodelte.

Plötzlich fiel ihr ein, ins Nebenzimmer zu gehen, was sie doch sonst nie tat, und sich ans Fenster zu setzen, das nach Westen blickte. Die letzten schrägen Strahlen fielen auf die altersgrauen Schindeln an der Hausecke und legten jede Ritze, jeden Riß und jedes Loch bloß. Es war sehr still draußen, und Ellen versank in seltsame Melancholie. Alles leer, alles verlassen, wie ausgestorben, nur das einsame Licht, das auf den Schindeln lag.

Da, mit einem Male, veränderte sich das Bild geheimnisvoll, und Ellen schaute durch ein großes, schmales, bleigefaßtes Fenster mit roten Damastportieren, und die Schindeln hatten sich in rosa Backstein verwandelt, auf dem das Licht lag, und nicht einmal die Kletterrosen in ihrer Farbenfülle konnten das Unheimliche des Anblicks bannen. Ellen hielt den Atem an. Das Licht vertiefte sich, aber es wärmte nicht; grell und kalt schien es auf die Backsteinmauer. Das Mädchen fühlte ein großes Zimmer hinter sich, in totaler Stille, dämmerig, mit prachtvollen Möbeln, silbergerahmten, schimmernden Spiegeln und einem riesigen Kristalluster.

Ellen wurde von Panik erfaßt; aber da wechselte die Szene wieder, und nichts war da als die vertraute Schindelwand und das letzte Sonnenlicht und die tönende Stille. Ich habe geträumt, dachte sie, und schaute unsicher in das ärmliche Zimmer. Ich habe geträumt, dachte sie wieder. Wie ein Stein lag es auf ihrer Brust, die Last einer schmerzvollen Erinnerung an etwas, das sie niemals erlebt, das sie niemals gesehen hatte. Sie sprang auf, lief in ihre Kammer, warf sich auf das harte, schmale Bett und schlief schluchzend ein.

Ein Geräusch weckte sie. »Tante May?« rief sie.

»Ja. Wo bist du, Ellen? Es ist halb elf Uhr.«

Ellen kam taumelnd in die Küche, wo die Tante die Kerosinlampe anzündete. »Ich hatte einen gräßlichen Traum«, flüsterte sie.

»Hast du nichts Gescheiteres zu tun als zu träumen?« brummte die Tante ärgerlich. »Himmel, ich bin todmüde.« Die Lampe warf zuckende Lichter in die armselige Küche. »Da, ich hab' dir ein bißchen Pastete mitgebracht, und Brot und sogar eine Schnitte Schinken — und eine Handvoll Erdbeeren.« Sie entleerte die Schürzentasche, und Ellen stieß einen Freudenschrei aus. May lächelte nachsichtig. »Na, du ewig Hungrige«, und sie strich ihr über das Haar. Du häßliches, junges Entlein, was für ein Kind du noch bist, dachte sie mit einem gerührten Seufzer, während Ellen das Essen in sich hineinstopfte.

»Eine gute Nachricht hab' ich für dich«, sagte sie nach einer Weile. »Du kannst den ganzen Sommer bei Mrs. Porter als Küchenhilfe arbeiten. 75 Cents die Woche und täglich eine Mahlzeit. Morgen fängst du an. Ist das nicht wunderbar?«

»O Tantchen! Siehst du, Mrs. Schwartz hat mir heute prophezeit, daß ich viel Geld bekommen werde und schon trifft es ein!«

»Ich hab' dir doch verboten, mit der Hexe zu reden«, schalt May. »Sie kann dir Unglück bringen, das hab' ich dir hundertmal gesagt.«

Ellen warf ihr Haar zurück und lachte selig: »Aber sie hat mir doch Glück gebracht! Und ein Buch hat sie mir geschenkt, ein herrliches Buch, richtig geschenkt!«

Mrs. Watson legte seufzend die Handschuhe in die Lade. »O Ellen, Ellen!« murmelte sie. Dann richtete sie sich stolz auf: »Und ich habe heute 50 Cents extra bekommen, du kannst dir die Schuhe beim Trödler kaufen. Aber sieh zu, daß sie groß und weit genug sind, du mußt sie ein Jahr oder länger tragen.«

Ellen ließ den Löffel sinken und starrte ihre Tante ungläubig an. Dann sprang sie auf, umarmte sie fast weinend und drückte sie an sich. »Ärgere dich nicht über mich, bitte, bitte«, murmelte sie. »Alle sind so lieb, so gut zu uns!«

»Niemand und nichts ist gut zu unsereinem«, sagte May schroff und schob Ellen weg. Sie war zu Tode erschöpft, ihre Füße waren geschwollen, der Rücken schmerzte, die Hände brannten von der scharfen Lauge. Ellen schaute sie ängstlich und voll schlechten Gewissens an. »Das wirst du schon noch erfahren, wenn du älter bist, Ellen, viel älter. Erwarte niemals auch nur das Geringste von dieser Welt, niemals.« Mays mausgraue Augen funkelten vor Zorn, aber sie hätte am liebsten geweint.

»Ich bin ein paar Minuten im Salon gesessen«, begann Ellen zögernd, »und, Tante, ich habe etwas gesehen, ich weiß nicht, was, aber es war prächtig und wunderbar, und es hat mich trotzdem bedrückt.«

»Und was, zum Teufel?« knurrte May und setzte den Teekessel auf. Nach diesem anstrengenden Tag hatte sie eine Stärkung nötig. »Na, machst du nicht den Mund auf?«

»Es war nur ein Traum«, begann Ellen schüchtern, »und ich weiß nicht, warum er mich so geängstigt hat. Ich hab' so etwas vorher nie gesehen, und mir war, als wäre ich viel älter, zwanzig Jahre oder so ähnlich, eine Lady, aber sie schaute wirklich genauso wie ich aus. Ich blickte durch ein Fenster ins Freie, aber nicht durch unseres, es hatte kleine Scheiben mit dünnen Bleifassungen wie die Tür des Bürgermeisters, aber nicht farbig, sondern glatt und durchsichtig, und an den Seiten hingen rote Draperien mit goldenen Quasten und Fransen.« Sie unterbrach sich und warf May einen Verzeihung heischenden Blick zu. Aber Mays Gesicht war leichenblaß geworden, und sie starrte die Nichte mit offenem Mund an.

»Es war nur ein Traum«, fügte Ellen hastig hinzu. »Und draußen war eine rosa Backsteinwand mit einem Rosenspalier, und hinter mir gab es ein großes Zimmer, größer als alle Zimmer in Preston, und obwohl ich es nicht so richtig sehen konnte, spürte ich, wie vornehm es war, mit prächtigen Möbeln und einer großen Lampe mit glitzernden Kristalltropfen und Prismen, und die Wände waren dunkel und voller Bücher, bis zur Decke ... Tante May, was hast du?« unterbrach sie sich erschrocken.

May bewegte den Kopf, als wisse sie nicht, wo sie sei, tastete nach einem Stuhl und ließ sich darauf fallen. Kaum hörbar flüsterte sie: »Ich habe ein solches Zimmer gekannt, ich habe es Jahr um Jahr saubergemacht und abgestaubt. Und ich kenne auch die Backsteinmauer und die Rosen ...« Dann fuhr sie auf, stützte die Hände auf ihre mageren Knie und funkelte Ellen an: »Wieso weißt du von diesem großen Zimmer? Hat dir jemand davon erzählt?« Sie packte Ellens Arm, und ihre Stimme überschlug sich: »Wer hat dir das erzählt, wer?«

Tödlich erschrocken suchte sich Ellen aus dem Griff zu befreien, aber es gelang ihr nicht. »Niemand hat mir's erzählt«, stotterte sie. »Wirklich, niemand, es war ein Traum, Tante May, du tust mir weh!«

May ließ Ellens Arm los, und jetzt flossen Tränen über ihr Gesicht. Sie verbarg es in den Händen.

»Es kann nicht sein, es kann nicht ... Du hast niemals ein solches Zimmer gesehen. Vielleicht habe ich einmal davon gesprochen ...«

»Wahrscheinlich, als ich noch sehr klein war«, antwortete Ellen eifrig. »Sicher hast du mir damals davon erzählt.«

May nickte schluchzend: »Gewiß, so war es, gewiß.«

Niemals hatte Ellen ihre Tante weinen gesehen, sie war darüber unglücklich und voll Reue. Sie legte den Kopf in ihren Schoß.

Lange Zeit brachte May kein Wort heraus und starrte nur auf die ungeordnete Masse des leuchtenden Haares. Dann strich sie leise darüber hin. »Es ist ja nichts«, sagte sie begütigend, »ich bin nur so fürchterlich müde. Und jetzt, marsch, ins Bett.« Es sollte energisch klingen, aber ihre Stimme brach: »Morgen mußt du um fünf aufstehen, und um sechs beim Bürgermeister sein, es wird ein langer Tag für dich. Ja, Ellen, und merk dir, ich hab' ihnen gesagt, daß du eben vierzehn geworden bist.«

Ellen hob den Kopf und lächelte unter Tränen: »Vierzehn? Das ist keine große Lüge, nicht wahr? Im Januar werde ich vierzehn, und bis dahin sind nur mehr sechs, sieben Monate. Also gut, vierzehn.«

»Schön, und jetzt geh zu Bett. Ich wecke dich um fünf Uhr auf. Du mußt fleißig sein und höflich und folgsam, nicht wahr, Kleine? Mrs. Jardin ist eine harte Frau, und Mrs. Porter noch schlimmer. Du bist ja schon einige Male in ihrer Küche gewesen, erinnerst du dich, und die beiden haben über dich hinweggeschaut, als wärst du eine Fliege. Mach dir nichts draus! Arbeite nur tüchtig und nimm deine 75 Cents, und vielleicht gibt's auch ein gutes Abendessen.« Ihre Stimme wurde heftig: »Ein gutes Essen — stiehl es, wenn es nicht anders geht. Die ersticken im Fett. Was übrig bleibt, kriegt der Hund. Du bist besser als ein Hund, Ellen, meine Ellen.«

Ellens Kummer war schon verflogen, sie lachte, umarmte ihre Tante und lief in ihre Kammer. May blieb noch ein paar Minuten sitzen. Sie grübelte. »Es kann nicht sein«, sagte sie laut, »denn sie kann sich nicht erinnern. Sie war niemals dort, nur ich und Mary. Mein Gott, sie war damals doch noch nicht einmal auf der Welt! Sie ist in Erie geboren und nicht in Philadelphia. Mary, Mary«, wimmerte sie.

Lange blieb sie sitzen, dann stand sie schwerfällig auf, löschte die Lampe und ging zu Bett, wo sie eine Weile schlaflos lag und den Stimmen des Windes und dem Rauschen der Bäume lauschte. Eine Gaslaterne stand vor dem Haus und sandte ihr trübes Licht ins Schlafzimmer, es flackerte über die grauen Mauern, und May glaubte, Gespenster zu sehen, die vorbeihuschten. Sie verbarg den Kopf unter der Decke und schlief ein.

III

»Ich stehe seit einer Stunde in der Küche, seit fünf Uhr«, schalt Mrs. Jardin, »während du noch im Bett gefaulenzt hast. Deine Tante weiß, daß die Herrschaft das Frühstück um sechs verlangt, wenn auch die Gäste erst um sieben Uhr essen, diese gottlose, faule Gesellschaft aus der Stadt.«

»Ich werde morgen um halb sechs kommen«, murmelte Ellen schüchtern. »Aber Tante May hat sechs verstanden, Mrs. Jardin.« Es war noch fast dunkel draußen, die Lorbeerbäume vor dem Küchenfenster schauten gespenstisch aus. Als Ellen von ihrem Spülstein aufschaute, sah sie das erste Dämmern im Osten, und die Vögel schossen schon durch die Luft, und ihr Singen und Rufen klang ihr wie aufregende Musik in den Ohren. Sie war durch die dunkle Straße gelaufen, wo nur ein paar verschlafene Arbeiter unterwegs gewesen waren. So war sie wenigstens dem Hänseln und dem Spott der Kinder entgangen, die ihr sonst nachschrien.

»Warum glotzt du aus dem Fenster?« fuhr die Köchin sie an. Ihr gelbes Gesicht wurde gemein: »Verschlafen, he? Wohl gestern ein bißchen spät ins Bett gekommen?«

»Es war schon beinahe halb zwölf«, antwortete Ellen arglos, während sie das Silber abtrocknete.

»Oh?« sagte Mrs. Jardin gedehnt und trat vom Herd weg, in dem ein lustiges Holzfeuer brannte. »Wo warst du denn?«

»Zu Hause natürlich. Ich bin eingeschlafen, während ich auf Tante May wartete.« Sie dachte an den Morgenwind, der sie unterwegs so wunderbar erfrischt und der den Duft des Flusses bis hieher in die staubige Straße getragen hatte, und sie lächelte. Mrs. Jardin sah dieses Lächeln und feixte: »Mit wem warst du denn?«

Ellen schaute erstaunt auf. »Wir wohnen allein im Haus«, gab sie unbefangen zurück.

»Das hab' ich auch nicht gemeint. Es könnte ja ein Besuch gekommen sein.« Mrs. Jardin zwinkerte Ellen zu. Ellen verstand sie nicht, trotzdem fühlte sie, daß man ihr etwas Gemeines unterschieben und sie beleidigen wollte. »Wir haben niemals Besuche, nur manchmal kommt eine Kundschaft zu Tante May.«

Mrs. Jardin nickte beziehungsvoll, und ihr Grinsen war niederträchtiger denn je. Wenn jemand eine geborene Schlampe war, dann diese Person da mit dem roten Haar und dem frechen Gesicht. Du machst mir nichts vor, mein Täubchen, dachte sie. Ich sehe auf den ersten Blick, wieviel es geschlagen hat, und ich weiß, daß du hautschlecht bist. Wirst wahrscheinlich auf der Straße von Scranton enden oder sonstwo. Letzte Nacht hast du nicht geschlafen, du wirst mir nichts einreden, während deine Tante – wenn sie überhaupt deine Tante ist! – auswärts gearbeitet hat.

Die Küche hatte die neumodische Gasbeleuchtung, ein grelles und häßliches Licht, und es roch schlecht. Es glitzerte in Ellens Haar und auf ihrem Gesicht, während sie das Silber putzte. Der Bürgermeister und seine Frau hatten schon gefrühstückt, es war halb sieben Uhr; in einer halben Stunde mußten sie die Gäste aus Scranton bedienen, man hörte sie oben bereits. Das Haus des Bürgermeisters samt seiner Einrichtung galt in Preston als letzter Schrei und piekfein, aber Ellen fand es häßlich. Der Begriff »elegant« war ihr nicht geläufig, aber sie hatte ein Flair für das Echte. Sie wußte, daß irgend etwas in diesen großen und hohen Zimmern mit den massigen Möbeln falsch war; jeder Winkel vollgestopft mit Ziertischchen, gedrechselten Stühlen, Dosen und Vasen voll staubigen Kunstzweigen oder grell gefärbten Federn; und überall hingen Draperien, nicht nur an den Seiten der schmalen Fenster. Sie schwangen sich über die Kamine, gefältelt und gerafft, meist in dunklem Rot oder Marineblau, und hingen von dem großen Klavier und den Türen herab. Sogar die Rückenlehne des riesigen Sofas war überhangen. Die Wände mit den häßlich bunten Tapeten waren mit kitschigen, wenn auch teuren Gemälden vollgepflastert – düstere Alpenlandschaften, schwärzliche Seen, röhrende Hirsche oder vergrämt dreinblickende Kinder mit Blumen in den Händen, die den Blüten des Todes ähnelten.

»Das Haus des Bürgermeisters ist ein Palast«, hatte May Watson oft gesagt. Aber obwohl Ellen noch nie ein wirklich schönes Wohnhaus gesehen hatte, fühlte sie unklar, daß dieses Gebäude häßlich, bedrückend und geschmacklos war. Sie fragte sich niemals, warum ihr dies oder jenes gefiel oder mißfiel; es flog ihr so vieles zu, von dem sie nicht ahnte, woher es kam. Das Haus roch nach Lavendel, Wachs, scharfer Lauge und Moder, die Treppen wanden sich durch heimliche Schächte, in die kaum je das Tageslicht fand. Seltsam dumpfe Geräusche, deren Ursprung sich nicht feststellen ließ, tönten durch das Haus, unheimlich und klagend. Ellen glaubte plötzlich, ersticken zu müssen, in ihrer dumpfen Angst hatte sie nur den einen Wunsch, hinaus ins Freie zu fliehen, wo es keine dräuenden Tapeten, keine Vasen voll getrockneter Blumen und keine Nippes unterm Glassturz, keine Staubfänger aus Plüsch und keine dunklen Teppiche gab. Entsetzlich, hier leben zu müssen, dachte sie. Verglichen mit diesem Pomp schien ihr das baufällige kleine Haus, in dem sie wohnte, in all seiner Armut freundlich und hell. Trotz ihres glücklichen Temperaments, ihrer angeborenen positiven Einstellung zum Leben, fühlte sich Ellen tief bedrückt. Die schwarze Uhr im Vorhaus schlug laut, es war ein Viertel vor sieben, und Ellen glaubte, es nicht mehr aushalten zu können. Als die Sonne durch das Küchenfenster fiel, drehte Mrs. Jardin das Gaslicht ab.

»Gibt es viele solche Häuser in Preston?« fragte Ellen.

Mrs. Jardin hob stolz den Kopf: »Nein, das ist das großartigste. Aber schließlich hat Mrs. Porter auch die schönen Möbel von ihrer Familie aus Scranton mitgebracht. Die Leute kommen gerne her und bewundern sie. So was sehen sie nicht alle Tage.«

Und da haben sie Glück, dachte Ellen, die sonst nicht zur Ironie neigte. Solche Gedanken schickten sich wirklich nicht! Und so trug sie artig eine Schüssel mit eingemachten Pflaumen und Feigen ins Eßzimmer, das hermetisch gegen jeden Lichteinfall abgeschirmt war und stets im Dämmer lag. Tante May hatte es »eine Pracht« genannt, aber Ellen lief ein Schauer über den Rücken, als sie eintrat. Die vier schmalen Fenster waren von blauen Samtdraperien umrahmt und die dichtgereihten Spitzenvorhänge fast undurchsichtig; das monumentale Buffet kam Ellen wie ein Sarg bei der Aufbahrung vor, mit seinen unzähligen Silberplatten, Teekannen, Zuckerdosen und Krügen, den Kerzenleuchtern und den Stilleben darüber, die totes Getier oder mißfarbene Früchte und Blumen zeigten. Der Tisch war ein gewaltiges Stück Mahagoni, jetzt mit einem Damasttuch bedeckt, in dessen Mitte eine Schale mit Rosen und zwei silberne Tafelaufsätze prangten. Ein Glaslüster hing darüber, reglos in der stickigen, schalen Luft, die über dem ganzen Haus lastete. Auch eine Vitrine war vorhanden, vollgestopft mit Porzellan und Silber, die das ganze Zimmer zu bedrohen schien, denn sie stand vornübergeneigt, als wollte sie sich auf den Tisch stürzen, der von schweren rosa Polsterstühlen umrahmt war. Ellen stellte die Schüssel nieder und schüttelte sich. Eines Tages, dachte sie, werde ich ein Haus haben, aber es wird diesem nicht ähneln, ein Haus mit schönen, hellen Möbeln und feinen Teppichen und freundlichen Wänden und großen, weiten Fenstern. Sie sah ein solches Eßzimmer lebhaft vor sich, voll duftender Blumen, mit dem Ausblick auf stille Gärten, und ihr wurde wieder leicht ums Herz. Man konnte es an ihrem Gesicht ablesen, als sie in die Küche zurückkam.

»Hübsches Zimmer, nicht wahr?« fragte Mrs. Jardin stolz.

Und da noch immer das Traumzimmer vor ihren geistigen Augen stand, durfte sie ohne jede Falschheit sagen: »Ja, hübsch.«

Zu Ehren ihres ersten Arbeitstages im Haus des Bürgermeisters hatte ihr die Tante erlaubt, das rosa Sonntagskleid mit einer langen weißen Schürze zu tragen; ein blaues Band hielt das Haar zusammen. Ellen nahm das schimmernde Porzellan aus der Vitrine und legte Geschirr und Silber auf den blütenweißen Tisch. Dann, als sie Schritte hörte, flüchtete sie eilends in die Küche.

»Endlich sind sie aufgestanden«, murrte Mrs. Jardin, »mitten am Tag.« Die Uhr schlug sieben. »Die meisten Menschen arbeiten schon, der Bürgermeister sitzt im Büro, und Mrs. Porter macht Einkäufe. Möchte wissen, wie das weitergehen soll.«

Da die Bürgermeisterin die acht Stunden Ellens auf den üblichen Zwölfstundentag verlängert und den Lohn von 75 Cents auf einen Dollar erhöht hatte – eine großzügige Geste, die sie selbst tief rührte –, hatte die junge Hilfskraft Anspruch auf zwei Mahlzeiten statt auf eine. Die erste zu Mittag, um elf Uhr, die zweite am Abend, gegen fünf. Ellens Frühstück daheim hatte nur aus einem Stück Toast und einer Tasse Tee bestanden, versüßt durch ein großes Stück Zucker, das Mrs. Watson tags zuvor stibitzt hatte. Ellen war also hungrig. Mrs. Jardin briet Würstchen und buk Eierkuchen, und es roch köstlich nach Ahornhonig und aufreizend nach Kaffee. Ellen hatte noch niemals Kaffee getrunken, und sie fragte sich, ob das Getränk ebenso aufregend schmeckte, wie es roch. Sahnetöpfe standen bereit, eine Platte mit Schweinekoteletts, gerösteten Kartoffeln, gebratenen Eiern und ein Korb voll heißer Brötchen, ferner verschiedene Sorten Marmelade in Kristallschalen, und außerdem gebratener Fisch. »Können denn zwei Herren das alles aufessen?« fragte die arme Ellen, und das Wasser lief ihr im Mund zusammen.

»Warum nicht? Sie sind ja gesund! Obwohl sich Mr. Francis im Krieg die Malaria geholt hat.« Ellen schaute sehnsüchtig auf die Schüsseln, und Mrs. Jardin bemerkte es wohl. »Wenn es keine Klagen über dich gibt«, sagte sie, »dann darfst du die Reste essen, die auf den Tellern zurückbleiben; aber ich sag' dir's gleich, viel wird es nicht sein. Es steht dir nur um elf und um fünf Uhr eine Mahlzeit zu, sonst nicht. Doch wenn du ordentlich arbeitest, dann kriegst du die Überbleibsel auf den Tellern und sogar eine Tasse Kaffee dazu. Aber sag kein Wort zur gnädigen Frau, sie verlangt, daß ich alles dem Hund gebe, draußen in der Hütte.«

Ellen schaute sie dankbar an, obwohl sie zusammengezuckt war, als sie von Resten auf fremden Tellern hörte. Obwohl Tante May und sie bitter arm waren und ständig Hunger litten, hatten sie doch nie Brosamen vom

Tische anderer Leute verspeist. Aber die köstlichen Düfte nach Gerichten, von deren Existenz sie bisher nichts geahnt hatte, waren so verlockend, daß sich Ellens Magen vor Hunger zusammenzog. »Fido ist ohnehin zu dick«, stellte Mrs. Jardin fest und pries sich selbst wegen ihres guten Herzens.

Sie reihte eine Anzahl Schüsseln auf ein großes Silbertablett, befahl Ellen, es hineinzutragen, und folgte ihr, um diesen ersten Tafeldienst zu überwachen. Die beiden Herren traten gerade durch die Plüschportieren ein, und Walter Porter sagte freundlich: »Guten Tag, Mrs. Jardin. Schönes Wetter, nicht wahr?«

»Sehr schön, Mr. Porter«, antwortete Mrs. Jardin und lächelte dem Älteren der beiden Herren neckisch und vertraulich zu. Er gab ihr immer ein sehr schönes Trinkgeld vor der Abreise, was bei Mr. Francis nicht der Fall war. Francis war in ihren Augen überhaupt eine kümmerliche Erscheinung, so mager, so ausgebleicht schaute er aus. Da man aber nicht wissen konnte, wozu es einmal gut war, nötigte sie ihn mütterlich: »Langen Sie ordentlich zu, Mr. Francis, Sie können es brauchen.«

Francis, der höflich gewartet hatte, bis sein Vater saß, sah plötzlich Ellen vor sich stehen, die klopfenden Herzens die Platten auf den Tisch stellte, wie es ihr die Köchin heute früh gezeigt hatte. Er starrte das junge Mädchen verblüfft an, das nun auch dem Vater auffiel. Ellen merkte nichts, aber Mrs. Jardin, die alles sah, merkte es, und ihr Gesicht verzog sich vor Neugier.

»Das ist Ellen Watson, das neue Hausmädchen, Mr. Walter«, erklärte sie. »Wenn Sie mit ihr nicht zufrieden sind, dann bitte sagen Sie es mir. Sie ist neu im Dienst und noch sehr ungeschickt; ich bemühe mich, sie abzurichten, und das kostet viel Geduld.«

»Natürlich. Vortrefflich«, murmelte Walter Porter und breitete die große weiße Serviette aus. »Ich bin überzeugt, daß sie es tadellos schaffen wird, nicht wahr, Ellen?«

Das Mädchen wurde blutrot, als sie der vornehme Herr direkt ansprach, brachte jedoch keinen Ton heraus. Mrs. Jardin stieß sie grob in die Seite, so daß fast ein Teller heruntergefallen wäre, und jetzt murmelte Ellen kaum hörbar: »Ja, Sir. Danke, Sir.«

Was für eine angenehme Stimme, dachte der junge Francis. Und was für ein schönes Mädchen! Wie ein Feuerbrand leuchtet sie in diesem muffigen und düsteren Haus, in dem man ersticken konnte. Als ihm Ellen die Eierkuchen und Würstchen servierte, wagte er das wundervolle Antlitz mit den großen blauen Augen nur ganz kurz anzuschauen, es war so strahlend und schüchtern zugleich. Mrs. Jardin überwachte nicht nur den Tisch, sondern auch den jungen Mann, und sie fühlte ein angenehmes Prickeln. Noch ein Skandal im Haus, wenn man nicht aufpaßte! Aber was konnte er nur an diesem reizlosen Geschöpf mit den knallroten Haaren finden! Eine richtige Landpomeranze war sie, linkisch und unerzogen.

Unvorstellbar, daß jemand so schön sein kann, dachte Francis, der endlich seinen Blick von Ellen löste. Sie hat ein feines Gesicht, ein aristokratisches, mit regelmäßigen Zügen wie eine Prinzessin. Und was für Augen! Unschuldig und klar wie die eines Kindes und von innen leuchtend. Francis ging selten aus sich heraus, er war etwas schwerfällig, und diese Eigenschaft war durch die Malaria, die er sich im Spanischen Krieg geholt hatte, noch verstärkt worden. Aber jetzt war er aus seiner Lethargie erwacht, das Blut pulste schneller in seinen Adern, und er hatte den brennenden Wunsch, Ellen zu berühren, wie ein vor Kälte schlotternder Mensch, der aus der Nacht zur wärmenden Sonne strebt.

Mrs. Jardin gab murmelnd Befehle, und Ellen war ängstlich bemüht, sie zu befolgen, um nicht getadelt zu werden, denn dann durfte sie die Reste essen. Sie schluckte vor Hunger. Francis sah es und dachte erstaunt: Das arme Kind ist ja hungrig, und er empfand solches Mitleid, daß ihm fast die Tränen der Rührung über sein eigenes gutes Herz in die Augen traten. Sie war sicher nicht älter als vierzehn, wie schön würde sie erst in ein paar Jahren sein, sofern ihr Reiz überhaupt noch erhöht werden konnte!

Walter Porter blickte Ellen verstohlen an und lächelte. »Kommst du aus Philadelphia, Ellen?« fragte er, denn die Ähnlichkeit mit dem Porträt im Haus Widdimer ließ ihm keine Ruhe. Es war zwar unvorstellbar, daß es da eine Verwandtschaft gab – aber vielleicht ein kleiner Fehltritt? dachte er schmunzelnd.

»Nein, Sir«, flüsterte Ellen fast unhörbar und bemühte sich, mit zitternden Fingern den Kaffee einzugießen. »Ich bin in Erie geboren, ich kenne Philadelphia gar nicht.«

»Hast du dort vielleicht Verwandte, Kind?«

»Nein, Sir. Ich habe nur eine Tante, bei der ich wohne, und die stammt auch aus Erie.«

Nun sprach Francis zum erstenmal, und es klang recht unsicher: »Leben deine Eltern noch, Ellen?«

Ellen stand steif und groß vor ihm, die Hände unter der Schürze verborgen. Sie blickte hinunter in Francis' ehrliche Augen und sah nichts als Wohlwollen darin, das sie sich nicht erklären konnte. Sie spürte nur, daß er ihr nicht feindlich gesinnt war, und sie hätte weinen können vor Dankbarkeit. Er war so gut, er war der beste Mensch, dem sie jemals begegnet war. Wer kümmerte sich sonst um ihre Eltern, wer wollte etwas von ihr wissen? Sie schluckte verlegen und hatte ihren Hunger vergessen:

»Nein, Sir, Mama und Papa sind tot. Papa war aus New York und Mama von Erie. Beide sind gestorben, als ich zwei Jahre alt war. Das hat mir Tante May erzählt, sie war Mamas Schwester.« Niemals noch hatte sie vor jemandem so frei gesprochen und schon gar nicht vor einem Fremden. Ihre Tante stieß immer dunkle Warnungen aus: sie möge mit niemandem reden und nichts von sich erzählen – aber daran war doch nichts Böses?

Oder doch? Die Röte der Verlegenheit vertiefte den rosigen Schmelz ihrer Wangen, sie wollte weglaufen und dableiben zugleich, in der Nähe dieses Mannes, der sie so unbefangen, so herzlich ansah, wie sie noch niemand betrachtet hatte.

»Hast du jemals die Namen Sheldon oder Widdimer gehört, Ellen?« fragte Walter Porter.

»Nein, niemals, Sir.«

»Unglaublich«, murmelte Porter und schüttelte den Kopf.

Ellen trat einen Schritt zurück, sie wußte nicht, was sie tun sollte. Mrs. Jardin beobachtete sie scharf von der Küchentür aus, dann rief sie streng: »Ellen, bring den Herren frischen Kaffee und den Erdbeerkuchen!«

Ellen ging nicht, sie lief in die Küche. Mrs. Jardin, die eine Sonderstellung für sich in diesem Haus beanspruchte, redete Mr. Porter an:

»Ellen wird sich schon machen, denke ich, wenn sie gründlich abgerichtet wird. Einstweilen ist sie noch ungeschliffen, ihr erster Tag im Dienst – und dabei ein so kräftiges Mädel wie sie! Seit vier Jahren sollte sie arbeiten und wissen, wohin sie gehört, und sich nützlich machen. Aber die Zeiten ändern sich, und nicht zum Guten, Sir. Das Gesetz erlaubt den Kindern das Arbeiten erst mit vierzehn Jahren, und das ist ein Skandal. Eine unnütze, faule Generation wächst heran, nicht wahr? Ellen hätte längst in eine Fabrik gehört.«

Walter warf seinem Sohn einen Blick zu, aber der junge Mann hatte das Besteck niedergelegt. Er widersprach hitzig: »Im Gegenteil, ich nenne es einen Skandal, ein so junges Mädchen in eine Fabrik zu schicken!« Seine sonst so weiche Stimme klang energisch und fast rechthaberisch. »Gott sei Dank, daß dieser Staat das endlich einsieht und entsprechende Gesetze erlassen hat. Ich gehöre einem Komitee an ...«

»Darf ich dich bitten, mir die Brötchen zu reichen, Francis?« unterbrach ihn sein Vater. »Und heb dir deine soziologischen Vorlesungen für deine Seminare in Harvard auf. Ich bin überzeugt, daß sich Mrs. Jardin für deine Weisheiten nicht interessiert. Zumindest was Kinderarbeit betrifft.«

Mrs. Jardin zwinkerte ihm bedeutungsvoll zu. Aber Francis war in seinem Fahrwasser, es ging um sein Lieblingsthema, er war nicht zu halten: »Wenn ich mein Rechtsstudium beendet habe, dann gehe ich in die Politik, Vater, obwohl mir graut davor.«

»Ja, das hast du schon öfter gesagt«, antwortete sein Vater gelassen und sichtlich amüsiert. »Aber ich glaube, der Gestank wird dich hinaustreiben, trotz deiner edlen Absichten. Weißt du, Junge, ich kenne die Politik besser als du. Aber schön, ich will dir deine Illusionen nicht rauben; träume nur, Bursche. Du bist noch jung und ahnungslos, obwohl du im Krieg gewesen bist.«

»Was ein Blödsinn war«, sagte Francis, und seine Augen funkelten vor Zorn.

»Du warst anderer Meinung, als du dich für Teddies Rough Riders anwerben hast lassen?«

»Stimmt, aber ich wurde eben eines Besseren belehrt. Und du weißt auch, wieso.«

»Alles Hirngespinste«, brummte der Vater. »Es war ein anständiger, ein gerechter Krieg; jedenfalls hat Teddy das erklärt.«

»Um sich die Philippinen und Kuba zu schnappen ...«

»... und den amerikanischen Imperialismus einzuleiten – ja, ja, ich kenne die alte Leier, mein Junge!« Mr. Porter lehnte sich zurück, schloß die Augen und lachte breit. »Woher du nur die Schlagwörter nimmst?«

»Aus Büchern, denn ich lese viel, was du nicht tust, Vater, und aus der Geschichte.«

»Schön, ich war niemals Student, habe nie eine Universität von innen gesehen«, sagte Mr. Porter, noch immer lächelnd. »Jetzt aber, mein Sohn, laß mich in Frieden. Es ist ein schöner Tag. Fahren wir aus. Du bist noch immer nicht ganz gesund. Bist du erst auf Draht, dann wird sich auch dein ...«

»... Geist erholen.«

»Aber, aber, Junge! Ah, da kommt frischer Kaffee und Erdbeerkuchen. Ausgezeichnetes Frühstück, Mrs. Jardin, Sie verwöhnen uns.«

»Wenn Mr. Francis nur tüchtig zugreifen wollte«, antwortete sie mit einem scheinheiligen Blick. »Was hat er schon gegessen? Nichts als ein Schüsselchen mit Pflaumen und Feigen, ein Paar Würstchen und nur zwei Eier, ein oder zwei Schnitten Schinken, ein kleines Stück Fisch, Eierkuchen und einige Schalen Kaffee und ein winziges Bröselchen Pastete. Das ist kein Frühstück für einen erwachsenen Mann!«

»Es ist genug für vier Frühstücke und vier Männer«, sagte Francis schroff, der Mrs. Jardin nicht leiden konnte und sich durch ihre Anbiederungen nicht täuschen ließ. Er wollte glauben – das war ihm ein Bedürfnis –, daß die »arbeitende Klasse«, »das Volk«, von Natur aus edel, tugendhaft, weise war und ausgebeutet wurde. Die Erfahrungen führten seine Theorien allerdings häufig ad absurdum, und Mrs. Jardin war einer der Fälle, der durch sein bloßes Dasein alle Theorie in Frage stellte. Sie beleidigte somit seinen Idealismus, einen Idealismus, der bedingungslos war und nicht durch Tatsachen widerlegt werden durfte.

Einmal hatte sein Vater zu ihm gesagt: »Natürlich gibt es viel Ungerechtigkeit auf dieser Welt – aber wer behauptet, daß die Welt vollkommen sein muß? Nur ein Idiot kann an ein Utopia mit ewigem Sommer glauben, wo niemand zu arbeiten braucht und alle singend durch niemals welkende Gärten wandeln. Wer würde den Müll wegräumen, die Straßen fegen, die Felder bebauen? Solange wir Eingeweide haben und essen müssen, haben wir zu arbeiten. Hat der heilige Paulus nicht gesagt Wer nicht arbeitet, soll auch nicht essen? Na also.«

»Es ist wissenschaftlich erwiesen, daß bald niemand mehr für seinen Lebensunterhalt arbeiten muß«, trumpfte Francis auf. Sein Gesicht lief rot an, wie immer, wenn man seine Theorien angriff. »Bis es soweit ist, darf der Arbeiter nicht ausgebeutet werden, er muß seinen gerechten Lohn erhalten.«

»Einverstanden. Ich bezahle meine Arbeiter gut, weit über den gewerkschaftlichen Tarif. Aber ganz ohne körperliche Arbeit wird es niemals gehen. Schon die Bibel sagt, daß der Mensch sein Brot im Schweiß seines Angesichts essen muß. Mein Junge, wir leben in einer materialistischen Welt, die sich auf objektive Wahrheiten gründet, und kein Traum vermag das zu ändern. Träume können sogar sehr schädlich werden und viel zerstören. Merk dir das.«

»Es gibt keine objektiven Wahrheiten!« brauste Francis auf. »Alles ist subjektiv!«

»Schön, dann laß uns eben imaginäre Sägemühlen, Fabriken, Schiffe, Ernten und Gott weiß was alles haben!« rief sein Vater aufgebracht. »Auf diese Weise kehrt die Welt in den Urzustand zurück, denn die Welt ist nicht nur subjektiv erdacht, nicht nur in den Köpfen der Menschen bestehend, sondern auch sehr brutal real!«

Walter machte sich Sorgen. Francis war sein einziger Sohn und Erbe, in den er große Hoffnungen setzte. Er wußte, daß Francis einen hellen Kopf hatte und gut lernte. Wo hatte er nur diese neuen und gefährlichen Ideen aufgeschnappt, die er seit kurzem ständig im Mund führte? Hatte ihn der Krieg aus der Bahn geworfen? Aber Tausende junge Männer hatten begeistert zu den Waffen gegriffen – wie anfangs auch Francis – und waren dann in ein normales Leben, an den Schreibtisch zurückgekehrt, obwohl sie die Malaria durchgestanden hatten wie er. Seit langem hatte Walter erkannt, wie gefährlich Träume waren, denen keine Taten folgten. Sie brachten die körperlose, ungreifbare Atmosphäre einer erdachten Welt in die harte Wirklichkeit, und das konnte zu keinem guten Ende führen. Walter wußte wohl, daß es ohne Träume weder Dichtung noch Gerechtigkeit noch Verfassung noch Ordnung noch Kultur gab. Wenn aber die Träume das Reich des Wahrscheinlichen und sogar des Möglichen verlassen, dann werden sie zur Gefahr. Die menschliche Natur läßt sich nicht ändern, trotz der Spitzfindigkeiten der Philosophen.

Immer und immer wieder hatte er versucht, Francis zu überzeugen, hatte aber dadurch den Widerstand des Sohnes nur verstärkt. Er schwieg verstockt, wenn sein Vater auf ihn einredete. Die Welt hat Platz genug für die Träumer und für die Wirklichkeitsmenschen, sagte Walter. Beide sind vonnöten, sie müssen Hand in Hand gehen. Ich hasse die Sturen, die Einseitigen, die allen Kompromissen Abgeneigten.

Einmal sagte er ihm: »Als Gott Mensch wurde, mußte auch Er den Gesetzen gehorchen, die Er selbst erlassen hatte. Er war von der Leibes Notdurft ebensowenig befreit wie du und ich. Er war ein Mensch, mit allen seinen Beschwerden, seinem Hunger und seinem Durst, und sicher ärgerte er sich auch zuweilen wie ein gewöhnlicher Sterblicher. Denk an die Hochzeit von Kana, da ärgerte er sich über die Klage seiner Mutter, daß zu wenig Wein vorhanden wäre. Eine Kleinigkeit, aber mit tiefer Bedeutung: Es ist nicht möglich, dem Fleisch zu entfliehen. Wir können es nur bis zu einem bestimmten Grad unter Kontrolle halten, aber nicht mehr. Mitleid fühlen, ja, das sollen wir – wo es gerechtfertigt ist, und Humor sollten wir haben, den du nicht besitzt, mein Junge. Es wird zwar niemals in der Bibel erwähnt, aber ich bin überzeugt, daß Christus von Herzen lachen konnte. Meinst du nicht?«

Francis glaubte nicht an einen Gott und er glaubte nicht an Christus. Trotzdem fand er die Rede des Vaters anstößig. Sie bedrohte sein Weltbild, sein Konzept von der Erziehung des Menschen zur Vollkommenheit. Einmal sagte er vieldeutig zu ihm: »Ein neuer Geist steigt in der Welt auf«, worauf Walter antwortete: »Wenn es der ist, an den ich denke, dann gnade Gott unseren Seelen.«

»Sieh, mein Sohn«, hatte er ein anderes Mal versöhnlich und fast bittend gesagt, »es ist doch Platz für uns beide auf der Erde!« Aber Francis war starr und abweisend geblieben. Diese Haltung reizte Walter zu immer heftigerer Opposition; lautstark zog er über Francis' »verrückte« Ideen her, obwohl er doch heimlich einige davon gar nicht so unvernünftig fand.

Heute ließ sich Francis von seinem Vater zu einer Ausfahrt überreden. Francis interessierte sich nicht für Farmen und Äcker und die üppige Natur mit Blumen, Früchten und Getreide. Er war ein Stadtmensch, was Walter bedauerte. Es gab zu viele Stadtmenschen, die die Landarbeit für niedrig hielten. Ärger noch, sie hielten sie für unnötig und empfanden sie als Beleidigung dessen, was sie »Menschenwürde« nannten. Es fiel den beiden Männern immer schwerer, ins Gespräch zu kommen, sie verstanden sich nicht mehr. Francis rechnete den Vater zum alten Eisen. Walter seinerseits verglich die Ideen seines Sohnes mit einer Schüssel frischer Hafergrütze, in die man sauer gewordene, verdorbene Milch geschüttet hatte. Ach, dachte er, wenn Francis älter wird, dann wird er begreifen, daß man auch mit Wasser kochen muß, daß Gesetze nötig sind, um unmögliche Träume in Schranken zu halten, Gesetze Gottes und Gesetze der Natur. Die einzige Idee von echter Größe und Pracht ist die gütige Gnade Gottes – und weiß Gott, daß wir sie in unseren Tagen nötig haben.

In der Küche sagte Mrs. Jardin zu Ellen: »Jetzt gehen wir hinauf in die Schlafzimmer. Die Missus macht ihr Bett selbst, aber für uns bleiben noch drei. Hier sind Scheuerlappen, Staubtuch, Besen und Schaufel. Schau nicht so, als ob du nicht wüßtest, wozu sie gut sind!«

Ellen hatte die Reste von Francis' Teller essen dürfen, sie hatte sie gierig verschlungen und kein Bröselchen liegen lassen. Auch eine Tasse Kaffee hatte sie bekommen und sie herrlich gefunden. Sie war satt, und sie war auch schläfrig, und dabei war es erst acht. »Wärst du in der Nacht nicht herumzigeunert«, sagte Mrs. Jardin streng, »dann würden dir jetzt nicht die Augen zufallen.« Da Ellen nicht verstand, was sie meinte, konnte sie ihr nur schweigend in das obere Stockwerk folgen.

Die Schlafzimmer oben waren groß wie die unteren Räume, aber so angestopft mit schwerem Mobiliar, daß man sie für kleiner hielt. Wie unten war es auch hier dunkel, und die Luft war stickig. Alle Fenster waren wie vermummt mit gezogenen Vitragen aus grauer Seide, mit Spitzenvorhängen und blausamtenen Plüschdraperien; die Jalousien waren halb heruntergelassen. Aber hier und dort gelang es doch einem feinen Sonnenstrahl, sich durch die Ritzen zu stehlen, und die Teppiche und das Mahagoni leuchteten dann unter dem unerwarteten Licht auf. Außer den hochgetürmten Betten standen massenhaft gedrechselte, fest versperrte Wandschränke, Toilettetischchen, Truhen, Schlafsofas herum, bauchige chinesische Vasen, in denen kümmerliche Pflanzen um ihr Leben kämpften, und matte Pfeilerspiegel. Und über allem lag ein dumpfer Geruch von Lavendel, Gewürznelken oder welken Rosen.

»Wunderschön, nicht?« fragte Mrs. Jardin, die dem Mädchen bei der schweren Arbeit zuschaute. Der Schweiß rann über Ellens Gesicht, sie wischte ihn mit dem Handrücken ab. Ich finde es gräßlich, dachte sie und entdeckte ganz plötzlich einen Widerspruchsgeist in sich, den sie nie vermutet hatte. Aber sie tat, als hätte sie die Bemerkung nicht gehört, und staubte und fegte in fieberhafter Eile. Sie sah das erste Badezimmer ihres Lebens und war ehrlich erschrocken über all den Marmor, die Weiße, die blinkenden Hähne und Griffe. Trotzdem schien es ihr nicht ganz appetitlich, die Toiletten mitten im Haus zu haben, und sie hütete sich, tiefer einzuatmen.

Dann schickte man sie in den Keller, um zu bügeln, und obwohl es dort totenstill war, fühlte sie sich wohler, denn es war kühler als oben. Da lagen massenhaft Herrenhemden in den Körben, endlose Deckenüberzüge, spitzenbesetzte Kissen und Zierdeckchen, Damendessous mit diskreten Pölsterchen, Servietten, Tischtücher, Läufer und Stöße von Socken, ferner Korsetts, Unterröcke, Schürzen, Möbelschoner und Herrenunterhosen. Die Bügeleisen wurden auf einer gasbeheizten Platte erwärmt – die erste, die Ellen sah. Sie ertrug den Geruch des Gases gern, weil die Platte den Keller nicht so sehr erhitzte, wie ein Ofen für Stahlbügeleisen es getan hätte. Aber die schlechte Luft verursachte ihr leichten Schwindel und Kopfschmerzen. Die Stunden vergingen ihr wie in Trance. Denn Ellen versenkte sich in ihre vertraute Traumwelt von grünen Wiesen und Sonnenuntergang mit langen goldenen Schatten, von hellen Dächern und frischem Weinlaub, von leiser Musik und Frieden, und durch alle diese Herrlichkeit sah sie sich in einem langen, fließenden Gewand schweben, eine Blume in der Hand.

»Bist du fertig da unten?« rief Mrs. Jardin mit ihrer piepsenden Stimme. »Es ist vier Uhr. Ich brauche dich in der Küche.«

Ellen kam zu sich. Sie bügelte noch schnell ein Taschentuch; im Keller roch es jetzt nicht nur nach Gas, sondern nach süßem Bienenwachs. Sie war erstaunt, daß sie mit der ganzen Wäsche fertig geworden war, denn sie hatte ganz automatisch gearbeitet. Schnell lief sie hinauf, um mitzuteilen, daß die Körbe voll waren; einen schleppte sie mit und keuchte unter der Last. Mrs. Jardin war skeptisch und schaute die Stücke prüfend an. Dann gab sie brummend zu: »Schön, du bist wenigstens für etwas gut. Hätte es nicht gedacht, bei einem geistesabwesenden Ding wie dir.«

Ellen mußte nun in der Küche helfen, das Abendessen fand an Wochentagen um halb sechs statt. Jetzt erst spürte sie, wie sehr ihre Augen schmerzten und wie bleischwer ihre Glieder waren. Das Haar hing unordentlich über ihr Gesicht, aus dem alle Farbe gewichen war und das den Ausdruck tiefster Erschöpfung trug; ihr war so übel, daß sie keinen Hunger spürte. »Wie du ausschaust, schmutzig und verschwitzt, so kannst du nicht zur Herrschaft hineingehen, ich rate dir, morgen etwas Frisches anzuziehen«, schimpfte Mrs. Jardin. Das rosa Kleid war feuchtfleckig von Schweiß und staubig vom Keller. Ellen schaute es in dumpfer Verzweiflung an. Sie hatte nur den einen Wunsch: hinfallen und sich in einem dunklen Loch verkriechen und schlafen – ach, und nun war abends noch das Kleid zu waschen und zu bügeln!

Sie lehnte die Speisereste ab, der Geruch des Roastbeefs verursachte ihr Übelkeit, und sie mußte sich beherrschen, um sich nicht zu übergeben, als sie die gerösteten Zwiebeln und den Apfelkuchen roch. Trotzdem versteckte sie für ihre Tante ein Stück Pastete und ein paar Scheiben Speck und Fleisch sowie zwei Brötchen in der Schürze. Niemals hatte sie so etwas getan, und es bedrückte sie.

Die schwülen Gassen waren wie immer bevölkert, als sie um fast sieben Uhr heimging. Heute lief sie nicht, und sie blieb auch nicht stehen, um den purpurnen Dunst zu betrachten, in dem die Sonne unterging, und der glühende Sonnenball begeisterte sie nicht. Sie ging langsam, setzte mühsam Fuß vor Fuß und hörte nichts von den üblichen gemeinen Zurufen und Pfiffen. Ihre Füße waren wie geschmolzenes Metall, und jeder Schritt wurde ihr zur Qual.

Mrs. Watson nähte emsig an ihrer quietschenden, knarrenden Maschine, das Zimmer war finster, denn Kerosin kostete viel Geld. Aber sie schaute erschrocken auf, als Ellen eintrat.

»Haben sie dich entlassen?« rief sie. »Du solltest doch bis zehn arbeiten.«

Ellen lehnte sich an den Diwan und sagte mit so schwacher Stimme, daß May sie kaum verstand: »Nein, Tante, Mrs. Porter sagte, von sechs bis sieben abends ist genug, und sie gibt mir einen Dollar die Woche, nicht bloß 75 Cents.«

May verschlug es die Rede über die Freigebigkeit einer Frau, vor der sie dienerte und die sie verachtete zugleich. Sie rieb ihre schmerzenden Augen. »Sehr schön!« rief sie. »Du mußt ihr deine Dankbarkeit beweisen, Ellen! Geh sofort zurück und arbeite bis zehn. Du hast doch nicht Mrs. Jardin allein die Küche fertigmachen lassen?« fragte sie erschrocken.

Ellen schloß die Augen in totaler Erschöpfung. »Nein, alles ist sauber. Mrs. Jardin war ... zufrieden. Ich bin besser als Alice, sagt sie, und wirklich flink, und ich verdiene den Dollar. Oh, Tante May, ich kann nicht zurückgehen, selbst wenn man mich in der Nacht noch braucht. Mir ... mir ist elend ... Ich möchte nur ins Bett ...«

May Watson schaute sie scharf an, und ihr Sinn für das, was »recht« ist, kämpfte mit ihrem Mitleid. »Du bist abgespannt. Weil du gestern so lang aufgeblieben bist.« Dann fiel ihr etwas ein: »Hast du eigentlich dein Abendbrot bekommen? Das war abgemacht.«

Ellen konnte kaum mehr sprechen: »Ja«, flüsterte sie. »Ich habe dir auch etwas mitgebracht, so wie du immer mir etwas bringst – aus der Küche.«

May Watson bemerkte erst jetzt, wie schmutzig Ellens Kleid war und brauste auf: »Kannst du denn nicht aufpassen! Dein bestes Kleid – das ist ja nicht zu fassen! Los jetzt, wasch und bügle es, du mußt es morgen wieder anziehen.«

»Bitte –«, Ellen stöhnte nur mehr, »bitte, laß mich morgen das Blaue tragen. Ich ... kann mich nicht auf den Beinen halten ... ich muß ins Bett.«

»Ein großes, gesundes Mädel wie du! Wie wird denn das sein, wenn du so alt bist wie ich? Meinetwegen, fahr ab.«

Mit letzter Kraft wankte Ellen in ihre luftlose Kammer. Sie streifte die Kleider ab, ohne sie wie sonst sorgfältig zusammenzulegen. Dann schlüpfte sie in ihr grobes Nachthemd, fiel ins Bett und schlief sofort ein, zusammengerollt wie ein junger Hund.

Zwei Stunden später drehte Mrs. Watson die Lampe in der Küche ab und schlich müde und mit schmerzenden Füßen in ihre Kammer. Aber sie blieb an Ellens Tür stehen. Das Licht der Straßenlampe fiel auf die halb verrenkte, reglose Gestalt im Bett. Es lag etwas unendlich Rührendes in den verschwommenen Konturen dieses Mädchenkörpers, und Mays Augen wurden feucht. »O Ellen, Ellen!« flüsterte May.

Durch das offene Fenster sah sie den Mond, eine riesig dicke, weiße Spinne, gefangen in einem feinen Netz schwebender Wolken, und nun schmerzte sie nicht nur ihr Körper, sondern auch ihre Seele.

IV

Jeremy, der Sohn des Bürgermeisters, kam schon an diesem Tag von seinem Besuch bei der jungen Dame zurück, für die er sich interessierte. Er studierte Wirtschaftswissenschaften in Harvard, war ein vitaler Mann, klug und besonnen, männlich und streitlustig, intellektuell und zynisch, sachlich und anspruchsvoll zugleich. Er verbarg seinen scharfen Verstand hinter einem kurz angebundenen, schroffen Wesen. Für Narren, sentimentale Schwätzer und das Durchschnittsvolk hatte er nichts übrig; am tiefsten aber haßte er alles, was weinerlich, winselnd, farblos, mittelmäßig und banal war. Für »die Leute« brachte er weder Liebe noch Nachsicht auf, und in diese Kategorie schloß er auch seine Eltern ein. Preston, das große Dorf mit seinen fünftausend »Dummköpfen«, ekelte ihn an, das Haus seiner Eltern war ihm zuwider, deren Ansichten und Lebensweise waren ihm ein Greuel. Der Bürgermeister hatte seinen Sohn stets für etwas »schwierig« gehalten, Mrs. Porter vergötterte ihn, obwohl er sie oft mit seinen, wie sie es nannte, »rohen« Bemerkungen schockierte. »Das gehört sich nicht, das ist nicht hübsch«, tadelte sie.

»Nichts ist hübsch in dieser Welt, Mama«, antwortete er dann. »Die Welt wird vom Gesetz des Dschungels beherrscht: Den letzten beißen die Hunde. Ich habe nicht die Absicht, mich auf die Seite der Schwächlinge zu schlagen. Wenn wir nicht auf der Hut sind, dann werden uns die Schwächlinge auffressen, unsere Körper, unsere Substanz, das ganze Land, und nur abgenagte Knochen zurücklassen. Die haben nämlich einen ungeheuren Appetit!«

»Du wirst es schon noch alles begreifen«, sagte sie, »schließlich bist du erst dreiundzwanzig Jahre alt, mein Junge, das reine Kind.« Sie ahnte nicht, daß ihr Sohn niemals ein »reines Kind« gewesen war, nicht einmal in seinen frühesten Jahren.

Einmal schrieb er einem Freund: »Es gibt nur zwei Arten von Menschen in dieser Welt: ewige Kinder, die eine furchtbare Gefahr für die Zivilisation sind, und die anderen, die schon als Erwachsene geboren wurden. Wenn die ›Kinder‹ das Land in Besitz nehmen und die Erwachsenen zur Minderheit werden, dann ist das Ende für unser Volk gekommen. Eines Tages wird man sich zu der Erkenntnis durchringen müssen, daß nicht alle Menschen mit der gleichen Intelligenz geboren werden – und Intelligenz ist das einzige Kriterium des Menschen –, und wird sich entsprechend verhalten müssen, sonst gehen wir alle in dem zuckrigen Gemansche von Sentimentalität und Brüderlichkeit zugrunde, und alles, was die Gründer unserer Republik geschaffen haben, wird für immer vernichtet. Amerika braucht Männer und keine Säuglinge und Bettnässer, gleichgültig, welchen Alters.«

Er war ein glühender Verfechter der malthusianischen Lehren.

Einmal sagte ein Professor, den Walter Porter einen Träumer genannt hätte, zu dem jungen Mann: »Wir müssen Mitleid mit den Schwachen haben und ihnen helfen.«

»Ich glaube«, entgegnete Jeremy, »daß wir von verschiedenen Begriffen reden. Wenn Sie diejenigen meinen, die sich niemals aus ihrer Armut aufrappeln, die nicht spinnen und nicht weben und stumpf dem Hungertod entgegen vegetieren, die keinen Verstand besitzen, und nur über ihr Elend winseln und jammern, ohne sich aufzuraffen, dann sage ich: Laß sie aussterben, sie sind kein Verlust für unser Volk. Wenn Sie aber von den klugen Köpfen sprechen, die unschuldig als Arme geboren wurden – denen müssen wir jede Chance bieten, obwohl sie so stolz sind, unser Mitgefühl zurückzuweisen. Sie dürfen gar nicht merken, daß wir wie eine Mauer hinter ihnen stehen und ihnen helfen. Von solchen Menschen hängt unsere Zukunft ab.«

Für Jeremy war seine Mutter die Verkörperung des »neuen Geistes« in Amerika: sie gehörte den wohlhabenden Kreisen an, die das »Joch« der Armen beklagten, sei es aus eigensüchtigen Motiven, sei es, um bei den Nachbarn Eindruck zu schinden. Agnes Porter war nicht gescheit genug für die erste Kategorie, wie Jeremy verächtlich vermutete, sondern gehörte zur zweiten Gruppe, in die er die Dummköpfe einstufte. Sie waren nicht so gefährlich wie die erste, bildeten aber eine Art Wall für sie. Beide Gruppen »beuteten« die Armen aus, die eine aus politischen, die andere aus gesellschaftlichen und religiösen Motiven. »Solche Typen sind schuld am Mord an den Mühseligen und Beladenen«, sagte er grimmig.

Er hatte die Werke Marx' und Engels' gründlich studiert, hatte sich ausgiebig mit der Französischen Revolution befaßt, und er hatte den heimlichen Spott der Professoren für seine, wie sie es nannten, Unlogik erregt. Denn er sprach verächtlich von den Großkapitalisten: »Sie haben die Schlauheit und Gier eines Wiesels«, und mit der gleichen Geringschätzung von den Schwächlingen, deren Existenz von der Mildtätigkeit anderer abhängt »Sie sollen sich gegenseitig auffressen, aber uns in Ruhe lassen«, meinte er. »In ihrer Gefräßigkeit ähneln sich beide wie Brüder, und wenn sie sich gemeinsam auf uns stürzen, dann schlittert Amerika rettungslos in das trübe Zwielicht von Bankrott, Sklaverei und Verzweiflung. Irgendwie werden diese unheimlichen Brüder einen Weg finden, uns in Ketten zu schlagen und zu vernichten. Sie sind eines Geistes. Aber seien Sie überzeugt: man wird sie trotzdem nicht für die Schuldigen halten.«

Jeremy haßte vor allem die Politiker. Deshalb hatte er sich auch nicht als Freiwilliger für den spanischen Krieg gemeldet. Er hielt Kriege, außer im Fall der Selbstverteidigung, für Verbrechen, obwohl er persönlich ein richtiger Draufgänger war.

Manchmal hatte der gutmütige Bürgermeister das ungute Gefühl, ein Wolfsjunges gezeugt zu haben, einen Geist, der stets verneint, einen Rebellen voll unverständlicher Forderungen. Er selbst begriff überhaupt nicht, was sich Jeremy eigentlich vorstellte. Er schob es auf dessen Jugend und das Temperament eines unausgegorenen Gemüts. »Du mußt daran denken, was Christus von den Geringsten deiner Brüder gepredigt hat; daß wir ihnen helfen müssen«, meinte er mit frommem Augenaufschlag.

Solche Reden versetzten Jeremy in blinde Wut. Wenn es jemanden gab, so dachte er höhnisch, dem das Los der »Brüder« ganz und gar gleichgültig war, dann war es Edgar Porter, der seine Dienerschaft und die Angestellten verächtlich und herablassend behandelte, der kaum Menschen in ihnen sah und der rücksichtslos und streng seine Befehle und Wünsche durchsetzte.

Jeremy fand Preston sterbenslangweilig, und seine Eltern erst recht. Aber er war so vernünftig, einzusehen, daß er sie in den kurzen Ferienwochen eben ertragen mußte – das war seine Pflicht! Trotzdem hatte er in dieser Zeit dann und wann das dringende Bedürfnis, auf einen Sprung nach New York oder Philadelphia zu flüchten, nach Boston oder sogar nach Pittsburgh. Dort kam er mit jungen Gleichgesinnten zusammen, die wie er um die Zukunft Amerikas bangten. Voll Haß und auch nicht ganz ohne Furcht beobachteten sie das Treiben der Populisten und ihres Führers William Dennings Bryan. »Doch er wird abtreten, und seine Ideen mit ihm«, sagten sie. Aber Jeremy schüttelte den Kopf: »Vergeßt nicht, wir sind nicht allein in dieser verblendeten Welt. Skandinavien und in gewissem Maß auch Frankreich und Deutschland haben etwas von den Ideen des Karl Marx angenommen.«

Jeremy hatte an seinem einundzwanzigsten Geburtstag ein großes Vermögen von seiner Großmutter mütterlicherseits geerbt. Damit unterstützte er Waisenhäuser in Scranton, was seine Finanzlage nicht allzusehr belastete, und besserte die Gehälter verschiedener Staatsmänner auf. Alles anonym. Francis hätte eine solche Handlungsweise verachtet und vor allem nicht begriffen, denn er hielt seinen Vetter für selbstsüchtig und einen »Feind des Volkes«.

Es hatte Jeremy sehr belustigt, daß sich sein Vater um das Amt des Bürgermeisters bewarb. »Wozu?« fragte er.

Edgar Porter hatte seine würdevollste Miene aufgesetzt. »Um mitzuhelfen und die Welt zu verbessern – mit meinen schwachen Mitteln«, erklärte er salbungsvoll.

Worauf Jeremy lauthals gelacht hatte, ohne zu erklären weshalb. Er konnte seinen kleinen, untersetzten Vater mit dem frommen Augenaufschlag und dem Gehaben eines Dieners der Volkswohlfahrt gut leiden. »Was dieses Land braucht, Vater, das sind kräftige Muskeln«, sagte er, »Muskeln und Gehirn. Eines schließt das andere nicht aus.« Als Edgar beleidigt den Mund verzog, fuhr er freundlich fort: »Ich meine es nicht wörtlich, Vater. Wir brauchen die Kraft der Intelligenz und nicht das verwaschene Mitleid der Sozialreformer. Ich habe noch niemals einen Reformer kennengelernt, der mit den Fäusten dreinschlagen und eine klare, vernünftige Meinung äußern konnte. Nichts als Tränen und Wimmern, verwaschene Anklagen und Beschimpfungen – und Neid. Vor allem Neid.«

Daß sein Sohn laufend Gewerkschaften unterstützte, fand der Bürgermeister skandalös und konnte es nicht begreifen. »Warum?« fragte Jeremy. »Ich werde jede Gewerkschaft unterstützen, die die Arbeitenden, die Fleißigen und Selbstbewußten fördert. Aber bis aufs Messer werde ich die sogenannten ›Volksfreunde‹ bekämpfen, die sich an den Arbeitern mästen, die sich den eigenen Wanst vollstopfen, ohne selbst eine Hand zu rühren. Ich glaube, daß die Gewerkschaften vielleicht die einzige Macht sind, die zwischen Amerika und dem Despotismus steht. Wenn sie nicht auch einmal in die Falle gehen.« Er schüttelte den Kopf: »Es ist der Fehler der Humanität, daß sie menschlich ist.«

Begreiflich, daß Jeremy seinen Eltern ein Rätsel war. Er selbst bekannte sich ganz und gar als Amerikaner, er traute niemandem, und vor allem keinem Politiker. Früher einmal hatte er gehofft, daß er seinen Vetter Francis für seine Ideen gewinnen könnte, aber Francis hatte ihn enttäuscht. »Alles hohl, Schall und Rauch, der große Idealismus«, hatte er achselzuckend gesagt. »Einer wenigstens muß vernünftig sein und die Dinge sehen, wie sie wirklich sind.« Er fand einen Verbündeten in seinem Onkel Walter, der oft heimlich bedauerte, daß Jeremy nicht sein eigener Sohn war. Er redet nicht herum, bei ihm hat alles Hand und Fuß, dachte Walter, er hat eben Verstand.

Jeremy fand die manierierten Intelligenzler komisch. »Nichts dahinter, in diesen kleinen Würmchen steckt kein Blut, keine Vitalität, keine Männlichkeit. Sie unterscheiden sich kein bißchen von den Leuten, die sie belehren wollen. Sie sind geistlos, habgierig und kindisch. Und abhängig und giftig. In härteren Epochen dieses Jahrtausends ist die Natur rücksichtslos mit ihnen verfahren. Wir haben die Natur umgedreht und sind mitleidig geworden.«

So mancher Sanftmütige fand ihn »grausam«, obwohl die Milden selbst in Wahrheit die grausamsten waren. Jeremy durchschaute sie ganz, man konnte ihn nicht täuschen. Sie waren Heuchler und wollten als Ehrenmänner und Tugendbolde gelten. Er ging ihnen aus dem Weg, wo er nur konnte, aber er stellte fest, daß sie an den Universitäten ständig überhand nahmen. Er versuchte, vernünftig mit ihnen zu reden, aber sie hatten keine Vernunft, nur aufgebauschte Gefühle. Und diesen mißtraute Jeremy ebenso, wie er den Zeloten mißtraute.

Obwohl er lebhaft und tatkräftig war, hatte er sich doch stets in der Hand und versuchte nicht aufzufallen. Er war durchaus nicht das, was man einen Feuergeist nennt. Aber er sah gut aus, er war groß, stark und sportlich, eine Persönlichkeit, der man sich schwer entziehen konnte. Seine Mutter hatte recht, wenn sie ihn männlich nannte. Auf Frauen übte er eine starke Faszination aus. Er benahm sich natürlich, hatte ein gutes Auftreten, war offen und niemals unverschämt, wenn auch oft herausfordernd. Seine Stimme klang manchmal laut und scharf, niemals aber herrisch. Und er meinte genau das, was er sagte.

Er hatte nicht den farblosen Blick seiner Mutter geerbt und nicht ihre Blässe. Seine Augen waren tiefbraun und wichen den Blicken seiner Partner nicht aus, sie lagen tief in dem gebräunten, kantigen Gesicht. Die gut geformte Nase sprang scharf vor, die dichten Augenbrauen waren gerade gezeichnet, das Kinn war energisch, und um den vollen, sinnlichen Mund lag ein spöttischer Zug. Sein kräftiges, sehr dichtes Haar wirkte gepflegt, und auch für seine Hände schwärmten die Frauen, sie waren groß und sehr fest, mit reinen, breiten Fingernägeln und kräftigen Knöcheln. Obwohl er ganz und gar wie ein Intellektueller wirkte, bewegte er sich natürlich und unbefangen, und er ähnelte weder seinem Vater noch seiner Mutter. »Er schaut wie mein lieber Vater aus«, sagte Agnes mit einem zärtlichen Seufzer. Jeremy verstand sich mit den meisten seiner Kollegen ausgezeichnet, wurde aber von jenen gemieden, die sich gemäßigter, gütiger, freundlicher und vor allem kultivierter als er dünkten.

Wenn er eine Schwäche hatte, dann war das sein Hang für das weibliche Geschlecht. Trotzdem war er in diesem Punkt sehr anspruchsvoll. Er mochte keine Fadesse, kein süßliches Weibchentum. Er schätzte Geist, Selbständigkeit, sicheres Auftreten bei den Frauen genauso wie Schönheit. Alles Platte und Gewöhnliche lehnte er strikt ab, selbst bei Prostituierten. Er besaß, ohne es selbst zu wissen, einen sicheren Geschmack und das Verständnis für echte Werte. So war er auch nicht der Grund für die Entlassung der kleinen Alice gewesen. Nein, sie war ihm niemals aufgefallen, und niemals hätte er sich mit einer Hausangestellten eingelassen. Mrs. Jardin hatte das Gerücht boshaft in die Welt gesetzt, weil sie Jeremy nicht leiden konnte, obwohl sie ihm gegenüber sehr unterwürfig tat.

In Scranton hatte er festgestellt, daß die ihm empfohlene junge Dame zwar recht amüsant war, seinen Wünschen aber nicht entsprach. Er überlegte, ob er vor der Rückkehr nach Harvard einen Abstecher nach New York machen sollte; der Gedanke, die ganze Zeit bis zum Semesterbeginn in Preston zu bleiben, schien ihm durchaus nicht verlockend.

Am späten Nachmittag des vierten Juli traf er im Elternhaus ein, fand es aber leer. Man hatte ihn erst zwei Tage später erwartet.

»Ich gehe morgen zum Kirchenpicknick«, hatte Mrs. Jardin zu Ellen am Vorabend des Unabhängigkeitstages gesagt. »Deshalb mußt du dableiben, bis wir nach dem großen Feuerwerk heimkommen. Vielleicht gegen neun Uhr. Was schneidest du ein Gesicht? Willst du am Ende heulen? Irgend jemand muß hier sein, um aufzudecken und den Imbiß vorzubereiten. So ist es bei und nach dem Fest Brauch: kaltes Fleisch und Salat, Toastbrot und Bratkartoffeln und den Kuchen, den ich heute schon gebacken habe. Kaum eine Arbeit, aber du tust, als müßtest du zusammenbrechen. Dabei bist du stärker und größer als ich, du mit deinen ellenlangen Beinen.«

Ellen schwieg, denn sie fürchtete in Tränen auszubrechen, wenn sie sprach. Zum erstenmal in ihrem Leben sollte sie auf das öffentliche Picknick verzichten, für das May das ganze Jahr sparte, sollte nicht die Raketen sehen und vor allem nicht die Musikkapelle hören.

»Es hat keinen Sinn zu weinen«, sagte May, als ihr Ellen abends Bericht erstattete, obwohl sie selbst kaum die Tränen zurückhalten konnte. »Man muß sich damit abfinden, Ellen. Es tut mir leid, daß du erst nach neun Uhr nach Hause kommst, aber ... wenn es dir leichter ist, dann gehe ich auch nicht zum Picknick. Ich warte hier auf dich.«

Ellen aber, die sofort ihren eigenen Kummer vergaß, widersprach heftig. Dieses Fest war einer der ganz seltenen Feiertage im Leben der Tante, die sich monatelang darauf gefreut hatte. Es gelang Ellen schließlich, May zu überreden: es hätte doch keinen Sinn, daß sie beide traurig wären – überdies läge ihr gar nicht soviel daran, fügte sie tapfer hinzu. »Das Haus der Porters wird still sein; vielleicht kann ich in die Bibliothek gehen und etwas Gutes zu lesen finden. Und der Festpark ist nicht weit entfernt, da höre ich sicher die Musik vom Garten aus.« Sie zwang sich ein Lächeln ab und senkte den Kopf, und May blickte zur Seite. Es war nicht anständig von den Porters, nein, das war es nicht, aber wann war schon etwas anständig auf dieser Erde? Ellen konnte nicht früh genug lernen, wie es auf der Welt zuging.

Das Mädchen konnte die folgende Nacht vor Kummer kaum schlafen. Als sie um halb fünf Uhr aufstand, war es dunkel wie immer, obwohl sich der Himmel im Osten wie Perlmutter färbte. Die Tante schlief noch, heute war einer der Tage, an denen sie nicht arbeitete. So zog sich Ellen schnell an und stahl sich lautlos aus dem Haus. Sie bekam vielleicht im Bürgermeisterhaus ein Frühstück, wenn Mrs. Jardin gnädig war; gestern war sie gar nicht gnädig zu Ellen gewesen und hatte die Platte mit den Überresten wortlos mit energischen Schritten zur Hundehütte getragen, ohne Ellens sehnsüchtigen Blick zu beachten. Der Grund für Mrs. Jardins schlechte Laune war nicht Ellen direkt gewesen, es war »dieser Mr. Francis«. Er hatte eine Menge stehen gelassen, trotz ihres Drängens. Sie wußte nicht, daß er sie gar nicht bemerkt hatte. Er dachte nur mit Mißvergnügen an den kommenden Tag; patriotische Feiern fand er lästig und überflüssig. Patriotismus war für ihn reiner Chauvinismus, etwas Frivoles und Egoistisches, und nicht der Ausdruck des Stolzes und der Liebe einer Nation für ihre Helden.

So hatte Ellen bis halb zwölf fasten müssen und hoffte nun inbrünstig, daß die Köchin heute besserer Laune sein möge. Tatsächlich, sie war es.

Mrs. Jardin bereitete dem Mädchen sogar einen frischen Eierkuchen und wärmte ihr eine Tasse Kaffee auf. Und Ellen war so sichtlich dankbar, daß sie sich erst recht ihrer Großmut bewußt wurde. »Du bist ja noch immer im Wachsen«, meinte sie, »dein Vater muß ein Riese gewesen sein oder so was ähnliches.« Sie verstummte. Dann mit boshaft funkelndem Blick: »Wie sah er denn eigentlich aus, dein Vater?«

»Ich kann mich nicht an ihn erinnern«, antwortete Ellen und legte die Gabel nieder. »Aber Tante May hat mir erzählt, daß er sehr hübsch war und dunkle Haare hatte.«

»Wie kommst du zu dem gleichen Namen wie deine Tante – Watson?«

Ellen sah sie erstaunt an. »Hat es Ihnen Tante May nicht gesagt? Sie war mit dem Vetter meines Vaters verheiratet, einem sehr armen Vetter. Er und Vater bekamen zur gleichen Zeit Typhus, in Erie, und beide sind gestorben. Das war sehr traurig.«

Mrs. Jardin war enttäuscht. Die gleiche Version hatte ihr May Watson gegeben. Da ihrer Meinung Ellen nicht nur häßlich, sondern auch dumm war, hatte sie gehofft, ein paar pikanten Geheimnissen auf die Spur zu kommen und damit Mays lächerliches Lügengewebe zu zerstören. Ein kleiner Skandal wäre ein Leckerbissen beim Kaffeetratsch mit den Freundinnen gewesen. »Spül endlich die Teller!« befahl sie barsch. »Du wirst niemals fertig mit der Arbeit.«

Aber trotz ihrer Bissigkeit lag etwas von Feiertag in der Luft, Ellen spürte es genau. Mr. Francis war auch außerordentlich nett zu ihr gewesen, er hatte freundlich ihre Hand berührt, als sie ihm die frische Wurst serviert hatte, und sie angelächelt. Ihr war so warm ums Herz geworden, daß sie vor Erregung fast eine Schüssel hätte fallen lassen, und Mrs. Jardin schalt sie wegen ihrer Ungeschicklichkeit. »Wirklich, das Mädel hat noch nicht viel bei Ihnen gelernt«, tadelte Mrs. Porter ihre Köchin. »Sie ist noch sehr linkisch.« Mrs. Jardin hätte Ellen am liebsten geohrfeigt, aber sie spürte Mr. Francis' kalten Blick und wußte, daß er sie durchschaute. Trotzdem überließ sie Ellen die Reste in der Küche und kam sich sehr edel und großmütig, vor allem aber christlich vor.

Es war ein heißer, blau-goldener Tag, vor dem Rathaus wehten die Fahnen auf den hohen Masten, kleinere Fahnenstangen standen vor den Häusern in der Bedfordstreet und sogar in den ärmeren Vierteln. Raketen schossen überall in die Luft, begleitet vom Jubel der Kinder. Sogar die Pferde waren sichtlich in Feiertagslaune, ihre Hufe trabten fröhlich über das Katzenkopfpflaster, und die Insassen der Kutschen tauschten lachend Grüße mit den Vorüberfahrenden. Irgendwo spielte jemand fortissimo »Heil Columbia!« auf dem Klavier. Die Bäume, lichtumflossen, bogen sich lustig im Wind. In der Luft lag der Geruch von Schießpulver und Lunte, von Rosen und frisch gemähtem Gras. Der Himmel schimmerte violett und schien vor Hitze zu flimmern. Ellens Schmerz ließ nach. Sie dachte an die Bücher in der Bibliothek, an die Ruhe, und daß Mrs. Jardin ein paar Stunden lang fort sein werde.

Aber Francis war übler Laune, denn er durfte seinen Onkel und seine Tante nicht beleidigen, indem er zu Hause zu bleiben wünschte. Es war ja der Ehrentag des Bürgermeisters, der nach dem Picknick auf der Treppe des Rathauses die Festrede halten würde, die er mehrfach umgeschrieben und über die er viel Schweiß vergossen hatte. Onkel Porter war ehrgeizig, was er niemandem anvertraute, nicht einmal seiner Frau. Er hoffte, Senator zu werden und wußte, daß wichtige Männer aus Philadelphia kommen würden, denn Prestons Sägemühlen – im Besitz einiger weniger reicher Familien – florierten. Preston hatte zwar nur ein paar tausend Seelen, aber sie waren alle aufrechte Parteigänger dieses Bürgermeisters, bewunderten und liebten ihn, denn er verstand glänzend mit ihnen umzugehen und sagte ihnen als perfekter »Demokrat« genau das, was sie hören wollten. Die Herren aus Philadelphia waren peinlich darauf bedacht, keines der reichen Häuser Prestons zu betreten, nicht einmal das Haus des Bürgermeisters, sie logierten die wenigen Tage in Prestons einzigem Hotel, dem »Pennsylvania«, das kaum Komfort zu bieten hatte. Auf diese Weise bewiesen sie jedermann, daß sie unparteiisch waren und die Reichen nicht den Armen vorzogen. Schließlich gab es mehr arme als reiche Wähler im Sprengel.

Edgar Porter verstand diese Überlegungen gut, nach denen auch er sich richtete. Aber seine Frau klagte: »Das nenne ich eine grobe Unhöflichkeit, noch dazu, wo du dem Kongreßmitglied Meade in Philadelphia die Stimmen von Preston bringst.« Aber Edgar hatte nur lächelnd den Kopf geschüttelt: »Es gibt Nuancen, Agnes ... das ist eben Politik.«

Irgendwo in der Ferne ratterten Rasenmäher, irgendwo blies jemand Trompete, Hunde bellten, durch das Knallen der Sprengkörper unruhig gemacht. Preston war lärmender als sonst, in richtiger Festtagsstimmung. Ellen vergaß ihren Kummer. Sie dachte daran, wie allein, ja verfemt, Tante May und sie bei solchen Gelegenheiten immer gewesen waren, und wie sie unter der Ausgeschlossenheit gelitten hatten, sie dachte an das Tuscheln der Leute am Brunnen im Park – auch Festtage waren für Menschen ihrer Art keine reine Freude. Eigentlich waren sie immer bedrückt nach Hause gekommen. Heute staubte Ellen summend in den Schlafzimmern ab und wischte die Böden. Ich bin nicht unglücklich, daß ich hier bleiben muß, sagte sie sich vor und versuchte die Musik und den Feiertag zu vergessen. Es war schön, so ganz allein. Trotzdem wünsche ich den andern einen lustigen Tag. Liebe und Vertrauen. Es tat wohl, an die Freude anderer zu denken, auch wenn man selbst davon ausgeschlossen blieb.

Ein bißchen wehmütig war ihr dennoch zumute, als Mrs. Jardin den üppigen Picknickkorb packte, und dazu ebenso laut wie falsch sang:

»Heiß wird es sein heut nacht in der Stadt!«

Ellen war dieser Song besonders verhaßt. Sie schloß leise die Tür des Schlafzimmers, in dem sie eben putzte, und sang selbst vor sich hin, eine Melodie ohne Worte, die ihr gut gefiel; sie hatte sie am vergangenen Sonntag von der Kapelle im Park gehört. Sie wußte nicht, daß es eine Arie aus einer Oper war, die »Das Gelübde« hieß, sie wußte nur, daß die Weise himmlisch klang, daß etwas Süßes in ihr schwang wie eine wehmütige Erinnerung. Ellens reine Stimme füllte den schwülen Raum mit perlendem Wohlklang, in ihren Augen zitterten Tränen des Glücks, und wieder fiel ihr die Weissagung ein, durch die ihr gestillte Sehnsucht, erfüllte Hoffnung und glückliche Liebe versprochen worden war. Gefühle erwachten in ihr, die sie selbst nicht begriff, das Blut pulste schneller in ihren Adern, es war wie die Vorahnung einer Seligkeit, die sie nicht fassen konnte. Wunderbar getröstet setzte sie ihre Arbeit fort.

Endlich war das ganze Haus leer, nur Ellen saß in der Küche und verzehrte voll Appetit ihre kalt gewordene Mahlzeit; sie genoß jeden Bissen, obwohl die Sauce auf dem Fleisch gestockt und das Brot trocken war. Mit schrecklich schlechtem Gewissen holte sie einen Krug Milch aus den Tiefen des riesigen Eisschranks und goß sich ein Glas ein. Ihr junger Körper war gesättigt, und sie begann wieder zu singen. Sie hörte, wie die Leute der umliegenden Häuser die Türen zuschlugen und sich zum Park begaben; die Kirchenglocken läuteten hell und fröhlich. Eiliges Getrippel auf dem Pflaster, und dann Stille, tiefe Stille.

Ellen ging durch die Vordertür hinaus auf die Veranda und lauschte. Niemand weit und breit, der Rauch der letzten Raketen lag noch in der Luft. Sie bemühte sich, doch ein paar Töne der Kapelle zu erhaschen. Ja, da klangen sie auf, schwach, aber deutlich, und Ellen lächelte glücklich zu den flotten Märschen. Eine Trompete hob sich hoch über die anderen Instrumente empor wie eine goldene Seifenblase, und Ellen hätte sich vor Glück selbst umarmen können. Die Trommeln schlugen den Takt, und ihr Herz schlug mit. Niemals war der Himmel so hell gewesen, die Bäume bewegten sich kaum in der Stille, nur ihre lichtumflossenen Wipfel regten sich. Die Fassaden der ausgestorbenen Häuser auf der anderen Seite der breiten Straße schlummerten in der Sonne, und das Laub der Bäume zitterte in zartem Schattenspiel über sie hin. Das Gras funkelte, denn es war eben erst besprüht worden, und frisch und belebend kam der Geruch des Wassers vom Fluß her. Die Sägemühlen ruhten, überall herrschte Frieden. Kein kreischender Phonograph, kein hämmerndes mechanisches Klavier. Ellen war sich der Kostbarkeit dieser Stunde bewußt, da alles Häßliche und Störende abgeschaltet war. Sie kannte den Begriff Harmonie zwar nicht, aber sie fühlte ihn.

Sie ging in den Garten hinter dem Haus, den sie noch nie hatte betreten dürfen, und sie war entzückt von den vielen bunten Blumen. Sie bewunderte ihre Farben, ihren Wuchs, ihre schimmernden Blätter. Rabatte aus niedrigen weißen und rosa Blüten umrandeten orangerote Feuerlilien, Stockrosen und die letzten Irisstämme, rosa und weiße Gladiolen und Korallenglöckchen. Birken gab es da und Rottannen und Ahorn und hochragende Ulmen. Sie setzte sich im Schatten nieder und lehnte sich an einen Stamm. Ihr schien, als ströme durch diese Berührung mystisches Leben in ihren Körper. Fido schaute sie von seiner Hundehütte aus ungnädig an und bellte ein paarmal laut und scharf. Sie fühlte sich unbeschreiblich wohl und döste selig in dem leichten Luftzug, der ihr Antlitz kühlte. Ihr Haar bewegte sich und funkelte wie Feuer. Ihre rauhen Hände lagen einfach und in kindlicher Entspannung in ihrem Schoß. Sie wußte nicht, daß sie das Schönste in diesem Garten war, eine schlummernde Nymphe aus dem Märchen. Verschlafene Vögel in den Bäumen schauten verwundert zu ihr hinab, Bienen umsummten sie, und eine setzte sich einen Augenblick in ihr Haar. Ein weißer Schmetterling kam und ruhte mit gefalteten Flügeln auf ihrem Knie aus.

So entdeckte sie Jeremy Porter. Er hatte das Haus leer gefunden, und da erst war ihm eingefallen, daß seine Familie ja bei den Feierlichkeiten im Park sein mußte. Nachdem er sich mit dem Whisky seines Vaters gestärkt hatte – der Vater war offiziell ein strenger Antialkoholiker –, schlenderte er in den Garten, den er ebenfalls verlassen glaubte. Plötzlich erblickte er im Schatten eines Baumes, halb verborgen, eine Gestalt in einem lichten Kleid und trat neugierig näher. Da stand er vor dem schlafenden Mädchen und starrte und starrte und konnte es nicht fassen.

Die Sonne sank im Westen, und Ellen schlief noch immer, sie träumte von einem anderen Garten, wie sie ihn niemals erblickt hatte, einem Garten der Verheißung, der süßen, tiefen Sehnsucht, einem duftenden, dunstverhüllten Garten ohne Grenzen, umgeben von einem Hain im abendlichen Dämmerschein. Sie hörte einen Vogel trillern, hoch, jauchzend, und wußte, daß es eine Nachtigall war, obwohl sie nie noch eine gehört hatte. Sie hob ihre träumenden Augen zu dem opalisierenden Himmel und seufzte tief in namenlosem Glück. Ihre purpurroten Lippen verzogen sich zu einem Lächeln, dem Lächeln einer Frau, nicht dem eines Kindes.

Guter Gott, dachte Jeremy, woher kommt soviel Schönheit? Wer ist sie? Er trat näher und sah die makellose Weiße des Halses, der Arme und die vollkommenen Linien des Gesichts, die Flut des roten Haars, das eigenes Leben zu besitzen schien, denn es war, als atme und zittere es in glühendem Feuer. Jeremy betrachtete dieses schlummernde Antlitz, und er spürte den Geist, der es beseelte, die tiefe Unschuld und den Frieden. Kaum sechzehn, dachte er, und die schönste Frau, die ich je gesehen habe. Er beugte sich noch tiefer über sie und sah die abgearbeiteten, schwieligen Hände, die langen schmalen Finger mit den abgebrochenen Nägeln, und dann wußte er, daß dies das neue Hausmädchen war, die Nachfolgerin von Alice.

Vorsichtig zündete er sich eine Zigarette an, rauchte und genoß die Augenweide, die sich ihm bot. Die zarte, mädchenhafte Brust hob und senkte sich leise, die schönen langen Beine zeichneten sich unter dem Kleid ab, das zu eng und abgetragen war. Ellen hatte die Schuhe ausgezogen, um ihre müden Füße auszuruhen, und nicht einmal die groben schwarzen Strümpfe konnten sie entstellen, sie waren fein und schmal wie die Hände.

Jeremy bewunderte Schönheit ebenso, wie er Geist achtete. Daß er beide vereint hier in einem einfachen Dienstmädchen finden sollte, das von Armut und schwerer Arbeit gezeichnet war, schien ihm unglaublich. Und da er auch schöne Gedichte mochte, fiel ihm eine Strophe der »Friedhofs-Elegie« ein:

»So manchen Edelstein, rein, schimmernd, unbefleckt,
verbirgt der Ozean in schwarzer Nacht.
Und manche Blume blüht geheim und unentdeckt,
verschwendet unnütz ihre holde Pracht.«

Verdammt, dachte er, ich bin ja verrückt. Ein Mädchen wie das hier verschwendet seine Pracht nicht ungesehen, selbst nicht in diesem elenden Nest. Er forschte in den Zügen, er wollte etwas Negatives, Verderbtes in ihnen finden und stellte staunend fest, daß dieses Antlitz rein wie das eines Kindes war.

Wieso war er ihr nicht schon früher begegnet? Er war doch hier geboren und hatte einen Großteil seines Lebens in Preston verbracht? Vielleicht war sie erst vor kurzem zugezogen.

Ellen schlief und lächelte. Jeremy trat näher. Sein Schatten fiel über sie, und ihre goldenen Augenlider erbebten; sie murmelte etwas, bewegte sich sichtlich widerwillig, öffnete langsam die Augen, fuhr auf und starrte ihn erschreckt an.

V

Ellens erster Gedanke war, daß dieser Fremde ein »Räuber« sein müsse. Sie sah einen großen jungen Mann vor sich, kräftig und breit, mit belustigten Augen und einem aufmunternden Lächeln, das die weißen Zähne sehen ließ. Zu Tode erschrocken sprang sie auf, warf das Haar zurück und wollte davonlaufen.

»Fürchte dich nicht«, sagte der Mann mit einer Wärme, die alle verblüfft hätte, die ihn kannten. »Ich bin Jeremy Porter. Ich bin früher als vorgesehen nach Hause gekommen.«

»Oh«, flüsterte Ellen. Ihre Angst war weg, aber ihre Wangen färbten sich dunkelrot vor Scham. »Es tut mir leid«, sagte sie. Ihre Stimme war melodisch, ja klangvoll, und sein Entzücken wuchs. »Ich, ich wußte nicht, Mr. Porter ...«

Sie konnte vor Verlegenheit kaum sprechen. »Sie sind alle drüben im

Park, Sir«, stotterte sie. »Dort finden Sie Ihre Familie.« Sie zwang sich, ihm in die Augen zu schauen und entschuldigend zu lächeln.

»Ich will sie gar nicht finden«, antwortete er, und ihre Augen weiteten sich vor Staunen. »Wie heißen Sie?«

»Ellen Watson, Sir.«

Der Name war ihm geläufig, denn er hatte May Watson öfter im Hause gesehen. »Watson? Eine Verwandte von May Watson?«

»Das ist meine Tante.« Warum schaute er sie so an? May hatte einmal erwähnt, daß Jeremy ein »gefährlicher« junger Mann wäre, sehr grob und unehrerbietig gegen seine Eltern, und daß er wie ein Arbeiter aussah, ohne Eleganz, ohne Schick. Dazu schroff und kurz angebunden. Somit war Ellen einem Mann ohne Manieren, einem bösen Rohling ausgeliefert – einem, der »niemals ein freundliches Wort herausbrachte«.

Aber dieses Bild verflüchtigte sich, als sie ihn jetzt vor sich sah. Ellen fand ihn hübsch und kein bißchen den anderen Männern in Preston ähnlich. Sein Anzug war nicht »sportlich«, sondern dunkel und von gutem Schnitt, und er lächelte sie freundlich an. Sieh an, dachte sie, ein richtiger Gentleman! Ihr wurde warm ums Herz, und die Scheu legte sich. Dann plötzlich hatte sie den heißen Wunsch, davonzulaufen, aber es war ein süßes und köstliches Gefühl.

»Ich bringe Ihnen etwas zu essen«, murmelte sie, und jetzt war ihr Gesicht blutrot.

»Nett, daß Sie daran denken«, sagte er, »ich bin wirklich ein bißchen hungrig und durstig. Danke Ihnen, Ellen.«

Nur Francis hatte ihr jemals danke gesagt. Dann erschrak sie: »Sir, bitte erzählen Sie nichts dem Bürgermeister und Mrs. Porter ... und Mrs. Jardin ... daß ich geschlafen habe nämlich. Das wäre schrecklich. Ich hätte im Haus arbeiten sollen. Ich bin gerade, wirklich nur für einen Augenblick, in den Garten gelaufen, ich wollte ihn einmal sehen. Ich habe ihn noch nie betreten. Und dann ... ich war so müde, und da bin ich eingeschlafen. Tante May wird mir das niemals verzeihen.«

Sie versuchte, ihre zitternden Hände unter der weißen Schürze zu verstecken, und ihre weit aufgerissenen Augen füllten sich mit Tränen. Was mußte er von ihr denken, daß sie einfach in seinem Garten schlief? Sicher hielt er sie für faul und unverschämt.

»Du hast ein Recht, müde zu sein«, sagte er. »Du hast auch das Recht, den Garten kennenzulernen.«

Das verwirrte sie vollends, und sie wußte nicht, was sie sagen sollte. Mit einer undeutlich gemurmelten Entschuldigung senkte sie den Kopf, hetzte an ihm vorbei und rannte zum Haus wie eine Verfolgte. Er schaute ihr nach und runzelte die Stirn. Diese Angst! Er dachte: Na also, wieder ein Beispiel für die soziale »Güte« meiner Eltern. Aber wie schön sie ist, und ihre Stimme, das Gesicht! Sollte mich nicht wundern, wenn sie es meinem

Vater mächtig angetan hätte! Jeremy wußte genau, was hinter den offiziellen Geschäftsreisen seines Vaters nach Philadelphia steckte, wo er angeblich nur Kollegen seiner Partei traf.

Er folgte Ellen ins Haus und fand sie hastig in der Küche beschäftigt. Er schob einen Stuhl heran und setzte sich nieder. Ellen schaute ihn erstaunt an. Niemand von der Familie betrat jemals die Küche, bis auf Mrs. Porter, und auch die nahm nicht Platz, während sie der Köchin ihre Befehle erteilte. Aber Jeremy ließ sich ungezwungen nieder, stützte den Ellbogen auf die Tischplatte und schaute sie so intensiv an, wie sie das noch nie erlebt hatte.

»Woher kommst du, Ellen?« fragte er. »Beeile dich doch nicht so! Wir haben Zeit.«

»Ich ... ich wohne in Preston, Sir«, sagte sie, und ihr Atem ging schnell vor Erregung. »Aber ich bin nicht in Preston geboren. Tante May und ich wohnen seit meinem zweiten Jahr hier.«

»Und wie alt bist du, Ellen?«

Er merkte, daß sie zögerte: »Ich bin vierzehn, Sir.«

Er hob seine schwarzen Brauen, er hätte sie eher für sechzehn, ja sogar siebzehn gehalten. Ellen bewegte sich flink und geschickt in der Küche, dann lief sie hinüber ins Speisezimmer. Er rief ihr nach: »Was bildest du dir ein, Ellen, ich betrete doch diese Grabkammer nicht! Ich werde hier zu Abend essen, in der Küche. Das ist viel gemütlicher.«

Sie kam zur Türe und konnte es nicht fassen. »In der Küche, Sir? Niemand ißt in der Küche außer Mrs. Jardin und mir.«

»Schön, jetzt werde eben ich da essen«, erklärte er. »Außerdem habe ich gerne Gesellschaft. Hast du schon dein Abendbrot gehabt?«

Wieder starrte ihn Ellen ungläubig an. »Nein, Sir«, antwortete sie nach einer Weile stockend. »Ich kann erst essen, wenn die Familie gegessen hat, um neun Uhr.«

Sie verstummte plötzlich, und ein seliges Lächeln erschien auf ihren Lippen. Die Kapelle draußen spielte keinen Marsch mehr, sondern eine Melodie von unendlicher Zärtlichkeit und Wehmut. Jeremy beobachtete sie, wie sie dastand, die Hände ineinander verschlungen. Sie schien weit weg zu sein, als lausche sie nicht nur dieser Musik, sondern einer anderen, die mit dieser in völliger Harmonie verschmolz. Jeremy rauchte nachdenklich und rührte sich nicht, denn er war wie gebannt von dem Anblick dieses Mädchens, das ihm ganz und gar unwirklich vorkam.

Ellen trug die Teller gehorsam zurück, wie er es gewünscht hatte, und stellte sie auf den Küchentisch, den sie vorher mit einem Tuch bedeckt hatte. Jeremy beobachtete sie gerührt, während sie das Silber auflegte. Ihr Gesicht war ernst und angespannt, aber sie begriff sichtlich noch immer nicht, was da geschah. Was hatte dieser Mann in der Küche verloren, der doch zur Herrschaft gehörte? »Wo ist dein Teller, Ellen?« fragte er.

Sie drehte sich erschrocken um: »Mein Teller, Sir?«

»Natürlich. Du wirst doch mit mir gemeinsam essen, nicht wahr?«

Sie strich über ihre Schürze und hob dann mit einer stolzen Bewegung den Kopf. Es klang nicht servil: »Das wäre eine Anbiederung, Sir.«

»Anbiederung von wem? Von mir oder von dir?« fragte er lächelnd.

»Von mir«, erklärte sie entschieden.

Da stand sie, und er betrachtete sie, die Zigarette in der Hand.

»Du glaubst, daß ich leutselig zu dir bin, Ellen?«

Das war ein neues Wort, das Ellen erst kürzlich ihrem Vokabular hinzugefügt hatte. Sie freute sich, daß sie es verstand.

»Ja, Sir«, antwortete sie.

»Nun, ich bin es nicht«, und er war ebenso erfreut wie sie. »Zufällig habe ich gerne Gesellschaft beim Essen. Ich bin ein Herdentier. Und besonders gerne habe ich hübsche Gesellschaft.«

Ellens Gesicht beschattete sich, sie sah ihn zweifelnd an. Machte er sich über sie lustig? Nachdenklich stützte sie ihre Hand in die Hüfte und schaute ihn mit dem Ernst an, den er so kostbar fand. »Aber«, sagte sie schließlich, »ich bin ja nicht hübsch. Jeder sagt, daß ich ganz reizlos bin, auch Tante May, die mich liebhat.«

Einen Augenblick hielt er es für Koketterie, aber sofort merkte er, daß keine Rede davon war, und seine dunkel glitzernden Augen schauten sie ungläubig an. »Du und reizlos?«

»Ja, Sir.«

Er lehnte sich in den Stuhl zurück und konnte den Blick nicht von ihr lassen. »Ellen, hast du denn keinen Spiegel zu Hause?«

Sie seufzte. »Doch, Sir. Und deshalb eben weiß ich, daß ich anders aussehe als alle anderen, und vor allem ganz anders als die hübschen Mädchen im Ort.«

Er richtete sich aus dem Stuhl auf und sprach jetzt mit dem ihm eigenen Ernst: »Ellen, danke dem Himmel täglich dafür, daß du anders aussiehst als sie. Du weißt nicht, was das für ein Glück ist.« Er verstummte. Er konnte es noch immer nicht fassen. »Die meisten Menschen ähneln einander zum Erschrecken«, fuhr er nach einer Weile fort. »Sie benehmen sich, wie sich alle anderen benehmen, und tauschen immer dieselben sterilen Gedanken aus. Sie sind geistig gleichgeschaltet, verstehst du? Um eine Redensart zu gebrauchen: Sie gleichen einander wie ein Ei dem andern, und ihre Seelen sind nach dem gleichen Muster zugeschnitten. Möchtest du ihnen wirklich ähnlich sein?«

Sie dachte einen Augenblick ernsthaft nach, sie hatte nicht alles verstanden, was er meinte. Dann aber schoß ihr tiefe Röte ins Gesicht: »Nein, das möchte ich nicht, Sir! Aber wenn ich so wäre wie die anderen Leute, dann würden sie mich nicht so hassen!«

»Ah, das ist es!« murmelte er und runzelte die Stirn. Gedankenvoll blickte er dem Rauch seiner Zigarette nach. »Natürlich haßt dich die blöde Masse, weil du dich von ihr unterscheidest. Die Leute sind wie das liebe Vieh: Der Einzelgänger ist ihnen immer verdächtig, wird immer gefürchtet und gehaßt und wenn möglich in den Tod gehetzt. Du befindest dich in bester Gesellschaft, Ellen.«

Sie überlegte schweigend, und ihre rotgoldenen Brauen zogen sich zusammen. Dann sagte sie leise: »Mr. Porter, man ist sehr einsam, es ist schwer, anders zu sein als die anderen, anders auszusehen, andere Gefühle zu haben ...«

»Ellen, trotzdem, versuche nicht, dich zu ändern! Es wäre nur eine Maskerade, eine Tarnung, und das Gesindel ist sehr hellhörig in dieser Beziehung. Es würde dich durchschauen und dich erst recht verhöhnen und quälen. Sei du selbst, Kind, sei du selbst und laß die andern sich gegenseitig beweihräuchern, weil sie niemals noch einen originellen Gedanken hatten und sich niemals zu einer eigenen Meinung aufschwingen konnten. Verstehst du mich?«

»Ein wenig, Sir«, antwortete sie mit einem leisen Seufzer.

Sie blickte ihn verstohlen an, und ihr wurde plötzlich ganz warm ums Herz, ihr Atem ging schneller, und sie fühlte sich geborgen und seltsam getröstet zugleich. In seiner Nähe wuchs sie förmlich über sich selbst hinaus, niemals noch in ihrem Leben hatte sie das Glück erlebt, verstanden zu werden, ein Gespräch zu führen und reden zu dürfen, ohne mißdeutet, gescholten oder ausgelacht zu werden. Sie war Francis dankbar, daß er so nett zu ihr gewesen war, und hatte eine kindliche Zuneigung zu ihm gefaßt. Aber jetzt erlebte sie etwas ganz anderes, und als sie Jeremy wieder anzuschauen wagte, stiegen Tränen der Freude in ihre Augen. Sie hätte ihn so gerne berührt, seine Hände ergriffen und gedrückt, hingebend und in blindem Vertrauen.

»Trotzdem glaube ich, daß wir mit den Menschen Mitgefühl haben müssen«, murmelte sie, »weil sie es ... nicht verstehen.«

»Das ist dumm, Ellen. Warum sollen wir freudig die Narren ertragen? Bitte, erzähl mir nicht, daß es in der Bibel so steht. Das weiß ich selbst. Ich bin mit der Bibel erzogen worden. Die Bibel meint wohl, daß wir auch den Narren nichts Böses tun und sie nicht allzusehr verachten sollen, weil auch sie ein Menschenangesicht tragen wie wir. So gesehen sind sie wirklich zu bedauern, weil sie blind und taub sind.« Er bemühte sich, sehr einfache Worte zu gebrauchen, um sich ihr verständlich zu machen und sie nicht zu verwirren. Er sagte: »Ich selbst bin freilich kein solcher Wohltäter. Da die Narren in der Überzahl sind, müssen auch sie ihren Platz auf der Welt haben, aber bestimmt nicht in der Gesellschaft der Intelligenten oder in der Regierung. Ich kann mildtätig sein wie ein Engel, solange mich die Narren nicht belästigen und sich mir nicht aufdrängen.«

Ellens Antwort überraschte und freute ihn zugleich: »Aber, Sir – Mr.

Francis – ich hörte unlängst ein Gespräch zwischen ihm und seinem Vater – Mr. Francis meint, daß alle Menschen gleich sind, und wenn manche unfähig wirken, dann deshalb, weil sie keine Gelegenheit hatten, etwas zu lernen. Es gibt keinen Unterschied zwischen den Menschen, sagt er, nur haben eben einige mehr Glück gehabt als die anderen.«

»Und wie denkst du darüber, Ellen?«

Sie sah ihn zweifelnd an und zögerte: »Ich ... ich weiß es nicht, Sir. Ich weiß nur, daß Mr. Francis sehr gütig ist. Wahrscheinlich will er selbst glauben, was er sagt.«

»Ellen, wer sich gütig nennt, aber dieser Güte keine Taten folgen läßt, der ist ein Heuchler und hat nur leeres Stroh gedroschen. Ich kenne einige Menschen, die wirklich gut sind, allerdings recht wenige, und die Beschränkten finden sie unmöglich – ich meine, grob und rücksichtslos, unmanierlich, ja brutal. Aber ich kenne eine unendliche Menge nur scheinbar guter Menschen. Sie geben Worte statt Münze und wirklicher Hilfe. Verstehst du mich?«

Sie hatte den Sinn seiner Worte erfaßt, obwohl er eine Sprache führte, die ihr fremd war, und zum erstenmal dämmerte ihr, daß der Sinn klarer als der Ausdruck sein konnte. Unbewußt trat sie so nahe an ihn heran, daß er seine Hand auf ihren mädchenhaften Leib hätte legen können, aber er wußte, daß sie weder kokett noch verführerisch sein wollte. Es war, als wollte sie einem Freund näher sein.

»Aber, Sir ... Mr. Francis ist wirklich ein guter Mensch.«

Er lächelte spöttisch. »Zweifellos, so wirkt er, und zweifellos glaubt er es auch selbst. Er ist mit sich sehr zufrieden und fühlt sich restlos wohl dabei, wie alle brüderlich Liebenden. Heuchler hingegen leiden zuweilen an der eigenen Verlogenheit. Schau mich nicht böse an, Ellen! Ich behaupte nicht, daß Mr. Francis ein Lügner ist, er hat echte Qualitäten, die er selbst kaum kennt, ich halte ihn für einen reinen Toren. Wie dich, Ellen.« Jeremy lächelte. »Egal. Dieser Schinken scheint köstlich, ich glaube, ich habe Hunger. Aber ich esse nicht, wenn du nicht mithältst.«

»Tante May und Mrs. Porter und Mrs. Jardin würden mich unverschämt schelten, Sir.« Sie lächelte ihn unsicher an.

»Na, schön, mein Kind, dann sei eben unverschämt. Ich verlange es von dir.«

Seine Stimme gefiel ihr, sie war stark und fast laut, und immer klang in ihr ein bißchen Spott. Das Gespräch hatte sie angeregt, es war als hätte sie ihr ganzes Leben gehungert, und jetzt plötzlich käme einer und böte ihr Nahrung. Er beobachtete sie, wie sie den Schinken in dünne Scheiben schnitt und mit dem Silber hantierte. Niemals noch hatte er so feine Hände und so anmutige Bewegungen gesehen. Er hatte sich nicht getäuscht: Das Mädchen war gescheit. Er spürte, wie ihm das Blut zu Kopf stieg, und er schalt sich selbst: »Aber, aber, sie ist doch noch ein Kind.« Er wußte sehr genau, daß die Gesetze keine Nachsicht mit Männern kennen, die sich unmündigen Mädchen nähern. Aber dieses blutjunge Ding war weit klüger und verständiger als die junge Dame aus Scranton, die ihn enttäuscht hatte. Er wurde in seiner Ansicht bekräftigt, daß Intelligenz nicht das Ergebnis von Erziehung oder wirtschaftlicher Besserstellung ist, sie ist angeboren und muß nur entdeckt werden. Weder Erziehung noch Vermögen vermag Dummheit in Weisheit zu verwandeln. In diesem Fall galt das alte bäuerliche Wort, über das er oft gelächelt hatte: »Aus der Haut einer Sau kannst du keine silberne Börse machen.«

Er entsann sich des Ausspruchs von Aristoteles: »Nicht jeder, der in Menschengestalt auf Erden wandelt, ist menschlich.«

Ellen schnitt Brot und stellte Butter und Tassen auf den Tisch. Das Feuer im Herd knisterte, und das Kaffeewasser sprudelte. Jeremy beobachtete das Mädchen so aufmerksam, wie er noch niemals einen Menschen beobachtet hatte, und dann erkannte er zu seiner Bestürzung, daß er zum erstenmal in seinem Leben tiefe Zärtlichkeit für ein weibliches Geschöpf verspürte, den brennenden Wunsch, gut zu ihm zu sein und es zu beschützen. Das verwirrte ihn, und er wollte sich dagegen wehren. Ellen zitterte heimlich, und doch war sie gelöst und voll tiefen Friedens. Sie fühlte sich plötzlich von Wärme, Herzlichkeit, Verständnis und Kameradschaft umgeben, lauter Dinge, die ihr sonst vorenthalten waren. Sie hätte vor Freude jubeln können, sie hätte sich so gerne an seine Schulter gelehnt, und sie fand nichts Ungehöriges an diesem Gedanken; sie wußte nur, daß sie dort geborgen wäre. Als sie scheu zu ihm aufsah, war ihr Lächeln so strahlend, daß ihm der Herzschlag stockte und er sie nur schweigend betrachten konnte. Niemals zuvor war ihm so bedingungsloses Vertrauen begegnet. Die Luft in der Küche knisterte, als wäre sie elektrisch geladen, und selbst Ellen spürte es. Oh, sie hätte singen, ja tanzen können!

Jeremy dachte: Das Mädchen hat Rasse, das läßt sich nicht verleugnen. Möchte wissen, woher sie stammt, ein solches Gesicht kann nicht aus der Gosse kommen. Er entsann sich einer Bibelstelle, die etwa lautete: Die Bettler reiten oft auf dem Rücken der Pferde, während die Fürsten im Staub wandeln. Christus war kein Gleichmacher, und das war wohl der Grund, warum die modernen Menschenfreunde nichts von ihm wissen wollten und seine Lehren verdrehten oder heuchlerisch zu entstellen suchten, ja, ihn mit ihrem Haß verfolgten. Für Jeremy jedoch war Christus nichts anders als ein Symbol, ein leuchtendes Beispiel, dasselbe, was er auch für Francis war, und recht brauchbar zur Führung einer philosophischen Diskussion.

Jeremys Blicke wanderten durch die Küche, er bemühte sich, an Ellen vorbeizusehen. Da entdeckte er ein abgegriffenes Buch auf dem Spülstein und griff gedankenlos danach. »Thoreau!« rief er verwundert. »Wem gehört denn das?«

»Mir, Sir«, antwortete Ellen schüchtern und mit schlechtem Gewissen. Aber Jeremy schaute sie staunend an, als könnte er es nicht fassen.

»Guter Gott!« rief er, »du und Thoreau! Aber, aber, sei doch nicht so verzagt! Sag mir, Liebes, verstehst du, was er schreibt?«

»Manches, Sir.« Ellens Hand spielte verlegen mit der Schürze. Dann sagte sie hastig: »Eine alte Dame, Mrs. Schwartz, hat es mir gegeben. Tante May und andere Leute behaupten, daß sie eine Hexe ist, aber das ist sie nicht.« Und nach einer Pause: »Ich lese so gerne, obwohl ich nur wenig Zeit habe.«

Jeremy war wie vor den Kopf geschlagen: »›Elsie Dinsmore‹ würde besser zu deinem Alter passen.«

»Ich glaube, ich habe noch nie ein Buch von ihr gelesen«, entgegnete Ellen ernsthaft. Sie schenkte Jeremy Kaffee ein und begriff sein fröhliches Lachen nicht.

»Es ist ein Roman, Ellen, der ›Elsie Dinsmore‹ heißt. Alle jungen Mädchen verschlingen ihn. Aber egal. Also eine Hexe hat dir diesen Thoreau geschenkt? Das kann ich nicht glauben.«

Ellen kannte sich immer weniger aus. »Sie nennt mich ›Tochter von Toscar‹«, sagte sie mit schüchtern gesenktem Blick. »›Schöne Tochter von Toscar‹«, flüsterte sie fast unhörbar.

Jeremy schaute in das Gesicht des Mädchens. »Deine Mrs. Schwartz ist keine Hexe. Oder vielleicht doch. Wieviel von dem Buch hast du schon gelesen, Ellen?«

»Nur da und dort ein paar Seiten. Ich versuche, es zu verstehen, manchmal muß ich eine Seite zweimal lesen, bevor mir klar wird, was gemeint ist. Alle sagen, daß ich sehr dumm bin, und wahrscheinlich bin ich es auch«, fügte sie niedergeschlagen hinzu.

Jeremy zitierte: »›Laß den Dichter nicht Tränen um das allgemeine Wohl allein vergießen!‹ Weißt du, was das bedeutet, Ellen?«

Ellen senkte den Kopf und setzte sich langsam nieder, obwohl er sie nicht dazu aufgefordert hatte. Sie fuhr mit dem Zeigefinger über das steife Tischtuch und murmelte: »Das allgemeine Wohl – davon spricht der Bürgermeister immer. Das bedeutet, gut zum Volk zu sein, nicht wahr?«

»Schön, das ist eine richtige Auslegung. Weiter, Ellen.«

Ihre Augen irrten verlegen über die Wand. »Ich glaube, Thoreau wollte damit sagen, daß der Dichter über andere Dinge trauern sollte – Dinge, die vielleicht wichtiger sind.«

Jeremys weiße Zähne blinkten vor Vergnügen. »Richtig. Was würdest du für wichtiger als das allgemeine Wohl halten?«

»Nun ... den einzelnen Menschen, Sir, den einzelnen. Er ist ebenso wichtig wie die Millionen. Vielleicht noch wichtiger. Man kann eine einzelne Person verstehen, wissen, was sie fühlt und ...« – sie suchte nach einem Wort – »ihre Gefühle, ihre Gedanken, ihre, ja, ihre Trauer sind klarer und verständlicher als die Gefühle der Masse. Ich glaube, Sir, Thoreau hält nicht viel von der Masse, er beschäftigt sich lieber mit der einzelnen Person und findet, daß sie höheren Wert hat...«

»Kurz, Quantität steigert nicht die Wichtigkeit. Meinst du es so, Ellen?«

Sie überlegte eine Weile und nickte dann strahlend: »Ja, Sir. Das Volk, das ist das allgemeine Wohl, aber ein Mensch ist ein Mensch, und deshalb ist er bedeutender. Ich glaube wirklich, daß ich das richtig verstehe.«

»Das glaube ich auch. Kurz, das Leiden eines einzelnen wiegt ebenso schwer wie das Leiden von Zehntausenden zusammen. Vervielfachung ist keine Erhöhung des Werts. Ellen, ich glaube, wir haben den Worten Thoreaus in dieser Sache eine neue Dimension hinzugefügt. Er schreibt weiter von Siebenschläfern und Falken, aber das hat mit unserem Gespräch nichts zu tun. Willst du nicht essen?«

Ellen griff hastig nach der Gabel, als hätte sie Jeremy unabsichtlich beleidigt. Ängstlich saß sie auf der Stuhlkante, denn sie fürchtete, er könnte sie aus einer Laune heraus plötzlich fortschicken. Aber als sie merkte, daß er ihre Anwesenheit als selbstverständlich ansah, daß er sie weder unverschämt noch zudringlich fand, begann sie mit Appetit zu essen. Die Küche mit dem rötlichen Licht der Abendsonne im Fenster kam ihr jetzt als der schönste und friedlichste Platz der Welt vor, denn sie schloß Wohlbefinden und Freundschaft und nicht Bosheit und Unbehagen ein.

Jeremy war ernst geworden, aber das erschreckte Ellen nicht, denn jetzt vertraute sie ihm, und sie spürte, daß sich dieser Gentleman durch ihre Nähe nicht belästigt fühlte – ja, wahrscheinlich hatte er sie ganz vergessen. Gentlemen müssen sich über viele ernste Dinge den Kopf zerbrechen, und deshalb brauchte man weder gekränkt noch ängstlich zu sein, wenn sie gleichsam in sich selbst versanken. Er kannte die furchtbare Welt, die sie nicht kannte, denn sein Leben war nicht ihres, und sie war eine Fremde in dem Kreis, in dem er sich so sicher und natürlich bewegte. Leise Wehmut befiel sie bei dem Gedanken, daß er dieses Haus bald verlassen und sie zurückbleiben werde. Dann vergaß er sie, sie aber konnte ihn niemals vergessen. Die Wehmut wurde zum bohrenden Schmerz, zum brennenden Wunsch, nicht vergessen, nicht verlassen zu werden. Sie war noch keine vierzehn Jahre, aber sie liebte ihn, wie nur eine Frau liebt.

Niemals konnte sie ihm folgen, wohin er ging, und sie fühlte zum erstenmal den echten, bitteren Kummer eines Erwachsenen. Er kannte Tausende Menschen seiner Sorte, aber sie kannte nur ihn. Er konnte mit ihnen lachen und reden, aber sie hatte niemanden. Im Geist streckte sie die Hand aus, um ihn festzuhalten, aber sie wußte, daß er den Griff gar nicht spüren würde. Jeremy schaute schnell auf und sah die Qual in ihren Zügen. »Was ist, Ellen?« fragte er, und sie kam ihm älter vor, denn was er in ihren Augen las, das war nicht mehr das Leid eines Kindes.

»Ich dachte«, stammelte sie, »daß Kummer das bitterste Ding auf der

Welt ist ...« Sie hatte keine Hemmungen mehr, zu ihm zu sprechen, sie fürchtete nicht, mißverstanden oder verspottet zu werden, wie sie es sonst fürchten mußte.

Er legte Messer und Gabel nieder. Sie war sehr jung, was wußte sie von Kummer? Er wollte es eben sagen, aber er unterließ es. Sie kennt ihn wohl, dachte er, und wenn sie ihn während ihres kurzen Lebens noch nicht in seiner ganzen Gewalt kennengelernt hat, so begreift sie ihn doch und damit die Tragödie des Lebens.

»Was bereitet dir Kummer, Ellen?« fragte er liebevoll.

Sie wollte aufschreien: Du wirst mich verlassen, und ich werde dich niemals wiedersehen – das kann ich nicht ertragen! Aber wofür würde er sie dann halten? Für frech, unverschämt und größenwahnsinnig. Und weil sie nicht wußte, was sie sagen sollte, brach sie zu ihrem eigenen Schrecken in Tränen aus. Sie schämte sich zutiefst, verbarg das Gesicht hilflos in den Händen, und ein Schmerz schüttelte ihren Körper, den sie nicht ganz verstehen konnte, von dem sie nur wußte, daß er ärger war als alles, was sie je empfunden hatte. Niemals noch war sie so verzweifelt gewesen.

Jeremy betrachtete sie schweigend. Warum sie so heftig weinte, das wußte er nicht, aber er spürte, daß es die Tränen eines reifen Menschen und nicht die eines Kindes waren. Die ganze Hoffnungslosigkeit, Leere und Härte ihres Lebens wurde ihm bewußt; er sah die trostlose, liebeleere Wüste, in der sie vegetierte, und die jämmerliche Zukunft, die vor ihr lag, und ihr Ende, den sinnlosen Tod nach einem vertanenen Dasein. Er glaubte, daß auch ihr jäh diese Erkenntnis gekommen und der Grund ihrer Tränen war. Tiefes Mitleid, das erste echte Mitleid seines Lebens, ergriff ihn und bereitete ihm einen fast körperlichen Schmerz.

Er stand auf und trat zu ihr. Das Licht verdämmerte, leise Trauer lag über der dunklen Küche, trotz der roten Glut, die aus den Klappen des Herdes leuchtete, trotz des Kaffeedufts und der üppigen Speisen auf dem Tisch. Er blickte hinunter auf das gebeugte Haupt und die schwere Masse des schwach schimmernden Haars und die rauhen, kindlichen Hände, durch deren Finger die Tränen quollen. Sie schluchzte herzzerreißend.

»Ellen«, sagte er leise, und dann streckte er die Hand aus und berührte sie zum erstenmal, ihre Schulter und ein Stückchen des weichen, weißen Nackens. Es war, als hätte er Feuer berührt. Eine heiße Woge floß durch seinen Körper, und ein Verlangen erwachte in ihm, während zugleich sein Mitleid und seine Zärtlichkeit wuchsen, und es war ein heißeres Verlangen, als er jemals verspürt hatte. Er vergaß, daß sie fast noch ein Kind war, für ihn war sie die geliebte und unglückliche Frau, die er trösten und die er an sich ziehen mußte, nicht nur, weil es sein Blut befahl, sondern um sie abzuschirmen, sie zu behüten vor einer grausamen Welt.

Ellen war bei seiner Berührung still geworden. Sie weinte nicht mehr. Langsam streckte sie die Arme aus und hob ihr tränennasses Gesicht zu ihm, offen, ohne Scheu, in unsäglichem Vertrauen und Verstehen, in stummer Erwartung. Als er sie aus dem Stuhl hob und in die Arme nahm, ließ sie es wortlos geschehen. Sie blieb ruhig, aber ihre Wangen waren noch immer feucht von Tränen. Er blickte zu ihr hinab, und er fühlte, daß die ganze Welt in seinen Armen lag, reich, beseligend, unendlich begehrenswert und anbetungswürdig.

Sie preßte ihr Gesicht an seine Schulter, und ihre jungen Arme schlossen sich um seinen Nacken. All ihre namenlose Qual wurde in einer Flut fast unerträglichen Glücks hinweggeschwemmt. Sie fühlte die Kraft seiner Nähe, als hätte sie einen unüberwindlichen Schutz, ein Zuhause gefunden, aus dem alle Gefahr, alles Leid, die sie in ihrem kurzen Leben ertragen hatte, für ewig verbannt blieb. Als er ihre Lippen zart berührte, da erwiderte sie den Kuß glühend, voll Unschuld und Vertrauen.

Jeremy drückte sie zärtlich an sich, dann fester, mit wachsender Leidenschaft, obwohl er sie begehrte, wünschte er nichts anderes, als im Dunkel still neben ihr zu liegen, sanft und zärtlich zu ihr zu sprechen, die niemals zuvor noch solche Worte vernommen hatte, und sie wegzuführen an einen Ort, wo sie sicher war vor Hunger, Fron und Bosheit.

In ihrer Versunkenheit bemerkten die beiden nicht, daß sich die Türe öffnete, und sie hörten auch den zweistimmigen Aufschrei nicht.

Dann rief eine Männerstimme: »Um Gottes willen! Was soll das?« Und eine Frauenstimme kreischte: »Das ... das ... niemals ...!«

Das Gaslicht flammte auf, Jeremy und Ellen zwinkerten geblendet, lösten sich voneinander, und Jeremy sagte:

»Zum Teufel, was wollt ihr hier?«

VI

Francis hatte die lange, nicht immer logische, trotzdem aber wirkungsvolle Rede seines Onkels durchgestanden, der jedermann außer ihm applaudierte. Er hatte sämtliche Märsche der Blaskapelle über sich ergehen lassen und war dann zu müde, um weitere Musik zu genießen. Außerdem hatte er nichts für gefühlvolle Weisen und Lieder übrig, sie handelten zuviel von Schmerz und Leid und Tod, und das bedrückte und ängstigte ihn. Er war nicht der Mann, der den Wirklichkeiten ins Gesicht sah. Lieber ging er ihnen aus dem Weg, denn er hatte tödliche Angst vor dem Leben, wie es tatsächlich war. In seinem unausgegorenen Gemüt glaubte er, daß dieses Leben rein und schlicht und »gut« wäre, wenn es »sie« nicht gäbe, aber wer diese »sie« waren, die sich dem Utopia entgegenstellten, das war ihm keineswegs klar. Er war nur überzeugt, daß »sie« existierten – irgendwo, brütend über ihren Goldschätzen. Die Tatsache, daß sein eigener Vater ein schwerreicher Mann war, störte ihn nicht. Der Reichtum verschaffte ihm sein Wohlleben, und das stand ihm zu, fand er. Hatte er verlangt, geboren zu werden? Daß aber auch die Welt niemals seine Existenz verlangt hatte, bedachte er gar nicht. Und wenn ihm diese Idee manchmal durch den Kopf gehen wollte, schob er sie hastig weg. Er zog es vor, sich als Opfer hinzustellen.

Trotzdem heuchelte er nicht mit seiner Weltanschauung. Nein, er war vollkommen ehrlich, und gerade das ärgerte seinen Vetter Jeremy so sehr, denn Jeremy war der Meinung, daß ein Heuchler, der wußte, daß er Heuchler war, weniger gefährlich war als einer, der es nicht wußte und doch danach handelte. Seinem Wesen nach war Francis wirklich ein netter und freundlicher Bursche mit großzügigen Anwandlungen, aber viel zu verhemmt, um sie auch tatsächlich auszuführen. Außerdem war er von Natur aus geizig und ähnelte in dieser Beziehung seinen »humanen« Genossen. Er glaubte, eine Sendung zu haben – was er auch laut äußerte – und zur Elite zu gehören, und diese Überzeugung hielt Jeremy für verhängnisvoll und gefährlich. Auf der Welt ging es barbarisch, herzlos und ungerecht zu, deshalb hätten Francis und die Seinen die Aufgabe gehabt, das Menschengeschlecht zu befreien und von der Ungerechtigkeit, wie er sie sah, zu erlösen. Trotz seiner großen Worte aber war er von der Gleichheit der Menschen durchaus nicht überzeugt, denn in seinem Unterbewußtsein schwelte der Traum von einer Neuordnung der Gesellschaft, die man »eines Tages« errichten werde, und in dieser neuen Welt – auch diese Meinung teilte er mit seinen Gesinnungsgenossen – hätten dann er und seinesgleichen die unumschränkte Herrschaft auszuüben.

Niemals wäre es Francis eingefallen, den »Ausgebeuteten« praktisch zu helfen, ihnen einen höheren Lebensstandard oder ernsthaft Gelegenheit zur Bewährung zu schaffen, ihnen neue Horizonte zu erschließen und Möglichkeiten zur Ausübung der ihnen angeborenen Talente zu geben. Im Gegensatz dazu vertrat Jeremy die Ansicht, daß jedermann den Marschallstab im Tornister trage, daß jedem Menschen, gleich welcher Herkunft und welcher Vermögensverhältnisse, ein Aufstieg gewährleistet sein müsse, wenn seine Fähigkeiten ihn rechtfertigten. Francis wollte den »Unterdrückten« nur durch höhere Löhne, bessere Nahrung, menschenwürdigere Wohnungen und längere Freizeit helfen. Er erkannte nicht, daß dies keine wirkliche Lösung war, daß die unsterbliche menschliche Seele dabei weiter darben mußte. Er glaubte, daß die »Unterdrückten« nur materielle Besserstellung wünschten.

Jeremy kam der erhofften Befreiung des Menschen weit näher als Francis. Für ihn bestand der Mensch aus Körper, Geist und Seele; Francis klammerte Geist und Seele aus und stellte den Menschen damit auf eine Stufe mit dem Haustier, das man aus praktischen Gründen gut nähren mußte. Er selbst schloß sich natürlich von dieser Tierwelt aus, denn war er ihr nicht durch Geburt und Erziehung überlegen? Jeremy glaubte, daß man den breiten Schichten zu wenig Gelegenheit gab, an den Errungenschaften des menschlichen Geistes teilzunehmen; Francis leugnete die geistigen Bedürfnisse des »Proletariats« überhaupt und hätte ihm auch »gerechte« Strafen zugedacht, wenn er es gewagt hätte, Höherstellung und Würden zu verlangen. Zwischen den beiden Vettern bestand somit eine unübersteigbare Schranke; sie waren grundsätzlich verschiedener Meinung und haßten sich zutiefst, wobei sie diesen Haß auch auf Gebiete übertrugen, die nichts mit ihrer Weltanschauung zu tun hatten.

Ihre heimliche Gegnerschaft kam offen zum Ausdruck, als Francis und Mrs. Jardin Jeremy und Ellen in der Küche des Hauses Porter überraschten. Francis hatte von den Veranstaltungen im Park so genug, daß ihm fast übel wurde, Mrs. Jardin hatte sich einfach nach ihrer geliebten Küche zurückgesehnt, und so war sie mit Francis heimgewandert.

»Was fällt dir ein! Was treibst du mit diesem unschuldigen Kind!« schrie Francis mit überschlagender Stimme.

»Unschuldig?« kreischte Mrs. Jardin. »Dieses Gör, dieses Luder, diese Schlampe! Schauen Sie sie doch an! Rot ist sie, aber nicht vor Scham, darauf können Sie sich verlassen! Hautschlecht und verdorben von Geburt an. Ich habe Mrs. Porter gleich gewarnt, aber sie ...«

»Maul halten!« sagte Jeremy. Er wendete sich Francis zu, und sein Gesicht war dunkel vor Verachtung und Abscheu: »Was ich hier treibe? Ich versuche das unglückliche Kind zu trösten, das sein ganzes Leben nur gemein behandelt worden ist. Setz dich, Ellen!«, und er nahm das am ganzen Körper zitternde Mädchen beim Arm und führte es zu einem Stuhl, stellte sich daneben und legte beschützend die Hand auf ihre Schulter. Ellen krümmte sich zu verzweifeltem, leisem Schluchzen. Die Tränen liefen ihr über die Wangen, und sie wischte sie mit dem Handrücken ab.

Francis trat einen Schritt näher an sie heran, aber Jeremy machte eine abwehrende Geste mit erhobener Faust. Francis zog sich zurück, doch in seinen Augen blitzte der Haß.

»Sie trösten? Verführen meinst du, was? Ein Kind!«

»Idiot«, sagte Jeremy. »Sie hat mir von ihrem Leben erzählt, und ich versuchte ihr Mut zuzusprechen. Dabei dachte ich nach, was man für sie tun könnte. Du bist seit Tagen hier, du winselnder Weltenbruder, aber hast du einen einzigen Gedanken darauf verschwendet, wie man ihr beistehen könnte? Ich wette, nein!«

Francis blickte auf Ellen, deren langes Haar wie ein Vorhang über das tränennasse Gesicht fiel. »Ellen«, fragte er behutsam, »hat dich dieser — dieser Herr ... belästigt?«

Sie schüttelte den Kopf. Sie empfand ein ungeheures Schuldgefühl, und zwar wegen Mrs. Jardins wütendem Geschrei, das sie nicht begriff. Der Auseinandersetzung zwischen den beiden Männern konnte sie nicht folgen, und auch deren Andeutungen verstand sie nicht.

»Fürchte dich nicht, Ellen«, sagte Francis und versuchte, über Jeremy hinwegzusehen, »erzähle die Wahrheit. Hat er versucht ... Hat er verlangt, daß du mit ihm hinauf ins Schlafzimmer gehst?«

Ellen hob langsam den Kopf und schaute ihn verständnislos an. Dann flüsterte sie: »Wir haben von Thoreau gesprochen, und dann ... ich war so traurig, und als ich zu weinen begann, hat er den Arm um meine Schulter gelegt, um mich zu trösten, und dann ...« Wie hätte sie Worte finden können für das Entzücken, das Glück, das sie überfallen hatte, für die Verheißung, die sich strahlend über ihrem Elend erhob?

»Dann ...? Und dann ...?« Francis ließ nicht locker. Aber sie konnte nur benommen den Kopf schütteln. »Thoreau! Das könnte dir so passen!« funkelte er seinen Vetter an. »Gott sei Dank gibt's noch Gesetze für deinesgleichen!«

»Ich wünschte, es gäbe auch ein Gesetz für Menschen wie dich«, gab Jeremy zurück. »Gott weiß, daß unser Staat es brauchen könnte. Und jetzt sieh zu, daß du weiterkommst. Ich bringe Ellen nach Hause und werde ihr einen Plan entwickeln, wie sie vor Leuten deiner Art bewahrt bleiben kann.«

Draußen war es dunkel geworden, man hörte das Knattern des Feuerwerks, das in tausend Farben zum Himmel sprühte. Aber niemand in der Küche achtete darauf.

»Nach Hause bringen? Du meinst wohl, in eines deiner Bordelle?« höhnte Francis.

»Sag das noch einmal«, knirschte Jeremy, weiß vor Wut, »und du wirst die liebevolle Fürsorge deines Zahnarztes brauchen!«

»Leugnest du, daß du versucht hast, sie zu verführen?«

»Ich habe weder etwas zu bestätigen noch etwas zu leugnen, und dir gegenüber schon gar nicht«, antwortete Jeremy und streichelte sanft Ellens Schulter. »Wer bist du schließlich schon, du traurige Figur!«

»Was ich bin? Ein anständiger Mensch, im Gegensatz zu dir! Ich kenne genug Weibergeschichten aus Harvard über dich!«

»Nur keinen Neid, lieber Francis. Mir glückt eben manches, was dir nicht gelingt, wie man behauptet. Wenn nicht gewisse griechische Bocksprünge ...?«

Francis fuhr auf, er hätte Jeremy prügeln, ihn ermorden können. »Du gemeiner Schuft!« stotterte er. »Wenn ich nicht zurecht gekommen wäre, hättest du dieses Kind ins Unglück gebracht!«

»Woher weißt du das? Hast du soviel Erfahrung auf diesem Gebiet? Ich hab' dich noch für eine Jungfrau gehalten«, entgegnete Jeremy mit beißendem Hohn. »Ellen, Liebes, weine nicht mehr, und höre nicht auf dieses schweinische Gerede. Ich bringe dich jetzt nach Hause ...«

»Das könnte dir so passen!« schrie Francis. »Ich werde sie heimbringen. Dir traue ich keinen Schritt ...«

Jetzt sprach Ellen zum erstenmal, klar, aber voll Angst: »Ich darf ja noch nicht heim! Ich muß doch das Abendessen richten und aufdecken ...«

Francis sah sie unsicher an. Außerdem merkte er, daß er hungrig war. »Gut, Ellen. Dann bringe ich dich nach dem Abendessen heim.« Und zu seinem Vetter: »Du verläßt gefälligst die Küche und läßt Ellen ungestört arbeiten.«

»Für dich arbeiten«, sagte Jeremy. »O du milde Seele! So sieht die Moral deiner ganzen Sippschaft aus. Du kannst lieben und lieben und lieben und trotzdem ein Schurke sein, um Shakespeare abzuwandeln. Aber lieben nur so lange, als es nicht unbequem wird. Sonst nicht, Gott behüte! Komm, Ellen!«

Das Mädchen weinte vor Verzweiflung und Angst: »Nein, ich kann nicht, Mr. Porter! Ich kann nicht. Ich muß arbeiten, ich brauche den Dollar, den ich hier in der Woche verdiene, ich brauche ihn. Wenn ich jetzt weggehe, wirft mich Mrs. Porter hinaus!«

»Ein Dollar in der Woche und die Überreste von den Tellern der Herrschaft«, sagte Jeremy langsam. »Das ist wirklich ein erfülltes Dasein, nicht wahr? Nun, Francis, wo bleiben deine berühmten Theorien über die Menschenrechte und über die Ausbeutung der Armen? Oder merkst du es gar nicht, wenn so ein Opfer vor dir steht?«

»Sie ist eine Anfängerin und muß erst abgerichtet werden«, sagte Francis steif und mit hochrotem Gesicht. »Ein Lehrling.« Das Thema wurde ihm unangenehm, er kehrte zu dem früheren zurück: »Ich kenne dich und deine Art. Was war mit der kleinen Alice?«

»Was soll mit Alice gewesen sein?«

»Du weißt es schon.«

Jeremy lachte spöttisch: »Ah, du Blödian, du hörst auf Küchenklatsch? Ich habe dieses armselige Ding niemals angerührt und auch niemals Lust gehabt, es zu tun.«

»Alice?« sagte Ellen, noch immer weinend. »Alice ist krank geworden und mußte weggehen.«

»Und wohin ist sie gegangen, Frankie?« fragte Jeremy. »Oder hast du erst gar nicht danach gefragt? Sie war doch schließlich eine aus deiner ›Masse‹, oder nicht? Hast du nur sieghaft in die Zukunft geblickt, um heroisch der Freiheit und dem Sieg der Unterdrückten entgegenzumarschieren? Sie war ein heimatloses, verhungertes Kind, hilflos und allein, deshalb war sie deiner verdammten brüderlichen Liebe nicht wert! Ellen, weißt du, wo Alice sich jetzt befindet?«

Ellen verstand das Gespräch nicht, es erschreckte sie, aber ihre Tränen versiegten. »Nein, Mr. Porter«, sagte sie. »Sie soll nach Scranton gegangen sein, weil sie hier keinen Menschen hatte.«

Jeremy drehte sich zu seinem Vetter: »Nun, du Halunke! Du hast es gewußt, und es ist dir gar nicht eingefallen zu helfen! Du hast nur traurig den Kopf geschüttelt und bist seufzend zu einem andern Thema übergegangen. Oh, wenn ich jemals einen Mann hätte umbringen wollen, dann bist du es, du ...«

Francis zitterte am ganzen Leib: »Und warum hast du ihr nicht geholfen? Wo du doch schuld warst?«

Wenn Ellen, die nun hastig an Tisch und Anrichte hantierte, nicht zufällig zwischen die beiden Männer getreten wäre, dann hätte Jeremy seinen Vetter niedergeschlagen. Sie stolperte, und Jeremy fing sie auf. Über ihren Kopf hin sagte er zu Francis, und seine Stimme war tonlos vor Haß: »Eines Tages werde ich es dir heimzahlen, Francis, und dir das Genick brechen. Ich wünschte nur, es wäre ein kollektives Genick.« Dann griff er nach einem Tuch, um Ellen zu helfen. Sie wehrte erschrocken ab: »Aber nein, Mr. Porter! Das dürfen Sie nicht!«

»Warum nicht?« fragte Jeremy. »Habe ich nicht von diesen Tellern gegessen? Ich bin doch kein Aristokrat, ich bin nur ein schäbiger Prolet, mit einem vollen Bauch nach einem guten Abendessen.« Er schaute seinen Vetter an: »Du bist noch hier? Warum verschwindest du nicht und setzt dich in die Bibliothek, um zur Erbauung ein bißchen Karl Marx zu lesen?«

»Ich lasse dieses Kind keinen Augenblick mit dir allein ...«

»Na, na«, sagte Jeremy. »Ich bin kein Asket. Ich ziehe diesem harten Küchenboden eine weiche Matratze vor! Du allerdings ...«

Keinem von ihnen war aufgefallen, daß Mrs. Jardin hinausgestürzt war. Keuchend, stolpernd war sie zum Park zurückgerannt, um May Watson zu suchen, die wie immer verlassen allein saß, unbeachtet von den schwätzenden Frauen ringsum. »Ellen!« keuchte die Köchin, und May fuhr erschrocken auf. »Ja, Ellen! Nein, ich sage Ihnen jetzt nichts! Wir müssen zuerst Mrs. Porter finden. Los, schnell! Nein, ich erzähle Ihnen nichts! Nein, es ist ihr nichts passiert, aber es wird ihr allerhand passieren ...!«

Sie schleppte May mit, und Mays mageres Gesicht war weiß in dem grellen Schein der Raketen, und ihre Ohren waren taub, von den Worten ebenso wie von den Detonationen des Feuerwerks. Sie fanden Mrs. Porter, und während May fassungslos, zitternd und entsetzt daneben stand, berichtete die Köchin keuchend, daß dieses »Luder, diese Ellen, sich an Mr. Jeremy herangemacht habe – ja, er ist zu Hause, er ist vorzeitig zurückgekommen – und wenn ich und Mr. Francis nicht im letzten Augenblick aufgetaucht wären, dann hätte sie es weiter getrieben, weiter ... Oh, es ist eine Schande, ja, das ist es! Fragen Sie mich nicht, Ma'am, was ich gesehen habe, mir fehlen die Worte, nie würden sie über meine Lippen kommen, nie, nie! Ich bin eine gute Christin, eine anständige Frau ...!«

»Lügnerin!« schrie May.

»Ich ...? Ich ...? Ich habe in meinem ganzen Leben nicht gelogen! Das überlasse ich Gesindel wie euch, dir und deiner Tochter, denn jeder weiß, daß sie deine Tochter ist … und jetzt wirst du es nicht länger leugnen können …«

Ihr Gesicht strahlte in hellem Triumph. May war außer sich. Sie griff nach Mrs. Jardins Arm, aber Mrs. Porter sagte eiskalt: »Lassen Sie los, May. Und jetzt gehen wir alle nach Hause, sofort.« Sie rang theatralisch die Hände: »Ich will den Bürgermeister nicht stören. Das ist gräßlich, gräßlich. Jeremy und dieses Luder … Ich habe gleich gespürt, daß sie aus der Gosse kommt, aber mein gutes Herz …«

»Sie sind immer zu gütig gewesen, zu leichtgläubig, das ist es …«, sagte Mrs. Jardin. Die drei Frauen liefen so schnell sie konnten davon, May schluchzend und stolpernd. »Armer Mr. Jeremy!«, keuchte Mrs. Jardin atemlos, die neben ihrer Dienstgeberin trabte. »Sie wissen, wie Gentlemen sind, Mrs. Porter. Man darf es ihnen nicht übelnehmen. Sie ergreifen natürlich die Gelegenheit, wenn sich ihnen eine an den Hals wirft …«

»Hat Jeremy nichts, gar nichts gesagt?«

»Nein, Ma'am. Er hat sich bemüht, sich von ihr freizumachen, aber sie hat sich an ihn gehängt wie eine läufige Katze …«

»Eine solche Kreatur hab' ich ins Haus genommen … eine solche Kreatur! Aber mein armer Jeremy wird schon gemerkt haben, was für eine sie ist!«

»Oh, Ellen, Ellen!« stöhnte Mrs. Watson. »O mein Gott, mein Gott. Wie gemein diese Weiber sind, wie sie lügen …«

Aber doch: Sie hatte Ellen niemals verstanden und Ellens Mutter auch nicht, sie waren so fremd für sie, so ganz anders als sie selbst. Die Angst vieler Nächte, Ellen könnte dem Beispiel Marys folgen und das gleiche Schicksal erleben, stürzte schmerzhaft auf sie ein, sie strauchelte, jammerte und hatte Mühe, mit den beiden Frauen Schritt zu halten. Ich habe mein Bestes getan, mein Bestes! rief sie ihrem Gott zu, der ihr keine Antwort gab. Mein Allerbestes. O mein Gott, ihr beiden, meine arme Mary, meine arme Ellen …!

Wilder Haß gegen Jeremy Porter überfiel sie, ein Haß, der sie zu ersticken drohte. Die Detonationen der Raketen hallten in ihrem Kopf wider, und sie glaubte, er würde ihr zerspringen. Ihr war, als liefe sie durch die Hölle, während sie sich durch die Menschen zwängte, deren glotzende Gesichter sich grellweiß gegen den schwarzen, von Leuchtkörpern erhellten Himmel abhoben.

In der Küche versuchte Ellen mit zitternden Händen den Schinken zu schneiden. Jeremy nahm ihr das Messer aus der Hand und sagte: »Laß mich es tun, Liebes, du kannst inzwischen drinnen fertigdecken für die Horde, die sich den ganzen Tag schon gemästet hat und noch immer nicht genug kriegt. Nachher bringe ich dich heim.«

Francis ließ sich trotzig auf einem Küchensessel nieder und starrte seinen

Vetter haßerfüllt an. Jeremy hätte lachen können über diesen jämmerlichen Burschen, der sich zum Tugendwächter über eine gefährdete Jungfrau aufspielte. Zum Teufel, dachte Jeremy, ein Esel ist eben ein Esel, da kann man nichts dagegen tun. Mein tüchtiger Onkel tut mir leid, daß er einen solchen Sohn hat. Francis hätte besser zu meinen Eltern gepaßt. Das sind drei vom selben Schlag.

Ellen, die Augen an der Küchenuhr, hetzte zwischen Speisezimmer und Küche hin und her und stolperte in ihrer Eile. Als ihr eine Sauciere aus der Hand fiel und auf dem Boden zerschellte, schluchzte sie laut auf: »Dafür muß ich einen Dollar zahlen! Mrs. Jardin hat es mir gesagt!«

»Bestimmt nicht, Ellen«, tröstete Jeremy, während das Mädchen die Scherben auflas. »Es sind doch lauter gute, mitleidige, fromme Christen, die ein Herz für die Armen haben!«

Ellen schluchzte noch heftiger: »Ein Dollar! Tante May wollte dafür ein Stück Kattun kaufen und mir ein Sonntagskleid nähen.

»Kränk dich nicht, Liebes. Hier hast du zwei Dollar.«

»Als Vorschuß, zweifellos«, knirschte Francis. »Mädchen ihres Standes müssen lernen aufzupassen. Wenn hier etwas gezahlt wird, dann von mir.«

Wäre nicht Mrs. Porter, begleitet von den beiden anderen Frauen, in diesem Augenblick hereingerauscht, es wäre zu einer regelrechten Rauferei zwischen den Männern gekommen. Mrs. Porter sah ihren Sohn, sah das Geld in seiner Hand und schrie auf, ohne Francis vorerst zu bemerken. »O Jeremy, Jeremy!« jammerte sie. »Die Schande! Im eigenen Haus! Die Undankbarkeit!« Sie stürzte auf ihn zu und schloß ihn in ihre gewaltigen Arme, während Mrs. Jardin in der Türe schadenfroh grinste, und May verzweifelt die Hände rang. Sie begriff gar nichts.

»Mrs. Jardin hat mir alles, alles erzählt! Mein armer Jerry! Jerry, warum hast du uns kein Telegramm geschickt? Dann hätte das alles vermieden werden können!«

Jeremy gab ihr einen flüchtigen Kuß und machte sich ungeduldig los: »Was hätte vermieden werden können? Es ist nichts passiert, außer, daß ich mich in Scranton langweilte und heimfuhr. Ich habe mich ganz plötzlich dazu entschlossen.«

Mrs. Porter packte ihn wieder: »Mrs. Jardin hat mir alles erzählt von dir und diesem ... Luder ... die versucht hat, dich, dich ...«

»Du wirst doch nicht auf den Klatsch dieses Weibsstücks hören, Mama? So etwas würde ich nicht einmal dir zutrauen!«

Mrs. Jardin rang nach Luft über diesen Schimpf und heulte laut los: »Das mir, mir, einer guten Christin! Das muß ich mir gefallen lassen!«

Aber jetzt lag Mrs. Porters Blick auf Ellen. Voll Abscheu musterte sie das Mädchen von oben bis unten und sagte schneidend: »Sofort aus meinem Haus, schamlose Person, und laß dich niemals mehr hier blicken! Aus der Stadt gehörst du gejagt, du liederliches Mistzeug!«

»Mutter!« sagte Jeremy, und jetzt lag ein Ton in seiner Stimme, der seine Mutter erschrocken zurückfahren ließ. »Kein Wort mehr über Ellen. Das Kind hat nichts verbrochen, außer daß es mir das Abendessen bereitet hat. Ich war hungrig.« Seine Augen blinkten kalt und feindselig.

»Nein«, sagte Francis, »Ellen hat nichts Böses getan. Dein Sohn war es, Tante Agnes, der versucht hat, dieses reine Geschöpf zu verführen.«

Mrs. Porter fuhr auf. »Oh, du«, zischte sie, »dich hab' ich seit langem durchschaut, Francis! Ich weiß, was ich von dir zu halten habe! Als Kind schon warst du falsch und verlogen, kein Wunder, daß du einem so verkommenen Subjekt wie diesem Mädel zu Hilfe kommst.«

»Tante Agnes«, sagte Francis steif, »deine Meinung über mich ist mir völlig gleichgültig. Aber ich war vor dir im Haus und kann beschwören, daß dein lieber Sohn versucht hat, dieses Kind ... zu vergewaltigen. Gerade im letzten Augenblick bin ich hereingekommen ...«

»... um sie vor einem Schicksal zu bewahren, das schlimmer wäre als der Tod«, höhnte Jeremy. »Nicht wahr, so wolltest du es doch formulieren? Du brauchst meiner Mutter nichts zu erklären, mein Teurer, ihr seid beide aus dem gleichen Holz geschnitzt. Hast du kein Empfinden für Seelenverwandtschaft?«

»Entsetzlich!« schluchzte Mrs. Porter. »Jerry, wie kannst du so respektlos über die eigene Mutter reden? Das halte ich nicht aus. Und alles wegen dieser widerlichen Person, diesem Luder, dieser Vagabundin!«

Für May war das Maß voll. Mit unerwarteter Kraft stieß sie Mrs. Jardin zur Seite und stellte sich neben Ellen, die den Ausbrüchen ihrer Dienstgeberin mit wachsendem Entsetzen, aber verständnislos gefolgt war. Als May den Arm um ihre Schultern legte, zuckte sie zusammen, als hätte man sie geschlagen. Alle Farbe war aus ihren Wangen und Lippen gewichen, die Hände hielten noch immer die Scherben der Sauciere so fest, daß sie bluteten.

»Versuch sie nicht zu verteidigen, Jerry, bitte«, wimmerte Mrs. Porter und schaute ihn flehend an. »Du bist zu gut. Aber sie ist es nicht wert, weil sie versucht hat, dich ... dich ...«

»Was, Mama? Was hat Ellen versucht zu tun?«

Mrs. Porter schaute hilfeheischend zu Mrs. Jardin, deren Gesicht verschreckt und tückisch zugleich wirkte. »Sag es ihm, Florrie, sag ihm, was du gesehen hast!«

»Ja, lüg ihm was vor!« rief May Watson blaß, aber mit zornsprühenden Augen.

»Ich habe es Ihnen schon gesagt, Ma'am«, murmelte die Frau. »Ich will es nicht in der Gegenwart von Männern wiederholen. Aber ich habe gesehen, was ich gesehen habe.«

»Du verlogene Person«, sagte Jeremy, »du hast nur gesehen, wie ich dem armen, ausgenützten Geschöpf hier Mut zugesprochen habe. Merkt ihr denn nicht, daß dieses unschuldige Ding überhaupt nicht versteht, was man ihm unterschiebt?«

»Ich habe gesehen, was ich gesehen habe«, wiederholte Mrs. Jardin beharrlich. Ihre Wangen hatten sich hochrot gefärbt, das Grinsen war ihr vergangen. Feindselig sah sie Jeremy an, aber sie beherrschte sich: »Ich weiß, wie Gentlemen sind, ich war zweimal verheiratet. Das ist ihre Natur. Und wenn sich eine leichtfertig an sie heranmacht und versucht, sie ... sie ... na, Sie wissen schon ... dann können sie nicht widerstehen. Das liegt in ihrer Natur.« Und zu Francis gewendet: »Sie sind dabei gewesen, Mr. Francis. Erzählen Sie es selbst.«

Francis wendete seine blaßblauen Augen zu Mrs. Porter, die ihn voll Abscheu betrachtete: »Er hat versucht, sie zu verführen, Tante Agnes. Ich hab' es dir schon früher gesagt. Was er ihr ins Ohr geflüstert hat, hab' ich nicht gehört, aber bestimmt wollte er, daß sie mit ihm ins Schlafzimmer hinaufgeht.«

Jeremy lachte laut auf. »Vielleicht bist du doch nicht so unerfahren in diesen Dingen, wie ich dachte, Francis! Du entwickelst eine Phantasie, die ich dir niemals zugetraut hätte! Vielleicht wird sogar einmal ein verfluchter Kerl aus dir, wenn du den Windeln entwächst!« Dann drehte er sich zu seiner Mutter: »Nichts ist passiert, Mama. Und es wäre auch nichts geschehen. Ich habe mich nur bemüht, dieses arme kleine Mädchen wegen des jämmerlichen Lebens zu trösten, das sie hier führt – deinetwegen und wahrscheinlich der anderen wegen auch. Das Geld? Sie hat eine von deinen verdammten Saucieren zerbrochen und war verzweifelt, weil sie dafür hätte zahlen müssen – von ihrem einen Dollar in der Woche. Unser Haushalt hätte den Verlust ja nicht ertragen! Hier hast du einen Dollar! Da, nimm ihn!« Und er warf die Banknote auf den Küchentisch. Wenn er je einen Funken Zuneigung für seine Mutter empfunden hatte, so war der jetzt ausgelöscht. »Na, nimmst du das Blutgeld?«

»Wie kannst du so zu deiner Mutter sprechen, Jeremy, mein Sohn!« stöhnte Mrs. Porter mit erstickter Stimme.

»Ich kann's, wenn du dich auf diese Weise aufführst. Es tut mir leid, aber du verdienst nichts anderes. Nun bringe ich May und Ellen heim, verlasse dieses Haus und schlafe im Hotel, bis ich nach New York fahre. Das hätte ich schon längst tun sollen.«

Mrs. Porter liebte ihren Sohn ehrlich, ja sie vergötterte ihn und glaubte, das nicht ertragen zu können. Sie trat auf Ellen zu und versetzte ihr eine schallende Ohrfeige, und Ellen zuckte zurück und May mit ihr. Nochmals hob sie die Hand, aber May sprang dazwischen und schob ihren mageren Körper zwischen Mrs. Porter und Ellen.

»Rühren Sie meine Nichte nicht noch einmal an, sonst kratze ich Ihnen die Augen aus, Mrs. Porter! Ja, wirklich! Und tragen Sie Ihre Kleider zu wem Sie wollen, aber nicht mehr zu mir, wenn Sie aus den Nähten platzen!

Erwarten Sie nicht, daß ich dieses Haus noch einmal betrete. Nicht einmal meine Füße möchte ich mir hier schmutzig machen.«

Jetzt mischte sich Francis ein. »Genug, Mrs. Watson! Werden Sie nicht frech!« sagte er streng.

»Ja, wirklich«, nickte Jeremy, »die Ausgebeuteten dürfen niemals zurückschlagen. Sie müssen den Vorgesetzten buckeln, nicht wahr?«

Da Mrs. Jardin im Grunde alle miteinander nicht leiden konnte, flog ein befriedigtes Grinsen über ihr Gesicht. Ah, da gab's morgen den Freundinnen allerhand zu erzählen!

Die große Küche dampfte förmlich von der Hitze der Gemüter, das Gaslicht zischte und flackerte. May sagte mit zitternder Stimme zu Ellen: »Wein nicht so, mein Liebling, wein nicht. Niemand wird dich hier mehr kränken. Komm, gehen wir heim, Liebling, gehen wir heim!«

»In Ihren Schweinestall!« schrie Mrs. Porter. »Ich hab' Geschichten genug darüber gehört.«

»Und ich habe Geschichten von Ihrem Gatten gehört«, erwiderte May mit ihrer neu erworbenen Kühnheit. »Von ihm und seinen Besuchen in Philadelphia. Bei den Huren, wie man weiß. Der Unterschied besteht nur darin, daß Sie lügen und ich nicht.«

Mrs. Porter rang nach Luft, und ihre Augen sprühten: »Ihr schaut besser zu, daß ihr aus der Stadt verschwindet, ihr Gesindel, ihr Hexen! Wenn ihr nicht binnen drei Tagen draußen seid, lasse ich euch von der Polizei abführen, wegen unmoralischen Lebenswandels! Ein öffentliches Ärgernis!«

»Mit Ihrem Sohn als Zeugen gegen meine Nichte, Ma'am?« Mrs. Watson lächelte jetzt, aber es war ein Lächeln tödlicher Verachtung.

»May!« rief Francis tadelnd, und zum erstenmal in ihrem Leben vergaß Mrs. Porter ihre Abneigung gegen den Neffen.

»Nun«, sagte Jeremy, »bevor wir diese nette Plauderei beenden, habe ich noch ein Wort zu sagen, May. Ich möchte Ellen in eine gute Schule schicken, die ich kenne, in ein Mädcheninternat in Philadelphia, wo sie wie ein menschliches Wesen und nicht wie eine Sklavin behandelt wird, wo sie anständige Kleider und anständiges Essen bekommt und lernen wird, die Lady zu sein, die sie tatsächlich ist. Das zahle ich.«

Alle in der Küche starrten ihn mit offenem Mund an. Ellen hob schüchtern die Augen zu Jeremy, und zum erstenmal erschien ein schwaches Lächeln auf dem tränennassen Gesicht. Dann stammelte May: »Warum, Mr. Porter?«

»Weil sie etwas Besseres vom Leben verdient. Das ist alles.«

Ellen flüsterte: »Ich kann Tante May nicht verlassen. Ich könnte sie niemals verlassen, auch nicht wegen eines Internats.« Aber in ihrem Gesicht zuckte es. »Meine Tante braucht mich.«

»Wir sind einfache Leute«, begann May stockend, »was sollte Ellen nach so einer Schule tun?«

Francis fiel seinem Vetter schnell ins Wort: »Sie haben recht, May. Ich habe eine andere Idee. Meine Tante in Wheatfield, die Schwester meiner Mutter, braucht eine gute Wirtschafterin und ein Hausmädchen. Sie ist eine wundervolle Frau, sie würde Sie beide gut entlohnen. Mrs. Hortense Eccles heißt sie.«

Mays versorgtes Gesicht entspannte sich. »Ach, das wäre wundervoll, Mr. Porter. Ich hasse diese Stadt. Ich glaubte, hier würde ich es schaffen, aber es ist mir nicht geglückt. Wann können wir dort beginnen?«

»Ich schicke noch heute abend ein Telegramm«, sagte Francis, und sein Gesicht glühte. »Übermorgen könnten Sie schon hinfahren. Ich liebe meine Tante sehr, sie ist wie eine Mutter zu mir gewesen. Und eine sehr noble Dienstgeberin, die auch zu Ellen wie eine Mutter sein wird. Sie haben nichts zu tun, als Ihre Pflicht zu erfüllen.«

Ellen hatte zugehört, und nur Jeremy sah die Verzweiflung auf ihren Zügen. »Ein richtiger, edler Menschenfreund«, sagte er. »Laß die Massen strampeln, aber laß sie sich niemals, niemals über ihren Rang erheben, niemals aus der Klasse ausbrechen. May, wissen Sie, was diese beiden Angebote bedeuten? Ich will Ellen ein besseres Leben ermöglichen, sie hat die Fähigkeiten dazu. Wenn Sie sich aber für den Vorschlag meines Vetters entscheiden, dann wird Ellen niemals ihr Potential erreichen. Ihr ganzes Leben wird sie eine Dienende bleiben. Wollen Sie das?«

May hatte keine Ahnung, was Potential bedeutete. Sie wußte nur, wie ihr Leben und das Leben ihrer Schwester ausgesehen hatte. Und dann: sie traute Jeremy nicht, während sie Francis traute, der sie immer freundlich behandelt hatte, während Jeremy in »schlechtem Ruf« stand und sehr grob und heftig sein konnte. Wie er eben jetzt mit seiner Mutter umgegangen war – obwohl sie es verdiente! Aber es gehörte sich eben doch nicht. Einen Augenblick war sie unschlüssig, dann fiel ihr ein, daß sich Jeremy ihrer Nichte vielleicht wirklich unsittlich genähert hätte, wäre nicht der »liebe Gott« dazwischengetreten.

Das gab den Ausschlag. »Ich bin Ellens gesetzlicher Vormund«, erklärte sie, »ich muß deshalb für uns beide entscheiden. Ich danke Ihnen, Mr. Francis. Ich nehme Ihr Angebot an, und wir verlassen diese Stadt auf immer. Ich habe sie niemals gemocht.«

Dann zu Jeremy: »Wir sind Dienstboten, Sir, und das ist keine Schande. Ehrliche Arbeit ist keine Schande. Ellen wird eine gute Haushälterin werden, wenn sie sich eingearbeitet hat, sie ist jetzt schon sehr tüchtig. Ich werde sie die feine Küche lehren. Dienstmädchen sein ist nichts Schlechtes. Ellen, es ist spät. Gehen wir heim.«

Ellen warf Jeremy einen so verzweifelten, einen so flehenden Blick zu, daß er seine Mutter zur Seite stieß und auf sie zutrat. Aber May nahm Ellen bei der Hand und zog sie hinaus aus der Küche, aus dem Haus.

Jeremy schlief diese Nacht nicht. Er hatte sich die ziemlich hysterischen

Auslassungen seines Vaters nicht angehört; er hatte die Sympathie in den Augen seines Onkels Walter gelesen und ihm freundlich zugenickt. Seiner Mutter gab er kein gutes Wort, und auch mit dem Vetter sprach er nicht. Er war fertig mit ihnen allen, außer mit seinem Onkel.

Ein einziger Gedanke bewegte ihn, während er sich unruhig und schlaflos im Bett wälzte: Er durfte Ellen niemals aus den Augen verlieren. Wenn sie alt genug war, dann holte er sie. Drei oder vier Jahre würde es dauern – aber dann mußte sie ihm gehören.

»Warum weinst du, Ellen?« fragte May, als sie am nächsten Abend zu Bett gingen. »Wo wir solches Glück haben! Du müßtest niederknien und dem Herrgott danken, Ellen!«

Aber Ellen antwortete nicht.

»Und Mr. Francis zahlt uns sogar die Fahrt! Ein so guter junger Mann, ein Heiliger! Wenn man bedenkt, was er für uns tut, für uns Dienstboten – wenn ich auch Schneiderin bin ... Ellen, hörst du nicht?«

Nein, Ellen antwortete nicht.

»Daß wir aus dieser Stadt hinauskommen!« Mit einem glücklichen Seufzer schlüpfte sie in ihr geflicktes, sauberes Nachthemd.

»Für immer. Und Mr. Francis meint, daß mir seine Tante acht Dollar im Monat zahlen wird, und dir vier. Ein Vermögen! Da können wir sogar etwas zurücklegen, weil uns die Verpflegung nichts kostet.«

Nach einer Weile fuhr sie fort: »Morgen verkaufe ich die Möbel. Aber, Ellen, du mußt mit dem Bücherlesen aufhören. Das bringt Frauen auf falsche Gedanken. Du mußt jetzt vernünftig werden, Ellen. Morgen wasche ich dein Haar mit einem Absud aus schwarzen Nußschalen, damit es dunkler wird. Vielleicht siehst du dann ein bißchen netter aus.«

Nach einer Pause fragte sie zögernd, während eine leichte Röte in ihre Wangen stieg: »Sei ehrlich, Ellen, mir kannst du es ja gestehen. Ich bin dein Fleisch und Blut. Hat dich dieser – dieser schlechte Kerl – angerührt?«

Jetzt wurde auch Ellen blutrot: »Er hat mich geküßt –«

May nickte grimmig. Er hätte Schlimmeres tun können, aber der Herrgott hatte es nicht geduldet.

Ellen ging zu Bett. Die Schuld und die Scham, die sie so oft empfand, überfielen sie wieder; sie weinte die ganze Nacht, so wie sie die vorige geweint hatte.

Aber das Ärgste war die schreckliche Sehnsucht, der heiße, verzweifelte Wunsch, Jeremy wiederzusehen, das Verlangen nach der Berührung seiner Hände, seiner Lippen. Niemals mehr würde sie ihm begegnen. Mr. Francis hatte Mrs. Porter versprochen, daß er »dafür sorgen« und daß er seiner Tante schreiben und sie »warnen« würde.

Niemals mehr Jeremy Porter sehen, niemals. Das war mehr, als Ellen ertragen konnte. Sie biß in ihr Kissen, um nicht laut aufzuschreien. Einen einzigen Augenblick hatte sie in ein anderes Leben, in eine andere Welt schauen dürfen, wie ein Blitz hatte eine Verheißung, ein überirdisches Glück für sie aufgeleuchtet.

Vorbei.

Vielleicht, so sagte sie sich, habe ich es nicht anders verdient. Auf irgendeine Weise hatte sie vergessen, zu »lieben« und zu »vertrauen«. Aber sie wußte nicht, auf welche Weise. Sie wußte nur, daß man sie strafte.

VII

Mit echtem Vergnügen überblickte Walter Porter Jeremys Zimmerflucht im Waldorf-Astoria. »Ja, Jerry«, sagte er, »du hast dich fein herausgemacht. Jedesmal, wenn ich komme, freue ich mich richtig über die Behaglichkeit hier. Und dabei alles solid und geschmackvoll!«

»Du bist fast ein Jahr nicht da gewesen«, antwortete Jeremy, »hast also lange Zeit ohne ›Behaglichkeit‹ und ›Freude‹ auskommen müssen! Warum besuchst du mich nicht öfter?«

Walters Miene verdunkelte sich, und mit einem Male sah er viel älter aus. Er war stärker geworden, gedrungener, sein breites Gesicht hatte die gesunde Farbe verloren, er wirkte abgespannt und müde. Sein weißes Haar war schütterer, nur die Hände und Füße, die zu seiner massigen Gestalt nicht recht paßten, waren zart und schmal. Er ähnelte auffallend seinem Bruder, aber während Edgar verschlagen, ja hinterhältig wirkte, hatte Walter einen offenen Blick, frei von der falschen Süße des Berufspolitikers.

Er beantwortete die Frage mit einer Gegenfrage: »Und warum besuchst du deine Eltern nicht häufiger oder lädst sie zu dir ein?«

»Das habe ich dir schon gesagt. Ich sehe sie genauso oft, als ich es aushalten kann. Jedesmal enden diese Besuche mit Streit. Da schwören sie zum Beispiel auf William Jennings Bryan, obwohl sie seine Ideen überhaupt nicht kapieren und nicht erfassen, daß sie genau das Gegenteil von dem tun, was er verkündet. Sie glauben, seine Parteigänger zu sein, Populisten, und umgeben sich nach außen hin mit der Aura einer gewissen Toleranz, spielen sich als gütige Wohltäter der Menschheit auf. Oh, ich weiß, mein Vater ist eben Politiker und muß in brüderlicher Nächstenliebe machen, in Verständnis für die Mühseligen und Beladenen; und meine Mutter tut alles, um im Kreis ihrer Freundinnen als aufopfernde und mildtätige Christin zu gelten. Aber jetzt beginnen die beiden, ihre Heuchelei ernst zu nehmen, und das macht mich krank. Ein Heuchler, der genau weiß, daß er ein falsches Spiel treibt, mag sogar ein ganz sympathischer Bursche sein, mit dem sich reden läßt. Aber ein Heuchler, der darauf schwört, das zu sein, was er vorgibt, ist niederträchtig und gefährlich.

Meine Eltern sind genauso geizig, so überheblich und verlogen, wie sie immer waren. Sie sind aufs Geld versessen und hochmütig – was ist, Onkel? Bist du anderer Meinung?«

»Nein, Jerry, Hochmut ... Weißt du, es ist sonderbar. Hochmut ist nicht allein das Laster der Heuchler und der Heimtückischen. Er ist auch das Laster der Menschen, die sich Streiter für die Humanität nennen, er ist sogar ihre Erbsünde. Dahinter verbirgt sich die alte Gier nach Macht, die teuflische Gier nach Macht über andere Menschen.«

Er stand auf und ging schwerfällig, mit vorgerecktem Bauch, zu dem Bogenfenster, das von Samt und Spitze umrahmt war, und schaute hinunter in die Fünfte Avenue mit den weißen und grauen Gebäuden der Superreichen, den winzigen grünen Vorgärten, die im Sonnenlicht schimmerten, den schmiedeeisernen Gittern und blinkenden Bronzetoren, zu den eleganten Kutschen, den Lastwagen und den Reitern in der Allee. In der sommerlichen Hitze schien das alles zu dampfen. Er sah die Kirchtürme, die damals noch die höchsten Bauwerke New Yorks waren.

Ohne sich umzudrehen, sagte er: »Du hast dich damals nicht zum Philippinenkrieg gemeldet, Jeremy.«

»Nicht aus den Gründen, aus denen dein Sohn Francis diesen Krieg verdammte. Kurzsichtig, wie er ist, hat er sich nur über die Kriegsgewinner und Imperialisten aufgeregt, aber ich weiß, und ich denke, du weißt es auch, was wirklich hinter der – bis jetzt! – schändlichsten Episode der amerikanischen Geschichte steckt. Wie gesagt: bis heute. Sie gehörte, das wissen wir, zu der Verschwörung der Elite, der internationalen Elite, die den ganzen Erdball unter ihre Kontrolle bringen, unter ihr Joch zwingen will. Francis hat das nicht begriffen, und das wundert mich nicht, weil er sich selbst zu dieser Elite zählt und ein Herz und eine Seele mit ihr ist. Aber schließlich war er immer ein reiner Tor, und es gibt nichts Gefährlicheres als einen reinen Toren, der sich Verschwörern anschließt, die kein bißchen unschuldig sind.«

»Sie werben um Leute wie meinen Sohn und nützen sie aus, um sich den Anschein von Ehrbarkeit und Noblesse zu geben.«

»Darüber besteht kein Zweifel. Mehr noch: ich weiß es bestimmt. Hast du versucht, Francis die Augen zu öffnen?«

»Tausende Male, aber es ist sinnlos, Jerry. Er kann und will nicht verstehen, daß Personen, die so edle und erhabene Worte im Munde führen und die gleichen Slogans und Parolen gebrauchen wie er selbst, Lügner sein können, unter ihrem scheinbar integren Auftreten niedrige Seelen verbergen und völlig egoistische Ziele verfolgen. Wer in der Öffentlichkeit edel und tugendhaft auftritt, muß edel und tugendhaft sein – davon ist Francis überzeugt. Ihm ist nicht klar, daß auch Mörder, Imperialisten und potentielle Sklavenhalter hinter einer schönen Maske stecken können.«

Und dabei, so dachte Jeremy, ist er selbst tatsächlich alles das, obwohl er nicht den Verstand hat, es einzusehen. Laut sagte er: »Auch Francis strebt eine Weltregierung der Elite an, Onkel Walter. Das ›Menschheitsparlament‹ hat es Tennyson genannt, und selbst die größten Verehrer Tennysons haben ihn für einen sehr beschränkten Menschen gehalten, ungeachtet seiner dichterischen Begabung und seiner persönlichen Integrität. Der einzige Unterschied zwischen Francis und seinen Gesinnungsgenossen besteht darin, daß er nicht informiert und – leider muß ich das sagen – weniger intelligent ist als sie. Ich bin überzeugt, wenn Francis seine sogenannten Freunde durchschaute, dann wäre er ebenso angewidert wie wir beide.«

Nachdenklich sagte Walter: »Ist es nicht sonderbar, daß die höchsten Ideale zugleich die gefährlichsten sein können? Exzeß der Tugend, hat jemand den Fanatismus genannt, glaube ich. Das ist das Malheur. Erinnerst du dich an die Warnung Talleyrands auf dem Wiener Kongreß: ›Nur keinen Übereifer, meine Herren, um Gottes willen!‹ Ja, mit den Zeloten kannst du nicht fertig werden, ihre heilige Überzeugung, ihr Glauben bilden einen unüberwindlichen Schild. Den zynischen Verschwörern, die alles eher als Eiferer sind, könnte man mit Aufklärung und Beispiel leicht beikommen. Ich weiß genau, warum sie Männer wie Francis benützen. Vielleicht haben sogar solche Männer die Schlagworte erfunden, die dann von den Gaunern verwendet werden. Nun, Gott steh uns bei, das ist alles, was ich sagen kann.« Und nach einer Weile: »Ich bin froh, daß ich nicht jünger bin. Es graut mir vor all dem, was unserem Land schon in nächster Zukunft droht.«

»Die einzige Hoffnung, Onkel Walter, ist, daß unser amerikanisches Volk dem allen einen Riegel vorschiebt.«

Aber Walter schüttelte den Kopf: »Hoffnungslos, Jerry, hoffnungslos. Das Volk kann Kriege verstehen und sich gegen sie wehren. Aber wenn es um erhabene Parolen geht, dann nicht.«

»Nun, der Bundesgerichtshof der Vereinigten Staaten erklärte die Einkommensteuer der Länder als verfassungswidrig. Trotz aller hochfliegenden Rhetorik und trotz aller Appelle übler Genossen an die patriotischen Gefühle des amerikanischen Volks. Somit kann man doch ein bißchen Hoffnung in den gesunden Menschenverstand des Durchschnittsbürgers setzen.«

Walter schüttelte den Kopf und drehte sich langsam um: »Wann hat die Vernunft je über Neid und Habsucht gesiegt? Die Menschen haben ihre Vernunft erst allmählich mit der Kultur erlangt, aber Neid und Habsucht sind angeboren und bestimmen den Charakter. Nein, es gibt keine Hoffnung.«

»Nimmst du einen Whisky-Soda?« fragte Jeremy. »Iß und trink und sei fröhlich, denn schon morgen können wir tot sein.«

Walter lächelte trübe und ergriff sein Glas. Seufzend schaute er über die

Zimmerflucht hin, als suche er Trost. Alle sechs Räume hatte Jeremy selbst eingerichtet, im zierlichen Stil Ludwigs des Fünfzehnten, mit schön gedrechselten hellen Stühlen und Tischen, in Gelb, Grün und zärtlichem Rosa gepolstert, mit eleganten Sitzgarnituren, mit Postamenten aus Marmor und Alabaster, auf denen kostbare Bronzefiguren standen. Nur wenige, aber wertvolle Gemälde hingen an den Wänden, die Zierschränke in chinesischem Dekor, schwarz und scharlachrot, waren voll von Schätzen, die Jeremy aus der ganzen Welt zusammengetragen hatte. Walters Lächeln vertiefte sich. Er schaute seinen Neffen an und dachte: Er sieht zwar wie ein Möbelpacker aus, er ist als Grobian verschrien, aber er hat Stilgefühl und einen scharfen Verstand und einen Sinn für Tatsachen, den Francis eigenartigerweise nicht besitzt. Die Natur kennt eben kein Klischee und schlägt nicht alles über einen Leisten, scheint's.

Ein Sonnenstrahl fiel durch die westlichen Fenster des Salons und brachte die prächtigen roten Seidentapeten zur Geltung. Walters Blick lag auf ihnen, ohne daß er sie richtig sah.

»Ich muß zugeben, es hat mich einigermaßen überrascht, daß du auf Rechts- und Staatswissenschaften umgesattelt hast, Jerry. Warum eigentlich?«

»Nun, vielleicht gehe ich auch einmal in die Politik. Ich habe Internationales Recht inskribiert, wie du weißt, nicht bloß Bürgerliches und Strafrecht. Wer weiß? Vielleicht lande ich einmal im Verfassungsgerichtshof?« Er lachte.

»Francis hat die gleichen Pläne.«

»Tut mir leid, Onkel: Ich glaube, ich werde es früher schaffen als er.«

Auch Jeremy hatte sich in den letzten vier Jahren verändert. Er hatte abgenommen, war straffer, und das Reisen hatte seinen Teint noch dunkler werden lassen. Feine Linien durchzogen sein Gesicht und ließen ihn älter erscheinen, als seinen siebenundzwanzig Jahren entsprach. Seinen sportlichen Körper pflegte er wie ein Werkzeug, das er nötig brauchte; sein dunkles Haar war kürzer geschnitten und fest niedergekämmt; seine Augen sprühten nicht mehr, wenn er lachte oder scherzte, aber der Blick war wie früher durchdringend, scharf und skeptisch.

»Geht eure Kanzlei gut?« fragte Walter, der Geschäftsmann und Industrielle.

»Babcock, Smith und Kellogg? Bestimmt. Es gibt gewisse Anzeichen, daß sie mich zum Teilhaber machen wollen – in absehbarer Zeit. Und wie gehen deine Geschäfte?«

»Nicht so blendend, leider, Jeremy. Ich glaube, wir schlittern in eine wirtschaftliche Krise. Nach Kriegen kommt es meistens zu Katastrophen, nicht wahr? Diesmal scheint etwas in der Luft zu liegen, ich denke, in längstens drei, vier Jahren ist es soweit. Bryan und sein Klüngel verlangen, daß wir vom Goldstandard abgehen. Der Idiot weiß nicht, was passiert, wenn ein Staat und eine Regierung nach Belieben Geld drucken. Unausweichlich kommt es zu einer verheerenden Inflation und zum Krach. Aber einen ›Heiligen‹ kannst du niemals überzeugen. Bryan gehört zu deinen reinen Toren, Jerry.«

»Eine Hoffnung haben wir noch: Teddy Roosevelt, unser Präsident, ist kein Fanatiker, ausgenommen es geht um Kriege, und er ist kein reiner Tor.«

»Ich wollte, du wärst mein Sohn«, sagte Walter Porter übergangslos.

»Und ich wollte, du wärst mein Vater, Onkel Walter. Francis ist mehr nach dem Geschmack meiner Eltern. Im übrigen ist Vater niemals darüber hinweggekommen, daß er mit seiner Bewerbung in den Senat durchgefallen ist. Jetzt vertritt er hundertprozentig die Meinung, daß Senatoren vom Volk gewählt werden sollen, und er arbeitet mit einer Organisation einen Antrag auf Verfassungsänderung aus – er will sogar die Landessteuer durchsetzen.«

»Darum kämpfen ja auch die internationalen Verschwörer, wie du weißt, Jerry. Es ist ihnen klar, daß diese Anträge, wenn sie Verfassungsgesetz werden, den Anfang vom Ende des freien Amerika bedeuten. Aus ist es mit der amerikanischen Souveränität! Amerika wird Mitglied des ›Menschheitsparlaments‹ und damit nichts anderes als eine versklavte Nation, bankrott und abhängig von seinen Herren. Na schön. Wechseln wir das Thema, es ist zu deprimierend. Du wolltest doch dem jungen Mädchen nachforschen, nicht wahr, dieser Ellen Watson?«

Jeremy blickte in sein Glas: »Ich weiß einiges, denn ich habe regelmäßig Agenten nach Wheatfield geschickt. Aber das einzige, was ich sicher weiß, ist, daß sie gesund ist, schöner denn je und scheinbar zufrieden mit ihrem Los, nämlich mit ihrer dienenden Stellung. Und sie kleidet sich ›ihrem Stand entsprechend‹, das heißt möglichst unvorteilhaft, unauffällig und bescheiden. Wie es sich für einen Dienstboten ziemt, würde Francis sagen. Ich weiß sogar, wo sie in ihren wenigen freien Stunden spazierengeht, wenn es die Herrin erlaubt – was recht selten der Fall ist.«

»Nun, meine Schwägerin Hortense Eccles ist im Grunde keine üble Person, recht intelligent und geschickt. Seit sie Witwe ist, führt sie das Geschäft ihres Mannes bemerkenswert gut und hat es beträchtlich vergrößert. Ihre Bankiers und Geschäftsfreunde bewundern sie, glaub mir das. Sie kann aus jedem Penny Zinsen pressen, sagt man. Im übrigen hat sie mich mehrfach bei der Anlage von Wertpapieren beraten, und das sind die einzigen, die mir Dividenden abwerfen. Manchmal ist sie sogar herzlich, und ich glaube, daß sie wirklich Interesse an Ellen hat, daß sie nämlich bestrebt ist, eine ausgezeichnete Wirtschafterin aus ihr zu machen. Und Ellen ist es auch geworden. Seit ihre Tante May an Arthritis leidet und viel liegen muß, führt Ellen praktisch den Haushalt, bis auf die Küche, um die sich noch May annimmt.«

»Ist das nicht ein Irrsinn!« rief Jeremy und hieb mit der Faust auf den Tisch. »Eine Frau wie Ellen als ideale Dienstmagd!«

»Habe ich dir jemals erzählt, Jerry, daß ich in Philadelphia einen Jugendfreund hatte, John Widdimer, aus sehr alter Familie? Seine Mutter, Amy Sheldon, war eine blendend schöne Frau, aus einem noch besseren Haus. Ich kenne sie nur von einem Porträt, denn sie ist in sehr jungen Jahren gestorben, aber dieses Bild ist mir unvergeßlich. Als ich Ellen im Haus deiner Eltern sah, war ich über die Ähnlichkeit des Mädchens mit Amy Sheldon sprachlos; dein Vater übrigens auch, und der besitzt bestimmt nicht zuviel Phantasie.«

»Das kann ein Zufall sein«, meinte Jeremy, aber er hob interessiert den Kopf.

»Ich weiß nicht. Wenn es sich um eine Schönheit nach landläufigen Begriffen gehandelt hätte, dann vielleicht, dann wäre ein Zufall denkbar. Aber hier geht es um eine Schönheit, völlig außerhalb der Norm. Wann sieht man schon solches Haar, wie es Ellen hat, und so außergewöhnlich strahlende blaue Augen, einen so durchscheinenden Teint, ein so zartes Oval des Gesichts und einen solchen Mund? Amy war groß gewachsen, und das ist auch Ellen. Sie gleichen sich in allen Einzelheiten der Figur – Hände, Hals, Schultern – und im süßen, unschuldigen Ausdruck, der sanften Schlichtheit. Johns Vater erzählte mir, daß Amy völlig blind alles geglaubt hat, was ihr erzählt wurde, und daß sie von einer unerhörten Großzügigkeit war. Einen Engel nannte er sie. Unschuldig wie ein Lamm. Ich bin noch niemals einem Menschen begegnet, der Amy so glich – das heißt, ihrem Porträt – wie Ellen. Und denk dir: auch bei Amy gab es Menschen, die sie gar nicht schön fanden, ja, manche nannten sie reizlos.«

»Hm – du mußt mir mehr von deinem Freund John erzählen.«

»Nun, er war ein Damenfreund, wie du, Jerry.« Walter lächelte. »Aber dabei diskret und immer sehr wählerisch. So, vielleicht . . .«

»Wenn er so anspruchsvoll war, wie konnte er sich dann mit einem Dienstmädchen einlassen? Wenn wir annehmen, daß Ellen seine Tochter ist, was ich für sehr unwahrscheinlich halte. Da May Watson zur dienenden Klasse gehört, kann ihre Schwester nichts anderes gewesen sein. Aber irgendeinmal habe ich gehört, daß Ellen in Erie geboren wurde, also stammen ihre Mutter und ihre Tante wahrscheinlich auch von dort her. Menschen sehr niederen Standes, wie Francis sagen würde.«

»Ellens Mutter könnte Hausangestellte bei den Widdimers gewesen sein. Und wenn sie schön und anmutig und halbwegs intelligent war, dann hat sich John sicher nicht an ihrem Stand gestoßen. Zufällig hat er niemals geheiratet. Dabei war er mindestens achtunddreißig, als er verunglückt ist.«

»Dieser Sache muß ich nachgehen, sie ist zumindest interessant. Übrigens – sieht dein Sohn Ellen häufig?«

»Eigentlich schon, er besucht seine Tante einmal im Monat. Aber ohne

Hintergedanken« – und Walter lächelte gezwungen. »Rein altruistisch. Er hat mir lobend erzählt, daß Ellen eine sehr tüchtige und verläßliche Haushälterin geworden ist.«

»Natürlich muß er das loben«, sagte Jeremy, und der Ausdruck seines Gesichts wurde drohend. »Ich wollte Ellen zur Schule schicken, damit sie ihre Fähigkeiten entwickeln und zu einer Lady erzogen werden kann, wozu sie zweifellos das Zeug hat. Sie hat die besten Anlagen. Und dann wollte ich sie heiraten.«

»Nein!« sagte Walter überrascht.

Jeremy nickte. »Noch heute ist das meine Absicht. Das heißt, wenn Francis Ellen nicht vorher in seine Küche schleppt. Hat er Heiratsabsichten?«

»Nein, obwohl er jetzt in seinem eigenen Haus in Scranton wohnt. Wir haben uns nicht mehr vertragen. Ein sehr bescheidenes Haus, trotz seines recht ansehnlichen Vermögens, von dem er allerdings kaum einen Penny ausgibt.« Walter verstummte und fuhr dann grimmig fort: »Hab' ich dir erzählt, daß er einer Marxistengruppe beigetreten ist, die sich ›Liga der Gerechten‹ nennt?«

»Nein, das ist mir neu. Aber es paßt gut zu ihm, nicht wahr? Die internationalen Verschwörer, die ›Elite‹, sind keine Marxisten. Sie nützen nur einige Ideale von Marx und Engels und versuchen damit, mehr und mehr Staaten zu ködern, das heißt sie zu sozialisieren – natürlich nur um der eigenen Vorteile willen!« Er stand auf und wiederholte: »Ich werde Ellen heiraten, und zwar sehr bald, selbst wenn sie mich vergessen hat, was ich aber bezweifle. Nebenbei: Wie sieht es bei Francis aus?«

»Sehr bescheiden, wie gesagt. Du wirst es nicht glauben, aber sein Haus ist vollgestopft mit Kram und altem Zeug, aber nicht vielleicht mit Antiquitäten! Bei Trödlern zusammengekauft. Sehr dürftig.«

»Du meinst, billig.«

»Ja.« Er seufzte. »Schenk mir noch ein Glas ein, Jerry. Und ich wiederhole: Schade, daß du nicht mein Sohn bist. Im übrigen: Francis' Anwaltskanzlei geht sehr gut. Und er stellt recht saftige Honorarnoten aus – auch für seine geliebten »Armen«.«

Das Eccles-Haus in Wheatfield war kein Prunkstück, wie seine Besitzerin glaubte, sondern ein plumper Bau aus gelbem Sandstein, mit vier weißen Säulen und einer Freitreppe von vier Stufen, die zu einem schweren Doppeltor aus Eiche führten. Es hatte eine Menge kleiner Fenster und viele Zimmer. Das dritte Stockwerk war den Dienstboten vorbehalten, von denen es nur zwei gab, May Watson und ihre Nichte Ellen. Der Garten war schmucklos und der Rasen nicht sehr gepflegt. Das Mobiliar wirkte fast so pompös wie das der Porters, aber es war im Grunde etwas wertvoller, und die Draperien waren aus schwerem Samt in Dunkelblau und Braun. Die Dienstbotenkammern allerdings waren kahl und enthielten nur das Nötigste, denn Mrs. Eccles, eine würdige Dame, hochgeschätzt von ihren Bekannten und vom Pastor, war dagegen, »Untergebene« zu verhätscheln. Das schadet der »Disziplin«, und Mrs. Eccles war felsenfest von der Notwendigkeit der Disziplin überzeugt, ausgenommen für die eigene Person. Sie war klein und untersetzt, mit einem runden, derben Gesicht, schlauen Augen und dünnem brünetten Haar. Sie legte großen Wert auf modische Kleidung und wußte ganz genau, daß sie mit May Watson einen Haupttreffer gemacht hatte, da May nicht nur eine ausgezeichnete Köchin war, wenn sie mit schmerzenden Knien hinunter in die Küche kroch, sondern auch eine sehr geschickte Näherin. Deshalb hatte sich Mrs. Eccles überwunden und entgegen ihrem Prinzip, »die dienende Klasse« nicht zu verderben, im Lauf der vier Jahre einen Dollar zusätzlich im Monat gegeben; auch Ellen bekam diese Zulage, mit der ernsten Mahnung, das Geld in die Sparbüchse zu tun.

Trotzdem war sie in gewisser Weise gerecht und anständig. Sie lobte das Essen, wenn es besonders gelungen war, und manchmal lächelte sie Ellen freundlich an, obwohl sie ständig über deren Größe und Haarfarbe schalt. Zuweilen erkundigte sie sich voll Mitgefühl nach Mays Beschwerden, und einmal hatte sie ihr sogar den eigenen Arzt geschickt. Aber »Man darf sich nicht gehenlassen, meine Liebe, Sie müssen die Zähne zusammenbeißen!« predigte sie. Mrs. Eccles allerdings ließ sich gehen, besonders, was ihren Appetit betraf, und verzehrte ein Vielfaches von dem, was ihre Untergebenen bekamen. Aber immerhin brauchten sie nicht die Reste von den Tellern zu essen. Zugleich war Mrs. Eccles ein richtiger Feldwebel. Alles mußte tadellos klappen, und einmal des Monats inspizierte sie auch die Dienerzimmer. Zu Weihnachten bekam May zwei Dollar und Ellen einen. May fand ihre Dienstgeberin großzügig wie eine Königin und konnte nicht laut genug ihr Lob singen.

Seit May unter Arthritis litt – »Ich kann das arme Geschöpf nicht auf die Straße setzen!« sagte Mrs. Eccles zu ihren bewundernden Bekannten –, lag die Last des Haushalts allein auf Ellens Schultern. Manchmal quälte sich May hinunter, um Ellen neue Rezepte zu lehren und ihr immer wieder ans Herz zu legen, wie dankbar sie für dieses schöne Heim sein müsse. Und wie wundervoll Mrs. Eccles sei. Bestand sie nicht darauf, daß Ellen jeden Sonntag zur Kirche ging, daß sie täglich einen Vers aus der Bibel las, brachte sie ihnen nicht religiöse Schriften mit? Ja, sie war um ihr Seelenheil tief besorgt. Mrs. Eccles hatte Klavier gelernt und spielte sonntags viele geistliche Hymnen. Sie verlangte, daß May und Ellen in der Tür standen und zuhörten, während sie gefühlvoll in die Tasten griff. Und niemals vergaß sie, Gott um Segen für das Haus und alle, die darin wohnten, anzuflehen, wozu auch die vier Katzen gehörten, die sie leidenschaftlich liebte, denn sie war eine kinderlose Witwe.

May war hingerissen: »Verglichen mit Mrs. Porter ist Mrs. Eccles eine Heilige, Ellen. Wir müssen Gott täglich für unser Glück danken.« Sie ärgerte sich manchmal über ihre Nichte, weil die nicht in ihre Lobeshymnen einstimmte. Aber daran war wohl schuld, daß Ellen stets überarbeitet war; ihre einzige Erholung waren die Ausgänge an Donnerstagen – und auch die gab es nicht regelmäßig. Dann setzte sie sich in den Vorgarten des Hauses, hörte dem Klavierspiel der Herrin zu und dachte an die Worte Thoreaus, wonach Musik Vergangenheit, Gegenwart und Zukunft zusammenschließe und die Seele in höhere Sphären trage. Oder sie ging in einen kleinen Park, nicht weit entfernt, und manchmal, wenn sie May ihre Tasse Kamillentee zur Linderung der Schmerzen gegeben hatte, schlich sie sich mit einer Kerze in der Hand hinunter in die Bibliothek, die von Mr. Eccles stammte und ausgezeichnete Bücher enthielt. Dort schmökerte sie heimlich und versank bald in eine bessere und edlere Welt.

Sonst gab es keine Erholung, keine Abwechslung für dieses siebzehnjährige Mädchen, und nichts, das ihre Träume oder Sehnsüchte, von denen sie oft mit unerträglicher Wehmut erfüllt war, gestillt hätte.

Einmal hatte ihr Mrs. Eccles mit freundlicher Strenge gesagt: »Weißt du, mein Kind, ich erlaube meinen Angestellten nicht, daß sie Verehrer haben – das wird ja bei deinem ... eh, Aussehen ohnehin nie passieren, und du kannst dem Schicksal dafür dankbar sein. Aber merk es dir für alle Fälle.«

Ellen war erst nach einer Weile draufgekommen, was mit »Verehrer« gemeint war, und hatte leidenschaftlich protestiert: »Oh, Mrs. Eccles! Da brauchen Sie sich keine Sorgen zu machen!« Mrs. Eccles hatte befriedigt gelächelt. Sie fürchtete, das beste Dienstmädchen zu verlieren, das sie jemals gehabt hatte, und sie dachte auch daran, daß »die niederen Klassen« schlechte Charaktere besaßen und zu Fehltritten »ohne den Segen des Pastors« neigten, weil sie von Natur aus »liederlich« waren. »Ich wache über die Bescheidenheit, das Ansehen und die Moral meiner Angestellten genauso wie bei mir selbst«, erklärte sie ihren Freundinnen. »Meine Ellen ist zwar noch eine junge Person, aber ich habe ihr eingetrichtert, daß die Pflicht immer vor dem Vergnügen kommt und daß man sich als Christ niemals gehenlassen darf.« Mrs. Eccles fürchtete noch etwas anderes: daß ihre Bekannten ihr das Mädchen wegschnappen könnten, das so tüchtig und geschickt und dabei immer gehorsam und höflich war. Deshalb mahnte sie: »Meine Liebe, du bist mir teuer wie eine Tochter, und ich denke, daß du das weißt. Laß dich daher nie durch falsche Verlockungen betören – denke, was die Bibel über den Mammon sagt.« Ellen hatte das nicht begriffen und nur mit einem Achselzucken geantwortet – eine neue Angewohnheit, die Mrs. Eccles sehr ärgerte. Als Ellen in der Bibel nach der Stelle gesucht und sie gefunden hatte, konnte sie nur lächeln. Ihrer Meinung nach diente Mrs. Eccles dem Mammon sehr eifrig – ein Gedanke, dessen sie sich sofort schämte. Es stand ihr nicht zu, über ihre Dienstgeberin zu richten. Aber sie fand es schwierig, Mrs. Eccles »zu lieben und ihr zu vertrauen«.

Ellens Träume, die immer quälend, immer traurig waren, kreisten stets um Jeremy Porter. Dies, obwohl ihr May mindestens einmal in der Woche predigte, welches Glück es für sie bedeutete, im Hause Porter einer »Schande, schlimmer als der Tod« entronnen zu sein. Ein schlechter Mensch, ein Schurke, das waren die Ausdrücke, mit denen sie Jeremy Porter bedachte.

Es hatte zwei Jahre gedauert, bis Ellen begriff, was mit »Schande« gemeint war. Sie schämte sich, aber diese Scham hinderte nicht, daß sie vor Sehnsucht fast verging, daß das heiße Verlangen sie verzehrte, Jeremy zu sehen, von ihm zu hören. Die Erinnerung an die wenigen Minuten in der Küche erlosch nicht, nein, sie wurde immer peinigender. Ja, jetzt wußte sie, was dieser Garten in ihrem Traum bedeutet und auf wen sie dort gewartet hatte, mit der Blume in der Hand. Aber das war alles vorbei, und nichts war ihr geblieben als die Erinnerung und harte Fron. Manchmal glaubte sie es nicht zu ertragen, und dieses Gefühl einer nie gekannten Auflehnung riß sie aus ihrer Agonie – was sie sofort wieder bereute. Gott hatte ihr dieses Schicksal bestimmt, sie mußte es in Demut auf sich nehmen. Aber deshalb flossen ihre Tränen nicht weniger heftig, und auch die Träume blieben nicht aus, die sie erschreckten und für die sie, wenn sie schweißgebadet erwachte, Gott kniend um Vergebung flehte. Und dabei wußte sie in ihrer Unschuld gar nicht, was es war, das sie so glühend ersehnte.

Francis, der Liebling seiner Tante und auch ihr präsumtiver Erbe, kam mindestens einmal im Monat über ein Wochenende, um Mrs. Eccles zu besuchen und Ellens Fortschritte zu begutachten. Er war sehr freundlich zu ihr, lobte Mays Kochkunst und Ellens Fertigkeiten und die blinkende Sauberkeit im Haus. Aber er war niemals allzu leutselig, obwohl er Ellen aufrichtig zugetan war. Erst viel später sollte ihm klarwerden, daß er sie liebte; bis jetzt war er von dieser erschreckenden Erkenntnis noch meilenweit entfernt. Er wußte nur, daß er froh und beschwingt war, wenn er sie sah, daß sie ihm gefiel und daß er ihr gern mit den Augen folgte, wenn sie durch die Zimmer ging, und daß diese Zimmer dunkler und trüber erschienen, sobald Ellen sie verlassen hatte. Zu den letzten Weihnachten hatte er ihr ein Paar Lederhandschuhe geschenkt, die ersten für sie, und sie war überwältigt von seiner Großzügigkeit. Aber seine Nähe schüchterte sie ein, nicht nur, weil sie an jenen Abend bei Porters dachte, sondern auch, weil er sich verändert hatte; er war abweisender, heftiger und selbstgerechter geworden, und sein Blick war nicht so offen und herzlich wie einst. Nur Ellen merkte, daß er manchmal etwas zu verbergen schien, und das verwirrte sie.

Mrs. Eccles neckte ihn immer, weil er nicht heiratete. »Schließlich bist du jetzt sechsundzwanzig, mein Lieber. Zeit, sich nach einer passenden Frau umzusehen! Schon gar bei deinen Zukunftsaussichten! Hat noch keine junge Dame Gnade vor deinen Augen gefunden?« Francis hatte schon zuweilen mit diesem Gedanken gespielt – wenn die Betreffende eigenes Vermögen besaß, natürlich. Dann könnte er Ellen als Haushälterin zu sich nehmen, Tante Hortense würde es ihm nicht verargen. Der Gedanke, Ellen zu sich zu holen, kam ihm jedes Mal, wenn er auf Besuch in Wheatfield war; dann lächelte er das Mädchen freundlich an, und der Unmut schwand aus seinen Zügen, die wieder zu denen eines hübschen blonden Mannes wurden. May Watson war begeistert von ihm, denn er erkundigte sich nach ihrer Gesundheit, bemitleidete sie wegen ihrer Schmerzen und lobte sie, weil sie Ellen so gut abrichtete. Und sie dankte ihm immer wieder überströmend für alles, was er für sie und Ellen getan hatte, wodurch sich sein Selbstbewußtsein und seine Stimmung hob.

Er hatte vergessen, daß er Ellens Antlitz früher einmal fein und aristokratisch gefunden hatte. Wenn ihm das jetzt in den Sinn kam, dann schob er es ab, denn das paßte nicht in sein Konzept, es war nicht denkbar, daß ein Mädchen ihres Standes etwas anderes war, als sie darstellte: eine Dienende. Für ihn waren Dienstboten nicht »arbeitendes Volk«, sie zählten nicht zu den ringenden Massen, die nach Freiheit strebten und die man in die Politik einbauen mußte. Diese feine Unterscheidung verblüffte seinen Vater und rief stets dessen ironisches und ungläubiges Lächeln hervor. Francis war noch immer ein guter Kerl, das gab der Vater zu, aber unlogisch und labil und seiner Tante sehr ähnlich, die reichlich den Missionen spendete und dabei Ellen, die sie wirklich schätzte, oft bis zur Erschöpfung arbeiten ließ.

Walter fand, sein Sohn habe vom »arbeitenden Volk« keine Ahnung. Niemals hatte er mit echten Schwerarbeitern zu tun gehabt, niemals eine Fabrik von innen gesehen. Der Vater hegte heimlich die Hoffnung, daß Francis Vernunft annehmen werde, sobald er seine eigene Kanzlei eröffnete und dadurch Kontakt mit allen Kreisen der Bevölkerung bekam. Bis dahin waren seine Klienten niederen Standes nur Kleinbürger – Buchhalter, Kassengehilfen, Ladenbesitzer – sie hatten nichts mit körperlicher Arbeit zu tun. Diese Kleinbürger verachtete er, als ob sie nicht aus Fleisch und Blut wären und nicht auch in dürftigsten Verhältnissen lebten.

May lag im Bett, abgezehrt, welk und von Schmerzen gezeichnet. Mit vorwurfsvollen Blicken maß sie ihre Nichte. »Du gehst schon wieder aus, Ellen?«

»Tante May, seit einer Woche bin ich nicht aus dem Haus gekommen. Nur zwei Stunden – ich muß ein bißchen Luft schnappen und allein sein, um mich zu besinnen.«

»Besinnen, nachdenken ...«, murrte May. »Du bist ein sonderbares Ding, Ellen.« Plötzlich kam ihr ein schrecklicher Gedanke. »Du hast doch nicht mit jemandem eine Verabredung?« fragte sie und setzte sich im Bett auf.

»Tante May, ich kenne keinen Menschen in Wheatfield, niemanden, und das weißt du auch. Ich laufe sonntags von der Kirche auf schnellstem Weg nach Hause, und niemand spricht mit mir.« Sie beugte sich lächelnd über sie: »Liegst du gut? Ich bleibe nicht lange aus.«

May sank zurück und seufzte tief: »Du weißt, Mrs. Eccles duldet keine Verehrer. Du sprichst doch nicht mit Fremden im Park?«

»Nein, Tante.«

»Es gehört sich nicht, daß du wegläufst. Hast du das Silber geputzt?«

»Natürlich, wie jeden Donnerstag.«

»Frag Mrs. Eccles trotzdem, ob es ihr recht ist. Sie ist so gut zu uns. 50 Dollar hast du auf der Bank liegen, und ich 100 – alles erspart. Das verdanken wir ihr.«

Ellen ging langsam hinunter, »passend« gekleidet: Sie trug ein braunes Wollkleid, darüber einen zu großen Mantel, der von Mrs. Eccles stammte, einen häßlichen Hut auf dem leuchtenden Haar, und Francis' Handschuhe in der Hand. Dazu allerdings ein Paar neuer Knöpfelschuhe, billig, aber schick. Sie sah, wie May es nannte, »respektabel« aus und außerdem ganz und gar wie ein Dienstmädchen, das sie ja auch war. Wenn aber ein Passant oder ein Müßiggänger im Park sie genauer betrachtete, dann fiel ihm der vollkommene Schnitt des Gesichts, der Teint und die Haarfarbe auf.

Das Haus war warm und sehr still, nur das Feuer im Füllofen der Bibliothek knisterte, wo Mrs. Eccles mit gerunzelter Stirn am Schreibtisch über Abrechnungen saß. Unverschämt, wie die Preise seit dem Philippinen-Krieg gestiegen waren, die Butter 12 Cents das Pfund! Milch: 7 Cents das Viertel! Ein Roastbeef: 75 Cents! Sie strich empört über ihren glatten, braunen Haarknoten. Bei solchen Preisen mußten sogar die reichen Leute in Konkurs gehen! Aber auf dem Pult lag ein Haufen Goldmünzen, und sie strich liebkosend darüber hin, um sich zu trösten. Gut, daß bald der Winter kam, dann konnte sie sich die 10 Dollar wöchentlich für den Gärtner und seinen Gehilfen ersparen. Freilich, dann mußte wieder Schnee geschaufelt werden. Aber da fand sich immer ein kleiner Junge aus dem Armenviertel, der mit 25 Cents zufrieden war. In meiner Jugend waren sie froh, wenn sie einen Teller Suppe dafür bekamen, dachte sie.

Ellen versuchte ungesehen an der Tür vorbeizukommen, aber Mrs. Eccles hatte feine Ohren. »Schon wieder ausgehen, Ellen?«

Ellens Fuß stockte. »Nur für eine Stunde oder so, Mrs. Eccles. Es ist Donnerstag. Ich möchte mich gerne ein bißchen in den Park setzen, bald kommt der Winter und dann ist es aus damit.«

Mrs. Eccles hob die Brauen: »Hast du deinen Bibelvers gelernt, Ellen?«

»Ja, Ma'am. Wie jeden Tag, gleich nach dem Aufstehen.«

Mrs. Eccles lehnte sich zurück und musterte sie streng: »Ellen, das Huhn gestern ist dir nicht gelungen. May hat es anders gewürzt, mit etwas Thymian und Estragon. Du könntest allmählich wirklich etwas von deiner Tante gelernt haben.«

»Es tut mir leid«, murmelte Ellen, und wieder fühlte sie sich schuldbewußt. »Ich habe mir eingebildet, Sie hätten letzte Woche gesagt, daß Sie Kräuter zum Geflügel nicht mögen.«

»May hat immer das richtige Gefühl, welches Gewürz zu welcher Jahreszeit paßt. Dafür gibt es eben keine feste Regeln. Hast du im Füllofen nachgelegt?«

»Ja, Mrs. Eccles. Vor einer halben Stunde.«

»Und haben die Katzen ihre Nachmittagssahne bekommen?«

»Ja, Ma'am.« Ellen blickte besorgt durchs Fenster. Der Tag neigte sich dem Ende zu, bald würde es dunkel sein.

»Also gut. Meinetwegen geh, Ellen. Aber benimm dich anständig. Halt die Augen gesenkt, das gehört sich für ein Mädchen deines Standes.«

Ellen stieß die schwere Eichentür auf und trat hinaus in die frische und würzige Luft des Oktobernachmittags. Es roch nach warmem Laub, nach Pferdemist, ein paar Kutschen holperten über das Pflaster, in denen Damen in Pelzen, mit Handschuhen und Federhüten, saßen, die Knie fest in Wolldecken gewickelt. Von irgendwoher kam der scharfe Geruch nach Ketchup, Grapefruitjam und Braten. Der Himmel war tiefblau, nur da und dort von einem feinen Wolkenschleier bedeckt. Die Straße bestand aus großen Villen, die alle einander ähnelten mit ihren blinkenden Fenstern und gerafften Vorhängen, jeder Türknauf funkelte wie Gold. Die Alleebäume prunkten in scharlachroten, braunen und gelben Tönen, da und dort vom Dunkelgrün einer Föhre unterbrochen. Dank der starken Regenfälle in den vergangenen Tagen leuchteten die Wiesen heller als im Sommer, sie sahen wie künstlich aus. Die letzten Salvien und Feuerlilien leuchteten aus den Beeten, ein leichter Wind wirbelte das Laub zu Ellens Füßen auf, als ob es lebte.

Ellen schritt schnell aus, die frische Luft tat ihr wohl, sie bewegte sich leicht und sicher. In der Ferne sah sie ein Laubfeuer brennen und hörte ein Kind rufen. Sie trat durch das Gittertor in den kleinen, dicht verwachsenen Park mit den versteckten Bänken, auf denen vor allem Bonnen mit Kinderwagen saßen. In der Mitte der Anlage befand sich ein großes Rosenbeet, aber nur mehr vereinzelte Blüten zitterten unter dem fallenden Laub der gebeugten Stämme. Bald war der Winter da. Ein Eichhörnchen rannte über den Weg, sprang auf einen Baum und wartete gierig auf Futter. Ellen hatte ein paar Nüsse aus der Küche stibitzt, warf sie ihm hin, und schon sauste es den Stamm herunter, setzte sich possierlich auf die Hinterpfoten und knabberte drauflos. Ein schwacher Lichtschein fiel durch die Bäume, als sie langsam weiterging.

Sie war nun fast allein im Park, nur eine Frau mit ihrem Hund kam vorbei, und zwei schwatzende Dienstmädchen waren zu sehen. Sie fand eine Bank, niemand beachtete sie, wie sie, ihre billige Tasche aus Lederimitation auf dem Schoß, dasaß und still vor sich hinschaute. Der Wind blies ein wenig stärker, und eine Locke ihres flammenden Haars löste sich und fiel in die weiße Stirn und auf die Wangen. Alles Waschen mit Nußtinktur – von der Tante angeordnet – hatte das Gold dieses Haars nicht dämpfen, alles Reispuder den Pfirsichhauch des Gesichts nicht verdecken können.

Ellen war todmüde. Wie immer war sie um fünf Uhr aufgestanden, und vor sechs in der Küche gewesen. Niemals kam sie vor elf Uhr ins Bett. Die Wärme des Füllofens drang nicht in ihre Kammer hinauf, die Bettdecken waren rauh und sperrig, die Leintücher grob. Zitternd vor Kälte haspelte Ellen kniend im Nachthemd ihre Gebete herunter und kroch dann unter die Decke. Eine Weile lag sie schlaflos und blickte durch das hohe schmale Fenster, das weder Vorhänge noch Draperien besaß. Wenn sie dann endlich einschlief, wurde sie von bösen Träumen gequält, aus denen sie immer wieder aufschreckte.

Sie erhoffte sich nichts mehr vom Leben. Sie würde im Dienst alt werden, bis sie zu nichts mehr nütze war, um dann mit ihren mageren Ersparnissen auf den »Armenhof«, das Altersheim der Dienstboten, zu übersiedeln. Vielleicht hatte sie Glück und durfte in irgendeinem fremden Haus die Kinder hüten oder für ein Almosen flicken in einer Dachkammer, geplagt von Gliederschmerzen, mit schwieligen Händen, gebeugtem Rücken, von all den Jahren der Fron verbraucht, mit weißem Haar und faltigem, welkem Gesicht.

Der Gedanke an diese trostlose Zukunft bedrückte sie an diesem Tag mehr noch als sonst, denn das Jahr ging zu Ende, und herbstliche Melancholie lag in der Luft.

Wozu wurde ich geboren, und warum wurde ich geboren, fragte sie sich. Alles war sinnlos, es gab keine Antwort. Tante May sagt, wir sind alle geboren, um demütig zu leiden, weil das Gottes Wille ist. Und wir leben, um Gott zu gefallen, auf daß uns die ewige Seligkeit zuteil werde. Hier auf Erden haben wir das Leid zu ertragen, wie es uns auferlegt ist. Aber, lieber Gott, ich denke nicht an die ewige Seligkeit. Hier auf Erden will ich ein bißchen Freude, ach, nur ein kleines Wunder, lieber Gott, einen kleinen Vorschuß auf die Seligkeit, eine kleine Hoffnung! Ich will etwas von dieser schönen Welt sehen, frei sein, wenn auch nur kurze Zeit, einmal nicht arbeiten müssen, damit ich mich selbst finden kann, lachen möchte ich, singen, jung sein, denn ich bin niemals jung gewesen. Bevor ich sterbe, möchte ich meinen eigenen Herd, mein eigenes Bett und meine eigenen vier Wände haben. Ich weiß, ich kann niemals so sein wie die Mädchen, die mit ihren Müttern zu Mrs. Eccles auf Besuch kommen – die hübschen

Mädchen in ihren hübschen Sommerkleidern aus Spitze und Seide, mit ihren Pelzen im Winter, ihren Kutschen, mit ihrem fröhlichen Lachen und den Perlen im Ohrläppchen und am Hals. Ich weiß, ich werde niemals ihre Blumenhüte im Sommer und ihre Federhüte im Winter tragen, ihre gefütterten Handschuhe, ihre warmen Muffs, ihren glitzernden Schmuck. Dazu bin ich nicht geboren, das steht mir nicht zu; ich bin zum Packesel geboren, zum niederen Dienst, und deshalb darf ich nicht, ach, keine Minute, die Mädchen beneiden, die so sorglos sind und einer so schönen Zukunft entgegensehen.

Aber nur eine Stunde, einen Tag, eine Woche Frieden und Alleinsein, frei von Angst und Druck, ein Buch lesen können am Kamin, Musik hören, ins Theater gehen, Zeit haben für einen Spaziergang durch den Wald, am Fluß, ohne gehetzt zu sein, ohne zu wissen, daß ein Sklaventreiber wartet und dich wegjagt von allem, was lieblich, gut und schön ist! O Gott, für diese Stunde, diesen Tag, diese Woche würde ich mein ganzes Leben hingeben und, o Gott, dich nie mehr um etwas bitten ... Ich möchte schlafen, o Gott, schlafen ... und niemals mehr aufwachen, und es wäre genug. Es wäre mehr als genug.

Aber für sie gab es keine Hoffnung, für sie nicht und nicht für die Millionen anderer, die wie Gnome in finsteren Bergen schuften, die hämmern und werken und die goldenen Schätze für die Menschen da oben heben, die Menschen, die im Licht leben und sich der Sonne erfreuen.

Nicht Bitterkeit oder Neid, nur Trauer erfüllte sie, Trauer, daß sie niemals die Herrlichkeiten der Welt, die auch ihre Welt war, schauen durfte, die weiten Himmel und geheimnisvollen Inseln mit den bunten Schwärmen exotischer Vögel, den Ozean, die Schiffe mit den weißen Segeln oder die Berge im ewigen Eis, oder die riesigen Städte mit ihrem pulsierenden Leben, mit ihren Stimmen, ihrer Musik und dem Dröhnen der Maschinen. Niemals würde sie das steinerne Spitzenwerk der Kathedralen erblicken, niemals der Stille in den weihrauchduftenden Kirchenschiffen lauschen, himmlische Chöre hören oder durch exotische Basare wandern. Von allen diesen Dingen hatte sie gelesen. Niemals würde sie sie kennenlernen, nicht einmal für eine Stunde.

Sie versank in jene Traumwelt, die ihr Zuflucht vor der Wirklichkeit bot. An Jeremy Porter dachte sie, und ihre Lippen brannten plötzlich in Erinnerung an seinen Kuß, an die Kraft seiner Arme, als er sie an sich gedrückt hatte, an das sanfte Streicheln seiner Hände über ihr Haar, an den Trost seiner zärtlich geflüsterten Worte, an die Wärme seines Körpers.

Hitze strömte von ihren Lippen durch ihren ganzen Leib, erfüllte sie, machte ihre Sehnsucht brennend und unerträglich. Sie wollte aufstehen und davonlaufen, hinaus in das Dämmerlicht, in seine Arme. Sie sah ihn so deutlich vor sich, als stehe er vor ihr und riefe sie ...

Als sich ihr Schritte auf dem knirschenden Kies näherten, hörte sie es kaum. Und als sie dann aufschaute, die Augen voll Tränen, und sah, daß es tatsächlich Jeremy war, in einem dicken Wintermantel mit Chinchillakragen und einem dunklen Filzhut, da war sie eigentlich nicht erstaunt. Ruhig stand sie auf. Als er näher kam, streckte sie ihm die Hände entgegen, trat an ihn heran und lag in seinen Armen, das Gesicht in seine Schulter vergraben. Ich träume, ich träume nur, dachte sie verwirrt. Dann küßte er ihre Lippen, und tiefer Friede sank in ihr Herz, Erfüllung, nie geahnte, nie gekannte Freude, Glück.

VIII

Sie saßen auf der Bank im kalten Zwielicht des sinkenden Abends, Jeremy hatte seinen Arm um ihre Schultern gelegt, und ihr Kopf ruhte an seiner Brust. Sie war geschützt und gegen alles Böse gefeit.

»Wie hast du mich gefunden?« fragte sie.

»Ich habe dich niemals verloren«, antwortete er und schob eine kleine Locke zurück, die ihr über die Augen gefallen war. »Ich wußte, daß du immer am Donnerstag in diesen Park kommst. Gleichgültig, woher ich es weiß, Liebste, meine Geliebte ...«

Sie schmiegte sich an ihn und fühlte, wie Wellen von tiefer Ruhe und reinem Glück über sie fluteten und alles hinwegspülten, sogar die Erinnerung an Qual und Sehnsucht und Verzweiflung. Höchste Erfüllung – sie hatte eine Zuflucht gefunden, es konnte ihr nichts mehr geschehen, und, obwohl sie es nicht begriff, sie wurde geliebt. Ihre Zurückhaltung, ihre Scheu waren ausgelöscht, zum erstenmal in ihrem Leben sprach sie frei und ohne Hemmung zu einem Menschen, mit einem schrankenlosen Vertrauen und mit einer Kindlichkeit, die Jeremy rührten. Sie fragte ihn nichts, es genügte ihr, daß er da war, wie sie es tausendmal erträumt hatte, und obwohl es mit dem schwindenden Tageslicht empfindlich kühler wurde, strömte Wärme durch ihren Körper und ein Wohlbefinden, das körperlich und seelisch zugleich war. Augenblicke lang fürchtete sie, daß alles nur Phantasie und Traum wäre, aber ein Blick in das zärtlich über sie geneigte Antlitz beruhigte sie.

Sie hatte ihm von all dem Elend der letzten vier Jahre erzählt, und von ihren Träumen; wie sie sich nach ihm gesehnt und wie sie nicht vermocht hatte, zu »lieben und zu vertrauen«. »Es war schlecht von mir, daß ich mich nicht fügen wollte, daß ich rebellisch war, da du mich doch all die Jahre liebtest und wußtest, wo ich mich befand, und auf mich wartetest ...« Sie sprach von der »guten« Mrs. Eccles, die sie und Tante May ins Haus genommen hatte, und vom »freundlichen« Francis Porter, der immer wieder nach Wheatfield kam und sich erkundigte, wie es ihnen ging. Ellen hatte nicht bemerkt, daß sich Jeremys Gesicht bei diesem Lob verdunkelte, aber er sagte nichts. Er sah in ihre Augen und fand, daß Ellen nun zu vollkommener Schönheit gereift war, obwohl ein schmerzlicher Zug um ihren Mund lag.

Sie fragte ihn nicht nach der Zukunft, und sie dachte auch nicht an später. Jeremy war da, und wahrhaftig, kein Traum. Schüchtern bat sie ihn immer und immer wieder, zu wiederholen, daß er stets an sie gedacht hatte, und dann seufzte sie tief auf vor Glück. Zugleich beschuldigte sie sich, nicht genug »geliebt und vertraut« zu haben.

Er runzelte die Stirn und schwieg. Endlich sprach er: »Liebe und Vertrauen? Mein Liebling, niemanden in dieser Welt kannst du lieben, und niemandem vertrauen, weder den Eltern noch den Geschwistern, nicht einmal dem Ehegatten, und schon gar nicht den Freunden. Hast du noch nicht erkannt, daß diese Welt häßlich und gemein ist, der siebenstöckige Berg der Hölle, auf dem nur Bosheit, Neid und Verrat gedeihen?«

Ihr Gesicht beschattete sich, er aber lächelte und schloß sie fester in seine Arme: »Ich bin ein Zyniker, ein Pessimist, und das bin ich nur geworden, weil ich mit lauter brüderlichen Menschenfreunden und Optimisten zu tun hatte.« Aber er durfte ihr nicht alle Illusionen rauben und nicht den Schmelz der scheuen Unschuld, den er so köstlich fand. Deshalb sagte er: »Genug davon, Liebling. Vielleicht kannst du ... Gott vertrauen. Du vertraust ihm doch, nicht wahr, Liebste?«

Sie senkte beschämt den Kopf: »Nicht genug, nicht, wie ich ihm als Kind vertraut habe. Ich habe mich oft aufgelehnt – aber er hat mir verziehen, ich hoffe es.«

»Schöne Tochter von Toscar«, sagte er lächelnd.

»Thoreau!« Nun lächelte auch sie wieder. »Nachts, wenn alle schlafen, schleiche ich hinunter in Mrs. Eccles' Bibliothek, mit einer Kerze, und lese in den wunderbaren Büchern ...«

»Und die Bücher, die ich dir jeden Monat gesandt habe?«

Sie hob erstaunt den Kopf: »Deine Bücher? Ich habe sie nie bekommen, Jeremy.«

Er preßte die Lippen aufeinander, und sie schaute ihn ängstlich an. Dann murmelte er: »Ich verstehe, ja. Der Drachen vor dem Tor, der von einem anderen Drachen gewarnt wurde.«

»Was meinst du, Jeremy?«

»Ach, laß das. Hauptsache, ich weiß, was gespielt wird. Und was hast du in diesem Bücherkasten gefunden und gelesen?«

»Hobbes, Edmund Burke, Montaigne, Kant, Erasmus, Spinoza, Shakespeare, dann alles von Dickens und Thackeray; Geschichte, Abenteuer und vieles andere.«

»Recht nett von Mrs. Eccles, daß sie dich ihre Bücher lesen läßt«, sagte er, obwohl er ihre Antwort im voraus wußte.

»Oh, ich lese ganz heimlich. Sie und auch Tante May sind der Meinung, daß Lektüre dem Verstand einer Frau schadet. Mrs. Eccles liest nur Bank- und Börsenblätter, damit ist sie voll ausgelastet, erklärt sie.«

»Und ihre Geschäfte schaden ihrem Verstand nicht?«

Ellen lächelte: »Mrs. Eccles hat einen sehr kräftigen Verstand.«

»Das kann ich mir denken. Und außerdem ist sie fromm, nicht wahr?«

»Sehr sogar! Sie verlangt, daß Tante May und ich kniend die Abendgebete mit ihr verrichten. Sie betet dabei laut vor.« Hatte sie schon zuviel gesagt? Verlegen blickte sie zu Boden. »Sie glaubt fest, daß Gott all ihre Schritte leitet.«

»Besonders die Schritte in die Bank«, sagte Jeremy. »Ich bin überzeugt, daß Mrs. Eccles mehr an ihre Bank als an Gott glaubt, und das ist sehr vernünftig von ihr.«

Ellen fühlte sich ein bißchen unbehaglich, obwohl sie seine Ironie nicht ganz verstand. Aber sie sagte: »Gott hat dich zu mir geführt, Jeremy. Er hat meine Gebete erhört.«

Sie sah ihn flehend an, und er konnte ihr nicht widerstehen. »Wenn es dich tröstet, das zu glauben, Liebste, dann glaub es.« Er streichelte ihr Haar. »Nun, da du schon achtzehn bist, müssen wir unsere Pläne machen.«

Sie errötete und murmelte: »Ich bin nicht achtzehn.«

Er lächelte nachsichtig: »Ehrlich gestanden, ich hab' dich immer für älter gehalten. Neunzehn? Zwanzig?«

»Nein.« Er konnte ihr Gesicht in der Dunkelheit kaum ausnehmen. »Ich bin erst siebzehn. Weißt du, ich mußte damals bei Mrs. Porter arbeiten, wir haben den Dollar in der Woche so dringend gebraucht, und dann die Mahlzeiten, und da ich ohnehin älter aussah, meinte Tante May, ich könnte mich für vierzehn ausgeben – obwohl ich erst dreizehn war. Sonst hätte ich nicht zwölf Stunden täglich arbeiten dürfen ...«

Verdammt, dachte Jeremy, dann ist die Tante noch immer ihr gesetzlicher Vormund. Aber sofort fiel ihm ein, daß für den Staat New York ein anderes Gesetz galt; dort durfte man Kinder ab fünf oder sechs Jahren in Fabriken oder Betrieben arbeiten lassen, und ein Mädchen, das die Reife erlangt hatte, konnte heiraten, wann und wen es wollte.

Im Park war es ganz dunkel geworden, eine schmale, kalte Mondsichel stieg über den rauschenden Bäumen auf, und Sterne tanzten durch das Laub. In ihrer Euphorie vergaß Ellen die Stunde und ihre Pflichten, sie schwebte in anderen Sphären. Sie sah nicht das Dunkel, sah nicht den Mond und auch nicht die schwach schimmernden Fenster jenseits des Gitters, sie spürte nicht den frischen Wind, der sich erhoben hatte. Jeremy konnte ihre Augen sehen, die wie Sterne funkelten, selbst hier im Finstern, und er dachte, daß Ellen in diesen vier Jahren einen fraulichen Reiz, einen Zauber, gewonnen hatte, von dem sie sichtlich nichts ahnte. Er wußte nicht, ob ihre Unschuld die Ursache war oder einfach die Tatsache, daß es ihr niemand gesagt hatte; war sie doch nur von Frauen umgeben, und zwar von Frauen, denen nichts als das Landläufige und der brave Durchschnitt gefiel. Seine Zärtlichkeit, seine echte Liebe zu diesem kostbaren Geschöpf, der Wunsch, es zu beschützen und aus dem Elend herauszuholen, steigerten sich zu einem so starken Gefühl, wie er es nie gekannt hatte. Zugleich wuchs ein Begehren, so, daß es ihm fast die Besinnung raubte. Er preßte sie an sich, küßte ihre Lippen, und sie erwiderte seine Küsse vertrauend und selig. Dieses Vertrauen war es, das ihn in die Wirklichkeit zurückrief, und er streichelte ihre Wangen in einer, wie er glaubte, väterlichen Geste.

Tiefe Freude zog in ihr Herz, während sie sich wie ein verlorenes Kind, das endlich heimgefunden hat, an seine Brust kuschelte. Selbst wenn sie von den bittersten Stunden ihres jämmerlichen Lebens sprach, lag kein Ton der Anklage, kein Selbstmitleid, kein Aufbegehren über die Ungerechtigkeit des Schicksals in ihrer Stimme, und das erschütterte ihn fast noch mehr als der Bericht selbst. Man hatte ihr anscheinend eingebleut, daß ihr dieser Weg und kein anderer vorbestimmt und daß der geringste Widerstand »böse« und »Sünde« sei. So war es gelungen, ihren Verstand zu knebeln und ihre Urteilskraft zu lähmen.

Eine Kirchenuhr tat sieben schallende Schläge, und Ellen schreckte aus ihrem Traum auf.

»Sieben Uhr!« rief sie bestürzt. »Seit zwei Stunden sollte ich bei Mrs. Eccles sein! Es wird einen furchtbaren Krach geben, und vielleicht wirft sie uns beide hinaus, Tante May und mich!«

Er jedoch drückte sie fest an sich.

»Aber Liebste, ich komme doch, um dich zu holen! Wir heiraten so bald als möglich. Hast du das nicht begriffen?«

Ihre Augen weiteten sich, sie starrte ihn mit offenem Mund fassungslos an. »Heiraten?« murmelte sie.

Er aber schüttelte sie in liebevoller Ungeduld: »Natürlich! Weshalb wäre ich sonst da! Vielleicht um mit dir zu plaudern und dann wieder zu verschwinden und dich in die Fron zurückzuschicken? Liebes, du! Wie kann man nur so dumm sein!«

Sie verkrampfte ihre Hände und konnte es nicht begreifen. »Ich habe an … an überhaupt nichts gedacht. Ich war nur glücklich, daß du da bist, Jeremy …«

»Und du meinst, wir wollten hier bis zum Ende unserer Tage sitzen und Händchen halten, bis wir im Laub und im Schnee ersticken? Du Närrchen, du!«

»Aber du kannst mich doch nicht heiraten. Du bist … Jeremy Porter, ein reicher Mann, ein Rechtsanwalt, und ich … ein Hausmädchen.«

»Hast du niemals vom König Kophetua und dem Bettlermädchen oder von Aschenbrödel und dem Prinzen gehört? Hast du über deiner hohen Lektüre die guten, alten Märchen versäumt?«

»Ich habe überhaupt nichts gedacht«, wiederholte sie und schloß die Augen vor dem gleißenden Licht, das plötzlich vor ihr aufstrahlte: ein Leben voll Seligkeit, mit Jeremy, in seinem eigenen Haus, in New York! Sie begann plötzlich hemmungslos zu schluchzen, und er erschrak, aber dann sah er, daß es Freudentränen waren. Er zog sein Taschentuch heraus, trocknete zärtlich ihre Wangen; doch sie riß, noch immer weinend, Francis' Handschuhe von den Fingern und streckte ihm die geschundenen, roten Hände entgegen. »Da, schau sie an!« stammelte sie. »Sind das die Hände einer Frau für Mr. Jeremy Porter?«

Er nahm sie in seine eigenen, küßte sie und sagte: »Ich hoffe, daß sie es sein werden, du kleines Närrchen.«

Sie zitterte am ganzen Körper. »Ich kann es nicht glauben, ich kann es nicht! Wie sollte ich glauben, daß ein Mann wie du ein Mädchen wie mich haben will?«

»Du solltest gelegentlich in den Spiegel schauen oder deine eigene Stimme hören«, antwortete er lächelnd.

Sie schwieg überwältigt. Dann aber fuhr sie auf. »Und Tante May! Ich kann sie nicht verlassen! Niemals kann ich sie allein lassen, Jeremy!«

»Warum sollst du sie denn verlassen? Sie zieht eben mit uns.«

Ehrlich gesagt, hatte er daran nicht gedacht. »Oder«, fügte er hinzu, »wenn sie lieber eine eigene kleine Wohnung wünscht, dann mieten wir sie in einem Hotel oder anderswo ein. Sie hat sich noch ein paar schöne Jahre verdient, nach dieser Plackerei und mit ihren Gebresten . . .«

Ellen griff mit überraschender Kraft nach seinem Arm: »Ist das dein Ernst? Das würdest du wirklich tun, Jeremy, wirklich . . .?« Der Schein des Mondes fiel auf ihr strahlendes Gesicht.

»Natürlich. Und jetzt gehen wir zu Mrs. Eccles und bringen ihr und deiner Tante die frohe Botschaft. Ich wohne im Hitchcock-Hotel. Du und May, ihr packt sobald als möglich, und dann geht's nach New York und auf das Standesamt.«

Sie schrie vor Freude auf, Hand in Hand liefen sie dem Haus von Mrs. Eccles zu. Ellen hüpfte wie ein Kind und jubelte vor Glück. Als er ihr Gesicht sah, das heller leuchtete als der Mond, war er fast schmerzhaft gerührt, und er preßte ihre Hand noch fester. Sie blickte ihn selig und in schrankenloser Hingabe an.

Die Lampen brannten in dem ebenerdigen Zimmer, und es war Mrs. Eccles selbst, die zur Türe kam, hochrot vor Zorn und mit funkelnden Augen. »Ellen, eine Schande!« schrie sie. »Zwei Stunden Verspätung!« Dann sah sie den dunklen Schatten eines Mannes hinter dem Mädchen, und das gab ihr den Rest. So hatte die falsche Schlange also doch einen Verehrer, das Haus wurde in einen Skandal verwickelt, und sie mußte die beste und billigste Köchin, die sie je gehabt hatte, hinauswerfen! »Oh«, keuchte sie, »wer sind Sie, junger Mann?«

Er zog seinen Hut und sagte: »Mrs. Eccles, gestatten: Jeremy Porter, der Vetter Ihres Neffen Francis.«

Der Mund blieb ihr offen stehen, und sie glotzte ihn idiotisch an. Jetzt erst bemerkte sie seine elegante Kleidung. Sie trat einen Schritt zurück. Was hatte ihr Francis erzählt? Daß Jeremy ein Verführer war, daß er sich an Ellen herangemacht hatte und daß die Kleine vor ihm zu schützen sei, daß man seine Briefe abfangen und vernichten müsse und daß man seinen Namen – den Namen eines gewissenlosen und ausschweifenden Schurken – niemals nennen dürfe. Mrs. Eccles hatte das großartig von ihrem Neffen gefunden, er hatte soviel Herz für die »niederen Klassen«, die ja leider zum Laster neigten und die man vor Unglück bewahren mußte.

Auch in den Zeitungen hatte sie von Jeremy Porter gelesen: »Ein aufgehender Stern am Himmel der Jurisprudenz, ein Mann von Geist und Verstand, von dem noch viel zu erwarten ist«, hatte ein Blatt geschrieben. Sie war ratlos, wie sollte sie sich verhalten? Jeremy war vermögender als sie – Francis hatte es ihr ärgerlich und mit kaum verhaltenem Neid erzählt –, und er stand erst am Anfang einer bedeutenden Karriere. Kurz, er war ein Gentleman, der in den besten Häusern Wheatfields mit Freuden aufgenommen worden wäre. Die Schicklichkeit verlangte, daß sie sich geschmeichelt und geehrt über den Besuch zeigte; anderseits war sie aufs äußerste aufgebracht und konnte den gräßlichen Verdacht nicht loswerden, daß er heute erreicht hatte, woran er einstmals noch gerade verhindert worden war. Ein schreckliches Dilemma, und dieses Biest war schuld daran. Ach, sie hätte Ellen am liebsten geohrfeigt.

Die beiden standen noch immer im Türbogen, und sie zwang sich zu einem ruhigen Ton: »Ich bin sehr erstaunt, Mr. Porter ... diese Person, ein Dienstbote in meinem Haus ... wo haben Sie Ellen getroffen? Was geht Sie, einen Gentleman, eine solche ... solche ... an? Was haben Sie mit ihr zu schaffen?«

Ellen war leichenblaß geworden und zitterte am ganzen Körper. Jeremy aber blieb ganz ruhig, ja er lächelte: »Ich bin gekommen, um Ellen zu holen. Wir werden heiraten. So, und jetzt lassen Sie uns bitte ins Haus, wir frieren.«

»Heiraten ... heiraten ...«, stammelte sie völlig überwältigt. »Das ist doch ... doch ein Wahnsinn, ganz unmöglich ... Ellen und ein Mann wie Sie! Aber bitte, treten Sie ein, verzeihen Sie, daß ich Sie hier habe stehenlassen. Und Ellen –«, die Stimme wurde scharf und schrill, »du verschwindest augenblicklich in die Küche. Deine Tante ist vor Aufregung über dein Ausbleiben in einem solchen Zustand, daß sie keiner Arbeit fähig war. Aber merk dir ein für allemal, daß die Zwiebeln für den Braten nicht so lang zu rösten sind! Sofort in die Küche! Mit dir rede ich später.«

Ellen rannte an ihr vorbei ins Haus, verstört und verzweifelt, sie wäre über den Teppich gestolpert, hätte Jeremy sie nicht aufgefangen.

Er trat in die Vorhalle, und Mrs. Eccles nahm ihm mit süßem Lächeln Hut und Mantel ab. »Sie müssen zum Abendessen bleiben, unbedingt, Mr. Porter, wenn diese Person draußen jetzt nicht alles verdirbt. Diese Dienstboten heute ... unglaublich. Schlampig, gedankenlos, ohne Sinn für Verantwortung und unverschämt. Eine Qual. Ich bin in der Bibliothek, dort ist eingeheizt. Vielleicht ein Glas Sherry?« Und seufzend: »Wie eine Mutter bin ich zu diesem Mädchen gewesen, eine echte Mutter, und jetzt vergilt sie es mir so ...« Sie blinzelte Jeremy bedeutungsvoll zu, denn sie glaubte kein Wort von den Heiratsabsichten. Er wollte Ellen einfach nach New York locken und dann, wenn er seinen Spaß mit ihr gehabt hatte, sie »wegwerfen wie einen alten Handschuh«. Nun, das war eben die Art der Männer, sie hatte ihre Erfahrungen mit dem seligen Mr. Eccles gemacht. Aber dieses schamlose Ding, dieses Luder, diese verdammte Schlampe – da gab es keine Entschuldigung! Heiraten, warum nicht gar! Er hatte ihr was vorgeschwindelt, und wenn sie nicht so verworfen wäre, dann hätte sie ihn durchschauen müssen. Ellen allein trug die Schuld; entgegen aller Lehren, die ihr zuteil geworden waren, hatte sie die erste Gelegenheit benützt, sich einem Mann an den Hals zu werfen, und noch dazu einem Mann vom Rang Jeremy Porters!

Trotzdem, während ihr Jeremy scheinbar gleichmütig in die Bibliothek folgte, fühlte sie fast so etwas wie Mitleid mit dem jungen Ding, denn im tiefsten Grund ihres Wesens war Mrs. Eccles gerecht. Sie war entschlossen, Ellen vor ihrem Unglück zu bewahren, ihr klarzumachen, daß man dem Versprechen eines Mannes nicht glauben dürfe, selbst wenn er ein Gentleman war. Wie sagt der Psalmist? »Was ist niemals zu begreifen: der Weg eines Adlers über den Himmel, der Weg einer Taube zu ihrem Nest, der Weg einer Schlange auf ihrem Felsen, der Weg eines Mannes zu einer Magd« – wobei Mrs. Eccles den Ausdruck »Magd« wörtlich nahm, nämlich als »Dienstmagd«. Obwohl sie streng auf Pflichterfüllung sah, unterschied sie sich doch von der engherzigen Agnes Porter. Immerhin hatte sie nicht vergessen, was ihr Francis von dem Lasterleben seines Vetters berichtet hatte. Und doch – er war recht charmant und sehr höflich, dieser Jeremy, fand sie, trotz des kalten Blicks und der sichtlich befehlsgewohnten Stimme. Es war sehr häßlich von einem Gentleman, einem Mädchen der dienenden Klasse den Kopf zu verdrehen! Mrs. Eccles kam sich sehr schlau und weltgewandt vor.

Jeremy saß neben dem Kamin und genoß die Wärme, Mrs. Eccles saß auf der anderen Seite; beide nippten gedankenvoll an ihrem Sherry. Jeremy studierte heimlich sein Gegenüber, während sie unbefangen über das Wetter und über gemeinsame Bekannte in Philadelphia und New York plauderten. Er brauchte kaum fünf Minuten, um die rundliche kleine Frau in ihrem schwarzseidenen Kleid, mit den Spitzenrüschen an Ausschnitt und Ärmeln, zu durchschauen. Sie war eine gute Rechnerin, kein Zweifel, und sicher wesentlich klüger als seine eigene Mutter. Ihre Augen blitzten munter: Er hielt diese Fröhlichkeit allerdings für reine Berechnung, ihre Lebhaftigkeit war gekünstelt. Aus dem kurzen Gespräch allein schon sah er, wie gerne sie abgebrauchte Klischees verwendete, deren Ursprung ihr sichtlich unbekannt war. Daran erkannte er, daß sie nicht wirklich gescheit sein konnte, unbeschadet ihrer Erziehung und ihres Bildungsganges. Nur eine originelle Sprache bewies seiner Meinung nach angeborene Intelligenz. Mrs. Eccles aber überbot sich in Banalitäten, wobei sie allerdings eine überaus weise Miene aufsetzte. Das hätte ihn amüsiert, wenn ihn ihr Benehmen Ellen gegenüber nicht zutiefst empört und er außerdem gemerkt hätte, daß sie kein Wort von seiner Heiratsabsicht glaubte. Sie hielt ihn also für einen gewissenlosen Verführer, doch er würde sie schon eines Besseren belehren.

Er stand auf, um neues Holz aufs Feuer zu legen. Dabei betrachtete sie ihn mit unverhohlener Bewunderung. Wirklich, er sah gut aus, dachte sie, und ich bin eine Kennerin auf diesem Gebiet. Er glich seinem zimperlichen und schwächlichen Vetter weder in der Rede noch im Aussehen, noch im Auftreten; sein Blick war fest und durchdringend, er war ganz und gar Mann, von dem dunklen, dichten Haar über das scharfgeschnittene Gesicht bis zu den breiten Schultern und schmalen Hüften. Ach, seufzte sie heimlich, wenn ich noch jung wäre ... der Mann wäre eine Todsünde wert. Sie schaute auf seine Hände, die groß und kräftig waren, sie mußten gut zupacken können — und fühlte sich wohlig verderbt.

In kokettem Ton sagte sie: »Ich hoffe, Sie bleiben eine Zeitlang hier in Wheatfield, Mr. Porter. Ich möchte gerne Ihnen zu Ehren ein Dinner geben. Schließlich sind wir ja verwandt! Ihr Onkel, Walter Porter, ist mein Schwager, wie Sie wissen; er war mit meiner Schwester verheiratet.«

»Ja, natürlich«, nickte Jeremy und kreuzte nachlässig die Beine, die in Hosen von modischem und sehr gutem Stoff steckten. »Aber ich fahre morgen oder übermorgen nach New York zurück.« Und nach einer Pause: »Ich möchte Mrs. Watson und Ellen mitnehmen.«

Sie erschrak tödlich: »Aber, Mr. Porter, das ist doch nicht möglich! Die beiden sind bei mir angestellt, ich brauche zumindest eine Woche Zeit ... Sie scherzen, Mr. Porter? Ellen! Ein Hausmädchen! Agnes Porter hat mir geschrieben, was sie mit ihr mitgemacht hat, als sie bei ihr im Haus arbeitete. Ihre Mutter, Mrs. Agnes Porter ...«

»Meine Mutter ist eine Lügnerin«, sagte Jeremy ruhig.

Sie war entsetzt. Ihre Augen weiteten sich, so daß man rundum das Weiße sah: »Ihre Mutter, diese fromme, gütige Frau! Ich traue meinen Ohren nicht, Jeremy! Sie heißen doch Jeremy? Warum sollte sie wegen eines so nichtsnutzigen Dings wie Ellen, lügen, wegen einer Person, mit der ich mich endlos abplage, um eine tüchtige Wirtschafterin aus ihr zu machen. Eine Lüge läge unter der Würde Ihrer Mutter. Aber ich habe Ellen ihre Verfehlungen verziehen, ich glaubte, ich könnte sie bessern, ihr das richtige Benehmen beibringen, ich habe sie zur Frömmigkeit angehalten, jeden Abend mußte sie einen Bibelvers lesen, in die Kirche habe ich sie geschickt und immer wieder ermahnt, ihre Seele zu retten. Sie hat hier wie im Kloster gelebt.«

»Sehr nett von Ihnen«, fiel ihr Jeremy kühl ins Wort.

Sie hörte nicht die Ironie aus seinen Worten. So fuhr sie mit gewinnendem Lächeln fort: »Man tut eben sein Bestes für solche arme Kreaturen, es ist Christenpflicht.« Und dann, mit neckisch erhobenem Zeigefinger: »Finden Sie es richtig, Mr. Jeremy, Ellen den Kopf zu verdrehen und ihr Dinge zu versprechen, die Sie niemals halten werden?«

»Ich habe ja durchaus die feste Absicht, sie zu halten«, antwortete er. »Ich liebe Ellen seit ihrem vierzehnten Jahr, als ich sie zum erstenmal im Haus meiner Mutter sah.«

»Oh!« machte sie. Was hatte Francis erzählt? »Seien wir ehrlich, Jeremy, Sie wollen May und Ellen für Ihren eigenen Haushalt nach New York mitnehmen – Ellen natürlich nur als Hausmädchen?« Und sie zwinkerte beziehungsvoll.

Aber sein Gesicht blieb hart: »Ich will Ellen als meine Gattin, und sie hat mir ihr Jawort gegeben.«

Das traf wie ein Blitzschlag. »Jeremy!« Mrs. Eccles schrie beinahe. »Was fällt Ihnen ein! Ein elender Dienstbote, von zweifelhafter Herkunft – ich habe Geschichten gehört, obwohl ich es das arme Ding niemals habe fühlen lassen. Ich habe gehört ...«

»... daß Ellen ein uneheliches Kind ist. Und das stimmt auch.« Er sprach ruhig und gleichmütig. »Ich habe Nachforschungen angestellt, weil mir mein Onkel Walter eine interessante Sache erzählt hat. Nicht nur aus Neugier: ich wollte etwas bestätigt sehen, was mir schon lange durch den Kopf ging. Und ich habe die Bestätigung erhalten. Ellen ist die uneheliche Tochter von John Sheldon Widdimer, aus einer sehr vornehmen und außerdem sehr reichen Familie Philadelphias. Ellens Mutter Mary und May waren im Haus Widdimer beschäftigt, Mary war bildhübsch und zierlich. Die alte Geschichte, nicht wahr?«

Mrs. Eccles war wie aus den Wolken gefallen. »Ellen – eine Widdimer! Ja, ich kenne sie – oder vielmehr, ich habe von ihnen gehört. Das kann nicht sein!«

Er nickte: »Doch, es ist so. May nahm ihre Schwester mit nach Erie, sie war älter als sie und glaubte, sich um sie kümmern zu müssen. Und in Erie wurde Ellen geboren. Mary ist bald darauf gestorben. Noch etwas, das Sie interessieren wird: John Widdimer hinterließ ein sonderbares Testament, ich kenne die Stelle auswendig: ›Jedem meiner natürlichen Nachkommen vermache ich die Summe von 200.000 Dollar, unbeschadet etwaiger rechtlicher Schwierigkeiten!‹. Er muß gewußt haben, daß Mary in anderen

Umständen war. Ich habe auch herausgekriegt, daß er alles mögliche unternommen hat, um die beiden Frauen ausfindig zu machen, aber es ist ihm nicht gelungen. Wahrscheinlich wollte er Mary heiraten, so wie ich Ellen heiraten werde.«

»Man hat mir erzählt, daß er bei einem Reitunfall ums Leben gekommen ist«, murmelte Mrs. Eccles kaum hörbar. »200.000 Dollar! Ellen! Aber das Gericht wird es nicht zulassen ...«

»Doch, es wird, ich bin Anwalt und kenne die Gesetze. Niemand hat begriffen, was er mit dem Passus meinte, nicht einmal sein Vater, dem allerdings manches schwante. Nebenbei bemerkt ist Ellen ihrer Großmutter, Amy Sheldon Widdimer, wie aus dem Gesicht geschnitten; Onkel Walter kannte ihr Porträt und war ganz verblüfft, als er Ellen das erste Mal sah.«

Mrs. Eccles saß sehr gerade in ihrem rosa Schaukelstuhl und verkrampfte die Hände: »Werden Sie es Ellen erzählen?«

»Nein, sie hat das Geld nicht nötig, sie heiratet ja mich. Sie soll ruhig weiterhin glauben, was ihr May erzählt hat. Ich bin überzeugt, daß Sie, als Dame von Welt, weder May noch Ellen etwas verraten werden.«

»Auf mich können Sie sich verlassen!« antwortete Mrs. Eccles. »Aber es ist kaum zu glauben, wirklich. Nun, ich habe immer vermutet, daß May nicht die Wahrheit sagte, aber ich habe es Ellen nicht angekreidet. Ihre Mutter schrieb mir, daß Ellen die uneheliche Tochter Mays und eines hergelaufenen Halunken wäre ...«

»Wie schon erwähnt«, sagte Jeremy, ohne eine Miene zu verziehen, »lügt meine Mutter wie gedruckt. Sie hält von anderen immer das Schlechteste, dafür von sich das Beste.«

»Wie respektlos, Sir, da Ihre Mutter doch Ellen in ihre Obhut genommen hatte.«

»Sie hat niemals jemanden in ihre Obhut genommen, sie preßte die unglücklichen Geschöpfe, die für sie arbeiten mußten, bis auf den letzten Blutstropfen aus. Das heißt, sie zahlte ihnen einen Schandlohn und ließ sie verhungern. Ja, wirklich, sie ist eine gute Christin, voll Güte und Mitleid! Eine Christin wie Hunderte, denen die Worte der Barmherzigkeit wie Wasser aus dem Mund rinnen, die aber an Verstopfung ihrer Börse leiden.«

Mrs. Eccles errötete über diese unfeine Sprache, sie drehte den Kopf schamhaft zur Seite. Aber da sie eine recht irdische Frau war, schaute sie nach diesem Zugeständnis an Erziehung und Geschlecht Jeremy wieder gerade ins Gesicht.

»Ausgerechnet Ellen! Sie, Sir, sind ein schöner Mann, von hoher Stellung und Vermögen. Sie könnten jede Frau begehren. Warum dann gerade einen ...«

»Bastard«, ergänzte Jeremy.

Sie schlug die Hände vors Gesicht, als wollte sie es vor Unflat schützen:

»Oh, bitte, nicht diesen Ausdruck...! Ich rede von Ellen selbst, nicht von ihrer Herkunft. Kein bißchen hübsch und ganz ungeschliffen. Ein reizloses Geschöpf ohne Namen. Unmöglich für einen Herrn von Stand. Ich weiß nicht, was Ihre Eltern denken werden...«

»Das interessiert mich keinen Deut«, sagte Jeremy grob. Dann fiel ihm ein, daß er es Ellen möglichst leicht machen mußte, wenn sie mit ihrer Tante sprach. Es würde eine harte Nuß werden. Er kannte die traurigen Mays auf der ganzen Welt, mit ihrer hartnäckigen Überzeugung, minderwertig zu sein und niemals aus ihrer Klasse ausbrechen zu können und zu dürfen. In gewisser Weise war das eine Art Selbstschutz, der rührende Stolz der Unterdrückten. So sagte er nach einer Weile schmeichelnd und mit gespielter Verlegenheit: »Ich würde Sie um einen großen Gefallen bitten, Mrs. Eccles, aber ich wage nicht recht...«

Nun lächelte sie wieder kokett: »Oh, bitte, Sir...«

Bescheiden senkte er den Kopf und sah sie so flehend an, daß nur eine Frau wie Mrs. Eccles darauf hereinfallen konnte. »Mrs. Eccles, Sie wissen, wie May ist, eine arme, vorzeitig gealterte Frau, abgearbeitet und leidend. Sie kennen die eingefleischten Ansichten ihrer... Klasse über das, was sich gehört und nicht gehört. Gott weiß, die armen Teufel wurden von Geburt an gedrillt, und das mit sehr gemeinen Hintergedanken. In Wirklichkeit muß ich also zwei Bitten an Sie richten: Ich wäre Ihnen sehr dankbar, wenn Sie jetzt unauffällig hinauf zu May gingen und ihr die Sachlage erklärten...«

Mrs. Eccles lächelte listig: »Ich verstehe! Sie fürchten, daß May einen hysterischen Anfall bekommt und die Hochzeit verbietet. Schließlich ist sie noch Ellens Vormund. Oder daß sie sich weigert, nach New York zu gehen und dann bliebe Ellen auch hier. May hat einen sehr ausgeprägten Sinn für das Schickliche.«

Jeremy nickte: »So ist es. Und dann noch eine große Bitte. Ich traue mich kaum, sie auszusprechen... Sie würden mir einen unendlichen Dienst erweisen, wenn Sie uns nach New York begleiten wollten. Ich habe ein großes Appartement im Waldorf Astoria gemietet und würde ein zweites für Sie nehmen, und eine kleine Suite für May. Somit hätte Ellen eine Anstandsdame. Aber ich sehe schon, ich verlange zuviel...«

Sie war wie betäubt, dann aber riß sie sich zusammen, klatschte kindlich in die Hände und rief: »Natürlich, Jeremy, es ist mir eine Ehre! Eine Ehre, daß Sie mich darum ersuchen. Ich werde eine perfekte Gardedame sein und Ellen helfen, den Trousseau zusammenzustellen.« Und nach einer kurzen Pause: »Aber Ellen hat kein Geld.«

»Es soll ein Geheimnis zwischen uns bleiben, Mrs. Eccles. Ich will Ihnen alles geben, was Sie für sie brauchen.«

»Aber das wäre sehr ungehörig!«

Er lächelte: »Gut, machen wir es anders. Sie werden Ellen erzählen, daß

Sie ihr alles schenken, und später sende ich Ihnen diskret einen Scheck. Nach außen hin aber zahlen Sie zuerst mit Ihrem Geld. Das ist doch nicht ungehörig?«

Mrs. Eccles liebte Intrigen über alles und in jeder Form. Sie war entzückt. »Sie böser Junge! Sie wollen mich zur Lüge zwingen, nicht wahr? Aber genaugenommen wird es gar keine Lüge sein. Ich gebe schließlich mein eigenes Geld aus, das Geld aus meiner Börse.«

»Und ich werde es Ihnen später ersetzen. Das ist unser Geheimnis. Möchten Sie nun bitte mit May sprechen?«

Sie stand auf, und gerade in diesem Augenblick trat Ellen ein und sagte: »Das Abendessen ist fertig, Ma'am.« Sie war bleich, aber sie sprach gefaßt und sah Mrs. Eccles weder untertänig noch bittend an. Ellen hat ein Herz von Stahl, dachte Jeremy, und das habe ich immer gewußt. Sie hatte Zeit gehabt, sich in der Küche zu beruhigen, ihre blauen Augen sahen Jeremy in unvermindertem Vertrauen an.

Da aber zuckte sie zurück, denn zu ihrer maßlosen Verblüffung stürzte Mrs. Eccles auf sie zu, völlig vergessend, daß sie ihr Hausmädchen vor sich hatte. Sie schloß sie in die Arme, drückte sie an ihre mächtige Brust und jauchzte:

»Mein liebes, liebes Kind! Der gute Jeremy, dieser Lausejunge, hat mir alles erzählt, alles! Oh, wie wunderbar, und wie gut du dich verstellen kannst! Du kleine Schwindlerin, all die Jahre hindurch! Und jetzt ein solches Glück, ich kann es nicht fassen!«

Ellen hing hilflos in der Umklammerung und warf verzweifelte Blicke auf Jeremy, der sich mit Mühe das Lachen verbiß. »Ja, Liebste, und jetzt wird es Mrs. Eccles deiner Tante berichten, und alles ist gut.«

Da begann Ellen zu weinen, Mrs. Eccles murmelte Trostworte wie eine zärtliche Mutter und wischte Ellens Tränen mit ihrem parfümierten Taschentuch ab. Jeremy mußte sich umdrehen, er fand es nicht passend, bei einer solchen Gelegenheit zu schmunzeln.

»Komm, gehen wir hinauf!« rief Mrs. Eccles, nahm Ellen bei der Hand und zog sie fröhlich wie ein Schulmädchen mit sich. »Wir werden es gemeinsam deiner Tante erzählen. Sie wird außer sich vor Freude sein! Ich kann es gar nicht erwarten, ihr strahlendes Gesicht zu sehen!«

Ganz vernünftig, dachte Jeremy. Dann gibt's wenigstens nur einen einzigen hysterischen Anfall und nicht zwei. May wird sich sicher durch meine geschickte Hortense einwickeln lassen. Er nickte Ellen zu und sagte herzlich: »Ja, geh sofort hinauf mit Mrs. Eccles und grüße May von mir.«

Mrs. Eccles tänzelte buchstäblich davon, Ellen an der Hand, die ihr willenlos, blaß, mit zerrauftem Haar folgte. Sie war wie in Trance, sie begriff es nicht. Ihre Wangen waren noch naß von den Tränen, und ihr Mund zuckte kindlich.

Diese Aufregungen, dieses Getue, dachte Jeremy, sehr zufrieden darüber, daß er diese lästige Aussprache Mrs. Eccles aufgehalst hatte. Aber verdammt hungrig bin ich. Ich hoffe, das Geheule und Gejuble wird nicht allzulange dauern.

Er suchte die Küche, fand dort das appetitlich angerichtete Beefsteak mit den Zwiebeln, das Ellen wunderbar geraten war, schnitt sich ein saftiges Stück herunter und verschlang es. Köstlich, brummte er. Dann leckte er sich die Finger und genehmigte sich noch ein paar Zwiebeln. Ausgezeichnet. Ich werde Ellen manchmal erlauben, für mich persönlich zu kochen. Gut, jetzt war die Sache im Rollen, dank Mrs. Eccles. Er mußte ihr ein anständiges Geschenk machen. Ein sehr anständiges.

In der Nacht schickte Mrs. Eccles ihrem Neffen Francis ein diskretes Telegramm.

IX

Jeremy war es gelungen, ein sehr großes, warm und komfortabel ausgestattetes Saloncoupé in dem Zug aufzutreiben, der zwei Tage später Wheatfield verließ, um nach Pittsburgh und Philadelphia und dann weiter nach New York zu fahren. May, die auf zwei Krücken humpelte, wurde vorsichtig von Ellen und einer fröhlich schnatternden Mrs. Eccles gestützt. Als May das Luxusabteil sah, blieb sie stehen und blickte mißtrauisch auf die Sofas, die Stühle, Tische und die großen Fenster mit den Vorhängen, die Teppiche und Spiegel. Sie konnte es nicht fassen und schaute drein wie jemand, der von einem bösen Zauberer in ein trügerisches Märchenreich versetzt wird, und nun verstört darauf wartet, durch ein schallendes Gelächter in die Wirklichkeit zurückgerufen zu werden. Hilflos blickte sie auf die ekstatisch jubelnde Mrs. Eccles: »Ist es nicht wundervoll? Und ganz allein für uns. Das kommt sehr, sehr teuer!«

»Es ist zu kostbar ... für mich«, murmelte May verstört. »Für mich und Ellen. Wir gehen in die dritte Klasse.«

Mrs. Eccles war neckischer denn je: »Und mich wollen Sie mit diesem schlimmen, diesem wundervollen, diesem einzigartigen Jeremy Porter allein lassen?« Dabei warf sie einen Blick auf Mays ärmliches Kleid, auf ihr verschrumpeltes Gesicht und ihre Jammergestalt, und sie konnte es noch immer nicht begreifen, daß es Leuten wie May und Ellen erlaubt war, diese Pracht zu betreten. Jeremy mußte verrückt sein!

Deshalb gab sie der Alten einen recht derben Stoß und schob sie zu einem der tiefen Lehnstühle. Dann fiel sie Ellen in ihrem früheren scharfen Ton an: »Und du, Ellen, hilf deiner Tante aus Hut und Mantel und mach ihr's bequem. Wir müssen fertig sein, ehe Jeremy mit dem Gepäck kommt. Und glotz nicht so wie die Kuh vor dem neuen Tor, die so was noch nie gesehen hat.«

»Nun, wir haben so was wirklich noch nie gesehen. Alles ist neu für Tante und mich. Vielleicht wäre es wirklich besser, wir gingen in den Gemeinschaftswagen.«

»So, Jeremys Verlobte im Gemeinschaftswagen? Dumm bist du, Ellen. Beeil' dich, trödle nicht so!« Mrs. Eccles war keine Träumerin. Sie glaubte nicht an Aschenbrödel und den Prinzen, oder wenn sie daran geglaubt hatte, dann war ihr der Prinz verrückt vorgekommen. Trotz ihres lächelnden Getues war sie wütend. Ah, hätte sie selbst doch eine hübsche Tochter, gut entwickelt und gut erzogen, um sie Jeremy zuzuspielen! Was hatte er nur für einen Narren gefressen an diesem primitiven Ding mit den roten, geschwollenen Händen und den abgebrochenen Fingernägeln! Und die Frisur! Jetzt, da sie den Mantel abgelegt hatte, konnte man nur staunen über ihre Brust und dazu diesen dünnen Leib mit den endlosen Beinen und überhaupt keine Hüften! Das Rot der Wangen und der Lippen kam ihr gar nicht echt vor — sie hatte allerdings schon früher mehrfach versucht, es abzureiben, aber das war ihr nicht gelungen.

Ellen hatte in Wirklichkeit nicht die geringste Lust, in den kalten, übelriechenden allgemeinen Waggon zu gehen, mit dem Stroh auf dem Boden und den harten Bänken. Aber die verzweifelte Tante tat ihr leid, die da wie ein Stückchen Elend in ihrem Fauteuil kauerte. Sie ist unglücklich, sie kann sich nicht hineinfinden, sie ist böse auf mich, und sie glaubt einfach nicht, daß es Jeremy ehrlich meint. Er will uns nach New York verschleppen und dann irgendwo aussetzen mit unseren mageren Ersparnissen, das bildet sie sich ein.

Geweint hatte sie und gejammert und Ellen angefleht, in Wheatfield zu bleiben und nicht dem Hochmutsteufel zu verfallen. Bei Mrs. Eccles zu bleiben, die so gütig, so großzügig zu ihnen gewesen war — wie konnte Ellen eine solche Dame im Stich lassen!

Mrs. Eccles, die im Nebenzimmer alles mit angehört hatte, hoffte zu Gott, daß May sich weigern würde, nach New York zu gehen. Dann mußte auch Ellen bleiben. Aber was hatte dieses undankbare Geschöpf geantwortet? »Gut, dann fahre ich eben allein!«

So eine unverschämte Frechheit, so ein Trotz, so eine Unehrerbietigkeit gegenüber dem Alter! »Aber das will er ja gerade!« hatte May geschrien. »Mit dir allein sein!«

»Jeremy?« fragte Ellen und dann: »Überall gehe ich mit ihm hin, in die ganze Welt, ob mit oder ohne Heirat!«

May und Mrs. Eccles waren entsetzt gewesen, und May jammerte: »So weit ist es mit dir gekommen, so schamlos bist du bereits?« Und dann, als die Herrin hereinkam, trumpfte May auf: »Ich bleibe trotzdem hier!« Dabei sah sie flehend auf ihre Dienstgeberin, aber die hatte nicht die geringste Absicht, May ohne Ellen zu behalten. Auch Wohltätigkeit hatte ihre Grenzen, und man mußte schließlich an sich selbst denken. May, die kaum mehr kriechen konnte, brauchte ihren geruhsamen Lebensabend nicht unbedingt bei Hortense Eccles zu verbringen. Das Haus war kein Altersheim, und gezahlt wurde nur für Leistungen.

So hatte ihr Mrs. Eccles beruhigend auf die Schulter geklopft und gesagt: »Steh dem Glück deiner Nichte nicht im Weg, May, das wäre unchristlich. Es ist Sünde, Gottes Segen zurückzuweisen.«

In aller Eile hatte Mrs. Eccles eine neue Köchin und ein Stubenmädchen aufgetrieben, und May und Ellen hatten sich fast die Füße wundgelaufen, um die Neuen für Küche und Haus abzurichten. Einen süßen Trost gab es für die Hausfrau: sie zahlte nun zwei Dollar weniger im Monat. »Ein ersparter Penny ist ein verdienter Penny.«

Jetzt saß May klein und zerdrückt in ihrem Stuhl und wimmerte: »Wo sind deine Manieren, Ellen? Hilf doch Mrs. Eccles aus dem Mantel und verstaue ihre Tasche!« Unsicher blickte sie umher. Mrs. Eccles erlaubte Ellen gnädig, ihr zu helfen, dann ließ sie sich auf dem Diwan nieder. »Hier werde ich mit dem lieben Jeremy sitzen. Es ist schicklich, daß du bei deiner Tante bleibst, dort beim Fenster.«

Ellen mußte heimlich lächeln, aber sie wies sich sofort deshalb zurecht. Schließlich war ihre frühere Herrin in den letzten Tagen wirklich nett mit ihr gewesen und hatte ihr zur Seite gestanden; und wenn sie auch einer der wenigen Menschen war, die Ellen ganz und gar durchschaute, so irrte sie sich doch zuweilen über ihre Motive.

Jeremy trat ins Abteil und sah mit einem Blick die verängstigte Feindseligkeit Mays, das lächelnde Entgegenkommen von Mrs. Eccles und das plötzliche Aufleuchten in Ellens Augen. Es belustigte und ärgerte ihn zugleich, daß sich Mrs. Eccles so selbstverständlich an seine Seite setzte, aber er tat nichts dergleichen. »Die Koffer sind im Gepäckwagen«, sagte er freundlich, »und in fünf Minuten geht's los.«

»Aber im Abteil wäre doch genügend Platz für alles!« rief May mit ihrer dünnen, schrillen Stimme. »Draußen kann was gestohlen werden!«

»Nicht das Gepäck von Erste-Klasse-Passagieren«, entgegnete Jeremy. May schaute verwirrt aus dem Fenster. Der Dampf zischte, der Bahnsteig war voll von Menschen, die winkten und grüßten, die Lokomotive dröhnte auf, und May hatte nur den einen Wunsch, hinauszuspringen, wegzulaufen. Wir gehören nicht hierher! Eine Meinung, die Francis mit frommem Kopfnicken bestätigt hätte. Jeremy hatte Mitleid mit dem verzweifelten Geschöpf, aber zugleich reizte es ihn.

Der Zug setzte sich in Bewegung, Mays verkrüppelte Hände zitterten wie Espenlaub, deshalb legte Ellen ihre ruhige, warme Hand auf die ihren.

Was hatten wir nicht für einen glücklichen Hafen im Haus von Mrs. Eccles, dachte May verzagt, Ellen und ich, und nun hat das Kind wegen einer fragwürdigen Zukunft alles zerstört. Der Mann lockt sie weg, verführt sie, betrügt sie, ein solcher Mann! Aus dem Augenwinkel sah sie ihre

Nichte an, deren Gesicht gleichsam von innen leuchtete, als sie zu Jeremy blickte, und May dachte an die Hochzeitsnacht und stöhnte vor Scham und Kummer.

Niemals hatte May einen Mann gekannt; sie war Jungfrau. Darum hatte sie nur recht verschwommene Vorstellungen vom Eheleben und wußte nur, was ihr die längst verstorbene Mutter, von Abscheu geschüttelt und mit schamhaft abgewandtem Gesicht, dunkel angedeutet hatte. Das »Zusammensein«, wie sie es genannt hatte, war etwas Schändliches, Schreckliches, Demütigendes und Tödliches für eine Frau, davon war May überzeugt. Daß Ellen, dieses unschuldige Wesen, solch gräßlichem Geschehen ausgesetzt sein sollte, war mehr, als May ertragen konnte. Hätte sie, wie May es erträumt hatte, in reiferen Jahren einen ältlichen Farmer geheiratet, dann hätte sie dieser Mann wie eine Tochter geliebt und sie hätte jungfräulich und pflichtbewußt in Küche, Hühnerstall und Garten geschaltet und gewaltet. May war der unklaren Meinung, daß es für einen Mann mit vierzig keine erotischen Wünsche mehr gäbe und daß Frauen ohnehin niemals welche besäßen. Ihre arme Schwester Mary war einem Mann in die gemein gestellte Falle gegangen, und siehe, in welchen Abgrund sie gestürzt war! Wieder begann May zu weinen. Blind suchte sie nach einem Taschentuch in ihrer alten Handtasche. Nein, sie konnte es nicht ertragen, sie konnte es nicht ertragen!

Mrs. Eccles hatte eine schelmische Konversation mit Jeremy begonnen, der schweigsam, wenn auch höflich, neben ihr saß. Er blickte zu Ellen und sie schaute ihn strahlend an. Sein Herz ging über vor Zärtlichkeit.

»Der Speisewagen ist überfüllt«, erklärte er nach einer Weile, »ich habe das Mittagessen ins Abteil bestellt. Welchen Wein darf ich kommen lassen? Sauternes oder Champagner? Es gibt Hummer und Fasan in Aspik.«

Mrs. Eccles zierte sich, dann aber antwortete sie augenzwinkernd: »Warum nicht beides? Sauternes zum Hummer, spritzigen Burgunder zum Fasan und dann« – kindlich klatschte sie in die Hände – »Champagner zum Dessert! Schließlich stehen wir ja vor einer Hochzeit.« Sie war eitel Wonne.

May, die das Gespräch gehört hatte, murmelte schüchtern: »Könnte ich nicht die Sandwiches essen, die ich mitgenommen habe? Sie sind zu Hause übriggeblieben und ...«

Zu Mrs. Eccles' Entsetzen schien Jeremy diesem Wunsch willfahren zu wollen, aber Ellen ergriff freundlich Mays Hand und sagte: »Jeremy hat das Dinner bestellt, für uns gibt es keine Ausnahmen.«

»Aber Alkohol ist sündhaft«, trotzte May.

Mrs. Eccles warf Jeremy bedeutungsvolle Blicke zu. Er aber sagte zu Ellen, und seine Augen glitzerten im Sonnenlicht, das durch die Scheiben fiel: »Hast du etwas gegen Sauternes, spritzigen Burgunder und Champagner, Ellen?«

»Du weißt sehr gut, Jeremy, daß Tante May und ich nichts von Weinen verstehen. Bitte bestelle du für uns!« Und zu ihrer Tante: »Wein ist nichts Böses, Tante. Jesus hat bei der Hochzeit von Kanaa Wasser in Wein verwandelt, und er trank ihn regelmäßig, wie alle Menschen im Gelobten Land. Nur das Übermaß aller guten Dinge ist böse, nicht das Ding selbst.«

Schau, schau, dachte Jeremy, meine Kleine ist recht schlagfertig, und sie hat die Bibel mit Verstand gelesen.

Aber May beharrte auf ihrer Ablehnung. »Ich trinke nicht, und du wirst auch nicht trinken, Ellen!« sagte sie eigensinnig.

Ellen seufzte, und wieder fühlte sie sich schuldbewußt, aber Jeremy lächelte: »Also ein Glas Champagner, Ellen. Und auch ein bißchen von dem andern, du wirst dich daran gewöhnen. Als meine künftige Gattin und Frau des Hauses wäre es sehr unhöflich, wenn du zurückweist, was die Gäste trinken. Sie würden es dir übelnehmen.«

Aber May bockte: »Sie bringen die Kleine in schlechte, in gottlose Gesellschaft!« Und verbissen fügte sie hinzu: »Menschen, die niemals in die Kirche gehen, sind zur Hölle verdammt!«

Jeremy war durchaus kein geduldiger Mensch, und Borniertheit hatte ihn von jeher auf die Barrikaden getrieben. Er hatte sich Ellen zuliebe in den letzten Tagen zurückgehalten, um nicht grob auf das ewige Gejammer Mays zu reagieren. Vor allem deshalb, weil er Ellen den Gewissenskampf ersparen wollte, zwischen ihm und May entscheiden zu müssen. Jetzt aber, da er wußte, daß Ellen unverbrüchlich zu ihm hielt, bedauerte er schon, May nach New York mitgenommen zu haben. Ellen wäre sicher damit einverstanden gewesen, die alte Frau in Wheatfield irgendwo nett einzuquartieren, mit ärztlicher Betreuung und guter Pflege.

Er zwang sich, May freundlich zuzureden: »Mrs. Watson, ich versichere Sie, daß meine Freunde anständige Menschen sind, selbst wenn sie Wein zu den Mahlzeiten trinken, wie Millionen und Millionen anderer Leute auf der ganzen Welt. Viele von ihnen sind Christen und einige sogar Katholiken.«

Das erschreckte May noch mehr, und sie schlug die Hände zusammen: »Römische! Ellen, er schleppt dich zu den Römern, und du weißt, wie sie sind!«

»Wie sind sie denn?« fragte Mrs. Eccles scheinheilig und mit süßem Lächeln. »Gewiß, sie sind in Amerika nicht sehr beliebt, besonders nicht die Iren. Aber ich habe eine katholische Freundin in Wheatfield, eine Engländerin – oder gehört sie vielleicht zur Hochkirche? – und sie führt einen vorbildlichen Lebenswandel. May, Sie dürfen nicht bigott sein.«

Wann würde Jeremy ein Licht aufgehen, wann würde er merken, mit was für Leuten er sich da einließ? Oder merkte er es schon? Er sah recht drohend drein.

Aber seine Stimme klang ruhig, als er sprach: »So wollen wir also heute die Frage des Weins Ihnen und Ellen selbst überlassen. Aber Sie, Mrs. Eccles, trinken doch mittags oder abends Wein?«

»Regelmäßig, Jeremy«, zwitscherte sie, »und May weiß es ganz genau. Wollen Sie behaupten, daß ich eine verderbte Person bin, May?«

Mays graues faltiges Gesicht überzog sich mit heller Röte. »O nein!« rief sie unglücklich. »Ich weiß, daß Sie eine gute, gottesfürchtige Dame sind! Nur zu gut weiß ich das! Verzeihen Sie mir!«

Mrs. Eccles lächelte huldvoll und lehnte sich so weit zurück, daß sie mit der Schulter Jeremy berühren konnte. »Schön also, Sie und Ellen tun, was Ihnen paßt, und Jeremy und ich werden unser Dinner genießen.« Sie erkannte jetzt, daß weder Ellen noch May über ihren Weinkeller gegangen waren, obwohl vor vierzehn Tagen eine halbe Flasche billiger Sorte verschwunden war – im übrigen waren alle ihre Weine billig. Wahrscheinlich war es der Gärtnergehilfe gewesen. Ich entlasse ihn sofort, wenn ich heimkomme.

Somit hatte May einen winzigen, rührenden Sieg errungen. Sie lehnte sich erleichtert in den rosa Stuhl zurück und schaute Ellen fast stolz an. Diese aber sah bekümmert aus, und erst, als ihr Jeremy aufmunternd zulächelte, erhellten sich ihre Züge. Herzlichkeit war nicht seine hervorstechendste Eigenschaft, und somit hatte auch er einen Sieg errungen – über sich selbst.

Tochter von John Widdimer, haha, dachte Mrs. Eccles und schüttelte den Kopf. Kein Wort glaube ich von der ganzen Geschichte, obwohl Jeremy offensichtlich von ihrer Wahrheit überzeugt ist. Wer ihm das nur eingeredet hat? Am Ende mein Schwager?

Der Zug durchraste die herbstliche Landschaft. Als Ellen hinaussah, war sie fasziniert von der Pracht der Farben, der Bäume, der Wiesen und der Berge am Horizont. Der Himmel im Westen schimmerte in fernem, durchsichtigem Grün über den Bergen, die im Sonnenlicht wie Bronze aufleuchteten. Alles vergaß sie über dieser Schönheit, nur die Nähe Jeremys war ihr bewußt, und dadurch steigerte sich für sie noch die weihevolle Größe der weiten Landschaft. Er hingegen sah nur das Profil des Mädchens, das sich gegen das Licht abzeichnete, und wieder bezauberte ihn die makellose Reinheit dieses Gesichts, der holde Charme, der ihn unwiderstehlich anzog.

Zwei Kellner in knöchellangen weißen Schürzen erschienen mit den dampfenden Schüsseln; und Mrs. Eccles beugte sich vor und jubelte beim Anblick der Gerichte und der Bouteillen in den silbernen Eiskübeln.

»Oh, Hummer! Göttlich! Mögen Sie ihn auch so gern? Ich habe Hummer zum letztenmal in New York vor einem Jahr gegessen.« Prüfend schaute sie den Fasan in Aspik an und grunzte förmlich vor Behagen.

Aber May, verstört von all dem Neuen, das auf sie einstürzte, brach endgültig zusammen. Der rote Hummer schien sie mit seinen Scheren und den hervorquellenden Stecknadelaugen drohend anzuglotzen. Sie erhob sich wankend, und Ellen führte sie hinaus in den Waschraum, den sie nicht mehr verlassen wollte.

»Steigen wir bei der nächsten Station aus, bitte, bitte? Sag Mrs. Eccles, daß wir nach Hause zurückkehren wollen!«

Ellen sprach ganz ruhig: »Nach Hause? Wohin, Tante? Wir haben niemals ein Heim gehabt. Mrs. Eccles wäre nur zu froh, uns wieder bei sich aufzunehmen – zu einem niedrigeren Lohn natürlich. Ich mag sie nicht, ich habe sie niemals gemocht. Bitte, schau mich nicht so böse an, sie hat uns für einen Schandlohn arbeiten lassen, und wir sind ihr nichts schuldig. Überdies: ich werde Jeremy niemals verlassen. Es wäre mein Tod. Ich bin in diesen Jahren vor Kummer und Sehnsucht nach ihm fast gestorben. Ich werde ihn heiraten.«

»Wir sind doch nicht seinesgleichen!« schluchzte May. Ellen wollte ihr ein Taschentuch reichen, aber sie stieß die Hand geradezu wütend weg. »Nein, wir passen nicht zu ihm. Wie wirst du vor seinen Bekannten dastehen? Sie werden dich auslachen, dich, einen Dienstboten, der sich über seinen Stand erhebt. Und wenn er dich in Samt und Seide, Pelz und Spitzen kleidet, so werden sie doch niemals vergessen, woher du kommst, und deine Aufmachung wird eine Maskerade sein. Denk doch dran, was du wirklich bist und bleibst! Gott straft die Hochmütigen, die sich über ihren Stand erheben, so steht es in der Bibel, und es ist wahr, wahr! Ich habe dich für vernünftiger gehalten.«

Ach, das alte Lied. Aber Ellen wußte ja selbst nicht, was Jeremy an ihr fand. Trotzdem, sie gehörte zu ihm. »Ich werde ihm keine Schande machen, Tante. Er nimmt mir einen Hauslehrer, ich werde alles nachholen, was ich versäumt habe. Damit ich unter seinen Freunden bestehen kann, sagt Jeremy. Ich . . .«

Ihre Stimme versagte, sie blickte hinab auf ihren billigen Rock, den May geschneidert hatte, auf die kleinen Perlknöpfe der Bluse, die ihre junge Brust fast sprengen wollte. So ärmlich alles! Dann aber fiel ihr Blick auf den in allen Regenbogenfarben blitzenden Diamantring, den Jeremy aus New York gebracht und ihr zur Verlobung geschenkt hatte, und ihr war, als glitzere und funkle er für sie allein, wie eine selige Verheißung. May bemerkte es wohl und klagte: »Dieser Ring! Findest du es richtig, daß du mit solchem Flitterzeug herumrennst? Ich sehe nur Elend voraus, wenn du ihn heiratest, ja, wenn er dich heiratet!«

»Er wird mich heiraten«, sagte Ellen gefaßt.

»Wenn es wenigstens Mr. Francis gewesen wäre!« seufzte May. »Freilich, der ist vernünftiger, der würde niemals einen solchen Unsinn begehen.«

Ellen hatte Francis Porter aufrichtig gern, er war freundlich und gut zu ihr gewesen, er hatte sich nett zu den beiden heimatlosen Frauen benommen. Aber die Vorstellung, ihn zu heiraten, war so absurd, daß sie lachen mußte. Dann nahm sie die Tante entschlossen beim Arm: »So, jetzt ist dir wieder gut, Tante. Komm, es ist unhöflich, so lange wegzubleiben. Mrs. Eccles freut sich nur zu sehr über unsere ... Unsicherheit. Sie wäre selig, wenn wir kehrtmachten und zu ihr zurück kämen. So. Und wenn dir der Hummer nicht paßt, dann ißt du eben deine Sandwiches und trinkst eine Tasse Tee dazu.« Sie hatte es so eilig, in das Abteil zurückzukommen, als wäre sie Stunden weg gewesen und als könnte sich Jeremy verflüchtigen, wenn sie länger ausbliebe.

»Du sollst dieses schreckliche Zeug auch nicht essen, Ellen, es wird dich vergiften.«

»Wenn es Mrs. Eccles nicht vergiftet, wird es mir auch nicht schaden«, gab Ellen lächelnd zurück und zog ihre Tante mit sich.

Drinnen im Abteil duftete es nach köstlichen Speisen, und Ellen merkte, wie hungrig sie war. Sie ließ May niedersetzen, und Mrs. Eccles beobachtete sie spöttisch. Dann packte sie ruhig die belegten Brote aus und legte sie auf einen Teller. Dabei sah sie Jeremy an, der mit undurchdringlicher Miene dasaß, die weder Ärger noch Mitleid verriet. Aber der Hohn und der boshafte Triumph im Antlitz von Mrs. Eccles regte ihn so auf, daß er die Alte hätte erschlagen können. Wehe dem, der über Ellen lachte!

Er klingelte um Tee für May, nahm Ellen beim Arm und zog sie auf einen Stuhl neben sich. Als sie sich sträubte und zu May wollte, schaute er sie zum erstenmal mit dem gebieterischen Blick an, der keinen Widerspruch duldete. Von diesem Moment an wußte sie, daß sie ihm niemals und nirgends Widerstand leisten würde, und dieses Bewußtsein steigerte noch den Zauber, den er auf sie ausübte.

Ellen bemühte sich, Mrs. Eccles nicht zu beachten und auf ihre Weise mit dem ungewohnten Gericht fertig zu werden. Es gelang ihr auch mit der ihr angeborenen Geschicklichkeit und Anmut, und sie fand den Hummer köstlich. Jeremy beobachtete sie lächelnd und zustimmend, und wieder flog eine warme Welle durch ihren Körper, die ihr den Atem benahm.

May schluchzte noch dann und wann auf, zitternd aß sie die mitgebrachten Brote, trank den Tee dazu und tat, als schaue sie zum Fenster hinaus. Ihr war trostlos zumute. Ellen hatte sich verwandelt, sie war dem Hochmutsteufel und der Eitelkeit verfallen, und das waren Todsünden. May war in ihrem langen Leben oft einsam gewesen, niemals aber so einsam wie jetzt. Sie sehnte sich nach ihrer eiskalten, kahlen Kammer, nach den rauhen Leintüchern und den erhitzten, in Flanell gewickelten Ziegeln, die ihr Ellen zu bringen pflegte, um die Schmerzen in Knöcheln und Knien zu lindern. Sie sehnte sich »nach Hause«, sie war wie ein halb verhungerter Vogel, den man aus seinem Nest geworfen hat und der nun verzweifelt herumflattert.

Ellen, die mit dem Rücken zur Tante saß, trank ein paar Schluck Wein, und dadurch hoben sich ihre Lebensgeister, und die Farbe ihrer Wangen vertiefte sich, und ohne die beiden Frauen im Abteil zu beachten, redete sie drauflos, unbekümmert, vertrauensvoll und ganz allein zu Jeremy. Ihm schien, als wäre der Wagen von süßer Musik erfüllt, er konnte sich an dieser Stimme nicht satthören. Niemals noch hatte er sie so schön gefunden, und als er daran dachte, daß sie ihm allein gehörte, stieg ihm das Blut in die Wangen.

Als Mrs. Eccles nach dem Essen vorschlug, May möge einen kleinen »Verdauungsspaziergang« mit ihr machen, erhob sich die alte Frau mühselig und gehorsam; für sie war Hortense noch immer die Herrin, vor der sie tiefen Respekt hatte. Draußen im Waschraum klammerte sie sich an ihren Arm: »Nehmen Sie uns zurück, Mrs. Eccles, bitte! Wir wollen heim.«

Mrs. Eccles hob schnell den Kopf: »Ist das Ihr Ernst? Mit Ellen? Will Ellen zurück nach Wheatfield?«

»Ich werde Ellen schon dazu bringen, gewiß«, stammelte Mrs. Watson.

»Haben Sie mit ihr darüber gesprochen?« Mrs. Eccles war ganz in ihrem Element. Das wäre ein doppeltes Glück: Sie hätte ihre Angestellten wieder, und zugleich bliebe Jeremy ein Schicksal erspart, das seines Standes unwürdig war. Und dann: Sie war die geborene Intrigantin, es tat ihr wohl, dem Nächsten etwas anzutun, selbst wenn es Jeremy war. Das war auch der eigentliche Grund gewesen, warum sie ihrem Liebling Francis telegrafiert hatte.

»Ja, ich habe mit ihr geredet«, murmelte May. »Sie hat nicht geantwortet, aber sie hat auch nicht nein gesagt.«

Mrs. Eccles sah sie boshaft an: »Nun, ich wette, das heißt nein. Ich kenne Ellen. Sie hat es faustdick hinter den Ohren, sie ist ungehorsam und störrisch. Wir können nur für sie beten. Sie wird unsere Gebete höchst nötig haben.«

May war gebrochen. Und dann flehend: »Mrs. Eccles ... wenn Ellen wirklich heiratet – ich glaube es ja nicht –, nehmen Sie mich dann zu sich nach Wheatfield zurück? Ich habe so viele Jahre in Ihrem Haus gearbeitet ...«

Mrs. Eccles machte ihren Arm frei. Dich zurücknehmen, dich wimmernde Vogelscheuche, was bildest du dir ein! Ich müßte ja von allen guten Geistern verlassen sein! Ein unnützer Fresser im Haus! Aber sie lächelte gewinnend: »Seien Sie vernünftig, May, bedenken Sie doch! Wir reden darüber, wenn Jeremy Porter von diesem größenwahnsinnigen, ungebildeten Ding genug hat und es wegschickt. Denn Sie glauben doch nicht, daß er sie wirklich heiratet? Lächerlich wäre es, Wahnsinn! Aber jetzt müssen Sie in Ellens Nähe bleiben, es ist Ihre Pflicht, und seine Pflicht muß man auch erfüllen, wenn es weh tut und schmerzt ... stimmt's?«

May hatte in ihrer Verzweiflung aus der ganzen salbungsvollen Rede nur herausgehört, daß sie bei Ellen zu bleiben hatte. Also humpelte sie mühselig zurück in den Salonwagen, während Mrs. Eccles dem Himmel dankte, daß er sie von dieser armseligen Kreatur befreit hatte.

Denn Mrs. Eccles, die heiße Tränen vergoß, wenn der Pastor vom Elend in den Missionen predigte und die unter den wohlwollenden Blicken ihrer Nachbarinnen gerührt ihr parfümiertes Taschentuch benützte, empfand kein Mitleid für May Watson. Sie konnte weinen über die Leiden der Chinesinnen, die mit eingebundenen Füßen laufen müssen, doch sie verlor keine Träne über die Frau, die sich in ihrem mörderischen Dienst krankgearbeitet hatte. Die chinesischen Frauen und die Bewohner der »gottlosen Dschungel« waren weit, weit weg. May war nahe, war eine greifbare Last und also etwas ganz anderes. Man konnte Mrs. Eccles einen gesunden pragmatischen Geist durchaus nicht absprechen.

X

May war benommen von dem Lärm und dem Trubel der Fifth Avenue, als sie an diesem nebeligen Herbstabend durch den feinen Nieselregen fuhren. Ellen aber blickte entzückt hinaus auf die Straße, hingerissen von dem Verkehr, den vielen Menschen. Sie wischte über das beschlagene Fenster, um besser sehen zu können. Da war ich schon einmal, dachte sie, das kenne ich so gut! Ich weiß, es ist dumm, aber das ist mir so vertraut, die blanken Victoria-Chaisen, die eleganten Landauer und die schön bemalten Kutschen mit ihren Blumenmustern, die weißen und schwarzen, die braunen und scheckigen Pferde, die stolz über das nasse Pflaster traben, und deren Schellen so fröhlich klingeln, und die Kutscher und die vielen, vielen Gaslampen, die wie Schmetterlinge tanzen, und die Schaufenster, die wie im Weihnachtszauber glitzern, voll von funkelnden Juwelen, eleganten Kleidern und Kunstgegenständen, und die Stellwagen und die endlosen Menschenschlangen mit ihren nassen Regenschirmen und die Herren mit den Stöcken und die Damen im Pelz und die Stimmen und die kreischenden Räder, die spitzen Türme und die hohen Gebäude, an denen der Regen perlt, und der Lärm, wie Musik ohne Anfang und ohne Ende, und die Theater mit ihren grellen Lampen und ihren Säulen und das ganze brausende, pulsierende Leben – ich kenne das alles, alles.

Aber die Automobile mit ihrem Knattern und dem Dampf, die kenne ich nicht, obwohl ich in Wheatfield schon ein paar gesehen habe.

Sie schaute zu Jeremy hinüber und konnte den Ausruf nicht unterdrücken: »Das habe ich schon gesehen!« Ihr Gesicht leuchtete, und er drückte ihre Hand und verstand sie. Aber May flüsterte kaum hörbar: »So ein Unsinn, du warst noch nie in New York.«

Jeremy zeigte dem Mädchen die Häuser der Vanderbilts, der Astors, der Belmonts und der anderen Reichen, und sie staunte über die großen Marmorbauten mit ihren Säulenhallen, den erhellten Zimmerfluchten und dem Kommen und Gehen von lachenden und grüßenden Gästen. Auch das habe ich schon gesehen, dachte sie und erinnerte sich an Rossettis Poesie. »Hier war ich schon einmal«, hatte er gesagt. Über einem Dunst von Staub und Nässe konnte sie den Geruch des Meeres spüren. Die feuchten Blätter fielen braun und rot und golden von den Bäumen, und Mrs. Eccles schwärmte: »Ich liebe New York! Immer soviel Leben!« Dabei maß sie May und Ellen mit verächtlichen Blicken. Lächerliche Landpomeranzen! Für sie war diese Herrlichkeit viel zu schade! Jeremy mußte wahrhaft von allen guten Geistern verlassen sein!

»Ich will in die Oper gehen«, erklärte sie, »wenn ich schon hier bin.«

»Sie geben diese Woche Aida«, antwortete Jeremy, aber er blickte dabei Ellen an.

Sie fuhren bei Jeremys Hotel vor, der Empfangschef und die Pagen in rosa und goldener Livree eilten herbei und öffneten mit pompösen Bewegungen die Wagenschläge. May erschrak und zog ihren armseligen Mantel eng zusammen, aber Ellen griff nach Jeremys Hand, sprang leichtfüßig zu Boden und betrachtete alles mit leuchtenden Augen. Mrs. Eccles kam etwas gemessener hinterher, majestätisch wie eine Königin mit ihrer Zobelstola auf den runden Schultern. Sie traten in die rot-goldene Halle mit ihrer Wärme, ihrem Duft und der leise untermalenden Musik, von der man den Speisesaal überblickte, mit seinen Kristallustern und dem Damast und den untadeligen Kellnern und die elegante Damen mit ihren Dekolletés und Pelzen an der Seite ihrer Kavaliere. Ellen zitterte vor glücklicher Erregung, sie vergaß ihren schäbigen Mantel und ihren verbeulten schwarzen Hut. Die Hoteldiener und Pagen wunderten sich: Selbst für Bedienstete wirkten die beiden recht dürftig, fanden sie, und Mays Anblick beleidigte sie geradezu. Aber das Mädchen ist ungewöhnlich schön, wie eine Schauspielerin, mit dem Haar und dem Gesicht. »Ja, Mr. Porter. Danke, Mr. Porter. Da ist das Gepäck, Sir, und wir verständigen den Hausdiener wegen des Wagens und der Pferde ...«

»Wir essen heute abend in meinen eigenen Räumen«, erklärte Jeremy, der wohl wußte, daß er Ellen und May nicht in den glitzernden Saal führen konnte. »Cuthbert, mein Butler, hat schon alles für uns vorbereitet.«

Weder May noch Ellen hatten jemals einen Aufzug gesehen. May schloß ängstlich die Augen, als Stockwerk um Stockwerk vor ihren Augen versank. Ihr Magen verkrampfte sich, sie fühlte sich schwindlig. Nein, das alles gehörte sich nicht für Ellen und sie.

Sie schritten durch einen teppichbelegten Korridor, von Bronzeleuchtern erhellt, und May schien zusammenzuschrumpfen, während sie wie benommen dahinstolperte. Sie gingen an geschnitzten Türen vorbei und hörten lachende Stimmen dahinter. Dann öffnete sich eine der Türen und sie kamen in Jeremys Appartement, Mays Fuß stockte. Mrs. Eccles stieß sie ungeduldig an, Ellen folgte als letzte.

Ein sehr großer, schlanker, vornehmer Herr in mittleren Jahren begrüßte höflich die Damen. May glaubte in ihrer Verwirrung, daß es mindestens ein Fürst sein müßte, so großartig sah er in seiner gestreiften Hose und dem schwarzen langen Rock, der schwarzen Krawatte mit der perlenbesetzten Nadel und dem weißen Hemd mit den gestärkten Manschetten aus. Sie knickste und blickte schüchtern in das unbewegte Gesicht unter dem weißen Haar. Würde er sie hinausweisen? Aber Jeremy sagte:

»Mrs. Eccles, Mrs. Watson, Miß Watson, das ist mein Butler Cuthbert.«

»Guten Tag, die Damen, guten Tag, Mr. Porter«, sagte der erste Butler, den May jemals zu sehen bekam. Sie krümmte sich förmlich unter seiner Leutseligkeit, aber Mrs. Eccles sagte unbefangen: »Guten Tag, Cuthbert«, und Ellen sah ihn gerade und fragend an und lächelte, und der Butler dachte: So, das ist die junge Lady, sie ist schöner als jede Diva, die ich gesehen habe, und schöner als alle Damen, die diese Suite jemals betraten.

Ellen betrachtete voll Interesse den großen Salon mit seinem Luxus, und wieder dachte sie: Das habe ich doch schon gesehen – vor langer, langer Zeit. Sie wäre am liebsten herumgelaufen, hätte die Möbel, die Seidentapeten, die Zierschränke berührt, die Bilder bewundert und durch die hohen Fenster hinausgeschaut. Ihr Herz klopfte laut vor fast unerträglicher Freude und Erregung. Sie blickte wie ein Kind im Märchen auf Jeremy, wie ein Kind, das ein Wunderland entdeckt, Jeremy lächelte ihr liebevoll zu. Er teilte ihr Entzücken.

Als Cuthbert nach Mays Tasche griff, fand sie ihre Sprache wieder und rief mit bebender, flehender Stimme: »Aber nein, nein, Sir! Ich trage mein Gepäck doch selbst, bitte!« Cuthbert hob leicht die Augenbrauen und murmelte: »Nicht doch, Madam. Ich stelle es nur für Ihr Zimmer bereit, der Page wird es hinbringen.« Er verbeugte sich nochmals vor den Damen und sagte: »Vielleicht wollen sich die Ladies vor dem Abendessen etwas erfrischen?«

May begriff überhaupt nichts, deshalb nahm Ellen sie beim Arm, und beide folgten der strahlenden Mrs. Eccles, die sich, ganz Dame von Welt, auf das Badezimmer zubewegte, das ihr Cuthbert mit einer weiteren Verbeugung angedeutet hatte. Hier duftete es nach Seife, es blitzte und funkelte, und Mrs. Eccles lachte schalkhaft: »Oh, ein Bidet! Dieser Lausejunge!« Sie trillerte wie eine junge Lerche und betrachtete sich in den großen Spiegeln, wobei sie ihren beiden Gefährtinnen boshafte Seitenblicke zuwarf. May wankte wie eine blinde, alte Henne durch die ganze Pracht, bis Ellen sie freundlich zwang, sich in einen tiefen Stuhl niederzulassen. »Komm, laß mich dein Gesicht und deine Hände waschen, Tantchen. Wir sind im Zug recht schmutzig geworden!«

Tut, als ob das alles selbstverständlich für sie wäre, dachte Mrs. Eccles wütend, und dabei ist sie genauso ahnungslos wie dieses jämmerliche Weibsstück, das nur winseln und blöd herumglotzen kann. Das herablassende Wohlwollen, das Mrs. Eccles früher vielleicht für May und Ellen empfunden hatte, war längst erloschen, es hatte sich in nichts aufgelöst. Nun hätte sie die beiden umbringen können, weil sie hier geduldet wurden, in einem Milieu, in dem sie, die Welterfahrene, völlig zu Hause war. Wahrscheinlich benützen sie das Bidet als Toilette, dachte sie höhnisch. Aber Ellen führte ihre Tante zur Tür, ließ sie hinein und wusch sich inzwischen lächelnd die Hände. Als wäre Mrs. Eccles nicht zugegen, löste sie ihr Haar, und es fiel in seiner funkelnden Fülle auseinander. Als Ellen es schüttelte, lag es ihr wie ein feuriger Mantel über Rücken und Brust. Mrs. Eccles schalt: »Du mußt endlich etwas mit deinem Haar anfangen! Wie eine Hexe schaust du aus – ordinär, glaub mir. Vielleicht gehst du zu einem guten Coiffeur und läßt es bleichen.«

Aber Ellen dachte nur an Jeremy, während sie die Pracht zu einem Knoten aufsteckte.

Jeremy saß allein im Zimmer, trank ein Glas Whisky mit Soda und dachte unbehaglich: Ich hätte diese verdammte Hortense zu Hause lassen sollen. Möchte wissen, was sie draußen wieder schwätzt, bestimmt was Bösartiges.

Die Damen erschienen im Salon, und Jeremys Herz tat einen lauten Schlag, als Ellen vor ihm stand. Er lächelte: »Cuthbert ist ein tüchtiger Koch. Wollt ihr vor dem Dinner ein Glas Sherry?«

May brachte kein Wort heraus, aber Mrs. Eccles jubelte: »Natürlich, lieber Jeremy. Bristol Cream, meine Lieblingssorte?« Ellen nahm kindlich seine Hand und sagte sanft: »Weder Tante May noch ich haben jemals Sherry getrunken, obwohl wir ihn im Haus deiner Eltern und bei Mrs. Eccles gesehen haben. Schmeckt er gut?«

»Sicher, wenn du Sherry magst«, antwortete er und verzog den Mund, und Ellen lachte hell auf. Immer wieder entzückte ihn dieses perlende Lachen, das so melodisch, so kindlich klang.

»Keine scharfen Getränke für Ellen und mich«, erklärte May, aber niemand hörte auf sie, nicht einmal Ellen, die nur Augen für Jeremy hatte und ihn wie verzaubert ansah. Jeremy geleitete sie zu einem Lehnstuhl, sie setzte sich nieder, und er beugte sich zu ihr herab, fast Aug' in Auge, sie errötete und blickte zur Seite. Ihr Herz schlug zum Zerspringen.

Cuthbert brachte Sherry in Kristallgläsern, Mrs. Eccles nahm ihr Glas mit geziertem Lächeln und trank Jeremy, diesem Verführer, mit bedeutungsvollem Blick zu. Auch Ellen griff nach einem Glas; May wagte nicht abzulehnen, versteckte ihr Glas aber zitternd und voll schlechten Gewissens hinter der elektrischen Stehlampe. Niemals noch hatte sie elektrisches Licht gesehen, und obwohl sie der grelle Schein blendete, klammerten sich ihre Augen an der Lampe fest, als wäre dies der einzige Halt in diesem erschreckenden Zimmer. Halb betäubt, fühlte sie nur den einen Wunsch: in ihre kalte Kammer, in das harte Bett zurückkehren zu können.

Cuthbert erwies sich tatsächlich als ausgezeichneter Küchenchef mit seiner köstlichen, cremigen Pilzsuppe, die mit weißem Wein gewürzt war, der Forelle blau, mit Krabben und Trüffeln gefüllt, den Lammfilets mit frischer Minze, den Kartoffeln in einer ausgezeichneten Sauce, den jungen Erbsen und den hausgebackenen Brötchen und einem mit Käse garnierten, mit Weinessig und einer Spur Knoblauch zubereiteten Salat. Und dazu servierte er eine Auswahl herrlicher Weine, Mokka und Schokoladecreme.

Niemals hätte May dieses »heidnische« Essen heruntergewürgt, wäre Ellen nicht zum erstenmal energisch geworden. Ihr zuliebe nahm sie kleine Bissen dieser Gerichte, gegen die ihr an derbe und sehr eintönige Hausmannskost gewöhnter Magen rebellierte. Sie kannte den Ausdruck »dekadent« nicht, aber sie hatte das Gefühl, daß eine so raffinierte Kost verwerflich war. Hilfesuchend schaute sie zu ihrer Wohltäterin, Mrs. Eccles, aber die blickte geradezu angewidert über sie hinweg. Und was Ellen betraf, so sah sie niemanden anderen als Jeremy, an dessen rechter Seite sie saß. Ellen bemerkte nicht, was sie aß, sie sah auch die Rosen in der silbernen Vase nicht und nicht das Spitzengedeck und nicht den behaglichen Luxus dieses exquisiten Raums. Alles floß ihr in eins zusammen und wurde zu einem Teil ihrer Liebe, ihres vollkommenen Vertrauens zu dem Geliebten, zu einem Gefühl seliger Geborgenheit. Manchmal schalt sie sich demütig selbst, daß sie in all den Jahren je an der Güte Gottes gezweifelt hatte, der sie jetzt mit solchem Glück überhäufte. Liebe und Vertrauen. Wie hatte sie es jemals vergessen können!

Jeremy sah, daß Ellen trotz ihrer Reisemüdigkeit mit ihrem wunderbaren blauen Blick an ihm hing, er sah die überwältigende Unschuld und die völlige Hingabe – und er begehrte sie verzweifelt, nicht nur physisch, auch psychisch. Er fühlte, daß die Vereinigung mit dieser Frau seine Hoffnungen stärken, seinen Zynismus und seine Härte mildern würde, daß er wieder an die Zukunft seines Landes glauben und den Optimismus seiner Jugend zurückgewinnen könnte. Eine Welt, die Menschen wie Ellen hervorbrachte, mußte noch andere ihresgleichen geschaffen haben, eine schweigende Macht, die ihm Gewähr bot, daß Amerikas Freiheit trotz aller Feinde bestehen blieb. Die Feinde, das waren die weißgesichtigen Hysteriker, die von sozialer Gerechtigkeit faselten, die geheimen und mächtigen internationalen Verschwörer, die Amerika auslöschen wollten, um sich an dem Land zu mästen und es aus eigensüchtigen Motiven zu versklaven, die es beherrschen und unterdrücken wollten. Was wir hier brauchen, so dachte er, das wären die alten jüdischen Propheten, die gegen die Tyrannen donnerten und ihr Volk an die Worte Moses' erinnerten: »Ruft die Freiheit aus, über das ganze Land und über alle seine Bewohner!«

Freiheit ist ein harter Zustand, unbequem für die meisten menschlichen Herdentiere, die sich lieber führen und leiten lassen. Aber Freiheit gehört zu den unabdingbaren Rechten des Menschen. Allerdings müssen diese Menschen wirkliche Männer sein, die bereit sind, für die Freiheit zu sterben. Der graue Feind war schon aufgetaucht, in Gestalt von Marx und Engels, um die Menschen von der beschwerlichen Bürde der Freiheit zu erlösen, sie vor allem Ungemach des Lebens zu bewahren und sie in stumpfe Haustiere zu verwandeln. Ausgenommen die »Elite« natürlich, die liebevoll, aber streng und gerecht regiert, die die Herdentiere melkt, ihre Seelen verschlingt, ihre Augen blendet, damit sie nicht mehr das Licht erblicken. Hatte er nicht in der Bibel gelesen: »Fürchtet nicht jene, die den Körper zerstören, sondern fürchtet die Zerstörer der Seele.«?

Zum erstenmal begriff Jeremy diese orthodoxe Ansicht in ihrem ganzen Ausmaß, erkannte den Satan, der sich in der Gestalt der natürlichen Feinde aller Sterblichen drohend über das Menschengeschlecht beugt. Er lächelte in sich hinein. Wenn es einen Satan gab, dann waren seine Diener all jene, die leidenschaftlich versicherten, ihre Nächsten zu lieben, das Beste für sie zu wollen.

Ellen flüsterte ihm zu: »Tante May ist todmüde. Würdest du uns nach dem Abendessen entschuldigen?«

»Natürlich.« Er legte seine Hand auf die ihre, und etwas Schönes und Starkes rauschte zwischen ihnen auf, verband sie und machte sie zu einem einzigen Wesen.

Er stand auf und verbeugte sich höflich, als die Damen den Wunsch äußerten, sich zurückzuziehen. Er hoffe, so sagte er, sie seien mit ihren Zimmern zufrieden. Cuthbert begleitete sie hinaus, aber noch unter der Türe traf ihn der leuchtend blaue Blick, der unverhohlen von Liebe sprach.

Mrs. Eccles brach in Begeisterung über ihr kleines, luxuriöses Appartement aus. Die Räume Mays und Ellens gingen hinaus auf die Avenue, sie waren größer und womöglich noch komfortabler möbliert. May begriff nichts mehr. Ein Stubenmädchen erschien und schlug die seidenen Decken auf, schüttelte die Kissen und zog die goldenen Vorhänge vor. May schaute ihr benommen zu, nur einmal machte sie eine abwehrende Bewegung, als das Mädchen den billigen und schäbigen Inhalt ihres Koffers auspackte und in dem riesigen Mahagonischrank verstaute. Ein Radiator verbreitete angenehme Wärme, und der Straßenlärm drang nur gedämpft herauf.

»Ist es nicht unfaßbar, ein himmlischer Traum?« flüsterte Ellen mit erstickter Stimme. Ihre Augen glänzten ekstatisch.

»Es schickt sich nicht für uns«, wiederholte May, und all ihre Qual zeichnete sich in dem zerfurchten, verstörten Gesicht ab.

Ellen strich ihr tröstend übers Haar. »Laß das, Tante. Jetzt bringe ich dir deine Tabletten und ein Glas Wasser aus dieser schönen Kristallflasche hier. Dann schläfst du gut und fest.«

May begann wieder zu weinen: »Ich will heim!« schluchzte sie. Die kleinen Ansätze von Mut und Aufbegehren, die sie zuweilen gezeigt hatte, waren längst dahin. Früher hatte sie hartnäckig und entschieden sein können, wenn es not tat, jetzt aber war sie zermürbt und zerbrochen; mit ihrer körperlichen Hinfälligkeit war auch ihre seelische Kraft geschwunden. Nur eines besaß sie noch: den Stolz ihrer Klasse, den verworrenen Stolz ihres »Standes«, der Selbstschutz und Herausforderung zugleich war.

»Ich bin zu Hause, Tante, endlich zu Hause«, sagte Ellen ruhig.

Sie entkleidete sich und verwahrte ihre Sachen im Schrank. May ließ nicht locker. »Hast du eigentlich bedacht, was du Mr. Porter antust, wenn du ihn heiratest?« fragte sie plötzlich. Ellen schaute sie erstaunt über die Schulter an: »Was meinst du?«

»Du bist ein armes Dienstmädchen, und er ist ein reicher Gentleman. Er ist gebildet, und du warst nie in einer besseren Schule. Bedenk doch: Er hat Freunde in der großen Welt, glaubst du nicht, daß sie sich lustig machen werden, wenn er mit dir auftaucht? Er ist sehr stolz, er würde das nicht ertragen. Ellen, wenn du ihn ... wenn du ihn wirklich liebst, dann darfst du ihn nicht dem Spott seiner Freunde aussetzen. Um seinetwillen darfst du ihn nicht heiraten; er würde es dir nicht verzeihen, daß du ihn lächerlich und unglücklich machst.«

Ellens Gesicht wurde plötzlich sehr blaß. May bemerkte, daß ihre Worte Eindruck gemacht hatten, und sie fuhr lebhaft fort: »Er hat eine große Karriere vor sich, wie Mrs. Eccles uns immer wieder versichert. Vielleicht kommt er sogar nach Washington, oder zumindest wird er Gouverneur. Aber nur, wenn du ihn nicht heiratest. Denn die hohen Herrschaften werden es nicht billigen, daß er ein kleines Dienstmädchen zur Gattin hat – sie werden ihm nicht trauen, wenn er den Unsinn begeht, sich eine Frau aus dem niederen Volk zu nehmen. Er hat Ehrgeiz, und du wirst ihm ein Hemmschuh sein. Wie sollst du in seinem Haushalt repräsentieren können? Die Kleider und der Schmuck, mit denen er dich behängen will, werden ja doch keinen neuen Menschen aus dir machen. Du bleibst, was du bist, du kannst nicht aus deiner Haut heraus.«

Ellen saß mit tief gebeugtem Kopf auf ihrem Bett. »Du meinst also, ich schade ihm, wenn ich ihn heirate?« fragte sie tonlos.

»Ja, ja!« rief May eifrig. »Und Mrs. Eccles ist der gleichen Ansicht. Ellen wird es merken, wenn es zu spät ist, hat sie schon oft gesagt.«

Ellen war gebrochen. Ein Schmerz überwältigte sie, gegen den das trostlose Einerlei, das Elend ihres vergangenen kurzen Lebens, die Härte der letzten Jahre nichts waren. Wie sollte sie ohne Jeremy leben, ihn nie mehr sehen, ihn verlassen – sie faßte es nicht. Aber durfte sie ihn zum Paria unter seinesgleichen machen? Daß er ehrgeizig war und große Pläne hatte und auch die Kraft besaß, sie zu verwirklichen, das fühlte sie instinktiv.

Niemals würde er sich damit abfinden, ein kleiner Anwalt unter vielen zu sein, selbst wenn er reich war. Und sie, Ellen, sollte die Schranke sein, die ihm die Zukunft versperrte? Er liebte sie – aber würde er sie auch lieben, wenn er merkte, wie sehr ihm seine Ehe schadete?

Jeremy, mein Geliebter! Ich bin nichts, du bist alles ... Ich darf nicht an mich denken ...

May beobachtete sie scharf. Sie sah die Verzweiflung des Mädchens, aber sie kam sich keineswegs grausam vor: Sie tat ja alles aus Liebe zur Nichte, um ihr den unvermeidlichen Sturz in den Abgrund zu ersparen. Hatte sie nicht schon Mary dem reichen John Widdimer entrissen, der sie heiraten und damit ins Unglück bringen wollte? Sicher, es war traurig, daß Mary aus Kummer gestorben und daß Mr. Widdimer von einem Pferd getötet worden war. Aber besser das, als ein Leben voll von Demütigungen und bitterem Leid. Am Ende hatten beide ihren Frieden gefunden, wenn auch im Grab. Wie so viele Menschen vom Schlag Mays, glaubte auch sie, daß der Tod besser wäre als ein Leben der Plackerei und Enttäuschung, da ja letzten Endes alle Menschen den Tod zu erleiden hatten. Ihr ganzes Leben hatte sich um heilige Lieder und Hymnen über Sterben und Vergehen gerankt. Und obwohl sie keine Kirchengeherin war, besuchte sie doch gerne Friedhöfe, wo sie tief seufzend zwischen den Gräbern wanderte und mit den Händen über die kalten Steine strich.

Wäre Ellen als Kind ebenfalls gestorben, so hätte sich May bald getröstet: Sie wäre eben um eine sentimentale Erinnerung, um ein wehmütiges Gedenken reicher gewesen, das sie tränenreich und flüsternd gegenüber ihren Bekannten gepflegt hätte. Aber Ellen war nicht willens gewesen, mit ihrer Mutter zu sterben. Unbewußt hatte ihr May diese robuste Lebenskraft stets übelgenommen. Und jetzt, wieder unbewußt, nahm sie ihr die Aussicht auf ein glückliches Leben noch übler. Ellen hatte ihrer Tante das graue und trübe Weltbild mit seinen milden Erinnerungen zerstört, sie hatte ihr die Fülle trauriger Empfindungen geraubt. Ellen ahnte nichts von den komplizierten Gedankengängen und Motiven der alten Frau. Sie sah sie nur benommen auf ihrem Bett sitzen, ein tragisches Bild tiefster Verzweiflung.

May witterte Morgenluft, und ihre Trauer bereitete ihr fast eine Art erotischen Vergnügens. Unglück in allen seinen Formen und Auswirkungen ist die höchste Würde der Armen. »Fahren wir zurück«, flehte sie, »zurück nach Wheatfield, zu Mrs. Eccles, wo wir so glücklich waren.«

»Glücklich?« murmelte Ellen. »Nein! Nicht einmal lebendig!«

Ihr trostloses Dasein zog an ihr vorüber, ihre brennende Sehnsucht nach Liebe, Schutz, Zufriedenheit, nach ein bißchen Schönheit, ein bißchen Muße, ein bißchen Für-sich-allein-Sein. Niemals hatte sie die Resignation ihrer Tante verstanden, ihr selbstgerechtes Hinnehmen von Elend und Pein, ihren Stolz, zu etwas berufen zu sein, und sei es auch nur zu einem bittern Schicksal. Jeremy hatte den harten Kern ihrer Seele sofort entdeckt, ihren Widerstand gegen eine Umwelt, die sie beengen wollte; aber sie selbst wußte nur, daß sie sich mit Mays platten Redensarten nicht hatte abfinden wollen und den falschen Ton herausgehört hatte. Ihr schwindelte, sie wußte nicht aus noch ein, der Schmerz wurde unerträglich.

Nein, ich darf ihn nicht verletzen, ich darf es nicht, dachte Ellen verzweifelt. Ach Jeremy, Jeremy! Er hatte Mitleid mit mir und wollte mich aus dem Elend ziehen. Soll ich ihn dafür vernichten, ihn, den Menschen, der mir das Liebste auf der Welt ist?

Mit wankenden Beinen stand sie auf. Alle Farbe war aus ihrem Gesicht gewichen, aber ihre Stimme klang ruhig: »Hast du deine Tabletten genommen, Tante?«

May fühlte, daß sie gesiegt hatte und nickte fast fröhlich: »Ja, Liebes. Und jetzt gehen wir zu Bett und morgen fahren wir heim. Abgemacht?«

»Ja«, sagte Ellen und half ihrer Tante beim Auskleiden. Einen winzigen Augenblick lang fühlte May so etwas wie Reue, als sie das leichenblasse Antlitz des Mädchens sah. »Ja, abgemacht.«

May atmete tief auf, sank in die Kissen zurück und schlief sofort ein. Ellen stand neben dem Bett und schaute auf das abgezehrte müde Gesicht. Darf ich an mich denken und die beiden einzigen Menschen, die mich lieben, unglücklich machen? Den Frieden Mays und die Zukunft Jeremys zerstören? Was wiegt mein eigenes Leben dagegen? Nichts. Sie war so ausgehöhlt, daß sie neben dem Bett zusammenbrach und zu Boden sank.

Der Duft der Rosen, Chrysanthemen und Farne, die in Vasen im Zimmer standen, betäubte Ellen. Von draußen hörte sie den Lärm der Straße, und jetzt klang er wie ein teuflischer Chor, der sie verhöhnte. Die seidenen Draperien an den Fenstern bewegten sich leise und verzerrten sich, wie ihr schien, zu häßlichen Fratzen. Und selbst die Möbel verhöhnten sie und knarrten: Du gehörst nicht hierher, du Eindringling – du Eindringling in seinem Leben ... Hinaus mit dir!

Dann, plötzlich, raffte sie sich auf. Mechanisch öffnete sie den Schrank, zog den Flanellrock und die Bluse heraus, knöpfte sie mit starren Fingern zu. Lautlos verließ sie das Zimmer, stieg die fünf Stockwerke zu Jeremys Suite hinauf, und ihr Gesicht war ruhig und gefaßt, obwohl ihre Beine zitterten und das Blut wild in ihren Adern pochte. Es war ihr nicht eingefallen, den Aufzug zu benützen. Schöne Tochter von Toscar, dachte sie höhnisch und klopfte an Jeremys Türe.

XI

Jeremy Porter saß vor einem Glas Whisky in dem kleinen Bücherzimmer, in seinem pompösen schwarz-goldenen Schlafrock aus chinesischer Seide. Es war elf Uhr vorbei, als er klopfen hörte. Er fragte sich, wer so spät zu ihm kommen könnte, denn Cuthbert war schon vor einer Stunde weggegangen. Er stand auf, streckte sich, ging zur Tür und öffnete sie bei vorgelegter Kette. »Ellen!« rief er.

Er zog die Kette zurück, riß die Türe auf und griff nach Ellens kalter Hand. Er zog sie ins Zimmer. Ungläubig starrte er sie an. Alles Blut war aus seinen Wangen gewichen. Dann erst fielen ihm ihr starrer Blick und ihre zuckenden Lippen auf.

»Was hast du, Liebste?« fragte er und umarmte sie. Sie ließ es geschehen, ja sie legte sogar den Kopf an seine Brust, wie jemand, der schwer verwundet wurde und nun ausruhen muß. Er streichelte ihr Haar und hielt sie fest, er fürchtete, sie könnte ohnmächtig werden. Er sah ihr Gesicht nicht, aber er spürte, wie sich ihr Körper in Krämpfen wand, und nun wurde ihm angst. Er führte sie zu einem Fauteuil und zwang sie, sich niederzusetzen; dann kniete er nieder, ohne ihre Hand loszulassen, und sah sie bittend an. »Sprich, Liebling, sprich doch!«

Seine Stimme schien sie zum Leben zu erwecken. Sie blickte ihn an, und die helle Angst stand in ihren Augen. Dann sprach sie ruhig und tonlos, wie jemand, der etwas Unabwendbares sagt: »Ich gehe morgen mit meiner Tante nach Wheatfield zurück, Jeremy.«

Sein Gesicht veränderte sich jäh, es wurde zu einer kalten Maske. »Darf ich fragen, warum?«

»Weil ich dich nicht heiraten kann, Jeremy.«

Er erhob sich und zündete sich eine Zigarette an. Sehr langsam, sehr umständlich. Sie beobachtete ihn, und etwas zerbrach in ihr. Er war ihr jetzt ganz fremd, war einer, den sie niemals gekannt hatte. Sie spürte seine Eiseskälte und seinen Zorn und sie fürchtete sich. Das ganze Zimmer schien sie feindlich anzustarren.

Er betrachtete sie, aber nicht liebevoll, nicht begehrend und nicht verstehend. Es war der Blick eines Feindes, eines Henkers. Trotzdem sprach er ruhig: »Du hast mir noch nicht gesagt, warum.«

Sie senkte die Augen und flüsterte: »Weil ich dich liebe.«

Er begann im Zimmer auf und ab zu gehen, fuhr über einen Buchrücken und richtete ein Blatt Papier auf dem Schreibtisch gerade. Es war, als hätte er sie vergessen. Wenn ich jetzt aufstehe und weggehe, dann bemerkt er es gar nicht, dachte sie verzweifelt. Sie zwang sich, laut zu sprechen: »Wenn ich dich heirate, Jeremy, zerstöre ich deine Zukunft.«

Sein Fuß stockte und er schaute sie über die Schulter hin an, als wäre sie eine Kuriosität.

»Wer hat dir das gesagt? Mrs. Eccles?«

»Nein, nein ...« Sie zögerte und verkrampfte die Hände, ihre Knöchel waren ganz weiß. »Es war meine Tante. Sie hat mir klargemacht, daß eine Heirat wegen deiner Karriere unmöglich ist ... daß ich egoistisch und rücksichtslos bin.« Es klang wie eine eingelernte Lektion. »Meine Tante hat recht. Ich habe das früher nicht bedacht.«

Sein Gesicht lief rot an. Er trat näher. »Und du glaubst diesen Blödsinn?«

Nun wurde sie lebendig. »Es ist kein Blödsinn!« rief sie heftig. »Was bin ich – verglichen mit dir? Deine Freunde und deine Bekannten werden dich auslachen und verachten, wenn du ein Dienstmädchen, ein Nichts, heiratest. Du mußt eine Dame der Gesellschaft zur Frau nehmen, eine Lady, eine schöne Frau und nicht mich, an der nichts ist, was deinen Freunden gefallen könnte. Nichts.«

Er schwieg und schaute sie nur an. Da hob sie wie im Park von Wheatfield ihre geschundenen, rissigen Hände empor. »Da, schau sie an, Jeremy! Die Hände eines Küchentrampels, einer Schwerarbeiterin! Und dann mein Gesicht, mein Haar ... meine Figur ... derb ... die Leute werden lachen und fragen ...« Ihre Stimme brach. Sie konnte seinen harten, gespannten Blick nicht ertragen. Und sie ahnte nicht, wie unschuldig, wie rührend, wie unbeschreiblich rein ihr angstvoll erhobenes, ihr klares Gesicht über dem makellosen Hals war.

Er schob einen Sessel knapp zu ihr hin und beugte sich vor, ohne sie zu berühren: »Hör einmal, Ellen ... Ich habe eben etwas an dir entdeckt, was gar nicht schmeichelhaft ist. Du bist verrückt, mein Kind, verrückt, und nichts ist mir zuwiderer als Verrückte.«

Sie krümmte sich, aber sie schwieg.

»Du hast mich enttäuscht, Ellen. Ich habe dich für klug gehalten, für etwas verständiger.«

»Nein« – sie bewegte langsam den Kopf wie ein Pendel. »Nein, ich war dumm, als ich glaubte, dich heiraten zu können, ohne dich ins Unglück zu stürzen.«

Er betrachtete sie lange, dann lächelte er, stand auf, griff nach ihrer Hand. Sie wollte sie ihm entziehen, aber sie brachte es nicht über sich. Seine Hände waren warm und kräftig. Sie begann zu weinen, still rannen ihr die Tränen über die Wangen. Sie fürchtete den Moment, da er sie freigeben und ihr damit allen Frieden, allen Schutz, alles Glück nehmen würde, wie nur er es ihr zu schenken vermochte. Sie konnte nicht anders: ihr Haupt sank an seine Brust und sie meinte zu sterben.

Er schaute hinunter auf ihr leuchtendes Haar, auf die sanfte Blässe ihrer Haut. Dann lächelte er: »Komm mit!« Willenlos ließ sie es geschehen, daß er sie mit sich zog in das große Schlafzimmer mit den dunkel polierten Möbeln, den schweren Draperien, dem Aubusson-Teppich und den silbernen Toiletteartikeln auf der Kommode. Eine einzige Lampe brannte. Er drehte eine zweite auf und eine dritte, bis der ganze Raum in hellem Licht lag. Dann, mit hartem Griff, packte er ihre Bluse und begann sie grob aufzuknöpfen.

Wie betäubt stand sie vor ihm. Sie begriff nicht, was er tat. Mit geübten Fingern zog er ihr die Bluse aus und warf sie auf den Boden, dann riß er ihr das Korsett mit den verblaßten blauen Bändern fast vom Leib, dann streifte er ihr den Flanellrock, die drei Unterkleider, schließlich Strümpfe, Strumpfhalter und Schuhe ab. Er lächelte leise und küßte sie. Sie fuhr zurück, zutiefst erschrocken, am ganzen Körper zitternd; Feuerbrände durchrasten ihren Körper, köstliche Schwäche flutete über sie hin. Sie legte einen Arm über ihre Brüste und bedeckte mit der andern Hand ihre Blöße, in der uralt jungfräulichen Geste, die Abwehr und Unterwerfung zugleich ausdrückt.

Er nahm sie bei den Schultern und schob sie vor den Spiegel. Sie starrte auf ihr Spiegelbild, auf den nackten weißen Körper, auf das gelöste rote Haar, mit dem sie zitternd ihre Brust bedeckte.

Er trat einen Schritt zurück und betrachtete stumm ihren weißen unendlich verführerischen Leib mit den weichen Rundungen und den rosigen Schatten. Hinreißender, lieblicher war sie, als er je erträumt hatte, und grenzenlose Zärtlichkeit ergriff ihn.

»Geliebte, Liebste«, flüsterte er. »Sieh dich an. Hast du dich jemals zuvor schon so gesehen. Bist du blind, du Dummkopf? Begreifst du nicht, daß jeder Mann dich begehren muß?«

Helle Röte stieg ihr ins Gesicht, jetzt erst wurde ihr bewußt, daß sie nackt vor ihm stand. Sie hätte vor Scham in den Boden sinken mögen und wagte weder ihr Spiegelbild noch Jeremy anzuschauen. Steif und vorsichtig bückte sie sich, um ihre Kleider aufzuheben. Aber er schlug sie ihr einfach aus der Hand. Leise schrie sie auf.

Er streckte den Arm aus, führte sie durchs Zimmer zu seinem breiten Bett und legte sie auf die Seidendecken. Sie schloß die Augen und versuchte verzweifelt, sich mit dem Haar zu verhüllen.

»Mach die Augen auf!« befahl er ihr mit rauher, fremder Stimme. Sie öffnete die Augen und sah, daß auch er nackt war.

»Ellen, liebst du mich? Liebst du mich?«

Sie brachte kein Wort hervor, und sah ihn nur aus weit aufgerissenen Augen an, aber er las darin die Antwort.

»Meine Frau«, murmelte er, »meine geliebte, dumme, kindische Frau. Meine geliebte kleine Närrin!«

Die Lampen brannten, doch für Ellen wurde es dunkel. Sie zog Jeremy an sich, sie hörte ihn unzusammenhängende Worte murmeln, und sie ergab sich ihm in einem Strom unaussprechlicher Freude und tiefer, nie geahnter Leidenschaft.

Mrs. Eccles saß gemütlich beim Frühstück, sehr zufrieden und beinahe satt. Außer Geld war exzellentes Essen ihre große Leidenschaft. Und dieses Essen war ausgezeichnet. Ihr Arzt hatte sie wegen der Gallenblase gewarnt, und so war sie vorsichtig und hatte nur gekochte Pflaumen und Feigen – zwecks besserer Verdauung – bestellt sowie eine kleine Portion gerösteter Nieren, Schinken, zwei Eier und ein Schüsselchen gut gebutterter Pilze, gebähtes Weißbrot, Fisch, Marmelade, Pflaumenkompott und gelierte Gujavafrüchte, dazu eine große Silberkanne voll Schokolade, etwas Schlagsahne und reichlich Zucker. Auch eine winzige Karaffe mit Brandy stand da – gut für den Blutkreislauf. Genußvoll schlürfte Mrs. Eccles den Brandy und putzte sorgfältig die letzten Brotkrumen und das Jam weg. Dann machte sie sich's im Lehnstuhl bequem, um sich voll ihrer Verdauung hinzugeben; es war harte Arbeit für den Magen. Um diese ersprießliche Tätigkeit möglichst wenig zu behindern, hatte sie ihr Fischbeinkorsett gar nicht angezogen; ihre schwabbelnden Massen ruhten friedlich unter einem gestickten Morgenrock aus dunkelblauer Seide.

Sie goß Schokolade nach. Sehr gesund, die Schokolade. Sie überlegte, ob sie ein zweites Kännchen bestellen sollte. Ihr volles Gesicht war rot und zufrieden, sie vergaß Ellen und die jämmerliche Kreatur, wie sie May nannte. Noch ein Schluck Schokolade wäre gar nicht so übel, sollte sie nun die Glockenschnur betätigen und den Kellner rufen? Sie schüttelte den Kopf – da aber ertönte ein lautes Klopfen an der Tür. Der Kellner! Eine Fügung des Himmels, die alle Gewissenskonflikte löste. Doch ohne Sahne, das nahm sie sich fest vor, Schokolade war allein schon üppig genug. »Herein!« rief sie laut.

Aber es war nicht der Kellner, der eintrat, sondern Francis Porter. Mrs. Eccles gab es einen Stich, sie war nicht gerade angenehm überrascht.

»Guten Morgen, Tante Hortense«, sagte er und lächelte sie flüchtig an. Sein Gesicht und seine Hände waren sauber, aber der Anzug zeigte die Spuren der Reise. »Du bist erstaunt?«

»O Francis«, sagte sie gedehnt. Intrigen spinnen und Unheil stiften war schön und gut, aber dann plötzlich die Folgen tragen müssen, das war etwas anderes. Mrs. Eccles ärgerte sich über den unerwarteten Besuch. Was hatte Francis hier verloren, um Gottes Christi willen?

Er trat ein, schloß die Türe hinter sich, und sie schaute ihn unfreundlich an. Ihr Unbehagen wuchs. Wie ein pedantischer Schulfuchs sieht er aus, dachte sie abfällig. Sonderbar, daß ihr das früher nie aufgefallen war! Er trug jetzt einen Zwicker, und sein blondes dünnes Haar war fest an den Kopf geklebt, um seinen schmallippigen Mund lag ein verkniffener Zug, er wirkte eigensinnig und verbissen. Die Nase war scharf und spitz, und der rosige Teint, der ihn sonst so jung gemacht hatte, war fahler Blässe gewichen. Mrs. Eccles' Sympathien schwanden beträchtlich.

Er gab ihr auf die rote Backe einen trockenen Kuß, den sie nicht erwiderte. Sie fühlte sich gar nicht wohl. Was würde Jeremy, der liebe Junge, sagen, wenn er erfuhr, daß Francis aufgrund des unseligen Telegramms gekommen war! Und weil es in ihrer Natur lag, auch Leute, die sie eigentlich mochte, zu ärgern, fuhr sie den Besucher ungeduldig an: »Was, zum Teufel, hast du hier zu suchen?«

»Du hast mir doch ein Telegramm geschickt«, antwortete er verwundert. »Ich mußte darauf reagieren. Du kabelst mir, daß Jeremy die arme Ellen hierher gelockt hat, um sie zu heiraten – zu heiraten! Natürlich hat er nicht die geringste Absicht, das zu tun, das weißt du genau, sonst hättest du mir doch nicht die Depesche gesandt. Du wolltest, daß ich ein unschuldiges, armes Mädchen aus den Händen eines gewissenlosen Verführers rette und sie mit dir nach Wheatfield zurückbringe. Nicht wahr!«

Sie sprühte vor Zorn: »Du hast mich völlig mißverstanden, Francis! Wäre ich denn als Ellens Anstandsdame mitgekommen, wenn er etwas Schlechtes im Sinn hätte? Auch ihre Tante ist hier. Ich ... ich wollte dich nur benachrichtigen, weil du sie mir vor Jahren ins Haus gebracht und dich immer um sie gekümmert hast. Ich war wie eine Mutter zu ihr. Ich meinte eben, du müßtest im Bilde sein. Nicht daß ich eine Heirat zwischen Jeremy Porter – immerhin ist er dein Vetter – und einem Hausmädchen billige ...«

»Du meinst im Ernst, daß er sie heiratet?« fragte Francis ungläubig.

Sie zuckte die vollen Schultern, hob die Hände und ließ sie wieder sinken. »Ich bin kein Mann. Weiß ich, was im Kopf eines Mannes vorgeht? Er hat mir jedenfalls geschworen, daß er sie heiraten will. Aber vielleicht ...« sie wurde mit einemmal ganz lebhaft – »vielleicht täuscht er eine Trauung nur vor. Verstehst du? Gibt einen seiner Freunde als Pastor oder Friedensrichter aus oder sowas Ähnliches ...«

Sie lachte wie erlöst und drohte mit dem dicken Finger: »Oh, ihr Männer! Aber es geschähe ihr schon recht, dieser Person, die hoch hinaus will und vergißt, wohin sie gehört! Nicht, daß sie mir nicht leid täte, wenn sie in der Gosse endet, wie das deine Tante Agnes Porter oft und oft prophezeit hat.«

Francis biß sich auf die Lippen. »Wo soll die Hochzeit stattfinden?« Seine Stimme klang bitter und hart.

Sie machte eine gleichgültige Handbewegung: »Im Rathaus, in vier Tagen, wenn sie ihre Ausstattung beisammen hat. Dann fahren sie nach Europa auf Hochzeitsreise.«

Francis stand auf, steckte seine mageren Hände in die Hosentaschen und ging mit langen Schritten auf und ab. Seine Stirn war gefurcht und das Gesicht zuckte: »Wenn er mit ihr aufs Rathaus geht und du und May und die Standesbeamten dabei sind, dann ist es keine fingierte Hochzeit. May ist klug genug, einen Trauschein zu verlangen, mit Stempeln und allem Drum und Dran. Nein, wenn sie auf dem Rathaus heiraten, dann ist die Sache legal.«

»Oh«, sagte Hortense Eccles enttäuscht. »Nun, wenn du auf mein Telegramm hin herkamst, was hast du dann vor?«

»Die Heirat zu verhindern, selbstverständlich.« Er trat näher. »Ich habe Jeremys Mutter mitgebracht, das hielt ich für das beste. Vielleicht hört er auf sie.«

»Auf Agnes Porter? Du lieber Gott, er hat sie über ein Jahr nicht gesehen, und sie ist deshalb verzweifelt. Sie hat mir geschrieben, daß er seine Eltern brüskiert und ihnen aus dem Weg geht. Er hört bestimmt nicht auf sie.«

»Wir sind erst vor einer Stunde angekommen und haben hier im Hotel Zimmer genommen. Vielleicht hört Ellen auf mich. Sie weiß, daß ich es gut mit ihr meine, und daß ich mich stets um sie gekümmert habe. Ich hätte sie für vernünftiger gehalten, trotz ihrer Unbildung und Unerfahrenheit und ihres einfachen Gemüts. Und obwohl sie nichts von der Welt versteht.« Er schüttelte den Kopf. »Ich glaube nicht, daß es mir schwerfallen wird, sie zu überzeugen, was für ein Unglück diese Heirat für sie wäre ... Oder er schwindelt ihr etwas vor. Ich kenne ihn gut, er hat keine Skrupel und ist gewissenlos, er verachtet die Armen. Und Ellen ist arm, er kann es also nicht ernst mit ihr meinen. Ich werde sie veranlassen, zu dir zurückzukommen. May muß eben in ein Siechenhaus, weil sie nicht mehr arbeiten kann. Ellen wird meinen Vernunftgründen zugänglich sein.«

Mrs. Eccles schaute ihn nachdenklich an. »Du könntest recht haben, es wäre das beste für Ellen. Aber sie war so undankbar und widerborstig, ich weiß nicht, ob ich es über mich bringe, sie einfach zurückzunehmen. Höchstens mit geringerem Lohn. Strafe muß sein. Sie wird einverstanden sein, es bleibt ihr gar nichts anderes übrig. So beschränkt sie ist, muß sie einsehen, daß sie unter deiner und meiner Obhut noch am besten fährt. Sonst bleibt ihr nur die Straße ...«

Im Augenblick hatte sie darauf vergessen, daß Jeremy ja Ellen heiraten wollte. Aber wer weiß? Sie murmelte: »Es ist doch alles nur Schwindel, diese ganze Hochzeit, wenn es überhaupt dazu kommt ...«

»Es ist kein Schwindel. Aber sie wird ihm bald lästig sein, und er wird es sie fühlen lassen. Er verträgt Dummheit nicht – und Unbildung schon gar nicht. Kann sie überhaupt richtig lesen und schreiben? Er wird sie wegwerfen ...«

»...wie einen alten Handschuh«, nickte Mrs. Eccles zufrieden. »Aber das verdient sie auch. Doch ich weiß wirklich nicht, warum wir uns ihretwegen den Kopf zerbrechen, Francis, warum eigentlich? Du mußt sehr streng mit ihr sein und nicht so nett, wie du sonst immer bist. Sie folgt dir bestimmt.« Hortenses Augen funkelten vor Schadenfreude.

Francis antwortete ihr so erregt, wie sie ihn noch nie gesehen hatte. »Er muß verrückt sein, er, ein Porter, und sie arm wie eine Kirchenmaus. Ellen ist vielleicht noch zu entschuldigen, die Aussicht auf ein Leben in Luxus ist ihr in den Kopf gestiegen; diese gewöhnlichen Leute verstehen nicht, daß man an der Ordnung der Gesellschaft nicht rütteln darf. Sie haben auch keine Ahnung, was für Sorgen Besitz verursacht! Ellen ist von niederer Denkungsart. Sie enttäuscht mich schwer...«

Mrs. Eccles fiel die Geschichte des verstorbenen John Widdimer ein, die sie natürlich nicht glaubte. Aber man konnte Francis damit ein bißchen reizen. Sie neigte sich vor und sagte:

»Weißt du, was mir der arme, verblendete Jeremy erzählt hat? Nein, nein, es ist ein Geheimnis, ich darf nicht darüber sprechen, ich habe mein Wort gegeben. Aber es hängt mit Philadelphia zusammen...«

Eine leichte Röte stieg in Francis' blasse Wangen. »Die Geschichte kenne ich, Tante Hortense, ich habe auch nachgeforscht. Leider, sie ist wirklich wahr. Ellen ist die Tochter John Sheldon Widdimers. Ich wollte es ihr sogar erzählen, um ihr vor Augen zu führen, wie schädlich es ist, wenn man sich über seinen Rang erhöht.«

»Es ist tatsächlich wahr, Francis?«

»Natürlich.« Er wurde ungeduldig. »Es hat mich ein paar hundert Dollar gekostet, das herauszubringen.«

»Wie bist du darauf verfallen?«

»Weil mein Vater vor längerer Zeit in Preston von Ellens Ähnlichkeit mit einem Porträt im Hause Widdimer gesprochen hat. Ich muß zugeben, ich war schwer getroffen, als sich Vaters Vermutung als richtig herausstellte. Aber das ändert nichts an Ellens Stand, sie gehört der Klasse ihrer Mutter und ihrer Tante an. Habsucht. Sinnlose Hoffnungen. Anmaßung. Ja, ich bin von Ellen sehr enttäuscht.«

»Und weißt du auch, daß John Widdimer allfälligen Nachkommen, egal ob legitim oder illegitim, nahezu eine Viertelmillion Dollar hinterlassen hat?«

Francis blieb der Mund offen stehen: »Nein, das habe ich nicht gewußt.«

»Es stimmt aber. Jeremy hat mir's erzählt, doch er hat es Ellen nicht verraten, und er will es ihr auch niemals verraten.«

Francis staunte: »Und warum nicht?«

Mrs. Eccles zuckte die Schultern: »Weiß ich selbst nicht. Er schweigt darüber.«

Francis begriff nicht, daß man kein Interesse an Geld haben konnte, selbst wenn man noch so reich war. »Er will das Vermögen einstecken, wenn er verheiratet ist, bestimmt!« Seine sonst so farblose Stimme klang häßlich und schrill.

»Wirst du es Ellen sagen, wenn wir zusammen nach Wheatfield fahren?« fragte sie.

»Nein!« Nun schrie er fast. »Daß es ihr zu Kopf steigt und sie das Geld haben will und es verschleudert und dann ärmer ist als zuvor!« Aber hundert Gedanken rasten durch seinen Kopf, und seine durchscheinenden Augenlider zuckten, während er auf den Teppich starrte.

»Sie würde kaum Gelegenheit haben, das Geld zu verschwenden, wenn sie Jeremy heiratet. Ihr Porters geht sehr sparsam mit Geld um.«

Aber Francis hörte sie kaum. Er war besessen von dem Gedanken: Ellen und das viele Geld! Die schöne Ellen und das Geld! Die Männer würden sich um sie reißen ... sie hätte Freier in Mengen ...

Es klopfte wieder und Mrs. Eccles sagte ungeduldig: »Herein!«

Agnes Porter stolperte ins Zimmer, ihr gedunsenes Gesicht war blaurot, die farblosen Augen blinzelten, sie befand sich in einer bejammernswerten Verfassung. Die Zeit war grausam mit ihr umgegangen, sie wirkte unförmig und alles schwabbelte an ihr, aus dem Doppelkinn war ein dreifaches geworden, das Haar war ergraut. Das rosa Merinokleid mit viel Rüschen und Falbeln konnte ihre Massen kaum bändigen. Mrs. Eccles, so beleibt sie war, wirkte geradezu zierlich neben ihr, jedenfalls appetitlicher, hübscher und auch jünger.

»Agnes!« rief sie. »Du lieber Gott, du bist ja außer dir! Francis, hilf deiner Tante in den Stuhl, sie kann sich nicht auf den Beinen halten, die Arme, Liebe!«

Agnes Porter rang schluchzend die Hände, sie schien nicht zu wissen, wo sie sich befand, sie grüßte nicht, sie stöhnte nur: »Um Gottes willen! Wo ist mein Sohn?«

»Setz dich doch, Agnes, und nimm dich zusammen«, sagte Mrs. Eccles, äußerst erfreut über die Szene, der sie beiwohnen konnte. Es war ihr ein reines Vergnügen, den Jammer anderer mitanzusehen. »Wo wird er schon sein? In der Kanzlei, schließlich ist es beinahe elf Uhr.«

Mrs. Porter plumpste in den Stuhl, den ihr Francis hingeschoben hatte. »Nein, nein, er ist nicht in die Kanzlei gegangen!« Ihre Stimme ging in ein hysterisches Gekreisch über: »Ich hab' ihn auch in seinem Zimmer gesucht, dort war er nicht. Ich wollte über diese Schlampe mit ihm reden. Ich kann es nicht glauben, was mir Francis telegrafiert hat, ich kann es nicht glauben. Mein Sohn, und eine Straßendirne, ja, jeder hat gewußt, daß sie das war. Und aufdringlich und gemein wie die Sünde, verkommen. Ich muß mit meinem Sohn sprechen, meinem armen Sohn ... Hat er sie ... ist sie ..«

»... in anderen Umständen? Es könnte sein. Ich weiß, daß sie sich regelmäßig in dem kleinen Park nah von meiner Wohnung trafen, wenn sie auch behaupten, sich vier Jahre überhaupt nicht gesehen zu haben. Aber das ist gelogen, klar. Regelmäßig hat sie ihn getroffen, bestimmt. Oh, diese Männer! Aber Männer sind eben so, und Weibsstücke dieser Art nehmen jede Gelegenheit wahr, um sich ihnen anzuschmeißen. Ich tadle Jeremy nicht, ich tadle Ellen, zu der ich wie eine Mutter gewesen bin.«

»Sie soll ihr Balg auf der Straße bekommen, dort gehört sie hin, und ins Arbeitshaus mit ihr, für ihre Unzucht!«

Jetzt aber schaltete sich Francis ein: »Es war dein Sohn, der sie verführt hat«, sagte er streng.

Sie ballte die Fäuste und schlug Francis so fest auf den Arm, daß er wankte. »Oh, du!« schrie sie und fletschte die Zähne wie eine alte Löwin, »ich wette, du hast auch mit ihr geschlafen!«

»Seien wir nicht vulgär«, mahnte Mrs. Eccles gemessen, die einen Riesenspaß an der Szene hatte. »Ich kenne Francis, er würde sich niemals zu einem Dienstboten herablassen. Das war sehr häßlich von dir, Agnes! Er ist wählerischer, wenn er auch immer sehr gut zu ihr war.«

»Gut? Das kenne ich. Wählerisch? Nein. Er ist genauso schlecht wie die andern Männer, mit denen sie in Preston herumgezogen ist. Aber mein Sohn hat es nicht mit ihr getrieben, nein, Jeremy nicht! Er ist ein anständiger Mensch!«

»Anständig!« höhnte Francis. »Er weiß nicht einmal, was das Wort bedeutet.«

Agnes wuchtete sich aus dem Stuhl hoch und hätte sich auf ihn gestürzt, wäre Hortense nicht dazwischengetreten. »Beherrsche dich, Agnes. Du benimmst dich wie ein Waschweib. Überlegen wir ruhig und vernünftig, wir müssen zu einem Entschluß kommen. Francis und ich haben bereits alles besprochen. Du meinst, daß Jeremy nicht in seinem Büro ist?«

»Ich habe angerufen und von seinen Angestellten erfahren, daß er nicht dort ist und, wie er mitteilen ließ, auch nicht kommen wird.« Sie rang die Hände. »Wo ist er? Ich war in seiner Wohnung und habe mit diesem ... diesem Cuthbert gesprochen. Jeremy ist vor zwei Stunden weggegangen. Wo ist er? Treibt er sich mit dem Luder herum?« Und nach einer Weile: »Der Butler ist mir sehr verdächtig. Er weiß etwas, aber er sagt es nicht.«

»Jeremy und Ellen sind zusammen durchgegangen«, erklärte Mrs. Eccles sehr befriedigt. »Das ist ausgezeichnet, denn jetzt heiratet er sie nicht, er hat es nicht mehr nötig, also beruhige dich, Agnes. Wenn er genug von ihr hat, schmeißt er sie hinaus.«

Agnes schluchzte noch immer, aber die Sache schien ihr einzuleuchten: »Glaubst du das wirklich, Hortense? Wirklich?«

»Ja.« Mrs. Eccles nickte energisch.

»Ich glaube es nicht«, warf Francis ein. »Ellen ist mit ihrer Tante hier, die läßt sie nicht in einer fremden Stadt allein.«

»May Watson?« höhnte Agnes Porter. »Die ist genau so eine Schlampe wie die Junge! Jeder in Preston weiß, daß sie selbst Ellens Mutter ist. Und du bist der gleiche Haderlump wie alle Mannsbilder, die mit ihr herumgezogen sind – und dabei war sie damals erst vierzehn! Du solltest dich schämen, Francis, aber schließlich hast du es nicht anders zu Haus gesehen. Dein Vater, na ja ... und der Apfel fällt nicht weit vom Stamm.«

Francis antwortete nicht. Er trat ans Fenster, es war ihm elend zumute.

Agnes Porter konnte sich nicht beruhigen: »Heiraten – das hätte ihr so gepaßt! Na, jetzt weiß sie, wie sie dran ist. Aber mein Sohn, wie konnte er sich nur herablassen, sie überhaupt anzuschauen? Mein Sohn!«

Mrs. Eccles sprach salbungsvoll: »Schön, Schwamm drüber. Das ist jetzt vorbei. Der arme, liebe Jeremy hat bekommen, was er wollte, und die dumme Person wird klüger geworden sein – zu spät! Nein, ich nehme sie nicht zu mir zurück, es wäre ein Skandal.« Dabei dachte sie an John Widdimers Testament. Sicher erzählte Jeremy dem Mädchen davon, es war das wenigste, was er tun konnte, nachdem er seinen Spaß mit ihr gehabt hatte. Die Geste eines Gentleman. Wenn sie erst das Geld hat, geht sie nie mehr in Dienst ... obwohl ich als gute Christin sie letzten Endes doch wieder nehmen würde.

Die Türe wurde aufgerissen, und May Watson hinkte verstört herein. Ohne einen Blick auf Agnes Porter und Francis zu werfen, schrie sie: »Ist Ellen bei Ihnen, Mrs. Eccles?«

Mrs. Eccles lächelte breit und zwinkerte Agnes zu: »Nein, May, tut mir leid. Sie ist heute noch nicht unten gewesen. Wo kann sie nur sein?« Sie hob die Augenbrauen und schüttelte ratlos den Kopf.

Francis war mit einem Ruck vom Fenster weggetreten, und Agnes Porter sank mit einem tiefen, tiefen Seufzer der Erleichterung in ihren Stuhl zurück. Hortense hatte also recht gehabt. Es war alles vorbei. Gott im Himmel sei gedankt!

May jammerte: »Ihr Bett ist unberührt. Sie hat mir gestern meine Tabletten gegeben und hat versprochen, mit mir nach Wheatfield zurückzufahren. Fest versprochen.« Und dann: »Am Morgen war das Bett leer, und Mantel, Hut und Kleider waren weg. Oh, mein Gott! Wo ist meine Ellen? Wo ist Mr. Jeremy? Weiß er, daß sie fort ist? Mein Mädchen, allein in der Großstadt, voll der Gefahren ... Mein armes Kind! Wo ist sie, reden Sie doch!«

Francis antwortete, und seine Stimme klang hart: »May, auch Jeremy ist fort. Niemand weiß, wo er ist, niemand in seiner Kanzlei und auch sein Butler nicht. Er hat Ellen entführt, er hat sie unglücklich gemacht. Sie hätten besser auf sie aufpassen müssen. Auch du, Tante Hortense. Du warst ihre Gardedame.«

»Ich konnte doch nicht mit dem verdammten Mädel schlafen!« brauste sie auf. »Ist doch völlig egal, wohin er sie schleppt. Gut, daß wir sie los sind. Was geht das uns an?« Und zu Mrs. Porter gewendet: »Agnes, du hast sie von Anfang an richtig erkannt. Aber mach dir um Jeremy keine Sorgen, er kommt zurück – allein, glaub mir!«

»Er hat Ellen verschleppt?« ächzte May, die alles nur halb verstanden hatte. »Sie ist davongelaufen, meine Ellen? Er wollte sie doch heiraten!«

Mrs. Eccles lächelte grausam: »Ja, das hat er gesagt, stimmt. Aber jetzt weiß ich auch, was er wirklich gedacht hat. Wir waren alle verrückt, ihm zu glauben. Kinder waren wir! Und dabei hat der schlimme Junge ganz andere Dinge im Sinn gehabt!« Sichtlich belustigt schüttelte sie den Kopf. »Dieser Gauner! Nun, Ellen hat bekommen, was sie verdient. Schau mich nicht so an, Francis! Jeremy und Ellen, haha!«

Von der Tür her kam eine Männerstimme: »Redet ihr über mich? Über uns?«

Sie starrten zur Tür. Da stand Jeremy und neben ihm Ellen, schön und wunderbar wie ein Frühlingsmorgen, in einem neuen grauen Wollkostüm mit einem Zobelcape, mit einem Federhut aus Samt, mit grauen Lederhandschuhen und einem Zobelmuff und eleganten französischen Schuhen und Seidenstrümpfen.

»Du Lump!« knirschte Francis. Und dann, mit einem Male, wußte er, wußte er mit totaler Gewißheit und mit tödlichem Erschrecken und mit sündhafter Leidenschaft, daß er Ellen Watson liebte, und daß er sie immer geliebt hatte, von dem Augenblick an, da er sie am Straßenrand von Preston über das Gänseblümchen gebeugt gesehen hatte. Wie ein Rasender wollte er sich auf Jeremy stürzen, ihn ermorden, wie er ihn schon einmal hatte töten wollen, doch diesmal mit noch größerer Wut.

»Jeremy!« rief Mrs. Porter und versuchte aufzuspringen, aber ihr Gewicht ließ es nicht zu, und zugleich lähmte sie unbegreifliche Angst.

May humpelte auf ihre Nichte zu, streckte die zitternden Hände aus, und Ellen ging ihr entgegen, griff nach diesen armen Händen und lächelte wie ein Engel. Sie strömte einen süßen Duft nach teurem Parfum und nach Freude aus. Der Diamant, Jeremys Geschenk, funkelte auf ihrer Hand und darunter war ein schmaler Goldreif, glatt und neu. Aber May sah ihn nicht.

»Ellen, Ellen«, wimmerte sie, »was hat er dir getan?«

Jeremy hielt Ellens Arm fest und lächelte unbeirrt. Er blickte auf Mrs. Eccles und dann auf seine Mutter. Es überraschte ihn keineswegs, sie und Francis hier anzutreffen.

»Meine Damen«, sagte er und verbeugte sich, und zum erstenmal schaute er auch seinen Vetter an, »und mein Herr, ich stelle vor: meine Gemahlin. Wir sind vor einer Stunde im Rathaus getraut worden, der Bürgermeister höchstpersönlich war einer der Trauzeugen.«

Einen Augenblick Totenstille, dann ein Stöhnen und ein schriller Aufschrei, Agnes Porter war ohnmächtig zu Boden gesunken.

Mrs. Eccles blieb ganz ruhig. Sie konnte nicht anders, sie war schadenfroh. Fröhlich klatschte sie in die Hände. Wie belämmert alle dastanden! Ein wunderbarer Anblick! Niemals würde sie ihn vergessen. »Riechsalz für die arme Agnes«, sagte sie.

Dann mußte sie lachen.

Francis drehte sich um. Alles in ihm war Aufruhr und tiefe Verzweiflung. May lehnte hilflos an ihrer Nichte, und Ellen drückte ihren Kopf an ihre Brust und küßte die nassen Wangen.

»Ich bin so glücklich«, flüsterte sie, »so namenlos glücklich.« Ihr Gesicht leuchtete, und sie schloß die Augen.

XII

Walter Porter wurde in Jeremy Porters Kanzlei geführt, sein Mantel war mit Schnee bestäubt und sein Gesicht roch nach Kälte. Er schüttelte seinen Hut, hängte ihn mit Stock und Mantel an den Kleiderhaken und ging dann zu dem brennenden Kamin, um sich die erstarrten Hände zu wärmen. Jeremy brachte Brandy und Whisky aus einem Wandschrank und stellte zwei Gläser daneben. Es war ein stürmischer Februartag und um vier Uhr fast schon dunkel.

Walter setzte sich vor den Kamin, schaute über das große Büro mit den Holzvertäfelungen und nickte befriedigt. Es gefiel ihm hier, wie immer. »Nun?« fragte er schließlich. »Und wie hast du dich bei dem Lunch der Scardo Society unterhalten?«

»Es war genauso, wie du vorhergesagt hast«, antwortete Jeremy und nahm einen tiefen Schluck. »Ich durchschaue noch immer nicht, warum sie meinen Beitritt wünschen. Ich bin weder so reich noch so wichtig.«

»Aber«, lächelte Walter, »sie vermuten, daß du einmal eine wichtige Person sein wirst, sie wissen, daß du politische Ambitionen hast. Sie wollten dir auf den Zahn fühlen, das haben sie mir schon vor Monaten angedeutet. Vor Jahren haben sie auch mich zu ködern versucht. Aber nein. Sie konnten es einfach nicht fassen – no, Sir. Da stehe ich, einer der größten Industriellen Pennsylvaniens, und zeige nicht das geringste Interesse an Bankleuten und Politikern. Ist mir zu anstrengend, sagte ich, will meine Ruhe haben. Wozu brauche ich noch mehr Geld? Sie haben mich für verrückt gehalten und suchten mir freundlich klarzumachen, daß nur in vergangenen Zeiten der Besitz von Grund und Boden Macht bedeutete. Heute verhilft das Geld zur Macht und nichts anderes. Ich hab' ihnen recht gegeben und sie noch mehr vor den Kopf gestoßen, als ich ihnen kurz und knapp erklärte, daß ich auch kein Interesse an der Macht hätte.« Walter lachte kurz auf. »Ich glaube, sie halten mich für einen impotenten Burschen oder so was. Für sie bedeutet Geld Macht und Frauen und Einfluß auf die Regierung. Davon habe ich genug, mehr brauche ich nicht.«

Er schaute Jeremy forschend an: »Wirst du beitreten, Jerry?«

»Ja. Aber nicht aus den Gründen, die sie vermuten. Du hast mir nie verraten, warum sie deinen Sohn Francis nicht aufgefordert haben. Er paßt doch zu ihnen, er rechnete sich schließlich zur Elite!«

Walter blickte nachdenklich in sein Glas. »Ich dachte, du wärst von selbst draufgekommen. Sie trauen ihm nicht, das heißt, sie trauen ihm nur zu, daß er ehrlich ist. Aber sie selbst sind nicht ehrlich in den Bereichen, in denen Francis sie für ehrlich hält. Sie sind Zyniker, und während sie zu seinen Ausführungen fromm nickten, lachten sie ihn insgeheim aus; denn sie merkten, daß er sie ernst nahm. Lauthals verkünden sie dieselben Parolen wie er, lassen sie von der Presse zitieren — aber das gilt allein für die Öffentlichkeit. Was sie sich privatim augenzwinkernd erzählen, klingt ganz anders. Einzig Francis ist unseligerweise von alldem felsenfest überzeugt, was er predigt. Deshalb trauen ihm die Burschen der Scardo Society nicht. Sie bedauern es, sie hätten ihn gern in ihren Reihen, weil er mein Sohn und einer meiner Erben ist.«

»Ich glaube, sie sind ganz schön auf mich hereingefallen.« Jeremy lächelte behaglich. »Ich habe ihr menschenfreundliches Lied mitgesungen, und sie haben keinen falschen Ton bemerkt. Ich bin wirklich ein guter Schauspieler, ich gehöre auf den Broadway.« Und dann: »Ich trete bei, damit ich sie und ihre Packeleien ständig im Auge behalten kann, nur deshalb. Das darf ich niemals vergessen. Sonst schneiden sie mir den Hals ab.«

Walter lächelte nicht mehr. Er nickte: »Sie sind Fachleute für Staatsstreiche — über die ganze Welt hin. Gut. Wenn sie dich gründlich beobachtet haben und du ihre Billigung findest, dann nehmen sie dich in ihr Komitee für Auslandsstudien auf, dessen eigentliche Aufgabe darin besteht, in naher Zukunft einen Weltkrieg zu entfachen. Das habe ich dir schon gesagt. Vielleicht 1910, 1915, 1920. Überall haben sie ihre Leute sitzen, in London, Paris, Berlin, Rom, St. Petersburg, Washington, Tokio — überall. Deshalb ist ihnen der Erfolg sicher.«

Jeremy sah seinen Onkel verwundert an: »Und darüber sprichst du so ruhig? Ist es dir denn ganz gleichgültig?«

Walter hieb mit der Faust auf die Lehne seines Lederfauteuils. »Nein, mein Sohn, durchaus nicht. Wir haben Verbindungen mit allen Staaten, nach allen Himmelsrichtungen, aufgenommen. Wir haben Könige und Fürsten und selbst den Kaiser gewarnt, und den Zaren, König Edward und Gott weiß wen noch, inbegriffen unseren rauhbeinigen Teddy in Washington. Und was hat es genützt? Nichts. Wir haben Frieden, der Wohlstand der Nationen wächst und wächst, nicht wahr? Schwärmen die Weisen der verschiedenen Länder nicht von der weltumspannenden Liebe für die Armen und Bedrückten? Wir haben uns bemüht, ihnen klarzumachen, daß eine Verschwörung über die ganze verdammte Erde hin angezettelt ist, von Männern, die alles, die Industrie, Wirtschaft, die Währungspolitik, die Regierungen, aus egoistischen Gründen in ihre Hand bekommen wollen — aus Machtgründen, um den Erdball zu unterjochen und zu versklaven. Macht, Macht ... Wir haben Beweise angeboten, wir haben unserer eigenen Regierung in Washington diese teuflischen Bestrebungen aufgedeckt. Wir haben bewiesen, daß diese verschwörerische

Clique das direkte Steuerrecht der Länder durchsetzen will, obwohl es der Bundesgerichtshof mindestens ein halbes dutzendmal als verfassungswidrig erklärt hat. Wir haben Lord Acton zitiert: ›Wer die Macht hat, Steuern einzuheben, hat auch die Macht zu zerstören.‹ Und wir haben uns die Kehle heiser geschrien und auf Thomas Jefferson hingewiesen, der immer wieder das gleiche gepredigt hat. Schön. Was haben wir mit viel Mühe und großen finanziellen Opfern erreicht? Nichts.« Er hob sein Glas: »Ave Caesar, morituri te salutant!«

»Glaubst du wirklich, daß wir keine Möglichkeit haben, diesen Möchtegern-Cäsaren das Handwerk zu legen?«

»Keine, mein Sohn, ich weiß es.«

»Wenn alles vergeblich ist, warum willst du dann, daß ich der Scardo Society beitrete?«

Walter stand plötzlich auf und ging mit gesenktem Kopf und gerunzelter Stirn im Zimmer auf und ab. »Ich bin kein junger Mann mehr. Ich hoffe, daß junge Menschen wie du kämpfen und das Verhängnis hinausschieben können. Ich will den Rest meines Lebens halbwegs in Frieden hinbringen. Und noch immer besteht ein Funken Hoffnung, daß dem Volk rechtzeitig ein Licht aufgeht.«

Er schüttelte den Kopf. »Übrigens, haben dir die Burschen von ihrem privaten Bankenplan erzählt?«

»Ja, sie haben davon gesprochen. Sie wollen die Währung in die Hand bekommen und selbst Währungspolitik treiben, das heißt, sie dem Kongreß entziehen, dem sie durch die Verfassung gewährleistet ist. Was sind denn schon diese Kongreßmitglieder? fragten sie mich in väterlichem Ton. Ungebildete Farmer aus dem Mittelwesten, kleine Geschäftsleute und Gewerbetreibende, Bürgermeister von obskuren Orten und zweitrangige Anwälte. Wie kann man solchen Leuten die Währungspolitik einer rapid wachsenden Nation überlassen? Wir brauchen Fachleute, gelernte Bankiers, die sich in dem komplizierten internationalen Währungssystem auskennen, damit sie unsere wirtschaftliche Zukunft sichern.«

»Ja«, sagte Walter grimmig, »sie haben ganz recht. Und sie werden sich durchsetzen, mein Sohn. Das Volk glaubt ihren Schlagworten und ist überzeugt, daß die oben am besten wissen, was not tut. Nun, Rom ist auf diese Weise untergegangen und Griechenland und Ägypten, nicht zu reden von Ninive und Tyrus.«

»Die Cäsaren sterben niemals aus, nicht wahr?«

»Nein, mein Sohn. Die Machtgier sitzt ihnen im Blut, seit jeher. Wie Ben Akiba sagt: Alles schon dagewesen. Es gibt nichts Neues unter der Sonne. Die menschliche Natur ändert sich nicht und wird sich niemals ändern, das ist ihr Fluch.«

Es war fast dunkel geworden, der Wintersturm rüttelte an den Fenstern, das Feuer im Kamin flackerte auf, und die beiden Männer tranken schweigend. Walter sagte: »Ich fürchte, die Amerikaner haben ihre Männlichkeit und ihren Mut verloren. Oh, da und dort gibt es noch Spuren, aber im allgemeinen sind sie weibisch und feig. Die kleinen Annehmlichkeiten des täglichen Lebens sind plötzlich unerhört wichtig, ebenso die Vergnügungen. Ich habe gehört, daß man in den Schulen unseres Volks statt von Pflicht und Verantwortung von Liebe faselt. Das ist ein Verhängnis. Es hat niemals viel Liebe in der Welt gegeben, aber die Feigheit wächst ständig. Früher einmal lasen die einfachsten Farmer und kleinsten Handwerker eifrig die Zeitungen und verstanden sie auch. Jetzt können sie nicht einmal von den College-Schülern richtig begriffen werden. Verblöden wir, Jerry? Die Menschen haben verlernt, tapfer, ehrbar, Meister ihrer Regierung, ihrer Familie und ihres Lebens zu sein; bereit, für ihr Vaterland, vor allem für ihren Gott zu sterben. Jetzt wollen sie nichts als Sicherheit und Glück.«

»Vielleicht sollten wir die solide Kraft der Werktätigen unterstützen, die noch nicht degeneriert sind, und dafür das, was ich die lumpige Intelligentsia nenne, beschneiden«, sagte Jeremy. »Die Sterilität der sogenannten Intellektuellen! Wer hört schon auf sie?«

»Der Pöbel«, antwortete Walter. »Der Pöbel, der Rom zerstört hat.«

»Ja. Und er wird uns genauso zerstören. Hat das nicht schon Lincoln prophezeit?«

»Das ist eine alte Geschichte, Onkel Walter. Die Völker lernen nie dazu.«

»Als du beim Distriktsanwalt tätig warst«, fuhr Walter fort, »da ist es dir gelungen, die Bombenleger hinter Schloß und Riegel zu bringen, obwohl sich Francis tränenreich für die ›armen Arbeiter der Faust‹ einsetzte – als ob er überhaupt etwas von Arbeitern verstünde!«

»Er verwechselt den Straßenpöbel mit dem Arbeiter. Aber die Burschen der Scardo Society tun das nicht. Sie beglückwünschten mich zu meinem Erfolg. Diese Bastarde! Quallen sind sie, schleimig, ohne Rückgrat, und gehören weder einer Rasse, noch einem Volk, noch einem Staat an. Sie beteuerten mir, daß sie ebenso wie ich über das ›Volk‹ dächten. Ich hätte ihnen widersprechen und beweisen können, daß ich mit ihren Schwindeleien und Verdrehungen nichts gemein habe, aber ich hielt den Mund. Ich wollte mehr aus ihnen herauskriegen. Du hast recht. Sie verachtet Männer wie Francis, aber sie setzt sie ein, diese lumpige Intelligentsia.«

»Wer waren eigentlich diese Bombenleger?« fragte Walter.

»Das weiß niemand. Aber irgend jemand hat sie bezahlt. Du kannst überzeugt sein, daß sie nicht echte amerikanische Arbeiter waren. Einer wurde wegen Mordes zum Tod verurteilt und zwei andere zu lebenslänglichem Kerker. Francis will Berufung einlegen.«

»Das habe ich angenommen«, seufzte Walter.

»Francis wird nicht obsiegen. Der Richter ist ein ordentlicher Mann.«

»Er blickte auf seine Uhr: »Zeit, heimzugehen, Onkel Walter. Ich muß mich umkleiden für die Dinner-Party – du auch.«

Walter blickte langsam vom Feuer auf: »Wie geht es meiner lieben Ellen?«

»Nun, sie ist in anderen Umständen ...«

»Soll ich dich beglückwünschen oder dir mein Beileid ausdrücken?«

Jeremy lachte: »Frag mich das in zwanzig Jahren. Daß man in eine so teuflische Welt Kinder setzt ...« Er wurde ernst. »Ich sorge mich um Ellen. Ihr Vertrauen, ihre Leichtgläubigkeit, ihre Naivität erschrecken mich zuweilen, obwohl es an sich bewundernswerte Eigenschaften sind. Mein Testament ist aufgesetzt, das wird sie vor den Wölfen schützen. Sie ist im Grunde eine gescheite Frau, aber ihre blödsinnige Überzeugung, immer und ewig ›lieben und vertrauen‹ zu müssen, trübt ihr den Blick. Sie ist von dieser neuen Seuche angesteckt, die manche Leute ›Mitleid‹ nennen. Und dabei, weiß Gott, sie kennt die Welt! Aber sie hat echtes Mitgefühl und Kraft und eine eiserne Seele, wenn es not tut. Hoffen wir, daß es ihr nicht ergeht wie so vielen andern, die von dieser ›Liebe‹ betrogen und vernichtet wurden.«

»Wie steht sie mit deinen Freunden?«

»Sie ist beliebt bei den Männern, bei den Frauen nicht. Sie können ihren angeborenen einfachen Anstand nicht verstehen, sie glauben, daß Ellen entweder verrückt oder eine Heuchlerin ist; sie regen sich darüber auf, daß sie Falschheiten durchschaut und offen verurteilt. Frauen sind sehr unberechenbare und rätselhafte Wesen, nicht wahr? Wenigstens die meisten.«

»Stimmt«, sagte Walter. »Jetzt kämpfen sie um das Wahlrecht. Wenn sie es wirklich erhalten, dann würde ich das gleiche verlangen, was ich von ihren männlichen Zeitgenossen verlange: eine Prüfung ihrer Intelligenz und ihrer Objektivität, da es doch um Politik geht.«

Jeremy ließ seinen Wagen rufen; sie schlüpften in die pelzgefütterten Mäntel und zogen dicke Handschuhe an. Durch die warmen Büroräume gingen sie hinaus auf die Straße. Der kalte Wind schlug ihnen ins Gesicht und Walter sagte zu seinem Neffen: »Ich bin überzeugt, daß ab nun kein Präsident der Vereinigten Staaten mehr ohne die Zustimmung der Scardo Society und des Komitees für Auslandsstudien gewählt werden kann. Sollte er es wagen, sich ihnen zu widersetzen, dann morden sie ihn oder drängen ihn auf andere Weise aus seinem Amt.«

»Möchte wissen, ob unserm Teddy klar ist, wer ihn in den Sattel gehoben hat?«

»Vielleicht – vielleicht auch nicht. Ich weiß nur, daß er beginnt, in ihr Horn zu blasen, besonders wenn es gilt, den deutschen Kaiser zu beschimpfen, den er früher hoch verehrt und oft besucht hat. Ich habe gehört, daß sich der Kaiser darüber keinen Zweifeln hingibt – aber wer kann das wirklich wissen?«

Ellen hatte Klavierstunde. »Madam, Sie sind hochbegabt, aber Sie müssen richtig üben«, sagte ihr Lehrer.

Ellen antwortete entschuldigend – immer bat sie um Vergebung, immer fühlte sie sich schuldbewußt: »Ich weiß, daß ich sehr ungeschickt bin, aber ich versuche es wirklich. Ich höre wunderbare Töne aus dem Klavier klingen, wenn ich nicht spiele ... Herrliche Musik!« Sie seufzte und sah ihren Lehrer so strahlend an, daß seine Augen vor Rührung feucht wurden.

»Madam Porter«, antwortete er, »darin liegt eben das Wesen eines echten Künstlers, daß er Dinge hört und fühlt und spürt, die gewöhnliche Sterbliche nicht empfinden können. Traurig, daß ein Künstler nur mit seinesgleichen sprechen kann, andere verstehen ihn nicht. Und Künstler sind rar. Was wir in der Stille sehen und hören, ist viel größer als das, was wir tatsächlich sehen und vernehmen. Manchmal ist es zuviel, die Seele kann es nicht ertragen, denn wir leben auf einer Insel inmitten eines Ozeans der Mittelmäßigkeit. Wir sind schon dankbar, wenn wir nicht ausgelacht werden, nicht wahr?«

Aber Ellen war zu bescheiden, um wirklich zu verstehen, was ihr Lehrer meinte. So antwortete sie: »Ich möchte nur, daß mich die Leute mögen und mich nicht ablehnen.«

»Der einzige, der uns nimmt, wie wir sind, und uns liebt, ist unser Herrgott, Madam. Er soll unser Trost und unsere Stütze sein. Er ist unsere einzige Zuflucht.«

»Mein Gatte ist meine Zuflucht«, sagte sie lächelnd.

»Er ist ein Sterblicher, Madam.«

»So wie ich.« Die Röte ihrer Wangen vertiefte sich. »Ich wünsche nur eines: Ihm zu gefallen.«

Er schaute sie ernst an und wendete dann den Kopf zur Seite. Eine Verschwendung der Natur, Frauen Talent und Genie zu schenken! Sie vergeuden es, sie opfern es einem Mann auf. Aber verlangten das nicht der heilige Paulus und auch Bismarck von den Frauen? Der Pädagoge war weder mit dem heiligen Paulus noch mit Bismarck einverstanden. Seiner Meinung nach sollten begabte Frauen niemals heiraten – Liebhaber gestand er ihnen zu. Diese Frau hier – wie schön sie war, wie begabt! Sie müßte in einem goldenen Palast wohnen und nicht in einem Backsteinbau in New York, von Tausenden müßte sie vergöttert werden, ihrer Schönheit und ihres Talents wegen. Statt dessen war sie nur eine Ehefrau.

Er vermutete, daß Ellen ein Kind erwartete. Was für eine Verschwendung auch das! Genie wurde niemals vererbt – ein Mysterium der Natur. Die äußere Erscheinung und die Charakteranlagen, ja. Aber niemals Genie oder Talent. Er hatte viele geniale Wissenschaftler, Künstler und Gelehrte gekannt, aber ihre Kinder waren Durchschnitt gewesen, ja neidisch und eifersüchtig auf ihre begabten Eltern und zuweilen erschreckend gefährlich. So manches Genie war von seinen Kindern ausgenützt, verleumdet oder gar getötet worden. Menschen waren gefährlicher als Tiger.

Er mußte sich zusammennehmen, um seine Bewegung zu verbergen: »Madam, Sie werden jetzt Debussys Nocturno üben, aber bitte nicht nach dem Gehör, sondern nach dem Blatt. Ich hoffe, daß es morgen klaglos gehen wird.«

»Ich will's versuchen«, versprach Ellen und war unglücklicher denn je. »Vor ein paar Monaten bin ich zum erstenmal an einem Klavier gesessen, Sie müssen also Geduld mit mir haben.«

Er küßte ihr die Hand und ging kopfschüttelnd hinaus.

Ellen blickte auf das Klavier, das in dem großen dämmerigen Musikzimmer stand; ein Zimmer ganz in Braun und Gold, mit elfenbeinfarbenen Vertäfelungen und großen Bogenfenstern, schönen Vorhängen aus blaßblauem Samt und Spitze, mit einem Aubusson-Teppich und Spiegeln. Sie war müde. Stundenlang war sie bei ihrem Hauslehrer gesessen, der es sehr genau nahm und ihr eine Menge Aufgaben gegeben hatte. Sie war für Sprachen begabt, für Französisch und Deutsch, und besaß eine gute Auffassungsgabe auch für andere Gegenstände, aber er lobte sie niemals. »Mrs. Porter«, sagte er einmal tadelnd, »Sie haben beträchtliche Bildungslücken.«

»Das weiß ich«, antwortete sie bedauernd, »ich habe bis jetzt sehr wenig gelernt. Aber ich nehme mich wirklich zusammen, ich will, daß mein Mann zufrieden mit mir ist.«

Manchmal war sie recht niedergeschlagen; manches erfaßte sie nicht, trotz aller Bemühungen. Jeremy war voll des Lobes über ihre Fortschritte, aber sie glaubte, daß er es nur tat, um sie aufzurichten. Sie lebte in ständiger Spannung, immer bestrebt, es ihm recht zu machen, und wenn er sie liebkoste und sie entzückend nannte, dann schrieb sie das nur seinem guten Herzen und niemals seiner Überzeugung zu. Er nahm sogar auf ihren »Zustand« Rücksicht, auf das Übelsein, das sie jeden Morgen befiel, und sie war ihm überströmend dankbar für sein Verständnis. Wenn er ihr schwor, daß er sich ganz närrisch auf das Kind freue, hätte sie am liebsten geweint – er war so gut.

Langsam trat sie zum Fenster und sah hinaus in den wirbelnden grauen Schnee. Es waren nur wenige Kutschen unterwegs und noch weniger Fußgeher, und die hasteten eilig über die Gehsteige. Es dämmerte, die Gaslichter schwankten im Winterwind und blitzten goldgelb auf. Ihr wurde leichter zumute. Ja, sie liebte New York. Alles war lebendig, erregend, in Bewegung, wie elektrisch geladen. Die große schwarze Ebenholzuhr schlug fünfmal, und der sonore Klang schreckte sie aus ihren Betrachtungen auf. Sie lief hinunter in die rotgekachelte Küche im Erdgeschoß, die warm, hell und hoch und voll der köstlichsten Gerüche war. Cuthbert stand über den

Herd gebeugt, ein junges Mädchen neben sich, das unter seiner strengen Aufsicht mit flinken Fingern Gemüse putzte.

Sein ernstes, ältliches Gesicht erhellte sich, als Ellen hereinkam. »Mrs. Porter, meinen Sie nicht, daß es Zeit wäre, das Roastbeef zuzustellen?«

»Natürlich«, sagte sie mit ihrer schüchternen Stimme, die ihn immer rührte. »Und eine dicke Lage blättriggeschnittene Zwiebeln darunter und mit viel Butter und Thymian und ein bißchen Knoblauch auf allen Seiten einreiben.«

»Niemand bringt ein besseres Roastbeef fertig als Sie, Madam,« lobte Cuthbert. »Ich glaube, das Rohr ist jetzt heiß genug, ich werde das Gas etwas kleiner drehen.«

»Ja«, nickte Ellen und prüfte das Fleisch sachkundig. »Sehr zart ist es, wirklich. Glauben Sie, daß es für acht Personen und das Personal reicht? Drei Stunden, denke ich?«

Cuthbert schüttelte den Kopf: »Es sind nur zwölf Pfund, da müssen zweieinhalb Stunden genügen, Madam. Und Salz und Pfeffer erst, sobald es halb durchgebraten ist?«

»Ja«, sagte Ellen. Und nach einer Weile lächelnd: »Mr. Walter Porter kommt zum Abendessen, wie Sie wissen, ich freue mich auf ihn. Warum sind Männer eigentlich so auf Roastbeef versessen? Ich für meine Person mag lieber Huhn oder Lamm. Sind die Austern frisch? Und« – wieder der bittende Blick – »würden Sie eine Messerspitze – nur eine Messerspitze – gestoßene Gewürznelken in das Tomatenragout geben?«

»Natürlich, Mrs. Porter. Und wie wünschen Sie die Austern?«

»Mit ein bißchen Zitronensaft, auf Eis serviert, Cuthbert. Aber die Weinsorte müssen Sie selbst aussuchen, ich verstehe nichts davon. Ist der Hummer ganz frisch? Gut. Und die Melonen aus Florida? Wenn ich mir vorstelle, Obst mitten im Winter in New York! Was gibt's zum Dessert?«

»Schokoladecreme, Biskuit, Kastanien-Parfait und kleine Bäckereien. Ein bißchen einfach vielleicht, das ganze Menü, aber Sie lieben keine üppigen Dinners, nicht wahr? Die pikante Sauce für die Hummer habe ich nach Ihrem Rezept zubereitet, Mrs. Porter. Sie sind ziemlich klein, nur drei Pfund per Stück, aber nach den appetitanregenden Austern und dem Ragout mit saurem Rahm und Sherry und dem Salat sollten sie bis zum Hauptgang genügen, dem Fleisch mit Kartoffeln, Kohlsprossen, Spargel und Artischocken. Sollten wir vielleicht doch noch Krabben servieren? Ich hätte welche auf Eis.«

Ellen zögerte. Sie fürchtete immer, ihre Dinners könnten zu dürftig ausfallen. »Vielleicht die Krabben mit dem Hummer? Ja, das wäre ganz gut. Die Herren haben einen gesunden Appetit.«

»Und die Damen auch«, gab Cuthbert lächelnd zurück. »Alle wollen wie die mollige Miß Lilian Russell aussehen.« Er blickte anerkennend auf Ellens schlanke Gestalt. Sie trug ein fließendes Nachmittagskleid aus pfirsichfarbenem Samt mit Spitzenbesatz, das ihren Teint und die tiefroten Lippen zur Geltung brachte.

Bei der Erwähnung der Damen wurde Ellen bang. Die Herren waren viel netter zu ihr, aber ihre Gattinnen blieben zurückhaltend und hatten scharfe, kritische Augen, die sich nicht täuschen ließen. Sie fanden sie gewöhnlich und primitiv, das wußte Ellen genau; und wenn sie sich das Gesicht noch so sehr puderte, ihre gesunde Farbe drang durch wie bei einer Bäuerin. Auch mit ihrem Haar war es eine Plage, immer wieder lösten sich kleine Locken oder Strähnen, so sehr sich ihre Zofe auch bemühte, die Fülle zu bändigen. Jeremy spielte gerne mit diesen Locken, sogar bei Tisch, und lächelte dazu. Er fand sie wohl kindisch und kein bißchen damenhaft.

Sie sah so bekümmert aus, daß Cuthbert tröstend sagte: »Mr. Jim Brady, der Diamantenhändler, wird von dem Dinner begeistert sein.«

Plötzlich wurde Ellen übel, und alles verschwamm ihr vor den Augen. Sie schwankte und griff hilfesuchend nach Cuthberts Arm. Das Küchenmädchen starrte neugierig auf sie.

»Ich glaube, ich bin ein bißchen schwindlig«, stotterte Ellen. Cuthbert führte sie zu einem Küchensessel und betrachtete sie mit echter Sorge. »Einen Schluck Brandy, Mabel«, befahl er dem Mädchen. »Um den Magen einzurenken, Mrs. Porter. Sie lernen und arbeiten zuviel.«

»Aber ich bringe trotzdem nichts fertig«, murmelte Ellen. »Ich bin eine große Enttäuschung für Mr. Porter.«

Der Kammerdiener hob die Augenbrauen: »Sie sind ihm eine Freude, Madam, eine Freude. Ich kenne ihn genau, ich weiß, was er denkt.«

Ellen nahm den Brandy, den sie verabscheute, in ihre zitternde Hand und nippte daran. Aber er wärmte sie, und damit fühlte sie sich besser. Voll Sorge dachte sie an das kommende Kind. Würde es ihr nachgeraten? Reizlos und beschränkt sein? Wenn sie nur Jeremy nicht enttäuschte? Sie hoffte auf einen Sohn, der ihrem Gatten ähnlich wäre. »Sie sind sehr nett, Cuthbert«, murmelte sie und erhob sich mit wankenden Knien. »Aber jetzt muß ich meine Tante besuchen. Hat sie ihr Abendessen bekommen?«

»Ja, Mrs. Porter. Nur eine kleine Tasse Bouillon, dazu gekochten Fisch mit Kartoffeln und Salat sowie Käse, kalten Schinken und Tee und den Kümmelkuchen, den sie so gerne hat. Ein bescheidenes Mahl, aber ihr scheint es zuzusagen.«

»Danke, Cuthbert. Sie sind sehr aufmerksam.« Ellen verließ die Küche und seufzte. Mays Gesundheit machte ihr Sorgen, obwohl der Arzt, der die Tante wöchentlich besuchte, sie beruhigte: »Sie hat Schmerzen, das stimmt, aber das neue Medikament, das Aspirin, wirkt Wunder. Man darf die Klagen einer alten Frau nicht allzu ernst nehmen, sonst wird man selbst trübsinnig. Man kann ihr nur gut zureden.« Doch diese tröstenden Worte waren unweigerlich vergessen, wenn Ellen den winzigen Aufzug betrat, der sie in das vierte Geschoß zu May brachte. May hatte dort eine warme und gemütliche kleine Wohnung, mit einer Pflegerin Tag und Nacht, einem Kamin, in dem ständig das Feuer knisterte und einer hübschen Aussicht. Sogar einen Phonographen mit Wachswalzen gab es – durchwegs sentimentale Lieder, wie May sie so sehr liebte.

Als der knarrende Lift oben ankam, war Ellen wieder voll schlechten Gewissens. Sie hatte May durch ihre Heirat mit Jeremy so unglücklich, so unzufrieden gemacht. Nichts paßte ihr, sie beklagte sich ständig, fühlte sich entwurzelt, fehl am Platz; all ihr Leben war sie harte Arbeit und Sorgen gewöhnt gewesen, nun konnte sie sich im Wohlstand nicht zurechtfinden. In ihrer Klasse war sie auf ihre Weise eine wichtige Person gewesen, einfach deshalb, weil sie dazugehörte. Jetzt aber war sie kein bißchen wichtig, war nicht Fisch und nicht Fleisch. Die Erinnerung an das Haus von Mrs. Eccles war ihre einzige Freude. Oh, wäre Ellen vernünftig gewesen! Aber nein, sie hatte den Leichtsinn und die Unvernunft Marys geerbt; May war fest überzeugt, daß ihrer Nichte ebenfalls Schreckliches bevorstand, daß sie eines Tages aus der Höhe stürzen würde, die sie widerrechtlich erklommen hatte. Es war nicht »normal«, daß sich Ellen als »große Dame« in diesem herrschaftlichen Haus aufspielte. Mit Angst und Bangen, zugleich aber mit einer gewissen Schadenfreude, erwartete May die Stunde dieses Debakels, wo sie sagen konnte: »Was habe ich dir immer gepredigt, Ellen!« Daß ihre Nichte so sichtlich glücklich war, tat nichts zur Sache und beruhigte sie nicht, im Gegenteil, war ihr zuwider. Tagtäglich dachte sie schaudernd: »Vielleicht passiert es heute«, und wenn der Tag klaglos vorüberging, dann war sie noch unglücklicher und fürchtete den nächsten um so mehr. Manchmal hörte sie Jeremys Lachen, und sie fand, daß es höhnisch klang; sie hörte das Gemurmel der Gäste, die mit Ellen sprachen, und sie war überzeugt, daß sie sich über sie lustig machten. Ellen in dem großen Speisezimmer, in dem alles vor Silber und Kristall funkelte, mit den kostbaren Teppichen, mit Samt und Spitzen und dem riesigen Luster – unheimlich! May zitterte um Ellen. Aber wenn sie jammerte und die Zukunft in schwarzen Farben ausmalte, dann wollte Ellen sie nicht verstehen; sie war einfach vernagelt. Schließlich war sie jetzt achtzehn Jahre und eine Frau, sie mußte doch begreifen, was gespielt wurde? Ach, aber auch Mary war blind gewesen und hatte davon geträumt, eine Lady zu werden ...

Wenn Ellen in einem kostbaren Kleid von Worth bei ihr erschien, dann schalt sie: »Das paßt nicht für dich, das ist eine Maskerade. In solche Kleider muß man hineingeboren sein!« Und wenn sich Ellens Züge bei diesen Worten verschatteten, empfand sie kein Mitleid mit ihr, nein, sie war zufrieden: Je früher Ellen zur Vernunft kam, desto besser!

»Habt ihr gestritten, Mr. Jeremy und du?« fragte sie einmal. »Ich habe euch gestern abend gehört, er war sehr laut.«

»Er hat sich geärgert, Tante May, aber nicht über mich, sondern über eine Dame, die eine unpassende Bemerkung gemacht hat. Ich sähe wie ein Chorgirl aus, sagte sie zu einer andern, und Jeremy hat es zufällig aufgefangen.«

»Siehst du?« trumpfte May auf.

»Aber ihr Mann und die anderen Herren waren sehr nett. Man hat mich aufgefordert, Chopin zu spielen, und hat mir sehr applaudiert. Ich habe nicht einen einzigen kleinen Fehler gemacht.«

»Unlängst habe ich dich singen gehört und...«

»Tut mir leid, wenn ich dich gestört habe. Meine Stimme ist eben etwas laut. Früher hab' ich immer geglaubt, daß sie nicht schön ist, aber mein Lehrer lobt sie sehr. Die Pflegerin soll deine Türe fest schließen.«

May war nicht bewußt, daß sie ihre Nichte einfach zermürben wollte. Sie war fest überzeugt, daß sie ein gutes Werk tat, wenn sie Ellen auf die »unausweichliche Katastrophe« vorbereitete. Sie tadelte sie wegen ihrer »Prunksucht«. Diese kostbaren Kleider, der wertvolle Schmuck, die ganze Aufmachung waren unschicklich für eine Frau wie Ellen. Und noch schlimmer war es, daß sie eigenes Personal besaß, Cuthbert, eine Wirtschafterin und zwei Stubenmädchen. Und erst die Kutsche mit den zwei prachtvollen Rappen. Als Ellen einmal mit einem Zobelmantel bei ihr erschien, erschrak May zu Tode: »Geh sorgsam mit ihm um!« rief sie. »Man kann nie wissen. Davon können wir jahrelang leben!«

»Jeremy hat nicht die Absicht, in Konkurs zu gehen«, antwortete Ellen lächelnd, die niemals die wahren Motive dieser Mahnungen erkannte. Jeremy freilich begriff sie und ärgerte sich. Ellen erklärte ihm, daß es für May eben sehr schwer sei, sie könne sich nicht an diesen Luxus gewöhnen, er verwirre sie. »Wir müssen Geduld mit ihr haben, Liebster.« Auch Jeremy, der ein guter Menschenkenner war, wußte genau, daß es nicht Bosheit, sondern nur quälende Sorge um Ellens Zukunft war, die Mays Jeremiaden zugrunde lag. Manchmal redete er selbst ihr gut zu, aber das beruhigte sie nicht, im Gegenteil: »Er will mir Sand in die Augen streuen«, sagte sie sich verzweifelt. »Aber es soll ihm nicht gelingen!«

Als Ellen zu ihr hinaufkam, saß May in ihrem guten dunkelblauen Wollkleid zusammengekauert in dem kleinen Wohnzimmer. Früher hatte sie nie in der Bibel gelesen, jetzt aber lag das alte, kleine Buch aufgeschlagen auf ihren Knien; sie suchte nach passenden Stellen, vor allem über die »Töchter Jerusalems«, diese fröhlichen Dämchen – zwar verurteilt von den strengen Propheten –, die sich in Seide und Samt kleideten, sich mit Flitter behängten, mit Wohlgerüchen salbten und mit Schellen an den zarten Knöcheln durch die Straßen stolzierten. Ellen wunderte sich, daß sich die großmächtigen Propheten über Freude und Schönheit so erbosen konnten. Bestand denn ein gottgefälliges Leben darin, sich in Sack und Asche zu hüllen? Das konnte sie nicht recht glauben, denn war Gott nicht der Schöpfer alles Schönen und hatte Er nicht Moses befohlen, Seinen

Tempel zu schmücken und süße Schalmeientöne erklingen zu lassen? Hatte David nicht die Leier geschlagen? Und hatte Christus nicht von der Schönheit der Lilien auf dem Felde gesprochen? Die Puritaner dürften kaum recht haben mit ihrer Forderung nach stumpfem Grau, nach mürrischen Gesichtern und reizlosem Gehabe. Allerdings bedauerte Ellen diese unfrommen Zweifel sofort und kam sich schlecht vor. Häßlichkeit und Düsternis schienen tatsächlich die äußeren Zeichen der Heiligkeit zu sein.

Als sie Jeremy einmal ihre ketzerischen Überlegungen gestand, da lachte er und küßte sie und wies auf die Farbenpracht des Pfaus hin, auf die Eleganz des Schwans, auf die bunte Blütenfülle im Frühling und auf das jubelnde Rauschen der vom Eis befreiten Bäche und Flüsse. »Die ganze Schöpfung lacht und freut sich ihrer Schönheit«, sagte er ihr, »und genauso sollst du es halten, mein süßes, von Skrupeln geplagtes Mädchen«. Er sprach ihr von den himmelstrebenden Kathedralen Europas, den Kirchen des Herrn, vom Feuer der Edelsteine, der Herrlichkeit der Gebirge und den Farben des Meeres und des Himmels. »Hält deine Tante das alles für Teufelswerk?«

Seufzend fragte sie sich, welche Bibelstellen May heute für sie vorbereitet hatte. Der erste Tadel ließ nicht lange auf sich warten: »Diese helle Farbe ist zu jugendlich für eine verheiratete Frau von Achtzehn. Du solltest dich dunkler und dezenter kleiden.« Und dann: »Du siehst abgespannt aus. Ist etwas passiert?« Es klang fast hoffnungsvoll.

Ellen hatte ihrer Tante nicht verraten, daß sie guter Hoffnung war, sie wußte selbst nicht recht, warum. Aus Scham? Sie hatte das vage Gefühl, daß sich May nicht darüber freuen würde, so wie sie selbst sich nicht freute, denn sie konnte niemals die Tücke und die Bosheiten der Kinder vergessen, von denen sie einst verspottet und gequält worden war. Und stand nicht in der Bibel, daß der Mensch von Geburt aus schlecht war? Oft fragte sich Ellen unruhig, ob das Kind nicht zum Feind des eigenen Vaters werden konnte, wie so viele Kinder. Als ihr der Arzt, zu dem sie Jeremy gebracht hatte, diskret sagte, daß sie in anderen Umständen sei, war sie in Tränen ausgebrochen. In ihrer Unschuld hatte sie diese Möglichkeit gar nicht bedacht. Sowohl Jeremy wie der Arzt wunderten sich über ihre Reaktion; sie aber stammelte nur: »Ich hoffe ... ich hoffe ... daß es meinen Mann niemals kränken wird.« – »Sie sollten sich freuen«, erklärte der Doktor, und Jeremy nickte dazu. Sie aber, mit den Erfahrungen ihrer eigenen Kindheit, war nicht glücklich. Sie war so verzagt, daß sie sogar dachte: Wenn es Jeremy ein Leid antut, töte ich es.

»Ich fühle mich ganz wohl«, antwortete sie der Tante. »Und wie geht es dir heute, meine Liebe?«

Die Pflegerin, Miß Ember, eine stattliche Vierzigerin, sagte mit betonter Bonhomie: »Es geht uns sehr gut, Mrs. Porter. Wir haben ein feines Abendbrot gehabt und es sehr genossen.«

»Sie meinen, daß Sie es genossen haben«, sagte May, erschrak aber sofort, denn sie hielt die Pflegerin für ihre Vorgesetzte, und deshalb fügte sie entschuldigend hinzu: »Das habe ich nicht so gemeint, Ma'am. Das Abendessen hat mir gut geschmeckt, obwohl ich keinen Appetit hatte.« Mrs. Ember lächelte noch immer, aber sie ärgerte sich. May hatte schon so oft ihr Herz bei ihr ausgeschüttet, um sich trösten zu lassen; deshalb schaute sie insgeheim auch auf Ellen herab. Allzuoft hatte sie von May, die so verzweifelt nach Verständnis suchte, gehört, daß Ellen letzten Endes nur ein Dienstmädchen sei und es noch bereuen würde, aus ihrem Stand ausgebrochen zu sein. So kam es, daß Miß Ember es zuweilen an der nötigen Höflichkeit fehlen ließ. Auch heute erklärte sie hoheitsvoll: »Der Arzt und ich wissen genau, was Mrs. Watson guttut. Wir brauchen keinen Rat von Dritten.«

Vor Jeremy tat sie unterwürfig, aber hinter seinem Rücken klatschte sie im Kreis des Personals und hetzte es auf. Wäre nicht Cuthbert mit seiner strengen Disziplin gewesen, hätte im Haushalt nichts geklappt. Glücklicherweise kannte Cuthbert die Tücken der menschlichen Natur nur zu genau und auch Jeremy kannte sie.

Nach Mays üblichen Klagen über den zu erwartenden Lärm heute abend und über das Klavierspiel, mit dem sich Ellen vor den Gästen wichtig machte, stellte sie eine Frage: »Hat Mrs. Porter dich schon empfangen, Ellen?«

Leicht amüsiert versetzte Ellen: »Jeremy hat seine Mutter noch nicht empfangen, Tante May.«

»Schrecklich! Eine Sünde! Seine Mutter ...! Ehret Vater und Mutter, auf daß ihr ...«

Aber Ellen fiel ihr ins Wort: »Ich glaube, daß auch die Eltern ihre Kinder ehren sollen. Wenn es die Kinder verdienen, natürlich.« Und nachdenklich fügte sie sehr leise hinzu: »Aber die meisten Kinder verdienen es nicht ... was meinst du?« Dann aber, mit fester Stimme: »Jeremy meint, daß jetzt seine Mutter den zweiten Schritt machen muß, weil er den ersten getan hat.«

»Aber Mrs. Porter ist doch eine Persönlichkeit, Ellen, und du bist nichts! Du solltest dich aufraffen und sie um Verzeihung bitten.«

»Dafür, daß Jeremy mich liebt?« Ellens sonst so beherrschte Stimme klang gereizt.

»Du weißt genau, was ich meine«, antwortete May streng. »Dafür, daß du ihn gegen den Wunsch seiner Eltern geheiratet hast.«

»Jeremy braucht keinen elterlichen Segen und keine Erlaubnis.«

Ellen war plötzlich sehr müde. Sie atmete schwer, es war so heiß in dem kleinen Zimmer. Ein leichter Schwindel befiel sie, und Miß Ember bemerkte es sofort. Schau, schau, heute hast du etwas weniger tief in den Schminktopf gegriffen, dachte sie boshaft.

»Hoffentlich ziehst du dich abends unauffällig an«, seufzte May.

»Das schwarze Brokatkleid und die Diamanten. Jeremy wünscht es so.«

»Wie eine kleine Schauspielerin wirst du aussehen, Ellen! Warum nicht das hübsche braune Wollkleid mit einer Brosche?«

»Das würde Jeremy nicht gefallen.« Sie erhob sich mühsam und ging zur Türe.

»Ich hab' heute einen netten Brief von Mrs. Eccles bekommen!« rief ihr May noch schnell nach und zwinkerte vielsagend.

»Fein«, murmelte Ellen – und nichts weiter.

»Sie freut sich, daß sich Mr. Francis jetzt in New York niedergelassen hat.« Ellen schwieg. »Wären wir doch in Wheatfield geblieben!« hörte sie noch die klagende Stimme. »Dort gehören wir hin, wir waren zufrieden und haben unsere Arbeit geliebt. Und Mr. Francis hat sich um uns gekümmert ...«

Ellen fühlte sich plötzlich elend. Sie hatte Jeremy nicht erzählt, daß tags zuvor Francis überraschend zu Besuch gekommen war, denn sie wußte, daß er sich geärgert hätte. Das belastete ihr Gewissen. Und dabei war es Francis gewesen, der sie veranlaßt hatte, über seinen Besuch zu schweigen; er hatte sich so unruhig und geheimnisvoll benommen.

Während sie in ihre Räume im dritten Stock hinunterging, dachte sie noch über diesen Besuch nach. Ihre Zofe hatte ihr bereits das Abendkleid und den Schmuck zurechtgelegt. Draußen fiel der Schnee in dichten Flocken und der Wind rüttelte an den Fenstern. Ein Feuer brannte im schwarzen Marmorkamin, das Zimmer selbst war im französischen Stil eingerichtet, mit Spiegeln und weichen Teppichen. Für gewöhnlich erfreute sich Ellen an diesem Luxus, sie war froh und dankbar. Heute aber hatte sie keine Augen dafür.

Sie war gerade am Flügel gesessen, als Cuthbert mit Francis' Karte eintrat und sie ihr reichte. »Darf ich Sie ein paar Minuten stören, Ellen?« stand darauf gekritzelt. Im ersten Augenblick freute sie sich, daß er sie nicht vergessen hatte, gleich darauf aber befiel sie ein Unbehagen, weil sie wußte, wie wenig Jeremy seinen Vetter mochte. Aber würde er es Francis verargen, wenn er seinen ehemaligen Schützling aufsuchte? So bat Ellen den Butler, den Besuch in die Bibliothek zu führen und Sherry und Backwerk aufzuwarten, denn Francis verabscheute Whisky und trank nur Wein.

In ihrem Nachmittagskleid aus hellblauem Samt trat sie in die Bibliothek und streckte ihm schüchtern die Hände entgegen. In der schwachen Beleuchtung sah er abweisend und streng aus, als er sie steif begrüßte. Die Verbeugung war nur angedeutet. Aber die kleinen Augen hinter dem Zwicker musterten sie scharf, und das machte sie verlegen.

»Wie nett, mich aufzusuchen, Mr. Francis«, murmelte sie und zeigte auf einen Stuhl. »Ich freue mich, Sie zu sehen.«

»Ich freue mich ebenfalls«, antwortete er. Etwas wie Tadel klang in seiner Stimme. Sie hatte plötzlich das Gefühl, wieder das Hausmädchen der Porters zu sein, das sich etwas herausnahm. Befangen stand sie auf dem kostbaren Teppich und wußte nicht, was sie reden sollte, während Cuthbert diskret Sherry eingoß, Deckchen auflegte und kleine Biskuits in einer silbernen Schüssel brachte. Dann zog der Butler, der so viel sah und so viel begriff, einen Stuhl für Ellen zum Kamin. Sie setzte sich, kam sich aber fehl am Platz vor.

»Ich habe gehört, daß Sie jetzt in New York leben und hier Ihre Kanzlei eröffnet haben, Mr. Francis«, begann sie unsicher. »Das freut mich für Sie.«

Ich bin da, weil du da bist, dachte er, und weil ich über dich wachen muß. Er nippte an seinem Sherry. »Auch ich habe Ambitionen, Ellen«, sagte er.

»Zweifellos«, murmelte Ellen, »alle Männer sind ehrgeizig, nicht wahr?«

»Nicht jeder Ehrgeiz ist gesund«, antwortete er lebhaft, und sie begriff sofort, daß er Jeremy meinte. Das kränkte sie.

Nie hatte sie den Haß zwischen den beiden Vettern begriffen, nie geahnt, daß sie die Ursache war. Jeremy hatte längst erkannt, daß Francis in Ellen verliebt war, und sich innerlich darüber lustig gemacht, ja ergrimmt, denn er ärgerte sich, daß eine solche Jammergestalt, ein so verlogener Heuchler, es wagen konnte, auch nur die Augen zu Ellen zu erheben. Jeremy betrachtete diese Neigung als einen Schimpf und nicht als ein Kompliment für seine Frau.

Ellen empfand die Anwesenheit von Francis Porter plötzlich als ungut und wußte selbst nicht, warum. Mit Gewalt zwang sie sich, daran zu denken, wie besorgt er stets um sie gewesen war, um ihren Ärger über sein arrogantes Auftreten und die Herablassung, mit der er sie behandelte, zu unterdrücken. Warum schaut er mich so komisch an, so kritisch? Mehr und mehr kam sie sich als Eindringling in ihrem eigenen Haus vor, als frecher Eindringling, der sich den Zugang erschlichen hatte.

Francis merkte immer genau, welche Gefühle man ihm entgegenbrachte, und der sonderbare Blick Ellens reizte ihn. Er lächelte gönnerhaft: »Ich wollte nur sehen, ob alles in Ordnung ist und ob Sie sich wohl fühlen. Es tut mir leid, aber meine Tante ist sehr besorgt. Sie bekam unlängst einen Brief von Ihrer Tante, der sie etwas beunruhigte ...«

»Und warum?« fragte Ellen erstaunt.

»Nun, ich begehe da einen Vertrauensbruch, obwohl ich den Brief selbst gesehen habe. Ihre Tante glaubt, daß Sie Heimweh nach Wheatfield haben und nicht glücklich sind in New York. Sie schreibt auch, daß sie selbst Sehnsucht nach Wheatfield hat und gern zu meiner Tante zurück möchte.«

»Großer Gott!« rief Ellen, und jetzt ärgerte sie sich richtig. »So ein Unsinn! Was fällt meiner Tante ein! Sie hat hier die wunderbarste Betreuung, hat ihre eigene Krankenschwester und ihre eigene Wohnung. Was kann sie sonst noch verlangen?«

»Vielleicht hätte sie ein anderes Leben lieber.« – Und da Ellen ihn groß anschaute, fuhr er fort: »Sie muß sich in New York doch wirklich sehr fremd vorkommen. Kommen Sie sich nicht auch fremd vor, Ellen?«

Das Gespräch reizte sie allmählich, obwohl sie in ihrer Unschuld nicht recht wußte, was diese Herablassung bedeuten sollte. »Nein, Mr. Francis, ich liebe New York. Ich bin überaus glücklich hier, und ich habe den ganzen Tag zu tun, mit meinem Hauslehrer und mit dem Klavierprofessor, und Tanzen lerne ich auch, ja, und auch Singen.«

Er hob seine dünnen Augenbraunen und lächelte ironisch: »So, so. Und das macht Ihnen Vergnügen, Ellen?«

»Ich bin selig.« Sie mochte Sherry nicht, aber jetzt tat sie einen tiefen Schluck, um ihren Ärger hinunterzuspülen und dieser spöttischen Nachsicht zu entgehen. Warum soll ich so dumm dastehen? dachte sie.

»Sie sehen aber ein bißchen blaß, ja mitgenommen aus. Vielleicht kommen Sie zu wenig an die Luft?«

Mehr als in Wheatfield, dachte sie, aber sie sagte: »Ganz im Gegenteil, Mr. Francis. Fast jeden Tag fahre ich stundenlang aus, und dann besuche ich die Galerien, Museen, gehe in die Oper und in Konzerte – mit einer neuen Freundin, der Gattin eines Kollegen meines Mannes. Und Jeremy und ich dinieren häufig außer Haus und machen Besuche.«

»Eben, Sie scheinen etwas überanstrengt.« Wieder der herablassende Ton.

Sie konnte ihm nicht sagen, daß sie in anderen Umständen war, das wäre unschicklich gewesen. »Ich bin nicht im geringsten überanstrengt«, antwortete sie. »Aber schließlich bin ich kein Kind mehr, Mr. Francis, sondern über achtzehn.«

Jetzt war er ungehalten. Wie konnte sie zu ihm, einem Gentleman, in einem so frechen Ton sprechen, sie, ein ehemaliges Dienstmädchen? Das Benehmen der Parvenüs, die besser in ihrem eigenen Milieu geblieben wären! Seine Gedanken verwirrten sich: Einerseits wollte er sie schelten, andererseits hatte er wilde Lust, sie an sich zu ziehen, zu küssen und ihr zu gestehen, wie sehr er sie liebte. Der Gedanke, daß Jeremy Porter mit ihr schlafen durfte, bereitete ihm seelische und körperliche Pein. Er schloß die Augen, um dieses laszive Bild zu verscheuchen, und als er sie öffnete und sie so schön vor sich sah, lebendig und unendlich verführerisch, da veränderte sich sein Gesicht so schmerzhaft, daß Ellen erschrocken fragte: »Ist Ihnen nicht wohl, Mr. Francis?«

»Nein, nein, Ellen ... Ich bin nur um Sie besorgt. Schließlich standen Sie doch in gewisser Weise unter meiner Obhut in Wheatfield ... Ich wollte nur wissen, ob Sie zufrieden sind.« Er atmete schwer und hatte den irren Wunsch, sie zu berühren, zu entblößen, zu küssen.

Ellen lächelte zärtlich, denn sie dachte an Jeremy. »Ich bin sehr zufrieden, Mr. Francis, danke schön. Noch einen Sherry?«

»Danke, Ellen.« Es klang jetzt sehr gnädig, wie man zu einer Untergebenen spricht, die artig und dabei sehr hübsch ist. Zögernd fuhr er fort: »Ellen, ich möchte Sie gerne gelegentlich besuchen, am Nachmittag, unter vier Augen. Damit ich meine Tante auf dem laufenden halten kann.«

Ellen fragte geradeheraus: »Sie meinen, Mr. Francis, daß ich meinem Mann nichts von diesen Besuchen erzählen soll?«

Wenn Francis etwas haßte, dann war es Klarheit, Direktheit. Er fand das unpassend, ja primitiv. Dann fiel ihm ein, daß er mit diesem ungebildeten Wesen Geduld haben müsse. Hauslehrer und Professoren, haha! Lächerlich!

Mit frommem Augenaufschlag sagte er: »Sie wissen, Ellen, daß Jeremy und ich kaum Sympathie füreinander empfinden, obwohl wir Vettern sind. Er würde nicht begreifen, warum ich so besorgt um Sie bin. Er ist nicht gerade feinfühlend...«

Wieder mußte sich Ellen vorsagen, daß er früher gut, daß er der erste Fremde gewesen war, der eine persönliche Frage an sie gestellt hatte. Sonst...

»Ich habe vor Jeremy keine Geheimnisse«, erklärte sie, »anderseits will ich ihn auch nicht ärgern, obwohl ich nicht wüßte, warum ihn Ihre Aufmerksamkeit für mich so besonders reizen sollte. Vielleicht würde sie ihn sogar freuen. Wenn Sie es allerdings wünschen...«

»Jetzt wäre es nicht ratsam, Ellen, für Sie wenigstens nicht. Später vielleicht. Jeremy und ich treffen einander zuweilen im Gericht. Ich hoffe, wir werden uns mit der Zeit wieder besser vertragen.«

Ellen nickte, aber diesmal hatte sie wirklich ein schlechtes Gewissen. Liebe und Vertrauen... immer vergaß sie diese Forderung. Und Mr. Francis verdiente beides: ihre Liebe und ihr Vertrauen, ja. Francis, der ein fast weibliches Einfühlungsvermögen besaß, bemerkte, daß sich der Ausdruck ihres Gesichts änderte. Und schon hakte er ein: »Vergessen Sie nicht, meine Liebe, daß es nur meine Sorge und die Sorge meiner Tante ist, die mich hergeführt haben.«

»Gut, dann danke ich Ihnen herzlich. Erzählen Sie bitte Mrs. Eccles, daß es meiner Tante jetzt viel besser geht als in Wheatfield, daß sie sich pflegen kann und die meiste Zeit schmerzfrei ist, und daß ich selbst überaus glücklich bin. Tante May hat alle Betreuung, die man mit Geld bezahlen, und die Liebe schenken kann.« Wie sehr sich ihr Auftreten und ihre Redeweise in diesen letzten Monaten verändert hatten, wunderbar geradezu! Und das ärgerte ihn wieder, denn es stand ihr nicht zu.

Er erhob sich, und sie mit ihm, dankbar, daß er endlich ging. Sie reichte ihm die Hand, und dann konnte er nicht anders: Er drückte einen Abschiedskuß auf ihre weichen Lippen, und er glaubte die Besinnung zu verlieren. Seine Stimme klang heiser, als er sprach: »Guten Tag, Ellen, auf bald. Ich komme wieder, wenn Sie erlauben.«

»Bitte.« Ellen war bei seinem Kuß zurückgezuckt, aber dann schalt sie sich selbst: Wie ein älterer Bruder benahm er sich, es war doch rührend.

Er ging hinaus zu seiner Droschke. Die Straße war grau und glatt vom schmelzenden Schnee, und ihn fröstelte. Er haßte New York, die langen Straßen mit den gleichförmigen Backsteinhäusern waren ihm zuwider, sie schienen ihn feindlich anzustarren. Er fuhr in seine kleine, bescheidene Wohnung in der Zwanzigsten Straße, auch in einem Backsteinhaus, das kürzlich zur Verwunderung aller Nachbarn von einem Privathaus in ein »Wohnhotel für Herren« umgewandelt worden war. Jetzt, da er von Ellen kam und noch die Wärme ihrer Nähe zu fühlen glaubte, schien ihm die Rückkehr in seine unbelebten Räume noch trostloser als sonst. Er seufzte tief.

Cuthbert hatte draußen diskret gewartet. Er lächelte – ihm konnte man nichts vormachen. Als er in die Bibliothek trat, wo Ellen gerade vor dem Feuer stand, fragte er: »Etwas nicht in Ordnung, Madam?«

»Nein, nein, Cuthbert. Der Herr war ein Vetter von Mr. Jeremy.«

»Das habe ich mir gedacht. Aber sie sehen sich nicht sehr ähnlich, nicht wahr?«

»Nein, wirklich nicht«, sagte Ellen mit solcher Entschiedenheit, daß Cuthbert leise lächelte. Und nach einem Zögern: »Es sieht so aus, als ob ... Mr. Francis Porter und ... und mein Mann sich nicht allzu gut verstünden ...«

»Das habe ich vermutet. Sie wünschen nicht, daß ich diesen Besuch heute erwähne?«

Ellen errötete tief. »Genau das, Cuthbert«, flüsterte sie verlegen und lief schnell hinaus in ihr Zimmer.

An all das dachte sie, während sie sich für das Dinner umkleidete, das Jeremy und sie heute abend gaben. Walter Porter würde kommen, und das machte sie so froh, daß es die peinliche Erinnerung an Francis auslöschte. Sie hatte »Onkel Walter« sehr gerne – er bestand darauf, daß sie ihn so nannte – er sah sie stets liebevoll, ja bewundernd an, und sie wußte, daß sie sich voll auf ihn verlassen konnte.

»Madame ist sehr schön heute abend«, sagte Clarisse, die ihr das Samtkleid zuknöpfte, und sie mit Parfüm besprühte.

Ellen lachte: »Madame ist heute ein bißchen durcheinander, Clarisse.« Sie hörte Jeremys Schritte im Gang, er benützte selten den Aufzug, und sie lief ihm entgegen und warf sich in seine Arme: »Oh, mein Liebster, ich bin so glücklich, dich wiederzuhaben!«

»Nun, ich bin ja keine Ewigkeit weg gewesen«, antwortet er, drückte sie fest an sich und fuhr ihr mit den Lippen über das knisternde Haar. »Was haben wir denn, Kleine?«

»Ich muß doch selig sein, weil... weil... Gott so gut zu mir ist! Obwohl ich es so wenig verdiene!« Sie dachte an Wheatfield und erschauerte in der Erinnerung, preßte sich noch fester an ihn und blickte voll Innigkeit in sein dunkles Gesicht.

»Jetzt mußt du mich aber wirklich gehen lassen, Ellen!« lächelte er, ein bißchen verwundert über diesen stürmischen Ausbruch. »Onkel Walter wartet unten in der Bibliothek und trinkt meinen besten schottischen Whisky. Und ich muß mich noch umkleiden. Wie immer siehst du göttlich aus, und ich würde lieber mit dir ins Bett als hinunter zu unseren Gästen gehen.«

»Auch ich«, flüsterte sie ihm ins Ohr, und helle Röte stieg ihr in die Wangen.

XIII

Die nicht ganz junge Dame, die Ellens beste New Yorker Freundin war, hatte einen Anwalt aus Jeremys Kanzlei zum Gatten. Sie war lange in Jeremy verliebt gewesen, er hatte es bald bemerkt und als Gentleman diskret übersehen, wodurch er ihre Gefühle geschont zu haben glaubte. Er hoffte, daß in diesem Fall das Sprichwort »Schlimmer als der Teufel ist eine verschmähte Frau«, nicht gelten würde. Ihr Name war Mrs. Jochan Wilder, ihr Kosename Kitty. Obwohl Jeremy ein großer Damenfreund war, reizte ihn Kitty durchaus nicht, denn sie war wie eine dunkle Katze, immer lebhaft, immer in Bewegung, mit einem schmalen, sehr kleinen Gesicht und mit olivfarbenem Teint, stets weit aufgerissenen Achataugen und kräftigen, strahlendweißen Zähnen. Die Zähne paßten nicht in den winzigen Rahmen, und wenn Kitty lachte, schienen sie das ganze Gesicht von links nach rechts und — was noch schlimmer war — von oben nach unten auszufüllen. Selbst wenn sie ausnahmsweise schwieg, hatte sie etwas katzenhaft Lauerndes, eine Unruhe, als warte sie nur darauf, den anderen ins Wort zu fallen und in einen Redeschwall auszubrechen, so schrill, so wild, so ungestüm, daß es die Zuhörer verwirrte. Um die Zähne hervorzuheben, strich sie ihre dünnen Lippen grellrot an und schob beim Reden ihre bewegliche rosige Zunge dazwischen. Das hielt sie für unwiderstehlich.

Sie war kleingewachsen, kaum ein Meter sechzig, und so dünn, daß sie Brust und Hüften ausstopfen mußte. Ihre Hände waren noch dunkler als ihr Gesicht und in ständiger Bewegung. Wenn sie gerade nicht vor Lachen schrie — sie hielt sich für ungeheuer witzig und spritzig —, dann murmelte sie vor sich hin, während die anderen sprachen. Trotzdem tat sie sehr vornehm und konnte liebenswürdig sein und schnurren wie eine Katze, der sie so ähnelte. Sie war mit allen Wassern gewaschen: sie durchschaute die Menschen auf den ersten Blick und nützte sie aus, wo sie konnte, manchmal aus Berechnung, manchmal aus purer Bosheit.

Ellen, die zuweilen sogar ihrem scharfsinnigen Gatten mit ihren Neigungen Rätsel aufgab, fand Kitty faszinierend. Jeremy schüttelte den Kopf, Ellen aber verteidigte sie: »Sie ist sehr *soignée... distinguée...* wie Monsieur Penserres sagen würde. Sie hat Eleganz und Witz, und sie ist so liebenswürdig. Ich lerne viel von ihr, sie führt mich überall in New York herum und zeigt mir alles, was ich kennen muß, damit du...« Ellen zögerte, »du dich meiner Unwissenheit nicht zu schämen brauchst.«

Deiner gefährlichen Unschuld, mein Liebling, dachte Jeremy.

»Sie berät mich auch in Kleiderfragen«, fuhr Ellen fort. »Meine neuesten Kleider gefallen dir doch, nicht wahr? Kitty hat sie ausgesucht, besonders das graue aus Samt mit den kleinen gelben Topasen am Mieder, das du so gern hast, dazu Ohrgehänge, das Armband und die Halskette. Es gibt nichts, was Kitty nicht versteht, alles kennt, alles weiß sie. Ein unfehlbarer Geschmack, das mußt du zugeben! Ich wollte ein scharlachrotes Modell nehmen, aber sie warnte mich davor, wegen meines Haars. Sie hat auch Clarisse für mich aufgenommen, und Clarisse ist perfekt; ich selbst verstehe doch so wenig von Zofen. Unermüdlich hat sie mir geholfen. Warum sie das tut, weiß ich selbst nicht. Ich habe ihr ja kaum etwas zu bieten.«

Jeremy konnte sich die Sache einigermaßen erklären. Kitty Wilder war sehr reich, besaß eigenes Vermögen, und ihr Mann war fast ebenso wohlhabend. Aber Kitty war zerfressen von Ehrgeiz. Sie war unersättlich, niemals zufrieden, hielt immer Ausschau nach etwas Neuem, das sie noch nicht besaß, war maßlos in ihren Wünschen und Ansprüchen. Sie hatte keine Geduld für Menschen, die nur gewissenhaft ihre Pflicht erfüllten, bedächtig überlegten und den geraden Weg gingen. Sie hatte längst erkannt, daß auch Jeremy ehrgeizig war, daß er nach Macht strebte, nach Macht, die über dem Geld stand, daß er im Grund genauso ruhelos war wie sie. Allerdings war er von einer typisch männlichen Ruhelosigkeit, während die ihre die eines raubgierigen Katzenweibchens war. Als sie Jeremy fast zudringlich verfolgt hatte, war das nicht animalisches Verlangen gewesen, obwohl sie viel für Erotik übrig hatte und ihrem Gatten gegenüber recht anspruchsvoll in dieser Beziehung war, was Jochan verstimmte; seiner Meinung nach durfte eine Dame kein Vergnügen im Bett zeigen. Sie begehrte Jeremy, weil er das Zeug zu einem rücksichtslosen Führer in sich hatte, weil sie ihn für eine Herrennatur hielt, einen ganzen Mann auf allen Gebieten, der sich niemals befriedigt auf seinen Lorbeeren ausruhte, so wie sie sich niemals zufriedengab. Sie witterte den Geruch des Erfolgs bei Jeremy, und sie vergötterte den Erfolg.

Sie fand Ellen unmöglich und lachte heimlich über deren »bäurisches Auftreten und Plumpheit«, aber das verbarg sie sorgfältig und spielte die »gute Freundin«. Sie selbst war dreiunddreißig. Durch Ellens Vermittlung, so dachte sie, würde sie entweder Jeremys Gunst erringen, oder sie würde zumindest ihren Gatten an die Karriere dieses Erfolgsmenschen binden. Sie hätte beides gern gehabt, aber sich zur Not auch mit einem begnügt. Von Jeremys männlicher Kraft war sie hingerissen, schon der Klang seiner Stimme berauschte sie. Die Stimme ihres Gatten war etwas hoch, und er hatte eine peinliche Art zu kichern. Er war groß und mager, von sehr lichtem Teint – ein vollkommener Gentleman. Trotz ihrer Herkunft, ihrer guten Familie, ihres Geldes und der teuren Schulen, die sie besucht hatte, war Kitty keine Lady, ihre armen und anständigen Verwandten mit ihrem untadelig korrekten Lebenswandel, ihrer maßvollen Konversation und ihren ebenso maßvollen Gedanken, unterschieden sich gewaltig von ihr. Besitz imponierte Kitty Wilder nicht, obwohl sie die Annehmlichkeiten des Geldes sehr schätzte. Nur wenige durchschauten sie und erkannten ihre Hemmungslosigkeit auf allen Gebieten, doch ihr Gatte gehörte nicht dazu. Er fand Kitty vital und amüsant, obwohl ihre Sticheleien und die Witze, die sie über ihn machte, scharf wie Katzenkrallen waren. Er liebte sie, und wenn sie noch so bissig, noch so boshaft war. Er hielt das alles für überströmendes Temperament.

Daß sie eine intelligente Person war, leugnete nicht einmal Jeremy. Sie betätigte sich als Kunstmäzen und Opernfreundin; ihre Wohnung in einem Prachtbau der Fünften Avenue war mit erlesenem Geschmack eingerichtet, nirgends gab es auch nur eine Spur von Vulgarität; ihr Geist und ihr sicheres Urteil waren in der Stadt bekannt. Dankbar nahm sie zur Kenntnis, daß ihr keine Kinder geschenkt waren.

Ihre ergebenen Freunde – und die hatte sie massenhaft, wegen ihres Witzes, ihrer Lebendigkeit, ihrer Weltgewandtheit, ihrer Familie und ihres Vermögens – hielten sie für schön, in Jeremys Augen allerdings war sie eine der häßlichsten Frauen seiner Bekanntschaft, viel zu mager, nur Haut und Knochen, ohne jede weibliche Anmut.

»Keinen Augenblick kann sie stillsitzen«, tadelte er, »es macht mich nervös, wenn ich sie nur anschaue.« Worauf Ellen erwiderte: »Oh, Jeremy, sie steckt eben voll Leben, das ist alles. Sie ist nicht schwerfällig und träge wie ich.«

»Du bist so beruhigend, Liebste«, entgegnete er.

»Eben wie ein Federbett«, lachte Ellen.

Kitty freilich konnte nicht begreifen, warum Jeremy »diese Stalldirne, groß, ungelenk und reizlos«, geheiratet hatte. Sie erinnert mich an die Wäscherinnen, die bei meiner Mutter arbeiten, dachte sie. Sie riecht nach Seife, zumindest bildlich, nach frisch gemähtem Gras und gestärkten Kitteln. Kitty war ein Stadtmensch, sie machte sich nichts aus der Natur, dem einfachen Leben, der freien Luft, den langen goldenen Schatten auf den Wiesen bei Sonnenuntergang. Obwohl ihre Familie ein prächtiges Landhaus am Strand von Long Island besaß, mit einem Garten voller Blumen und Bäume, schätzte sie den Landaufenthalt nicht, gerade, daß sie im Sommer ein paar Tage draußen verbrachte. Sie fühlte sich in der Hitze

New Yorks restlos wohl, denn sie war überaus kälteempfindlich, und sogar der apfelduftende Herbst war ihr zuwider. Sie lachte fröhlich, wenn sie mit ihren Freunden darüber sprach: Flüchtet nur aus der heißen Stadt, wenn es euch Spaß macht! Sie fand keinen Ort der Welt schöner als New York zu jeder Jahreszeit, und sie freute sich, wenn der Sommer zu Ende ging und ihre Bekannten zurückkehrten. Sie wich allen Seen, Flüssen und dem Meer so weit als möglich aus, denn sie empfand eine katzenhafte Abneigung gegen das Wasser.

»Ihr Kopf ist zu groß für ihren Körper«, sagte Jeremy einmal zu seiner Frau, »und sie betont ihn durch einen riesigen Haarknoten.« »Sie hat das schönste schwarze Haar, Liebster«, entgegnete Ellen, »so glatt, so glänzend und immer tadellos frisiert. Der stärkste Wind zerrauft sie nicht.«

Jeremy versuchte nicht, die beiden so verschiedenen Frauen, die weltgewandte, geistreiche, und wie er annahm, bösartige Kitty, und Ellen zu entzweien. Denn es war ihm klar, daß Kitty seiner Frau eine Hilfe in der neuen Welt war, in der sie sich jetzt bewegte, daß sie ihr Selbstbewußtsein stärken konnte. Ihm selbst wollte das niemals gelingen, denn Ellen glaubte, daß alles Lob, alle Anerkennung, die er ihr zollte, nur seiner Liebe entsprangen. Wenn aber Kitty zuweilen so etwas wie Bewunderung vortäuschte, war Ellen selig und glaubte daran.

»Ich würde dir raten«, sagte Jeremy einmal, »etwas vorsichtiger im Umgang mit Menschen zu sein, Ellen. Lieben und Vertrauen ist ja recht schön, aber zuweilen ist es doch eine gefährliche Sache.«

»Kitty verdient mein Vertrauen«, antwortete Ellen entschieden. »Würde sie sich sonst mit mir befassen?« Jeremy lachte nicht über ihren Kinderglauben, wie er es noch wenig zuvor getan hätte, er blickte Ellen nur in leiser Unruhe an und überlegte, wie er sie durch Kodizille in seinem Testament noch besser schützen konnte.

Kitty war sorgfältig bemüht, niemals merken zu lassen, was sie tatsächlich von Ellen hielt, von diesem »Unglück für den armen Jeremy«. Ellen hatte ihr nichts aus ihrem Leben verschwiegen, was ihr Mann sehr bedauerte; niemals konnte er ihr beibringen, wie wenig wünschenswert es war, daß die New Yorker Gesellschaft ihre Herkunft erfuhr. Er versuchte es ihr möglichst schonend zu sagen: »Niemand, Liebling, interessiert sich wirklich für seine Mitmenschen, und ein bißchen Geheimnis um deine Person würde dich nur interessant machen.«

Ellens Reaktion entsprach allerdings nicht seiner Absicht: Sie war in ihrem empfindlichsten Punkt getroffen und brach in Tränen aus. »Ich weiß, du schämst dich meiner, das habe ich immer gefürchtet!«

Da hatte er sie angeschrien, zum erstenmal vielleicht, hatte sie bei den Schultern gepackt und geschüttelt: »Wie dumm du bist, wirklich! Ich versuche doch nur, dich vor der Gemeinheit der Welt zu schützen, vor der Grausamkeit. Die meisten Menschen sind grausam!« Aber sie hatte ihn nicht verstanden und noch mehr geweint. Es kostete ihn mehr als eine Nacht, sie davon zu überzeugen, daß er sie anbetete, daß er niemals eine andere Frau geheiratet hätte und daß sie die Freude seines Lebens war.

May hatte einen besseren Blick. Ellen hatte den Fehler begangen, Kitty einmal zu ihr hinaufzunehmen, und obwohl Kitty überschwenglich und sich übersprudelnd beteuert hatte, wie lieb sie Mays reizende und wunderbare Nichte gewonnen habe, war sie May unsympathisch gewesen. Sie traute ihr nicht über den Weg. Anderseits aber: Kitty »stellte etwas dar«, und deshalb hatte man ihr unterwürfig und mit Respekt zu begegnen. »Mrs. Wilder ist eine Lady; sie verrät zwar nicht, daß sie dich ablehnt, aber ich weiß es trotzdem. Ich spüre das genau. Sie hat ein Ziel, aber du bist es nicht, Ellen. Und wenn sie sich noch so natürlich benimmt, versteckt sie doch etwas vor dir, sie verheimlicht, was sie wirklich denkt. Alle feinen Leute tun das, aber du warst zu kurz im Dienst, um das zu erkennen. Eine Lady wie Mrs. Wilder ist nur nett zu unsereinem, wenn sie einen bestimmten Grund hat.«

»Um Himmels willen – was für ein Grund soll das sein?«

May schüttelte den Kopf: »Das weiß ich nicht... Aber sie will dir schaden, ich habe ein Gefühl dafür...«

Auch Mrs. Ember, die Krankenschwester, hatte »ein Gefühl«. Auch sie hatte sich durch Mrs. Wilder nicht täuschen lassen, obwohl sie erkannte, daß sie ein Dame vor sich hatte und sich deshalb sehr unterwürfig benahm. Sie wunderte sich, daß eine solche Dame von Welt an einem einfältigen Geschöpf wie Ellen Gefallen finden konnte; und weil sie ihre Erfahrungen hatte, meinte sie, daß Mr. Porter der »Anziehungspunkt« sei. Dabei verzog sie den Mund zu einem niederträchtigen Grinsen. Sie haßte die »Leute von Stand«, denen sie nach außen hin so devot und bescheiden diente.

Kitty klatschte nicht über Ellen und machte sich vor andern nicht über sie lustig. Dazu war sie zu klug, denn selbst die beste Freundin plauderte zuweilen etwas aus, nicht aus Bosheit, sondern einfach um des Spaßes willen. Ebenso wußte sie, daß Klatsch die unangenehme Eigenschaft hat, früher oder später dem verspotteten Objekt zu Ohren zu kommen, und das konnte verheerende Folgen nach sich ziehen. Wenn in Gesellschaft die Rede auf Ellen kam und man rätselte, woher sie eigentlich stammen mochte, lächelte Kitty wissend, zuckte aber nur die Schultern: »Nun, wer weiß? So manches Haus hat sein Geheimnis und manches Schloß hat sein Gespenst – um ein Sprichwort zu variieren!«

»Aber man möchte doch gerne Näheres von den Familien wissen, mit denen man verkehrt«, hatte einst eine Dame zu Kitty gesagt.

»Uns allen ist bekannt, daß sie von einer gottverlassenen kleinen Stadt in Pennsylvanien kommt, aus einem armen, aber anständigen Haus, angesehenen Leuten. Jeremy sagte mir, daß er sie gut kennt, und deutete sogar etwas von einem hochgestellten Vorfahren an.«

»Sie ist sehr achtungsvoll und besonders liebenswürdig gegenüber älteren Leuten«, stellte eine nicht mehr junge Dame fest. »Außerdem ist sie anmutig und natürlich, obwohl ich weiß, daß einige von euch jungen Frauen solche Eigenschaften nicht besonders schätzen. Ich bin eine Menschenkennerin. Ich spüre, daß Mrs. Porter einen starken Charakter besitzt, wenn sie auch schüchtern wirkt. Alles höchst geheimnisvoll.«

»Lassen wir's dabei«, sagte Kitty fröhlich, die nicht die Absicht hatte, Jeremy vor ihren Freunden herabzusetzen oder ihn zu verstimmen. Obwohl ihn wahrscheinlich die Meinung der Mitwelt völlig kalt läßt, dachte sie; er ist viel zu selbstbewußt und zu überlegen.

Jeremy schenkte ihr mehr Aufmerksamkeit, wenn sie mit Ellen zusammen war, und das genügte ihr vorderhand. Sie fühlte, daß sie in beiden Richtungen Fortschritte machte. In der Zwischenzeit wurde ihr Gatte immer träger und langweiliger, und wenn sie an seiner Seite lag, dachte sie an Jeremy, und ihr magerer Körper glühte.

»Was, du bist schwanger!« rief Kitty aus, als ihr Ellen verlegen etwas andeutete. »So ein Pech! Das ist ja schauderhaft! Jetzt, in der Hochsaison!«

»Schauderhaft?« wiederholte Ellen und all ihre Bedenken und ihre Furcht stürzten von neuem auf sie ein.

»Ja, du bist doch noch in den Flitterwochen. Wie alt bist du eigentlich, Liebes?«

»Achtzehn. Aber was ...?«

Achtzehn! Viel, viel mehr, mich kannst du nicht täuschen. Aber Typen wie sie lügen immer. Bilden sich ein, daß Jugend alles ist. Mindestens vierundzwanzig bist du, meine Liebe. Laut sagte sie: »Ich kenne einen ausgezeichneten, sehr diskreten Arzt; ich bin gerne bereit, deinetwegen mit ihm ein Wort zu reden.«

»Wozu, Kitty? Ich habe selbst einen sehr guten Arzt, einen Freund Jeremys. Ich bin völlig gesund, erklärte er ... Ich bin ... im vierten Monat.«

»Nicht zu spät!« rief Kitty rasch. »Kann alles noch erledigt werden.« Ihre flinken Augen glitzerten. Dann erst merkte sie, daß Ellen sie gänzlich mißverstanden hatte. Beschränkt und primitiv! Sie beugte sich vor und wisperte: »Ich meine, es kann beseitigt werden. Ich habe es mir dreimal nehmen lassen.«

Ellen blickte sie verständnislos an. Dann schoß ihr tiefe Röte in die Wangen, sie verbarg betroffen ihre Augen, obwohl sie es noch immer nicht im vollen Ausmaß begriffen hatte. »Das kann ich nicht«, stotterte sie und hätte im Boden versinken mögen vor Scham. »Jeremy wünscht es sich ...«

Kitty schaltete immer sehr schnell. Sie lachte und ihr Raubtiergebiß blinkte im Lampenlicht. »Aber du willst es nicht?«

»Ich ... ich kenne mich selbst nicht aus«, gestand Ellen. »Weißt du, ich fürchte mich vor Kindern, weil ich nie vergessen habe, wie sie sich seinerzeit mir gegenüber benommen haben. Sie waren alles eher als ›Engel‹, obwohl Mütter das meistens behaupten. Die Mehrzahl waren Teufel.«

»Dann tu, was ich dir vorschlage, Liebes.«

Ellen schüttelte den Kopf. »Jeremy würde es mir niemals verzeihen. Hat es dir dein Mann verziehen?«

»Ich hab's ihm nie erzählt.« Kitty wurde nachdenklich. Ein Kind mochte Jeremy fester an Ellen binden, ja, aber anderseits konnte auch genau das Gegenteil eintreten. Männer wie Jeremy taugen nicht zu sentimentalen Vätern. Sie finden kleine Kinder langweilig oder lästig und flüchten vor ihren stillenden Frauen, die das Kinderzimmer der Gesellschaft ihrer Gatten vorziehen. Ellen war durchaus der Typ eines solchen Muttertiers.

»Nun, vielleicht hast du recht«, gab sie scheinbar widerstrebend zu und tätschelte Ellens Hand. »Du wirst sicher eine wundervolle Mama.«

»Ich fühle mich nicht als Mama«, erwiderte Ellen. »Ich bin nur Jeremys Gattin, und das ist auch alles, was ich sein möchte.«

Hab nur erst einmal ein paar Bälger, und er wird nicht länger nur dein Gatte sein, dachte Kitty und lächelte befriedigt. Jochan, ihr Mann, schätzte Jeremy hoch, der junge Anwalt gefiel ihm gut, und er anerkannte seine Leistungen. Das war letzten Endes Kittys Verdienst, denn hatte sie nicht darauf bestanden, das Ehepaar Porter mindestens zweimal monatlich zum Essen einzuladen, was die entsprechenden Gegeneinladungen zur Folge hatte? Die Vier waren intime Freunde geworden. Man sprach davon, daß Jeremy für die nächste Amtsperiode in den Kongreß einziehen würde, sein Name hatte bereits guten Klang. Früher einmal hatte sie gehofft, auch Jochan würde politische Begabung und Ehrgeiz entwickeln, aber er besaß weder die Fähigkeiten noch die Durchschlagskraft noch das Auftreten Jeremy Porters. Er ging jedem Risiko aus dem Weg, er war die Vorsicht selbst – gewiß eine lobenswerte Eigenschaft für einen Anwalt, aber eine sehr verhängnisvolle für einen Politiker. Er hing mehr am Geld als Jeremy. Kitty, selbst eine Spielernatur, hatte vom ersten Tag an erkannt, daß Jeremy ein kühner Draufgänger war.

Aber ein erfolgreicher Politiker hatte stets auch gute Pöstchen und Ämter zu vergeben, und Kitty war fest entschlossen, ihrem Mann über Jeremy das eine oder andere zu verschaffen. Nach New York war Washington ihre große Liebe, wo ihr Vater Senator gewesen war. Die Familie hatte oft im Weißen Haus verkehrt.

Als der Frühling kam, konnte Ellen ihre Schwangerschaft auch in den losesten, flatterndsten Kleidern nicht mehr verbergen. Außerdem war sie überzeugt, daß Miß Ember ohnehin längst im Bilde war und voll Schadenfreude darauf wartete, was May zu dieser Neuigkeit sagen würde. Sicher hatte Ellen nur deshalb so lange geschwiegen, weil sie der Reaktion der Tante gewiß war.

Eines Tages erschien Ellen bei May und bat die Pflegerin schüchtern, für ein paar Augenblicke das Zimmer zu verlassen. Miß Ember verschwand, bezog aber prompt vor der Türe Horchposten. Sie vernahm, wie sich Ellen nach dem Befinden der Tante erkundigte, worauf wie immer ein umständliches Gejammer erfolgte. Dann sank Ellens Stimme zu einem unverständlichen Murmeln herab, und Mrs. Ember grinste boshaft, während sie das Ohr an die Türe preßte. Ein schriller, entsetzter Aufschrei Mays: »Nein, um Gottes willen! Ellen, wie konnte das geschehen?«

Ich könnte dir's erzählen, alte Hexe, dachte Miß Ember feixend, und sie spürte förmlich Ellens tödliche Verlegenheit und Hilflosigkeit.

Ellen saß mit ihrer Tante vor dem ewig brennenden Kamin, aber die Fenster waren offen, die frische Frühlingsluft und mit ihr der Straßenlärm drangen herein und die Vorhänge bewegten sich. Ellen sagte flehend: »Versteh doch, Tante, Eheleute haben meistens Kinder, nicht wahr? Und Jeremy ist so glücklich darüber. Ich begreife nicht, warum du verzweifelt bist.« Der Wind blies in ihr leuchtendes Haar, und eine Locke fiel ihr in die Wange. Ihr ängstlicher Blick hing an der Tante, die wie ein Häufchen Unglück in ihrem Stuhl hockte.

»Du glaubst wirklich, daß er glücklich ist?« greinte May und richtete sich zitternd auf. Ihre letzte Hoffnung war dahin, daß er Ellen wegschickte und sie nach Wheatfield zurückkehren konnten. Tränen liefen ihr über die eingefallenen Wangen. Ellen kniete neben ihr nieder, wie ein Kind, das um Verzeihung bittet, aber May stieß sie weg und verbarg ihr Gesicht in den Händen.

»Natürlich ist Jeremy glücklich.«

»Schämst du dich nicht, Ellen?« fragte May. Es waren die gleichen Worte, die sie vor Jahren zur leichtsinnigen Mary gesagt hatte.

»Müssen sich die Frauen denn schämen, Kinder zu bekommen?« fragte Ellen verständnislos.

»Ja, natürlich ... Sie wissen, wie es dazu gekommen ist ...«

Das Blut schoß Ellen in die Wangen, und sie lächelte. »Wir werden alle auf die gleiche Weise geboren, es gibt keinen Grund, sich zu schämen ...«

»Eine Dame schämt sich, aber du bist eben keine Dame!«

Ellen stand auf und musterte ihre Tante klaren Blickes: »Ich kenne drei Damen aus unserem Kreis, die in andern Umständen sind — keine von ihnen schämt sich. Sie sprechen darüber, auch mit mir. Sie gehen nicht mehr in Gesellschaft, natürlich, aber das tue ich auch nicht. Ich mache nur meine Abendspaziergänge mit Jeremy, wie es der Doktor wünscht.«

May, mit ihrem armen, verwirrten Gehirn, glaubte sich plötzlich um neunzehn Jahre zurückversetzt. Damals hatte Mary der Schwester ihre »Schande« gebeichtet. Und deshalb sprach sie nur zu Mary und nicht zu ihrer Nichte, als sie losjammerte: »Was sollen wir tun? Was können wir tun?«

Ellen schüttelte verwundert den Kopf: »Ich begreife dich nicht, Tante. Wir brauchen nichts zu tun.« Wollte May am Ende andeuten, was ihr Kitty geraten hatte? »Ich bin verheiratet, ich bin Jeremys Gattin. Es ist unser Kind, und ich bin glücklich, daß er sich darüber freut.«

»Kinder sind ein Fluch!« kreischte May. »Es ist entsetzlich, Kinder zu haben!«

Ellen wurde ganz blaß, die alte Angst stieg wieder in ihr auf, aber ihre Stimme blieb ruhig: »Jeremy ist anderer Meinung.« Ach, dachte sie, May versteht das alles nicht.

May verstand es wirklich nicht, aber in einem andern Sinn. Nicht Ellen, sondern die Schwester saß vor ihr, die Unglückliche, Verführte, und sie hatte nur den einen Wunsch, mit ihr zu fliehen. »Wir können nicht hier bleiben, man wirft uns hinaus!« jammerte sie. Und dann die plötzliche Erkenntnis und der klägliche Rückzug: »Wären wir nur bei Mrs. Eccles in Wheatfield geblieben, wären wir . . .«

Selbst Ellens Geduld ging einmal zu Ende. Der harte Kern, der so tief in ihrem Innern lag, kam zum Vorschein: »Ich glaube, du fühlst dich nicht wohl, Tante, ich werde Miß Ember rufen.« Sie erhob sich. »Und nun hör mich an. Ich bin die glücklichste Frau der Welt. Ich liebe Jeremy, meinen Gatten, über alles. Er ist mir, wie es in *Romeo und Julia* heißt, Herr, Geliebter und Freund. So sehr liebe ich ihn. Und ich weiß, daß auch er mich liebt. Warum hätte er mich sonst geheiratet? Niemand hat ihn dazu gezwungen. Er kam nach Wheatfield und befreite mich aus meinem Elend, meinem hoffnungslosen Dasein – er hat mir alle Seligkeit der Welt geschenkt. Ich habe dir niemals gestanden, wie sehr ich im Hause Eccles gelitten habe, wie trostlos meine Tage waren, wie aussichtslos mein Leben. Wenn ich Jeremy wegen nichts anderem liebte, dann dafür, daß er mich aus dieser Hölle herausgeholt hat.«

Mays schwacher Kopf faßte es nicht. »So kannst du über eine Lady sprechen, die uns ein Heim geschenkt hat?« wimmerte sie.

Zum erstenmal in ihrem Leben verurteilte Ellen einen Menschen: »Mrs. Eccles ist eine hassenswerte Person und kaum besser als Mrs. Porter.«

Hatte sie das über Jeremys Mutter sagen dürfen? Sie drehte sich schnell um und wollte hinausgehen. Aber May rief ihr nach: »Mrs. Porter! Wie wird sie es aufnehmen, daß du . . .«

Ellen stand sehr gerade. »Sie weiß es bereits«, sagte sie tonlos.

»Und . . .?«

»Sie war mit der Heirat nicht einverstanden, gewiß, aber jetzt hat sie Jeremy einen Brief geschrieben. Er hat ihn mir zwar nicht gezeigt, doch gesagt, daß sie sich auf einen Enkel freut.«

»Er hat dir den Brief nicht gezeigt! Wer weiß, was wirklich drin steht?«

»Das interessiert mich nicht im mindesten, Tante. Jeremy und ich haben einander, und bald werden wir eine Familie sein.«

Sie stand schon in der Türe, als ihr May nachrief: »Und hast du an die Schmerzen gedacht, an die Angst? Manche Frauen sterben, wenn sie ein Kind bekommen!«

»Ich habe nicht die Absicht zu sterben. Ich bin ganz gesund, wie der Doktor bestätigt, und brauche mich nicht zu ängstigen. Schmerzen? Gewiß, aber nichts ist mir zu schwer, wenn es Jeremy zuliebe geschieht. So, jetzt muß ich wirklich gehen. Wir haben Gäste heute abend. Versuch zu schlafen, Tante! Ich habe gewußt, daß es ein Schock für dich sein wird, weil du ja immer so besorgt um mich bist.«

Sie trat auf den Flur, Miß Ember hatte sich bereits in eine Ecke verzogen. »Ich glaube, meiner Tante geht es schlechter«, sagte Ellen ruhig, »geben Sie ihr heute ein stärkeres Mittel und ein sehr leichtes Abendessen, bitte.«

Sie wartete keine Entgegnung ab, sie hatte mit fester Stimme gesprochen. Auch das war etwas Neues an ihr. Ihre Knie waren schwach, die Auseinandersetzung mit May hatte sie ärger mitgenommen, als sie sich eingestehen wollte.

Unten empfing sie Cuthbert: »Mrs. Porter, Mr. Francis Porter wartet in der Bibliothek.«

Das paßte Ellen durchaus nicht. Sie ärgerte sich, sie hatte mit Cuthbert das Dinner besprechen wollen, eines der letzten, das sie vor ihrer Klausur gab. Sie hätte sich gerne verleugnen lassen, aber dazu war es zu spät.

»Gut«, antwortete sie seufzend. »Bitte bringen Sie Sherry und Backwerk in die Bibliothek, Cuthbert.«

Francis war seit einem Monat nicht bei ihr gewesen, und sie hatte gehofft, er würde nie mehr kommen, eine Regung, die sie selbst häßlich und undankbar fand. Übrigens wußte sie, daß Francis gerade von Jeremy in drei Klagefällen geschlagen worden war. Trotzdem trat sie lächelnd in die Bibliothek, allerdings nicht ganz so lächelnd wie sonst.

Francis stand neben dem Kamin, und sie streckte ihm, schüchtern wie immer, die Hand zur Begrüßung entgegen.

»Ich war verreist, liebe Ellen, deshalb habe ich Sie so lange nicht aufgesucht«, erklärte er, überzeugt, daß sie ihn vermißt hatte. Er sprach wieder in dem freundlich herablassenden Ton von früher, aber diesmal spürte sie es, und es ärgerte sie.

»Bitte, nehmen Sie Platz, Mr. Francis. Es wird frisch nach diesem schönen Tag, nicht wahr?«

Ihr selbstsicheres Auftreten gefiel ihm gar nicht. Es war ungehörig. Stirnrunzelnd wartete er, bis sie sich niedergesetzt hatte und nahm dann neben ihr Platz.

»Bin ich Ihnen abgegangen, Ellen?« fragte er.

Ellen maß ihn erstaunt. »Abgegangen?« Aber sie mußte höflich bleiben: »Ich hatte sehr viel zu tun, Mr. Francis. Die Zeit vergeht so schnell.«

»Besonders wenn man glücklich ist?« Es klang spitz und scharf.

»Ja«, nickte Ellen. Irgend etwas stimmte nicht, aber sie wußte nicht, was. Sie wünschte inbrünstig, daß er gehen möge, denn sie war zum Umfallen müde. Außerdem hatte sie Jeremy nichts von diesen Besuchen erzählt und sehr gehofft, auch nie etwas erzählen zu müssen.

Sie schaute zu, wie Cuthbert Sherry eingoß, und ihr Kopf schmerzte. »Ja, ich bin sehr glücklich. Und Sie, Mr. Francis? Wie ist es Ihnen gegangen?«

War es möglich, daß sie nichts von den drei Niederlagen wußte, die er diesem Berserker, ihrem Gatten, verdankte? Natürlich! Jeremy erzählte ihr sicher nichts von seiner Tätigkeit, sie hätte ohnehin nichts verstanden. Zwar ist sie eine erwachsene Frau, dachte Francis, aber nicht wirklich reif. Macht das einen Teil ihres Zaubers aus? Warum sehnte er sich nur so rasend nach ihr, warum?

»Danke, bei mir ist alles in Ordnung. Meine Tante sendet Grüße.«

»Sehr liebenswürdig, bitte überbringen Sie ihr auch meinen Gruß.«

Welche Redeweise! Was bildete sie sich ein! Hochfahrend, frech geradezu. Francis war ehrlich entrüstet.

»Ich habe unlängst in Preston Ihre Schwiegermutter getroffen«, fuhr er steif fort.

Ellen antwortete nicht, sie schien weit weg mit ihren Gedanken. Wie sie sich aufspielt ... als ob sie eine große Dame wäre ...! Da blickte sie ihn an und fragte ruhig: »Und wie geht es Jeremys Eltern?«

»Ganz gut«, erwiderte er mit freundlicher Strenge. »Sie kränken sich noch immer über Jeremys Inkonzilianz.« Er wiederholte: »Inkonzilianz. Wissen Sie, was das Wort bebedeutet, Ellen?«

Ellen mußte lächeln. »Ich habe ausgezeichnete Hauslehrer, Mr. Francis. Außerdem habe ich schon immer viel gelesen. Ja, denken Sie, ich weiß, was Inkonzilianz bedeutet. Aber Jeremy ist nicht inkonziliant. Er hat sich einige Male bemüht, seine Eltern zu versöhnen. Wenn sie auf Distanz bestehen, dann ist das ihre Sache, nicht wahr?«

»Er ist ihr einziges Kind, ihr einziger Sohn, und natürlich ...«

Es waren wohl ihre Kopfschmerzen schuld, daß sie schärfer als sonst fragte: »Und was, natürlich?«

»Sie haben sich schließlich eine Schwiegertochter aus Scranton erhofft.«

»Zuweilen wird man eben enttäuscht, Mr. Francis, nicht wahr? Das bleibt niemandem erspart.« Das tiefblaue Nachmittagskleid hob noch das Blau ihrer Augen, aus denen Funken sprühten.

Seine gewohnte Zurückhaltung schmolz plötzlich unter diesem Blick, und er platzte förmlich heraus: »Ihr Wohl ist mir immer am Herzen gelegen, Ellen, das wissen Sie doch.«

Sofort wies sie sich zurecht: Er meinte es so gut mit ihr und sie hatte häßlich zu ihm gesprochen. Deshalb lächelte sie: »Ja, Mr. Francis, das weiß ich, ich werde Ihnen immer dankbar dafür sein.«

Er hatte sie wieder dort, wo er sie wollte und war mit sich zufrieden. Sie beugte sich vor, um ihm die Schüssel mit Backwerk zu reichen, die Falten ihres Kleides verschoben sich, und nun sah er, was er nicht gewußt hatte. Er meinte, auf der Stelle ohnmächtig zu werden.

»Fehlt Ihnen etwas, Mr. Francis?«

»Nein, nein, Ellen«, brachte er mühsam heraus. »Nur ... nur ein bißchen überarbeitet ... es war ein ungewöhnlich warmer Tag ...« Schweißtropfen traten ihm auf die Stirn, er fühlte sich elend.

Ellen stand auf und machte das Fenster etwas weiter auf, dabei betrachtete sie ihn mitleidig. Sie kam ihm so nahe, daß er die Ausstrahlung ihres jungen Leibes spüren konnte, den Duft ihres Kölnischwassers, ihre Wärme, alle ihre sinnlichen Reize, die ihr selbst so gar nicht bewußt waren. Am liebsten hätte er seinen Kopf an ihrer Brust geborgen und geweint wie ein Kind. Er wollte ihr klarmachen, daß es ein Verbrechen war, was Jeremy ihr angetan hatte, er wollte ihr seine Liebe, seine Sehnsucht und seine Verzweiflung gestehen. Er zitterte vor Verlangen, ihr sein Herz auszuschütten.

»Danke, es geht mir schon viel besser«, stammelte er.

Sie schob ihren Stuhl näher zu ihm hin. »Ihr Herren arbeitet zuviel. Ich halte es Jeremy oft vor, ich bin sehr besorgt um ihn. Vielleicht brauchen Sie etwas Erholung. Wenn alles vorbei ist, das heißt, im Sommer, kaufen wir ein Haus in Long Island und verbringen dann die warme Jahreszeit dort. Ich freue mich riesig darauf.«

Ihm aber war, als hätte er etwas Unwiederbringliches verloren, etwas, das sein Leben ausmachte. Jetzt wußte er, daß er die ganze Zeit heimlich gehofft hatte, Jeremy – dieser Verführer – würde Ellens müde werden, und sie würde dann zu ihm flüchten, um sich trösten zu lassen.

Sie aber stand auf, um ein Glas Brandy zu holen. Das wird ihm guttun, dachte sie, er sieht elend aus. Sie ging an ihm vorbei und beugte sich teilnehmend über sein feuchtes Gesicht. Das war zuviel für Francis. Er schlang die Arme um sie, zog sie an sich und preßte seine Lippen auf ihren Mund. Sie erschrak zu Tode, wollte sich losmachen, aber er hielt sie eisern fest.

»Eine rührende Szene«, erklang Jeremys Stimme von der Schwelle her. »Wie lange dauert das schon, wenn ich, ein nichtswürdiger Ehegatte, die unverschämte Frage stellen darf?«

Ellen und Francis waren aufgefahren, beide starrten Jeremy an, der mit wutverzerrtem Gesicht und funkelnden Augen vor ihnen stand. Ellen trat zögernd zu ihm hin, er aber schob sie zur Seite, sein Blick lag nur auf seinem Vetter, der am ganzen Körper zitterte.

»Jeremy«, bat Ellen und nahm seinen Arm, »der arme Francis hat die Hitze nicht vertragen, und ich wollte ihm eine Erfrischung bringen ...« Nach einer Weile fuhr sie stockend fort: »Es tut mir so leid, ich hätte es dir längst gestehen sollen ... Mr. Francis hat mich ein paarmal besucht – er kennt mich doch schon so lange, er hat mich immer gut leiden können ...«

»Das bezweifle ich nicht im geringsten«, sagte Jeremy, ohne sie anzusehen.

Jetzt endlich begann auch Francis zu sprechen: »Es ist anders, als du glaubst, Jeremy.«

»Und was soll ich glauben, wenn ein fremder Kerl meine Frau belästigt?« Seine Stimme klang völlig verändert. Ellen war von diesem Ton mehr betroffen als von seinen Worten. »Ich hätte es dir erzählen sollen«, wiederholte sie, »aber ich wußte – ich glaubte –, daß ihr beide nicht gut zueinander steht, und Mr. Francis meinte ... «

Jetzt schaute er sie an, und es war ein schrecklicher Blick: »Was meinte Francis?« zischte er.

Sie preßte die Hände hilflos an ihre schmerzende Stirn. »Ich entsinne mich nicht des Wortlauts ...«, sie sah Francis bittend an, der dem Zusammenbruch nahe schien. »War es nicht so, Mr. Francis? Sie waren der Ansicht, daß ich Ihre Besuche verschweigen sollte, weil Sie sich mit Jeremy nicht recht vertragen und er sich vielleicht geärgert hätte. Nicht wahr? Ich hätte es meinem Mann von Anfang an erzählen sollen, Mr. Francis. Es ist ganz allein meine Schuld ...«

Jeremy sagte, und etwas Gefährliches schwang in seiner Stimme mit: »Es ist immer deine Schuld, nicht wahr, Ellen? Wenn die Menschen dich vorschieben, dich ausnützen und dich betrügen? Im gewissen Sinn glaube ich jetzt beinahe selbst, daß du recht hast. Nun, Francis, bist du auf den Mund gefallen?«

»Ellen hat die Wahrheit gesagt ...«

»Die Wahrheit und nichts als die Wahrheit, so wahr mir Gott helfe?« höhnte Jeremy.

»Du hast eine schmutzige Phantasie, weil du selbst ein schlechter Mensch bist«, wütete Francis. »Jetzt gehe ich. Ellen, ich werde Sie nie mehr mit meinen Besuchen belästigen. Ich wollte mich nur davon überzeugen, daß Sie glücklich – und in Sicherheit sind.«

»Natürlich«, stimmte die arme Ellen zu, die glaubte, jetzt sei alles geregelt und vorüber. Aber Jeremy stand kerzengerade mit geballten Fäusten da. Er rührte sich nicht. »Wenn du noch ein einziges Mal meiner Frau zu nahe kommst, erschlage ich dich. Verstehst du? Ich erschlage dich. Ich habe gesehen, wie du um sie herumgeschlichen bist, die ganze Zeit schon ...«

»Jeremy!« rief Ellen bestürzt, »was fällt dir ein!« Sie blickte von einem zum andern, und ihr wurde totenübel.

»Ich erschlage dich.«

In diesem Augenblick erschien der diskrete Cuthbert mit Francis' Mantel, Hut und Stock. Jeremy schaute beziehungsvoll auf den Stock, aber der Butler überreichte ihn würdevoll seinem Besitzer und half ihm in den Mantel. Ellen fiel in einen Stuhl, sie zitterte am ganzen Körper. Jeremy stand noch immer auf der Schwelle und versperrte den Ausgang. Cuthbert war es, der ihn geschickt zur Seite schob, so daß Francis vorüberkonnte, was er sehr schnell tat. Cuthbert führte ihn hinaus und verschwand.

Ellen war sehr blaß und schien zum erstenmal ungehalten. »Jeremy, du warst sehr grob zu Mr. Francis«, sagte sie vorwurfsvoll. »Bedenke doch, er kennt mich seit meiner Kindheit, er hat mich immer in Schutz genommen und nach Wheatfield gebracht, als deine Mutter mit der Polizei drohte. Er wollte nur wissen, wie es mir geht ... Du hast ihm seine Fürsorge schlecht gelohnt.«

Er schaute auf Ellen nieder und sein Blick wurde weich. Ihre Weltfremdheit, ihre Gutgläubigkeit waren ihm ein täglich neues Wunder. Sie durchschaute die Menschen nicht, und sie war so entsetzlich verletzbar. Trotzdem brachte er es nicht über sich, die Sache auf sich beruhen zu lassen.

»Ellen, hör mich an. Ich hab' dir immer wieder erzählt, was ich in meiner Praxis erlebe. Ich dachte, du wüßtest warum und würdest endlich daraus lernen, würdest erkennen, wie schlecht, wie furchtbar diese Welt ist und dich danach richten. Aber du hast nichts gelernt, du bist nicht vorsichtig geworden, und du schützt dich nicht. Ich rede ins Leere ...« Er streichelte sanft ihre Schultern.

»Jeremy«, flüsterte sie. »Es gibt mehr Gutes als Böses ...«

»Meinst du? Warum habe ich dir von mehreren praktischen Fällen berichtet? Damit du dich in dieser Welt zurechtfindest. Alles zu deinem Nutzen – es könnte ja schließlich sein, daß ich vor dir sterbe.«

»Dann möchte auch ich nicht mehr leben!« rief sie, und das Kind in ihrem Leib zuckte, als erschrecke es mit ihr.

»Liebes, du mußt das Leben kennen«, sagte er sehr zärtlich. »Du wirst nicht sterben, wenn ich nicht mehr bin. Du wirst Kinder haben. Aber lassen wir das. Hör mir gut zu, Liebste. Ich will dir etwas über die Leute erzählen, die wie mein lieber Vetter sind. Sie machen sich tückisch an ihre Mitmenschen heran, hinterlistig, aus einem einzigen Grund: um sie zu unterjochen und sie zu beherrschen. Bei dir hat er deine Dankbarkeit, deine Ergebenheit ins Spiel gebracht. Das ist eine ihrer schweren Waffen, aber sie haben noch andere. Ich habe gehofft, daß ich dich durch meine Mahnungen nicht nur vor Francis, sondern vor allen anderen Räubern bewahren kann, daß du auf der Hut sein wirst. Ja, vor den Räubern. Francis ist einer von der schlimmsten Sorte, er ist gemein und rücksichtslos, er geht über Leichen. Aber das verstehst du nicht.«

»Nicht ganz«, murmelte sie. Er drückte sie zärtlich an sich, und das genügte ihr. »Mr. Francis kann doch kein Räuber sein ... er ist gütig ...«

Jeremy ließ sie seufzend los: »Ich glaube, ich gebe es auf, Ellen. Du bist doch nicht dumm, du bist sogar eine sehr kluge Frau. Du verstehst etwas von Musik und Literatur und Philosophie, mehr als ich, denn du hast Intuition. Aber deine Intuition bezieht sich nicht auf die Menschen, nur auf abstrakte Dinge, und deshalb bist du nicht gerüstet. Ich möchte wirklich nicht, daß du eine zweite Kitty Wilder wirst, Gott behüte. Aber ein bißchen von ihrer Skepsis könntest du brauchen. Sie hat dir doch sicher auch angedeutet, was sich hinter den Kulissen abspielt?«

»Kitty ist sehr geistreich«, murmelte sie und spürte zum erstenmal einen Stich von Eifersucht in ihrem Herzen. »Aber wenn sie manchmal über die Leute herzieht, dann macht sie nur Spaß, sie ist nicht bösartig.«

»Guter Gott, es ist aussichtslos! Höre auf mich, Ellen, höre mir wirklich zu, wenn ich spreche. Und höre auch auf Kitty. Ich will nicht, daß du eine kalte Zynikerin wirst, aber ich will, daß du erkennst, wie die Welt wirklich ist, in der wir leben, daß wir alle von reißenden Wölfen mit tödlichen Fängen und scharfen Krallen umgeben sind. Sogar die Heiligen wußten das, aber es verbitterte sie nicht. Sie wandten sich deshalb nicht von den Menschen ab, es betrübte sie nur, wie ich gehört habe. Auch du, Ellen, magst nur betrübt sein. Aber wenn man das Böse klar erkennt, dann ist man dagegen gefeit. Die Unschuld braucht darunter nicht zu leiden. Was, zum Teufel, soll ich nur mit dir tun?«

Er seufzte und fuhr dann kopfschüttelnd fort: »Im Ernst, Ellen, du mußt mich verstehen. Vielleicht begreifst du es, wenn ich dir einen Fall erzähle, den ich heute erlebt habe. Eine sehr reiche Dame mit vier erwachsenen Kindern. Sie hat sie vom ersten Tag an geliebt und verwöhnt und dachte, daß die Kindern sie auch liebten. Sie ist dir in gewisser Weise ähnlich, wenn auch beträchtlich älter. Ihr Gatte ist vor sechs Monaten gestorben und hat ihr sein ganzes Vermögen hinterlassen. Weißt du, was ihre süßen Kinder getan haben? Sie haben sie ausgeraubt, jeden Penny haben sie ihr genommen in diesen kurzen sechs Monaten, die beiden Töchter, die beiden Söhne und die vier Schwiegerkinder dazu. Nun werfen sie die Mutter auch noch aus dem Haus. Sie hat geliebt, und sie hat vertraut. Hörst du mir zu?«

»Ja«, sagte Ellen. Sie dachte an das ungeborene Kind und was es Jeremy antun könnte, und ihre Lippen wurden weiß.

»Heute hat sie ein Freund, der sie sehr schätzt, zu mir gebracht. Sie war in Tränen aufgelöst, sie konnte es nicht fassen. Sie begreift einfach nicht, was ihr die vielgeliebten Kinder angetan haben, sie sucht verzweifelt nach Entschuldigungen, und dabei lagen die Beweise schwarz auf weiß auf meinem Tisch. Sie meinten es nicht böse, die Kinder, behauptete sie, bestimmt nicht. Ich war so empört, daß ich den Fall nicht annehmen wollte. Ich konnte mir vorstellen, wie sie vor dem Richter jammern und sich in Beteuerungen ergehen würde, um ihn davon zu überzeugen, daß alles nur ein Mißverständnis sei. Es blieb mir nichts anderes übrig, als ihr den Grundbuchsauszug zu zeigen und das ärztliche Attest ihrer Unzurechnungsfähigkeit, das die Kinder erwirkt hatten, um ungehindert über das Vermögen verfügen zu können. Sie wird in eine geschlossene Anstalt eingewiesen werden ... Nun, was hältst du von diesem Fall, diesen Kindern und der verblendeten Frau?«

Ellen zögerte – sie wollte ihn nicht enttäuschen. »Sie hätte ihnen anfangs nicht alles gewähren sollen ..., aber vielleicht haben sie das Geld dringend gebraucht ... Deshalb wäre es besser gewesen, sich mit jemandem zu beraten, zum Beispiel mit dem Freund, der sie zu dir gebracht hat.«

»Bravo!« lobte er. »Du machst Fortschritte ...«

»Aber ... eine Mutter liebt und vertraut eben ...«

Er fuhr wütend auf und ballte die Faust: »Wenn ich diese blödsinnige Phrase noch ein einziges Mal höre, mein Schatz, dann prügle ich dich. Ich prügle diese lästerliche Dummheit aus dir heraus.«

Sie lächelte. »Aber was hat das alles mit Mr. Francis zu tun?«

»Und wie es mit ihm zu tun hat! Ihre schweinischen Kinder appellierten nicht nur an ihre Liebe und ihr Vertrauen, sondern auch an ihr Mitgefühl – und wenn es einen Begriff gibt, der mir zuwider ist, dann ist es das Mitgefühl. Die Räuber machen es sich zunutze. Sie führen es immer groß im Mund, während sie einen Raubzug, einen Überfall oder einen Putsch vorbereiten. Merk dir das, Ellen!«

»Es wäre eine schreckliche Welt, wenn es keine Liebe, kein Vertrauen, kein Mitgefühl gäbe, Jeremy.«

»Es ist eine schreckliche Welt, auch wenn das mein schleimiger Herr Vetter bestreitet. Mit seinen vergifteten Worten will er die Menschen entwaffnen und den Unschuldigen einreden, daß er nur Nächstenliebe im Herzen trägt. Sie sind Herz, ganz Herz, diese Bastarde, und sie wünschen nichts als soziale Gerechtigkeit und Wohlergehen für die arbeitenden Massen – und was weiß ich noch alles. Ich glaube, das hab' ich dir schon tausendmal vorgesagt.«

»Ja, aber Mr. Francis kann nicht ganz so schlecht sein. Er hat sich wirklich um mich gekümmert, als ...«

»Laß ihn nur kommen und sich weiter kümmern, dann werde ich dafür sorgen, daß wir einen gefährlichen Burschen weniger auf der Welt haben«, knurrte Jeremy.

Cuthbert erschien auf der Schwelle: »Wenn Madam den Braten begutachten wollen?«

»Ja, natürlich, Cuthbert. Jeremy, es ist Zeit zum Ankleiden, nicht wahr? Ich gehe für einen Augenblick in die Küche.«

Jeremy schaute ihr nach, während sie hinausging, und er war voll böser Vorahnungen. Wer hatte Ellen diese Weltfremdheit eingeimpft, wer hatte ihr den Sinn verdreht? fragte er sich. Unschuld ist etwas Wundervolles, aber sie darf nicht in Narrheit ausarten. Die Heiligen waren unschuldig, doch keine Narren. Er hoffte, daß er Ellen eines Tages den Unterschied begreiflich machen konnte.

ZWEITER TEIL

Tatsächlich liegt das Kennzeichen und zugleich die Rechtfertigung der Aristokratie darin, daß sie jenseits der Verpflichtungen für die Masse und daher über ihren niedrigen Wünschen wie ihren ebenso niedrigen Aversionen steht.

H. L. Mencken

XIV

Am 4. Juli 1904 wurde Ellen Porters erstes Kind geboren, ein Sohn, der später den Namen Christian Watson Porter erhielt.

Der Tag war heiß und schwül, der Wind wirbelte den Staub auf und die Sonne brannte so unbarmherzig vom Himmel, daß ihr Licht sogar die Baumkronen der Fifth Avenue durchdrang und vor Jeremy Porters Haus tiefschwarze Schatten auf das glühende Pflaster warf.

Ellen hatte unruhig geschlafen und war schweißgebadet erwacht. Als sie sich des Datums besann, dachte sie daran, daß sie an einem 4. Juli Jeremy kennengelernt hatte und lächelte in seliger Erinnerung. Es war acht Uhr, und obwohl die Jalousien herabgelassen und die Vorhänge zugezogen waren, stahl sich die Sonne durch jede Ritze, durch jede kleinste Öffnung; sie lag in schmalen Streifen und zuckenden Kringeln auf dem Teppich, den Wänden, auf einer Stuhllehne, auf den hohen geschnitzten Bettpfosten. Die hellen Flecken störten sie, sie schloß die Augen und hinter ihren Lidern leuchtete es rot wie Blut. Auch als sie sich zur Seite drehte, konnte sie dem Licht nicht entkommen. Jeremy schlief, er wirkte müde und abgespannt, ja fast finster, doch als sie sein geliebtes Profil betrachtete, wurde ihr warm ums Herz trotz ihres Unbehagens. Sie streckte die Hand aus und berührte ganz leicht sein weißes Seidennachthemd, es war wie der zärtliche Hauch einer Libelle. Sie seufzte tief. Aus Furcht, Jeremy zu stören, wagte sie sich nicht zu rühren; Jeremy brauchte seinen Schlaf nach den anstrengenden heißen Tagen bei Gericht und in der Kanzlei. Das Haus in Long Island war schon gekauft, und Ellen dachte sehnsüchtig an die grauen, kühlen Wogen des Atlantiks, an die Brandung, die sich am Strand vor dem Haus brach, an den scharfen Seewind und die Bäume, die sich über dem frischen Grün der Wiesen im Wind bogen. Das Haus erwartete sie; in längstens einem Monat wollten sie übersiedeln.

Ellen tastete sich über das heiße Bettuch vor und legte ihre Hand auf Jeremys Arm. Das Kind sollte erst in etwa zwei Wochen kommen, aber sie fühlte sich gar nicht wohl. Sie stöhnte leise, trocknete ihr Gesicht und schob die Fülle ihres Haares, das schwer auf ihrem Nacken lag, zur Seite. Sie wollte aufstehen und sich in einen Stuhl setzen. Das Kind in ihrem Leib gab keine Ruhe, es stieß und drückte pausenlos. Sie liebte das Ungeborene, weil es von Jeremy kam, zugleich aber nagte eine unbestimmte Furcht an ihr, die mit der nahenden Geburt immer quälender wurde.

Jeremy hatte einmal gedankenlos gesagt: »Sonderbar, aber es ist bewiesen, daß die durchtriebensten Missetäter Kinder unter zehn Jahren sind; ihre Vergehen sind am schwierigsten aufzudecken.« Und ein andermal: »Was hat Salomo über Kinder gesagt? Daß der Mensch, und somit das Kind, von Geburt aus schlecht und böse ist. Das ist doch richtig, Ellen?«

»Es muß auch gute Kinder geben«, hatte sie entgegnet. »Kinder voll Liebe und Vertrauen, ohne Bösartigkeit.«

Nun, dieser Optimismus war heute vergessen. Die Angst peinigte sie, sie konnte sich ihr nicht entziehen. Wie würde sich Jeremys Kind entwickeln, was würde aus ihm werden? Die Welt könnte doch nicht bestehen, wenn es nur Bosheit und Gemeinheit gäbe, redete sie sich vor. Vielleicht waren nur einige wenige an den Kümmernissen der Erde schuld, Menschen, die nicht die Kraft zu Liebe und Vertrauen aufbrachten. Sie zwang sich, an das wunderbar stille und kühle Haus in Long Island zu denken, mit der schönen, säulengeschmückten Vorhalle, den weißen Schindeln, dem großen Garten und den weit offenen Fenstern, deren Vorhänge wie Flügel im frischen Wind flatterten. Einen Augenblick lang vergaß sie die Geräusche der Straße, das Rollen der Wagen, das Getrappel der Füße, die fröhlichen Stimmen der eiligen Passanten und die ersten Böllerschüsse, die zu Ehren des Festtags abgefeuert wurden. Die Uhr schlug halb neun. Heute brachte man ihnen das Frühstück erst um neun Uhr ans Bett. Die New Yorker standen am Nationalfeiertag nicht so zeitig auf wie die Leute in den Kleinstädten von Pennsylvanien.

Um zwölf Uhr gab es eine Parade in der Fifth Avenue. Ellen hatte noch nie eine solche Parade gesehen und Jeremy das Versprechen abgeschmeichelt, sie im Wagen hinzuführen. Jetzt schon hörte man Blasmusik aus der Ferne, Ellen sah in Gedanken die blitzenden Lichtkreise auf den blanken Trompeten, und sie wurde ganz aufgeregt.

Da aber überfiel sie die erste Wehe, ein spitzer, scharfer Schmerz im Rücken, ein zuckender Krampf im Leib. Sie erschrak. Wie eine Welle schwang die Wehe durch ihren Körper, stärker, schwächer und wieder stärker, und sie schloß die Augen. Der Schweiß brach ihr aus allen Poren und rann ihr übers Gesicht. Jetzt erst bemerkte sie, daß Jeremy aufgewacht war und sie, auf die Ellbogen gestützt, besorgt betrachtete.

»Es ist nichts, nur ein bißchen Übelkeit. Ist schon vorbei«, murmelte Ellen, nahm seine Hand und küßte sie. Er legte sich wieder zurück, zog sie an sich und küßte ihre feuchte Stirn und ihren Mund, hielt sie fest, und sie fühlte sich geborgen.

Cuthbert klopfte an die Tür, trat diskret ein, in der Haltung des vollkommenen Gentleman, wie immer. Er trug ein großes silbernes Tablett, das er auf einem Tischchen abstellte, und sagte: »Guten Morgen, Sir, Madam.« Dann breitete er eine Decke über den Tisch. Mit gemessenen Bewegungen ging er im Zimmer hin und her. »Heute ist es sehr heiß«, sagte er und vermied – wie stets – direkt zum Bett zu schauen, während er die Gedecke auflegte, Kaffee, geeiste Melone und Toast abstellte. Dann reichte er Jeremy den Morgenrock und half ihm hinein. Ellen wartete, bis er das Zimmer verlassen hatte, um sich dann schwerfällig zu erheben, Jeremy stützte sie. Sie kam sich noch plumper vor als sonst. Dann überfiel sie neuerlich der Schmerz. Aber sie war entschlossen, Jeremy nicht zu beunruhigen, denn an seinem freien Tag sollte er die seltene Gelegenheit eines gemütlichen Frühstücks genießen. Sie ging in das ganz in Gold und Marmor gehaltene Badezimmer und mußte sich schnell auf einen Hocker setzen. Sie rang nach Luft, Angstschweiß brach aus und ein Schauer lief ihr über den Körper. Es kostete sie übermenschliche Anstrengung, sich Gesicht und Hände zu waschen und dann lächelnd ins Schlafzimmer zurückzukehren.

»Stimmt was nicht, Ellen?« fragte er, als sie sich leise stöhnend in den Lehnstuhl fallen ließ.

»Alles in Ordnung«, antwortete sie. »Aber es ist so heiß. Und dann, es ist bald soweit ...«

»Erst in zwei Wochen. Soll ich trotzdem Doktor Lampert rufen?«

»Oh, er ist nicht in der Stadt. Erinnerst du dich nicht? Er wollte doch über den Feiertag und das Wochenende nach Boston fahren und seine Tochter besuchen. Und die beiden Kinderschwestern haben auch Urlaub genommen, sie sind in Newark. Jedermann ist überzeugt, daß unser Baby erst in vierzehn Tagen kommt.« Ellen zwang sich zum Lachen. »Komm, setz dich, Jeremy, und laß dir dein Frühstück schmecken. Diese Lammnieren duften köstlich.« Aber der Geruch der Speisen verursachte ihr plötzlich Übelkeit.

»Und die Wirtschafterin, Mrs. Frost, hat ihren freien Tag, ebenso eines der Stubenmädchen und deine verdammte Clarisse; niemand ist im Haus außer uns, Cuthbert, dem zweiten Stubenmädchen, deiner Tante und Miß Ember.«

»Sie haben so selten freie Tage, Jeremy«, sagte Ellen, »wir müssen einmal darüber sprechen. Sie verdienen mehr.« Dann wechselte sie das Thema und fügte mit erzwungener Munterkeit hinzu: »Du hast versprochen, mich um zwölf Uhr zur Parade auszuführen, Jeremy, vergiß es nicht!« Ihr wurde noch übler, es war ein dumpfes Gefühl, das ihren ganzen Körper erfaßte. Sie blickte auf den Teller, den Jeremy vor sie hingestellt hatte und mußte die Augen abwenden.

»Ich bin noch nicht ganz sicher wegen der Parade«, erklärte Jeremy. »Du siehst nicht gut aus.«

Er erwartete enttäuschten Protest und erschrak, als er nicht erfolgte.

»Nun ja, es ist sehr heiß«, sagte sie schließlich. »Es ist mein erster Sommer in New York, und hier ist es viel wärmer als in Wheatfield. Aber du mußt hingehen, Jeremy.«

»Ich habe schon eine Menge Paraden in New York gesehen«, antwortete er und griff nach der Morgenzeitung. Er runzelte die Stirn, als sein Blick auf die Schlagzeilen fiel. Präsident Roosevelt hatte anläßlich des Unabhängigkeitstages erklärt, daß es »unser Hauptanliegen sein müsse, die Kultur unserer Rasse, unsere Regierungsform, unseren angelsächsischen Geist über den ganzen Erdball auszubreiten ... Wenn möglich, durch Beispiel und Überredung, wenn nötig, mit Waffengewalt«. Idiot; weiß er nicht, wer ihn zu solch gefährlichem Unsinn inspiriert hat? Oder weiß er es doch? Jeremy dachte an die kurz zurückliegenden Ereignisse um den Panamakanal und an Roosevelts Anteil an der Sache und seine eitle Erwiderung, als man ihm dazu gratuliert hatte: »Es gibt Leute, die behaupten, ich hätte den Aufstand in Panama angezettelt. Nein, ich brauchte nur meinen Fuß zu heben ...« Jeremy dachte auch an das Entgelt, das Roosevelt Kolumbien für die immerwährende Besetzung des Kanalterritoriums angeboten hatte: 10 Millionen Dollar bar und einen Pachtzins von 150.000 Dollar für 300 Quadratmeilen. Als Kolumbien zögerte, hatte Roosevelt getobt: »Banditen, korruptes Gesindel, Erpresser! Wir werden ihnen eine Lektion erteilen!« Und an Staatssekretär John Hay hatte er geschrieben »Diese elenden Kreaturen in Bogotá!« und überlegt, amerikanische Truppen hinzuschicken und den Isthmus zu besetzen.

Aber sonderbarerweise war das nicht nötig gewesen. Ein zweifelhaftes Subjekt namens Bunau-Varilla hatte sich in das verworrene Netz von Verhandlungen und Drohungen eingeschaltet. Es gab auch einen William Nelson Cromwell, der die Rechte jener französischen Gesellschaft vertrat, die mit den Arbeiten am Kanal begonnen und sie dann abgebrochen hatte. Der Kongreß hatte den Bau des Kanals durch den heißen Dschungel genehmigt und den Franzosen ihre Rechte um 40 Millionen Dollar abgegolten. So mancher mochte sich fragen, warum die Franzosen und die Vereinigten Staaten die sehr einleuchtenden Rechte der kolumbianischen Regierung völlig mißachteten, auch wenn Frankreich ursprünglich das Gebiet für 260 Millionen Dollar gepachtet hatte.

Dann hatte, am 14. Oktober 1903, der geheimnisvolle Bunau-Varilla die Szene betreten und sich mit einer Anzahl von panamesischen »Sezessionisten« im Waldorf-Astoria getroffen. Dort wurde beschlossen, das Kanalgebiet von Kolumbien abzutrennen und eine eigene, unabhängige Republik daraus zu machen. So wurde der Staat Panama geboren. Die kolumbianische Regierung hatte klein beigegeben – nach kräftiger Bestechung durch die Vereinigten Staaten – und war abgezogen. Der neue Präsident Panamas hatte gejubelt: »Dank sei dem Präsidenten der Vereinigten Staaten! Lang lebe Präsident Roosevelt!«

Am 6. November anerkannte Staatssekretär Hay formell die »freie und unabhängige Republik Panama«. Eine Woche später unterzeichneten die beiden Länder einen Vertrag, mit dem den Vereinigten Staaten die Kanalzone »übergeben« wurde. Panama nahm 10 Millionen Dollar dafür. Die

Morgan-Company in New York bekam die 40 Millionen Dollar, die Amerika ursprünglich der französischen Gesellschaft angeboten hatte, aber wer letzten Endes das Geld wirklich einsteckte, blieb ungeklärt. Immerhin erfuhr man, der Vertreter der Französischen Kompagnie, der Anwalt William Nelson Cromwell, habe 800.000 Dollar bekommen.

Jeremy Porter hatte niemals bezweifelt, daß dieser Kanal nötig war, nicht allein für die Vereinigten Staaten, sondern für den gesamten internationalen Handel. Aber die Art, wie die Zone »erworben« wurde, erregte sein äußerstes Mißtrauen. Man hielt ihn zwar für rücksichtslos und einen Draufgänger, aber er verachtete die fragwürdige Wendigkeit, mit der agiert wurde, besonders da sie Arroganz, Gewalt, Drohung, Bestechung und Korruption in sich schloß und die praktische Besetzung eines Territoriums bewirkte, das weder den Vereinigten Staaten noch Frankreich gehörte. Roosevelt, so sagte Jeremy einmal, sei der wahre Bandit, nicht Kolumbien. Die Tatsache, daß sich die guten Beziehungen zwischen den Vereinigten Staaten und ganz Südamerika jäh verschlechterten und die Staaten des südlichen Subkontinents vom Norden abrückten, verursachte Roosevelt nicht die geringsten Bedenken oder Skrupel.

Während Jeremy an diesem 4. Juli seine Zeitung las, bemühte er sich, objektiv zu sein. Man mußte nicht alles der Scardo Society und dem Komitee für Auslandsstudien in die Schuhe schieben. Letzten Endes war die Kanalfrage nur ein kleiner Fisch, nicht wahr? Oder bedeutete sie, daß Amerika »den Weg zur Weltregierung«, von dem Roosevelt lobend gesprochen hatte, schon angetreten hatte? Wenn es so war, was steckte dahinter? Es lag nicht im Sinn der Scardo Society und des Komitees für Auslandsstudien, daß sich Amerika in natürlichem Wachstum zum Weltreich entwickelte – das hatte Jeremy seit langem erkannt. Die geheimnisvollen, mächtigen Dunkelmänner dachten an einen Umsturz, der ihnen die Weltregierung – zu ihrem eigenen Nutzen – verschaffte. Bildete der Panamakanal einen Teil der internationalen Verschwörung? Jeremy rieb nachdenklich sein Kinn. Er hatte keine gute Meinung von Roosevelt, doch er glaubte nicht, daß der Präsident direkt und wissentlich an dem Komplott beteiligt war. Auch der kleinste jener Verschwörer zeichnete sich durch extreme Wendigkeit und Scharfsinn aus, Eigenschaften, die man dem Präsidenten beim besten Willen nicht nachsagen konnte. Einen Mann wie ihn hätten sie kaum in ihre Reihen aufgenommen ... Außerdem war Roosevelt ein glühender Chauvinist, der seine patriotischen Ergüsse offensichtlich ernst meinte, das mußte ihm Jeremy trotz allen Mißtrauens zugestehen. Roosevelt liebte sein Vaterland mit unsäglichem Stolz und mit Leidenschaft. Nein, er war kein Mann für die Scardo Society oder für das Komitee.

Aber er war geschickten Einflüsterungen oder sogar Befehlen erlegen, die weder seine Vaterlandsliebe noch seine Einsatzbereitschaft für sein

Land verletzten. Da gab es doch zum Beispiel die Sache mit der »Befreiung« Kubas oder die knapp zurückliegende Eingliederung der Philippinen und Hawaiis. Nur ein einziger Gedanke konnte ihn dabei geleitet haben, nämlich die Vorstellung, aus Amerika ein imperialistisches und alles beherrschendes Reich zu schaffen, auch wenn die Staatsform der Republik erhalten blieb. Die Tatsache, daß Roosevelt persönlich kaum der »Verschwörung« angehörte, machte ihn nicht weniger gefährlich. Versponnene, wenn auch fähige Leute konnten dank ihrer Egozentrik und sogar dank ihrer Tugenden leicht manipuliert werden. Roosevelt war frei von Zynismus und Skepsis, deshalb mußte man um so mehr auf der Hut vor ihm sein. Fanatiker und Narren sind immer gefährlich.

Roosevelt kandidierte zur Wiederwahl in diesem November. Sein Gegner war ein Gentleman, was Roosevelt ganz entschieden nicht war, ein bescheidener Demokrat namens Alton B. Parker, von dem bekannt war, daß er schon erschauerte, wenn er den Namen des Präsidenten nur hörte. Die Demokraten besaßen einige sehr erfahrene, fähige Köpfe in ihren Reihen. Warum hatten sie einen Mann als Präsidentschaftskandidaten aufgestellt, der so leicht von dem kriegerischen, vitalen, redegewaltigen und alles eher als feinen Roosevelt geschlagen werden konnte?

Die überwältigende Mehrheit des amerikanischen Volks schien Roosevelt zu vergöttern. Glaubten die Demokraten, die konservative Partei Amerikas, wirklich, daß es ratsam sei, dem Volk einen zurückhaltenden, vorsichtigen und maßvollen Präsidenten anzubieten? Damit begingen sie einen tödlichen Fehler, denn Amerika war noch immer ein Land im Aufbruch, vital und aktiv wie Roosevelt selbst. Das mußte den demokratischen Politikern doch bekannt sein. War es möglich, daß man bei der Aufstellung dieses farblosen Kandidaten geschickt beeinflußt worden war, damit Roosevelt die Wahl glatt gewinnen konnte?

Jeremy hatte sich immer bemüht, Ellen von ihrer, wie er es nannte, »kindischen Sentimentalität und Verletzlichkeit« zu heilen, ohne daß sie dadurch zu einer kaltschnäuzigen Spötterin wurde, wie es Leute vom Schlage Kittys waren. Er hatte einige, wenn auch sehr wenige Frauen kennengelernt, die mit Eleganz und gutem Auftreten auch menschliche Güte verbanden, und das strebte er auch für seine Ellen an. Trotzdem hatte er das dunkle Gefühl, daß es gerade die reine Unschuld und die Gutgläubigkeit Ellens waren, die ihn so bezauberten, eine Unschuld, die allerdings mit natürlichem Verstand und Intuition verbunden war. Sie konnte trotz ihrer Verletzlichkeit und Weltfremdheit Kraft und Standhaftigkeit entwickeln, denn sie duldete weder Grausamkeit noch Falschheit noch Verrat und sie haßte die Lüge. Allerdings war sie gerade bei ihrer Freundin Kitty für diese Eigenschaften blind. Wahrscheinlich vermochte sie jene Menschen nicht zu durchschauen, die ihre Fehler und Laster durch Liebenswürdigkeit und freundliches Auftreten tarnten. Diese Unfähigkeit machte ihm Sorge.

Wenn er morgens Zeit hatte, so wie an diesem Feiertag, dann las er seine Zeitung mit Muße, ja, er las Ellen sogar einige Stellen vor und fragte sie nach ihrer Meinung. Immer wieder überraschte ihn ihr gesundes Urteil, selbst bei Materien, die ihr fremd sein mußten. So sagte er auch heute: »Ellen, lies einmal, was hier über unseren hochverehrten Herrn Präsidenten steht.«

Es fiel ihm nicht auf, daß sie bleich und mit zusammengepreßten Lippen im Stuhl lehnte, denn sie strahlte ihn an wie immer, wenn er mit ihr redet . Und wie immer dachte er: Man sollte nicht so lieben, wie sie mich liebt. Das ist gefährlich, ja, tödlich. Und sein Herz schwoll vor Zärtlichkeit und Sorge.

Sie schenkte ihm Kaffee nach, nahm die Zeitung in die Hände, die längst nicht mehr abgearbeitet und rauh, sondern fein und zart waren. Sie las die Worte des Präsidenten aufmerksam durch, runzelte die Stirn und legte dann das Blatt nachdenklich nieder. »Nun?« fragte er.

»Er ist nicht sehr klug, nicht wahr?«

»Das hat noch niemand behauptet, Ellen.«

»Er scheint zu vergessen, daß sein Volk nicht nur aus Angelsachsen besteht«, sagte sie. »Es setzt sich doch aus vielen Rassen zusammen, und alle gemeinsam haben Amerika zu einem starken und mächtigen Staat gemacht. Ich möchte wissen, was zum Beispiel die Polen, die Ungarn, die Juden, die Franzosen zu einem solchen Unsinn sagen?«

»Sie werden sich kaum darüber freuen«, antwortete Jeremy. »Hätten die Demokraten einen starken und umsichtigen Mann als Kandidaten aufgestellt, dann wäre, glaube ich, Teddy-Bär zu schlagen gewesen. Aber vielleicht wollten sie das gar nicht.«

»Das habe ich mir auch schon gedacht«, meinte Ellen seufzend. »Du hast mir von der Scardo Society und dem Komitee für Auslandsstudien erzählt – aber ich kann einfach nicht glauben, daß man dort solche Intrigen spinnt. Es wäre zu gemein.«

»Glaub es ruhig!«

»Was wollen sie denn eigentlich? Die Macht – wie du mir schon oft erklärt hast. Aber es muß doch noch etwas anderes dahinterstecken ...«

»Gewiß, Sie hassen das Menschengeschlecht.« Ellen schaute ihn erschrocken an und er streichelte zärtlich ihr Haar. »Aber dagegen kann ein Mädchen wie du nichts unternehmen.«

»Doch du versuchst etwas zu unternehmen, nicht wahr, Jeremy?« rief sie lebhaft.

Er wich ihr aus: »Was könnte ich tun? Nichts.«

»Das glaube ich nicht, Liebster.«

Er wurde ernst: »Hoffentlich hast du niemals zu Kitty und ihren Freundinnen über die Dinge gesprochen, die ich dir erzählt habe. Von meiner Arbeit, und was du darüber denkst? Das wäre mir sehr peinlich.«

Ellen lächelte: »Liebster, unsere Gespräche gehen niemanden etwas an, nur dich und mich. Außerdem glaube ich, daß die meisten dieser Damen mich für viel zu dumm halten, um ernsthaft solche Dinge mit mir zu besprechen.« Ihr Lächeln vertiefte sich. »Vielleicht haben sie recht.«

»Ich bin draufgekommen, daß vorgetäuschte Beschränktheit ein sehr guter Selbstschutz sein kann, ein Schild gegen die verdammte Welt. Einer der gescheitesten und gebildetsten Männer, die ich kenne, gibt sich oft für dumm aus. Erstaunlich, was er erfährt und hört, wenn er einfach die andern reden läßt und nur dann und wann ein ›Ah‹ oder ›Oh‹ einflicht.«

Ellen zuckte die Schultern. »Ich höre nicht viel, nur Tratsch und Geplapper über Mode, Dienstboten und Dinners, und mitunter etwas über diese modernen Frauen, die Suffragetten. Ich glaube, das Geschwätz geht auch Kitty zuweilen auf die Nerven, und dann wechselt sie das Thema. Sie ist eine eifrige Leserin der Zeitschrift *Everybody*, und vor kurzem erst hat sie erklärt: ›Wir müssen die arbeitenden Frauen hochschätzen, die sich selbst erhalten und sich nicht erhalten lassen. Warum soll eine verheiratete Frau nicht arbeiten, wenn sie dazu Lust hat und es auch kann?‹ «

»Und was sagten die Damen dazu?«

Ellen lachte: »Sie waren entsetzt.«

»Darauf hätte ich schwören können, bei dieser unnützen, verwöhnten Sippschaft. Beteiligst du dich auch an solchen Gesprächen?«

»Manchmal. Nicht daß sie mir zuhörten.«

Cuthbert kam herein, um das Frühstückstablett zu holen, gefolgt von einem mürrischen Stubenmädchen, das sich ärgerte, an diesem Feiertag arbeiten zu müssen. Verdrossen bereitete sie Ellens Bad, dann ging sie in das Zimmer zurück, um das Bett zu machen und flüchtig abzustauben. Cuthbert wollte hinausgehen, da aber fiel sein Blick auf Ellen. »Fehlt Ihnen etwas, Mrs. Porter?« fragte er.

Jetzt bemerkte auch Jeremy, daß seine Frau weiß wie die Wand geworden war und ihr dicke Schweißtropfen auf der Stirn standen. Er sprang erschrocken auf: »Was ist, Ellen? Sprich!«

Aber Ellen konnte plötzlich nicht sprechen, denn ein wütender Schmerz tobte in ihren Eingeweiden. Cuthbert übergab dem Stubenmädchen das Tablett und schickte es hinaus.

»Ich glaube, es ist soweit, Mr. Porter«, sagte er.

Jeremy beugte sich über sie und sah den Schleier über ihren Augen. Draußen ging es lebhaft und laut zu, die Truppen zogen mit klingendem Spiel unter den Jubelrufen der Menge durch die Fifth Avenue, und die Marschmusik hallte in der schwülen Luft des Schlafzimmers wider. Ellens Lippen bewegten sich, aber der Lärm verschluckte ihre Worte. Flehend blickte sie Jeremy an.

»Helfen Sie mir, Cuthbert«, rief er, und die beiden Männer hoben Ellen auf und trugen sie in ihr Bett. »Verdammt, verdammt«, murmelte Jeremy. »Lampert ist nicht in der Stadt und die beiden Pflegerinnen auch nicht. Wir sind allein im Haus, mit einem einzigen Mädchen.«

Er war ganz verstört, es kam selten vor, daß er sich hilflos fühlte, aber jetzt wußte er nicht aus noch ein. In tödlicher Angst schob er einen Stuhl zum Bett: »Hast du arge Schmerzen, Ellen, Liebste?«

Sie zwang sich zu einem Lächeln. »Nur ein bißchen. Bitte mach dir keine Sorgen, Jerry.«

Cuthbert fragte aufgeregt: »Kennen Sie noch einen andern Arzt als Dr. Lampert, Mr. Porter?«

»Den alten Doktor Parsons, aber der kann ja selbst kaum kriechen vor Rheuma und Arthritis. Ja, dann der Doktor ... Nein, der ist vor einer Woche nach Long Island zum Segeln gefahren. Es ist zu dumm, unter meinen Freunden sind eigentlich keine Ärzte.«

»Was wäre mit Miß Ember, der Pflegerin von Mrs. Watson?« erinnerte Cuthbert zögernd. Er mochte Miß Ember nicht, mit ihrer massigen Größe, dem Raubvogelgesicht, den kleinen kalten Augen, und ihrer Wichtigtuerei: »Ich könnte Ihnen allerhand Geschichten erzählen, aber ich darf es nicht, Berufsgeheimnis, Sie verstehen ...!«

Als Ellen Miß Embers Namen hörte, erschrak sie. »Bitte, bitte, nicht!« murmelte sie mit weit aufgerissenen Augen.

»Warum nicht? Sie ist besser als nichts, Ellen.«

Aber aus der Tiefe ihres unerträglichen Schmerzes stieg eine Furcht auf, die Ellen selbst nicht begriff. Es war ein Gefühl, dem sie mit Vernunft nicht beikommen konnte. »Nein, nein, nicht Miß Ember ...«, flehte sie kaum hörbar. »Ich will sie nicht hier haben, nicht in meinem Zimmer ...«

»Das ist verrückt«, sagte Jeremy, und es sollte streng klingen. »Sie ist geprüfte Krankenschwester. Sicher hat sie schon bei vielen Geburten assistiert.« Aber Ellen schüttelte mühsam den Kopf und preßte Jeremys Hand: »Bitte«, wimmerte sie, »bitte ...«

In seiner Not griff Jeremy nach einem Strohhalm. Kitty fiel ihm ein. »Deine Freundin Kitty muß doch einen Arzt kennen.« Er ersuchte Cuthbert, Kitty anzurufen, und der alte Mann rannte geradezu aus dem Zimmer und durch die langen Gänge zum Telefon.

Inzwischen wühlte der Schmerz wie mit scharfen Messern in Ellens Leib, sie ließ Jeremys Hände nicht los. Ihre Fingernägel gruben sich in sein Fleisch, sie ächzte und stöhnte. Jeremy lief ins Nebenzimmer und holte ein feuchtes Tuch, mit dem er ihr sanft die Stirn kühlte. Die Musik unten spielte Sousas dröhnendsten Marsch, und es war Jeremy, als zitterten die Wände von dem ohrenbetäubenden Lärm der Trompeten und Trommeln. Böller explodierten, der Geruch nach Schießpulver drang bis ins Krankenzimmer hinauf.

Cuthbert kam zurück: »Mrs. Wilder ist sehr besorgt, Mr. Porter. Sie wird sofort die Ärzte anrufen, die sie kennt, und dann gleich herkommen.« Zögernd fügte er hinzu: »Sollte man nicht ein Spital in Betracht ziehen, in diesem Notfall...«

»Großer Gott, nein!« fuhr Jeremy auf. »In eine solche Pestgrube für arme Leute...«

»Es gibt bereits Spitäler mit ausgezeichnetem Ruf, Sir. Mehr und mehr Leute lassen sich dort behandeln.«

»Nicht meine Frau«, erklärte Jeremy schroff. »Es ist keine Operation nötig, es gibt keine Komplikationen. Vielleicht ist es überhaupt nur ein falscher Alarm. Ich lasse niemals zu, daß sie sich eine Infektion holt.«

Trotz seiner Angst ärgerte er sich wütend über Ellen, daß sie nichts von Miß Ember wissen wollte. Das Frauenzimmer war ihm zwar nicht sympathisch, aber immerhin war sie eine Fachkraft.

Plötzlich wurde Ellen ruhiger und sank mit einem tiefen Seufzer in die Kissen zurück. Sie schloß die Augen und verfiel in eine Art Betäubung, aber der Schweiß rann ihr übers Gesicht. Jeremy beobachtete sie. Cuthbert an der Tür war vielleicht noch aufgeregter als sein Herr. Mrs. Porters Aussehen, ihre plötzliche Lethargie gefielen ihm nicht.

Jeremy war dankbar, daß Ellen schlief, wenn auch nur für eine Weile. Vielleicht handelte es sich wirklich um falsche Wehen. Dr. Lampert hatte ihm erklärt, daß solche Zustände besonders bei einem ersten Kind vorkommen können. Es lag kein Grund zu ernster Besorgnis vor..., die Zeit war noch nicht da.

Eine halbe Stunde verging, und Ellen schlief noch immer, wenn auch unruhig. Ein Tropfen Blut stand ihr im Mundwinkel; er wagte nicht, ihn wegzuwischen, um sie nicht aufzuwecken. Er saß an ihrem Bett und hörte nichts von dem Straßenlärm, denn seine ganze Aufmerksamkeit war auf Ellen gerichtet. Er hörte auch nicht die Türglocke, aber Cuthbert lief schnell hinaus. Er kam mit Kitty zurück, die ernst und gemessen, doch sehr schick, in einem schmalen lila Seidenkleid und einem Strohhut mit lila und rosa Blüten, eintrat. Ihre großen Zähne glitzerten hinter dem feinen Schleier, obwohl sie nicht lächelte. Sie ging auf Zehenspitzen zum Bett, legte ihre Hand auf Jeremys Schulter und blickte zu Ellen hinab, wobei sie abfällig den Mund verzog. »Hat die arme Kleine starke Schmerzen?« fragte sie flüsternd.

»Jetzt gerade nicht«, gab er leise zurück. »Haben Sie einen Arzt aufgetrieben?«

Ihre Stimme klang sehr bekümmert: »Leider nein. Ich habe meine Dienstboten kreuz und quer durch die Stadt geschickt und habe selbst ein paar Ärzte angerufen, aber alle sind heute außer Haus oder nicht vom Fach. Manche haben gar kein echtes Diplom, sind Kurpfuscher – ich möchte ihnen nicht einmal meine Katzen anvertrauen.«

Tatsächlich hatte sie nur einen einzigen Arzt angerufen, und bis zu ihrem Lebensende konnte sie sich nicht erklären, warum sie es nicht doch auch bei anderen versucht hatte. Sie dachte darüber nach, nicht aus Scham oder Bedauern, sondern aus reiner Neugier. Sie wußte nur, daß an diesem Morgen eine jähe Hoffnung in ihr aufgeschossen war, der sie selbst nicht wagte, einen Namen zu geben, und daß sie dann am Bett der Schlummernden einen so abgrundtiefen Haß, einen solchen Abscheu empfunden hatte, daß es sie selbst erschreckte. Dabei war ihr, als beobachte sie jemand und durchschaue sie, und als sie sich umdrehte, da begegnete sie dem geraden Blick Cuthberts, der auf Posten unter der Türe stand. Dieser Blick war so sonderbar, daß er sie einschüchterte, obwohl sie sich doch sonst niemals und von niemandem einschüchtern ließ.

»Was, zum Teufel, sollen wir tun, wenn es doch die richtigen Wehen sind?« knurrte Jeremy. Kitty verstärkte den Druck ihrer Hand auf seiner Schulter und strich dann leicht darüber hin.

»Nun, ich bin kein Geburtshelfer, Jeremy. Aber ihr habt doch die Pflegerin von Ellens Tante im Haus?«

»Ellen will sie durchaus nicht zu sich lassen, sie hat mich deshalb angefleht. Möchte wissen, warum.«

Dabei schaute er Kitty scharf an, ihre Augen aber wichen ihm flink aus. »Dumm von Ellen«, murmelte sie. »Oft hat sie mir erzählt, wie gut Miß Ember ihre Tante betreut und wie tüchtig sie ist. Frauen in diesem Zustand wissen wahrscheinlich gar nicht, was sie reden.«

Angewidert beobachtete sie Ellens rotes, schweißnasses Gesicht. Wie derb, wie häßlich! Wie konnte Jeremy nur auf eine solche Person hereinfallen! Wenn ... etwas geschähe ... dann wäre er sie los ...

Jeremy saß unbeweglich am Bett seiner Frau und beugte sich über sie, als ob seine ganze Welt dort läge und es nichts anderes gäbe als sie. Kitty sah seinen Blick, und ihr Gesicht verzerrte sich; sie war rasend vor Eifersucht und Kränkung. Sie zog die weißen Handschuhe aus, legte sie mit dem Hut auf den Tisch. Sie wußte nicht, warum sie zitterte. Sie strich über ihren glänzenden, schwarzen Haarknoten, der sich über ihrem schmalen blassen Gesicht bauschte und der den scharlachroten Strich ihrer Lippen hervorhob. Was, wenn das Kind auch stürbe?

Da plötzlich verkrampfte sich Ellens Körper, sie riß die verschleierten Augen auf und schrie:

»Jeremy, o Jeremy, hilf mir!«

Er zog sie an sich, aber sie wehrte sich. Kitty sagte zu Cuthbert: »Bitte, holen Sie Miß Ember. Schnell!«

Jeremy hielt Ellen fest, Schweißtropfen standen auf seiner Stirn. Jemand beugte sich über sie und trocknete sanft ihr feuchtes Gesicht, Jeremy schaute auf – in das treue, ernste Gesicht Cuthberts. Dann trat der Butler einen Schritt zurück, gerade und ruhig, als stünde er Wache. Miß Ember rauschte in ihrer gestärkten Tracht herein. Sie wechselte einen schnellen Blick mit Kitty, scharf und hintergründig, und die zwei verstanden einander sofort. Plötzlich lastete das absolut Böse über dem Raum. Ellen fühlte es trotz der Wehen, und auch Cuthbert fühlte es.

»Nun, nun«, sagte Miß Ember und beugte sich über Ellen. Sie leckte sich die Lippen, ihre Augen glänzten und auf ihrem straff gekämmten Haar lag ein Schimmer Licht. Ihre Schürze raschelte: »Scheint, daß es soweit ist. Mr. Cuthbert hat mir gesagt, daß kein Arzt aufzutreiben ist ... Tut nichts, Mr. Porter, ich kenne mich aus. Darf ich die Herren bitten, das Zimmer zu verlassen?« Sie griff nach Ellens Hand, fühlte den Puls und nickte befriedigt. Der Puls ging unregelmäßig und stockend.

Ellen riß die Augen auf, sah Miß Embers Gesicht über sich und schrie: »Nein, nein! Gehen Sie weg! Gehen Sie bitte weg!« Verzweifelt klammerte sie sich an Jeremys Hand: »Schick sie hinaus, bitte, bitte!« Cuthbert trat einen Schritt näher, gespannt und aufmerksam.

»Ich denke«, sagte er und maß die Pflegerin mit einem kalten, schrecklichen Blick, »daß Mr. Porter und ich hier bleiben werden, wenn Sie erlauben, Miß.«

»Ich glaube wirklich auch, daß die Herren hinausgehen sollten«, erklärte Kitty. »Es gehört sich nicht. Es ist eine sehr unschöne Angelegenheit, sehr peinlich.« Sie gluckste und stellte sich zum Bett. »Ellen, Liebes, ich weiß, was du leidest, aber es wird bald vorbei sein. Schick Jeremy hinaus, bitte. Was jetzt zu tun ist, ist nichts für Männeraugen.«

»Verlaß mich nicht«, stöhnte Ellen, »sonst ... geschieht etwas ... verlaß mich nicht!« Sie klammerte sich verzweifelt an ihn.

»Ich bleibe, Liebste«, sagte er.

Kitty und Miß Ember tauschten einen Blick, kalt, gleißend, wie die Schneide eines Messers. Keine von beiden hätte jemals gewagt auszusprechen, was sie fühlte, aber alle Hemmungen waren gefallen, und die blanke Bosheit, das nackte Verbrechen stand ihnen im Gesicht. Keine fragte sich: Warum hasse ich diese Frau eigentlich? Warum wünsche ich ihr den Tod? Ihre Selbstsucht und Selbstüberschätzung hätte den beiden niemals erlaubt, die Frage klar zu stellen, denn dadurch hätten sie ihre eigene Niedrigkeit erkennen müssen.

Cuthbert sagte laut und klar: »Ich war schon bei Entbindungen anwesend. Ich weiß, was nötig ist, wenn ich es auch nicht selbst tun kann.«

»Wirklich«, Miß Ember wiederholte Kittys Worte wie ein Echo, »eine sehr unschöne Angelegenheit.«

»Geburt und Tod sind nicht schön«, gab Cuthbert gelassen zurück. Jeremy schaute ihn verwirrt und verwundert an. Und Ellen ächzte: »Verlassen Sie mich nicht, Cuthbert, bitte, verlassen Sie mich nicht!«

»Natürlich nicht«, antwortete der Butler. »Mr. Porter, wenn Sie bitte ein wenig zur Seite rücken wollen, damit Miß Ember... Mrs. Wilder, Handtücher, bitte. Sie sind im Schrank neben Ihnen.« Er hielt Ellens Hände fest und blickte aufmunternd zu ihr hinunter. »Nur Mut«, sagte er. »Wir sind sehr tapfer, nicht wahr?«

Ellen lächelte plötzlich aus ihren feuchten Kissen. »Nein, Cuthbert, kein bißchen tapfer«, murmelte sie kaum hörbar.

Miß Ember ging nun ans Werk. Ihre Hände waren grob, aber geschickt. »Brauchen wir kein heißes Wasser?« fragte Kitty mit bleichen Lippen. »Cuthbert, wollen Sie...?«

»Ich bleibe lieber hier, Mrs. Wilder«, gab Cuthbert höflich, aber bestimmt zurück. »Wollen Sie so freundlich sein und den großen Krug und eine Schüssel bringen?«

Miß Ember spürte schon den kleinen Kopf des Kindes und hatte mit einemmal den entsetzlichen Wunsch, ihn zwischen ihren kräftigen Fingern zu zerquetschen. Aber im gleichen Moment erschrak sie selbst über diesen ungeheuerlichen Impuls – sie war doch Krankenschwester! – und ihre Hände arbeiteten mechanisch und sicher.

Ellen wand sich, sie schrie mit weit aufgerissenen, verdrehten Augen, und als Jeremy ihr Blut fließen sah, glaubte er ohnmächtig zu werden. Was habe ich ihr angetan? dachte er verzweifelt, küßte sie und murmelte unzusammenhängende Trostworte.

Ellen bemerkte es trotz ihrer Qual und fühlte heißes Mitleid mit ihm – nein, Jeremy kann das nicht länger ertragen, ich muß schnell machen, dachte sie unklar. Trotz ihrer Schmerzen war ihr Herz von stürmischer Liebe erfüllt.

Kitty hatte das Zimmer verlassen und kam nun mit dem Stubenmädchen und einem Kupferkessel voll dampfenden Wassers zurück. Das Mädchen schaute Ellen gehässig an und freute sich über ihre Schmerzen, denn Ellen war immer gut und verständnisvoll zu ihr gewesen. Sie verzog das Gesicht, während sie das Wasser in die Schüssel schüttete.

Miß Ember gab Kitty Weisungen und wich ihren Augen möglichst aus. Kitty assistierte unter dem wachsamen Blick Cuthberts. Jeremy hielt Ellens Hände fest und zitterte am ganzen Körper. »O Gott«, ächzte er, »O Gott!«

»Da!« rief Miß Ember. »Da ist der Kopf... da... noch eine Minute... Ah, ein Junge!«

Sie frohlockte. Sie hatte sich selbst verziehen und ebenso hatte sie Ellen vergeben. »Die Schere – danke, Mrs. Wilder. Mr. Cuthbert, das große Tuch, bitte... für das Baby...« Cuthbert war es, der eigenhändig das Neugeborene in ein weiches Tuch wickelte. Ein erlöstes Aufatmen schien durch das Zimmer zu gehen. Zugleich herrschte hektische Geschäftigkeit. Ellen stöhnte nicht mehr. Sie lag ausgehöhlt und bleich in den Kissen, mit geschlossenen Augen und leicht geöffnetem Mund. Jeremy war erschöpft, als hätte er selbst ein Kind geboren.

Cuthbert goß ihm Brandy ein. »Meinen Glückwunsch, Sir ... Es ist ein kräftiger Junge, Ihr Sohn. Ein sehr kräftiger Junge.«

Aber Jeremy wandte den Blick nicht von seiner Frau, und als sie aufschaute, wimmerte sie wie ein Kind, begann zu weinen und verbarg das nasse Gesicht in Jeremys Armen. Dann schlief sie ein, ohne das Kind zu beachten. Wieder einmal hatte sie Trost und Schutz bei ihrem Gatten gefunden.

Kitty Wilder und Miß Ember sahen einander an, scheu, flüchtig – und machten sich dann an verschiedenen Seiten des Zimmers zu schaffen. Sie konnten einander plötzlich nicht ertragen, sie fühlten sich durchschaut, obwohl sie kein Wort miteinander gewechselt hatten. Jede hielt die andere für unsäglich schuldig und gemein. Sie waren einander ebenbürtig. Gleichzeitig wuchs ihr Groll gegen Ellen, denn sie war die Ursache ihres Schuldgefühls.

Der Lärm draußen schwoll an und verstärkte sich noch bei der Flaggenparade. Ganz Amerika sang in kindlichem Jubel und feierte, unkompliziert, unbeschwert, einen der letzten friedlichen, hoffnungsvollen Festtage. Seine Feinde waren am Werk.

XV

Ellen fuhr im Aufzug hinauf zu May, begleitet von einem Kindermädchen, das ihren kleinen Sohn im spitzenbesetzten Steckkissen trug. May hatte das Kind noch nicht gesehen, und hatte es auch nicht zu sehen verlangt. Sie hatte Tag und Nacht geweint, wie Miß Ember behauptete, und ihre Beschwerden waren ärger geworden. Ellen hatte ein schlechtes Gewissen, sie hatte die Tante vernachlässigt und sich nicht um sie gekümmert, aber es war ihr einige Tage recht schlecht gegangen und sie hatte liegen müssen.

Der Arzt, der sie zwei Tage nach der Geburt untersuchte, hatte sich besorgt gezeigt. »Ich verstehe nicht ganz, Sir«, sagte er zu Jeremy, »unter anderen Umständen hätte ich angenommen, daß die Verbildung des Bekkens, die an der schweren Geburt schuld war, auf Unterernährung in der Kindheit und körperliche Arbeit während der Wachstumsperiode zurückzuführen ist. Eine Art Rachitis, verzeihen Sie mir. Es kommt sehr selten vor, daß eine Dame in besten Verhältnissen, wie Ihre Frau Gemahlin, die im Elternhaus bestimmt die liebevollste Betreuung genoß, eine solche Abnormität aufweist; das ist mir wirklich unerklärlich. Sehr sonderbar, in der Tat.«

Jeremy war eine Antwort schuldig geblieben, obwohl der Arzt sie sichtlich erwartete.

Ellen war noch blaß und schwach, aber sie bemühte sich um ein strahlendes Lächeln, als sie in Mays Zimmer trat. May hockte wie ein Häufchen Elend, warm eingewickelt, in ihrem Stuhl und schaute stumpf durch das Fenster, ohne etwas zu sagen. Ellen begrüßte sie herzlich: »Liebe Tante, da bin ich, um dir meinen Kleinen zu zeigen, der in zwei Wochen getauft wird. Christian wird er heißen, Christian Watson Porter.«

Dann stellte sie May das Kindermädchen vor, ein junges Ding mit rosigen Wangen und lichtem Haar, das May teilnehmend betrachtete. »Miß Annie Burton.«

»Höchste Zeit, daß du kommst«, sagte May anklagend. »Du kümmerst dich überhaupt nicht mehr um mich. Gerade, daß du mir dann und wann Grüße durch Miß Ember schickst.« Miß Ember stand daneben wie ein wohlgenährter Grenadier, die Arme über der Brust gekreuzt, nickte beifällig und warf einen mißgünstigen Blick auf Miß Burton, die ihr eine kleine Grimasse schnitt.

Ellen setzte sich neben die Tante und legte ihr das Kind auf den Schoß. »Schau, Tantchen«, sagte sie lächelnd, »er hat jetzt schon mein rotes Haar und meine Augen. Jeremy sagt, daß er mir sehr ähnlich sieht. Und acht Pfund! Ein so schweres Kind!« Es sollte leicht und fröhlich klingen. May schaute das Kind an, dann wischte sie sich über die Augen: »Wirklich, ja. Schaut dir ähnlich. Schrecklich, so ein Jammer . . .«

Ellens Mut sank. Sie begann es müde zu werden. Miß Burton aber, die den Säugling an sich nahm, erklärte energisch: »Mrs. Porter ist die schönste Frau, die ich kenne, und der Knabe wird ein Lady-Killer, wenn er so weitermacht. Er ist sehr groß für sein Alter und sehr kräftig. Was für hübsche Locken er hat – und dabei ist er erst neun Tage! Er war niemals verschrumpelt und rot wie andere Babys, die alle wie kleine Affen aussehen. Das wird einmal ein Killer!«

Mays graues Gesicht wirkte noch verdrossener. Sie wollte Ellens bittende Augen nicht zur Kenntnis nehmen. »Kinder sind keine reine Freude, Miß . . . wie sagten Sie, daß Sie heißen?«

»Und Mrs. Porter fühlt sich gut«, fuhr Miß Burton fort, ohne auf Mays Klagen einzugehen –, ihr konnte man nichts erzählen, sie hatte ihre Erfahrungen! »Ich freue mich, daß es ihr von Tag zu Tag besser geht!«

»Was? Ich finde, sie sieht elend aus! Das haben die Frauen davon, die sich Kinder anschaffen. Ich verstehe noch immer nicht, warum du dir das eingebildet hast! Und noch dazu ist es ein Junge geworden!«

Früher einmal hatte May die Nichte aufrichtig geliebt, wenn es auch kaum zärtliche Worte zwischen ihnen gegeben hatte, aber dieses Gefühl war längst erloschen; ihrer Meinung nach war Ellen eigensinnig, egoistisch, sie hatte sie betrogen, sie benahm sich, als wäre sie eine geborene Lady, und fand gar nichts dabei, Mrs. Eccles verlassen zu haben, die »so gut zu ihnen gewesen war«. Die körperlichen Beschwerden hatten aus May eine ewig jammernde, giftige Person gemacht, die sich pausenlos bemitleidete und inmitten von Medikamenten, Salben und Pulvern ihre Tage verbrachte. Da standen und lagen sie unordentlich herum, die Fläschchen, Ampullen, Dosen und Schachteln, auf dem entzückenden Sheraton-Tischchen, dessen Furnier dadurch längst beschädigt worden war. Den wichtigsten Platz auf dem Tisch nahm die Bibel ein, und ein nicht allzu reines Taschentuch bildete das Lesezeichen. Miß Ember hatte einen Vorhangteil zu einem Strick verknotet, »wegen der Luft«, und die feinen Spitzen waren grau. Das Stubenmädchen hatte sich geweigert, die Zimmer oben aufzuräumen, das war Sache der Pflegerin. Und so war alles staubig und verwahrlost. May, die einst so pedant gewesen war, bemerkte es gar nicht.

»Geht's besser, Tante?« erkundigte sich Ellen.

Als ob dir das nicht ganz egal wäre, dachte May grollend. Und sie antwortete weinerlich: »Nein, von Tag zu Tag schlechter. Die Hitze, ich halte sie nicht aus. In Wheatfield ist es niemals so heiß und so staubig gewesen. Schlecht für meine Glieder, ich kann nicht schlafen.«

»Ein bißchen Geduld, Tante, wir übersiedeln bald in unser Haus nach Long Island, ganz nah am Meer, für Wochen ...«

»Soviel Wasser! Nein! Wasser ist Gift für Rheuma, hat mir Miß Ember erklärt. Nicht wahr? Wir bleiben da!«

»Aber, Tante May, das Haus wird doch gesperrt!« rief Ellen bestürzt. »Fast das ganze Personal kommt mit.«

»Wir werden allein fertig, Mrs. Porter«, sagte Miß Ember und nickte wieder. »Es wird dann wenigstens ruhig im Haus sein, und das wird ihr guttun ...«

Ellen war wie vor den Kopf gestoßen. Miß Ember aber fuhr triumphierend fort: »Ich habe gestern mit Mr. Porter gesprochen. Er ist einverstanden, daß wir mit einem Stubenmädchen hierbleiben; stundenweise kommt eine Köchin. Es ist alles abgemacht.«

Ellen schämte sich, daß sie sich über diesen Beschluß Jeremys so erleichtert fühlte; sie war ihm zutiefst dankbar. Miß Ember lächelte siegessicher und herausfordernd. »Geht alles glatt«, erklärte sie.

Wenn ich Mrs. Porter wäre, dachte Miß Burton, dann würde ich die beiden in ein Hotel verfrachten und sie dort lassen bis Anno Schnee. Sie hatte nicht das geringste Mitgefühl. Ellen war ihr schon ans Herz gewachsen, und sie machte sich Sorgen um sie. Sie war so schön und so anmutig, so zart, so sanft und immer so freundlich, und versuchte stets, es den anderen recht zu machen. Erst gestern hatte sie ihr auf eine bittere Bemerkung erwidert: »Wissen Sie denn nicht, Annie, daß wir lieben und vertrauen, lieben und glauben müssen?« Miß Burton konnte nur den Kopf schütteln. Sie antwortete: »Wer behauptet das, Ma'am? Die Pfaffen? Was verstehen denn die vom Leben und den Menschen?« Wie weltfremd und ahnungslos sie ist, dachte sie mitleidig. Wie konnte man solchen Unsinn nachreden, wenn die Wirklichkeit doch ganz anders aussah! Sie wird mit all ihrer Liebe einmal schön draufzahlen! Annie hatte Cuthbert ihr Herz ausgeschüttet, der ihre Befürchtungen teilte. »Wir müssen auf sie achten«, sagte Annie, »ich bleibe länger im Haus, als zuerst geplant war. Mr. Porter hat mich darum ersucht, und das ist klug von ihm. Diese Miß Ember! Und diese gräßliche alte Tante!«

Ellen und Annie gingen ins Kinderzimmer zurück, wo Annie das Baby umwickelte. Ellen schaute zu, ihre Brust schmerzte und sie sagte sich: Ich weiß nicht, warum ich nicht so sein kann wie andere Mütter. Ich liebe den Jungen doch, ich würde alles für ihn tun, aber ich fürchte mich, es ist wie eine unbestimmte Drohung. Es gibt eben nur einen einzigen Menschen für mich auf dieser Welt, und das ist Jeremy. Er ist immer der erste, immer. Es scheint mir viel leichter und natürlicher, eine gute Gattin als eine gute Mutter zu sein.

Und weil sie an Jeremy dachte, flog ein Lächeln über ihre Züge, und Annie dachte gerührt: Wie schön sie ist! Ihr Gesicht leuchtet wie die Sonne. Güte ist es, reine Güte, die aus ihrem Antlitz strahlt. Hoffentlich wird es das Kind einmal schätzen, aber bei Kindern kann man nie wissen... Meistens werden sie Schurken, wenn sie erwachsen sind, besonders wenn sie riechen, daß die Eltern Geld haben. Könnte ich ihr doch ein bißchen Vernunft beibringen! Die Arme, Kleine... Die Guten werden geschunden und getreten in dieser Welt und gehaßt und beraubt – und zwar am meisten von denen, die sie lieben.

Plötzlich begann Ellen zu weinen. Annie trat zu ihr und legte ihr den Arm fest um die Schulter. »Aber, aber«, tröstete sie. »Jede junge Mutter hat in den ersten Monaten solche Anwandlungen, man ist sehr labil nach einer Geburt, deshalb braucht man nicht traurig zu sein. Heute essen Sie zum erstenmal unten mit Mr. Porter. Sie wollen doch hübsch aussehen, nicht wahr?«

Ellen versuchte zu lächeln, aber sie flüsterte verzagt: »Es ist nur... ich... habe solche Angst. Ich weiß nicht warum, aber ich habe Angst um Mr. Porter, und irgendwie auch um mich. Ich kann dieses Gefühl einfach nicht loswerden.«

»Um Mr. Porter brauchen Sie sich keine Sorgen zu machen«, erklärte Annie mit Nachdruck. »Nebenbei bemerkt, Ihr Stubenmädchen, Clarisse, ist mir sehr unsympathisch.«

»Warum?« fragte Ellen erstaunt.

Aber Annie hielt sich zurück. Sie konnte nicht verraten, daß Clarisse jeden Abend mit Mrs. Wilder zusammenkam und mit ihr tuschelte und kicherte. Annie mochte Mrs. Wilder nicht. Sie sprachen über Ellen, klar, aber in französischer Sprache. Annie verzog grimmig das Gesicht, drückte Ellens Schulter fester, als wollte sie ihre Herrin beschützen. »Ich weiß selbst nicht, warum«, murmelte sie. »Wir sind wohl zu verschieden, wir beide. Jedenfalls würde ich ihr nicht über den Weg trauen, seien Sie nicht so nett mit ihr, Mrs. Porter. Und erzählen Sie ihr nicht alles, seien Sie nicht so vertrauensselig.«

Ellen lächelte nachsichtig:

»O Annie, Annie, wie kann man nur so argwöhnisch sein! Clarisse ist eine sehr liebe Person.«

Annie seufzte verzagt. Es gibt so wenig gute Menschen, warum muß man sie warnen, ihre Güte zu zeigen, ihnen klarmachen, daß ihr Vertrauen verheerende Wirkungen haben kann? Anderseits, wenn sie sich wirklich belehren ließen und umstellten, dann würde sich ihr Charakter völlig verändern, und sie würden genauso gemein, genauso niedrig wie ihre Mitmenschen werden, und die Welt wäre durch den Verlust ihrer Unschuld ärmer.

Nun, vielleicht belohnt sie der liebe Gott einmal dafür, dachte Annie, aber ich bezweifle es. Sie war nicht gläubig, und das gefiel Ellen ebensowenig wie ihre materialistische Weltanschauung. Denn Annies rosiges Gesicht mit der kecken Stupsnase, den hellen Augenbrauen und Wimpern und dem offenen Blick verhärtete sich, wenn Ellen von der »angeborenen Großmut« der Menschen sprach, und dann sah sie plötzlich älter und abweisend aus, und ihre Sorge um Ellen wurde bohrender. Sie kannte jetzt Ellens Geschichte, sie hatte sie von Cuthbert, Clarisse und Miß Ember gehört, und sie begriff nicht, daß ein Mensch, der so vieles hatte erdulden müssen, noch immer so naiv und weltfremd und so ungeheuer vertrauensselig sein konnte, daß er niemals etwas übelnahm und stets das beste glaubte. In der Unschuld liegt eine gewisse Beschränktheit, dachte Annie zuweilen, und wahrscheinlich war es das, was den Hohn und Spott der lieben Mitmenschen erregte.

Gott sei Dank hat sie einen vernünftigen Gatten. Aber was geschieht, wenn sie ihn einmal nicht mehr hat? Wenn es einen gütigen Gott gibt – ich glaube es nicht – dann läßt er sie vor ihm sterben. Sie kann sich nicht schützen vor der Meute, sie ist allem Bösen ausgeliefert. Früher war Annie der Meinung gewesen, daß Elend und Verzweiflung und Haß und Tod in der Welt regieren müßten, wenn es kein Vertrauen und keine Liebe mehr gäbe. An Ellens Beispiel aber geriet diese Ansicht etwas ins Wanken. Die Güte, die Zuversicht, mit der sie ahnungslos durch Schmutz und Gemeinheit schritt, provozierte geradezu das Böse.Das würde Ellen niemals begreifen. Keine der beiden Frauen war sich klar darüber, daß Liebe und Vertrauen dem Realismus die Waage halten müssen. Jedes für sich, bis zum Extrem getrieben, verheert die Welt wie eine Seuche. Christus war der Gott der Schurken ebenso wie der Gott der Heiligen, das mußte Ellen noch lernen. Aber kalter Materialismus raubt der Welt Phantasie und Schönheit und das Geheimnis des Göttlichen. Das wieder wußte Annie nicht. Doch sie war klüger und erfahrener als Ellen und daher besser gegen alles Ungemach gefeit.

Kitty Wilder zeigte sich beglückt über die Ehre, daß sie und ihr Gatte Taufpaten des Kindes sein sollten. »Wie entzückend er ist«, schwärmte sie, über des Thronfolgers Wiege gebeugt. »Ein schönes Kind, Ellen, er sieht dir ähnlich, wie aus dem Gesicht geschnitten! Daß wir Paten dieses Engels sein dürfen! Du weißt, ich mag Kinder nicht gern, aber dieses da könnte ich auffressen, so süß ist es . . .!« Daß sie es in Wirklichkeit abstoßend häßlich fand, ergab sich schon aus der Ähnlichkeit mit Ellen. Offenbar hatte es gar nichts von Jeremy. Und dazu der gräßliche Name – Christian! Nun, Ellen hatte ihn gewählt.

Zum Dank für die erzwungene Hilfe bei der Geburt des Jungen schenkten ihr Jeremy und Ellen einen Diamantanhänger, und Kittys kleine Augen funkelten vor Freude, denn sie war nicht nur reich, sondern auch habgierig. »Ellen hat ihn ausgesucht«, erklärte Jeremy. Kitty glaubte es nicht, denn er war geschmackvoll und teuer. Aber sie überschüttete die junge Mutter mit Küssen und himmelte Jeremy geradezu unverschämt an, und er lächelte heimlich.

Ellen genoß die Wochen in Long Island in vollen Zügen, obwohl sie Jeremy nur zu den Wochenenden sah; es war zu weit, um täglich hin- und herzufahren. Sie machte Spaziergänge auf den Wiesen und am Strand, sie half im Garten und erholte sich zusehends. Sie schlief gut und lang und freute sich auf jedes Wochenende. Ihr Haar leuchtete wie früher und ihre Augen strahlten vor Lebensfreude. Wie ein Kind lief sie durch die Dünen, spielte Tennis mit den Nachbarn und verhätschelte ihren Sohn. Wenn Annie, die doch selbst noch jung war, sie betrachtete und ihr Lachen hörte, dann kam sie sich alt und verbraucht vor, obwohl auch sie sich in Luft und Sonne wie neugeboren fühlte. Sonderbar, daß sie trotzdem das bedrükkende Gefühl nahenden Unheils nicht loswerden konnte.

Die Nachbarn hatten Ellen gern und behandelten sie nachsichtig, aber es war eine liebevolle Nachsicht, die sich allerdings in kopfschüttelnde Verwunderung wandelte, wenn ihre Weltfremdheit zutage trat. Deshalb warnte Annie: »Liebe Mrs. Porter, Sie dürfen nicht so entgegenkommend und offen zu allen Leuten sein. Das verstehen die Menschen nicht. Sie glauben, daß Sie ein bißchen . . . spinnen.«

In den Wind gesprochene Worte. Nie konnte Ellen hinter freundlichen Gesichtern etwas Böses vermuten.

Annie gab es nicht auf: »Die Menschen sind alle gleich – in keiner Weise besser als diese Mrs. Eccles, von der Sie mir erzählt haben, oder Miß Ember, oder sogar die alten Porters. Glauben Sie mir doch, bitte!«

Agnes und Edgar Porter waren zur Taufe in die nahegelegene Episkopalkirche gekommen und ebenso Walter Porter. Ellen bemühte sich, Jeremys Eltern in jeder Beziehung gefällig zu sein, aber sie brachte die Scheu und das Gefühl der Inferiorität ihnen gegenüber nicht los und benahm sich linkisch und verlegen, während die beiden ihre verächtliche Herablassung kaum verbargen. Agnes Porter konnte nicht oft genug betonen, wie wenig der Knabe seinem Vater ähnlich sah. Ellen ließ den Kopf bei solchen Bemerkungen hängen, Jeremy aber entgegnete fröhlich: »Gott sei Dank, daß mein Kind schön wie seine Mutter und nicht ein solches Monstrum wie sein Vater ist!« Kurz, es herrschte eine ungute Stimmung während dieses Besuchs, und Ellen atmete auf, als die Gäste abfuhren. Seufzend sagte sie zu Jeremy: »Ich glaube, deine Eltern werden mich niemals leiden können. Es ist ihnen letzten Endes nicht zu verargen. Was bin ich denn? Ein Nichts.«

»Du bist die ganze Welt«, erwiderte Jeremy gereizt, »wenigstens für mich. So, und nun lächle wieder wie der kleine, dumme Engel, der du bist.«

Sie machte ihm Sorgen, und zwar nicht ihm allein. Sein Onkel Walter Porter, Cuthbert und Annie fürchteten ebenso für dieses unbefangene, unbelehrbare Menschenkind, für das die Welt nur Freude, Liebe und Güte bedeutete und das in jedem seiner Nächsten einen Freund sah.

In ihrem Glück vergaß Ellen auch die Furcht vor ihrem Kind. Sie nahm es auf den Spaziergängen im Kinderwagen mit, an den Strand, wo sie das Meer in seinen ewig wechselnden Farben und die glutroten Sonnenuntergänge bewunderte. Und wenn es stürmte, dann hätte sie jauchzen können in ekstatischer Freude, wie eine Windsbraut rannte sie über die Klippen und sang vor Glück. Ihre Stimme rührte Annie zu Tränen. Beschütze sie, lieber Gott, flehte sie, zeig ihr die Welt nicht in ihrer wahren, häßlichen Gestalt!

Denn Ellen hatte ihre bittere Kindheit und Mädchenzeit fast vergessen. Sogar Mrs. Eccles in Wheatfield war aus ihrer Erinnerung geschwunden. Diese Frau, so dachte sie zuweilen, war eigentlich ein armer Teufel, was kannte sie schon von den Schönheiten der Erde? Ein freudloses Dasein führte sie ... Ellen, die niemals ein echtes Kindsein erlebt hatte, wurde nun zum Kind.

XVI

»Nun, wie fühlt man sich als Kongreßmitglied?« fragte Walter Porter seinen Neffen.

»Das fragst du mich jedes Mal, wenn wir beisammen sind«, lächelte Jeremy. »Erwartest du vielleicht eine andere Antwort als neulich?«

»Natürlich. Wer kann es schon in Washington aushalten? Eine gräßliche Stadt. Eine weiße Totengruft voll verrotteter Gebeine, stinkend von Lügnern, Dieben, Scharlatanen und Verbrechern, die unbekümmert über Leichen gehen. Hat sich Ellen schon eingelebt?«

»Leider nicht. Aber sie beklagt sich niemals und tut, als wäre sie begeistert von unserem Haus in Georgetown. Ich glaube, es ist der ewige

Wechsel zwischen New York und Washington, der ihr zu schaffen macht. Sie hat vor ihrer Heirat niemals ein Heim besessen, und so sieht sie in New York ihr eigentliches Zuhause, alles andere ist nur etwas Vorübergehendes. Sie scheint sich dort stets unbehaglich zu fühlen.«

»Kein Wunder«, meinte Walter Porter. »Ich komme mir wie in der Hölle vor, wenn ich euch in Washington besuche. Ellen ist feinnervig, sehr empfindsam, sie weiß zwar nicht, was vor sich geht, aber sie spürt es instinktiv. Ellen hat das dumpfe Gefühl einer Gefahr, ohne sie definieren zu können, wie jeder arglose Mensch. Kommt sie mit deinen Kollegen und ihren Frauen zurecht?«

Die Antwort kam zögernd: »Ja und nein. Die Männer bewundern sie, hofieren sie, ihre kindliche Weltfremdheit amüsiert sie. Aber sie behandeln sie eher mit der liebevollen Nachsicht, mit der man ein einfältiges Kind behandelt, das noch dazu hübsch und natürlich ist. Doch — ihre Weiber! Entweder sie beißen auf sie los oder sie machen sich hinter ihrem Rücken aus Neid oder Bosheit über sie lustig oder sie tun hoheitsvoll und herablassend. Das arme Ding begreift noch immer nicht, warum, wehrt sich nicht und ist stets voller Schuldkomplexe. Ich kenne keinen Menschen auf der Welt, der so wenig Selbstbewußtsein besitzt, und das macht mir immer größere Sorgen. Ich habe alles versucht, und eine Zeitlang sah es ganz hoffnungsvoll aus, denn unter ihrer Schüchternheit und Scheu und ihrer angeborenen Großmut liegt eine Schicht Härte verborgen, wie Stahl, und manchmal habe ich sie sogar gespürt. Aber leider bereut sie es sofort, nimmt alles zurück und entschuldigt sich voll schlechten Gewissens. Immer ist sie ganz verzeihende Milde, gleichgültig, was man ihr angetan hat.«

»Ihre Großmutter, Amy Sheldon Widdimer, war genauso. Die Schüchternheit kann also nicht auf die harte Kindheit und Jugend zurückzuführen sein. Es ist ein aristokratischer Zug in ihr, der unter den amerikanischen Frauen heutzutage rar geworden ist, besonders unter den ›neuen Frauen‹, den Suffragetten. Wir sind eben ein plebejisches Volk. Ellen ist eine geborene Dame, und was fängt eine Dame in diesem Washington an?«

Jeremy lachte. Die beiden Männer saßen in Jeremys Kanzlei in New York. Es war ein düsterer und unfreundlicher Herbsttag, der Himmel verhangen, die Straßenschluchten mißfarben wie breite Rinnsale, und darüber lag ein fahles Licht. Jeremy fand es bedrückend, bedrückender noch als in Washington. Er sagte: »Möchte wissen, warum die Leute immer solche Narren in den Kongreß und den Senat und sogar ins Weiße Haus schicken! Wenn sie nicht töricht und hirnlos sind, dann sind sie gemeine und korrupte Schurken. Anwesende ausgenommen, natürlich!« Er lächelte. »Sie machen mich fertig«, fuhr er nach einer Weile fort, und nun lächelte er nicht mehr. »Besonders seit ich herausbekommen habe, was unter den

›stillen Männern‹ im Inland und international vorgeht.« Er schüttelte den Kopf: »Ich verstehe das Volk nicht, das doch sonst verhältnismäßig intelligent, anständig und arbeitsam ist und einen gesunden Sinn für Ehre und Patriotismus hat.«

»Weil die Schurken gute Schauspieler sind und sich verstellen können, weil sie so ernst vor ihren Wählern tun, ihnen nach dem Mund reden und ihre Anliegen scheinbar so eifrig vertreten. Aber hinter dem Rücken ihrer Wähler machen sie, was ihnen paßt. Das ist das Übel. Ich möchte wissen, ob wir jemals wieder eine Regierung bekommen, wie wir sie einst nach der Revolution hatten. Ich bezweifle es.«

»Ich auch.« Jeremy tat einen tiefen Schluck aus seinem Whiskyglas.

»Kummer?« fragte Walter.

»N ... nein ...«, antwortete Jeremy zögernd. »Ich weiß verdammt gut, daß ich tatenlos zusehen muß, und ich weiß auch, daß sie mich einfach umbringen würden, wenn ich den Mund aufmache und meine Meinung vom Kapitol herunterschreie. Oder noch schlimmer: daß sie mich auslachen. Ich habe versucht, mich hinter Journalisten zu stecken, aber die haben mich nur mit offenem Mund angestarrt. Sie glauben mir nicht. Nun, ich darf ihnen keinen Vorwurf machen. Kein Politiker ist ehrlich zu ihnen. Ich möchte auch den Zeitungsherausgebern gerne sagen, daß sie sich ihrer Pressefreiheit freuen sollen, solange noch Zeit ist. Es wird nicht mehr lange dauern, und sie werden schreiben müssen, wie es ihnen die Politiker und die Regierungen befehlen. Bald werden sie total abhängig sein.«

Walter schüttelte den Kopf: »Das glaube ich nicht. Ich rechne damit, daß die Verleger auf ihrer Freiheit bestehen, schließlich ist die Pressefreiheit eines unserer wichtigsten Grundrechte, und jeder, der sie vorgeblich im Namen der ›öffentlichen Ordnung‹ oder der ›nationalen Sicherheit‹ beschneiden will, muß bekämpft werden.«

»Auch Zeitungsleute sind nur Menschen aus Fleisch und Blut, sie haben Familie, sie brauchen ein Dach über dem Kopf, sie brauchen Nahrung. Somit sind sie den Betrügern und Schurken ausgeliefert. Außerdem sind jetzt schon viele Zeitungen im Eigentum von Politikern und deren mächtigen Freunden.«

»Ein paar ›Helden‹ wären vonnöten«, erklärte Walter, und beide lachten spöttisch. »Übrigens ... Francis hat dir niemals verziehen, daß du ihn zweimal bei seiner Bewerbung in den Kongreß geschlagen hast. Ehrlich, ich glaube, er würde jauchzen vor Glück, wenn er nach Washington käme. Er ist wie geschaffen für den Kongreß, und sie wären alle zufrieden mit ihm, freilich, einige würden ihn für einen gefährlichen Radikalen halten, und manche für einen Narren, und meiner Meinung nach hätten beide recht.«

Walter lachte nicht mehr. »Er ist natürlich hysterisch, aber diese ganze verdammte Stadt ist hysterisch, der liebe Teddy inbegriffen.«

»Und das ganze Land ist hysterisch und durcheinander, wegen der Depression. Das ist verständlich. Aber wie viele von uns wissen, wer diese Wirtschaftskrise verursacht hat?«

»Eine ganze Menge Leute wissen um die Hintergründe, aber niemand glaubt ihnen. Das wissen die potentiellen Mörder recht gut. Ihnen ist klar, wie hilflos wir im Grunde sind. Wir haben weder das Geld noch das Ansehen noch die Macht, um vom Volk gehört zu werden. Wenn der eine oder andere von uns darüber spricht oder schreibt, dann ist er ein Rufer in der Wüste, ein Narr, denn unsere Stimmen sind schwach. Nicht, daß die Menschen stumpf wären, aber sie können einfach nicht glauben, daß man ihnen ein schreckliches Schicksal bereitet. Sie halten solche Verbrechen für undenkbar. Wir sind eben noch immer ein einfältiges, vertrauensseliges Volk, und die Politiker und ihre Drahtzieher wollen diesen Geisteszustand möglichst lang aufrecht halten. Was würde das Volk tun, wenn es um die wahren Ursachen der Depression wüßte, durch die Elend und Hunger heraufbeschworen werden?«

»Dann gäbe es wieder eine Revolution«, entgegnete Jeremy. »Aber die Schurken brauchen nichts zu befürchten. Das Volk wird ihre Schurkerei erst erkennen, wenn es zu spät ist.«

»Nun«, sagte Walter seufzend, »solange wir Washington in Schranken halten und starke lokale Regierungen in den einzelnen Staaten bewahren können, solange wir also ein föderalistisches, dezentralisiertes Regime besitzen, werden wir ein gewisses Maß an Freiheit haben. Aber Gott helfe uns, wenn Washington das Übergewicht erringt, wenn das Land von einer Schar eitler, kleinkarierter Bürokraten beherrscht wird, die nach eigenem Gutdünken und nicht nach dem Gesetz handeln! Dann kommen die apokalyptischen Reiter, begleitet von den Geiern und Hyänen. Das wird das Ende Amerikas sein, wie es das Ende Athens und Roms war. Gott allein weiß, wie viele Kulturen im Laufe der Geschichte auf diese Weise vernichtet wurden.«

»Es ist Washington gelungen, das Antitrust-Gesetz durchzubringen, angeblich, um die kleineren, rückständigen Industrien zu schützen und Anreiz zum Wettbewerb zu geben; in Wirklichkeit aber, weil unsere Politiker die Starken hassen, so wie eben Schwächlinge immer die Starken hassen. Wir können noch sooft hinausschreien, daß die Unfähigen jene Fähigen vernichten, die unseren Staat aufgebaut und in die Höhe gebracht haben. Es ist sicher nicht günstig, wenn man im Ausland von dieser Verhätschelung der Untauglichen erfährt; das Ausland hat bald heraus, daß dadurch den Tüchtigen die Hände gebunden sind und unser Land – ohne Schutz, ohne Verteidigung – leicht ihre Beute werden kann. Und was ist die Folge? Versklavung – denn wer brächte noch die Kraft auf, uns zu schützen? Deshalb benützt die ›Elite‹ solche Burschen wie Francis, die in hysterischen Schreikrämpfen verkünden, daß die Maßnahmen gegen die

Starken im Namen des Rechts und der Humanität erfolgen. Nicht daß ich dem sogenannten Oil-Trust unbedingt traue«, fügte er seufzend hinzu. »Ich hatte das Vergnügen, wenn du es so nennen willst, John E. Bellows auf einer Konferenz des Komitees für Auslandsstudien kennzulernen.«

»Sie legen also Wert darauf, dich auf ihrer Seite zu wissen«, vermutete Walter Porter.

»Ich weiß nicht recht.« Jeremy zuckte die Schultern. »Vielleicht wollen sie mich auch nur besser im Auge behalten, obwohl ich sehr vorsichtig bin, wie du weißt. Sie sind sehr fähige Burschen. Ich habe alles über sie gewußt, aber dieses Wissen allein ist eine lahme Sache. Man muß sich in ihrer Mitte bewegen, hören, was sie unter sich sprechen, um voll zu erfassen, was sie planen. Kühl und mild wie Schlagsahne und tödlich wie Zyankali.«

»Haben sie beim letztenmal von einem künftigen Krieg geredet?«

»Ich glaube, sie haben das Datum vorverschoben. Ich bezweifle, daß er erst 17, 19 oder 20 ausbrechen wird. Er könnte unmittelbar bevorstehen, vielleicht in den allernächsten Jahren, kaum später als 1915. Ihr Zeitplan für Rußland wurde ebenfalls geändert. Sie sind fest davon überzeugt, in Rußland jetzt noch eine kommunistische Revolution praktisch ohne Widerstand anzetteln zu können. Die Sache geht ihnen unter die Haut, weil Rußlands Wirtschaft floriert und der Zar dem Volk verschiedene Zugeständnisse gemacht hat und von der absoluten Herrschaft abgerückt ist. Die Duma gewinnt Einfluß und erwirkt immer mehr Rechte und Freiheiten für das russische Volk. Wenn sie lange zuwarten, dann verwandelt sich Rußland in eine konstitutionelle Monarchie wie England und ihre lang vorbereiteten Komplotte sind im Eimer; die Komplotte, die darauf hinzielen, in allen Ländern der Erde den Kommunismus zu errichten und dann die Macht an sich zu reißen. Ständig gibt es Konferenzen mit Finanzleuten, Bankiers, inbegriffen dem Bellow-Klan, mit Konzernherren, Industriellen, ›Intellektuellen‹ und den führenden Politikern der ganzen Welt.«

Walter schloß müde die Augen. »Ja, ich habe solche Gerüchte gehört, aber niemals noch so konkrete Tatsachen, wie jetzt. Noch einmal: Gottlob, daß ich zu alt bin, um die Vernichtung meiner Heimat mitzuerleben. Deine Generation tut mir leid. Ihr werdet nicht wissen, wohin, ihr habt keine Hoffnung, keine Zuflucht, keinen jungen Kontinent, wo ihr einen neuen Staat aufbauen könnt. Unsere letzten Bastionen fallen, tatsächlich und bildlich. Wohin werden sich die Menschen in vierzig, fünfzig Jahren wenden, wenn sie frei sein wollen? Die religiöse Unterdrückung war schlimm genug im alten Europa, aber es gab ein junges, offenes Land, in das die Menschen flüchten und wo sie ein neues Leben beginnen konnten. Doch der Druck, der jetzt kommen wird, legt sich über die ganze Erde, und niemand wird noch ein Plätzchen finden, wo er frei atmen kann.«

Keiner wußte besser als Jeremy, daß der Pessimismus seines Onkels berechtigt war, aber er bemühte sich trotzdem, ihm zu widersprechen: »Nun, wir dürfen den Kopf nicht hängen lassen. Bedenke, wir stehen nicht allein da. Es gibt Millionen, und es wird weitere geben, die bereit sind, für Freiheit und Frieden zu kämpfen.«

Walter seufzte tief: »Vielleicht. Aber vorher haben wir das Chaos, den Krieg, Tyrannei und Tod – die apokalyptischen Reiter. Warum warten die Menschen, bis alles zerstört ist, statt sich rechtzeitig aufzuraffen und dem Übel zu steuern?«

»Frag den lieben Gott«, sagte Jeremy. »Er sieht doch alles voraus. Wenn er Engel hat, warum kommen sie nicht, um die Menschen zu warnen?«

»Vielleicht gibt es Engel, vielleicht ... wer weiß? Wie gut, daß ich alt bin. Ich erlebe vielleicht den Anfang vom Ende, aber nicht den totalen Untergang.«

»Du ersparst es dir, Männer wie Francis an der Macht zu sehen. Das sollte dich eigentlich trösten, Onkel Walter.«

Walter zog eine Grimasse. »Ich hätte ihm von der Reise nach England abreden sollen, dann wäre er nicht in die Fänge der Fabianer geraten. Er ist geladen mit Haß zurückgekommen, ja, mit Haß gegen die Männer, die ihr Vaterland lieben, die noch Anstand und Ehre schätzen. Nicht, daß ich ihn zu den Fabianern geschickt hätte. Er ist in diese Gesellschaft hineingeschlittert. Sie ködern gern Männer wie ihn, in der ganzen Welt. Trotzdem wäre er nicht so fasziniert von ihnen gewesen, wenn er nicht eine Ablenkung gebraucht hätte – es ist ihm etwas fehlgeschlagen. Das liegt in seiner Natur. Er ist ein geborener Zelot, ein Fanatiker, und das sind die Gefährlichsten.«

»Ich glaube, es gibt massenhaft Väter, die ihre Söhne nicht verstehen, wenn sie erwachsen sind, und die nicht begreifen, wie sie, zum Teufel, solche Monstren in die Welt setzen konnten«, sagte Jeremy.

»Hoffentlich bleibt dir diese Erfahrung erspart, Jeremy. Wie geht es denn deinen Kindern? Hat sich Ellen nach Gabrieles Geburt endgültig erholt?«

Jeremy seufzte: »Sie hat sich erholt, gewiß, aber sie kann nie mehr Kinder haben. Die Folgen ihrer schweren Jugend und der harten Arbeit. Das Becken ist verbildet, sagen die Ärzte. Heute ist sie wieder hergestellt, aber sie ist bei dieser zweiten Geburt fast gestorben. Wenn ich allerdings bedenke, welcher Zukunft wir entgegensehen, dann bin ich richtig froh, daß sich unsere Familie nicht weiter vergrößert.«

Der Regen prasselte gegen die Fenster, und der Himmel war noch dunkler geworden. Walter erhob sich. »Wir Amerikaner verweichlichen und werden bequem, wie es die Engländer sind. Wir sind zufrieden, wenn wir unsere Zuckerstange lutschen können, Mutti dazu rührende Wiegenlieder singt und Märchen von einer wunderbaren Zukunft erzählt – die uns von den lieben Freunden der Regierung garantiert wird. Ich sehe diese tödliche Lethargie auf Samtpfoten heranschleichen, überall, sogar im stahlharten Deutschland. Wir wünschen uns nur einen warmen Ofenwinkel und scheren uns den Teufel um die heldenhaften Männer der Vergangenheit, die unser Land erkämpft und uns die Freiheit geschenkt haben. Kinder sind wir! Wo sind unsere Männer geblieben?«

»Ich habe noch immer die leise Hoffnung, daß es welche gibt«, antwortete Jeremy, »und ich versuche, meinen Kindern ein bißchen Vaterlandsliebe beizubringen.« Er lächelte, aber nicht in gerührter väterlicher Liebe, sondern leicht belustigt: »Christian ist erst drei, aber er sagt schon die Gedichte von Patrick Henry auf, die ich ihm beibrachte, und seine Betonung ist recht gut. Die kleine Gabriele ist erst ein Jahr alt, aber ein paar Worte redet sie bereits, sie ist recht aufgeweckt für ihr Alter. Hoffentlich wird sie einmal hübsch, obwohl sie mir ähnlich sieht!«

»Ich finde sie sehr apart«, antwortete Walter Porter mit dem Stolz eines Großvaters, obwohl er nur Großonkel war. »Die dunklen Locken und die lebhaften schwarzen Augen – sehr reizvoll. Wird ein kecker kleiner Fratz werden, lauter Unfug im Kopf, und sehr vif, so klein sie ist. Zwei hübsche Kinder ... Gott gebe, daß sie in Sicherheit leben können ...«

»Nun, dieses Wort hasse ich, Onkel, ›Sicherheit‹. Die Welt ist niemals ein sicherer Ort gewesen und wird es niemals sein. Sie brauchen keine Sicherheit. Wenn sie stark und mutig sind, werden sie sich durchsetzen. Ellen hat manchmal schüchtern angedeutet, daß ich zu streng mit ihnen bin und zuviel von ihnen verlange. Wahrscheinlich denkt sie an ihre eigene harte Kindheit. Es nützt nichts, wenn ich ihr erkläre, daß Christian verstockt, ungehorsam und hinterhältig sein kann. Sooft ich ihn strafe, weint sie beinahe, obwohl sie mir nicht dreinredet. Sie hätte auch kein Glück damit: In der Erziehung meiner Kinder bleibe ich hart. Sie ist viel zu nachgiebig. Aber gottlob haben wir Annie Burton, das Kindermädchen. Sie besitzt gesunden Hausverstand und eine strenge Hand. Sonderbar, wenn ich sie und Ellen vergleiche: Auch Annie hatte eine sehr schwere Jugend, vielleicht noch schwerer als Ellen, aber sie ist dadurch stark und klug geworden, während meine liebe Ellen eine kleine Madame Rousseau ist, die sogar behauptet, daß der Mensch von sich aus gut sei und nur durch die ›Gesellschaft‹ verdorben werde. Ich glaube, diesen Blödsinn hat ihr Francis beigebracht.«

»Kann sein«, brummte Walter. »Er hat in Wheatfield großen Einfluß auf sie gehabt.« Er seufzte. »Mein Sohn wird immer verbohrter, es ist zum ... Ein eitler, patziger Wirrkopf, intolerant und mit Scheuklappen vor den Augen. Am widerlichsten, wenn er von etwas so Amorphem, Ungreifbarem wie der Masse spricht. Du, mein Lieber, verkörperst für ihn eine Welt, die er fürchtet und haßt zugleich ... Und er faselt noch mehr von Mitleid und Nächstenliebe als früher; dabei besitzt er kein bißchen von beidem ... Aber es klingt so herzerhebend ... lieber Gott, warum hast du mich mit einem solchen Sohn geschlagen?«

Jeremy lachte: »Vielleicht hatte er einen Ururgroßvater, den man hängen mußte! Es gibt sowas wie Vererbung, weißt du, obwohl die ›Herzerhebenden‹ – der Ausdruck gefällt mir! – sie heute ableugnen. Heute herrscht die Milieutheorie. Reiner Karl Marx. Vielleicht haßt Marx seine eigenen Vorfahren, und wenn es so ist, dann folgen seine schreienden Jünger sicher seinem Beispiel.«

Er kam auf Ellen zurück und seufzte: »Ich habe versucht, Ellen zu erklären, daß ihre schrankenlose Güte und ihre Herzlichkeit nur dazu führen, daß man sie ausnützt und sich über sie lustig macht. Die Leute wissen ganz genau, was für Schufte sie in Wirklichkeit sind, und das beschämt sie; und weil Ellen daran schuld ist, daß sie sich schämen müssen, tragen sie es ihr nach, und sie werden noch schlechter – ja, Ellen verdirbt sie. Warum hat noch niemand darüber geschrieben, daß ein Teil der irdischen Niedertracht durch liebevolle und selbstlose Menschen verursacht wurde? Ellen lockt das Schlechteste aus den Menschen heraus, gerade durch ihren Edelmut. Sie veranlaßt sie, lasterhafter zu sein, als sie es sonst wären, und grausamer, und deshalb wird sie gehaßt. Ach, ich habe viele Male versucht, ihr das beizubringen, aber sie versteht mich einfach nicht.«

»Ihre Großmutter war genauso«, sagte Walter Porter nachdenklich. »Vielleicht war es gar nicht so abwegig, daß man in alter Zeit die Heiligen mit Daumenschrauben, Rad, Strang und Feuer malträtiert hat. Lach nicht! Jeremys Großvater sagte manchmal zu ihr: ›Am liebsten möchte ich dich prügeln!‹ – So hat man mir zumindest erzählt.«

»Zuweilen hätte ich auch Lust dazu. Es ist nicht immer leicht, mit einer Frau wie Ellen verheiratet zu sein.«

Walter blickte ihn von der Seite an. So manche Ehefrau, dachte er, treibt den Gatten durch ihre unwandelbare Tugend ihren leichtlebigeren und skrupelloseren Geschlechtsgenossinnen in die Arme.

Dort erholen sich die armen Teufel. Warum fiel ihm gerade Kitty Wilder ein? Er runzelte die Stirn. Aber – das ging ihn nichts an.

Jeremy sagte: »Du hast Charles Godfrey, meinen Kompagnon, noch nicht kennengelernt, obwohl er schon ein Jahr bei mir arbeitet. Er ist einer meiner Jahrgangskollegen aus Harvard und vertritt mich, wenn ich in Washington bin.« Er lachte breit: »Ich glaube, er ist ganz gehörig in Ellen verknallt, und das ist gut so. Mir eine Beruhigung ...« Jeremy läutete und Charles Godfrey trat ein. Er gefiel Walter auf den ersten Blick.

Der junge Mann war etwas kleiner als Jeremy, hatte ein sicheres Auftreten und war ebenso männlich und sportlich wie er. Ein solides, ernstes Gesicht, dessen winzige Lachfalten um die Augen aber Humor verrieten. Er sah intelligent und verläßlich aus. Ein Mann, dachte Walter – und das galt bei ihm als höchstes Lob. Ein Mann wie Jeremy, und Gott weiß, daß wir Männer brauchen.

»Ich habe schon viel von Ihnen gehört, Mr. Porter«, sagte Godfrey, während er dem Gast die Hand drückte. Seine Stimme klang entschieden, wenn auch respektvoll, und er gefiel Walter immer besser. »Ich glaube, Sie haben meinen Vater in Boston flüchtig gekannt? Er hieß Charles wie ich.«

»Ja, ja, natürlich!« rief Walter erfreut. »Der alte Chuck! Ein Mordskerl im Campus. Und auch außerhalb. Mit den Mädchen ... Ich habe mich oft gewundert, daß er sich schließlich auf eine einzige konzentriert hat.«

»Mutter ist eine großartige Frau«, sagte Charles.

»Natürlich, ich kannte sie auch. Sehr hübsch, Geraldine Aspenwall. Einmal habe ich sogar mit ihr getanzt. Ich glaube, sie hat mich geführt, nicht umgekehrt.«

»Aber bei Vater ist sie nicht die Führende«, lachte Charles, und das Lachen stand ihm ausgezeichnet. »Obwohl sie eine Frauenrechtlerin ist. Der Himmel stehe den Herren vom Kongreß bei, wenn Frauen wie meine Mutter das Wahlrecht bekommen. Sie beherrscht sogar ihren Pfarrer, Pater Malone. Am liebsten möchte sie die Liturgie umschreiben! Sie findet sie altmodisch, unbrauchbar für heute. Phantastisch, meine Mutter. Ich glaube, sie würde sogar den Papst in die Flucht schlagen, wenn man sie in den Vatikan einließe.«

Die drei Männer saßen in dem warmen, behaglichen Raum, tranken ihren Whisky, rauchten und lauschten dem friedlichen Knistern des Feuers, dem Straßenlärm, der gedämpft heraufklang, und fühlten sich wohl.

Vielleicht, dachte Walter, vielleicht ... Wenn es genug solche Männer gibt, dann wird mein Vaterland gerettet. Vielleicht.

Dann lief ihm ein Schauer über den Rücken. Vielleicht sind es nicht genug ... Nicht genug ... Sein Herz war schwer.

XVII

Ellen begab sich zeitiger als sonst hinauf ins Zimmer ihrer Tante, bevor sie Annie Burton auf dem täglichen Spaziergang mit den Kindern begleitete. Eine matte Sonne warf zuckende Lichter auf die Häuser und die Straßen.

»Ich habe dich früher erwartet!« klagte May.

»Es tut mir leid, Tante, aber ich muß nach Tisch ruhen, du weißt ja, der Arzt hat es mir verschrieben. Aber es wird nicht mehr lange dauern, bis ich wieder bei Kräften bin. Kann ich morgen die Kinder heraufbringen? Du hast sie schon eine Woche nicht gesehen.«

May hob abwehrend ihre verkrüppelten Hände: »Nein, bitte, nicht, Ellen! Ich bekomme Kopfschmerzen von ihrem Geschrei, und Christian zappelt die ganze Zeit herum, er kann keine Minute stillhalten.«

»Nun«, antwortete Ellen lächelnd, »er will sich austoben, wenn Jeremy nicht daheim ist. Er ist sehr lebhaft. Das Wetter war schlecht in den letzten Tagen, so konnten wir nicht mit ihm ausgehen und das Kinderzimmer ist ihm zu eng geworden.«

»Das Mädel ist genauso schlimm, und dabei ist es erst ein Jahr alt!« fuhr May weinerlich fort. »Zu meiner Zeit hat man die Kinder gesehen, aber nicht gehört und auch nicht so oft gesehen. Du läßt ihnen alles durchgehen, Ellen.«

Da Jeremy dasselbe behauptete und es ihr häufig vorhielt, widersprach sie nicht. Dann wechselte sie das Thema und sagte mit erzwungener Fröhlichkeit: »Du siehst heute sehr frisch aus, Tante, hast du gut geschlafen? Warst du mit dem Lunch zufrieden? Cuthbert hat das Menü eigens für dich zusammengestellt.«

»Dann sag ihm, daß er es nicht mehr tun soll«, trotzte May mit einem Seitenblick auf Miß Ember, die groß und breit, die dicken Arme über die üppige Brust gekreuzt, daneben stand und sie spöttisch musterte. Und dann zankte sie los: »Miß Ember hat es auch nicht geschmeckt. Das Huhn war verbraten, und zum Blumenkohl hat es eine so gräßliche Sauce gegeben, mit Käse oder so was ähnlichem – gratiniert heißt das Zeug, oder wie? Und du weißt, Ellen, daß ich keine Pilze vertrage, du könntest wirklich besser darauf achten, was man mir vorsetzt, aber du denkst eben immer nur an dich und an niemand andern. Gott weiß, daß ich dich nicht so erzogen habe! Wein war auch beigegeben, richtiger Alkohol, und der Fisch war zu knusprig und das Weißbrot zu hart, ich mag auch diese süße Butter nicht, und der Kaffee war zu schwarz; wie der Salat angemacht war – gräßlich! Italienisch, hat das Dienstmädchen gesagt, aber ich nenne das heidnisch. Gottlob bin ich sehr wenig bei Appetit.«

Aber du schlingst alles nur so herunter, alte Hexe, dachte Miß Ember grinsend und nickte: »Ich bin der gleichen Ansicht wie Mrs. Watson, Mrs. Porter. Es dreht einem den Magen um. Sie sollten ein Wörtchen mit Cuthbert reden; oder besser, die Köchin soll allein die Speisen zusammenstellen. Gute amerikanische Küche, das haben wir gern, nicht wahr, Mrs. Watson?«

»Ja, anständige Hausmannskost. Das bekommt mir am besten, bei meinem schwachen Magen. Bemüh dich, dann und wann an andere zu denken, Ellen, und was für sie gut ist. Du wirst tagtäglich egoistischer.«

Ellen seufzte bekümmert: »Ich werde mit Cuthbert sprechen, gut, Tantchen. Was willst du heute zum Abendessen? Wir haben Gäste, und es gibt Rebhühner, die magst du also nicht. Ich werde dir eine dicke Bohnensuppe und dazu gekochten Dorsch mit Rahmsauce machen lassen.«

Miß Ember lief blaurot an vor Ärger. Es war völlig in Ordnung, über die ausgezeichneten Mahlzeiten des widerlichen Cuthbert loszuziehen, die man heimlich mit bestem Appetit verzehrte, aber es war etwas ganz anderes, wegen ein paar abfälliger Bemerkungen gleich Hausmannskost vorgesetzt zu bekommen, an die Miß Ember durchaus nicht mehr gewöhnt war.

May sagte mürrisch, ohne Ellen anzusehen: »Gut, Ellen, ich werde es schon vertragen – ich habe genug von diesen ausgefallenen Gerichten. Vielleicht doch ein Stück vom Rebhuhn? Ich will keine Umstände machen, ich weiß, Extrawünsche verstimmen dich, und es ist dir lästig, dich um mich zu kümmern, wenn du unten so feine Gäste hast. Ich bin eben eine Bürde ...« Sie warf Miß Ember einen vieldeutigen Blick zu, und Ellen hatte ein ungutes Gefühl dabei. Sie spürte ein geheimes Einverständnis zwischen den beiden Frauen, und das konnte sich nur gegen sie richten.

»Du bist mir keine Bürde, Tante, und du wirst mir niemals eine sein. Das habe ich dir schon hundertmal gesagt.«

Gut, dachte Miß Ember. Hoffentlich bleibt's dabei. »Ich glaube«, sagte sie patzig, »daß Ihre Tante Ihnen etwas mitzuteilen hat.«

May zögerte. Sie zog das Plaid fester über ihre Knie und schaute es mit Duldermiene an, was Ellen sofort wieder unsicher machte. »Ich habe Mrs. Eccles geschrieben«, begann sie endlich, schielte zu ihrer Nichte, und Triumph stand in den rotgeränderten Augen.

»So?« Ellen fühlte sich immer unbehaglicher. »Das tust du ja öfter, Tante.«

»Ich habe ihr geschrieben, wie elend ich mich gesundheitlich fühle«, fuhr May fort, ohne den Einwurf zu beachten. »Sie ist bereit, mich zurückzunehmen.«

Ellens Augen weiteten sich ungläubig. »Dich zurücknehmen? Aber Tante, du kannst doch nicht einmal bis ins Badezimmer gehen? Dich zurücknehmen?« Sie preßte die Hände an die schmerzenden Schläfen.

»Ich habe nicht gemeint, daß ich für sie arbeiten will«, sprach May weiter, und jetzt wich sie dem verstörten Blick Ellens aus. »Nun ... ich ... ich schrieb ihr, wie ich mich nach dem hübschen Zimmer in ihrem Haus sehne, in Wheatfield, und wie gut sie war – wirklich gut – und daß ich in Frieden und Ruhe leben will, und nicht in einem Haus voll von Kindern, die lärmen und herumsausen und das Klavier und das Singen und dazu der schreckliche Krawall von der Straße ...« Mit sich überschlagender Stimme und haßverzerrtem Gesicht brach sie los: »Du bist an allem schuld, du allein ... Und einmal wirst du dafür büßen ... Der Herrgott wird dich strafen, für deinen Stolz, deine Schlechtigkeit, deine Habgier ... Du ...!«

Oft genug schon hatte Ellen diese sinnlosen Beschimpfungen, dieses Gejammer über sich ergehen lassen müssen, niemals aber war sie noch offener Feindschaft gegenübergestanden. Sie sank zusammen, das Gefühl einer namenlosen Schuld drückte sie zu Boden. Und May bemerkte es wohl. Jetzt habe ich sie vernichtet, dachte sie mit satanischer Freude. Wie sie nur aussah! Ellens gesunde Farbe war in der langen Krankheit verblaßt, sie war zerbrechlich und schwach, und sogar ihr Haar und ihre Augen hatten den Glanz eingebüßt. »Nun, begreifst du es jetzt endlich?« höhnte May. »Jetzt, da es zu spät ist?«

Nein, Ellen begriff diese häßlichen Beschuldigungen nicht, aber Jeremy hätte erfaßt, daß es gerade Ellens Güte und Selbstlosigkeit waren, die May verdarben und korrumpierten. Was May an niederträchtigen Schmähungen einfiel, das schleuderte sie ihrer Nichte ins Gesicht, und sie glaubte alles, was sie sagte. Das verzweifelte Schweigen Ellens schien es ihr noch zu bestätigen. Sie allein wußte, daß sie sich über das elende Aussehen der Nichte sogar freute. Vor Jahren, als Ellen noch ein Kind war, hatte sie ein- oder zweimal die Hand gegen sie erhoben und sie gezüchtigt; jetzt hätte sie es gerne wieder getan.

Sie schrie: »Ja, das hast du davon, daß du dich nicht um mich gekümmert hast! So mußte ich eben an mich selbst denken. Um es kurz zu machen, nach langem Briefwechsel mit Mrs. Eccles hat sie sich in christlicher Milde bereit erklärt, mich zu sich in Kost und Quartier zu nehmen. Ich kann die beiden netten Zimmer oben beziehen, für nur fünfundsiebzig Dollar die Woche; ja, sie ist sogar bereit, Miß Ember aufzunehmen, die es hier auch nicht mehr aushält. Sie braucht nur vier, fünf Stunden im Tag für sie zu arbeiten und bekommt volle Verpflegung und deine Kammer. Die übrige Zeit wird sie mich betreuen.«

Ellen stand mit halboffenem Mund da, sie glaubte, falsch gehört zu haben. Miß Ember fand, daß sie »noch blöder als sonst« aussah. May fuhr etwas ruhiger fort: »Ich habe ihr versprochen, für Miß Embers Verpflegung etwas beizusteuern, fünf Dollar die Woche. Du kannst es leisten.«

Jetzt endlich fand Ellen Kraft zu sprechen. »Und Sie, Miß Ember«, fragte sie tonlos, aber sehr ruhig, »Sie sind damit einverstanden?«

Miß Embers mächtiger Leib schien zu schwellen und den ganzen Raum auszufüllen: »Wofür halten Sie mich, Mrs. Porter? Für einen Trottel? Natürlich bin ich nicht einverstanden, niemals gehe ich dorthin. Ihre Tante muß den Verstand verloren haben, daß sie diesen Blödsinn verzapft!«

Nun war May völlig verstört: »Aber, aber ...«, stammelte sie, »erst heute früh ... Ich habe Ihnen den Brief gezeigt, und da fanden Sie die Idee sehr gut und wollten gern Mrs. Eccles im Haushalt helfen, weil ich Ihnen erzählt habe, was für eine wunderbare Christin sie ist ...«

»Ich hab sie reden lassen, man darf niemandem widersprechen, der in einem solchen Zustand ist«, entgegnete Miß Ember mit einer höhnischen Grimasse. »Das weiß ich als Krankenschwester.« Grob und verächtlich fügte sie hinzu: »Was hätte ich tun sollen, Mrs. Porter? Die Zwangsjacke holen? So hab ich eben ja und amen gesagt – sie war so kindisch, in die Hände hat sie vor Freude geklatscht ... Ich habe immer mein Bestes für sie getan, immer, das muß sie Ihnen oft genug bestätigt haben.«

Es kam sehr selten vor, daß Ellen die Menschen in ihrer wahren Gestalt erkannte. Jetzt stand das Böse in seiner ganzen Häßlichkeit vor ihr, und dieser Anblick verursachte ihr körperliche Pein. Sie wollte fliehen, blindlings, denn der Zusammenstoß zwischen Unschuld und menschlicher Niedertracht ist entsetzlich und unerträglich für den Reinen. Selten noch war sie so verzweifelt gewesen.

Aber die Kraft tief in ihrem Inneren regte sich, sonst wäre sie verloren gewesen. Und deshalb klang ihre Stimme hart und klar, als sie sprach: »Sie lügen, Miß Ember. Sie wollten, daß Ihnen meine Tante glaubt, um die alte Frau dann um so schwerer treffen zu können. Sie haben nach einer Gelegenheit gesucht, sie zu verletzen, eine Frau, die Sie niemals verletzt hat. Und zugleich wollten Sie mir etwas antun, obwohl Sie sich nicht über mich beklagen konnten. Sie sind einfach gemein, und deshalb verlassen Sie mein Haus, und zwar sofort. Sie erhalten einen Wochenlohn und Schluß!«

Das war ein Blitz aus heiterem Himmel. Niemals hatte Ellen in einem solchen Ton gesprochen, niemals hatte sie gedroht. May wimmerte jetzt wie ein Kind und verbarg das Gesicht in den Händen, die Pflegerin aber faßte sich und ihre Augen funkelten boshaft: »Das wird Sie teuer zu stehen kommen«, zischte sie. »Ich weiß einiges über Sie, meine feine Dame. Jedermann weiß es. Ich wundere mich selbst, daß ich es solange unter einem Dach mit einer so schamlosen Person ausgehalten habe. Mir ist bekannt, und den andern auch, warum sie so schwere Geburten gehabt haben. Schließlich bin ich Krankenschwester. Sie zahlen mir einen Monatslohn und geben mir ein gutes Zeugnis, oder . . .«

»Oder was?« fragte Ellen tonlos. Ihr Magen verkrampfte sich, der bloße Anblick der Megäre verursachte ihr Übelkeit.

Miß Ember nickte grinsend: »Ich werde es der ganzen Stadt erzählen, was Sie sind. Unmöglich mache ich Sie in der Gesellschaft – man lacht hinter Ihrem Rücken ohnehin schon genug über Sie!«

Sie kann doch nichts über mich erzählen, dachte Ellen dumpf. Aber dann wurde ihr mit einem Male bewußt, daß die Menschen liebend gern sinnlose Lügen und Gemeinheiten von ihrem Nächsten glauben, während sie über die Wahrheit hinweggehen oder sie ableugnen. Jeremy! dachte sie. Seine Feinde würden triumphieren, auch wenn die erlogenen Skandalgeschichten nur seine Frau betrafen.

Ihr Herzschlag stockte vor Angst, und sie rang nach Luft. Miß Ember beobachtete sie schadenfroh. »Einen Monatslohn und ein anständiges Zeugnis!« wiederholte sie.

Aber da gewann Ellen ihre frühere Kraft zurück. Sie stemmte die Hände in die Seiten, und ihre Augen waren dunkel vor Verachtung.

»Eine einzige Lüge über mich, über dieses Haus oder über einen meiner Angehörigen, und ich lasse Sie verhaften«, sagte sie eiskalt. »Was bilden Sie sich eigentlich ein? Sie Niemand, Sie Nichts! Mein Mann ist ein angesehenes Kongreßmitglied und Anwalt. Packen Sie Ihr Zeug und verlassen

Sie das Haus oder Sie landen im Kotter wegen Erpressung und gefährlicher Drohung! Hinaus! Und ohne Zeugnis. Das einzige, was ich tue, ist, daß ich Sie nicht in das Hospital zurückschicke, von dem Sie gekommen sind. Aber jetzt, hinaus, bevor ich endgültig die Geduld verliere!«

Da kreischte May auf: »Und ich, Ellen! Wer wird sich um mich kümmern? Warum treibst du alles auf die Spitze? Du hast ja gehört, daß es Miß Ember nicht bös gemeint hat, sie wollte, daß ich mich nicht aufrege, das war alles, sie wollte mir die Freude nicht verderben . . .«

»So ist es«, schrie Miß Ember mit blaurotem Gesicht. »Ich bin nur ein armer Teufel, eine Pflegerin, die sich für ihre Patienten schindet, und Sie, Sie . . . zischen mich an wie eine Schlange! So sind die reichen Leute! Kein Herz für die andern, nur für ihre Geldsäcke.«

Ellen trat zu ihrer Tante und legte ihr begütigend die Hand auf die Schulter: »Heute nacht bleibt Annie bei dir, und morgen sehen wir uns um eine neue Pflegerin um.«

»Ich will niemand anderen als Miß Ember!« trotzte May wie ein eigensinniges Kind und zog den Kopf ein, als fürchte sie, geschlagen zu werden. »Ich mag keine andere.«

»Da haben Sie recht!« rief Miß Ember, der plötzlich klar wurde, wie unmöglich sie sich benommen hatte, was sie natürlich sofort Ellen ankreidete. »Annie ist leichtsinnig und gedankenlos und versteht nichts von Krankenpflege.«

Sie keuchte. Längst schon hatte sie sich angewöhnt, May und Ellen verächtlich zu behandeln, denn May war ein Krüppel und Ellen »wirr im Kopf und ohne Rückgrat«. Die ganzen Jahre hatte sie ihre Dienstgeberin offen oder versteckt angeflegelt, und da sich Ellen niemals gewehrt hatte, war ihr es einfach zur Gewohnheit geworden. Schließlich waren Tante wie Nichte früher nichts Besseres als ich, dachte sie, wozu soll ich mir ein Blatt vor den Mund nehmen?

Jetzt, ganz unerwartet, zeigte ihr Ellen, wer die Herrin war. Was fiel dieser rothaarigen, einfältigen Person ein? Miß Ember schäumte vor Wut, aber sie war schlau, sie kannte die Menschen, sie wußte, wo man einhaken mußte. Weinend legte sie los:

»Das muß ich mir gefallen lassen, ich, eine anständige, treue Person. Bei Nacht und Nebel werd ich hinausgejagt, das ist der Lohn dafür, daß ich mich so geplagt habe . . .«

»Ja, ja!« jammerte May. »Treu und anhänglich ist sie, der einzige Mensch, der sich mit mir beschäftigt und du schickst sie weg . . . Ich will die andere nicht! Gib mich ins Armenhaus, Ellen, dann hast du Ruhe von mir, du willst es ja längst – du undankbares Geschöpf.«

Ellen sah das tränenüberströmte, gedunsene Gesicht der Pflegerin, dazu die Verzweiflung Mays, und ihr unbelehrbares Herz regte sich. Was sollte die Frau tun, ohne Zeugnis, ganz allein auf sich gestellt . . . Sie war unverschämt und gemein, ja, aber das Minderwertigkeitsgefühl war zu tief in Ellen verankert. Ihre Miene veränderte sich, und Miß Ember bemerkte es sofort: »Ehrlich, treu!« jammerte sie. »Aber was kann ich armes Geschöpf von der Gnade reicher Leute erwarten!« Schon glaubte sie Oberwasser zu haben, und wirklich, Ellen dachte verzweifelt an die Bergpredigt: Selig sind die Barmherzigen ... Sie durfte nicht, sie mußte ...

Da aber tönte plötzlich kalt und hart Cuthberts Stimme von der Türschwelle her: »Darf ich Ihnen behilflich sein, Madam?«

Die drei Frauen schauten auf, der Butler und Annie Burton standen unter der Türe. Niemals noch hatte der Mann so grimmig und das heitere Kindermädchen so wütend ausgesehen.

»Danke ... Ich brauche nichts ... Es war nur eine kleine Meinungsverschiedenheit. Aber jetzt ist alles in Ordnung.«

»Nein, Madam«, fiel ihr Cuthbert ins Wort, und sein Ton duldete keine Widerrede. »Es war von Anfang an nicht in Ordnung. Sie haben sich viel zu viel von dieser Person gefallen lassen.« Und zu Miß Ember, die geduckt vor ihm stand: »Sie packen Ihre Koffer und verlassen sofort das Haus, ohne Abfertigung und ohne Zeugnis. Lang genug haben sie Madam Porters Gutmütigkeit ausgenützt. Ich gebe Ihnen eine halbe Stunde Frist.«

Miß Ember tobte. Ihr Gesicht war blaurot, als wollte es platzen. »Was bilden Sie sich ein, wer sind Sie denn eigentlich? Ein Dienstbote, der nichts im Haus zu reden hat, und das Mädel neben Ihnen ebensowenig! Ich werde mich bei Mr. Porter beschweren! Es geschieht, was Mrs. Porter und Mrs. Watson wollen, und Sie geht das einen Dr ... an!«

»Hinaus!« wiederholte Cuthbert und schritt drohend auf sie zu, so daß sie zurückwich. »Ich gehe schon, ich gehe schon«, murmelte sie und wischte mit dem nicht zu sauberen Handrücken über ihre nassen Wangen. »Ich habe nur meine Pflicht erfüllt ... Und das ist der Lohn!«

»Bleiben Sie!« kreischte May, und zum erstenmal blitzte nackter Haß in ihren Augen auf, Haß gegen Ellen. »Ich brauche Sie!«

»Tut mir leid, Mrs. Watson, aber Mrs. Porter hat zu entscheiden, sie hat die Frau gekündigt, und mit Recht«, sagte Cuthbert. »Und wenn Sie nicht sofort gehen, dann hole ich die Polizei, Miß Ember! Drohung und Einschüchterung! Meine Geduld ist zu Ende!«

»Bitte«, begann Ellen schüchtern, aber sie verstummte, als ihr Cuthbert ruhig ins Wort fiel: »Verzeihen Sie, Madam, lassen Sie mich die Sache regeln, wie es Mr. Porter täte. Ich übernehme die Verantwortung.«

Und jetzt konnte sich auch Annie nicht mehr zurückhalten. »Am liebsten möchte ich sie eigenhändig hinauswerfen!« rief sie. »Pfui Teufel! Das Zimmer ist verdreckt! Edith wollte ein paarmal hereinkommen und aufräumen, aber Sie haben schon gewußt, warum Sie es nicht erlaubt haben! Dabei gehört das Putzen zu Ihrer Arbeit. Treu und ehrlich ... Daß ich nicht lache!«

Mays armer, verwirrter Kopf begriff nichts mehr. Das einzige, was sie verstand, war, daß man sie ihrer Stütze berauben wollte, und daran war Ellen schuld. Alles brach aus ihr hervor, der Groll, das Ressentiment der Jahre, in denen sie sich ausgesetzt, frustriert gefühlt hatte und wandelte sich zu uferlosem Haß: »Schamloses Weibsbild! Glaubst du, ich weiß es nicht? Du hast die Nacht vor der Hochzeit mit deinem Mann geschlafen! Eine Schlampe warst du; Glück hast du gehabt, daß er dich geheiratet hat, und, meiner Treu, heute bist du auch nichts Besseres!«

Ellen wendete das Gesicht ab, um ihre Tränen zu verbergen. Die Zuneigung für ihre Tante saß noch zu fest in ihr, um das Ungeheuerliche zu erfassen, das sie ihr zuschrie. Sie war nur unendlich traurig, verlassen von einem Menschen, der sie einst geliebt und für sie gesorgt hatte. Nun war May ihre Feindin geworden und verachtete sie. Vielleicht hatte sie recht. Wenn sie von einem Menschen, der ihr der nächste gewesen war, verstoßen wurde, dann mußte sie etwas verbrochen haben. In ihrer Unschuld erkannte sie Lüge und Bosheit nicht; wie immer suchte sie den Fehler in sich selbst. Schlimmer noch, sie fühlte sich erniedrigt und unwürdig.

Annie machte eine Handbewegung, und nun verschwand Miß Ember schleunigst, um in ihrem Zimmer zu packen. Cuthbert schaute May an, die noch immer aufrecht stand, sich an einer Stuhllehne festhielt und zeterte: »Was fällt Ihnen ein, Sie haben kein Recht ... Ich werde mich bei Mr. Porter beschweren ...«

»Gewiß, tun Sie das«, antwortete Cuthbert höflich. »Da Sie Miß Burton ablehnen, werde ich eines der Stubenmädchen heraufschicken.« Dann zu Ellen: »Wäre es nicht Zeit für den Spaziergang mit den Kindern, Madam? Sie brauchen frische Luft, bevor es zu regnen beginnt. Sie sind noch nicht ganz hergestellt, vergessen Sie das nicht, und Mr. Porter legt Wert darauf, daß Sie täglich ins Freie gehen.«

Ellen gab sofort nach, als sie den Namen Jeremy hörte. Sie erlaubte Cuthbert, sie zur Türe zu führen. Aber sie warf einen flehenden Blick auf die Tante, der nicht erwidert wurde. So ging sie langsam an Annies Seite hinunter, die sie liebevoll stützte, obwohl ihre hellen Augen vor Zorn funkelten. »Die Kinder warten bereits, kommen Sie, Madam, Sie sollten mehr auf sich achten, schon Mr. Porter zuliebe. Sie sehen sehr abgespannt aus.«

»Ich war nicht barmherzig«, flüsterte Ellen.

Annie konnte nur lächeln: »Die Menschen vergessen, daß der liebe Gott ebenso ein Gott des Zorns wie ein Gott der Barmherzigkeit ist. Und auch wir müssen zuweilen zornig sein, sonst könnten wir uns selbst nicht achten und hätten keinen Stolz. Vergessen Sie nicht, daß Sie diese Hexe beschimpft hat, und das hat sie seit Jahr und Tag getan, und Sie haben sich alles gefallen lassen. Ein bißchen Härte, Madam, sonst trampelt man Ihnen auf dem Kopf herum. Ich hätte dem Weibsbild am liebsten eine geklebt — sie steht schon lang auf meiner Liste!«

Ellen war noch blaß, aber ruhig, als sie mit Annie das Haus verließ. Ihr Sohn hüpfte neben ihr her, die kleine Tochter saß im Kinderwagen. Ihr lichtgrünes Wollkostüm hob noch das goldene Feuer ihres Haars, und der grüne Filzhut mit dem Federngesteck stand ihr reizend. Auf dem Kragen ihrer weißseidenen Hemdbluse blitzte eine Brosche mit Diamanten und Rubinen. Ihre Hände in den feinen Handschuhen zitterten noch, sie bemühte sich, sie ruhig zu halten. Annie führte den Kinderwagen und plauderte munter drauflos, und auch da hielt Ellen tapfer mit, ja, sie lächelte sogar. Aber die schreckliche Szene wirkte in ihr nach, und ihr war elend zumute.

Annie sah in ihrer weißen Schwesterntracht mit dem blauen Wollcape hübsch und appetitlich aus. Die weiße gestärkte Haube saß flott auf dem hellblonden Haarknoten, der frische Wind rötete ihre Wangen und ihre kleine Stupsnase. Als Christian einem Hund nachlaufen wollte, rief sie ihn scharf zurück, und er folgte ihr, wenn auch widerwillig. Annie setzte sich bei ihm durch, was Ellen nicht gelingen wollte. Mit drei Jahren schon kannte der Junge ganz genau die Schwächen seiner Mutter, und das nützte er in Annies Abwesenheit weidlich aus. Mit Geschrei, Tränen und Wutausbrüchen machte er Ellen gefügig. Vor Annie jedoch hatte er Respekt, und er fürchtete sie; sie hatte eine feste, flinke Hand und da halfen auch Ellens schüchterne Proteste nichts. Und noch größeren Respekt flößte ihm sein Vater ein, bei dem ein strenger Blick genügte, um ihn Mores zu lehren.

Er war ein hübscher kleiner Junge, seiner Mutter auffallend ähnlich mit dem dichten, brandroten Haar, den schönen blauen Augen und den vollen, geschwungenen Lippen. Aber im Ausdruck unterschied er sich gewaltig von ihr. Nichts Weiches stand in dem erschreckend kühl berechnenden Blick, und das energische Kinn wollte nicht in das runde Bubengesicht passen. Jetzt schon hatte er ein arrogantes Auftreten, ganz anders als seine Mutter, wenn er auch in seinem Matrosenanzug mit den blinkenden Knöpfen, der kurzen Hose und der kecken Kappe äußerst putzig aussah. Die Kindlichkeit aber, die seinem Alter entsprochen hätte, schien ihm zu fehlen. Ellen betrachtete ihn zärtlich und doch mit leichter Sorge, während er mit den weißen, tadellos sauberen Handschuhen und den blank gewichsten Schuhen stramm vor ihr hermarschierte. So ein hübsches Kind, dachte sie liebevoll.

Gabriele in ihrem weißen Wollmäntelchen und dem Spitzenhäubchen war ein kräftiges Mädchen, das aufrecht in seinem Wagen saß und alles mit großen, klugen Augen betrachtete; der Wind wehte ihr die dunklen Locken über die rosigen Wangen. Sie plapperte unaufhörlich, zeigte mit dem Finger da- und dorthin und hielt keinen Augenblick auf ihrem Kissen still. Sie war sehr eigensinnig; wenn Annie ihr aber einen ihrer strengen Blicke zuwarf, dann gab sie klein bei, wenn auch nicht für lange. In Jeremys Gegenwart verstand sie es schon jetzt, zu schnurren und zu schmeicheln, so daß sogar er sich täuschen ließ und sie für anschmiegsam und zärtlich hielt. Gegen Ellen freilich benahm sie sich widerspenstig und trotzig wie ihr Bruder, und ihr elfenhaftes Gesicht mit dem spitzen Kinn drückte eine Kälte und Berechnung aus, die bei einem so kleinen Kind erstaunlich waren. Sie lauerte geradezu auf jedes Anzeichen von Schwäche bei ihrer Mutter, das dann gründlich ausgenützt wurde. Bruder und Schwester waren ein Herz und eine Seele, sie verstanden sich ausgezeichnet.

»Sie müssen ihnen vom ersten Tag an beibringen, wer im Haus etwas zu sagen hat, Mrs. Porter«, mahnte Annie immer wieder. »Wenn Sie nur ein einziges Mal nachgeben, haben Sie ausgespielt.«

»Kinder brauchen nicht Strafe, sondern Liebe«, war Ellens Antwort, die anscheinend die bösen Kinder von Preston vergessen hatte.

»Gewiß brauchen sie Liebe, Mrs. Porter, wer braucht sie nicht? Aber jeder muß lernen, daß es Grenzen gibt, sonst ist das Unglück fertig. Mit Kindern ist es wie mit jungen Hunden: die muß man auch von einem Abrichter dressieren lassen, sonst rennen sie herum, wie es ihnen paßt und heben überall das Bein! Und diese Unarten bleiben ihnen dann, auch wenn sie ausgewachsen sind. Ich hab meine Erfahrungen!« Ellen errötete zwar über diesen unanständigen Vergleich, mußte aber trotzdem lächeln.

Heute ging Annie etwas langsamer als sonst, damit Ellen ihr folgen konnte. Sie plauderte unbefangen, obwohl ihr Ellens Aussehen ernste Sorgen machte. Sie hört mir ja gar nicht zu, dachte sie ärgerlich, weil sie an diese gräßliche Tante denkt. An die alte Hexe! Diese Giftspritze! Wie kann ein Mensch seine leibliche Nichte so hassen? Wahrscheinlich gerade deshalb, weil Madam immer so gut zu ihr war, ihr gibt und gibt, ohne Unterlaß. Hinaus gehört sie, die Alte, sie schafft nur Unfrieden.

Die Sonne schwand allmählich, bräunliche Wolken zogen langsam über den Himmel, der Wind verstärkte sich und wirbelte Staub und Ruß auf. Der Geruch von Kohlengas lag in der Luft. Die niederen Bäume an beiden Seiten der Straße hielten die letzten bronzefarbenen Blätter krampfhaft fest, und das gefallene Laub flog vor den Fußgehern, den Wagen, Trolleys und Karren raschelnd über die Straße. Die ganze Szene paßte zu Ellens trüber Stimmung, es fröstelte sie, und sie zog die Pelzstola enger um die Schultern. Die kleine Gruppe bog in die Fifth Avenue ein, wo die Fenster der vornehmen Häuser bereits hell erleuchtet waren.

Ein noch junger Mann kam ihnen rasch entgegen, mit schwungvollem und trotzdem geziertem Gang. Er war groß, in einen exquisiten Anzug aus schwarzem Tuch gekleidet, der seine Magerkeit noch betonte, hatte eine dunkle, mit Brokat eingefaßte Weste an und einen Stock in der Hand. Die kleine, runde Melone verdeckte fast völlig das helle Haar, und der runde, stahlgefaßte Zwicker konnte den kalten Blick nicht verbergen. In der Krawatte funkelte eine schwarze Perle. Der Teint war farblos, und der schmale verkniffene Mund schien niemals zu lächeln. Ohne nach links und rechts zu schauen, kam er geradewegs auf die kleine Gruppe zu und wäre fast mit dem Kinderwagen zusammengestoßen, wenn Annie nicht »Achtung!« gerufen hätte. Ellen, ganz in ihre bitteren Gedanken versunken, hob erst jetzt den Blick, und helle Röte schoß ihr in die Wangen. »Mr. Francis!« murmelte sie.

Der junge Mann zuckte zusammen, verhielt den Schritt, und auch er wurde blutrot. Er lüftete den Hut und blieb fassungslos vor ihr stehen, der Wind spielte mit seinem dünnen Haar. »Ellen«, sagte er, und ein Zucken lief über sein Gesicht.

Annie musterte ihn prüfend. So, das war »Mr. Francis«, von dem Ellen ein paarmal gesprochen hatte, dankbar zwar, aber doch etwas unsicher. Der steht ja da, als hätte er einen Besen geschluckt, dachte Annie, dabei ist er ein Gentleman und nicht einmal so uneben, wenn man für diesen Typ etwas übrig hat. Annie hatte nichts für ihn übrig.

Ellen hatte Francis fast vier Jahre nicht gesehen. Sie lächelte ihn schüchtern an und reichte ihm die Hand. Dann versuchte sie, ihre Finger freizubekommen, aber er hielt sie so fest, daß es schmerzte und ihr der Ring ins Fleisch schnitt. Weder Jeremy noch Walter Porter erwähnten jemals seinen Namen, aber sie las oft in den Zeitungen über ihn: »Der Anwalt der Arbeiter.« Manche Blätter priesen ihn, andere waren zurückhaltend oder ablehnend.

Nein, dachte sie, die Zeit ist nicht gnädig mit ihm umgegangen. Sein Gesicht ist nicht freundlicher oder milder geworden. Er wirkte noch überheblicher als früher, aber als er jetzt Ellen ansah, da lag ein Schein bitterer Sehnsucht in seinen Augen, er lächelte sogar, etwas unsicher zwar, und dieses Lächeln wollte nicht recht zu seinem Auftreten passen. Sie stellte ihm die Kinder vor, und sofort verschloß sich das Gesicht wieder, wenn er auch Christian die Hand reichte und Interesse für die Kleine im Wagen heuchelte. Schau, schau, dachte Annie, die alles sah, alles durchschaute, er scheint die Kinder nicht zu mögen. Ich möchte wissen, warum. Aber ganz gewiß mag er die Mutter, ich glaube kaum, daß ich mich da täusche.

Ellen freute sich durchaus nicht über diese zufällige Begegnung, der letzte Besuch Francis' und der Krach mit Jeremy waren ihr noch in guter Erinnerung. »Ich bringe dich um«, hatte Jeremy zu ihm gesagt, und Ellen schoß das Blut in die Wangen, als sie an die Szene dachte. Sie war nervös und wollte doch nicht unhöflich sein, als er sich nach ihrem Befinden erkundigte. »Sie sehen nicht allzu gut aus«, erklärte er mit Nachdruck.

»Ach, es geht mir von Tag zu Tag besser«, antwortete Ellen, und fragte sich, ob Walter Porter, der heute abend bei ihnen erwartet wurde, jemals mit seinem Sohn über sie gesprochen hatte.

»Sie sind krank gewesen?« Es klang ehrlich besorgt.

»Ja ...« Ellen war verlegen, es gehörte sich nicht, mit einem Mann darüber zu reden. Aber Annie kannte keine Hemmungen: »Mrs. Porter hatte große Schwierigkeiten bei der Geburt ihres zweiten Babys, und nachher auch.«

»Annie!« rief Ellen tadelnd und wußte nicht, wohin sie schauen sollte. Aber Francis vergaß, daß sie mitten auf dem Gehsteig standen und ein Hindernis für die Passanten bildeten, die ungeduldig an ihnen vorbeihasteten. Er sah nur Ellen, und der Gedanke an Jeremy machte ihn rasend. Dieser Rohling war also schuld daran, daß seine schöne Ellen kränkelte, daß sie so mager geworden war – so unvorteilhaft. Er hatte sie niemals vergessen, keinen einzigen Tag. Das plötzliche Wiedersehen wühlte ihn auf; wäre er eine Frau gewesen, er hätte geweint vor Erregung und sie in die Arme genommen.

Um sich abzulenken, rettete er sich in eine konventionelle Frage: »Wie geht es Ihrer Tante, Ellen?« Es klang tadelnd, denn die Jammerbriefe Mays an Mrs. Eccles waren ihm wohlbekannt.

»Sie hat Gelenksschmerzen, das wissen Sie ja«, sagte Ellen und ihre Stimme berührte ihn noch tiefer, denn sie klang traurig. »Sonst geht es ihr den Umständen entsprechend«. Sie fühlte sich immer weniger wohl bei diesem Gespräch und wollte es abbrechen. Er aber sagte in seiner schulmeisterlichen Art: »Miß May hätte eben niemals nach New York kommen dürfen, das wissen Sie.«

»Wohin hätte sie denn gehen sollen?« fragte Ellen. »Ich bin der einzige Mensch, den sie in der Welt besitzt. Sie wäre nicht ohne mich geblieben.«

»Nein?« sagte Francis, jetzt redete ein Dienstgeber zu seiner unbotmäßigen Untergebenen, und das verfehlte seine Wirkung auf Ellen nicht, die sich sofort wieder minderwertig fühlte. Trotzdem wiederholte sie: »Nein, sie hatte niemanden.«

»Sie hatte meine Tante«, erklärte Francis, aber Ellen schaute ihn nur ruhig und gerade an. Die ersten Regentropfen fielen. Gott sei Dank! Sie atmete auf.

Christian hatte den Fremden ungeniert betrachtet, wie es die Art der Kinder ist, und da er noch den sicheren Instinkt der Unverbildeten besaß, merkte er die Spannung zwischen ihm und seiner Mutter genau. Annie machte eine rasche Wendung mit dem Kinderwagen und sagte: »Es regnet. Wir müssen schnell heim, ehe es ärger wird.«

»Ja«, Ellen nickte erlöst. Wieder reichte sie Francis die Hand, und er sagte tonlos: »Ich denke oft an Sie, Ellen ...« Seine Beherrschung geriet ins Wanken.

»Ich ... auch ...«, murmelte Ellen. »Guten Abend, Mr. Francis, und grüßen Sie Mrs. Eccles.«

Sie griff nach Christians kleiner Hand und zog ihn energisch fort. Annie fuhr los und Ellen folgte ihr eilig. Francis stand da, gequält, geschüttelt von seinem alten Kummer, seiner alten Verzweiflung. Er war kein bißchen streng, kein bißchen herrisch mehr. Er zitterte vor Sehnsucht, vor tiefem, hoffnungslosem Schmerz.

Am Abend, als die Gäste das Haus verlassen hatten, trat Cuthbert auf Jeremy zu: »Darf ich Sie einen Augenblick in der Bibliothek sprechen, Sir?« Jeremy blickte verwundert auf und nickte. Cuthbert folgte ihm in die goldene Wärme des Zimmers mit dem offenen Kamin. »Hat Ihnen Mrs. Porter heute von einer ... einer Szene erzählt, die sich in der Wohnung ihrer Tante abgespielt hat?«

»Nein.« Jeremy wurde aufmerksam. »Sie kam mir heute abend sehr abgespannt vor und hat sich schon vor einer halben Stunde zurückgezogen. Ist etwas passiert?«

Daraufhin gab ihm Cuthbert einen sachlichen Bericht, und Jeremy lauschte mit wachsendem Zorn. »Sie werden mir verzeihen, Sir«, schloß der Butler, »ich weiß, daß es nicht meine Angelegenheit ist. Aber Sie mußten es erfahren, um Madams willen. Sie hat sich sehr aufgeregt über den ... Zwischenfall. Er hat sie stark mitgenommen. Beim Dinner sah sie fast noch elender aus.«

»Danke, Cuthbert.« Jeremy erhob sich und ging geradewegs zu May hinauf. Ihre Zimmertüre war offen wie immer. Mays graues Gesicht veränderte sich, als sie plötzlich Jeremy vor sich sah, sie drehte sich schnell dem Ofen zu, doch trotzdem hatte er ihre verschwollenen Augen gesehen. Er bedeutete Edith, den Raum zu verlassen, und nicht ohne Bedauern schloß sie die Tür hinter sich, denn sie wäre gar zu gerne bei der Aussprache zugegen gewesen.

Jeremy setzte sich nieder und betrachtete die gebrechliche Frau ohne Mitleid. Manchmal bedauerte er sie, obwohl er sie nur sehr selten besuchte. Dann schaute er sich in dem verstaubten, unordentlichen Zimmer um, und sein Ärger wuchs.

»Mrs. Watson«, begann er ohne Einleitung, »ich habe gehört, daß Sie zu Mrs. Eccles nach Wheatfield zurückkehren wollen, obwohl sie einen unverschämten Betrag für Kost und Quartier verlangt. 75 Dollar die Woche! Sie muß wirklich wegen der Krise den Verstand verloren haben! Ich werde ihr 30 Dollar anbieten, und wie ich Mrs. Eccles kenne, wird sie mit beiden Händen zugreifen. Ich werde auch dafür sorgen, daß Sie eine Pflegerin bekommen. Morgen nehme ich eine auf, die Sie nach Wheatfield bringen und bei Ihnen bleiben wird.«

May war aus allen Wolken gefallen. Sie starrte ihn an: »Ellen! Was hat sie Ihnen vorgelogen?«

»Ich habe kein Wort mit Ellen darüber gesprochen.« Er bemühte sich, Ruhe zu bewahren. »Cuthbert, der Zeuge war, hat mir alles erzählt.«

»Der ... der ... schwindelt Sie an! Hat er Ihnen auch gesagt, wie gemein Ellen zur armen Miß Ember war? Sie hat sie hinausgeworfen! Ohne an mich zu denken und was ich ohne sie anfangen soll! Wie eine Mutter bin ich zu Ellen gewesen, und das ist der Lohn!«

Sie schüttelte sich vor Schluchzen. Jeremy sprach erst nach einer Weile weiter: »Mrs. Watson, ich weiß, daß Sie krank sind, und will Sie daher nicht länger behelligen. Ich weiß auch, daß Sie sich durch dieses lange Siechtum verändert haben. Früher haben Sie Ellen geliebt, haben sie betreut und erzogen, das stimmt. Und sie hat es Ihnen mit Liebe und Fürsorge vergolten, weiß Gott! Ich will Sie nicht fragen, warum sich Ihre Gefühle so gewandelt haben, obwohl Ellen noch genauso gut zu Ihnen ist wie früher. Ich glaube es zu wissen, aber egal. Ellen ist verzweifelt, und ich will nicht – ich wiederhole: ich will nicht – daß sie weiterhin solchen Szenen ausgesetzt ist, daß man sie kränkt und ihr unrecht tut. Sie erträgt es nicht. Deshalb« – er erhob sich – »werde ich Mrs. Eccles heute abend noch telegrafieren, daß Sie ihr Angebot annehmen und nach Wheatfield übersiedeln.«

»Nein, nein, das will ich nicht!« kreischte May. »Nicht ohne Ellen! Rufen Sie Ellen, ich will sie sofort sehen!« Sie rang verzweifelt die Hände.

»Nein«, gab Jeremy kalt zurück. »Ich nehme sie morgen früh nach Washington mit, und Sie werden weg sein, ehe wir zurückkommen. So verabschiede ich mich in ihrem Namen, hier und sofort. Etwas noch, nur des Interesses halber: Warum haben Sie Mrs. Eccles geschrieben, daß Sie zu ihr ziehen wollen?«

May biß sich auf die Lippen. Sie preßte die Hände an die Schläfen und bewegte den Kopf langsam hin und her. »Ich weiß es wirklich nicht ... Ich bin ein todkranker Mensch ... Glauben Sie mir ...«

»Aber ich weiß es nur zu genau«, sagte Jeremy und ein gefährlicher Unterton schwang in seiner Stimme mit. »Sie wollten Ellen verletzen und nichts anderes. Sie wollten, daß sie sich elend und schuldig fühlt. In Wirklichkeit haben Sie niemals die Absicht gehabt, mein Haus zu verlassen. Sie haben nur immer damit gedroht, um Ellen zu zermürben und sie zu kränken.«

»Nein, nein, wie können Sie das behaupten ... Ich habe wirklich geglaubt, daß es das beste wäre. Ich habe sogar Mrs. Eccles befragt, Sie können sich erkundigen. Nein, ich wollte tatsächlich weg. Seit ich hier lebe, geht es mir nicht aus dem Kopf, daß ich ein unerwünschter Gast, eine Plage bin. Ellen denkt nur an sich selbst, weil es ihr hier gut geht, aber wir gehören nach Wheatfield ...« Sie schaute ihn mit bitterem Vorwurf an. »Es war falsch von Ihnen, uns von dort wegzuholen, und Gott wird ...«

»Lassen wir den lieben Gott aus dem Spiel«, sagte Jeremy kühl.

Aber May war nicht zu halten, sie stotterte vor Erregung: »Ich habe es ihr immer wieder eintrichtern müssen, daß sie es einmal bedauern wird, und dann wird sie zu niemandem mehr flüchten können als zu mir. Sie wird wieder Vernunft annehmen, das schwöre ich Ihnen, und je früher desto besser. Sie ist für das feine Leben nicht geschaffen, jetzt ist sie krank geworden, weil sie es allmählich einsieht. Sie möchte davonlaufen, der Schmuck und die schönen Kleider und alles hier verändern sie nicht und machen sie nicht glücklich ...«

Großer Gott, dachte Jeremy, und etwas wie Mitleid für dieses verbohrte, törichte alte Weib, dessen Liebe zur Nichte sich in Groll und vielleicht sogar in Haß verwandelt hatte, wollte sich in seinen Zorn einschleichen. Ein Krüppel ist sie, dachte er, beschränkt und wirr im Kopf.

»Sie wissen nicht, was Sie reden, Mrs. Watson; Ihre Gebrechen haben sich auf Ihr Gemüt geschlagen. Später, wenn Sie vernünftig geworden sind, dann schreiben Sie Ellen so herzlich Sie können, denn sie verdient es. Das wissen Sie trotz allem ganz genau.«

Aber May war wie besessen. Sie hieb mit den Fäusten auf ihre mageren Knie: »Sie wartet nur darauf, daß ich sterbe, sie wird froh sein, wenn ich tot bin! Sie werden schon noch draufkommen, wie schlecht sie ist. Sir, und ich bedauere Sie schon heute!«

Er drehte sich um und ging die Treppen hinunter und hörte ihr Jammern, aber nun hatte er keinen Funken Mitleid mehr. Er betrat Ellens Schlafzimmer und fand sie matt auf dem Bett liegen. Als sie sich aufsetzte, sah er Tränen in ihren Augen blinken. Sie schlang die Arme um ihn, und er liebkoste sie, und seine Wut auf May kannte keine Grenzen. »Wie du weißt, Liebling, fahren wir morgen früh nach Washington«, sagte er, ohne zu fragen, warum sie weinte.

»Jeremy, ich kann nicht mitfahren«, flüsterte sie. »Wegen Tante May. Ich muß dir etwas erzählen ...«

»Ich weiß es schon, Cuthbert hat mir berichtet. Er wollte es dir ersparen, von der häßlichen Sache sprechen zu müssen. Nun, meine Süße, Kleine, schau nicht so unglücklich drein! Deiner Tante wird es an nichts fehlen. Edith gibt ihr ein Mittel, sie wird morgen lang schlafen, stör sie also nicht. Sie braucht soviel Ruhe als möglich, nicht wahr? Und morgen kriegt sie eine neue und bessere Schwester.«

»Sie will ›nach Hause‹, in das gräßliche Haus von Wheatfield, denk dir!« Ellen lächelte unter Tränen.

»So ein Unsinn! Aber jetzt leg dich nieder, Liebste. Stört es dich, wenn ich bei dir bleibe?«

Ihr Kummer schien vergessen, sie errötete vor Freude. Es waren lange, lange Monate gewesen, diese Monate der Genesung. Sie schmiegte sich an ihn, und er zog sie fest an sich. Sie wußte selbst nicht, warum ihr Jeremys bloße Nähe Schutz und Trost brachte – er war wie eine feste Mauer, die zwischen ihr und allem Bösen stand.

Zum erstenmal seit Monaten schlief er bei ihr, und es war wie in ihrer ersten Nacht.

XVIII

Kitty Wilders Gatte Jochan, ein Partner Jeremys, hatte den größten Teil seines Vermögens in den letzten Jahren vor der Finanzkrise von 1907 verloren und mußte sich nun etwas einschränken. Er war überoptimistisch gewesen, hatte verschiedene gewagte Transaktionen vorgenommen, und alles war fehlgeschlagen. Kitty, geschickter und vorsichtiger als ihr Mann, hatte sich nicht so weit vorgewagt, aber auch sie hatte Verluste erlitten, und das verstörte und ärgerte sie maßlos.

Jochan war ein zurückhaltender, schüchterner Mensch, aber ein bißchen zappelig in seinen Bewegungen, was Kitty nervös machte, und auch sein helles und harmloses Gesicht, das liebenswürdige Naivität verriet, gefiel ihr nicht mehr, ebensowenig wie seine lichten und etwas flackernden Augen. Er hatte zwar sein dichtes goldblondes Haar behalten, aber Kitty mochte blonde Männer nicht. Sein feingeschnittenes Gesicht, seine angeborene Höflichkeit, sogar Dienstboten gegenüber, sein gewinnendes Lächeln, alles das kam ihr weibisch oder zumindest unmännlich vor. Überdies hatte er seit langem seine Schlafzimmertür vor ihr versperrt, was Kittys Spott herausforderte und sie zugleich verdroß.

Sie ähnelte mehr denn je einer mageren, schwarzen Katze; sie wußte nicht, daß sie ihrem Mann geradezu widerwärtig geworden war. Was sie ebenfalls nicht ahnte, war, daß er seit geraumer Zeit eine reizende und zärtliche Freundin besaß, die ihn bedingungslos bewunderte. Kitty hätte es auch niemals geglaubt, und höchstens ein paar häßliche Bemerkungen, seine männlichen Fähigkeiten betreffend, gemacht.

Einmal hatte sie zu einer guten Freundin lachend gesagt: »Jochan ist wirklich eine männliche Ellen Porter! Aber vielleicht übertreibe ich schon, wenn ich das Wort ›männlich‹ überhaupt im Zusammenhang mit ihm gebrauche.«

Jochan war vor allem deshalb unglücklich über den Verlust seines Vermögens, weil er seine geliebte Freundin nun weniger verwöhnen konnte. Sie versicherte ihm, daß ihr das gleichgültig war. Jochan aber war es nicht gleichgültig, denn er liebte sie grenzenlos. Als ihm Jeremy nach seinem ersten Jahr in Washington antrug, in seiner Kanzlei für ein mehr als großzügiges Gehalt zu arbeiten, war er überströmend dankbar. Er achtete Jeremy sehr hoch und war ihm ganz ergeben; Männer mit geringer Durchschlagskraft sind meistens von ihren dynamischen Geschlechtsgenossen fasziniert und von deren Allmacht überzeugt. Jochan hatte allen Grund, an seiner eigenen Durchschlagskraft zu zweifeln, denn Kitty hatte ihm in den Jahren ihrer Ehe längst jegliches Selbstbewußtsein abgekauft. Jeremy seinerseits war froh, einen verläßlichen Mitarbeiter gewonnen zu haben.

So übersiedelten die beiden nach Washington – Kitty trunken vor Glück und Jochan bestrebt, dem Freund näher zu sein und ihm dadurch besser dienen zu können – und bezogen ein kleines, aber hübsches Haus in Georgetown, nahe dem größeren und kostbarer eingerichteten Domizil der Porters. Kitty, die Kontaktfreudige, schuf sich bald einen Bekanntenkreis, vor allem unter Jeremys Kollegen und deren Frauen, und alle waren entzückt von ihr, was sie von Ellen nicht waren. Ihre Weltgewandtheit, ihr sicheres Auftreten, ihr Witz, ihr liebenswürdiges Bemühen zu gefallen – sie war Meisterin in dieser Kunst, besonders wenn es zu ihrem Vorteil war –, ihre Schlagfertigkeit, alles das eroberte ihr die Sympathien im Flug. Außerdem hatte sie eine Menge Bekannte in den Botschaften und sprach oft von ihrem Vater, dem »Senator«. Sie war lebendig und ständig guter Laune, ihre Eleganz und ihr guter Geschmack waren sprichwörtlich, ebenso ihr Kunstverständnis; man besprach sich mit ihr in Modefragen, und einmal holte sogar die First Lady persönlich vor einem Ball ihren Rat ein.

Kitty war selig. Sie fühlte sich in ihrem Element, in dem Milieu, in das sie gehörte, mitten unter den mächtigen und einflußreichen Persönlichkeiten Amerikas. Sie liebte den scharfen Geruch der Macht, er berauschte sie mehr als Wein oder feine Dinners. Oft bedauerte sie, daß die Frauen nicht wählen durften und war überzeugt, daß sie selbst in den Kongreß käme, wenn einmal die gesetzlichen Voraussetzungen dafür geschaffen wären.

Unermüdlich warb sie um Jeremys Gunst, was ihn anfangs nur belustigte. Später wurde er nachsichtiger, sie war ihm nicht mehr unsympathisch wie früher. Kitty war inzwischen mehr denn je die treue Freundin Ellens geworden, ihre Vertraute, ihre Ratgeberin in allen Lebenslagen, und sie war emsig bemüht, diese Bindung zu festigen. Ellen schlotterte vor Angst, wenn sie ins Weiße Haus geladen wurden, aber mit Kittys Hilfe überwand sie ihre Scheu. Kitty konnte die Abneigung Ellens gegen die Hauptstadt nicht begreifen. »Hier schlägt das Herz Amerikas«, schwärmte sie, »hier wird Geschichte gemacht, hier werden die Gesetze geschaffen. Das muß dich doch begeistern!«

Aber es begeisterte Ellen durchaus nicht. Die rauschenden Festlichkeiten bedrückten sie, und sie blieb stumm und schüchtern, während sich Kitty geschmeidig bewegte, überall zugleich war, in blendenden Toiletten, sprühend und geistreich. Die Männer waren von ihr angetan, aber sie achtete eifrig darauf, auch die Frauen zu gewinnen.

Niemandem fiel auf, daß sie eigentlich häßlich war; ihr Temperament ließ sogar die riesigen weißen Zähne vergessen, die ihr Gesicht beherrschten. Ja, es gab Leute, die diese Zähne früher ein Pferdegebiß genannt hatten und sie dann später reizvoll fanden. Ellen bewegte sich scheu und ängstlich in ihrem Schatten, sie kam sich neben ihr linkisch, dumm und ungebildet vor.

Kitty hatte anfangs nur mit Mühe der Versuchung widerstanden, ihrer

Freundin geschmacklose Kleider oder auffallende »Kostümierungen« einzureden, um sie dem Gespött ihrer Umgebung preiszugeben und sie noch mehr zu isolieren, als sie ohnehin schon war. Aber ihre Klugheit behielt die Oberhand. Jeremy hätte es als erster erkannt und sofort gewußt, woher der Wind wehte. Dann hätte sie seinen Zorn zu spüren bekommen. Jeremys Wohlwollen aber war das beherrschende Element ihres Lebens, sowohl um ihres Ehrgeizes wie um ihrer Freude und ihrer hemmungslosen weiblichen Leidenschaft willen. Durchtrieben wie sie war, gelang es ihr allerdings, das bißchen Selbstbewußtsein, das Ellen noch besaß, zu unterminieren. Und somit setzte sie durch, was sie wollte: Ellen schränkte ihre kurzen Besuche in Washington noch mehr ein, da sie fürchtete, durch ihre Anwesenheit Jeremys Karriere zu schaden.

Während sich Ellen in New York aufhielt, vor allem während der Monate ihrer zweiten Schwangerschaft, gab Kitty in ihrem Haus in Georgetown regelmäßig erlesene Dinners für Jeremy. Selbst Jeremy war erstaunt über ihren großen Bekanntenkreis, über die hochgestellten Persönlichkeiten, die bei ihr verkehrten. Sie schmeichelte ihm und sang sein Lob vor den andern, die sich sonst wegen seiner »sonderbaren Ideen« und seines schroffen Auftretens reserviert verhalten hätten, und da ihre Bewunderung und ihre Anerkennung offensichtlich ehrlich gemeint waren, ohne daß sie deshalb unterwürfig oder gar kriecherisch tat, so kam es, daß ihn sogar Senatoren mit freundlicheren Augen betrachteten, wenn auch vorsichtig und mit einigen Vorbehalten. Und Kitty war es zuzuschreiben – auch darüber lächelte Jeremy –, daß er in Häuser eingeladen wurde, die ihm sonst verschlossen geblieben wären; er war ihr dankbar dafür. Auch er war ehrgeizig, nicht nur für seine Person, sondern für sein Land. Als Präsident Roosevelt sie einmal vor allen andern mit »Kitty« ansprach, da fand Jeremy, daß sie eigentlich etwas mehr Beachtung und Anerkennung von seiner Seite verdiene.

Ellen konnte sich nach Gabrieles Geburt monatelang nicht erholen und blieb fast ausschließlich in New York, weil sie in ärztlicher Behandlung stand. Jeremy hingegen war wegen der durch die Wirtschaftskrise bedingten Schwierigkeiten fast unabkömmlich in Washington. Jochan führte die Kanzlei in New York praktisch allein weiter. Kitty war glücklich. Sie wußte über Jeremys Privatleben genau Bescheid, wußte, daß er seiner Frau bis auf ein paar kleine, belanglose Seitensprünge treu geblieben war. Aber sie wußte auch, daß Jeremy viel für gescheite und amüsante Frauen übrig hatte, und daß er ein Vollblutmann war, der auf die Dauer nicht ohne Partnerin auskommen konnte; und weiters, daß er sich ihr in gewisser Weise verpflichtet fühlte. Zu allem Überfluß hatte ihr Ellen einmal verschämt angedeutet, daß ihr der Arzt bis zur völligen Genesung nach der zweiten Entbindung eheliche Beziehungen verboten hatte, und Kitty hätte jauchzen können vor Glück. Denn sie liebte Jeremy leidenschaftlich, ihm gehörten alle Gefühle, deren sie fähig war, sie lebte einzig und allein, um ihn sehen, ihn hören, ihn sprechen zu können.

Und so geschah das Unvermeidliche, fünf Monate nach der Geburt von Ellens zweitem Kind. Ellen war leidend und schwach und in New York festgehalten, und auch Jochan war dort in Jeremys Kanzlei, aus der er sich kaum wegbewegen konnte. In diesen unerfreulichen Monaten hatte Jeremy ein paar bedeutungslose Affären in Washington gehabt, Episoden ohne Folgen, wobei er sorgfältig den Frauen und Töchtern seiner Kollegen aus dem Weg gegangen war. Der Gedanke kam ihm gar nicht, daß er seine geliebte Ellen dadurch betrog, denn er vergaß die Namen der Frauen, wenn er von ihnen genug hatte. Erotische Erlebnisse beflügelten seine Arbeitskraft, hoben seine beruflichen Leistungen; er war eben nicht für Abstinenz geschaffen. Er war ein Mann, und Frauen waren Frauen: es machte ihm Spaß, mit ihnen beisammen zu sein, und niemals hatte er ein schlechtes Gewissen, denn er war es seit Jahren so gewöhnt, Abwechslung war ihm Bedürfnis. Es kam ihm niemals in den Sinn, Ellen dadurch unrecht zu tun. Er liebte sie doch mehr denn je, und diese Frauen waren sozusagen nur eine »Überbrückungshilfe« bis zur Genesung der einzig Geliebten. Freilich, sie hätte ihn kaum verstanden und nicht begriffen, daß sein Verlangen nach Frauen ein ebenso natürlicher Trieb war wie Hunger und Durst, ein Trieb, der befriedigt werden mußte. Im übrigen entdeckte er, daß die meisten seiner Kollegen ebenso dachten und handelten wie er; fast jeder hatte seine kleine Freundin. Nun, solange die Sache diskret blieb, wurde niemand dadurch beleidigt oder gekränkt.

So geschah es, daß auch Kitty ganz zufällig seine Freundin wurde. Sie reizte ihn nicht besonders, aber er kannte sie gut und sie lenkte ihn ab, sie war intelligent und amüsant und erzählte ihm den ganzen Tratsch der Stadt, und zwar mit Witz, und er lachte gerne. Sie ging ihm nicht auf die Nerven, wie ihm andere Frauen auf die Nerven gingen, noch ehe das Verhältnis zu Ende war. Sie interessierte sich für alles, sie brachte ihn auf andere Gedanken, wenn er es in Washington nicht mehr auszuhalten glaubte. Kitty hatte die Kunst, den Männern zu gefallen, schon in frühesten Jahren gelernt. Sie hatte sie entwickelt und vervollkommnet, und nun bekam sie durch ihre Liebe zu Jeremy einen besonderen Glanz.

Allmählich begann er sich über die anregenden Dinners zu freuen, die sie für ihn gab, mit seinen Lieblingsspeisen – denn sie hatte seine Neigungen seit langem registriert – und den Weinen, die er bevorzugte. Nach einem anstrengenden und unangenehmen Tag im Kongreß erholte er sich in Kittys Haus und hatte dabei durchaus nicht das Empfinden, seinen Freund Jochan zu betrügen. Kitty hatte ihm diskret angedeutet, daß sie und Jochan nichts mehr miteinander zu tun hatten. »Seit langem nicht«, wie sie hinzufügte. »Wir sind Freunde. Eine rein platonische Beziehung! Ich habe Jochan aufrichtig gern, aber nur wie einen Bruder.« So ließ er sich möglichst unauffällig Kittys eindeutige Einladungen gefallen. Wenn sie ihn dann im Bett mit heißen Liebesschwüren überschüttete, nahm er diese Geständnisse nicht besonders ernst; er schrieb sie ihrem Temperament und der augenblicklichen Stimmung zu. Zu oft schon hatte er das Wort Liebe in ähnlichen Situationen gehört; er schenkte somit den leidenschaftlichen Ergüssen Kittys wenig Glauben. Hätte er gewußt, daß ihm Kitty tatsächlich bis zum Wahnsinn verfallen war, ihm allein, dann hätte er die Beziehung sofort abgebrochen, die ihm nur Spaß und angenehmen Zeitvertreib bedeutete. Er war der Meinung, daß alle Frauen, mit Ausnahme von Ellen, das Wort Liebe einfach im Mund führten, weil es sich in gewissen Situationen eben so schickte. Es konnte ihm freilich nicht verborgen bleiben, daß Kitty eine echte Schwäche für ihn empfand, aber er war von ihrer Leichtfertigkeit in Liebesdingen überzeugt, und auch davon, daß sie schon eine ganze Menge Affären hinter sich hatte, die sie ebenso leicht gelöst wie begonnen hatte. Sobald Ellen wiederhergestellt war, sollte das Verhältnis beendet werden, das stand für ihn fest. Für Kitty bedeutete dieses Intermezzo dasselbe wie für ihn, so meinte er: eine nette, muntere Abwechslung, ein Vergnügen, das keine Fortsetzung verlangte. Er hatte sie Jochan nicht geraubt, und sie hatte ihn Ellen nicht geraubt. Ja, so war es.

Kitty aber schwebte in höheren Sphären. Sie glaubte fest, daß Jeremy sie ebenso liebe, und daß es bis zum Ende aller Tage so weitergehen würde. Jede andere Alternative wäre unerträglich für sie gewesen. Wir gehören einfach zusammen, dachte sie berauscht und selig. Wir sind geistig und seelisch verwandt, du mein über alles Geliebter, du. Und da sie nun endlich die Erfüllung gefunden hatte, blühte sie auf, wurde fast hübsch, sprühte und strahlte. Ihre Freunde waren mehr denn je von ihr hingerissen. Sie brannte buchstäblich, wie sie niemals gebrannt hatte.

XIX

Der Sprecher erhob sich in priesterlicher Majestät, in all seiner Erhabenheit und Großartigkeit, und blickte über die vollen Ränge des Kongresses. Er schaut aus wie ein Scharfrichter, der eben das Urteil vollzieht, und zwar mit sadistischem Genuß, den er hinter unheilschwangerer Frömmigkeit verbirgt, dachte Jeremy Porter. Er hatte niemals viel von dem Sprecher gehalten; ein alter Gauner ist er, dachte er, der Gemeinplätze mit dem Pathos eines Predigers verzapft und gerne den Allmächtigen anruft. Er wirkte meistens so, als käme er eben von einem langen und geheimen Zwiegespräch mit Gott höchstpersönlich; oft blickte er auf zum Himmel, als erwarte er von dort die verdiente Zustimmung, die nur sein Ohr allein vernehmen konnte.

Er war ein kleiner, magerer Mann, aber seine Stimme tönte gewaltig wie Trompetenschall und so wurde er unehrerbietig »Der Furz« genannt. Er trug stets, Sommer und Winter, schwarze Anzüge aus immer dem gleichen Tuch. Die Witzworte, die Jeremy dann und wann seinen Kollegen zuflüsterte, wurden ihm selbstverständlich sofort weitergegeben, und deshalb haßte er Jeremy wie die Pest, so wie eben nur ein Heuchler, der sich als Mann Gottes und als Freund aller Menschen fühlt, hassen kann.

Nachdem er das Haus zur Ordnung gerufen hatte, stand er kerzengerade und stumm da und starrte auf sein Pult. Sein runzeliges Gesicht war sehr feierlich und weise und drückte tiefe Trauer, verbunden mit eherner Entschlossenheit aus.

Er sprach, und seine Stimme dröhnte durch die Halle: »Wir wurden heute hergebeten, um eine vorläufige Untersuchung der Beschuldigungen gegen das Kongreßmitglied Jeremy Nathaniel Porter aus New York City vorzunehmen. Es handelt sich dabei um eine Pflicht, der wir uns nicht entziehen dürfen, eine große, heilige Pflicht, die uns die Gesetze unseres Vaterlandes auferlegen. Sowohl unser Gewissen, wie das Gesetz gebieten uns, diese Untersuchung durchzuführen, um festzustellen, ob Kongreßmitglied Porter gerügt oder gar enthoben werden soll.«

Jeremy lehnte sich in seinen Stuhl zurück und schaute höchst belustigt drein. Er kreuzte die Arme über der Brust. Seine Kollegen, sogar seine wenigen Freunde, vermieden es sorgfältig, ihn anzusehen. Es war ein heißer Maitag, ein Tag, wie er nur in Washington vorkommt, feucht und fahl und unerträglich schwül. Die Fenster des Saales standen offen, und draußen sah man den hitzeglühenden Himmel; alles glitzerte, vom Zaumzeug der Pferde bis zum Pflaster. Ventilatoren in Form großer Fächer waren an der Decke befestigt und bewegten sich schwerfällig hin und her, dadurch wurden die Fliegen aufgescheucht und der Staub im Sonnenlicht herumgewirbelt. Die Politiker in den Sitzreihen trockneten sich wie im Gleichtakt die Stirnen, ihre Gesichter waren rot und naß, und da und dort hörte man das diskrete Geräusch von Papierblättern, mit denen sie sich Luft zufächelten. Die wenigen, die an Jeremys Seite standen, ärgerten sich, daß sie seinetwegen hier eingesperrt waren, statt sich in den schattigen Gärten oder den kühlen Zimmern ihrer Freundinnen zu erholen.

Der Sprecher fuhr fort: »Kongreßmann Jeremy Porter von New York City hat den Kongreß in der Presse angegriffen und die Wahrheit mit Füßen getreten. Es ist unter meiner Würde als Sprecher dieses Hauses, die Pamphlete, offenen Anschuldigungen und krassen Verleumdungen zu wiederholen, die Kongreßmann Porter unablässig in den Zeitungen verbreitet, ohne Rücksicht auf die Kollegen, die er einmal als ›gekauft‹« — er räusperte sich und seine Stimme vibrierte schmerzlich — »ein andermal als ›Hurensöhne‹ oder als ›blöde Hammel‹ bezeichnet hat — die einen Banditen nicht einmal dann erkennen, wenn er ihnen schon mit der Flinte im

Nacken herumfuchtelt, oder als Verschwörer gegen das Volk dieser Vereinigten Staaten. Das sind so die letzten Schmähungen, die er in gewissen Schmierblättern veröffentlichen ließ. Denn keine Zeitung, die etwas auf sich hält, würde derartige Gemeinheiten wiedergeben ... Man hätte nichts davon erfahren, wären diese Entgleisungen nicht da und dort von verantwortungslosen Blättern aufgegriffen und weiterverbreitet worden, was eine gewisse Unruhe verursachte.

Porter hat sogar den Präsidenten der Vereinigten Staaten schamlos beleidigt, indem er ihn als Werkzeug ›internationaler Verschwörer‹, wie er das zu nennen beliebt, darstellt, ›Verschwörer, die den ganzen Erdball aus eigensüchtigen Gründen unterjochen wollen‹. Weiters hat er behauptet, alle Präsidenten der letzten Zeit seien nur auf Weisung und mit Zustimmung dieser sogenannten ›Verschwörer‹ gewählt worden, und auch in Zukunft werde keiner ohne Billigung jener nebulosen Clique gewählt. Er hat das erlauchte Haus des Senats öffentlich beleidigt, das nun endlich öffentlich dagegen protestiert.

Jeder der verantwortlichen Anwesenden hat diese Fakten bis zum Überdruß vernommen. Lange wurde geschwiegen. Nun aber übersteigt der Schimpf, den man uns antut, alle Grenzen; unsere christliche Langmut ist erschöpft. Wir sind zum Einschreiten gezwungen, und zwar sowohl durch das Gesetz, wie durch unsere Ehre als Gentlemen, als die gewählten Vertreter des großen Volks der Vereinigten Staaten. Bevor wir daher unsere Diskussion beginnen – Sie finden Auszüge der Reden und Schmähungen auf Ihren Pulten –, wollen wir, loyal wie wir sind, Kongreßmann Porter Gelegenheit zu einer kurzen Erklärung geben, um zu erfahren, was ihn zu seinem beispiellosen Verhalten trieb, das unter den anständigen Bürgern des Landes höchstes Ärgernis erregte.«

Jeremy murmelte eine unanständige Bemerkung. Die Herren, die neben ihm saßen, verzogen grinsend ihre Gesichter, legten sie aber dann sofort wieder in ernste Falten. Aus verschiedenen Gründen waren zu dieser Sitzung keine Beobachter zugelassen. Jeremy streckte sich und stand auf, langsam, breit und groß, sichtlich uninteressiert an der Sache. Er sagte: »Als erstes eine Frage, nur der Ordnung halber, sofern es dem Sprecher des Hauses genehm ist: Soll das eine reguläre Sitzung sein?«

Der Sprecher zögerte mit der Antwort. Es war sehr still in dem schwülen Saal. »Sie ist nicht offiziell, Kongreßmann Porter. Nur eine Vorbesprechung, um Ihnen Gelegenheit zu geben, die gegen Sie erhobenen Beschuldigungen zu bestätigen oder zu bestreiten.«

»Oh«, sagte Jeremy, »dazu ist keine Diskussion nötig. Ich bestätige sie, Wort für Wort. Das einzige Ärgerliche daran ist, daß die Presse mich nicht vollständig zitiert hat, sondern verschiedenes ausließ, zweifellos, um die keuschen Gemüter der Leserschaft nicht zu schockieren. Ich habe den Zeitungen mitgeteilt, daß ich sowohl aus der Scardo Society wie aus dem Komitee für Auslandsstudien geschieden bin, weil ich nicht länger schweigen kann. Ich habe alles beobachtet und erfahren, was nötig war, in diesem Jahr des Heils 1908, mitten in der Wirtschaftskrise. Noch heuer wird das amerikanische Volk wieder zu den Urnen schreiten, um seinen Präsidenten zu wählen. Ich halte es für meine Pflicht als Staatsbürger, die Wählerschaft aufzuklären, wo ihre Feinde sitzen. Obwohl es, weiß Gott«, schloß er seufzend, »vermutlich zu spät ist, um etwas zu unternehmen.«

Niemand rührte sich noch. Aber Unruhe schien unter der lastenden Stille des Saales zu nisten und konnte jeden Augenblick ausbrechen. Jeremy hatte fast beiläufig, jedoch mit unterdrückter Bitterkeit gesprochen, seine Stimme klang kraftvoll und überzeugend.

Er fuhr fort: »Wie der erlauchte Sprecher Ihnen bereits mitteilte, meine Herren, liegt ein Teil des Materials, das ich der Presse zur Verfügung stellte, auf Ihren Pulten; das meiste dürfte Ihnen schon bekannt sein. Bestimmt haben Sie viele dieser Informationen gelesen. Es ist daher nicht nötig, daß ich ins Detail bei jedem meiner Vorwürfe, meiner schweren Anklagen gehe. Ich habe nicht nur das Wohlwollen des Kongresses aufs Spiel gesetzt, ich habe mir auch die Feindschaft jener kalten, aber gewalttätigen und zu allem entschlossenen Clique zugezogen, die das Existierende zerstören und die Ordnung in sämtlichen Staaten des Erdballs umstürzen will, um ein Chaos zu schaffen, aus dem sie dann selbst als monströser Diktator und Weltenherrscher hervorgeht. Es ist nicht der Machthunger allein, der diese Clique treibt. Es ist ihr angeborener Haß gegen alles Menschliche und ihr Bestreben, auch Kindern und Kindeskindern die gleiche Zwangsherrschaft zu hinterlassen. Diese Männer halten sich für Herrenmenschen und dem Durchschnittsbürger an Intelligenz überlegen; während sie, um ihrer eigenen Ziele willen, die Gleichmacherei predigen, bekämpfen sie in Wahrheit sogar die von unserer Verfassung gewährleistete Gleichheit der Bürger vor dem Gesetz. Sie reden von sozialer Gerechtigkeit, ja, von Populismus, und schreien nach einer bundesweiten Einkommensteuer, um ›den Wohlstand zu verbreiten‹, ›die Armut auszurotten‹ und ›die Arbeiter zu fördern‹. Dabei finden sie es nicht paradox, daß sie selbst steinreiche Leute sind.

Sie wissen ganz genau, daß – wie Lord Acton sagte – die Macht zur Besteuerung die Macht zur Zerstörung in sich schließt. Deshalb arbeiten sie einen 16. Verbesserungsvorschlag, einen Nachtrag zur Verfassung aus, nämlich die Einführung einer Einkommensteuer, wie sie vom Bundesgerichtshof mehrfach als verfassungswidrig erklärt wurde.

Ihr Ziel ist es, den aufsteigenden Mittelstand in der ganzen Welt zu entmachten, denn das Bürgertum ist ihr gefährlichster Feind, der Gleichmacherei nie billigen würde. Ist der Mittelstand einmal ausradiert, dann haben die Massen niemanden mehr, der sie verteidigen könnte, sie sind mundtot gemacht und nur mehr die gefügigen Sklaven der ›Elite‹. So einfach ist die ganze Sache. Deshalb wird die Bourgeoisie allenthalben verteufelt, indem man dem Volk einredet, daß es von ihr ausgebeutet und unterdrückt wird. Und was ist die Folge? Die Proletarier kämpfen gegen ihren einzigen Schutz und ihre wahren Freunde und richten sich damit zugrunde.

Es ist durchaus keine originelle Verschwörung. Etwas Ähnliches hat schon Catilina im alten Rom versucht, denn er verachtete das gewöhnliche Volk und mehr noch das Bürgertum, dessen Aufstieg eben begonnen hatte. Er wollte Macht, um die Republikaner zu unterjochen, die er so tief verachtete. Zum Glück besaß Rom in Marcus Tullius Cicero den Mann, der Gesetz, Recht und Freiheit rettete. Wenigstens für einige Zeit. Es ist traurig, aber leider setzt sich am Ende doch das Böse durch, wenn die Pfarrer auch das Gegenteil behaupten. So wurde die römische Republik bald darauf zerstört und der Imperialismus triumphierte, der sogar die freien Männer in die Sklaverei schickte. Die Mittelschichte Roms wurde ausgemerzt. Ich glaube, ich brauche hier nicht darauf einzugehen, was weiter geschehen ist, denn ich bin überzeugt« – er warf einen spöttischen Blick in die Runde –, »meine Herren Kollegen haben ihren Geschichtsunterricht nicht vergessen.«

Die Ventilatoren an der Decke rührten die Hitze auf und verstärkten sie noch. Die Abgeordneten starrten auf die Blätter, die vor ihnen auf den Pulten lagen, und befeuchteten die Lippen. Einige schienen völlig teilnahmslos, ihre Augen waren halb geschlossen. Jetzt hob der eine oder andere den Kopf und sah Jeremy halb bewundernd, halb respektvoll an. Aber das waren nur wenige. Der Sprecher studierte bedächtig seine Handflächen.

Jeremy fuhr in seiner Rede fort, ruhig, doch mit Nachdruck: »Die Krise, unter der wir zum Jammer des Volkes leiden, ist nur eines der verwerflichen Mittel dieser Verschwörer. Sie streben eine weitere Verfassungsänderung an: das sogenannte Federal Reserve System, eine neue Geld- und Kreditorganisation, die ihnen die Kontrolle über die Währung und den Geldumlauf in die Hände spielen soll. Sie reden dem Volk ein, daß es keine Not mehr geben wird, wenn dieser Entwurf durchgeht. Und damit soll stillschweigend der Goldstandard fallen – die Macht des Goldes geht auf sie über. Wenn unsere Währung nicht mehr durch Gold gestützt ist, können die Bankiers und Verschwörer nicht nur unser Geld, sondern die Wirtschaft und damit das Volk selbst unter Kontrolle halten. Das, Gentlemen, ist ihr Ziel, ich habe es auf ihren Geheimsitzungen selbst vernommen.

Erst zwei Jahre ist es her, daß einer der größten Bankleute Amerikas, Jacob Schiff, öffentlich erklärt hat: ›Wenn unser Währungssystem nicht durch das Federal Reserve System reformiert wird, schlittert Amerika in eine endlose Wirtschaftsflaute, mit der verglichen die drei vorangegangenen ein Kinderspiel waren‹. Mr. Schiff ist einer der mächtigen und einflußreichen Finanzmänner, die dieses Federal Reserve System wünschen. Brauche ich Ihnen noch mehr zu sagen?

Monate vor dem Ausbruch der Krise schwankten die Kurse der täglich kündbaren Gelder zwischen 10 und 125%. Mr. Schiff wetterte: ›Eine Schande für einen zivilisierten Staat!‹ Er hatte recht. Aber wer hat diese Schwankungen verursacht? Mr. Schiff und viele andere kennen die Antwort, und ich kenne sie auch.«

Jetzt sprang der Sprecher auf und schrie mit schriller Stimme in den Saal: »Mr. Schiff ist ein großer, ehrenwerter Patriot, der nur das Wohl des Vaterlandes im Sinn hat!«

»Stimmt«, erwiderte Jeremy. »Um Shakespeares Marc Anton zu zitieren: ›Sind sie nicht alle, alle ehrenwerte Männer?‹ Ja, wahrhaftig.«

Der Sprecher erhob Protest und setzte sich nieder. Dann blickte er über den Saal hin und fragte: »Was hat Shakespeare in dieser Diskussion zu suchen?« Keiner lachte, die meisten nickten in belustigter Zustimmung, obwohl viele von ihnen Marc Anton nicht einmal dem Namen nach kannten.

Jeremy wartete eine Weile, bis sich die Heiterkeit gelegt hatte, und sprach dann weiter; jetzt klang es wieder bitter und verächtlich:

»Die Verschwörer, die Schwerreichen und die tollkühnen Unternehmer, die mächtigen Finanzleute auf der ganzen Welt, die riesigen Industrien haben überall eine Truppe in die vorderste Front gestellt, die das Volk täuschen, ihm Sand in die Augen streuen und es aufhetzen soll: die sogenannten Intellektuellen, Schwächlinge ohne Rückgrat, Männer, die ihre eigene Minderwertigkeit genau kennen und sich vor der Kraft und der Härte der andern fürchten. Sie hegen wilde Rachegelüste gegen alle, die klüger und tüchtiger sind als sie. Auch sie streben nach der Macht, die Herren von der Fabier-Gesellschaft, die Bewunderung für Karl Marx und seine Liga der Gerechten heucheln. Sie sind nur für das Volk da – das Volk, das sie heimlich hassen und verachten. Unterschätzen Sie diese Leute nicht!

Die Pseudo-Intellektuellen haben ihre hirnrissigen Ideologien gegen die ruhigen Philosophien der echten Intellektuellen eingetauscht, die das Kennzeichen der menschlichen Kultur sind, denen wir Kunst und Religion verdanken. Die Ideologien der andern verursachen Wirren und Revolutionen, Kämpfe und Massaker, Haß und Vernichtung. Wir werden ihre Früchte bald in einem schrecklichen, weltweiten Krieg erkennen, durch den die bestehende Ordnung vernichtet und die rechtmäßige Regierung gestürzt werden soll.«

Nun schrien alle durcheinander: »Ein Krieg! Was für ein Krieg? Lächerlich! Was meinen Sie damit?«

Jeremy schaute hinunter auf die wütenden und ungläubigen Gesichter und wartete, bis es ruhig wurde. Dann redete er weiter:

»Die Pseudo-Intellektuellen spielen eine wichtige Rolle im Dienst ihrer

Herren. Der echte Intellektuelle tut sie als radikale Schreihälse ab und darin eben liegt die schreckliche Gefahr. Der wahre Intelligenzler vermeidet Kontroversen und öffentliche Dispute, während seine Stiefbrüder der Presse hofieren. Sie sind laut und vehement, sie schäumen und deklamieren; die Presse findet sie unterhaltend und farbig. Sie verlassen sich auf die Tatsache, daß kein Politiker den Journalisten jemals die Wahrheit sagt oder zu sagen wagt. Sie wollen an den bevorstehenden Krieg nicht glauben. Aber ich versichere Ihnen: Wir werden bald einen Weltkrieg haben. Ich war Zeuge jener Verschwörung, und ich weiß auch, wer als Gegner in Frage kommt. Rußland, das gegenwärtig noch immun gegen eine sozialistische Staatsform ist? Oder Deutschland? Frankreich und das Britische Empire waren in meiner Gegenwart ebenfalls im Gespräch; man wird sich bald entscheiden. Den Verschwörern ist im Grunde jeder ›Feind‹ recht.

Zuerst, so erkären sie, muß Rußland marxistisch werden, und da bestehen trotz allem recht gute Aussichten. Wenn das Land nach dem Krieg verwüstet darniederliegt, gelangen die russischen Kommunisten zur Herrschaft, und diese Herrschaft wird unumschränkt sein. Einige von Ihnen werden vielleicht einwenden, daß der Kommunismus doch der Feind der Großunternehmer, der Bankiers und der Kapitalisten ist. Aber das stimmt nicht ganz. Die Verschwörer sind eine Macht, die hinter dem Kommunismus steht, das werden Sie später erkennen. Die Kommunisten werden von den internationalen Bankiers und ihren Verbündeten finanziert und von unsern Pseudo-Intellektuellen freudig begrüßt, die jetzt schon das Wort Humanität ständig im Munde führen. Ich kann mit hundertprozentiger Sicherheit behaupten, daß die Pseudo-Intellektuellen keinen entscheidenden Anteil an der Verschwörung haben, dazu scheinen sie mir nicht findig genug. Aber gerade deshalb hat man sie gekeilt.

Wenn ich behaupten wollte, William Jennings Bryan und die andern Populisten seien an der Verschwörung beteiligt, täte ich ihnen unrecht. Sie sind zu arglos, zu naiv; sie durchschauen die Menschen nicht, sie sind einfach zu töricht. Aber sie werden von unseren Feinden manipuliert.

Glauben Sie mir, Gentlemen, die Apokalypse ist nahe. Ab nun wird es keinen Frieden mehr in der gemarterten Welt geben, nur programmierte und systemisierte Serien von Kriegen, bis die Verschwörer ihr Ziel erreicht haben und eine erschöpfte, ausgehöhlte, hoffnungslose Menschheit bereit ist, alles, sogar die totale Versklavung, auf sich zu nehmen – im Namen des Friedens.«

Und nach einer eindrucksvollen Kunstpause, die trotz der lähmenden Hitze im Saal so manchem Zuhörer den kalten Schauer über den Rücken jagte, fuhr Jeremy mit leiser, aber fester Stimme fort:

»Was mich und meinesgleichen betrifft – wir sind leider nur wenige –, so werden wir Josiah Quincy zitieren: ›Wir schwören vor Gott, daß wir, wo immer, wann immer und wie immer uns der Tod bestimmt ist, als freie Menschen sterben wollen.‹ «

Wieder eine Pause. Dann: »Ave, Caesar, morituri te salutant.«

Ohne die Erlaubnis des Sprechers abzuwarten, verließ Porter den Saal.

Zu seiner Verblüffung wurde er weder gerügt noch unter Anklage gestellt, so daß er leise Hoffnung schöpfte. Aber er wurde auch nicht mehr von der Presse interviewt. Das wunderte ihn nicht, denn die Zeitungen waren den Verschwörern gegenüber machtlos. Somit war Jeremy praktisch mundtot. Er wurde im November nicht wieder gewählt. Aber Francis Porter wurde gewählt, und auch das wunderte Jeremy nicht.

XX

Zuweilen hatte Jeremy das Gefühl, seine Ellen verkörpere geradezu das gute, arglose, kindliche Amerika. Niemals war sie gewillt, an Schlechtigkeit oder Tücke zu glauben, immer unfähig, den Menschen als das zu sehen, was er war: böse wie ein reißendes Tier, unverbesserlich. Der Kult Rousseaus grassierte nicht nur unter den Ahnungslosen wie Ellen, er war auch in die Reihen der Pseudo-Intellektuellen eingedrungen, die meinten, daß der Mensch edel geboren und nur durch die »Gesellschaft« verdorben worden sei.

Als nüchterner Skeptiker war Jeremy ein Gegner jeder religiösen Praxis; trotzdem begann er nun über das Göttliche nachzudenken, und manchmal beschäftigte er sich sogar mit der Bibel. Er entdeckte unbestreitbare Wahrheiten, zeitlose, die ihm erschreckend aktuell schienen. Besonders aber freute ihn, daß die Bibel nicht nur aus Milde, Sanftmut und zuckriger Güte bestand, sondern auch aus dunklen Drohungen, Schrecknissen und rächender Gerechtigkeit. Die Welt hatte nicht nur die Güte Gottes zu erwarten, sondern unvermeidlichen Zorn.

»Eine feste Burg ist unser Gott«, lautete der Hymnus. Wenn aber die Burg vom Bösen unterminiert war, wer konnte die Bewohner der Burg retten? Immer würde Gott siegen, so las er. Aber Gott rechnete in Jahrhunderten, während der Sterbliche in Stunden und Tagen rechnen muß. Das gegenwärtige Leid konnte kaum durch die Hoffnung auf einen göttlichen Sieg in weiter Zukunft gemildert werden. Selbst unter den Heiligen gab es nicht allzu viele, die solche Zuversicht, solche Größe besaßen. Millionen von guten, wertvollen Menschen wurden durch ihr gegenwärtiges Unglück geschwächt, abgestumpft und zerstört. So schlossen sie Kompromisse, verließen sich auf trügerische Hoffnungen und trösteten sich mit der lahmen Ansicht, daß dieses Leben zu kurz sei, um zu den Waffen zu greifen und zu kämpfen.

Jeremy versuchte Ellen für den Daseinskampf zu wappnen, ohne ihr allen Glauben zu nehmen. Sie sollte die Welt nicht verachten wie er, sie sollte sie aber besser verstehen. Doch das war sinnlos. Ihre Vertrauensseligkeit ließ sich durch nichts erschüttern, obwohl sie, weiß Gott, schon genug schlimme Erfahrungen gemacht hatte. Sie begriff Jeremys Warnungen einfach nicht, und er wurde in seiner Ansicht neuerlich bestätigt, daß es die Unschuld ist, die zwischen dem Menschen und seinem Sieg über das Böse steht.

»Aber Christus war unschuldig«, sagte sie einmal, »und gut und ohne Haß.«

»Vergißt du, daß er die Wechsler aus dem Tempel getrieben, daß er die Pharisäer und die Schriftgelehrten verdammt hat? Und denke an die Offenbarung Johannis!«

Worauf Ellen mit einem glücklichen Lächeln antwortete: »Ich bin so froh, mein Liebster, daß du jetzt die Bibel liest.«

Jeremy gab es auf, doch die Sorge um Ellens Zukunft bedrückte ihn mehr und mehr. Er beriet sich mehrmals mit Charles Godfrey und Walter Porter, um seine Frau zu sichern. Auch Walter Porter hatte seine Sorgen: daß sein Sohn in den Kongreß gewählt worden war, paßte ihm durchaus nicht, und ebensowenig, daß die Presse Francis sehr häufig lobend erwähnte.

Jeremy war angenehm überrascht, daß seine Anwaltskanzlei durch seine Niederlage im Kongreß nicht gelitten hatte. Jochan Wilder erwies sich als ein besonders tüchtiger Mitarbeiter, der froh war, von Washington wegzukommen. Kitty hingegen trennte sich nur sehr ungern vom gesellschaftlichen Treiben der Hauptstadt. Aber dafür konnte sie sich mit der augenfälligen Besserung ihrer finanziellen Verhältnisse trösten, die der Tätigkeit in Jeremys Kanzlei zu verdanken war. Auch ihre Sorge, Jeremy könnte sich nach der Übersiedlung von ihr trennen, erwies sich als unbegründet. Trotz seiner unwandelbaren Liebe zu Ellen hatte sich Jeremy an die Gesellschaft Kittys gewöhnt, an ihren sarkastischen Witz, ihre spritzigen Bemerkungen. Im Vergleich zu Ellen, die eher einem milden Rosé glich, wirkte sie wie moussierender Champagner. Dabei war er durchaus nicht in Kitty verliebt, doch ihre Nähe entspannte ihn.

Es überraschte ihn keineswegs, von der »Besorgnis« des britischen Parlaments über das wachsende Eindringen Deutschlands in »unsere bis jetzt unbestrittene Vorherrschaft im Welthandel« zu hören. So, dachte er, Deutschland wird also unser Gegner sein. Und noch aus einem ganz andern Grund machte Deutschland »Sorgen«: Der Kaiser begann seine Armee zu verstärken. Das wurde in der Presse als »Deutschlands plötzliche kriegsähnliche Tätigkeit« bezeichnet. Die Verschwörer, dachte Jeremy, sind also am Werk. Als er las, daß Rußland die Kommunisten verfolgte und Lenin aus dem Land verwiesen hatte, und daß die Weltpresse dieses Vorgehen »verfassungswidrig« nannte, wußte er: das Ende war nahe.

Aber Amerika jubelte wieder, denn William Howard Taft war gewählt worden. Die Erklärungen des neuen Präsidenten über »mehr und größeren Frieden und wachsenden Wohlstand« wurden in der Presse im vollen Wortlaut wiedergegeben. Die Krise war vorbei. Jeremy schätzte den Präsidenten hoch, hielt ihn für einen integren und vernünftigen Mann, aber auch für einen liebenswürdigen, zu Kompromissen bereiten. Und das schien Jeremy verdächtig. Als Mr. Taft seine Zustimmung zu einer probeweisen Einführung einer bundeseinheitlichen Einkommensteuer, zur Direktwahl der Senatoren und zum Federal Reserve System gab, trat Jeremy der konservativeren Demokratischen Partei bei, von der Mr. Taft als Whig, als linker Reformer, hingestellt wurde.

May Watson schrieb ihrer Nichte unter dem Datum vom 3. Juni 1911:

»Sechs Monate ist es her, daß du mich in Wheatfield besucht hast, und zwei Wochen sind es seit deinem letzten Brief...« Nach den üblichen Klagen über die Selbstsucht Ellens, fuhr sie fort: »Du warst sehr unhöflich zu Mrs. Eccles, die wie eine Schwester zu mir ist, hast kaum mit ihr gesprochen, hast ihre freundliche Einladung in ihr Haus nicht angenommen und statt dessen mit dieser gräßlichen Clarisse im Hotel gewohnt. Mrs. Eccles ist darüber noch heute verstimmt. Sie hat eine neue Pflegerin für mich engagiert, eine sehr gute, denn die Frau, die dein Gatte aufgenommen hatte, war unverschämt zu Mrs. Eccles und hat sich geweigert, ein paar Stunden im Tag für sie zu arbeiten. Ich bin eine rechte Last für Mrs. Eccles, obwohl sie als gute Christin nie ein Wort darüber verliert; sie ist so gütig zu mir. Die neue Pflegerin hilft im Haushalt, wie es sich gehört. Bitte schicke mir zehn Dollar, ich brauche neue Plaids. Meiner Meinung nach sollte dein Gatte auch mehr Pension für mich bezahlen, sage ihm das.« Und dann folgten die ebenfalls üblichen Beteuerungen, wie schön sie beide dort in Wheatfield leben könnten...

Ellen war stets niedergeschlagen, wenn ein Brief ihrer Tante eintraf. Sie wagte Jeremy nicht mehr von den weinerlichen Berichten zu erzählen, er ärgerte sich zu sehr darüber und konnte recht ausfallend werden. »Was bildet sie sich ein, die alte... Will sagen, deine alte Tante?« hatte er sie einmal angefahren. »Warum setzt du ihr nicht endlich den Kopf zurecht? Schreib ihr klipp und klar, wieviel ich für ihren Unterhalt in Wheatfield zahle, und wo, zum Teufel, sie wäre, wenn ich dich nicht geheiratet hätte? Im Armenhaus oder abgekratzt wäre sie. Du kannst sie auch daran erinnern, daß ich für ihre Arztrechnungen aufkomme und für alles andere. Wein doch nicht, um Himmels willen! Und weil wir schon dabei sind, hör endlich auf, die ›gütige Lady‹ zu sein, mit deinem Wohlfahrtsfimmel. Ich weiß, ja, ja, es gibt die ›Armen‹, und ich habe nichts dagegen, denen zu helfen, die es verdienen; aber es gelingt dir mit geradezu nachtwandlerischer Sicherheit, immer gerade diejenigen zu beteilen, die arbeiten könnten und nicht wollen. Das faule Pack unterstützt du, das sich einbildet, die andern müßten es erhalten, einfach, weil es auf der Welt ist! Beschränke meinetwegen deine Wohltätigkeit auf die Heilsarmee oder andere religiöse Institutionen, die zwar helfen, aber auch erwarten, daß sich die Menschen selbst helfen. Ellen, wenn du jetzt nicht aufhörst zu heulen, gehe ich in meinen Club!«

So sandte Ellen zehn Dollar von ihrem Haushaltsgeld an May und außerdem fünf Dollar an Mrs. Eccles für die »Betreuung« ihrer Tante. Sie gestand es Annie Burton, und Annie hielt mit ihrer Meinung nicht hinter dem Berg: »Mrs. Porter, Sie sind eine wunderbare Frau, aber manchmal glaube ich ...«

»Was glauben Sie, Annie?«

»Nun, Sie wissen es ohnehin, und ich bin in ernstlicher Sorge um Sie.«

»Annie, immer setzen Sie die Menschen herab. Ich könnte nicht leben, wenn all das wahr wäre, was Sie von ihnen erzählen. Was hätte das Leben dann für einen Sinn?«

Es hat eben keinen Sinn, das Leben, dachte Annie aufgebracht. Du mußt auf dich selbst schauen, kein anderer schert sich um dich, und je mehr du den andern vertraust und dich auf sie verläßt, desto mehr hält man dich zum Narren. Annie wußte ganz genau, welche Rolle Kitty spielte, und das übrige Personal wußte es ebenso. Wenn Annie betete, dann darum, daß es Ellen niemals erfuhr.

Annie schüttete dem Butler ihr Herz aus: »Mr. Cuthbert«, sagte sie verzweifelt, »ich bin nicht religiös, und wenn ich es jemals gewesen wäre, dann hätte mich Mrs. Porter geheilt. Begreifen denn Menschen ihrer Art nicht ... Begreifen sie nicht, daß sie ...«

»... gerade durch ihr Wesen zum Bösen verleiten? Daß sie die Menschen verderben? Gewiß, Mildtätigkeit in Ehren, aber wahllos und schrankenlos nur schenken und schenken, das schadet nicht bloß dem Gebenden, sondern ebenso dem Beschenkten. Wer eine Gabe nicht als momentane Hilfe und Anstoß zur Bewährung sieht, der läßt sich gehen und wird verleitet, seine Nächsten weiter auszunützen. Das aber kann unsere Mrs. Porter nie begreifen.«

Er rieb seine schmerzenden Ellbogen und fuhr nach einer Weile fort: »Ich war einmal bei einer ebenfalls sehr mildtätigen Dame angestellt, die schärfte ihrem kleinen Jungen ein, daß alle Menschen verpflichtet seien, ihren Mitbrüdern zu ›helfen‹. Der kleine Junge fragte: ›Und wenn wir den andern helfen, was tun dann die andern?‹ Die Mutter war ein wenig aus der Fassung gebracht, antwortete aber: ›Nun, die helfen wieder andern.‹ Kinder treffen oft den Nagel auf den Kopf: ›Wäre es dann nicht besser, wenn sich jeder gleich selbst hilft, statt zu warten, bis ihm ein anderer beisteht?‹ fragte er.« Cuthbert lachte etwas säuerlich.

»Was erwiderte die Mutter darauf?«

»Leider Gottes hat sie ihn streng zurechtgewiesen und unchristlich genannt. Ich habe mich damals schon gefragt, ob sie ihm damit nicht sehr geschadet und ihn verdorben hat«, seufzte er.

»Eines ist sicher, Ma'am wird Christian und Gabriele niemals verderben. Sie sind schon jetzt hartherzige Teufel und lachen die Mutter hinter ihrem Rücken aus. Sie halten sie für dumm, und manchmal ...« Annie hob trostlos die Hände und weinte fast, »... manchmal glaube ich es selbst. Die beiden haben für diese verlogene Mrs. Wilder viel mehr übrig als für ihre Mutter. Gleich und gleich gesellt sich gern, und die Schlechten fühlen sich instinktiv voneinander angezogen. Die Kinder sind wirklich hautschlecht, und wenn ich sie nicht dann und wann fest in die Zange nähme, wär's noch ärger mit ihnen. So wagen sie wenigstens nicht, ihrer Mutter direkt ins Gesicht zu lachen; ich habe sie sehr energisch davor gewarnt.«

»Der gnädige Herr hat sie auch gut in der Hand«, sagte Cuthbert, »gottlob, der macht keine Umstände. Wenn nur die Mutter nicht so nachsichtig wäre, es ist ein Jammer ...«

Ellen ahnte nicht, daß es »ein Jammer war«. Sie freute sich, daß ihre alte Furcht, die Kinder könnten sich gegen den Vater stellen, sichtlich unbegründet war. Die Kleinen schienen im Gegenteil sehr an ihm zu hängen und bemühten sich, ihm zu gefallen, trotz der Strenge und Härte, mit der er auf Gehorsam und Disziplin bestand. Bei ihm gab es kein Geschrei wie bei ihr, und sie wagten nicht, ihm zu widersprechen. Artig hörten sie ihm zu. Und sie liebten ihn, während sie ihre Mutter kaum achteten und auch nicht liebten. Ellen sollte erst viel später erfahren, daß der acht Jahre alte Christian zu Kitty gesagt hatte: »Mama ist sehr dumm, nicht wahr?« Worauf die sechsjährige Gabriele kicherte: »Mama spinnt. Das weiß jeder. Kein Mensch nimmt sie ernst.«

Ellen sah in der offenkundigen Frechheit ihrer Sprößlinge lediglich »Intelligenz und Phantasie«, und in deren Ungehorsam »selbständiges Denken«. Warnten die modernen Psychologen nicht nachdrücklich davor, Kinder hart zu strafen, empfahlen sie nicht Erziehung durch Milde und Güte? Freilich, Jeremy lachte dazu nur und wollte wissen, warum diese Propheten nicht nach Wien zu ihrem Lehrmeister Freud abhauten und die amerikanischen Eltern samt Kindern in Frieden ließen?

»Die Amerikaner fallen eben auf jeden Scharlatan aus dem Ausland herein«, schalt er. »Ich glaube, unsere Landsleute ersticken in Schuldgefühlen wegen ihres Wohlstands, und dabei verdanken sie ihn nur ihrer eigenen Tüchtigkeit.« Den scharfen Blick, den er Ellen dabei zuwarf, verstand sie freilich nicht. Er schüttelte den Kopf. Wenn sie jemals noch an die grausamen Kinder von Preston zurückdachte, dann sah sie nur die unglücklichen Opfer der Armut in ihnen. Und so spendete sie mit vollen Händen, ohne zu überlegen, wem ihre Gaben zugute kamen.

Sie lebte weiter in ihrer Traumwelt dahin, wohlbehütet von Jeremy,

Cuthbert und neuerdings auch von Charles Godfrey, der häufig Gast bei ihr war und sie zuweilen mit Blicken betrachtete, die sie freuten und zugleich verwirrten, ohne daß sie wußte, warum. Er war immer liebenswürdig, selbst wenn Jeremy über eine ihrer Bemerkungen ungeduldig wurde. Niemals wäre es ihr in den Sinn gekommen, daß Charles sie bemitleidete, sie liebte und für sie fürchtete.

Ihre Schönheit hatte sich zu köstlicher Reife entfaltet, und Charles verglich Ellen mit einer voll erblühten Rose. Aber Charles war von Natur aus kein Poet, er war überhaupt nicht dichterisch veranlagt. So wußte er nur, daß ihm diese junge, makellose und zauberhafte Frau unendlich teuer war, und ebenso wußte er, daß sie keine Freunde besaß außer ihm, einigen Hausangestellten und selbstverständlich ihren Mann und Onkel Walter.

Obwohl Jeremy seine Frau zärtlicher liebte denn je, besprach er kaum mehr seine bedrückenden Probleme mit ihr. Sie war glücklich, und dieses Glück hatte ihr Verständnis und ihren Blick getrübt. Ein Glück, das zu lange währt, ist auf seine Weise auch ein Feind, dachte Jeremy zuweilen. Es raubt uns den Selbstschutz, und wir stehen Angriffen wehrlos gegenüber. Zuweilen brauchen wir Unglück und Unheil, so wie Fleisch das Salz braucht und die Völker Waffen benötigen. Eine Krise verleiht dem milden und sonnigen Dahinleben Würze, und die Völker müssen sich verteidigen können.

XXI

Im Januar 1912 erhielt Jeremy, wie gewohnt, den wöchentlichen Brief seiner Mutter. Er ärgerte sich immer darüber, genauso wie über die Briefe seines Vaters, denn sie enthielten regelmäßig versteckte Angriffe gegen seine Frau, wenn sie auch mit dem Nachsatz »Viele Grüße an Ellen und die Kleinen« versehen waren.

Die Mutter schrieb: »Ich habe in der letzten Zeit viel über deinen Vetter Francis in der New York Times und in andern Zeitungen gelesen, ich konnte ihn ja früher nicht leiden, aber er scheint sich in den letzten paar Jahren gebessert zu haben. Er hat soviel Mitleid mit dem Volk, und er spricht so herzbewegend! Ich lese seine Reden Wort für Wort. Ein großes Herz spricht aus ihnen. Francis soll, so hört man, demnächst vom Staat New York in den Senat entsandt werden!«

Guter Gott, dachte Jeremy. Dieser Dauerredner... Das geht nur pausenlos so dahin, ob im Senat, im Kongreß oder in anderen politischen Gremien. Die armen Zuhörer!

»Wenn die Frauen nur wählen dürften!« schrieb Mutter Porter weiter. »Francis setzt sich für das Wahlrecht der Frauen ein. Er glaubt, daß es ein Segen für Amerika wäre. Es gäbe keine Kriege mehr und keine politischen

Unruhen, keine Arbeitslosigkeit und kein Elend, die Kinder würden sorgfältig betreut, und die Frauen würden die ihnen zustehende Stellung in der Gesellschaft erhalten. Eine glückliche und friedliche Zukunft läge vor uns, ein richtiges goldenes Zeitalter, wenn so edel denkende Männer wie Francis mit ihren neuen Gesetzen obsiegten.«

Jeremy seufzte tief und schloß resigniert die Augen. Dann las er weiter: »Francis hofft sehr, daß Mr. Roosevelt noch heuer gewählt wird und Mr. Taft abtritt. Mr. Taft hat sich sehr undankbar gegen Mr. Roosevelt benommen, wie du weißt, und dabei hat ihm Roosevelt doch in den Sattel geholfen! (Du hältst die Frauen immer für ungebildet, Jerry, aber du siehst, ich lese alles und bin auf dem laufenden!) Ich tadle Mr. Roosevelt nicht, daß er es abgelehnt hat, Mr. Taft im Weißen Haus zu besuchen – schließlich war Mr. Taft wirklich haarsträubend undankbar, und, wie Mr. Roosevelt erklärt hat, ›der schwersten und empörendsten Heuchelei‹ schuldig.

Francis meint, daß wir einen kämpferischen Präsidenten brauchen, und deshalb wird er Mr. Roosevelt unterstützen. War die Rede Mr. Roosevelts unlängst nicht wundervoll? Als er sagte: ›Ich bin ein Bürger dieses Staates wie jeder andere. Der Kampf hat begonnen und ich stehe im Ring bereit, nackt bis zum Gürtel und mit geballten Fäusten.‹ (Ein etwas unfeiner Satz, dachte ich zwar, aber er ist ein männlicher Typ und man weiß, wie Männer sprechen, besonders wenn sie aufgeregt sind.)

Francis sagt, wir müssen wirklich abwarten, wen die Demokraten nominieren. Er spricht begeistert von einem Professor Wilson – Richard? William? Woodrow? Man merkt sich diese Namen niemals, aber es ist eigentlich auch nicht wichtig. Mr. Wilson ist ein Mann der Nächstenliebe, der Barmherzigkeit, der von einer neuen Welt des Friedens, der Gerechtigkeit und des Wohlstand spricht.«

Jeremy dachte an die Worte Thoreaus: »Wozu den Pflug führen und die Segel hissen, wozu Land und Leben, wenn die Freiheit fehlt?« Seine Kinder würden in der Zukunft leben müssen. Er zuckte die Achseln und sagte, ein Wort der Bibel abwandelnd, zu sich: Mögen die Künftigen sich um Künftiges sorgen.

»Wenn du nur zurückhaltender gewesen wärest, lieber Jerry, und man dich wieder in den Kongreß gewählt hätte! Wir wären so stolz auf dich! Aber nein, du mußtest die hohen Herren in deiner groben und verletzenden Weise vor den Kopf stoßen und dir Feinde schaffen. Du warst immer ein etwas schwieriges Kind, deine Lehrer waren nicht zufrieden mit dir. Immer hast du widersprochen, schon mit zehn Jahren bist du gegen alles losgezogen, was du ›süß und mild‹ nanntest. Es tut mir weh, Francis loben zu müssen, aber glaub mir, er versteht das Volk besser als du, mein Liebling.«

Das ist das schönste Kompliment, das ich jemals von dir bekommen habe, gute Mutter, dachte Jeremy.

»Ich wünsche von Herzen, mein Sohn, daß du nicht weiter in den Zeitungen und Zeitschriften schreibst, die Francis reaktionär nennt. Du machst dich nur unbeliebt. Wir lesen diese Artikel, dein Vater und ich, und wir sind jedesmal sehr betrübt. Du scheinst nicht zu wissen, was Nächstenliebe ist, und du bist so schrecklich negativ, so pessimistisch, du schreibst immer so bitter und aggressiv. Schließlich leben wir nicht mehr in der Zeit McKinleys, wir sind fortschrittlich.«

»Genug von der Politik«, schrieb die Mutter weiter. »Es hat uns sehr gekränkt, daß du und Ellen und die lieben Kleinen nicht zu Weihnachten gekommen seid. Sollte dich Ellen beeinflußt haben, weil sie uns nicht besonders liebt? Das hoffe ich nicht. Keine Frau dürfte ihren Mann gegen seine gütigen Eltern aufhetzen und ihre Herzen brechen. Ich vermute schon seit längerer Zeit, daß Ellen gegen Vater und Mutter ihres Gatten intrigiert, obwohl wir herzensgut zu ihr waren und sie in die Familie aufgenommen haben. Hättest du nicht mit den goldigen Kinderchen allein kommen können, wenn Ellen gegen eine Reise ist? Francis war mit seinem Vater hier, und auch Mrs. Eccles. Mrs. Eccles ist eine charmante Dame und spricht nur Gutes über Ellen. Und wie vorbildlich sie selbst Ellens Tante May in Wheatfield versorgt! Das ist wahre christliche Nächstenliebe!«

Dreißig Dollar die Woche und die Pflegerinnen dazu! Christliche Nächstenliebe kommt teuer in unsern Tagen.

»Mrs. Eccles, die dir anscheinend nicht sehr sympathisch ist, verteidigt Ellen ständig.«

Er stand auf und zog vorsichtig die schweren Draperien der Bibliothek zur Seite. Nein, dachte er, ich sehe Gespenster. Der »Späher« dort drüben ist ein ganz gewöhnlicher Mann, der auf irgend jemanden wartet. Er kehrte zu dem Brief seiner Mutter zurück.

»Unser einziger Sohn, unser einziges Kind! Und er kommt nicht zu Weihnachten und Neujahr nach Hause! Wer hat dich deinen liebenden Eltern entfremdet, wer ist schuld, daß du nichts von ihnen wissen willst?«

Dabei hatte ihn Ellen inständig gebeten, in den Ferien für ein paar Tage zu den Eltern zu fahren, er aber hatte glatt abgelehnt. Er hatte gehört, daß Francis dort war, und dazu kam noch eine kleine Magenverstimmung, die ihm zu schaffen machte. Francis und Mrs. Eccles wären zuviel für seinen schwachen Magen gewesen. Außerdem hatte er ein paar wichtige Artikel für die New York Times zu schreiben, abgesehen von dringenden Arbeiten in der Kanzlei.

Seine Eltern hatten den Kindern und ihm sehr kostbare Geschenke geschickt. Ellen hatte vier Leinentaschentücher bekommen, für die sie rührend dankbar war. Jeremy biß die Zähne zusammen. Wann würde Ellen endlich aufhören, für die geringste Aufmerksamkeit in Entzücken zu geraten, als wäre sie ein Nichts und keiner Beachtung wert? Jeremy schaute zum Telefon, dann rief er kurz entschlossen Kitty Wilder an.

Er brauchte einen gesunden Schuß Zynismus heute abend, etwas, das den süßlichen Duft vertrieb, den er hier einatmete. Ellen hatte Glashausrosen in die Bibliothek gestellt. Er nahm die Vase und trug sie in die Halle. Rosen zu ihrer Jahreszeit waren ausgezeichnet, sonst kamen sie ihm dekadent vor. Jeremy war schon so weit, die ganze Welt dekadent zu finden.

Er zog die Klingelschnur, und als Cuthbert eintrat, sagte er: »Bitte, richten Sie Mrs. Porter aus, daß ich heute abend außer Haus esse. Ich habe eine geschäftliche Verabredung. Leider.«

Ja, leider, dachte Cuthbert. Laut sagte er: »Jawohl, Sir. Ich will es Madam ausrichten, wenn Sie gegangen sind.« Sie wechselten einen Blick, und Jeremy verließ das Haus. Cuthbert holte die Rosen aus der Halle herein.

Da Ellen keine Erfahrung in moderner Kindererziehung hatte, las sie gewissenhaft jedes Buch über dieses Thema. Jeremy fand das komisch. »In der Bibel wirst du keine Stelle finden, die verlangt, daß du die Rute schonst und die Kinder verwöhnst. Im Gegenteil, steht nicht irgendwo, daß ein Vater, der sein Kind liebt, es züchtigt, und daß einer, der es haßt, es verzärtelt? Ja, noch besser ein altes Sprichwort: ›Ein Hund, ein Kind und ein Walnußbaum – je fester du sie schlägst, desto besser werden sie.‹ Ich bin nicht dieser Meinung, was den Hund und den Walnußbaum betrifft – aber bei den Kindern, da stimmt es.«

»O Jeremy«, antwortete Ellen lächelnd, »du sprichst nicht im Ernst. Die Kinder vergöttern dich.«

»Weil ich sie gründlich salze, wenn sie es verdienen, und Annie tut das gleiche. Sie vergöttern auch sie.«

Ellens Gesicht verschattete sich bei dieser taktlosen Bemerkung, und Jeremy bereute sie sofort: »Dich behandeln sie eben, als wärst du ihnen gleichgestellt, Liebste.«

»Ja!« rief sie so eifrig, daß es ihn ärgerte und rührte zugleich. »Nicht wahr, das tun sie? Weißt du, was Horace Mann dazu schreibt? Du mußt der Freund deiner Kinder sein, ihr Vertrauen gewinnen, mußt sie rückhaltlos lieben, mit ihnen spielen, mit ihnen diskutieren, ihnen Bewegungsfreiheit lassen, sie achten und nicht strafen.«

»Ich habe auch Horace Mann gelesen«, fiel ihr Jeremy ins Wort. »Er ist ein munterer Esel, wie unsere englischen Verwandten zu sagen pflegen. Wenn seine Theorien tatsächlich in Amerika verwirklicht werden, dann ziehen wir uns eine Generation selbstsüchtiger, habgieriger, eitler, weinerlicher, rücksichtsloser Ungeheuer heran. Zuweilen glaube ich beinahe, daß es eine Erbsünde gibt. Der Mensch ist schlecht von Geburt an ... Das Herz eines Kindes ist falsch.«

Sein Blick ruhte nachdenklich auf seiner Frau. Er verstand sie immer besser, und längst war ihm klar geworden, daß die unvergeßlichen Erinnerungen an die eigene Kindheit unbewußt bei ihren Handlungen mitspielten. Wenn sie ihre Kinder beschenkte, dann nicht nur deshalb, weil es ihre eigenen Kinder waren, die ein Recht auf ihre Liebe hatten, sondern sie beschenkte auch das verhaßte und ausgestoßene Kind, das sie selbst einst gewesen. Ihre eigene Pein, das Elend ihrer Kindheit wurden gelindert durch das Wohlleben, das sie Christian und Gabriele bieten konnte. Sie war selig in dem Gedanken, daß diese Kinder niemals auf der Straße verspottet und verhöhnt, niemals unterdrückt würden, daß sie niemals Hunger und Kälte leiden mußten. So beugte er sich nur zu ihr nieder und küßte sie.

»Übertreib es nicht«, sagte er sehr ernst. »Vergiß nicht, daß Kinder eine starke Hand brauchen, daß sie Respekt vor der Obrigkeit lernen müssen.«

»Oh, das wissen sie, Jeremy! Sie sind sehr intelligent.«

Jeremy persönlich hatte die Gouvernante für die Kinder ausgewählt, eine Miß Maud Cummings, die sich keinen Illusionen über Kinder hingab, und die Ellen zuvorkommend und aufmerksam behandelte, sie aber manchmal etwas verwundert und sogar mitleidig betrachtete. Maud war etwa zweiundzwanzig Jahre alt, sehr gebildet, die Tochter eines englischen Vikars, und durchaus selbständig. Jeremy mußte an die Schwestern Brontë denken, wenn er sie sah. Sie hatte ein ovales, klares Gesicht, weich und blaß, mit feinen Zügen, und glattes schwarzes Haar, das sie altmodisch in der Mitte gescheitelt und hinten zu einem Knoten aufgesteckt trug. Immer, sommers und winters, ging sie in schwarze Seide gekleidet, und man hätte sie für eine Erscheinung aus vergangenen Zeiten halten können, wären nicht ihre großen, lebhaften schwarzen Augen gewesen, die stets offen und fröhlich in die Welt blickten. Hatte Miß Cummings jemals mit einem Mann zu tun gehabt? Jeremy bezweifelte es, trotz ihrer glitzernden Augen und dem schattenhaften Lächeln, das auf ihren Lippen lag. Sie erinnerte ihn an die Mona Lisa, wenn sie schwieg, und sie schwieg fast immer bei Tisch. Ein Siegelring steckte an einem Finger ihrer linken Hand, sie erzählte niemals, woher er stammte, obwohl er sehr ungewöhnlich war. Sie sprach ruhig, aber trotzdem entschieden. Jeremys Kinder liebten sie nicht und beklagten sich oft bei Ellen über sie, aber sie flößte ihnen trotzdem gewaltigen Respekt ein, und das fand sogar Jeremy bemerkenswert. Maud hörte Ellen höflich zu, wenn sie von Horace Mann schwärmte, und sagte freundlich: »Es gibt eine Menge neuer Theorien heutzutage, nicht wahr, Mrs. Porter? Man muß sie prüfen, ehe man sie in die Praxis umsetzt.«

Ellen fühlte sich in Mauds Gesellschaft etwas unsicher, sie kam sich kindisch vor in ihrer Nähe, obwohl das Benehmen der Gouvernante nicht den geringsten Anlaß dazu bot. Kitty sagte zu Ellen: »Diese junge Frau ist ein Snob und tut sehr überlegen – sie bildet sich zumindest ein, es zu sein. Wahrscheinlich ist sie so arm wie die legendäre Kirchenmaus. Die Engländer sind eben arrogant, ich konnte sie niemals leiden.«

Kitty sparte nicht mit boshaften Bemerkungen, wenn sie über Maud sprach. Maud Cummings war die Höflichkeit in Person, aber ihre undurchdringliche Ruhe schien Kittys zappelige Lebhaftigkeit, ihr lautes Lachen, ihren sarkastischen Witz zu verurteilen, als wäre Kitty ein Parvenü. Ihre klaren Augen sahen zu scharf und musterten nachdenklich. »Verschlagen – eine Geheimniskrämerin«, urteilte Kitty. »Ich kenne diese Sorte.«

Und da Ellen selbst der Ansicht war, daß Maud Cummings trotz ihrer Freundlichkeit und ihres untadeligen Betragens etwas zu großspurig auftrat, nahm sie ihre Angestellte nicht sofort in Schutz. Nach einer Weile sagte sie nur: »Das ... möchte ich nicht behaupten. Übrigens mögen die Kinder sie auch nicht. Aber seien wir nachsichtig. Sie ist wirklich eine ausgezeichnete Erzieherin. Und wäre sie nicht hübsch, wenn sie sich ein bißchen modischer anzöge?«

»Das würde gar nichts helfen«, erklärte Kitty entschieden. Es war ihr schon aufgefallen, daß Maud sie unter ihren langen schwarzen Wimpern beobachtete, wenn Jeremy in der Nähe war. Möchte wissen, ob sie ihrer schwachsinnigen Herrin etwas gesteckt hat? Und so klagte sie, als Jeremy eines Abends bei ihr war: »Eure Gouvernante kann ich nicht ertragen. Sie ist heimtückisch und sie scheint ... alles zu sehen. Deine Kinder lehnen sie auch ab. Man sollte sensible Kinder nicht einer solchen Frau ausliefern.«

»Sensibel, zum Teufel!« rief Jeremy. »Die sind sensibel wie Kieselsteine, und das weiß Maud Cummings auch. Eine sehr verständige Frau. Ich bin froh, daß ich sie gefunden habe. Sie hätte es übrigens nicht nötig, zu arbeiten, sie besitzt eigenes Vermögen, und geht nur zu Kindern, weil sie gerne unterrichtet – obwohl es mir ein Rätsel ist, wie man sich einen solchen Beruf wählen kann. Aber sie trägt keine rosaroten Brillen, sie weiß, was sie von Kindern zu halten und zu erwarten hat, und ich habe das Gefühl, daß sie die Bälger nicht besonders liebt; ein Beweis mehr dafür, daß sie einen klugen Kopf hat. Nun, Kitty, du magst Kinder doch selbst nicht, also zieh nicht so ein betrübtes Gesicht, als wärst du mit einemmal ganz mütterliche Liebe ...«

Kitty lachte. Sie saßen bei einem ausgezeichneten Dinner in ihrem Haus, während Jochan in Philadelphia bei einem Klienten zu tun hatte. Dann sagte sie: »Kurz, ich glaube, sie hat uns im Verdacht und könnte es einmal Ellen verraten.«

»Wenn sie einen Verdacht hat, dann behält sie ihn für sich. Britische Diskretion, verstehst du!« Er zuckte die Achseln und zwinkerte: »Sie glaubt also, daß ich mich jetzt in deinem Bett amüsiere – das willst du damit sagen?«

»Sei nicht gemein, Jerry. Ich liebe nur dich und bin nur für dich da. Es gibt keinen andern Mann für mich.« Sie sprach so ernst und es klang so ehrlich, daß es selbst Jeremy merken mußte. Zum erstenmal wurde ihm dunkel die Stärke ihres Gefühls bewußt, und diese Erkenntnis paßte ihm gar nicht. Vielleicht sollte ich Kitty allmählich abbauen und dann gänzlich Schluß machen ... Übrigens gibt's da eine sehr nette Mrs. Bedford, ein lekkeres kleines Persönchen; klug und unterhaltend und erfahren wie Kitty, aber nicht so scharf und nicht so alt. Die Falten zwischen Kittys Augen werden immer tiefer. Mit der Zeit frage ich mich wirklich, was mir eigentlich an ihr gefallen hat?

Kitty konnte in seinen Zügen lesen und erschrak zutiefst. Hastig sagte sie: »Reden wir von etwas anderem als von dieser Cummings, die anscheinend auch ein Auge auf dich geworfen hat.« Kitty wußte ganz genau, daß man den Mann, den man liebte, niemals ärgern und ihm niemals widersprechen durfte – wenn es nicht der eigene Gatte war. Die Männer sind Bestien, sind unberechenbar und ziehen sich sofort zurück, wenn man Forderungen oder Fragen stellt, die ihnen unangenehm sind. Was sie von ihren Ehefrauen ertragen, dulden sie keine Sekunde lang bei den Freundinnen. Eine Gattin können sie nicht gut wegschicken, aber Freundinnen kann man nach Belieben austauschen. Im übrigen war die teure Gemahlin, und wäre sie noch so gräßlich, ihr Eigentum, und Männer hüten bekanntlich ihr Eigentum wie Drachen. Ach, dachte Kitty mitleidig – was sonst so gar nicht zu ihr paßte –, Frauen haben ein schweres Los auf dieser Welt, besonders wenn sie keinen gesetzlichen Anspruch auf einen Mann haben. Sie hatte herzlich wenig für ihre Geschlechtsgenossinnen übrig, Männer jedoch waren ihr unentbehrlich, und Jeremy im besonderen. Ihr wurde plötzlich angst und bange, und sie setzte allen Witz, alle Unterhaltungsgabe ein, um ihn bei Laune zu halten. Was war ihr nur eingefallen, ihn zu verstimmen!

Ellen las ihren Kindern jeden Abend vor, wie es das Werk über moderne Kindererziehung verlangte. Und wenn es noch so liebevolle Kindermädchen, Gouvernanten und Erzieher gab, nichts wog den zärtlichen Gutenachtkuß der Mutter und eine erbauliche Geschichte vor dem Einschlafen auf. »Lies ihnen aus den ›Drei Musketieren‹ vor«, hatte Jeremy geraten, als sie davon sprach, »Kinder lieben Blitz und Donner, Mord und Verbrechen. Ja, wirklich, Liebste. Du bist doch erst siebenundzwanzig, du müßtest dich doch noch an deine Kindheit erinnern?«

»Sechsundzwanzig«, stellte Ellen richtig, »erst im Januar werde ich siebenundzwanzig. Ich weiß, du meinst es nicht ernst mit den ›Drei Musketieren‹. Ich fange gerade mit Grimms Märchen an.«

»Die sind grimmig, stimmt«, nickte Jeremy. »Das heißt, wenn sie nicht von den Pseudo-Pädagogen unserer Tage verniedlicht wurden, die den Kindern die blutige Seite des Lebens ersparen wollen. Warum sollte man sie ihnen ersparen? Im übrigen ist sie ihnen ohnehin schon von Geburt an bewußt. Dann aber erzieht man sie zur Heuchelei und plappert ihnen vor, unser Leben sei ein holder Traum und alle Menschen wären Brüder. Die

Bande weiß genau, was für ein Blödsinn das ist, und man tut ihnen nichts Gutes, wenn man sie zum Lügen zwingt. Die Politiker sind das beste Beispiel dafür.«

Ellen ahnte nicht, daß sie ständig die Zielscheibe des Spottes ihrer Kinder war, die sie hinter ihrem Rücken auslachten. Sie lauschten ihr scheinheilig, wenn sie ihnen des Abends im Bett vorlas, und zwinkerten sich zu. Christian war jetzt ein großer, hübscher Junge, Gabriele, ein dunkler Typ, überaus lebhaft. Beide waren überdurchschnittlich intelligent, kein bißchen kindlich und sehr berechnend. Miß Cummings fand sie fast noch unsympathischer als ihre früheren Zöglinge, obwohl sie beide fest in der Hand hatte. Aber wie Cuthbert und Annie war auch ihr bange um die Mutter.

Ellen wählte eines der weniger »blutigen« Grimm-Märchen und las es ihnen in dem gemütlichen warmen Kinderzimmer vor, während draußen der Herbststurm tobte. Dann holte sie Jeremy zuliebe ein anderes Buch hervor, eines von Hans Christian Andersen; »Die kleine Meerjungfrau« schien ihr sehr geeignet. Beim Vorlesen wurde sie von tiefer Rührung gepackt und als sie schloß, standen ihr Tränen in den Augen.

»Ich habe dieses Märchen so gerne, es geht mir so nahe.«

»Warum?« fragte Christian. »Ich finde es blöd.«

»Wieso?« Ellen sah ihn bestürzt an.

Gabriele, das flinke Elflein, antwortete ihr: »Der Prinz war dumm, daß er sich in die Meerjungfrau verliebt hat, und sie war dumm, sich in einen dummen Mann zu verlieben. Warum hat sie ein langes und glückliches Leben aufgegeben und sich den Fischschwanz abschneiden lassen? Sie hätte doch einen Wassermann kriegen können; aber jetzt, mit den Füßen und den Beinen und den Schmerzen beim Gehen und Tanzen, da hat sie gar nichts.«

»Sie hat eine menschliche Seele erhalten«, sagte Ellen immer verwirrter.

»Aber wie ist sie überhaupt auf die Idee gekommen, daß es eine menschliche Seele gibt?« fragte Christian. »Warum soll man so etwas glauben?«

»Liebes, du weißt doch, daß wir Menschen eine Seele haben!« rief Ellen betroffen.

»Nein, Mama, das weiß ich nicht. Ich höre, was du sagst und was der Pastor und der Lehrer in der Sonntagsschule schwatzen, aber das beweist gar nichts. Sie wollen es nur selbst so haben, und weil sie es wollen, glauben sie es auch.«

»Aber, Liebling«, Ellen flehte geradezu, »die Bibel lehrt es uns doch! Wir müssen es glauben.«

»Warum sollen wir etwas glauben, was man nicht beweisen kann?«

Ellen hörte nicht den Spott in Christians Stimme, sie hielt das für eine ernsthafte Frage: »Weil man glauben muß, Liebes, gewisse Dinge müssen wir eben glauben, auch ohne Beweise.«

»Warum?« fragte Gabriele.

»Weil Gott es von uns verlangt, Gaby.« Plötzlich wurde sie mißtrauisch: Sollte Maud Cummings den Kindern diese rebellischen Ideen eingeimpft haben? Sie hielt sie für sehr materialistisch, obwohl sie die Kinder – trotz deren Protest – in die Sonntagsschule schickte.

»Wie kommt ihr auf solche Gedanken? Hat vielleicht Miß Cummings...?«

In Christians großen blauen Augen, die denen Ellens glichen, ohne jedoch ihren Ausdruck zu haben, blitzte es auf: das wäre eine gute Gelegenheit, diese Hexe anzuschwärzen! Aber halt! Mama war dumm und hatte keine Autorität im Haus, sie lief sicher sofort zu Papa und erzählte es ihm, und Papa hatte eine direkte Art, Fragen zu stellen, und dann gab es nichts zu lachen. Christian erinnerte sich noch der letzten Tracht Prügel, eine der spektakulärsten, die er jemals bezogen hatte. Und was hatte Papa gedroht? »Wenn ich dich das nächste Mal bei einer Lüge erwische, setzt's das doppelte Quantum!«

So antwortete er nur widerwillig: »Nein, sie hat nichts gesagt. Wir haben nur selbst nachgedacht, Gabriele und ich, und darüber gesprochen.«

»Mit mir habt ihr niemals darüber gesprochen, Christian, und ich bin eure Mutter.«

Pech für Gaby und mich, dachte der Junge. Aber er strahlte Ellen unschuldig an: »Wir tun es bestimmt das nächste Mal, Mama. Schließlich sind wir ja noch kleine Kinder, nicht wahr?«

Gabriele hatte ihm vergnügt zugehört. Christian konnte sich wirklich wunderbar verstellen, er war ein besserer Schauspieler als die Komödianten in dem albernen Stück von Peter Pan, das sie letzte Weihnachten anschauen mußten. Und als Ellen sie bittend ansah, flötete sie: »Du mußt Geduld mit uns haben, wie Miß Cummings immer sagt.«

»Ja, meine Kinder«, antwortete Ellen erleichtert. »Und jetzt sprechen wir gemeinsam das Abendgebet.«

Wie jeden Abend schlich sich Gabriele aus ihrem Zimmer hinüber zu Christian und setzte sich bei ihm an den Bettrand. Dann redeten sie über ihre Mutter und grinsten und kicherten hinter vorgehaltenen Händen, damit Miß Cummings sie nicht hörte. Diesmal lachten sie noch ausdauernder als sonst.

XXII

Miß Cummings schätzte den Butler sehr, sie hielt ihn für einen perfekten Gentleman. Auch Annie war ihr besonders ans Herz gewachsen, denn als Engländerin hatte sie viel übrig für gesunden Menschenverstand; alles Verwaschene und Sentimentale lehnte sie instinktiv ab. Clarisse hingegen, Ellens Zofe, war ihr verdächtig, sie mißtraute ihr. Sie kümmerte sich im allgemeinen nicht um das Privatleben anderer und hätte niemals an Türen gehorcht, aber sie war zufällig Ohrenzeuge einiger getuschelter Bemerkungen zwischen Clarisse und Kitty Wilder geworden, und dabei hatte es sich um Ellen gehandelt.

Am liebsten hielt sich Maud Cummings in der großen verfliesten Küche auf, lieber noch als in ihren hübschen Zimmern im dritten Stockwerk. An kalten und unfreundlichen Tagen saß sie dort bei einer Tasse chinesischen Tees und knabberte Cuthberts Mürbkuchen, der es, wie sie lobend feststellte, mit den besten Mürbkuchen Englands aufnahm. (»Vielleicht noch ein bißchen Butter, Cuthbert, und haben Sie einmal versucht, ein paar Vanilleschoten dazuzugeben? Ganz wenig, gerade soviel, daß man das Aroma spürt?«) Die Küchenmädchen freuten sich, wenn sie bei ihnen saß, sie gefiel ihnen mit ihrem schmalen Gesicht und der altmodischen Frisur. Eine Lady, fanden sie. Cuthbert war besonders angetan von diesen Besuchen und beobachtete Maud, während sie seine Bouillon oder seine Krabben kostete und zustimmend nickte. »Mr. Jim Brady fand sie auch sehr gut«, sagte er zu ihr, »aber das hat keinen besonderen Eindruck auf mich gemacht. Ein vulgärer Mensch.« Worauf Maud Cummings trocken erwiderte: »Diamanten entschuldigen jeden schlechten Geschmack, wie ich bemerkt habe.«

Maud machte sich ernste Sorgen um die Entwicklung von Ellens Kindern. »Ich weiß genau«, sagte sie an jenem kühlen Märznachmittag, »daß in den meisten Kindern schlechte Anlagen stecken. Aber diesen beiden fehlt das Gegengewicht der guten Eigenschaften, die ausgleichend wirken könnten, ausgenommen vielleicht ihre Intelligenz. Freilich, bei einer solchen Frühreife entwickelt sich die Bosheit noch raffinierter als bei weniger klugen Kindern. Trotz Mr. Porters Strenge und Annies und meinen Bemühungen sind sie kalt und herzlos und haben nicht das geringste Verständnis für ihre Mitmenschen. Es scheint, als wären sie ohne ... ohne ...«

»... ohne Menschlichkeit geboren«, fiel Cuthbert ein.

Miß Cummings seufzte: »Nun, ich selbst schätze die Menschheit ja nicht besonders hoch ein, nicht einmal in ihren besten Exemplaren. Aber es steckt etwas anderes dahinter. Eine Art geistiger Defekt, eine Blindheit. Das erlebe ich nicht zum erstenmal.« Nach kurzem Zögern fuhr sie fort: »In meiner letzten Stellung hatte ich das Unglück, einen Jungen erziehen zu müssen, der vielleicht noch bösartiger als Christian war. Etwas älter als er, ein hübscher Bursche, der es wunderbar verstand, sich einzuschmeicheln, wenn er es für nötig hielt. Sein kleiner Bruder ist verunglückt, und ich bin felsenfest überzeugt davon, daß der Größere schuld war, obwohl ihn niemand verdächtigte. Er war grenzenlos eifersüchtig auf den Kleinen.«

Cuthbert, der damit beschäftigt war, eine Lammkeule mit feinen Knoblauchscheiben zu spicken, sah sie ungläubig an. Sie aber setzte mit Nachdruck fort: »Doch, er hat es bestimmt getan. Sie fuhren in einem Boot auf den Teich hinaus, und der Kleine konnte nicht schwimmen. Der Große kam allein zurück, tränenüberströmt, und beteuerte, alles versucht zu haben, um den Bruder zu retten. Die verzweifelten Eltern glaubten ihm, ich glaubte ihm nicht, denn ich kannte ihn durch und durch. Ich kündigte, denn ich hielt es in dem Haus nicht mehr aus. Den Anblick der Krokodilstränen, die der Ältere um den toten Bruder vergoß, ertrug ich nicht. Geradezu fluchtartig habe ich die Familie verlassen. Ich hatte Angst« – ihre Stimme senkte sich –, »daß es eines Tages einen Zusammenstoß geben könnte, und der hätte verheerende Folgen gehabt.«

Cuthbert fuhr in seiner heiklen Arbeit fort. Er war noch ernster geworden. »Ich habe selbst schon einiges gesehen, Miß Cummings«, sagte er schließlich. »Ja, ich fürchte, daß Sie mit Ihrer Beurteilung von Master Christian und Miß Gabriele ganz recht haben. Die zwei stacheln sich in ihrer Bosheit sogar noch gegenseitig auf. Mrs. Porter aber ist glücklich, daß sich ihre Kinder so gut ›vertragen‹. Die Schlechten erkennen und ergänzen einander eben sofort. Immerhin, seien wir dankbar, daß sie sich nicht bekriegen.«

»Es wäre interessant, ein bißchen Ahnenforschung zu betreiben«, meinte Maud nachdenklich. »Ich bin keine Anhängerin der Milieutheorie, die jetzt so stark verfochten wird. Blut ist ein besonderer Saft, und manche Eigenschaften überspringen Generationen. Die beiden Kinder gleichen ihren Eltern nicht, sie besitzen weder die Sanftmut und Gutherzigkeit ihrer Mutter noch den festen, wenn auch etwas heftigen Charakter des Vaters. Nur im Äußeren ist eine Ähnlichkeit vorhanden. Das hat der Teufel wohl so eingerichtet, um das Böse zu tarnen. Es sind ausgesprochen hübsche Kinder.«

»Ja, Mrs. Porter ist eine wunderschöne Frau«, nickte Cuthbert.

»Bezaubernd! Und Mr. Porter ist ein stattlicher Mann, eine blendende Erscheinung. Ja, wer kennt sich da aus? Wir können uns nur bemühen, Mrs. Porter zu warnen, aber sie hört nicht auf mich, sie sieht mich manchmal so sonderbar an. Ich fürchte, sie mag mich nicht.«

»Mrs. Porter mag alle Menschen, leider«, sagte Cuthbert. »Man wundert sich, daß sie auch Mrs. Wilder ...«

Die beiden wechselten einen vielsagenden Blick, sie verstanden einander ohne weitere Worte. Das Feuer knisterte und der Schnee wirbelte vor den Fenstern.

»Ich habe nicht gerade einen sechsten Sinn«, seufzte Miß Cummings, »aber ich habe das unheimliche Vorgefühl einer Tragödie ...«

»Wie ich«, antwortete Cuthbert. »Vom ersten Augenblick an, da ich Mrs. Porter sah, spürte ich, daß es mit ihr ein schlechtes Ende nehmen wird. Glauben Sie nicht auch?«

»Warum die Priester stets behaupten, Gott liebe alle seine Kinder, auch die gefährlichsten?« überlegte Maud. »Ich bezweifle, daß der Allmächtige keine Unterschiede macht. Man predigt uns, immer und überall Mitgefühl zu haben. In der Bibel habe ich das nirgends gefunden. Vergib deinen Feinden – ja. Aber beweinen brauchst du sie nicht.«

»Warum Wilson?« fragte Jeremy aufgebracht seine Politikerkollegen. »Nein, ich will ihn nicht wählen. Dabei bleibt's.«

Die Herren saßen in Jeremys Kanzlei. Sie sahen einander an, der eine oder andere entzündete umständlich eine neue Zigarre. »Wir brauchen frischen Wind in der Regierung«, meinte einer.

Jeremy spöttelte. »Frischen Wind wie Wilsons ›neuen Fortschritt‹ – so nennt er ihn doch? Ich habe immer wieder darauf hingewiesen, und das wißt ihr genau, daß er in Princeton eine kommunistische Zelle errichtet hat. Der Mann ist nicht sehr helle, ich habe mich mehrmals mit ihm unterhalten. Aber schließlich ist das Gehirn bei den Kommunisten nicht so wichtig, es geht ihnen nur um die Macht. Dabei bezweifle ich sogar, daß Wilson persönlich auf Macht versessen ist, aber er läßt sich leicht manipulieren, trotz all seiner Gelehrsamkeit. Versteht ihr mich?«

»Jerry, wir wollen verdammt sein, wenn wir das kapieren.«

Jeremy musterte sie und zündete sich langsam eine Zigarette an. »Vielleicht wißt ihr es nicht, vielleicht wißt ihr's. Was ist mit seinem Freund, Colonel House? Oder wißt ihr über den auch nichts?«

Die Herren gaben keine Antwort, sie schienen ganz in den Anblick der glühenden Spitzen ihrer Zigaretten versunken zu sein.

Jeremy sagte: »Ich sehe, ihr habt eure Weisungen.«

»Verdammt nochmal, was fällt dir eigentlich ein? Wir haben den Mann ausgesucht, der sich am besten für das Amt eignet.«

»Aber was ist mit unserem Staat?« Wieder schwiegen sie. Jeremy warf das Zündholz mit einem Fluch in den Kamin. »Wir haben Roosevelt gehabt, der ein Polterer und ein Großmaul war, und wir haben Taft, der liebenswürdig und vorsichtig ist und einige Intelligenz besitzt. Das waren wenigstens zwei Männer, denen das Wohl Amerikas am Herzen lag. Aber keiner von beiden hätte unser Land verraten.«

»Und du glaubst, daß Wilson das täte?« Die Herren prusteten los, aber Jeremy verzog keine Miene.

»Auf die eine oder andere Weise, ja, wenn auch vielleicht unabsichtlich. Er ist ein sehr nachgiebiger Mann, er ist weich. Und da gibt es diesen Colonel House, der durchaus nicht weich ist, sondern sehr zielstrebig.«

»Ich kenne einige seiner Ansichten, Jerry«, sagte einer, »er meint zum Beispiel, Amerika sollte endlich aktiven Anteil an der internationalen Politik nehmen. Wir sind keine isolierte Nation mehr, die Welt steht an unserer Schwelle, wir können nicht ewig Insulaner bleiben.«

»Und warum nicht? Was ist daran auszusetzen, wenn ein Mann Tür und Fenster seines Hauses versperrt, um die Wölfe abzuhalten, die ihn überfallen wollen? Oder die internationalen Verbrecher? Was war falsch an Washingtons Warnungen vor der Einmischung in die Angelegenheiten des Auslands?«

»Die Zeiten ändern sich, Jerry. Die moderne Welt sieht anders aus.«

»Die Zeiten ändern sich ständig, und die Welt sieht jeden Tag anders aus. Aber es gibt gewisse feststehende Wahrheiten, die immer Gültigkeit behalten. Wie zum Beispiel die Forderung, daß sich jeder nur um seinen eigenen Kram kümmern soll.«

»Alles sehr vage, Jeremy.«

»Wilson ist in gewissem Sinn engstirnig und nicht übertrieben klug. Wäre er tatsächlich gescheit, dann hätte er nicht diese kommunistische Zelle gegründet. Ich bezweifle, daß er die richtige Vorstellung vom Kommunismus hat. Aber die Kommunisten, die sind verteufelt klug im Aufspüren solcher Männer wie Wilson und sehr geschickt, ihnen dann auch den nötigen Posten zu verschaffen. Das weiß ich. Mein eigener Vetter ist ein solcher Idiot. Er nennt den Kommunismus ein ›System der Nächstenliebe‹. Ich habe gehört, daß Wilson das gleiche verkündet hat. Na also.«

Keiner antwortete ihm. Jeremy stand auf, er war voll verhaltenen Zorns: »Die neuen Gesetze über die Kinderarbeit, zum Beispiel. Jahrhundertelang haben Kinder in Fabriken und in der Landwirtschaft gearbeitet. Ich bin nicht damit einverstanden, es gefällt mir nicht. Aber warum verdienen ihre Väter nicht genug, um ihnen diese Arbeit in den Fabriken und in der Industrie zu ersparen? Ihr wißt, warum. Die Regierung besteuert alle Rohstoffe so hoch, daß es dem freien Unternehmer unmöglich ist, seinen Arbeitern angemessene Löhne zu zahlen und nur den geringsten Profit zu erzielen. Beste Gelegenheit, die Arbeiter gegen den Kapitalismus aufzuhetzen. Ihr wißt es genau. Und zu welchem Zweck? Auch das wißt ihr: um den Kapitalismus allmählich und sicher zugunsten des Kommunismus und des radikalen Sozialismus zu vernichten. Sie unterscheiden sich kaum voneinander, wie jeder halbwegs kluge Kopf weiß. Dann wird das Bürgertum vernichtet, das gehört zur Generallinie des Konzepts.«

Der eine oder andere schüttelte nachsichtig den Kopf, aber keiner sagte ein Wort.

»Die Scardo Society«, fuhr Jeremy fort, »scheinbar nichts als eine Vereinigung gesunder, fundierter Finanzleute und Bankiers, die sich zum Meinungsaustausch und zu vertraulichen Gesprächen in verschiedenen Orten treffen. Lauter ausgezeichnete Gentlemen, die sich mit der Stabilität der Währung und der Investments befassen, ja? Nun, Freunde, ihr wißt es besser. Und das Komitee für Auslandsstudien in der Fifth Avenue ...? ›Studien‹ brauchen keinen bewaffneten Schutz, nicht wahr? Und keine vergitterten Fenster und Türen? Warum dann ...?«

Etwas Unheimliches, Drohendes senkte sich plötzlich über den Raum, die Stille wurde gefährlich, obwohl einige der Herren ehrlich betroffen schienen. Jeremys Blicke wanderten über sie hin, hart und kalt: »Ich sehe, ein paar von euch verstehen mich vollkommen. Wann kommt der große Krieg? Im nächsten oder im übernächsten Jahr?«

»Sie gehörten doch selbst dem Komitee für Auslandsstudien an, nicht wahr?«

»Oh«, Jeremy tat sehr erstaunt. »Und woher wissen Sie das, mein Herr?«

»Aber, aber, Jerry! Das ist kein Geheimnis und nichts Verbotenes, stimmt's? Männer aus den einflußreichsten Kreisen Amerikas sind Mitglieder des Komitees.«

»Genau. Und weiß einer von den Herren hier, was diese einflußreichen Männer unter vier Augen diskutieren? Ich weiß es: den Krieg.«

»Gegen wen?« fragte einer verständnislos. »Und warum?«

»Fragen Sie Ihre Freunde hier. Sie wissen es.«

»Was rauchst du eigentlich, Jerry? Haschisch?«

Lautes Gelächter. Jeremy beobachtete sie und fühlte sich plötzlich sehr müde. Er hob die Hand in einer trostlosen Geste, während ihn einige seiner Freunde aufmerksam mit kaum verhehlter Feindseligkeit musterten. »Politiker«, sagte er. »Ganz gleichgültig, ob ihr euch Demokraten oder Republikaner nennt. Politiker sind alle gleich. Wie Aristoteles sagte: ›Politiker werden nicht geboren, sie werden ausgeschieden.‹ «

Keiner fand das lustig. Einer fragte: »Und warum gehst du nicht zur Republikanischen Partei zurück, wenn du so unzufrieden bist?«

Er antwortete: »Es gibt keinen Unterschied zwischen den beiden Parteien.«

»Du könntest ja den Populisten beitreten!« schlug jemand vor. Und ein anderer: »Jerry, du weißt doch, daß schwerreiche Leute dem Komitee für Auslandsstudien angehören. Es ist ihnen klar, daß sie der Sozialismus enteignen wird. Sie können ihn also gar nicht wünschen.«

Jeremy schaute den Sprecher ungläubig an: »Ist das dein Ernst? Der Sozialismus wird die Schwerreichen nicht vernichten, sonst würden sie ihn nicht heimlich unterstützen. Aber die Mittelklasse, die zwischen ihnen und der heißbegehrten Tyrannei steht, die soll ausgelöscht werden.«

Und nach einer Pause: »Eines möchte ich wissen: Wer hat euch bezahlt?«

Wie ein Mann sprangen sie auf, in ehrlicher oder gespielter Entrüstung. Sie sprachen kein Wort mehr und verließen die Kanzlei.

XXIII

Maud Cummings aß mit der Familie und im kleinen Kreis der intimen Freunde. Ellen hatte sie oft aufgefordert, auch zu den großen Dinners hinunter zu kommen, aber Maud hatte immer höflich abgelehnt. »Es sind Fremde für mich«, sagte sie, »und ich bin ihnen fremd.« Dann verschattete sich Ellens Gesicht und sie wendete sich traurig ab. Maud blickte ihr nach und dachte: Meine Liebe, auch du bist eine Fremde hier. Wir werden es bleiben, du und ich.

Niemals aber lehnte Maud ab, wenn Charles Godfrey zu Gast war. Sie hatte bald erkannt, daß er für Ellen schwärmte; zugleich wußte sie als gute Menschenkennerin, daß er ein Mann war, dem man voll vertrauen durfte. Trotzdem zögerte sie, ihm ihr Herz auszuschütten. Sie war Engländerin, war zurückhaltend und verschlossen, wie die Engländer sind, sie mischte sich nicht in fremde Angelegenheiten und vermied es, ihre Meinung zu äußern, wenn sie nicht ausdrücklich darum gebeten wurde. Außerdem war sie, wenn auch Erzieherin, so doch nur eine Angestellte im Haus. Sie bezweifelte, daß Jeremy die »Einmischung« gutheißen würde, die sie seit langem plante. Aber der heftige Wunsch, Ellen zu helfen, überwand alle Skrupel, und so bat sie eines morgens Charles Godfrey um eine Minute Gehör.

»Mister Godfrey«, sagte sie mit ihrer leisen, aber festen Stimme, »ich würde gerne etwas mit Ihnen besprechen, und womöglich noch heute.«

Er war überrascht. Er sah ihr in das weiche, blasse, beherrschte Gesicht und wunderte sich, daß ihm nicht schon früher ihre etwas kühle Schönheit aufgefallen war. Allerdings hatte er sie von Anfang an sehr geschätzt, denn sie war eine Frau mit Verstand.

»Natürlich, Miß Cummings«, sagte Charles. »Darf ich Sie zum Lunch einladen? Ins Delmonico?«

»Ein kleineres, weniger aufwendiges Lokal wäre mir lieber. Ich hätte auch nichts Passendes anzuziehen.«

Er kannte ein diskretes, nettes Restaurant in der Nähe des Delmonico, wo er öfter mit seinen Freundinnen speiste. Einen Augenblick überlegte er, ob ihr der intime Charakter dieses Treffpunkts nicht peinlich sein könnte, aber schnell tat er den Gedanken ab. Dieses Mädchen war überlegen und sicher, und er wunderte sich von neuem, daß ihm das nicht schon längst aufgefallen war. Ellen wäre vielleicht verlegen gewesen, Maud Cummings aber gewiß nicht. So erklärte er ihr, wo sich das Lokal befand – vielleicht sollte man einen Wagen bestellen?

Nein, das war nicht nötig. »Danke, der Trolleybus genügt«, sagte sie.

Es war ein milder Apriltag, süß und lind sogar im dunstigen New York mit seinen von Unrat und Abfällen glitschigen Straßen und dem Schmutz, der dem Fußgeher – außer in den großen Avenuen – das Vorwärtskommen nicht gerade leicht machte. In manchen Nebengassen konnte es sogar gefährlich werden, überall lungerten Rowdys herum und unheimliche Gesellen, die alleingehende Damen mit obszönen Worten und Gesten belästigten. Das beunruhigte Charles ein wenig, aber nicht lange. Maud Cummings wurde so ziemlich mit allem fertig, was ihr begegnete, dachte er anerkennend. Das mußte schon ein sehr beherzter Bursche sein, der sich an sie heranwagte.

Maud Cummings' Garderobe war bescheiden und nicht nach der letzten Mode, durchwegs aber aus ausgezeichnetem und zweifellos teurem Material, das hatte Charles schon bemerkt. Sie ist ein geheimnisvolles Geschöpf, hatte er oft gedacht, wenn er sie bei Tisch beobachtete. Auch heute trug sie das übliche schwarze Seidenkleid mit einem großen weißen Kragen aus handgewebter Spitze, der mit einer Opalbrosche befestigt war; der Rock war glatt und vorne nur ganz wenig gebauscht. Die hübschen schwarzen Schuhe glänzten, und die schwarzen Ziegenlederhandschuhe waren erster Qualität; ebenso der Mantel aus feinem Tuch. Auf dem großen schwarzen Filzhut saß ein Gesteck aus hellen Seidenrosen. Sie war immer bestrebt, nicht aufzufallen, weder in der Kleidung noch in der Frisur noch im Auftreten. Die Handtasche war nicht neu, aber weder abgetragen noch ärmlich.

Trotzdem erregte sie sofort die Neugier der Mitfahrenden im Trolleybus, als sie mit kühler Selbstsicherheit Platz nahm. Während sie hinaus auf die schmutzigen Straßen schaute, dachte sie an das Gespräch, das sie jetzt führen würde. Sie wußte genau, was sie sagen wollte, ohne Scheu, ohne verlegene Entschuldigungen, daß sie das Ganze ja eigentlich nichts anginge, ohne »Verzeihen Sie, bitte ...« Was ein Mensch tun muß, hat er eben zu tun, dachte die Pfarrerstochter.

Die Auslagen der Läden quollen über trotz der noch kaum überwundenen wirtschaftlichen Flaute. Die Gehsteige waren voll von hastenden Menschen; die Kirchtürme ragten hinauf in den warmen, weißlichen Himmel. An jeder Ecke boten Blumenfrauen Veilchensträuße an, und die Kastanienverkäufer schoben ihre Karren vor sich her und riefen ihre frischgeröstete Ware aus. Der Bus ratterte und rüttelte und schwankte. Warum muß alles in Amerika so lärmend sein, dachte Maud; sogar der Bus brüllte. Pausenlos schrillte die Klingel des Trolleys, um die Rollwagen, Kutschen oder Automobile zu warnen, obwohl er kaum schneller fuhr als sie. Sehr unenglisch, meinte Maud, und lächelte über sich selbst: Du Snob, du! Ihr Lächeln galt immer nur den eigenen Schwächen, sie war zu loyal, um sich über andere lustig zu machen. Für die Dummköpfe allerdings, für die eingebildeten Tröpfe und die Unwürdigen empfand sie eine stumme Verachtung, die sich aus ihren schönen schwarzen Augen ablesen ließ.

Sie fand das Restaurant auf Anhieb, und Charles kam ihr an der Ecke entgegen. Nicht zum erstenmal stellte sie innerlich fest, wie gut ihr seine männliche Erscheinung und seine ebenmäßigen Züge gefielen. Wenn er auch nicht die geradezu herausfordernde Vitalität und das energiegeladene Auftreten Jeremy Porters besaß, so strotzte er doch vor Kraft, und seine Lebhaftigkeit verriet einen regen Geist. Sie reichte ihm lächelnd die Hand, und er führte sie in das Restaurant mit seinen geschlossenen Logen. »Hier sind wir ungestört, Miß Cummings.« Es war ihr sofort klar, was dieser dämmerige Luxus bedeutete, dazu hätte es nicht der flüsternden – vor allem weiblichen – Stimmen bedurft, die aus den Logen drangen. Charles sah sie von der Seite an, und das amüsierte sie. Hielt er sie für naiv?

Der Oberkellner grüßte höflich und geleitete die beiden in eine der Logen, nicht ohne einen bewundernden Blick auf Maud zu werfen. Er wußte sogleich, daß es sich nicht um ein galantes Rendezvous handelte, sondern daß er eine seriöse Dame vor sich hatte. Der runde Tisch war blendend weiß gedeckt, mit kostbarem Geschirr und Silber, in der Mitte stand ein Veilchenstrauß in einer funkelnden Schale. Sie nahmen Platz, und Charles' Blicke ruhten auf ihr. Nein, dachte er, sie sieht diesen Veilchen nicht ähnlich – eher einer Gartennelke. Und er wunderte sich wieder. Ja, einer Gartennelke, obwohl der Vergleich mit dieser leuchtenden und sinnlichen Blume auch nicht ganz stimmte. Er hatte nicht gedacht, daß ihm die Mahlzeit mit einer Erzieherin solchen Spaß machen würde, er fühlte sich geradezu beschwingt. »Wein?« fragte er und war überzeugt, daß sie das Richtige wählen würde. »Einen Chablis, bitte«, antwortete sie, »ich bin keine Freundin süßer Weine.«

Ihre ruhige englische Stimme klang melodisch; sie verfiel niemals in den schrillen Diskant mancher Engländerinnen, der es den Amerikanern schwer macht, sie zu verstehen. Ihre Sprache verriet ihre tadellose Kinderstube. Er warf einen Blick auf ihre Kleidung und dachte an Shakespeares »Reich, aber nicht prunkvoll.« Sie zog die Handschuhe aus. Ihre Hände sind kostbar, dachte er, und fein. Ein Siegelring funkelte im matten Gaslicht.

Er freute sich über ihre Wahl, als sie ihm auf seine Bitte ihre Wünsche für das Dinner sagte. Und wieder wunderte er sich, daß er nicht schon längst bemerkt hatte, wie hübsch sie war. Freilich, sie konnte es nicht mit Ellens blendender Schönheit aufnehmen, aber sie hatte den natürlichen Charme einer klugen Frau, die sich ungezwungen zu benehmen weiß. Obwohl sie einige Jahre jünger als Ellen war, besaß sie die Reife einer voll Erblühten. Ein wundervolles Geschöpf, dachte er, und ihre Augen sind bemerkenswert, wie edle schwarze Saphire.

Maud spürte, daß sie Eindruck auf ihr Gegenüber machte, und sie atmete auf. Die Sache würde reibungslos vor sich gehen, ihre Befürchtungen waren unnötig gewesen. Charles war ihr mit einem Male kein Fremder mehr, eine warme Woge des Vertrauens schien sie beide zu verbinden. Sie unterhielten sich bestens während des Essens, sprachen über dies und jenes, und Charles entdeckte, daß sie Humor besaß, einen natürlichen Witz, ohne dabei scharf und verletzend wie Kitty zu sein. Maud Cummings wurde nie persönlich, sie klatschte nicht über andere Leute, sie suchte sich auch nicht in den Mittelpunkt zu stellen, und die Hektik Kittys war ihr völlig fremd. Das gefiel ihm besonders, denn Kitty war ihm unsympathisch, er kannte sie zu gut. Selten noch hatte er eine weibliche Gesellschaft so erfreulich gefunden wie diese. Maud war ruhig, mit sparsamen Bewegungen, sie hatte sich stets ganz in der Gewalt. Beim Dessert allerdings wurde sie zunehmend stiller und schien sich gleichsam in sich selbst zurückzuziehen.

Sie hob den Kopf und schaute ihn offen an. »Ich habe die Absicht, meine Stellung im Haus Porter zu kündigen«, sagte sie.

»Tatsächlich?« fragte er, als spräche er über das Wetter. »Und darf ich fragen, warum, Miß Cummings?«

Sie zögerte, ehe sie fortfuhr: »Ich kann für Mrs. Porter nichts mehr tun, Sir, obwohl ich alles Mögliche versucht habe. Sie ist so zart und verwundbar. Ich bin sehr besorgt um sie. Wenn ich ihr nur im geringsten helfen könnte, dann bliebe ich.« Und nach einer Pause: »Ich weiß, Sie sind nicht nur Mr. Porters Kompagnon, sondern auch ein Freund des Hauses – und Sie sind Mrs. Porter sehr ... zugetan.«

Charles trank seinen Kaffee in kleinen Schlucken. »Haben Sie mit Mr. Porter darüber gesprochen?« fragte er schließlich, ohne aufzublicken.

»Nein, ich fürchte, er weiß ohnehin viel ... über Mrs. Porter. Aber seine Kinder, die kennt er noch immer nicht richtig.«

»Ich verstehe. Aber Sie kennen sie.«

»Ja, vielleicht zu gut – nicht nur diese beiden. Deshalb habe ich nicht geheiratet. Ich wollte keine Kinder.«

Er warf ihr einen schnellen Blick zu. Seine Augen waren sehr hell, stellte sie fest, sehr klar. Dann strich er mit der Hand über sein dichtes braunes Haar und sagte: »Nicht alle Kinder sind schlecht.«

Sie seufzte und lehnte sich erleichtert in den Stuhl zurück. Gut, dachte sie, ich brauche ihm nichts zu erzählen. Er kennt Christian und Gabriele ebenso genau wie ich. »Gewiß«, sagte sie laut, »aber man weiß es eben nie im vorhinein, nicht wahr? Und dann kann es zu spät sein ... Wenn nur ... Mrs. Porter ...« Sie machte eine Pause und blickte auf ihre Hände. »Wenn Mrs. Porter nur nicht so blind verliebt in ihre Kinder wäre. Das ist gefährlich. Trotzdem glaube ich manchmal, daß sie sich vor ihnen fürchtet, aus Instinkt vielleicht ...«

Er schwieg eine Weile, wie in Gedanken versunken. Dann sagte er mit gerunzelter Stirn: »Sie dürfen das Haus nicht verlassen, Miß Cummings. Ich glaube, es braucht Sie.«

Sie wußte, daß er Ellen meinte, und mit einem Male war sie namenlos verzagt. »Ich will es mir überlegen«, sagte sie, »Cuthbert und Annie wünschen auch, daß ich bleibe.«

»Weil die beiden gescheite Leute sind, Miß Cummings.« Er trank einen Schluck Wein. »Es gibt Menschen auf dieser Welt, die vor sich selbst geschützt werden müssen, vertrauensselige, schlichte Gemüter...«

Wieder wußte sie, daß er Ellen meinte, und sie biß die Zähne zusammen. Dann, mit einem Blick auf ihre Uhr: »Man wird mich vermissen«, sagte sie schnell. »Danke für Ihr Verständnis, Sir.«

»Ich bringe Sie mit dem Wagen heim, Miß Cummings. Es sieht nach Regen aus.«

»Bitte, gerne, aber Sie müssen mich eine Straße vorher absetzen. Sonst würde es sehr sonderbar aussehen.« Dann fügte sie schnell hinzu: »Noch etwas... Da gibt es die Zofe, Clarisse. Ich weiß, es geht mich nichts an, aber sie telefoniert häufig mit Mrs. Wilder, und dann sprechen sie französisch über Mrs. Porter.«

Charles wurde sofort lebendig: »Ja?«

Sie sprach leise weiter: »Die Zofe macht sehr... respektlose Bemerkungen über die gnädige Frau. Ich habe überlegt, ob ich es Mr. Porter berichten soll, aber ich will nicht aufdringlich scheinen.«

»Keineswegs, das würden Sie nie. Aber wenn es Ihnen lieber ist, dann spreche ich mit ihm, natürlich ohne Ihren Namen zu erwähnen.«

»Oh, da wäre ich Ihnen sehr dankbar!«

Sie tauschten einen Blick, und beide dachten an Kitty. »Mrs. Wilder übt einen schlechten Einfluß auf die Kinder aus, fürchte ich«, fuhr Maud fort. »Sie scheint sie zwar gern zu haben, das muß ich zugeben, aber mir kommt vor, daß die Kinder mehr an ihr als an der Mutter hängen. Mrs. Wilder ist sehr geschickt und wendig, die beiden könnten fast von ihr sein...«

»Darüber habe ich mir auch schon Gedanken gemacht. Sonderbar, nicht?«

»Nicht ganz so sonderbar«, gab Maud zurück, »Menschen, die sich im Charakter ähneln, ziehen einander an.«

Sie standen auf, während Maud ihre Handschuhe überstreifte. Er schaute sie ernst an: »Es würde Sie nicht nur einer im Haus vermissen, Miß Cummings.«

Eine leichte Röte stieg ihr in die Wangen, er nahm sie leicht beim Ellbogen und führte sie durch die Logenvorhänge hinaus, wo der Cadillac wartete. Der Himmel war dunkler geworden und die Straße noch häßlicher, aber Maud schien es, als strahle alles in fröhlichem Licht. Als sie nun lächelte, da war auch ihr stilles Gesicht von innen erleuchtet. »Ich werde bleiben«, sagte sie.

»Gut.«

Am nächsten Tag schickte er ihr einen Strauß Glashausnelken mit seiner Karte. Die folgende Nacht schlief sie mit den Nelken neben ihrem Bett und der Karte unter ihrem Kissen.

Zwei Tage später entließ Jeremy Clarisse ohne nähere Erklärung, trotz

Ellens lebhaftem Protest. Kitty war bestürzt, als das Mädchen schluchzend zu ihr gelaufen kam. »Ma'am, die ekelhafte Mrs. Porter muß schuld daran sein. Sicher hat sie etwas aufgeschnappt, obwohl ich doch so vorsichtig war!« Kitty war voll Mitgefühl, da sie aber Clarisse jetzt nicht mehr brauchen konnte, gab sie ihr ein goldenes Fünfdollarstück, tätschelte ihren Arm und schickte sie weg.

Es kostete Kitty nicht viel Mühe herauszubringen, daß Ellen keine Ahnung hatte, warum das Mädchen entlassen worden war. Im übrigen äußerte sich auch Jeremy nicht näher dazu.

»Ach, ich habe die kleine Schlange nie ausstehen können«, erklärte er nur achselzuckend, »sie hat die Dienstboten gegeneinander aufgehetzt. Ich brauche Frieden im Haus, verstehst du?«

»Völlig richtig«, antwortete sie schnell und bemerkte den kalten Glanz in seinen Augen nicht. »Mir war sie auch nicht recht sympathisch. Ich habe Ellen seit langem geraten, sie hinauszuwerfen. Aber du kennst Ellen ...«

»Ja, ich kenne sie«, erwiderte er, und sie freute sich. Er wußte also selbst, daß Ellen nicht ernstzunehmen war.

Ellen begriff selbst nicht, warum sie diesmal so deprimiert war, als sie mit ihrer Familie nach Long Island übersiedelte. Gewiß, Jeremy wurde von seinen Geschäften immer mehr in Anspruch genommen, und demzufolge hatte sich ihr Freundeskreis stark verringert. Ellen wußte nicht, daß sich so mancher vorsichtig wegen Jeremys »extremer Ansichten« distanzierte, obwohl das niemanden daran hinderte, seine wertvolle Hilfe in Anspruch zu nehmen, wenn es nötig war, und die Verbindungen in Washington auszunützen, die er noch immer besaß, auch wenn er nicht mehr dem Kongreß angehörte. Jeremy befand sich immer häufiger auf Reisen, und Ellen meinte, daß auch sie zu seinem »Geschäft« gehörten, ebenso wie die Reden, die er im ganzen Land hielt, und die Artikel, die er für verschiedene Zeitungen und Zeitschriften, inbegriffen juridische Blätter, schrieb. Das alles war eben Bestandteil der mysteriösen Welt der Männer, dachte sie. Daß Jeremy oft Gegenstand heftiger Diskussionen im Weißen Haus war, ahnte sie nicht.

Aber auch wenn er nicht unterwegs war, verbrachte er so manche Nächte außer Haus, entweder bei Kitty – dies allerdings immer seltener – oder bei der kleinen, skandalöserweise geschiedenen Mrs. Bedford, die deshalb aber noch lange nicht von der Gesellschaft gemieden wurde, denn sie war sagenhaft reich und aus erstklassiger Familie. Emma Bedford war Kitty in mancher Beziehung ähnlich, hatte aber ein gefälliges und aufgeschlossenes Wesen und ein weites Herz für ihre Mitmenschen, eine Güte, die kein bißchen durch Sentimentalität verwässert war.

»Verdammt nochmal, Jerry«, sagte sie mit ihrer hellen, fröhlichen

Stimme, »was bleibt uns schon übrig, wir sind nun einmal Menschen, der eine mehr, der andere weniger, wie zum Beispiel die Hexen und die Bastarde. Wer hat einmal behauptet, das Leben sei eine Tragödie für den Menschen, der fühlt, und eine Komödie für den Menschen, der denkt? Ja, ich halte es für eine große Komödie. Solange man sie nicht zu ernst nimmt, ist man durch seine Mitmenschen nicht allzu gefährdet. Stimmt's?«

Zum Unterschied von anderen Ehemännern bemühte sich Jeremy sorgfältig, seine Seitensprünge vor Ellen zu verbergen, aus Rücksicht für sie, denn er liebte sie zu sehr; seine Zärtlichkeit hatte sich im Lauf der Jahre noch vertieft. Für Ellen wäre es buchstäblich ein Todesurteil gewesen, hätte sie gewußt, daß er ihr untreu war; ihre Einstellung zur Welt war noch immer rein gefühlsbetont und subjektiv. Aus einer Untreue hätte sie geschlossen, daß Jeremy sie nicht mehr liebe und daß sie selbst etwas Unverzeihliches verbrochen habe. Sie hatte keine Ahnung von der Natur der Männer, von ihrem angeborenen Hang zur Polygamie und dem Wunsch nach Abwechslung. Als ihr Kitty einmal gesagt hatte: »Eine Frau, die an die ewige Treue ihres Gatten glaubt, ist weltfremd«, da war sie entsetzt. »Du übertreibst, Kitty, und bist boshaft, wie gewöhnlich. Jeremy ist ebensowenig einer Untreue fähig wie ich selbst. Du beleidigst Jeremy mit einem solchen Verdacht, ihn und alle anständigen Ehemänner.«

Ellen hörte nicht auf Klatsch, und wenn sie einmal dazu gezwungen war, dann glaubte sie, daß man die Geschichte erfunden hatte, einfach des Spaßes halber. Der Gedanke, daß sich eine Ehefrau zu einem anderen Mann als dem eigenen hingezogen fühlen könnte, war ihr nicht nur abstoßend, sondern einfach unfaßbar. Sie war nicht blind für ihre Umgebung, sie wußte, was sie von Typen wie Lilian Russell oder den Diamanten-Bradys zu halten hatte, aber die lebten für sie in einer unwirklichen Welt, gleichsam auf einer Bühne, und sogar da war sie halb überzeugt, daß man »übertrieb«. Sie las wohl englische und französische Romane, aber das waren eben »Romane«. Daß es eine ganze Menge Eroberinnen wie Madame Bovary in ihrem Kreis gab, war ihr fremd, und was die Don Juans betraf, so konnte es so etwas im christlichen Amerika einfach nicht geben. Auf diesem Gebiet beließ sie Jeremy in ihrer Unschuld, um verderbliche Erfahrungen auszuschalten; denn ihre Unschuld, so aufreizend sie manchmal sein mochte, war ein wesentlicher Bestandteil ihres Charakters und machte sie ihm teuer. Seine Liebe wäre erkaltet, hätte Ellen ihre Unschuld eingebüßt.

»Ellen glaubt fest an die Heiligkeit des heimischen Herdes und an die Reinheit des Ehebetts«, hatte Kitty einst lachend zu Jeremy gesagt, »wirklich, Liebster, sie ist noch ein Kind«, aber schnell hinzugefügt, als sie den Ausdruck seines Gesichts sah: »Und das ist in einer Weise gerade das Nette an ihr.« Da er nicht antwortete, fuhr sie ungeniert fort: »Warum, mein Schatz, sehen die Männer die Keuschheit bei ihren Gattinnen als höchste Tugend an, wo sie doch meistens nur auf mangelnde Gelegenheit, Versuchung oder ganz einfach auf Dummheit zurückzuführen ist? Oder auf Angst vor einer Schwangerschaft?«

Jeremy konnte ein Lächeln nicht unterdrücken: »Ich glaube, das hängt auch mit den Erbgesetzen zusammen. Die Männer wollen sicher sein, daß der Sohn, dem sie ihr Vermögen hinterlassen, auch wirklich ihr leiblicher Sohn ist und nicht ein Kuckuck, den man ihnen ins Nest geschmuggelt hat. Und die Frauen sind schließlich auch das Eigentum ihrer Männer, die wollen sie nicht gern mit einem andern teilen. Es wäre unappetitlich.«

Kitty fand das nicht paradox, während Ellen es wohl verwirrend und unglaublich gefunden hätte, da ihrer Meinung nach die Liebe zwischen Mann und Frau unzerstörbar war. Ellens Wissen um die menschliche Natur und deren Motive blieb eben fehlerhaft und fragmentarisch, obwohl sie doch auf anderen Gebieten bewanderter und gebildeter war als viele Damen ihres Kreises. Wenn sie einmal einen Blick in die Wirklichkeit tat, dann wendete sie verwirrt die Augen ab und versuchte, an andere Dinge zu denken.

Jeremys häufige Reisen, sein Ausbleiben und spätes Heimkommen bedrückten Ellen schwer, wenn sie auch nicht darüber klagte. Sie war Patronesse der Metropolitan Opera, des Metropolitan Museums und zahlreicher anderer Institute geworden, und sie begann, Kunstgegenstände für ihr Haus zu sammeln. Sie nahm Malstunden und erwies sich auch hier als begabt. Sie lud Damen zum Lunch ein, und wurde selbst eingeladen; ihr Haushalt lief wie am Schnürchen. Sie beschäftigte sich eifrig mit den Kindern, wenn sie daheim war; aber trotzdem sehnte sie sich in den langen Wochen, den langen Tagen, die Jeremy auswärts verbrachte, so schmerzhaft nach ihm, wie in ihrer frühen Jugend, als sie dreizehn Jahre und noch nicht verheiratet gewesen war. Das schlimmste waren die Wochenenden, denn selbst die flatterhaftesten Ehemänner sahen es als ihre Pflicht an, diese Tage im Kreis der Familie zu verbringen. Außer den kurzen Teebesuchen an den Sonntagnachmittagen war Ellen einfach zuviel allein und zu sehr auf die Gesellschaft ihrer Kinder angewiesen.

Es fiel ihr gar nicht ein, daß sie mit einem einzigen Wink ihrer schönen Augen einen Liebhaber hätte finden können. Sie war noch reizvoller geworden, sie bezauberte die Männer, und es fehlte nicht an entsprechenden Versuchen, aber sie merkte nichts davon. Kitty freilich sah es und zersprang vor Haß und Eifersucht. Was finden die Männer an diesem primitiven Ding, dieser überreifen Birne, diesem versponnenen Geschöpf, wütete sie. Von Anfang an hatte sie Kitty um ihre strahlende Jugend beneidet. Jetzt aber, da sie selbst sichtlich alterte, litt sie Höllenqualen und wünschte in wilden Phantasien alles Unheil auf Ellen herab. Sie hätte sie verstümmeln, ja töten können. Aber die einzige Rache, die sie bei der Hand hatte, das war der Griff nach Ellens Kindern. Sie kannte deren Charakter genau und fühlte eine seltsame Zuneigung zu ihnen – und außerdem, es waren Jeremys Kinder. Deshalb hielt sie sich möglichst oft bei ihnen auf; sie verstand es ausgezeichnet, auch ohne Worte, nur durch Blicke und Gesten, durch ein Naserümpfen oder ein Schürzen der grellrot geschminkten Lippen, zu zeigen, wie komisch sie ihre Mutter fand und dadurch die Kinder noch mehr aufzuputschen. Dazu war allerdings nicht viel nötig; praktisch schon von Geburt an waren sie die Feinde ihrer Mutter gewesen. Und jetzt, im Sommer 1912, war auch ihr letzter Funken Sympathie für sie erloschen. Sie sahen in Ellen nichts weiter als eine unheilbar lächerliche Person, die man mit Recht zur Zielscheibe des Spotts, der Bosheit und der Gemeinheit machen durfte.

Ein- oder zweimal im Jahr packte Ellen trotz Jeremys Protest die Kinder und Annie Burton zusammen, um »die arme, alte, kranke Tante May« in Wheatfield zu besuchen. Die Kinder fanden diese Besuche greulich und May Watson womöglich noch unerträglicher als die Mutter; daß ihnen Mrs. Eccles schöntat, machte ihnen wenig Spaß. Als sich aber Christian einmal bei seinem Vater darüber beklagte, wurde er streng zurechtgewiesen: »Man kann nicht immer nur die Dinge tun, die einen freuen. Je früher du das lernst, desto besser! Das Leben besteht nicht einzig nur aus ›Vergnügen‹, wir haben anderen gegenüber Pflichten zu erfüllen.«

»Ja, Papa«, sagte Christian artig, aber Jeremy lächelte nicht. Er war mit seinen Kindern oft unzufrieden, doch weil sie ihm gehorchten und ihn offensichtlich bewunderten und liebten und niemals in seiner Gegenwart klagten oder aufbegehrten, vergaß er seinen Ärger meist bald. Sie foppten oder quälten die Mutter niemals, wenn er dabei war, auch weil sie meinten, daß der Vater dann mitbetroffen wäre, wenn auch nur ganz am Rande. Zudem hatte Jeremy eine schnelle Hand und neigte zu drastischen Strafen, sie fürchteten ihn also, aber, wie es ihrem Charakter entsprach, verstärkte diese Furcht nur ihre Zuneigung und ihren Respekt.

Ellen war in diesem Sommer besonders schwankenden Stimmungen unterworfen, die Einsamkeit schien ihr unerträglich. Sie wußte, daß sich Jeremy ganz und gar der Politik verschrieben hatte – für sie eine fremde Welt – und daß seine Reisen unbedingt nötig waren. Obwohl sie in Long Island von offensichtlich guten Freunden umgeben war, wurde sie von Unruhe und bösen Vorahnungen geplagt. Sie malte kleine Vignetten der hübschen Umgebung, lief bei Sonnenuntergang und sogar bei Sonnenaufgang an den Strand, starrte hinaus auf die Dünung, lauschte dem Zischen und Grollen und sah die kurzen Wellen aufschlagen; sie blickte hinaus zum weiten, hellen Horizont und hätte sterben können vor Trauer und Schmerz. Ihre einzige Freude waren Jeremys Briefe, und wenn sie keine erhielt, dann war sie verzweifelt und zerrissen vor Kummer. Manchmal kam Kitty über ein Wochenende zu ihr – ein großes Opfer, das von Ellen mit überströmender Dankbarkeit gewürdigt wurde.

»Ich weiß nicht, was in diesem Sommer mit mir los ist«, gestand sie ihr, »ich habe mich doch immer hier in Long Island mit den Kindern und mit unsern Leuten und mit« – sie zögerte – »Miß Cummings so wohl gefühlt. Miß Cummings wäre ein Monat Urlaub zugestanden, aber sie wollte ihn nicht nehmen, obwohl ich ihr zuredete. Sie hat die See und das Haus so gerne, und auch die Kinder, sagt sie. Das war sehr lieb von ihr, obwohl ...«

»Was, obwohl?« fragte Kitty schnell.

Ellen seufzte: »Obwohl ich weiß, daß sie es als Pflicht ansieht, im Sommer hier zu bleiben. Dabei ist das lächerlich. Sie behauptet, daß sie Christian weiter vorbereiten muß, weil er im Herbst ins Internat geht. Ich bin dagegen, daß er außer Haus kommt, und auch Gabriele ist ganz unglücklich. Aber Jeremy besteht darauf. Ach, ich bin wie gerädert. Schuld an allem ist wohl, daß mir Jeremy so schrecklich abgeht.«

»Er ist beruflich unterwegs, das darfst du nicht vergessen.«

»Ich weiß, ich weiß. Trotzdem: wenn ich abergläubisch wäre, würde ich glauben, daß ich Vorahnungen habe.«

Kitty wußte von Jeremys Beziehungen zu Mrs. Bedford, die sie ebenfalls haßte. »Vielleicht«, warf sie mit gekünstelter Leichtigkeit hin, »vielleicht hat er eine Freundin? Das wäre doch ganz normal für einen verheirateten Mann wie ihn! Die Familie geht ihm eben manchmal auf die Nerven!«

»Jeremy!« rief Ellen. »Sei nicht so dumm, Kitty! Damit beleidigst du Jeremy.« Sie sah sie mit ihren großen, klaren Augen unter dem leuchtenden roten Haar an und lachte: »Ich weiß, du machst Spaß, um mich aufzuheitern, und mir ist auch schon leichter.«

Großer Gott, dachte Kitty. Sie hatte die vage Absicht gehabt, Ellens Verdacht gegen Emmy Bedford zu erwecken und sie gegen die Nebenbuhlerin aufzuhetzen. Längst schon war ihr mit ihrem Scharfblick klar geworden, daß Ellen trotz ihrer Fügsamkeit zuweilen auch stahlhart werden konnte, vor allem, wenn sie auf Verrat oder Betrug stieß, und das mochte sich verheerend auswirken. Wie wäre es, wenn sie diesen schlummernden Dämon gegen Emma Bedford entfesselte und damit deren Beziehung zu Jeremy ein Ende setzte? Aber halt! Kitty war vorsichtig, wer weiß, ob sie damit nicht Kräfte auslöste, die auch sie selbst von der Bildfläche fegten!

Ellen versuchte die trübe Stimmung abzuschütteln: »Ich bin schließlich nicht einsam, so sehr mir Jeremy auch fehlt«, sagte sie tapfer. »Meine Nachbarn laden mich zum Tee und zum Dinner ein, und die Wochenenden sind immer lustig. Und Charles Godfrey kommt fast jeden Samstag und bleibt bis Sonntagabend. Jeremy hat ihn darum gebeten, er ist so nett. Er versucht auch Miß Cummings zu zerstreuen und macht lange Spaziergänge mit ihr, und dann spielt er mit Christian und Gabriele. Ich frage mich oft, warum er nicht geheiratet hat. Er scheint sehr wählerisch zu sein.«

Am gleichen Abend wanderten Charles Godfrey und Maud Cummings über den Strand, und die Kinder liefen weit vor ihnen her. Er fragte: »Wollen Sie mich heiraten, Maud?«

Sie ergriff seine Hand und lächelte ihn an. Ihr ruhiges Gesicht war plötzlich von der Abendsonne rosig überhaucht. »Selbstverständlich«, sagte sie mit der natürlichsten Stimme der Welt, als bestätige sie nur etwas, was sie schon längst wußte.

XXIV

Ellen mochte sich noch so sehr zusammennehmen, die Furcht verließ sie nicht. Sie fuhr häufig nach New York, beschäftigte sich bei verschiedenen Wohlfahrtsveranstaltungen, aber lustlos und ohne Freude. Dazu ließ sie sich in ihr Haus fahren, das nur von einem Hausmeister und einer Aushilfsköchin bewohnt war, die Jeremy versorgte, wenn er sich in der Stadt aufhielt. Das Haus war dunstig und heiß, sie öffnete die Fenster, unterhielt sich mit den Angestellten, inspizierte Speisekammer und Vorratskasten und wanderte ziel- und planlos durch die Zimmer. Sie nahm den Lunch mit Kitty, machte Einkäufe mit ihr, plauderte über die bevorstehenden Premieren im Herbst. Aber weder Kitty noch irgendwelche andere, an die Stadt gebundene Bekannte noch das Getriebe in den Straßen, vermochten sie aufzuheitern.

Sie verlor ihre gute Farbe und suchte schließlich auf Kittys Anraten einen neuen Arzt auf. Der Arzt untersuchte sie gründlich, und da er jung und seinem Alter entsprechend von seinen Kenntnissen felsenfest überzeugt war, erklärte er mit einer gewissen Strenge: »Wie die meisten Damen haben Sie zu wenig Arbeit, Mrs. Porter. Was ich empfehle, ist eine Mitwirkung bei Wohlfahrtseinrichtungen, aber eine ernsthafte; dann die persönliche Erziehung Ihrer Kinder und mehr Interesse für die Vorgänge in der Welt.«

Ellen errötete schuldbewußt, dann aber raffte sie sich plötzlich auf und antwortete in einem seltenen Anfall von Trotz und Ärger: »Herr Doktor, das brauchen Sie mir nicht zu verschreiben, ich tue es von selbst und bis zur Erschöpfung. Aber es hilft nichts. Ich brauche meinen Mann ...«

»Besitzneurose«, stellte der Arzt abschließend fest. »Zuviel Beschäftigung mit der eigenen Person. Trainieren Sie Ihren Verstand, meine liebe gnädige Frau. Es wird nicht mehr lange dauern, und die Frauen werden das Wahlrecht erlangen. Sie dürfen nicht ungeschult die neue Welt betreten.«

Ellen lächelte plötzlich und sagte: »›Plus ça change, plus c'est la même chose‹. Jedenfalls sagt mein Mann das immer, und ich bin der gleichen Meinung. Zuweilen freilich wird es schlimmer.«

Der Arzt war verblüfft und richtig beleidigt. Diese schöne junge Frau in ihrem grauen Leinenkostüm und dem gelben Strohhut hatte vom ersten

Moment an seinen Ärger erregt, weil er sie für eine der reichen Nichtstuerinnen gehalten hatte, die ihr Leben lang keine Sorgen kannten und somit weder Verständnis noch Mitleid für das »werktätige Volk« aufbrachten. Und dabei sah sie ihn leicht belustigt an, und ihre klugen Augen funkelten. Er mochte es nicht, daß seine Diagnosen fehlgingen, und deshalb mochte er auch Ellen nicht. Sie verließ ihn in besserer Laune, als sie gekommen war, und diese Stimmung dauerte immerhin einige Stunden an.

Am nächsten Tag erhielt sie ein Telegramm von Mrs. Eccles aus Wheatfield: »Tante heute früh sanft entschlafen. Anwesenheit wegen Begräbnisvorbereitungen nötig.«

Annie war mit den Kindern ausgegangen, und Mrs. Cummings bereitete in der Bibliothek die Nachmittagslektion für Christian vor. Sie hörte Ellen unten in der langen Halle aufschreien und lief sofort zu ihr. Ellen starrte sie verstört an und reichte ihr wortlos das Telegramm. »Oh, das tut mir leid«, sagte Maud. »Wir fahren sofort nach Wheatfield. Ich erkundige mich nach dem nächsten Zug.«

»Nein«, erwiderte Ellen matt. »Das heißt, ich werde die Kinder und Annie mitnehmen. Sonst niemanden. Aber ich danke Ihnen.« Maud Cummings' klares Gesicht und die schönen Augen sahen weder gekränkt noch entrüstet aus. »Dann müssen wir Mr. Porter telegrafieren. Er wird Sie in Ihrem Kummer nicht allein lassen wollen.«

Ellen bewegte langsam den Kopf: »Das geht nicht, er ist in Chicago. Er kann nicht weg von dort, er muß heute abend eine Rede bei einem politischen Bankett halten. Er hat meine Tante jahrelang nicht gesehen, obwohl er ihren Lebensunterhalt bestritt. Ich darf ihn nicht stören.«

Nun sprach Maud entschieden, wie sie sonst nur zu den Kindern sprach: »Dann fahre ich selbstverständlich mit Ihnen. Annie wird mit Christian und Gabriele voll beschäftigt sein, sie kann Ihnen nicht beistehen. Ich werde Ihre Zofe bitten, die Tasche zu packen, und dann packe ich selbst. Bitte setzen Sie sich, Mrs. Porter. Sie sehen elend aus.«

Ellen fiel in einen Stuhl. Durch die lange, weite Halle schaute sie hinaus auf eine Weide, deren Laub sich im Wind regte und auf die Kletterrosen daneben – Scharlachrot gegen Dunkelgrün –, aber sie sah nicht, wie schön das alles war. Leise begann sie zu wimmern, war mit einemmal wieder das Kind, das Mays müde und befehlende Stimme in der Hütte von Preston hörte. Sie konnte das abgezehrte Gesicht der Tante sehen, wie sie über die Nähmaschine gebeugt saß und säumte. Sie spürte den scharfen Geruch nach Kohl und kochendem Rindfleisch, und es war die Küche der Tante, in der sie jetzt saß, wo sie schuldbewußt das liebevolle Schelten wegen ihrer Unordentlichkeit über sich ergehen ließ.

»O Tante May, o Tantchen, Tantchen!« wimmerte sie, und die Jahre der Entfremdung, der Trennung, der Schuld waren ausgelöscht. Sie vergaß, daß May an die Sechzig war, daß sie dank ihrer Nichte ein sorgloses, bequemes Leben hatte führen können, betreut und gepflegt. Ellen hatte die Schuld daran, daß sie sich auseinandergelebt hatten, und das bereute sie jetzt tief. Wochenlang hatte sie überhaupt nicht an May gedacht, weil sie nur ihre Familie, ihre tägliche Beschäftigung und Jeremy im Sinn hatte. Einmal in der Woche hatte sie sich zu einem Brief an Tante May aufgerafft, aber jetzt vergaß sie, daß die Antworten sehr spärlich erfolgt waren, und daß die wenigen Briefe von Vorwürfen und Klagen gestrotzt hatten. Den letzten Brief hatte übrigens Hortense Eccles geschrieben, da Mays verkrüppelte Finger keinen Federstiel mehr halten konnten. Nun kauerte Ellen verzweifelt in dem tiefen Stuhl und flüsterte unter Tränen: »O Tante, es tut mir so leid, so leid. Ich hätte etwas für dich tun müssen, ich hätte dich nicht so lange vernachlässigen dürfen, ich hätte dich öfter besuchen sollen, um dich für eine Weile von deinen Schmerzen abzulenken. Ganz allein in Wheatfield, ohne Trost, ohne Hilfe ...« Und Ellen schluchzte zum Steinerweichen.

Maud kam mit einem Glas Brandy zurück und Cuthbert hinter ihr: »Da, trinken Sie, Mrs. Porter. Ihre Zofe packt bereits eine Tasche für zwei Tage, und ich bin auch mit allen Vorbereitungen fertig. Darf ich Ihnen vorschlagen, die Kinder zu Hause zu lassen?«

Ellen funkelte sie empört an: »Meine Kinder nicht zum Begräbnis meiner Tante mitzunehmen! Das ist ja unerhört, was Sie mir zumuten!«

Maud Cummings seufzte und reichte Cuthbert das Glas zurück. Es klang sehr ruhig, als sie sprach: »Mrs. Porter, die Kinder kennen ihre Tante kaum, sie haben sie nur ein paarmal gesehen, sie haben keinerlei Beziehung zu ihr. Das ist ganz natürlich. Sie sprechen niemals von ihr, auch das ist natürlich. Kinder interessieren sich nur für ihre eigenen Dinge. Außerdem ist es eine anstrengende, lange Reise und sehr heiß, und Gabriele hat sich von ihrer Sommergrippe noch nicht erholt. Sie sollten mit mir allein fahren. In einer Stunde geht ein Zug nach New York.«

»Sie brauchen mich nicht zu begleiten!« rief Ellen außer sich. »Der Platz meiner Kinder ist am Grab ihrer Tante. Bitte, bitte, lassen Sie mich allein!« Sie sprang auf, sie war zornig, sie litt.

Niemals war sie Maud Cummings ehrlich zugetan gewesen. Maud war ausgeglichen, ein in sich ruhender Mensch, und solche Charaktere hatten immer Minderwertigkeitsgefühle bei Ellen ausgelöst.

»Schön«, sagte Maud. »Sollen wir dann Mrs. Wilder anrufen? Vielleicht will sie mit Ihnen fahren.«

Ellen verkrampfte ihre zitternden Hände. »Kitty? Kitty? Ja ... nein, sie ist auf Besuch bei Bekannten, ich weiß nicht mehr wo. Ich glaube in Philadelphia ... oder in Boston ... Ich weiß nicht. Sie fuhr gestern abend weg.«

Maud und Cuthbert wechselten einen kurzen Blick. Ellen vergrub hilflos ihr Gesicht in den Händen. »Oh, du lieber Gott«, murmelte sie. »Aber mit den Kindern haben Sie vielleicht recht. Eine so lange Reise und die Hitze und überall Kinderlähmung. Nein, sie dürfen nicht mitfahren. Ich fürchte, ich muß Ihr Angebot annehmen, Miß Cummings.« Sie ließ die Hände sinken und hob ihr tränennasses Gesicht: »Bitte senden Sie Mr. Porter ein Telegramm, damit er weiß, wo wir sind. Ich bin ganz durcheinander.«

Dann sah sie Maud gerade an, sie schämte sich bereits zu Tode über ihren Ausbruch: »Verzeihen Sie mir, Miß Cummings. Ich weiß nicht, was ich rede. Aber jetzt muß ich mich umziehen.«

Maud Cummings blickte ihr nach, wie sie die Stufen hinaufwankte und schüttelte den Kopf. Sie war froh, daß sie Charles überredet hatte, ihre Hochzeit, die im Oktober stattfinden sollte, einstweilen noch nicht bekanntzugeben. Mrs. Porter konnte sie so schon wenig genug leiden, darüber bestand jetzt kein Zweifel mehr. Wahrscheinlich bin ich einer der ganz wenigen Menschen, die sie ablehnt, dachte Maud, aber es kränkte sie nicht. Man wußte nie, welche Ströme verborgen unter den menschlichen Beziehungen, der menschlichen Liebe und dem Haß wirkten, selbst jene wußten es nicht, die liebten und haßten. Wahrhaftig, das Leben war eine recht komplizierte Angelegenheit.

Ellen und Maud wechselten kaum ein Wort auf ihrer langen, heißen und rußigen Fahrt nach Wheatfield. Im Abteil war es so schwül, daß sie die Fenster öffnen mußten, und der Lärm und Rauch machten ein Gespräch so gut wie unmöglich. Maud, ruhig und gesetzt wie immer, beobachtete Ellen, ihre zuckenden Lippen, die geröteten, blicklosen Augen, und ihr wurde richtig bang um sie. Wie sie sich selbst straft, dachte sie, und dabei hat sie überhaupt nichts verbrochen. Das ist nicht mehr der natürliche Schmerz über den Tod eines Angehörigen, es ist eine selbstauferlegte Züchtigung, ohne schuldig gewesen zu sein. Böse Menschen kennen kein schlechtes Gewissen, und wenn sie es kennen, dann führen sie es nicht auf eigene Vergehen zurück, sondern auf die Handlungen anderer, die gar nichts damit zu tun haben.

Maud war einige Jahre jünger als Ellen, aber unendlich reifer und erfahrener. Sie glaubte wie Spinoza, daß ein Mensch, der bereut, doppelt schuldig wird. Und in Gedanken fügte sie noch einen Nachsatz hinzu: Gerade die Unschuldigen schwelgen stets in Schuldgefühlen. Sie hätte Ellen gerne getröstet, aber sie wußte, daß die Unglückliche sie nur zurückgestoßen hätte, sie verbiß sich in ihre Strafe, sie verhängte sie über sich wie ein Flagellant, und das linderte vielleicht ihre Seelenqual.

Maud strich über ihre weichen Handschuhe und schaute ruhig durch das Fenster in die vorüberfliegende Landschaft hinaus. Wie immer war sie unauffällig schwarz gekleidet und wirkte elegant. Ellen hatte in aller Eile nach dem erstbesten schwarzen Kleidungsstück gegriffen, einem Seidenkomplet, das mit seinem Fischbeinkragen viel zu heiß war, und dazu einen unhübschen schwarzen Filzhut aufgesetzt. Schweißtropfen standen auf ihrer weißen Stirn, aber anscheinend war ihr Kummer stärker als alle körperlichen Beschwerden, denn sie trocknete die Stirne nicht ab und schien die Hitze nicht zu spüren.

Es dämmerte bereits, als der Zug in Wheatfield ankam und ungeduldig schnaubend auf die Weiterfahrt nach Pittsburgh wartete. Mrs. Eccles' Wagen stand schon für die beiden Damen bereit, es war ein teurer Brougham, von einem Mann bedient, der offenbar nicht nur als Kutscher beschäftigt wurde. Aber hier in dieser kleinen Stadt war es kühler. Ellen lief so schnell zum Wagen, daß sie über ihren schwarzen Mantel stolperte, doch sie schüttelte Maud geradezu zornig ab, die nach ihrem Arm griff, um sie zu halten. Maud folgte ihr etwas langsamer, und als sie in den Wagen kletterte, saß Ellen bereits vorgebeugt dort, als wollte sie die Richtung weisen. »Schnell, schnell, bitte!« murmelte sie. Man hätte glauben können, die Tante lebe noch und sie müsse sich eilen, um sie vor dem Tod zu retten.

Maud runzelte die Stirn. Sie hatte ihren Vater sehr geliebt, dessen Hausdame und Wirtschafterin sie nach dem Tod der Mutter gewesen war und dessen Leben sie erträglich, ja schön gestaltet hatte. Als er plötzlich in den besten Jahren einem Schlaganfall erlag, da hatte sie trotz ihrer neunzehn Jahre geglaubt, daß auch ihr Leben jeden Sinn verloren hätte und wäre am liebsten gestorben. Trotzdem war sie, anders als Ellen, völlig beherrscht geblieben, und ihre Haltung beim Begräbnis des Vaters hatte die Bewunderung der Trauergäste erregt. Aber die Amerikaner sind eben emotioneller als die Engländer, und das bedeutet ihre Schwäche und ihre Stärke zugleich.

Maud betrachtete mit Vergnügen die grünen Bogen der Ulmen, die sich über die Straße spannten, die weiten Wiesen und die im Abendlicht schimmernden Dächer der Villen. Man hörte Rasenmäher rattern, und es roch nach frisch geschnittenem Gras, nach Wasser und Erde. So, das also war Amerika außerhalb von New York, der einzigen Stadt, die sie hier kannte, ein ganz anderes Amerika, gewiß, und die Leute unter den Torbogen und auf den Gehsteigen schienen zufriedener und gutmütiger. Sogar die Automobile machten weniger Lärm und hatten es nicht so eilig wie die in der Großstadt. Es gab keine Trolleys, die Stadt war zu klein. »Schnell, schnell, bitte«, murmelte Ellen mit bebenden Lippen.

Als der Wagen vor dem Haus von Mrs. Eccles stehenblieb, fiel Maud sofort auf, wie häßlich dieses Gebäude war, genauso häßlich, wenn auch größer als die Nachbarhäuser. Aber auf den Wiesen wuchsen grellbunte Blumen, und in einem hübschen, kleinen Park am Ende der Straße tollten und lachten Kinder, deren schrille Stimmen durch die Dämmerung klangen. Kaum hielt der Wagen, sprang Ellen heraus, völlig aufgelöst, mit flatterndem Mantel, den Hut schief auf dem Kopf. Maud folgte ihr gelassen.

Hortense Eccles selbst öffnete, untersetzt und älter geworden, aber noch immer beweglich in ihrem grausilbernen Kleid und empfing sie mit Trauermiene, bekümmert und anklagend zugleich. Ellen rannte an ihr vorbei, Maud stieg langsam hinterher, reichte Mrs. Eccles, die ihr sofort unsympathisch war, die kühle Hand und lächelte unpersönlich: »Mein Name ist Maud Cummings. Ich nehme an, Sie sind Mrs. Eccles. Ich bin die Erzieherin von Mrs. Porters Kindern.«

Für Mrs. Eccles war eine Erzieherin Dienstbote wie jeder andere.

»Ja, ich bin Mrs. Eccles«, sagte sie hoheitsvoll. Und indigniert fügte sie hinzu: »Hat Ellen keine Freundin gefunden, die sie begleiten konnte?«

»Ich bin ihre Freundin.«

»So«, sagte Hortense. Ein unverschämtes Benehmen hatte diese Zofe! »Vielleicht wollen Sie eine Tasse Tee oder etwas anderes, während ich mit Ellen – will sagen, mit Ihrer Herrin – spreche. Die Küche ist hinten am Ende des Ganges, und meine Köchin wird Ihnen dort das Abendessen richten.« Sie sprach betont herablassend, man mußte diese Leute sofort auf ihren Platz verweisen. Und außerdem ärgerte sie das anmaßende Auftreten und der englische Akzent von Maud. Tut großartig und ist frech!

Maud unterdrückte ein Lächeln. »Tatsächlich, ich würde gerne etwas essen«, sagte sie, »danke. Ich sehe, daß unser Gepäck hereingebracht wurde. Sie haben uns doch sicher Zimmer vorbereitet?«

»Sie können bei meiner Wirtschafterin schlafen.« Mrs. Eccles fand Maud immer unausstehlicher. »Mrs. Porter bekommt das Zimmer neben mir im zweiten Stockwerk. Ich möchte ... wie war doch Ihr Name?«

»Maud Cummings.«

»Gut, Maud. Ich muß jetzt hinauf. Sie finden den Weg in die Küche. Meiner Wirtschafterin wird es recht sein, wenn Sie ihr beim Servieren und später beim Geschirrspülen helfen. Mein Neffe Francis Porter, Mitglied des Kongresses, ist ebenfalls zu Gast. Wir sind sehr im Druck, und mein Stubenmädchen kann auch eine Hilfe brauchen. Richten Sie daher bitte das Schlafzimmer meines Neffen her.«

Maud Cummings, deren Vater der jüngere Sohn eines Earl und selbst ein Honorable Gerald Cummings gewesen war, ein Absolvent des Magdalen College in Oxford und reich, kam gemessenen Schrittes in die Küche, höchst belustigt über Hortense Eccles. Sie fand, daß die Wirtschafterin weit mehr Dame war als ihre Chefin und jedenfalls viel höflicher. Wirklich, dachte Maud, die arbeitende Klasse Amerikas ist sympathisch und entgegenkommend. Die Wirtschafterin spürte sofort, daß Maud aus besseren Kreisen stammte und bemühte sich, es ihr in der heißen Küche so gemütlich wie möglich zu machen.

Inzwischen war Ellen in den dritten Stock hinaufgestürmt, wo May und ihre Pflegerin kleine, abgeschrägte Kammern hatten, die allerdings dank Ellens Zuwendungen einige Jahre zuvor behaglich eingerichtet worden waren. Ellen erinnerte sich nur zu gut der schäbigen Ärmlichkeit dieser kahlen Mansarden, die im Sommer unerträglich heiß und im Winter eiskalt gewesen waren. Die letzte Pflegerin, ein nettes, winzig kleines Mädchen in gestärkter Schwesterntracht, grüßte Ellen strahlend, denn May hatte ihr oft erzählt, daß Ellen verschwenderisch mit Geld um sich warf. Aber Ellen beachtete sie nicht und lief durch das kleine Wohnzimmer, das früher ihre Schlafkammer gewesen war, in Mays Stube. Dort lag May, sorgfältig von der Pflegerin zurechtgemacht, auf den weißen Kissen, die Hände auf der Brust gefaltet, das Gesicht grau und still, ordentlich frisiert, in erhabener Ruhe. Die Spuren der Schmerzen waren aus dem mageren Gesicht weggewischt, es zeigte den majestätischen Frieden des Todes. Eine tiefhängende Lampe verbreitete gelbliches Licht; eine dunkle Gestalt saß in einer Ecke, doch Ellen sah nichts als die Tote.

Sie fiel neben dem Bett auf die Knie, griff nach den steifen, kalten Fingern und schluchzte: »O Tantchen, Tantchen! Warum habe ich dich verlassen, warum hast du mich verlassen? O Tante, Tante, ich bin so unglücklich!« Sie stöhnte, küßte das tote Gesicht und jammerte: »Ja, du hast recht gehabt, ich habe nur an mich gedacht. Was soll ich jetzt tun, was soll ich jetzt tun?« Sie warf sich über die Tote, ihr hastig aufgestecktes Haar löste sich und fiel über den Rücken; sie schluchzte herzzerbrechend.

Da berührte jemand ihre Schulter, und sie begriff nicht, wie Francis Porter plötzlich hergekommen war, der sie strenge durch seine blitzenden Augengläser anschaute. »Nehmen Sie sich zusammen, Ellen«, sagte er leise und es klang wie ein Urteil. »Für Reue ist es jetzt zu spät. Zu spät.«

Sie hatte ihn seit Jahren nicht gesehen. Nun kam er ihr wie ihr Gewissen, wie die rächende Nemesis persönlich vor. Er war so lang, so mager in seinem dunklen Anzug, so bleich, so gnadenlos, daß sie sich beinahe vor ihm auf den Boden werfen und um Vergebung hätte flehen wollen, ohne zu wissen wofür. »Zu spät, zu spät«, wiederholte sie.

Wie um sein Mitleid zu erwecken und seine Verzeihung zu erlangen, preßte sie ihre nassen Wangen auf die kalten Finger, die auf ihrer Schulter lagen. Sie spürte nicht, daß diese Hand plötzlich zitterte und daß sie verstohlen über den gebeugten Nacken, den weißen Hals glitt. »O vergib mir, vergib mir!« flüsterte sie.

»Noch nicht«, antwortete er mit heiserer Stimme. »Noch nicht.« Und kaum hörbar: »O Ellen!«

Sie aber, betäubt vor Kummer, wußte nicht mehr, wo sie sich befand, wer bei ihr war. »Jeremy, Jeremy!« wimmerte sie.

Wie ein Schleier sank es über sie herab, und alles verschwamm für sie in diesem Raum des Todes. Er küßte ihr das Haar und streichelte ihren Nacken; sie lehnte an seiner Hüfte, ohne es zu wissen. Er aber glaubte, sie wisse es, und er zitterte vor Verlangen.

XXV

Am nächsten Morgen um acht kam Maud mit dem Frühstückstablett in Ellens Zimmer. Abends war noch ein Arzt gerufen worden, der ihr einen Schlaftrunk verschrieben hatte, denn sie war verwirrt und in einem schrecklichen Zustand gewesen. Nun lag sie auf den Kissen, weiß, stumm und teilnahmslos. Maud schob die schweren braunen Vorhänge zurück und ließ das helle Tageslicht ein.

»Nun, Mrs. Porter«, sagte sie in ihrer ruhigen Art, »ich habe Ihnen ein gutes Frühstück gebracht, Sie müssen wirklich etwas zu sich nehmen, sonst werden Sie selbst krank. Gestern haben Sie keinen Bissen gegessen. Was würde Mr. Porter dazu sagen? Im übrigen: wir haben ein Telegramm bekommen, daß er heute abend eintrifft. Leider kann er nicht vor dem Begräbnis hier sein.«

Ellen setzte sich schnell auf. »Jeremy!« rief sie. »Gott sei Dank!« Sie begann wieder zu weinen, aber nicht so haltlos wie zuvor. »Ich brauche ihn!« Eine leichte Röte stieg in ihre Wangen. »Aber was ist mit Chicago?«

»Ich bin überzeugt, daß er seine Rede hält und sich bemüht, dann so schnell wie möglich herzukommen. Jetzt müssen Sie wirklich brav frühstücken. Mr. Porter darf Sie nicht in dieser Verfassung vorfinden. Er wäre unglücklich, und das wollen Sie doch nicht?«

»Ich habe geträumt«, sagte Ellen, »daß er gestern neben mir war, als ich am Bett meiner Tante kniete.« Die Röte vertiefte sich. »Ich muß dort eingeschlafen sein, ich war so furchtbar müde.« Ihre Tränen flossen stärker, aber ruhiger. Und mit einem Blick auf das Tablett: »Danke, Miß Cummings. Sehr lieb von Ihnen. Das Begräbnis? Ja, meine Tante liebte Wheatfield so sehr, sie war hier zu Hause. In New York war sie niemals zu Hause. Ich kann mir nicht verzeihen, daß ich sie weggeholt habe.«

»Sie brauchen sich keine Vorwürfe zu machen«, sagte Maud tröstend.

Aber sofort widersprach Ellen: »Das verstehen Sie nicht, Miß Cummings...« Und nach einer Weile: »Nochmals, danke. Ich will versuchen, etwas zu essen.«

Es ist sehr schwer, sich selbst zu verzeihen, dachte Maud, besonders wenn man sich gar nichts zu verzeihen hat, wenn es nur um eine eingebildete Schuld geht. Ellen versuchte, die gedünsteten Feigen und Pflaumen hinunterzuschlucken. »Habe ich geträumt, oder ist Mr. Francis wirklich da?« fragte sie.

»Er ist hier«, antwortete Maud mit einem eigenartigen Unterton. Sie war gestern abend noch einmal hinauf zu Ellen gegangen und hatte Francis im Sterbezimmer überrascht. Er war über Ellen gebeugt gestanden, die besinnungslos vor Schmerz neben der Toten kniete; Maud hatte den verschobenen Kragen gesehen und den Ausdruck seines Gesichts, das seine Gedanken und Wünsche deutlich verriet. Mauds plötzliches Erscheinen, ihr kalter, wissender Blick, hatte ihn nicht nur zu Tod erschreckt, sondern beschämt und aufgebracht. Eine Weile waren sie sich schweigend gegenübergestanden, dann hatte Francis mit wütendem Gesicht die Stube verlassen. Maud war es gewesen, die einen Arzt für Ellen verlangt hatte.

»Jeremy hat nichts für Francis übrig, obwohl er wirklich viele Jahre lang der einzige Freund war, den ich besaß. Ich freue mich, daß er hier ist.« Sie nippte an der Tasse, und die Tränen flossen ihr über die Wangen.

»Nett von ihm«, sagte Maud. »So, und jetzt kosten Sie einmal diesen Kuchen, ich habe ihn selbst für Sie gebacken. Und die Erdbeermarmelade ist vorzüglich.« Dann setzte sie sich neben Ellen und betrachtete sie ernst. »Mrs. Porter, ich habe meinen geliebten Vater verloren als ich neunzehn war. Er war alles, was ich auf der Welt besaß. Tanten, Onkeln, Vettern zählen ja nicht. Ich mußte mich abfinden, ich mußte die Dinge nehmen, wie sie waren. Ganz allein kam ich nach Amerika, um mich selbst zu prüfen und zu überlegen, was aus meinem Leben zu machen war. Der Tod ist so natürlich wie die Geburt, unabwendbar, er gehört zu unserem Dasein. Wenn wir das einmal wirklich begreifen, dann kann uns nichts mehr zustoßen, trotz allen Kummers.«

Aber dieser Trost reizte Ellen nur. »Was wissen Sie davon!« entgegnete sie trotzig. »Tante May hat für mich gearbeitet, hat sich für mich aufgeopfert, viele Jahre lang. Sie hat gehungert, damit sie mich füttern konnte. Ich war eine Waise, und sie war meine Mutter. Aber ich war undankbar, ich habe es nicht anerkannt. Ich habe sie ... im Stich gelassen.« Sie verbarg das Gesicht in den Kissen und jammerte: »Eine Egoistin war ich, eine elende Egoistin, statt meine Pflicht zu erfüllen und mich um sie zu kümmern!«

Maud wurde allmählich ungeduldig: »Mrs. Porter, Sie haben vor allem Pflichten gegen Ihren Gatten, wie jede Ehefrau. Ich habe gehört, daß Sie das Menschenmögliche für Mrs. Watson getan haben, Sie brauchen sich nichts vorzuwerfen!«

Ellen aber war außer sich: »Das begreifen Sie nicht! O bitte, lassen Sie mich allein, heute, an ihrem Begräbnistag!« Sie schob das Tablett zurück, warf sich ins Bett, und ihr Körper schüttelte sich vor Schluchzen. Maud trug die Platte schweigend hinaus und seufzte tief.

»Jeremy, o Jeremy, komm bald oder ich sterbe!« jammerte Ellen.

Maud half ihr, das verdrückte schwarze Kleid anzuziehen, das sie auch auf der Reise getragen hatte, und Maud war es, die sie später energisch aus dem Sterbezimmer hinauszog, damit die Leichenbestatter die letzten Handgriffe erledigen und die Tote in einen Metallsarg legen konnten. Maud war es auch gewesen, die Mrs. Eccles entschieden erklärt hatte, daß ein armseliger kleiner Hilfsgeistlicher nicht genügte und man einen Priester der Episkopalkirche holen müsse. Auch die Blumen hatte sie verlangt, worüber sich Hortense aufregte: »Sie war ein Dienstbote im Haus wie Ellen. Blumen sind nicht nötig. Niemand wird zum Begräbnis kommen außer meinem Neffen und mir, und das gnadenhalber, weil wir gute Christen sind.«

»Die Blumen sind für die Lebenden«, gab Maud ungerührt zurück, »sie werden Mrs. Porter trösten.«

»Sie wird auch gewaltigen Trost brauchen«, höhnte Mrs. Eccles, »sie hat die arme alte Tante meiner Großmut überlassen.«

»Die Sie ihr sicher zuteil werden ließen«, sagte Maud. Hortense konnte die Ironie nicht überhören und ärgerte sich von neuem: »Wie wagen Sie mit mir zu sprechen? Ein Hausmädchen und dieser Ton . . .«

Die Nachfahrin aristokratischer Ahnen musterte Hortense schweigend, und unter diesem Blick fühlte sich Mrs. Eccles »erniedrigt«. »Nur ein Hausmädchen«, schimpfte sie, »was bilden Sie sich ein? Ich habe niemals etwas für die Engländer übrig gehabt, dieses hochmütige Volk! Ich werde mit meinem lieben Jeremy über Sie sprechen, er duldet auch keine Unverschämtheiten des Personals, obwohl er sich über Ellens Stand hinweggesetzt und sie sogar geheiratet hat, niemand weiß, warum.«

»Ich weiß es«, antwortete Maud. »Mrs. Porter war niemals ein Dienstbote, sie ist eine Dame.«

Mrs. Eccles maß sie von oben bis unten. »Unerhört! Selbst nichts Besseres und wagt es, sich so aufzuspielen! Nun, ich werde ein Wörtchen mit Mr. Porter reden, und der wirft Sie sofort hinaus, dann sitzen Sie auf der Straße, und recht geschieht Ihnen!« Sie rauschte hinaus.

Ein abscheuliches Weibsbild, dachte Maud ihrerseits, aber kein bißchen erzürnt. Sie ging hinunter in den Salon, wo die Tote aufgebahrt lag. Der Sarg war offen, ein Bukett weißer Lilien bedeckte ihre Hände und ein Strauß weißer Rosen die Füße und die verkrümmten Beine. Die Vorhänge waren zugezogen, nur das Licht der flackernden Kerzen zuckte über den Sarg. Ellen saß benommen, die Hand auf den Scheitel der Toten gelegt; ihr Haar flammte, Maud hatte sie frisiert und jede helle Welle und Locke schimmerte. Ihre starren Augen glänzten im Dunkel, ihre Lippen standen halboffen, als ringe sie nach Luft. In dem schwarzen Kleid sah sie selbst wie eine Tote aus. Rechts von ihr, nah ihrer Schulter, befand sich Francis Porter; er konnte den Blick nicht von Ellen wenden, und einen winzigen Moment lang fühlte Maud so etwas wie Mitleid für ihn: ein Mann, und vor allem ein Mann wie Francis Porter, dessen Augen in der Gegenwart des Todes eine Frau mit so unverhüllter Glut verschlangen, mußte selbst das Opfer einer unseligen Leidenschaft sein.

Mrs. Eccles stand dekorativ am Fußende des Sarges, mit verschlungenen Händen, als bete sie. Es waren Fremde anwesend, die sie und ihren Neffen wohlwollend betrachteten, nicht so wohlwollend freilich die arme Ellen. Diese reiche junge Frau hatte ihre Tante verstoßen, und wenn sich Mrs. Eccles nicht in rührender Milde ihrer angenommen hätte, dann wäre sie im Siechenhaus oder in einem nach Kohle und Gas stinkenden Asyl gelandet.

Daß gar der Neffe Mrs. Eccles', ein echtes Mitglied des Kongresses, zur Beerdigung dieser ausgedienten Köchin kam! Das war ein Mann des Volkes, ein Mann der Nächstenliebe! Maud, die das eine oder andere geflüsterte Wort auffing, verbiß sich ein Lächeln. Sie wußte, was Francis Porter hergetrieben hatte.

Der Priester kam mit seinem Assistenten, er war ein rosiger, kleiner Mann mit blinzelnden Augen. Den Tod konnte er nicht schrecklich finden, denn er hatte zuviel vom Leben gesehen, um dessen Ende als Unglück anzusehen. Nach der kurzen Einsegnung, der Ellen mit stumpfer Apathie folgte, wurde sie von Maud und Francis hinaus zum Wagen geführt. Mit gefalteten Händen und mattem Blick schaute sie durch die Fenster auf die Straße, wo sie gelebt und wo sie geweint hatte. Francis aber sah nur die kleine Locke, die auf ihre Stirn fiel, und dachte daran, wie weich, wie lebendig sich das Haar heute nacht unter seinen Lippen angefühlt hatte; er glaubte vor Liebe zu vergehen. Aber er vermied Mauds klaren Blick, obwohl er sie verächtlich als subaltern und unmaßgeblich abtat.

Der Konvoi setzte sich in Bewegung, der Leichenwagen machte den Anfang. Die Leute blieben stehen und schauten. Ellen fühlte nichts, sie war wie unter dem Einfluß von Drogen. Als ihr Kopf zur Seite sank, auf Francis' Schulter, da benahm es ihm den Atem. Es war der süßeste Augenblick seines Lebens, und er wollte Ellen an sich ziehen und sie festhalten. Aber er sah das Wissen in Mauds Augen, und er haßte sie dafür. Trotzdem war es höchste Lust, Ellen neben sich zu spüren, ihre Wange an seiner Schulter zu fühlen, ihren stoßweisen Atem zu hören. Die Fahrt hätte ewig dauern können, ewig, auch wenn Francis nicht mit Ellen allein war. Er dachte an den letzten Abend, als sie seine Nähe geduldet, seine Berührung gespürt hatte. Was sollen wir tun, du und ich? Es kam ihm weder schamlos noch absurd vor, daß er an einem Totenbett seine Beherrschung verloren hatte. Nein, er war glücklich und wiegte sich in seligen Träumen. Er sah sich bereits als Ellens Liebhaber, wenn sie sich erst von ihrem Kummer erholt hatte. Oder noch besser als ihr Ehemann. Freundlich und verständnisvoll würde er sie behandeln, stets eingedenk der Belastung, die sie ihrer Herkunft wegen trug; bescheiden und fügsam würde sie in seinem Haus werken, dankbar für seine Nachsicht und vor allem dafür, daß er sie von seinem brutalen Vetter befreit hatte, der es nicht einmal der Mühe wert fand, herzukommen und sie in ihrem Schmerz zu trösten.

Auf dem Friedhof hörte Ellen wie aus weiter Ferne die Gebete des Priesters, sie taumelte vor Schwäche. Nun durfte Francis sie mit voller Berechtigung stützen, und er tat es freudig und klopfenden Herzens. Ellen vermeinte ohnmächtig zu werden. Als sie eine Handvoll Erde auf den Sarg warf, stöhnte sie laut. Wie ein fernes Echo hörte sie die Worte: »Ich bin die Auferstehung und das Leben...«, dann wurde es schwarz vor ihren Augen. Jemand hob sie auf und trug sie weg.

»Wirklich«, flüsterte Hortense ihren Bekannten zu, »man könnte glauben, sie hätte sich um die arme May gekümmert. Ganz im Gegenteil, glauben Sie mir. Aber sehen Sie nur, was für ein guter Mensch Francis ist, er trägt sie sogar zum Wagen! Er hat soviel Herz, soviel Verständnis für das Volk, auch für die Geringsten ... Als ob er ihr Gatte wäre, so fürsorglich ist er, mein Liebling! Und dabei hat sie ihn jahrelang bedient ... Er und ich waren ihre einzigen Freunde, und wir sind es heute noch.«

Hortense verband das Angenehme mit dem Nützlichen: sie gab der Verstorbenen zu Ehren eine Art Leichenschmaus, wie sie es nannte, der aber in Wirklichkeit ein Empfang für ihren Neffen, den Kongreßmann, war. Sie hatte Tee und kalten Braten vorbereiten lassen und trug Maud flüsternd auf, Ellen umzukleiden und »herzurichten«, wie es sich für einen solchen Anlaß ziemte. Maud Cummings antwortete kühl, aber bestimmt: »Mrs. Porter fühlt sich elend und steht unter starker Schockwirkung. Sie braucht unbedingt Ruhe, man wird sie entschuldigen.«

Nun flüsterte Mrs. Eccles nicht mehr: »Was unterstehen Sie sich, Maud? Teilen Sie Ellen sofort mit, daß sie zu erscheinen hat, aus Respekt für ihre Tante und für Francis, das Kongreßmitglied. Welch eine Ehre für Ellen ist seine Anwesenheit! Es wäre unverantwortlich, wenn sie nicht käme, ja, unverzeihlich und beleidigend.«

Maud zögerte. Sie warf einen Blick auf Francis, der im Hintergrund mit den beiden Herren stand, die Mrs. Eccles auf den Friedhof geführt hatten. Francis sah hochmütig und abweisend drein, aber schließlich, Mrs. Porter hatte immer sehr dankbar von ihm gesprochen. So ging sie seufzend hinauf in das Zimmer, wo Ellen gebrochen in ihrem häßlichen Kleid auf dem Bett lag. »Mrs. Eccles wünscht, daß Sie zum Tee hinunterkommen, Madam«, sagte Maud, »sie gibt ihn im Gedenken an Ihre Tante. Ich würde allerdings raten ...«

Ellen erhob sich mühsam, ihre Glieder schmerzten. »Natürlich. Ich habe wieder einmal nur an mich gedacht und mich gehenlassen«, sagte sie hastig. »Wie nett von Mrs. Eccles ...« Sie schwang die Beine in den Seidenstrümpfen über die Bettkante und begann nervös ihr Haar zu richten. Die Augen waren rot und verschwollen, obwohl sie nicht mehr weinte.

»Ich würde raten, hier oben zu bleiben, damit Sie sich vor der Heimreise etwas ausruhen können.«

Ellen warf ihr einen ungewohnt zornigen Blick zu: »Es ist das einzige, was ich jetzt noch tun kann. Ich wäre Ihnen dankbar, wenn Sie sich nicht in meine privaten Dinge einmischen wollten. Außerdem gibt es noch Finanzielles mit Mrs. Eccles zu regeln.«

Sie erhob sich und taumelte, aber als ihr Maud helfen wollte, wendete sie sich brüsk ab.

Seufzend versuchte Maud, das zerknitterte Kleid auszubürsten und zu glätten und das Haar zu ordnen. Ellen tat ihr schrecklich leid, zugleich aber ärgerte sie sich. Wann würde dieses unglückliche Geschöpf endlich zwischen Freund und Feind unterscheiden können und die Mißgunst der Menschen erkennen, um sich gegen sie zu schützen? Ach, Maud fühlte sich unendlich älter als Ellen und sehr müde.

Unten spielte Hortense feierlich »Führe uns, freundliches Licht!« und sang dazu, und die Gäste fielen mit ernsten Gesichtern in den Chor ein. Gräßlich, dachte Maud und sah, daß sich auch Ellens Antlitz leicht verzog. Francis empfing sie und und nahm Ellens Arm und geleitete sie in das große Zimmer, in dem sich jetzt wohl zwei Dutzend Menschen, Herren und Damen, aufhielten. Maud stand auf der Schwelle. Sie wußte, daß sie nicht willkommen war, niemand hatte sie eingeladen, aber sie war ernstlich um Ellen besorgt und beobachtete sie stumm. Eben hatte ihr der Kongreßmann den Stuhl zugeschoben, sie nahm Platz, und er beugte sich über sie wie ein schwarzer Vogel und sprach flüsternd auf sie ein. Sie versuchte zu antworten, aber sie brachte keinen Ton heraus.

Mrs. Eccles sah Maud vom Klavier aus, erhob sich und rauschte auf sie zu. »Gehen Sie sofort in die Küche hinunter und helfen Sie beim Servieren. Passen Sie mit dem Porzellan auf, es ist sehr alt und teuer. Ein Erbstück der Familie. Die silbernen Löffel werden nach dem Abwaschen genau gezählt. Von mir.« Ein drohender Blick, der Maud zum Lachen reizte. »Ich finde es übrigens unverantwortlich, daß Sie Mrs. Porter nicht ein zweites Kleid eingepackt haben. Diese Dienstboten heutzutage . . .«

Nun wurde es Maud zu bunt. »Ich bin kein Dienstbote. Aber ich kann nicht erwarten, daß Sie den Unterschied begreifen.« Sie drehte sich gleichmütig um und ging hinunter in die Küche, wo man sie höflicher und freundlicher behandeln würde, das wußte sie. Hortense schaute ihr empört nach. Wirklich, Ellen mußte die impertinente Person sofort entlassen, das würde sie verlangen!

Francis brachte Ellen persönlich eine Tasse Tee, eine besonders liebenswürdige Geste, wie Hortense fand, deren pausbäckiges Gesicht aus Ärger über Maud noch immer rot angelaufen war. Francis war es auch, der Ellen zwang, den Tee zu trinken, was sie gehorsam tat, aber sie blickte von den Speisen weg, an denen sich die Gäste gütlich taten, deren Stimmung sich nach dem Sherry beträchtlich gehoben hatte. Das späte Nachmittagslicht fiel durch die halboffenen Fenster, die den Duft von Nadelbäumen, Blumen und Gras einließen. Inzwischen war Maud mit frischem Tee und Gebäck gekommen, dankbar, daß sie Gelegenheit fand, Ellen unauffällig zu beobachten. Hortense kommandierte sie herum, rügte sie scharf und schalt; trotzdem fand so mancher der Gäste, daß diese Engländerin ein gutes Auftreten und Stil besaß und überlegte heimlich, wie man sie der Gastgeberin abspenstig machen könnte. Eine stattliche Dame flüsterte ihr sogar zu: »Sind Sie eine gute Köchin, mein Kind?« Worauf Maud sittsam antwortete: »Eine ausgezeichnete, Madam«, und sich anmutig mit dem Teekessel in der Hand entfernte.

Man kondolierte Ellen etwas gespreizt und von oben herab, denn man erinnerte sich noch daran, daß sie einst in diesem Haus gedient hatte. Ellen nickte nur geistesabwesend. Einer der letzten Sonnenstrahlen hatte sich in ihrem Haar verfangen, es leuchtete wie Feuer, und ihr Gesicht wirkte dadurch noch schmaler, blasser, ja fast geisterhaft. Die Gäste empfahlen sich schließlich, überschwenglich dankend, und keiner unterließ es anzudeuten, wie unerhört großzügig Mrs. Eccles war, eine Hausangestellte und ihre Nichte dergestalt zu ehren. Hortense wurde förmlich größer vor Selbstgefühl.

Als der letzte Gast das Haus verlassen hatte, setzte sie sich neben Ellen und ihren Neffen, und nun wurde sie ganz und gar sachlich: »Wir müssen vernünftig sein, Ellen, es gibt verschiedenes zu besprechen. Mein Gott, wie elend du aussiehst! Aber hör zu, bitte. Du reist morgen abend ab, und so hart es auch für dich ist, wir müssen einiges in Ordnung bringen.«

»Ja«, sagte Ellen und spielte mechanisch mit einer Falte ihres Kleides.

»Die Kosten der Beerdigung – ich habe die Rechnungen – betragen achthundert Dollar. Erste Klasse und ein Metallsarg. Auch Trinkgelder waren nötig und die Blumen, die deine Zofe gegen meinen Willen bestellt hat. Weiters die Gebühren für den Priester – nicht von der Religion deiner Tante, auch auch das wollte deine Zofe. Eine miserable Person übrigens, die du möglichst bald hinauswerfen solltest, sie hat ein unverschämtes Benehmen. Alles in allem denke ich, daß eintausendvierhundert Dollar die Kosten decken. Hast du diesen Betrag bei dir?«

»Nein«, antwortete Ellen verlegen, und Mrs. Eccles warf ihrem Neffen einen empörten Blick zu. »Daran ... habe ich nicht gedacht. Wir sind so überstürzt aufgebrochen. Ich habe nur ungefähr hundert Dollar mit.«

»Na schön, du wirst ja wenigstens einen Scheck ausstellen können.«

»Ja«, sagte Ellen. Die Falte in ihrem Rock war unter ihren Fingern zu einem scharfen Strich geworden.

»Hoffentlich bist du mir für alles dankbar. Ich habe dir einen großen Teil der Mühen abgenommen und beträchtliche Ausgaben gehabt. Dafür verlange ich nichts von dir, aber ich denke, daß du für diesen Monat noch die ganze Pension zahlst.«

Ellen sagte ja, und Francis nickte düster.

»Was die Habseligkeiten deiner Tante betrifft – ich glaube, meine Pfarre wäre dankbar dafür. Bettwäsche, Bettzeug, Handtücher und Kleider. Ich nehme dir gern die Arbeit ab, die Dinge auszusortieren.«

»Ja«, sagte Ellen.

»Da gibt es noch die Taschenuhr, die du ihr vor zwei Jahren geschenkt hast und den Spiegel über ihrer Truhe, und ein paar kleine Schmuckstücke und anderen Kram. Kann ich darüber verfügen?«

»Ja«, sagte Ellen.

Großer Gott, dachte Maud, die eben hereingekommen war und in der Pose einer kleinen Untergebenen unter der Türe stand.

»Daß ich nicht vergesse – die Arztrechnungen und die Medikamente. Ich werde dem Doktor sagen, daß er dir die Rechnungen schickt.«

Ellen seufzte, und ihre blauen Augen füllten sich wieder mit Tränen. Mrs. Eccles merkte es und erklärte streng: »Ich verstehe, daß du ein schlechtes Gewissen hast, Ellen, obwohl es jetzt viel zu spät ist. Du hast deine Tante schamlos vernachlässigt. Vielleicht gibst du als Buße eine Spende an die Kirchengemeinde. Sagen wir, etwa hundert Dollar?«

Ellen schluchzte von neuem und verbarg ihr Gesicht. Francis legte ihr die Hand auf die Schulter, und wieder fühlte er verwirrt die Wärme ihrer Haut unter der schwarzen Seide. Maud lächelte spöttisch. Ihre Blicke wanderten zu dem großen Fenster neben der Eichentür, und da sah sie zu ihrer namenlosen Erleichterung Jeremy durch den Vorgarten kommen. Sie rannte hinunter, damit er nicht läutete und öffnete vorsichtig, während oben die herrische Stimme Mrs. Eccles' weiter tönte.

Niemand hatte gesehen, daß sie das Zimmer verlassen hatte. »Mr. Porter, gottlob!« rief sie. »Ich muß sofort mit Ihnen sprechen. Mrs. Porter ist elend beisammen und ihre ... Freunde machen es ihr noch schwerer. Der Kongreßmann, Mr. Porter, ist auch oben.«

Jeremy zog die Stirn in grimmige Falten, er sah noch gefährlicher aus als sonst, während er Mauds hastigem Bericht lauschte. Er war müde und zerschlagen von der Reise, was aber seine Tatkraft nicht beeinträchtigte, er war geladen vor Wut.

»Ich würde vorschlagen, daß Sie Mrs. Porter schon heute abend ins Hotel bringen«, sagte Maud. Sie war durch seine Nähe von einer Zentnerlast befreit.

»Natürlich«, nickte Jeremy mit einem dankbaren Blick. Er wußte genau, was da oben gespielt wurde. Er folgte Maud in den Salon und sah Ellen wie ein Häufchen Elend im Stuhl kauern, Francis neben ihr, den Arm auf ihrer Schulter.

Mrs. Eccles predigte noch immer: »Nichts kann dich von deiner Schuld befreien, Ellen. Du mußt sie dein ganzes Leben tragen, du kannst nur um Vergebung flehen. Ich habe deine Tante wie eine Schwester betreut und verlange keine Belohnung dafür. Das überlasse ich dem Allmächtigen. Aber ich wiederhole dir, daß du kein Recht hattest, die alte Frau zu verlassen, du hättest in der dir gebührenden Stellung mit ihr in meinem Haus bleiben müssen. Aber meine mütterliche Fürsorge war vergebens, du hast sie nicht geschätzt, du bist einfach davongelaufen, wie ein unartiges Kind, ohne Rücksicht auf die Gefühle der andern, ohne Pflichtbewußtsein.«

Jeremy trat ein, mit wenigen Schritten stand er neben seiner Frau, Francis und Hortense schreckten wie vom Blitz getroffen zurück. Jeremy beachtete sie gar nicht, er beugte sich über Ellen, sie schrie auf, erhob sich schwankend und sank laut schluchzend in seine Arme.

»Ich kam so schnell ich konnte, Liebling«, sagte er, »nun hol ich dich aus diesem gottverdammten Haus heraus in ein Hotel. Maud Cummings wartet bereits.«

Francis richtete sich auf, sein bleiches Gesicht hatte sich dunkelrot verfärbt: »Du beleidigst meine Tante, Jeremy. Sie hat Ellen eine schwere Last abgenommen und alles Nötige veranlaßt. Du warst natürlich nicht zu erreichen, mußtest wieder einmal eine Hetzrede in Chicago halten. Aber meine Tante hat, mütterlich wie immer, die Dinge erledigt und Ellen viel schmerzliche Arbeiten erspart.«

»Halt 's Maul!« sagte Jeremy. »Mit dir rechne ich schon noch ab, Francis, ein für allemal.« Seine dunklen Augen schossen Blitze in dem dämmerigen Raum, aber er wendete sich gelassen ab, als wäre Francis nicht vorhanden. Er drückte seine am ganzen Körper zitternde Frau noch fester an sich.

»Es sind Rechnungen zu begleichen.« Mrs. Eccles öffnete zum erstenmal den Mund. »Ich habe Ellen im Detail vorgelegt, was sie noch schuldig ist.«

»Wieviel?« fragte Jeremy über Ellens Schulter. Hortense leckte sich die Lippen. »Ich denke, mit zweitausend Dollar käme ich zurecht«, sagte sie, aber es klang etwas unsicher.

»Wie nett von Ihnen«, höhnte Jeremy. »Ich stelle Ihnen einen Scheck aus, bevor wir abreisen.«

»Ich glaube nicht, daß Ellen reisefähig ist«, begann Francis. Auf seinen eingefallenen Wangen zeichneten sich rote Kreise wie Blutflecken ab.

»Halt 's Maul!« wiederholte Jeremy.

»Wie können Sie die einzigen Freunde, die Ellen besitzt, so beleidigen?« schrie Mrs. Eccles. »Ihre einzigen Freunde auf der Welt! Ich habe bisher viel von Ihnen gehalten, Jeremy, aber jetzt sehe ich, daß Sie brutal und rücksichtslos sind, roh gegen jedermann!«

»Richtig. Ich hoffe, Ihr Neffe merkt sich das.«

Da aber riß sich Ellen von ihm los, sie war wie von Fieber geschüttelt, bleich und verzweifelt. »Du bist schuld, Jeremy, daß sie allein gestorben ist!« jammerte sie. »Du hast sie weggeschickt, während ich mit dir in Washington war; du wolltest mir den Abschied ersparen, sagtest du später, und sie hätte den Wunsch gehabt, nach Wheatfield zurückzukehren. Aber das war nicht wahr! Sie wollte mit mir in New York bleiben!«

»Wer hat dir dieses verdammte Lügenmärchen aufgetischt?« fragte Jeremy böse.

»Mrs. Eccles. Tante May hat oft geweint und sich beklagt, daß man sie hinausgeworfen hat, weil sie uns eine Plage war ...« Ellens Stimme brach.

»Sei doch nicht so verbohrt, Ellen! Erinnere dich an ihr ewiges Gejammere über New York und den erzwungenen Aufenthalt in unserm Haus! Sie hat immer nur von Wheatfield phantasiert! Zum Teufel, laß dich doch nicht beschwatzen! Sieh doch endlich einmal die Dinge, wie sie wirklich sind!«

»Ja, du hast recht«, murmelte sie. »Aber sie wollte, daß ich mit ihr nach Wheatfield gehe, und ich bin in New York geblieben.«

»Großer Gott! Bist du denn von allen guten Geistern verlassen?« Er bezwang sich, um nicht noch mehr zu sagen.

Sie zuckte zurück, als er nach ihrem Arm greifen wollte und stammelte: »Es war falsch von Anfang an, alles war falsch.«

»Großer Gott!« wiederholte Jeremy. Francis und Hortense wechselten bedeutungsvolle Blicke und nickten einander zu.

»Ich war nur eine Angestellte in diesem Haus! Wenn ich das nie vergessen hätte, dann wäre Tante May noch heute am Leben!«

»Du mußt den Verstand verloren haben, glaube ich, und manchmal könnte man meinen, daß du niemals einen besessen hast, du gottverlassene Unschuld, du. So und jetzt nimm dich zusammen, ich sehe Miß Cummings in der Tür mit dem Gepäck und mit deinen Überkleidern. Wir fahren sofort ins Hotel.«

»Nein!« rief Ellen.

»Ja«, sagte Jeremy und packte sie beim Arm. »Ich habe dir allzu lange alle Narreteien nachgesehen. Mein Wagen wartet. Putz deine Nase, wisch dein Gesicht ab, und dann los, zum Teufel!«.

Sie sah ihn an, und es war, als würde sie sich jetzt erst seiner Gegenwart bewußt. Weinend stürzte sie in seine Arme: »Bring mich nach Hause, Jeremy, bring mich nach Hause!«

»Ja, Liebes.« Er schob sie zur Türe, wo Maud Cummings wartete. Da aber lebten beim Anblick der Engländerin all ihr Kummer, ihr Zorn und ihre Pein wieder auf.

»Ich mag Miß Cummings nicht mehr im Haus!« klagte sie. »Sie hat die Kinder gegen mich aufgehetzt! Das weiß ich, ich spüre es genau. Sie ist gestern und heute sehr grob mit mir umgegangen und auch mit Mrs. Eccles. Sie bildet sich soviel ein, sie ist arrogant, ich dulde sie nicht mehr daheim. Schick sie weg, Jeremy!«

»Keine Sorge, mein Herz«, sagte Jeremy lächelnd. »Maud hätte uns auf jeden Fall bald verlassen, sie hat etwas weit Schöneres und Besseres vor, stimmt's?«

Charles hatte ihm ihre Heiratsabsicht verraten.

Maud lächelte zurück und äußerte sich nicht. In der Schwüle des sich neigenden Tages schritten sie zum Wagen. Mrs. Eccles und ihr Neffe blieben zurück und sahen einander lange und beziehungsvoll an.

»Mir scheint, sie ist endlich zur Vernunft gekommen und weiß, wohin sie gehört«, sagte Francis zufrieden.

»Ein Dienstbote eben«, nickte Hortense. »Keiner kann aus seiner Haut heraus.«

Ellen erholte sich lange nicht, sie lebte apathisch dahin und schien ihre Umgebung kaum wahrzunehmen. So suchte Jeremy häufig Zuflucht bei Kitty, bei Mrs. Bedford und verschiedenen anderen entgegenkommenden Damen. Kitty war voll Verständnis und taktvoller Teilnahme: »Du mußt ihr Zeit lassen, sie wird darüber hinwegkommen. Vergiß nicht, wie ihre Kindheit ausgesehen hat. Die Psychologen der Wiener Schule behaupten, daß die Kindheit das ganze Leben eines Menschen bestimmt, ein Trauma nennt man das. Leider, leider, ich glaube wirklich, daß Ellen heute noch nicht ganz in ihre Stellung als deine Gattin hineingewachsen ist. Laß ihr Zeit — das ist alles, was du tun kannst.«

Mrs. Bedford, die Jeremy sehr gern hatte, ohne in ihn verliebt zu sein, war weniger verlogen: »Die arme Ellen ist voll von Komplexen. Immer wirft sie sich Sünden vor, die sie niemals begangen hat. Ich habe eine Schwester, die ihr sehr ähnlich war mit ihrem überaus zarten Gewissen. Ihr Verhalten hat nichts mit ihrer schweren Jugend zu tun, es ist eben ihr Wesen. Aber einmal wird sie auch das überwinden und wird lachen und den Tiefstand vergessen. Bei meiner Schwester war es wenigstens so, sie lebt jetzt vergnügt und freut sich ihres Lebens als gesunde, vitale Frau.«

Ellen erholte sich immerhin so weit, daß sie als Ehrendame an der Hochzeit Charles Godfreys mit Maud Cummings teilnehmen konnte. Freilich sagte sie zu Jeremy: »Es ist mir unbegreiflich, daß Charles Maud heiratet; sie ist wirklich nicht sympathisch.«

»Sie hat Verstand«, erwiderte Jeremy, doch Ellen konnte ihre Antipathie nicht überwinden.

Charles hatte seine junge Frau in sein Backsteinhaus gebracht, das nicht weit entfernt vom Wohnhaus der Porters war. Maud wußte genau, daß Charles ein ganz anderes Gefühl für sie empfand als die Schwärmerei, die er Ellen entgegengebracht hatte. Zwischen ihnen herrschte eine solide Kameradschaft, unumstößliches Vertrauen und volles gegenseitiges Verständnis, eine heitere Harmonie, die jeden Tag verschönte. Charles hatte Ellen wie ein romantischer Jüngling angebetet. Männer sind eben geborene Poeten, dachte Maud liebevoll. Sie schmachten für einen Traum, aber ein warmes Herdfeuer und eine gute, unkomplizierte Liebe, die wünschen sie sich ebenso, eine Liebe, die sie nicht ungebührlich mit ihrer Romantik in Konflikt bringt, die dafür stabil und verläßlich ist. Poesie ist schön, gewiß, und schenkt oft tiefe Weisheit und edle Empfindungen. Letzten Endes aber sind eine erfreuliche Mahlzeit, ein anregendes Gespräch und ein herzhaftes Verständnis die Grundlagen des menschlichen Zusammenlebens. Poesie ist Mondschein, doch wir müssen mit dem Tageslicht fertig werden. Maud wußte genau, wie man Männer zu behandeln hatte, und sie lauschte Charles' hübschen, wenn auch etwas banalen Ausflügen in das Reich der

Poesie mit einem zärtlichen Lächeln, ohne ihm zu widersprechen oder ihn durch nüchterne Einwände zu kränken. So hütete sich Maud, die Märchen in der Seele ihres Gatten zu gefährden. Sie lenkte ihn nur unmerkbar zu seinem Nutzen, und dann glaubte er, daß es von Anfang an seine Ideen gewesen waren, denen er folgte.

Oftmals äußerte er seine Besorgnis über Jeremys politische Tätigkeit: »Im ganzen Land hält er Reden. Überall schafft er sich Feinde.«

»Weil er die Wahrheit sagt?« antwortete Maud. »Sicher deshalb. Aber ein Mann kann nicht gegen seine Überzeugung sprechen, er kann sich nicht in faule Kompromisse einlassen, sonst wird er zum Opportunisten und Heuchler. Und das ist undenkbar für einen Mann wie Jeremy, er kann seine Natur nicht verleugnen. Freilich, mancher mußte sterben, weil er ehrlich war – aber es ist ein edler Tod. Wenn man nicht die Meinung König Davids teilt: ›Lieber ein lebender Hund als ein toter Löwe!‹ «

»Ich meinerseits möchte allerdings lieber ein lebender Hund als ein toter Löwe sein«, gab Charles lächelnd zurück.

Maud zwinkerte ihm zärtlich zu: »Das glaube ich nicht.« Dankbar ergriff er ihre Hand. Sie dachte: Was sich die Männer alles vorspielen, Frauen sind viel zu realistisch für solche Phantastereien. Aber es wäre wirklich eine trübe Welt, wenn es die Romantik der Männer nicht gäbe. Wir ergänzen einander eben, Männer und Frauen, sonst hätten wir alle ein trostloses Dasein.

Der Oktobertag ging schon zur Neige, als Walter Porter wieder einmal seinen Neffen aufsuchte. Sie saßen beisammen in der Bibliothek.

»Vielleicht macht es mein Alter, daß ich so ängstlich geworden bin«, sagte Walter. »Ich sorge mich um dich, Jeremy.«

»Oh«, sagte Jeremy und goß dem Onkel das Glas voll, »du hast dich doch früher vor nichts gefürchtet.«

»Wie gesagt, ich werde alt. Aber es liegt Gefahr in der Luft – du bist mir lieb wie ein Sohn, und Väter denken immer mehr an ihre Söhne als an sich selbst. Dein letzter Artikel in der ›National Gazette‹ ...«

»Bist du mit ihm nicht einverstanden?«

Walter zögerte: »Freilich bin ich deiner Meinung. Aber mir wäre lieber, du hättest ihn nicht geschrieben.«

Jeremy lachte kurz auf: »Es ist höchste Zeit, dem amerikanischen Volk die Augen zu öffnen, meine ich. Die ›Gazette‹ ist nicht nur das populärste Blatt im Land, sie ist auch mutig und wagt es, aufzubegehren. Einige Verleger bezweifelten meine Behauptungen, andere nicht. Sie haben präzise Angaben über die Scardo Society und das Komitee für Auslandsstudien von mir erhalten, die Daten der Zusammenkünfte, die Namen der Teilnehmer, die Diskussionsthemen, ja, ich habe die weitgespannten Pläne aufgerollt, die man bereits ausgearbeitet hat: die vorbereiteten Kriege, Staatsstreiche, Rassenunruhen, Straßenkämpfe, die Maßnahmen zur Vernichtung der Wirtschaft, die Bankkrachs, die politischen Attentate und Morde, die Erpressungen an Politikern, das Chaos in der ganzen Welt, die Inflation und schließlich die Etablierung des Kommunismus unter der Führung der ›Elite‹, der Mächtigen, der Großkapitalisten. Die ›Gazette‹ stimmte mit mir überein, daß jetzt die Zeit gekommen sei, Namen zu nennen, und nicht nur über unpersönliche Gesellschaften und Komitees zu berichten. Nun, so habe ich es eben getan.«

Da Walter sich nicht äußerte, fuhr Jeremy nach einer Weile fort: »Gesellschaften, Komitees und Kommissionen – kurz, juristische Personen – sind vage und verschwommene Begriffe; sie scheinen daher nicht unmittelbar gefährlich, genausowenig wie Gerüchte und Klatsch ohne Tatsachen und Daten. Verschwörung, das klingt aufregend. War es nicht Disraeli, der gesagt hat, daß nur Narren den Anteil der Verschwörungen am Lauf der Geschichte bestreiten? Nun, ich bringe Namen und Daten und Fakten, ja, ich konnte sogar verschiedene Diskussionen wörtlich wiedergeben, ich habe sie gut im Gedächtnis behalten. Außerdem machte ich mir sofort nach den Sitzungen Notizen. Vielleicht ist dir aufgefallen, daß keiner der Angeprangerten dementiert hat.«

»Eben, gerade das macht mir Sorgen, Jerry. Wenn nur ein einziger über dich hergefallen wäre! Aber keiner hat dich Lügner, Verleumder, Verbrecher, Phantast oder Narr geheißen. Hätten sie protestiert oder sich über dich lustig gemacht, dann wäre mir wohler.«

»Vielleicht glauben sie, daß ich mich zurückziehe, wenn sie mich ignorieren, oder daß unser Ragtime-besessenes Volk bald vergißt, was ich geschrieben habe?«

Walter schüttelte den Kopf. »Ich wäre weniger besorgt, wenn nicht eine ganze Reihe von Magazinen und Zeitungen deine Ausführungen in Leitartikelform behandelt hätten. Das hat die Nation aufgeschreckt; man fordert, daß die Verschwörer sofort und endgültig unschädlich gemacht werden, bevor es zu spät ist.«

»Mir ist nicht bange. Ich erwarte sogar eine starke Reaktion der politischen Parteien, und zwar sowohl von Demokraten wie Republikanern, damit ich nähere Angaben machen und Diskussionen anregen kann. Ich habe mich bereit erklärt, über diese Probleme Vorträge zu halten und den Wahrheitsbeweis für meine Behauptungen anzutreten; das wurde positiv vermerkt, besonders von der Republikanischen Partei. Onkel Walter, Wilson darf nicht Präsident werden; er hat wahrscheinlich keine Ahnung, wer ihn manipuliert und wer ihn manipulieren wird, wenn er wirklich gewählt werden sollte. Er ist ein unschuldiger Idealist, ohne jede praktische Erfahrung in Regierungsgeschäften. Niemals wird er wissen, wer das Land tatsächlich regiert, wenn er auf dem Präsidentenstuhl sitzt. Taft, so sagt man mir, hat schon von der Verschwörung munkeln gehört, und deshalb ist er ihnen gefährlich. Sogar unserem Teddy Roosevelt dämmert es allmählich, und deshalb sollen beide durch die Wahl Wilsons ausgeschaltet werden.«

»Jerry, ich kann nur wiederholen: Du bist in Gefahr. Ich habe Angst um dich.«

»Aber, aber, Onkel Walter! Du glaubst doch nicht, daß man die Richtigkeit meiner Anklagen dadurch bestätigen wird, daß man mich umlegt!« Jeremy lachte. »Sie sind geschickt und werden noch geschickter sein, wenn die Sache aktuell ist. Sie konspirieren im Dunkeln, sie werden nicht durch ein Blitzlicht plötzlich im öffentlichen Blickfeld stehen wollen. Du brauchst also nicht besorgt zu sein.

Im übrigen heben sie sich ihre Morde für Staatsoberhäupter auf, und nicht für kleine Anwälte wie mich.«

Walter wechselte seine Taktik: »Alle deine Artikel und Reden haben nicht verhindert, daß man Wilson als Kandidaten aufgestellt hat. Was geschieht, wenn Roosevelt gewählt wird und seine Fortschrittspartei ans Ruder kommt?«

»Zugegeben, das wäre noch schlimmer.«

Walter seufzte tief. Die Jahre und die Sorgen hatten ihm zugesetzt. Er beobachtete den Laternenanzünder, der die Straße entlang lief; das helle Licht der Bogenlampen blitzte aus den dunklen Schatten am Straßenrand. »Und mein Sohn gehört dazu«, murmelte er.

Es dauerte eine Weile, bis Jeremy antwortete: »Ich habe die Bücher Freuds und seiner Kollegen gelesen, die sich Psychiater nennen. Allmählich glaube ich, daß Männer wie Francis tatsächlich geistig gestört sind. Bedenke, was Thoreau geschrieben hat: ›Meiner Meinung nach werden die Reformer nicht vom Mitgefühl für die leidenden Brüder bedrückt, sondern nur von ihren eigenen, privaten Wehwehchen.‹ Wenn diese Wehwehchen deines Sohnes geheilt sein werden, dann wird er seine Gefährten durchschauen und sie schonungslos verfolgen.«

»Vielleicht hast du recht, Jerry. Aber ich möchte nur wissen, welche Wehwehchen ihm zu schaffen machen?«

»Er hat einen zu starken Vater für seinen schwächlichen Charakter. Er haßt Autorität und sehnt sich doch heimlich danach, fest an die Kandare genommen zu werden. Sehr viel Weibliches steckt in den Sozialreformern. In Wirklichkeit brennen sie darauf, von einem Stärkeren überwunden zu werden, dann können sie den Überwinder anbeten. Aber wenn man sie wie vernünftige, verantwortungsbewußte Menschen behandelt, sind sie arrogant und tyrannisch.«

»Du meinst also, es war ein Fehler von mir, Francis wie einen vernünftigen, verantwortungsbewußten Menschen zu behandeln?« Walter trat vom Fenster weg und sah so unglücklich aus, daß Jeremy seine Worte bedauerte.

»Nun, das Ganze ist ja nur eine interessante Hypothese. In Wirklichkeit kann kein Mensch den andern durchschauen und wissen, warum er dieses tut oder jenes denkt. Es wäre anmaßend zu glauben, daß man seinen Nächsten tatsächlich kennt.«

Es läutete zum Dinner. Und als sich Jeremy erhob, männlich, geladen von Energie, in der Vollkraft seiner Jahre mit den angegrauten Schläfen, da bedauerte Walter wieder einmal zutiefst, daß dieser Prachtkerl nicht sein Sohn war.

Ellen litt so schwer unter Mays Tod, daß Jeremy seinem Sohn erlaubte, bis zum nächsten Januar daheim zu bleiben, statt ihn bereits im Herbst in das Internat von Groton zu geben. Ellen klammerte sich verzweifelt an ihre Familie, um ihre Schuld, wie sie es nannte, zu vergessen, und sei es auch nur durch eine Tätigkeit im Haus, denn sie hatte die Musik und die Sprachlektion, die Museums- und Opernbesuche aufgegeben; sie mußte daher auf jeden Fall beschäftigt werden. Nur Jeremy zuliebe lud sie Gäste zum Dinner und nahm selbst Einladungen an. »Großer Gott«, schalt er, »willst du uns alle ins Grab deiner Tante versenken?« Wenn er aber in ihre Augen schaute, dann las er die unsinnige, unüberwindliche Angst in ihrem Blick. Sie war von der panischen Furcht besessen, daß sie ihre Lieben ebenso verlieren würde wie ihre Tante, wenn sie die Familie auch nur einen Augenblick verließ. Sie mußte ständig über sie wachen. Zum erstenmal hatte sie den Tod in seiner schrecklichen Unwiderruflichkeit erlebt.

Jeremy begriff das, aber es wurde ihm immer lästiger. Jetzt mußte er seine Frau auch bei der geringsten Verspätung anrufen und Erklärungen abgeben; tat er es nicht, dann löste er Nervenkrisen bei ihr aus.

Ihre Kinder wußten das alles ganz genau und fanden den Zustand ihrer Mutter spaßig. Sie hatten alle Hemmungen verloren, waren schamlos, ungezogen und ohne Rücksicht. Ellen konnte ihnen keinen Wunsch abschlagen, in der unbestimmten, aber tiefsitzenden Furcht, der geringste Widerspruch ihrerseits könnte eine ewige Trennung bewirken. Ungeschickt versuchte sie Jeremy das zu erklären, der sie bedauerte, sich zugleich aber ärgerte. »Warum willst du in das Leben anderer eingreifen?« fragte er. »Jeder hat sein eigenes Leben zu leben. Das hast du niemals begriffen, nicht einmal, als es um deine Tante ging. Sie hatte ihren Entschluß gefaßt, und wir haben unsere Entscheidung getroffen. Du kannst uns nicht ewig gängeln und auf alle mögliche Weise festklammern.« Aber diese Bemerkung machte sie nur noch unglücklicher.

Die Kinder hatten ihren eigenen Phonographen, und Ellen brachte ihnen ständig Platten ins Kinderzimmer, obwohl Jeremy den Geschmack der Jungen bedauerte. Sie liebten Ragtime und tanzten stundenlang zu der ausgelassenen Musik, während Ellen mit wehmütigem Lächeln daneben saß und sich über ihre Fröhlichkeit freute. Aber die Kinder hüteten sich wohl, einen bestimmten Schlager vor ihrem Vater zu spielen:

Sie war so reizend, so hübsch und so hold
und saß gefangen in einem Käfig aus Gold.
Sie lächelte so glücklich, sie sang so fein,
und doch, ihre Freude, die war nur Schein.

Sie hatte ihr Leben im Käfig vertan,
die junge Frau mit dem alten Mann –
verkauft ihre Jugend um gleißendes Gold –
und war doch so schön, so lieblich und hold.

Während diese sentimentale Platte lief, beobachteten sie die Mutter genau, zwinkerten sich zu und hielten sich oft die Hände vor den Mund, um nicht herauszulachen. Ellen verzog zwar das Gesicht, wenn diese oder ähnliche Schlager erklangen, lächelte aber dann immer nachsichtig. Es waren eben doch nur Kinder mit ungeschultem Ohr und Geschmack, mit dem Geschmack der Unschuldigen. Daß ihre Kinder niemals unschuldig gewesen waren, wäre Ellen nicht in den Sinn gekommen. Hatte diese Darbietung lange genug gedauert, dann nahm sie die Jungen hinunter ins Musikzimmer und sang ihnen mit ihrer schönen Stimme Arien vor oder sie spielte Klavier, am liebsten die Mondscheinsonate und Nocturnos. Die Kinder lauschten und grinsten einander zu. Sie fanden die Stimme ihrer Mutter keineswegs schön, ihrer Meinung nach »blökte sie wie ein Kalb«. Klassische Musik war ihnen langweilig, ihr lebhaftes Temperament verlangte nach anderen Rhythmen.

Jetzt hatten sie einen männlichen Erzieher, einen schmalen, ständig verkühlten Mann mit wasserblauen, schwärmerischen Augen, einem langen blassen Gesicht und einem dichten, fast farblosen Haarschopf. Die Kinder hatten bald heraus, daß Sydney Darby in ihre Mutter verliebt war, obwohl Ellen selbst nicht das geringste davon bemerkte. Wenn sie während des Unterrichts ins Zimmer kam, einfach, um ihre Kinder zu sehen, dann färbten sich seine Wangen rosig und er begann zum Ergötzen seiner Zöglinge zu stottern und zu stammeln. Sie äfften ihn nach, schnitten Grimassen und verdrehten die Augen, und wenn das auch Ellen nicht auffiel, so sah es doch der unglückliche Mr. Darby, und er haßte die beiden mit einer Leidenschaft, die sie erschreckt und zum Respekt gezwungen hätte, aber sie wußten nichts davon. Er hätte sie prügeln können, doch auch davon wußten sie nichts; es hätte sie vielleicht eingeschüchtert. Nur Annie merkte das alles und zog ihn öfter ins Gespräch.

»Christian und Gabriele sind Biester«, sagte sie. »Aber seien wir ehrlich: das sind alle Kinder.«

»Ach ja«, gab er seufzend zurück. »Dabei, sonderbar, unterrichte ich gerne, obwohl ich diese Biester kenne. Ich habe die Hoffnung nicht aufgegeben, meine Schüler zu bessern, ihnen Güte, Verständnis beizubringen. Manchmal bin ich ganz verzagt, es ist so trostlos. Die Kinder wachsen tatsächlich nur heran, um mit den Jahren böse Menschen zu werden. Man wundert sich, was aus der Christenheit geworden ist.«

»Christenheit?« Annie sah ihn herausfordernd an. »Wir nennen Amerika ein christliches Land. Doch meiner Meinung nach hat es niemals christliche Länder gegeben. Es widerspricht der menschlichen Natur, gütig und anständig zu sein – die Ausnahmen bestätigen die Regel: Madame, Cuthbert und auch Sie, Mr. Darby.«

Ihre Augen glänzten zärtlich, und er gab ihren Blick überrascht und froh zurück. Zum erstenmal bemerkte er, wie hübsch das Mädchen war, wie nett ihre Stupsnase und wie reizend ihr Lächeln. Annie war mit den Jahren etwas rundlicher und rosiger geworden, aber Mr. Darby fand das nicht übel. Er liebte fest gebaute und heitere Frauen. Plötzlich verspürte er Lust, ihr einen Kuß zu geben. Sie las es in seinen schüchternen Augen und hätte ihn recht gern ermutigt, aber für Annie gab es keine kleinen Liebschaften. Darauf war sie einmal hereingefallen, und jetzt kannte sie nur ein fixes Ziel: den Altar. In der Zwischenzeit tat sie ihr bestes, um Mr. Darby zu gefallen.

»Ich bleibe nur wegen Madame im Haus«, erklärte sie. »Die Kinder brauchen mich nicht mehr, wenn sie mich überhaupt je gebraucht haben, außer in ihrer Babyzeit. Aber Madame braucht mich, wahrscheinlich verstehen Sie das nicht ganz, Mr. Darby.«

Doch er nickte energisch: »Und wie ich Sie verstehe, Annie, glauben Sie mir!« Annie glühte. An diesem Abend sang sie einen Schlager, den sie aus dem Phonographen der Kinder kannte: »Ich habe nie gewußt, was Liebe ist«, und dann: »Wenn irische Augen lächeln . . .« Es machte Annies stürmischer Liebe nichts aus, daß Mr. Darby nicht nur Ire, sondern sogar katholisch war. Die protestantische Annie, sonst so nüchtern und sachlich, erinnerte sich plötzlich der Bibel und konnte heimlich mit nassen Augen zitieren: »Dein Volk soll mein Volk sein, dein Gott soll mein Gott sein . . .« Sie kaufte sich einen Rosenkranz samt Gebrauchsanweisung. Eines Sonntags zu Anfang Oktober erschien sie bei Mr. Darby, als er die verflieste Treppe herunterkam. Sie trug ihr neuestes Kleid, ein lichtblaues Wollkostüm, und einen großen dunkelblauen Filzhut, schwarze Knöpfelschuhe und schwarze Handschuhe; ihr goldenes Haar ganz strahlend, ihre Wangen ganz rosig, ihre Lippen rot und voll. Sittsam sagte sie zu Darby: »Ich glaube ich könnte heute mit Ihnen in die Messe gehen, wenn Sie nichts dagegen haben.«

Mr. Darby schaute hinunter auf das junge, leuchtende Gesicht und die zärtlichen blauen Augen und wurde seinem Gefühl nach mindestens um einen Fuß größer sowie sehr männlich und sehr aggressiv. Er zog Annies behandschuhte Hand fest in seinen Arm und marschierte mit ihr zur Kirche. Sie schlug das Kreuz, wenn er es tat, und sie kniete nieder und erhob sich, wenn er niederkniete und sich erhob, und sie war ergriffen von den Kerzen, der Orgel, den Heiligenfiguren und der ganzen Zeremonie, denn es war alles durch das unauslöschliche Licht der Liebe für sie verwandelt. Da sie klug war, wußte sie, daß Mr. Darby in seinem Herzen scheu und schüchtern war und daß ihn ein offener Angriff unweigerlich in die Flucht geschlagen hätte. Und so wartete sie ab.

Im November 1912 wurde Woodrow Wilson zum Präsidenten der Vereinigten Staaten gewählt. Das bedeutete keine Überraschung für Jeremy Porter, aber es erbitterte ihn. Und ebensowenig überraschte es ihn, daß Mr. Wilson im Januar 1913 die verhängnisvollen Verfassungsänderungen vornahm: die Einführung der bundeseinheitlichen Einkommensteuer, des Federal Reserve Systems und der direkten Wahl der Senatoren. Seit Dezennien wußte man, daß diese Entwicklung nicht aufzuhalten war, obwohl sich der Bundesgerichtshof immer wieder dagegen ausgesprochen hatte. Jeremy sagte: »Nun, der wahnsinnige Caligula hat sein Pferd zum Konsul von Rom ernannt. Der amerikanische Wähler tat das gleiche.«

»Wir werden bald nicht mehr vom Gesetz, sondern von Menschen regiert werden, fürchte ich«, fügte Walter Porter düster hinzu. »Das stellt sich immer deutlicher heraus.«

»Es ist das Schicksal jeder Republik, Onkel. Was hat Aristoteles gesagt? ›Republiken sinken zu Demokratien herab und Demokratien zu Tyranneien.‹ Ja, Monarchien und Parlamente haben viel für sich. Sie bestehen länger und sind stabil.«

Im März 1913 brach ein Übel über die Welt herein, das Grippe benannt wurde. Es unterschied sich von der altbekannten Influenza, forderte mehr Tote, verursachte mehr Beschwerden und längeres Krankenlager. Es hieß auch »Spanische Influenza«.

Walter Porter starb daran Ende März, sehr schnell. Jeremy war sein Haupterbe, sein Sohn Francis bekam nur ein Viertel seines großen Vermögens. Francis wurde fast verrückt über diese »Ungerechtigkeit«, strengte einen Prozeß gegen seinen Vetter an und verlor ihn in allen Instanzen. Wenn er Jeremy früher gehaßt hatte, so war das ein kindliches Gefühl gewesen gegen das, was er jetzt für ihn empfand. Die alte Feindschaft wurde bösartig und bedrohlich.

Ellen war tief betrübt über Walters Tod und konnte nicht begreifen, warum Jeremy in so harten Worten von Francis sprach.

»Jeremy«, sagte sie einmal, »das Geld ist doch nicht so wichtig. Warum überläßt du es Francis nicht, um des lieben Friedens willen?«

Er schüttelte ungläubig den Kopf. »Bist du wirklich so dumm, Ellen? Onkel Walter hat mir und nicht ihm das Vermögen hinterlassen. Sollte ich seinen letzten Willen verleugnen und ihn dadurch beleidigen? Es ist eine

Frage des Prinzips. Das verstehst du nicht, aber bitte sprich nicht mehr solchen Unsinn vor mir.«

Ellen duckte sich unter seinem Blick, denn es war der Blick eines Fremden und eines Feindes, wie sie ihn bisher nicht kannte. Sie begann zu weinen, er nahm sie in seine Arme und tröstete sie. Er hatte Angst in ihren Augen gelesen, und obwohl er den Grund dieser Furcht nicht kannte, begriff er ihren Zustand.

Jeremys Eltern waren über Walter Porters Testament hoch erfreut. Agnes vergaß, daß sie Francis noch vor kurzem in den Himmel gehoben hatte, und erklärte energisch: »Walter konnte sein Vermögen vermachen, wem er wollte. Er wird schon seine Gründe gehabt haben!«

XXVII

Als Woodrow Wilson Präsident wurde, verkündete er tönend im schönsten Princeton-Akzent die »Neuen Freiheiten« für Amerika. Er billigte den Underwood-Tarif, durch den der Zoll für Importe gesenkt wurde. Diese Konkurrenz für die amerikanische Industrie kostete Zehntausenden amerikanischen Arbeitern ihr Brot, verursachte eine wirtschaftliche Krise und Verzweiflung in allen Teilen des Landes.

»Die Dinge laufen genau wie geplant«, sagte Jeremy bitter. »Der nächste Schritt ist der Krieg.« Aber nur wenige hörten auf ihn. Er wunderte sich nicht, daß man ihn nicht mehr zu Reden und Vorträgen einlud, obwohl er ohne Honorar sprach. Und ebensowenig überraschte es ihn, daß Mr. Wilson den mexikanischen Staatspräsidenten Victoriano Huerta als »Desperado und Verbrecher« bezeichnete, weil er die Ordnung in seinem Staat nach dem von Präsident Madero, einem »Reformer«, verschuldeten Chaos wiederherstellte. Madero hatte den Mob zu Ausschreitungen aufgeputscht, die er euphemistisch »Klassenkämpfe« nannte, und sein Vaterland dadurch an den Rand des Abgrunds gebracht. »Brav Lenin nachgesprochen«, wetterte Jeremy. »Wann wird Wilson militärische Maßnahmen gegen Huerta ergreifen? Vielleicht schon morgen?«

Wilsons Auswärtiges Amt streute das Gerücht aus, deutsche Schiffe hätten Waffen für Huerta nach Veracruz geliefert und zeigte sich entrüstet. »Anti-amerikanisch!« hieß es, obwohl nicht ganz klar war, was an einem privaten Geschäft zwischen zwei autonomen Staaten, wie dem Deutschen Reich und Mexiko, antiamerikanisch sein sollte. »So«, sagte Jeremy, »es geht also schon los damit, fremden Staaten in ihre Politik dreinzureden. Wir sind auf dem besten Weg zu einem amerikanischen Imperialismus, ganz wie geplant.«

Seine Freunde glaubten ihm noch immer nicht ganz und hielten ihm lachend vor, daß er hinter allem, was Washington tat, eine Verschwörung erblicke. Sie waren allerdings etwas ernüchtert, als Wilson am 21. April 1914 hysterisch forderte, Veracruz »im Sturm zu nehmen«. Amerikanische Kriegsschiffe erhielten den Befehl, die Stadt zu bombardieren, und amerikanische Marine besetzte verschiedene Regierungsgebäude. Dieses Eingreifen in interne lateinamerikanische Angelegenheiten alarmierte die südliche Hemisphäre; Brasilien, Argentinien und Chile protestierten laut und boten diskret ihre Vermittlung zwischen den Staaten und Mexiko an.

Dieses höfliche, aber nachdrückliche Angebot wurde von einem empörten Außenamt widerstrebend angenommen. Jeremy war befriedigt. »Höchste Zeit«, sagte er zu seinen Freunden, »daß man im Ausland unsere Regierung ohne rosarote Brillen und realistisch zu sehen beginnt.« Trotzdem war sein Pessimismus nicht ganz beseitigt, und wie sich bald erwies, zurecht. Aus ungeklärten Gründen dankte Huerta ab und zog sich nach Forest Hills auf Long Island im Staat New York zurück – er, der gegen die amerikanische Einmischung protestiert hatte! »Jetzt muß er der Entwicklung hilflos zusehen«, murrte Jeremy, als ein kommunistischer Revolutionär namens Venustiano Carranza mit dem Segen Washingtons zum mexikanischen Präsidenten bestellt wurde. Huerta war seltsam still geworden. Er stand unter strenger Aufsicht in seinem Exil in den Vereinigten Staaten, einem Exil, das ihm Washington auferlegt hatte. »Das ist kein Exil«, erklärte Jeremy seinen bestürzten Freunden, »das ist eine Haft. Er wurde von unserer besorgten Regierung in ›Schutzhaft‹ genommen.«

Das ahnungslose amerikanische Volk kämpfte um das Überleben in der Wirtschaftskrise, die es Washington verdankte. Es war zu sehr mit den eigenen Sorgen beschäftigt, um sich über die dunklen und verworrenen politischen Machenschaften seiner Regierung den Kopf zu zerbrechen.

Jeremy begab sich im Mai 1914 zum deutschen Botschafter in Washington. Er kannte die Deutschen als ausnehmend faire und höfliche Partner, die streng auf das Protokoll achteten, und war angenehm überrascht, bloß auf Grund eines Privatbriefs eingeladen zu werden. Der Botschafter selbst empfing ihn und führte ihn in seine Privaträume.

»Exzellenz haben von mir gehört?« fragte Jeremy. Der Botschafter lächelte grimmig unter seinem Schnurrbart. »In der Tat, das haben wir«, antwortete er in deutscher Sprache. »Wir haben nicht bloß gehört, wir haben zugehört.«

Er stellte ihm einen seiner Attachés vor, einen Herrn Goldenstein. »Ich bin besorgt«, sagte Herr Goldenstein, ein junger, temperamentvoller Mann.

»Juden sind immer besorgt«, erwiderte Jeremy, »und mit gutem Grund. Aber zur Zeit sollten wir alle besorgt sein.« Er wendete sich zum Botschafter: »Ich bin überzeugt, daß Eure Exzellenz von dem internationalen Komplott gegen Ihr Land wissen.«

Der Botschafter nickte: »Ja. Unglücklicherweise will Seine Majestät, der

Kaiser, diese Infamie nicht glauben. Wir haben ihm Kopien Ihrer Reden übersandt, doch er bezeichnet das alles als Unsinn. Aber ein anderer – sollen wir sagen, ein Hellsichtiger? – riet ihm, unsere schwachen militärischen Kräfte zu verstärken. Leider ist uns Präsident Roosevelt, der uns früher bewundert hat, jetzt feindselig gesinnt.«

»Wundert Sie das, Sir?«

Der Botschafter seufzte: »Mich wundert gar nichts.«

Verständnisvoll blickten sie einander an. Jeremy merkte, daß der Botschafter seine Reden und Artikel genau kannte und seine Besorgnisse teilte. Auch er fürchtete die Ausschaltung der Mittelklasse, die man jetzt abschätzig Bourgeoisie nannte, auch er war von der Verschwörung überzeugt, deren Ziel die Vernichtung der persönlichen Freiheit und die Tyrannei der sogannten »Elite« war.

»Was sollen wir tun, Exzellenz?« fragte Jeremy, als der Botschafter geendet hatte.

Der Deutsche hob die Arme in einer hilflosen Geste: »Die Regierungen sind machtlos gegenüber den Drahtziehern, die das Geldwesen in Händen haben. Das haben Sie selbst immer und immer wieder gepredigt.«

Der Botschafter musterte ihn schweigend. »Haben Sie auch beim französischen Botschafter vorgesprochen?« fragte er nach einer Weile.

»Ich bat um eine Audienz, erhielt aber keine Antwort.«

»So«, sagte der Deutsche. »Kein gutes Zeichen, nicht?«

Am 24. Mai 1914 erschien Jeremys Buch, in dem alle seine Warnungen enthalten waren. Die amerikanischen Kritiker blieben skeptisch, obwohl sie seine profunde Kenntnis der internationalen Politik und der auswärtigen Verhältnisse lobend hervorhoben. Sie fragten: »Haben wir denn George Washingtons Rat, uns nicht in fremde Angelegenheiten zu mischen, vergessen? Das amerikanische Volk würde das niemals dulden. Mr. Porter rennt offene Türen ein.« Das Buch fand reißenden Absatz.

Kongreßmann Francis Porter freilich nannte es »absurd«. »Der Autor ist offensichtlich wirr im Kopf.« Diese Schmähungen wurden in die Kongreßprotokolle aufgenommen. »Möchte wissen, wer das für ihn geschrieben hat«, sagte Jeremy zu seinen Freunden. »Es ist recht sachlich und kraftvoll geschrieben, doch er selbst ist kein bißchen sachlich oder kraftvoll. Er ist ein Hysteriker, unlogisch und inkonsequent, wie alle radikalen Hysteriker. Sie werden bemerken, daß er meine Person angreift und nicht meine Ideen. Das ist typisch. Da zum Beispiel: ›Ex-Kongreßmann Jeremy Porter ist ein Weiberheld ... Er ist selbst sehr reich ...‹ Was, zum Teufel, hat das mit den Tatsachen zu tun, die ich in dem Buch behandle? Nichts, natürlich. Der gleiche Schreiber liebt Wilson und seine ›Neuen Freiheiten‹. Auch das ist typisch. Die hochgestochenen Intellektuellen sind impotent, und das ist ihr Pech. Wenn sich die Ärzte darauf konzentrierten, diesem Übel abzuhelfen, dann gäbe es keine Reformer mehr ...«

Am 2. Juni explodierte Jeremys Cadillac in der Fifth Avenue. Jeremy verbrannte in dem Wagen, der wie eine Fackel loderte. Sein letzter Gedanke war: Ellen, o Ellen!

Der deutsche Botschafter war tief erschüttert, aber der Mord überraschte ihn nicht. Und Präsident Wilsons Hetze gegen Deutschland zu Anfang August 1914 wunderte ihn ebensowenig. »Die ahnungslose Unschuld«, sagte er zu seinen Mitarbeitern. »Aber sind nicht alle Amerikaner ahnungslos und unschuldig? O Gott . . .«

Präsident Wilson war geschockt durch die sich überstürzenden Ereignisse. Zu seinem Freund, Colonel House, sagte er: »Wir müssen um jeden Preis neutral bleiben.« Der Oberst lächelte und blickte den Präsidenten sonderbar an. Ohne es zu wissen, gebrauchte er die gleichen Worte wie der deutsche Botschafter: »Eine ahnungslose Unschuld.«

XXVIII

Einen Tag vor dem Weihnachtsabend 1916, als Präsident Wilson unter dem Slogan »Er hat uns aus dem Krieg herausgehalten!« wiedergewählt wurde, entließ man Ellen Porter aus dem Rose-Hill-Sanatorium von Long Island. Man erklärte sie, wenn auch mit Vorbehalt, von der schweren Nervenkrankheit geheilt, die sie nach der Ermordung Jeremys befallen hatte. Die Ärzte sagten zu Kongreßmitglied Francis Porter: »Sie ist noch apathisch, chronisch depressiv, obwohl wir die modernsten Heilverfahren angewendet haben. Aber wir hoffen, daß sich die Rückkehr zu den Kindern günstig auswirken wird. In den ersten sechs Monaten ihres . . . Aufenthalts in unserm Haus hat sie niemals von ihren Kindern gesprochen. Allerdings hat sie fast überhaupt nichts geredet, wie Sie wissen; sie schien ihre Umgebung oder ihre Besuche nicht wahrzunehmen. Wirklich furchtbar. Wir hoffen alle inständig, daß sie sich ganz erholt und wieder Lebensfreude gewinnt. Wir haben jedenfalls unser Bestes getan.«

»Ich bin überzeugt, daß Sie es getan haben«, antwortete Francis. Unter Assistenz einer Pflegerin, die bis zu ihrer völligen »Genesung« bei Ellen bleiben sollte, führte er die Kranke zu dem wartenden Wagen. Sie war sehr abgemagert und unruhig; obwohl sie in einen dicken Pelz gewickelt war, fröstelte es sie in dem frischen Wind, während ihr Gesicht und ihre Augen ausdruckslos blieben. Immerhin sagte sie zu Francis leise und kaum vernehmbar: »Ich muß an meine Kinder denken.« Es war, als wiederhole sie eine eingelernte Lektion, deren Sinn sie nicht verstand. Sie hob ihre matten, lichtlosen Augen zu ihm auf, ohne ihn zu sehen.

»Ja«, sagte er sehr zärtlich, »sie brauchen ihre Mutter, Ellen.« Dann aber, als sie in den Wagen steigen sollte, zuckte sie zusammen, schaute verschreckt um sich, als wisse sie nicht, wo sie sei. Starr blickte sie auf die lange rote Ziegelfassade des Sanatoriums, und ihre Verwirrung wuchs. Offensichtlich erkannte sie das Gebäude nicht. Eine Locke ihres noch immer leuchtenden Haars fiel auf ihre sehr bleichen, eingefallenen Wangen. »Sie brauchen ihr Mutter«, wiederholte sie mechanisch Francis' Worte.

Es schien sie übermenschliche Anstrengung zu kosten. Sie sah ihn flehend an wie ein Kind in einem Alptraum, und ihre trockenen und rissigen Lippen zitterten. »Ja«, sagte er, und sie nickte gehorsam. Der Wind trieb die Schneeflocken bis in den Wagen, Francis und die Pflegerin hüllten sie fest in den Pelz, denn sie schlotterte vor Kälte. Die Pflegerin, eine nette, kräftige Frau in mittleren Jahren, sagte: »Heute abend müssen wir den Christbaum aufputzen. Fein, endlich wieder zu Hause zu sein.«

»Ja«, antwortete Ellen. Sie saß zwischen Francis und der Pflegerin, und Francis hielt ihre Hand fest. Die mageren, eiskalten Finger erwiderten den Druck nicht. »Die Kinder werden sich freuen, wenn die Mutter wieder bei ihnen ist«, wiederholte Francis, und seine dünne Stimme klang gerührt. Ellen nickte wie ein Automat. Ihr Profil war sehr scharf geworden, es sah wie aus weißem Stein gemeißelt aus, tiefe Falten hatten sich um ihren Mund gegraben, obwohl sie noch nicht ganz dreißig Jahre war. Ihr Gesicht wirkte sonderbar alt und wissend und dabei doch ausdruckslos wie das einen kleines Kindes. Sie war nicht mehr die Ellen, die er so lange kannte, aber er liebte sie noch immer. In wenigen Monaten, so meinte er, würde sie ihre frühere Schönheit und Vitalität wiedergewonnen haben und würde endlich auch vergessen. Er hoffte insgeheim, daß sie schon damit begonnen hatte. Kein einziges Mal seit Jeremys Tod hatte sie dessen Namen genannt. Am Begräbnis hatte sie nicht teilnehmen können. Francis fragte sich sogar, ob sie oft an ihren toten Gatten dachte, der so tragisch verunglückt war. Der oder die Attentäter hatten einen Sprengkörper sehr geschickt im Motorraum angebracht und waren niemals ausgeforscht worden.

Ellen sprach kein Wort auf der langen Fahrt, sie lächelte nur dann und wann verkrampft, wenn die Pflegerin ihren Arm berührte und eine Bemerkung über die hübsche Gegend machte, die an ihnen vorbeizog. Sie hat mich wahrscheinlich gar nicht gehört, die arme junge Kranke, dachte sie mitleidig. Trotzdem plauderte sie munter weiter. Plötzlich fielen Ellens Augen zu und sie schlief augenblicklich ein. »Sie ist erschöpft. Ihr erster Ausgang, Sir, und die Aufregung, daß sie bald ihre Kleinen sehen wird!«

»Christian ist nicht so klein«, sagte Francis in seiner schulmeisterlichen Art. »Er ist jetzt zwölf und auf Ferien von Groton daheim, und Gabriele ist zehn. Freilich, sie sind noch Kinder, und sehr lebhaft. Ich bin ihr entfernter Verwandter, und sie nennen mich Cousin Francis. Sie sind mir beide sehr lieb, Miß Evans« – und in seiner Stimme klang ein Unterton von Strenge, als hätte sie seine Worte bezweifelt.

Miß Evans schaute ihn mit verhaltenem Spott an. Es machte ihr keinen

Eindruck, daß Francis im Kongreß saß, denn sie hatte schon bei Senatoren und einmal sogar bei einem Gouverneur gearbeitet. Steif wie ein Besenstiel ist er, wirklich, dachte sie, und mager wie eine Bohnenstange, in dem schwarzen Anzug und mit dem runden Hut. Man kann geradezu seine Knochen zählen. Seine Augen sind farblos und kalt wie Austern, sie starren hinter seinem Zwicker, als wollte er die ganze Welt in Grund und Boden verdammen. Vierzig oder so, denke ich, und sein Haar ist entweder sehr hell oder es beginnt grau zu werden, und dünn ist es . . . Arme Mrs. Porter, daß ihr niemand anderer zur Seite steht als dieser Vetter, abgesehen natürlich von dem netten Ehepaar Godfrey, das sie so oft besucht hat. Und was Mrs. Wilder betrifft, so ist sie bestimmt nicht die gute Freundin, als die sie sich ausgibt, diese alternde, magere Katze. Den anderen Bekannten, die zu Besuch gekommen sind, ist sie auch reichlich gleichgültig, die sind nur aus Neugier oder aus Pflichtgefühl im Spital erschienen.

Miß Evans streichelte mitleidig Ellens andere Hand, aber Ellen reagierte nicht. Die Pflegerin seufzte. Gewiß, Ellen hatte niemals von ihrem toten Gatten gesprochen, aber die Schwester hatte sie in ihrem Drogenschlaf weinen und klagen gehört und die Tränen gesehen, die ihr in dünnen Bächen aus den schönen Augen über die eingesunkenen Wangen rannen. Ellen war mit dem Krankenwagen ins Sanatorium gebracht worden, bewußtlos, kalt und steif wie eine Tote. Sechs Monate hatte es gedauert, bis sie sich ohne Hilfe ankleiden konnte, und jetzt noch war sie hinfällig und mager; nichts erinnerte mehr an ihre reizvolle Gestalt von früher.

Francis sagte: »Hoffentlich denken Sie daran, daß ich Ihnen jede Woche rote Rosen geschickt habe, Ellen.« Es klang wie die strenge Mahnung eines Vorgesetzten.

»Ja«, antwortete Ellen wie in Trance. Sie hat nicht die geringste Ahnung, was sie spricht, dachte die Pflegerin. Aber Francis nickte zufrieden. Der braune Pelz und das braune Seidenkleid hingen an Ellen wie an einer Puppe. Ihr Atem zeigte sich als feiner Hauch in dem eisigen Wagen, er ging sehr langsam. Dann schlief sie wieder ein, während die Landschaft draußen vorüberzog. Zu Francis' Schrecken liefen große, schimmernde Tränen aus den geschlossenen Lidern über Ellens Wangen. Miß Evans trocknete sie sanft. »Sie weint oft im Schlaf, Sir«, sagte sie. »Ihre Seele erinnert sich an alles, selbst an das, was sie im Wachen vergessen hat.«

»Natürlich erinnert sie sich auch, wenn sie wach ist«, korrigierte Francis. »Sie beherrscht sich nur.«

Die Pflegerin zuckte die Achseln. »Ja, Sir. Sie ist eben eine Lady.«

Was verstehst du davon, du primitive Person, dachte Francis, der leicht in Wallung geriet. Er fand das runde, gutgefärbte Gesicht, die lebhaften Augen, die etwas aufgeworfenen Lippen abstoßend, und die feste, gewölbte Brust unter der Schwesterntracht geradezu unappetitlich. Die kräftige Frau mit dem glatten, glanzlosen Haar und dem gemütlichen Doppelkinn war ihren Patienten Trost und Stütze, sie spürten, wie verläßlich, wie tüchtig und hilfsbereit sie war. Francis aber sah in ihrer strotzenden Gesundheit nur etwas Plebejisches. Ein Bauerntrampel, sonst nichts, dachte er. Aber Ellen wird bald gesund sein, und dann kriegen wir sie los. Er dachte an Ellen und sich bereits als »wir«.

Von seiner Tante Hortense, die ein paar Monate zuvor plötzlich an der Spanischen Grippe verstorben war, hatte er das gesamte Vermögen geerbt, und das war recht beträchtlich. Es befriedigte ihn sehr, daß er nun fast so reich war wie Ellen. Charles Godfrey, der Ellens Besitz verwaltete, da ihn Jeremy zum Testamentsvollstrecker eingesetzt hatte, war ihm zutiefst verhaßt. Der geringste Anstand hätte verlangt, daß man ihn zum Mitverwalter bestimmt hätte, trotz der Feindschaft, die zwischen ihm und Jeremy geherrscht hatte. Aber was konnte man von einem Jeremy Porter erwarten, dessen Mangel an Familiensinn notorisch war? Die Tatsache, daß er selbst nicht den geringsten Familiensinn besaß, kam ihm gar nicht in den Sinn; er hatte immerhin ja einige Male Jeremys Eltern besucht, die jetzt alt und noch immer gebrochen über den Tod ihres Sohnes waren. Zusammengeschrumpft und apathisch vegetierten sie dahin und schienen fast so geistesabwesend und depressiv wie Ellen. Ihre Tage waren gezählt, davon war Francis überzeugt, und dann würden Ellens Kinder ein großes Vermögen erben. »Wir« werden es bis zu ihrer Großjährigkeit verwalten, dachte er. Francis schürzte die Lippen und nickte zufrieden. Die Anwälte in Philadelphia machten ihm sicher keine besonderen Schwierigkeiten; schließlich war er als Kongreßmitglied und als New Yorker Anwalt sehr angesehen; er kannte die zuständigen Kollegen gut und nahm sich vor, sie gelegentlich zu besuchen.

Er dachte an Ellens Kinder, wie in den letzten Tagen oft. Zwar traute er ihnen nicht ganz, aber sie behandelten ihn mit überströmender Herzlichkeit, und das gefiel ihm. Der Gedanke, daß sie hinter seinem Rücken über ihn lachen könnten, kam ihm überhaupt nicht in den Sinn. Er glaubte, daß sie an ihrem Vater nicht besonders gehangen waren und sie ihn fast vergessen hatten, wie das bei Kindern der Fall ist. In den letzten Monaten hatten sie auch ihre Mutter niemals erwähnt und sich nie nach ihr erkundigt. Nur dreimal waren sie zu Besuch ins Sanatorium gekommen, und das nur auf Charles Godfreys ausdrücklichen Befehl. »Kinder sollte man solchen Dingen nicht aussetzen«, hatte Francis zu Charles gesagt. Charles war der gleichen Meinung, aber aus andern Gründen, als Francis glaubte; er hatte für Christian und Gabriele sehr wenig übrig und hielt sie für abscheulich. Er hatte jetzt selbst ein Kind, ein dreijähriges Mädchen, ein süßes, aufgewecktes Ding, das seinen Vater fast von der Ansicht abgebracht hatte, daß alle Kinder notgedrungen schlecht sein müßten. Maud war am Anfang der Schwangerschaft nicht sehr glücklich gewesen; jetzt war sie eine strenge, aber liebevolle Mutter, und Charles hatte seinen Pessimismus überwunden, der sich auf die traurigen Erfahrungen in seiner jahrelangen Anwaltspraxis gründete. Er hatte zuviele Kinder gesehen, die den verwitweten Elternteil ausgeraubt und gierig auf dessen Tod gewartet hatten; nein, auch im besten Fall waren die Menschen keine sehr liebenswerte Spezies. Nun aber hatte er wieder etwas Zuversicht gewonnen.

Jeremys Kinder durchschauten Francis seit langem, denn ihr Verstand hielt sich mit ihrer Niedertracht die Waage. Christian vor allem war davon überzeugt, daß man Francis »herumkriegen« konnte, und seine Schwester, das einzige Geschöpf, das er seit dem Tod des Vaters liebte, war der gleichen Meinung. Die Mutter hatte niemals etwas für sie gegolten, und so würde es auch weiterhin bleiben. Wenn sie überhaupt an sie dachten, dann nur mit Spott und Hohn. Sie waren gar nicht glücklich, als sie von der endgültigen Entlassung Ellens aus dem Krankenhaus noch vor Weihnachten hörten. »Sie wird uns alles verpatzen«, klagte Gabriele, »sie ist ja so schrecklich dumm.«

»Sie soll noch immer beklopft sein«, fügte der Bruder hinzu. »Aber sie wird uns nicht stören, das hat sie ja niemals getan.«

»Wie die blöde Meerjungfrau kommt sie mir vor, von der sie uns vorgelesen hat«, kicherte Gabriele. »Tanzt auf abgehackten Füßen . . .«

»Und bekommt eine menschliche Seele dafür«, spottete Christian. Die beiden lachten schallend wie bei einem köstlichen Witz.

»Ich wette, daß Onkel Francis sie einmal heiraten wird«, sagte Gabriele. Das gefiel Christian durchaus nicht. Er war jetzt schon auf das Geld versessen, auf viel, viel Geld. Nur einen Augenblick dachte er auch an seinen Vater, und es gab ihm einen leichten Stich.

Es war nun keine Gouvernante im Haus, weil Christian die Schule in Groton besuchte und Gabriele demnächst in ein vornehmes Halbinternat in New York kommen sollte. Annie Burton hatte Mr. Darby vor einem Jahr geheiratet und war mit ihm in eine Kleinstadt nördlich von New York gezogen, wo Mr. Darby zufrieden an einer gut geführten privaten Knabenschule unterrichtete. Man brauchte sie im Haus Porter nicht mehr, das wußte Annie, und der »Kongreßmann« hatte ihr angedeutet, daß Ellen kaum jemals ganz genesen werde. Annie war allerdings anderer Ansicht. Sie hatte Ellen einige Male besucht und war immer in Tränen heimgekommen. Aber sie war diplomierte Krankenschwester und hatte den Schein eines Erkennens in den Augen der Kranken gesehen, ja, einmal hatte Ellen sie sogar angelächelt.

Der Wagen wand sich mühsam durch ein Gewirr von Karren, Lastwagen, Automobilen, Kutschen und Fußgängern, die der Wind gleichsam vor sich hertrieb. Hinter den Auslagenscheiben flammte gelbliches Licht auf, und die Straßenlampen wurden entzündet. Zum erstenmal schien Ellens Interesse zu erwachen; sie schaute blinzelnd hinaus in die bekannte Gegend. Ihre blassen Lippen zuckten, aber sie sprach nicht.

»Wir sind bald zu Hause«, sagte Francis.

»Zu Hause«, wiederholte Ellen sehr leise und runzelte die Stirn, als verstehe sie das Wort nicht.

»Ein angenehm warmer Ofen, eine gute Mahlzeit und Ihr eigenes Bett«, fügte Miß Evans munter hinzu. »Und Ihre Kinder, Mrs. Porter.«

»Die Kinder«, murmelte Ellen. Ihre einst so hübsche Stimme hatte jeden Klang verloren. Sie warf den Kopf zurück und atmete schwer. Miß Evans hielt ihre zitternde Hand fest und nickte befriedigt: die arme Kranke reagierte endlich. Francis freilich verstand nichts davon. »Braucht sie frische Luft?« fragte er erschrocken.

»Nein, nein, durchaus nicht! Sie kommt allmählich zu sich, sie beginnt zu fühlen!«

Francis jedoch öffnete trotzdem einen Spalt des Fensters, und die eisige Luft prallte auf Ellens Gesicht. »So ist es besser, nicht wahr? Man erstickt in dem geschlossenen Wagen.«

»Tun Sie das nicht«, sagte die Pflegerin mit einiger Schärfe, »sie war lange nicht im Freien. Bitte, Sir, schließen Sie das Fenster.«

Francis ärgerte sich über diesen Befehl einer »Untergebenen«. Er funkelte sie durch den Zwicker an, aber das schüchterte sie nicht ein. »Es wäre eine böse Sache, wenn Mrs. Porter die Lungensucht bekäme.«

»Sie meinen Lungenentzündung«, belehrte Francis sie schroff. Und dann zu Ellen, die am ganzen Körper zitterte: »Frieren Sie, Ellen?«

»Ja«, wisperte sie. »Mir ist kalt, sehr kalt.« Etwas verstimmt schloß er das Fenster; er selbst hatte den Luftzug erfrischend gefunden. Ellen wiederholte: »Sehr, sehr kalt.« Aber Miß Evans wußte, daß sie nicht die körperliche Kälte meinte. Sie drückte ihre Hand fester, und Ellen lehnte schutzsuchend den Kopf an ihre Schulter.

Der Wagen bog in ihre Straße ein. Die Fassaden der Backsteinhäuser waren gesprenkelt vom Schnee; aus den Rauchfängen quollen ätzende schwarze Wolken, das Lampenlicht fiel auf das eisige schmutzige Pflaster. Es dämmerte bereits, und ein geisterhaft blasser Mond erschien hinter dem rötlichen Dunst.

»Da sind wir«, sagte Francis und klopfte Ellen auf die Schulter. Er merkte nicht, wie sie zusammenzuckte. Die Wagentür wurde geöffnet, und Francis wollte ihr hinaus helfen. Aber sie blieb sitzen und starrte auf ihr Haus, nackte Angst stand auf ihrem leichenblassen Gesicht.

»Aber, aber, Ellen«, sagte Francis tadelnd, »wir müssen vernünftig sein, nicht wahr?« Er nahm ihren Arm und wollte sie zur Tür schieben.

»Lassen Sie ihr eine Minute Zeit«, bat Miß Evans, »sie muß sich erst sammeln. Ich weiß, was in ihr vorgeht, Mr. Porter.«

»So, das wissen Sie?« fragte Francis schneidend und ergriff Ellens Arm, um sie hinauszuziehen. Sie aber stieß einen unmenschlichen Schrei aus und wehrte sich verzweifelt.

»Bitte – Mrs. Porter ist meine Patientin!« rief Miß Evans und beugte sich liebevoll über sie: »Sie müssen sich zusammennehmen, Mrs. Porter, so schwer es Ihnen fällt. Ja, es ist entsetzlich hart, aber es muß geschehen, und Sie werden es auch schaffen, Sie sind eine tapfere Frau, das weiß ich.«

Francis wollte die Pflegerin zurechtweisen, aber zu seinem Mißvergnügen sah er, daß Ellen ihr verzagt zunickte und sich bemühte aufzustehen. Steif rückte Francis zur Seite und überließ es der Pflegerin, der Kranken aus dem Wagen zu hefen. Ellen taumelte, als sie auf dem Gehsteig stand, aber Miß Evans hielt sie fest und führte sie über die braunen, glatten Stufen, während Francis wütend knapp hinter ihnen herstapfte. Die Haustür öffnete sich, und Cuthbert, gealtert und mit Tränen in den matten Augen, stand auf der Schwelle, um sie zu begrüßen: »Willkommen daheim, Madam. Willkommen daheim.«

Ellen schaute ihn an und brachte kein Wort heraus, aber er wußte, daß sie ihn erkannt hatte. Er half Miß Evans, die Herrin in den Vorraum und dann in die Halle zu bringen, die durch einen elektrischen Kronleuchter gedämpft erhellt war. Aus dem Nebenzimmer ertönten Stimmen, die sich näherten, während Miß Evans Ellen aus dem Mantel half, und dann traten sie ein: Kitty Wilder, Maud und Charles Godfrey, Christian und Gabriele. Ellen schaute sie an, und wieder schien sie zu schwanken, ein Schauer lief ihr über den Rücken. Sie blickte auf die Stelle, wo sie lautlos niedergesunken war, als sie die Nachricht von Jeremys Tod erhalten hatte. Sie beugte das Haupt, wie hypnotisiert starrte sie hin, wie in ein frisches, offenes Grab.

Kitty, jetzt in den Vierzigern, gealtert und vielleicht noch magerer als früher, dachte bitter: Oh, du armer Narr, du hirnloses Geschöpf, du warst ja gar nicht fähig, ihn zu lieben! Was weißt du von Schmerz und Verzweiflung? Hast du ihn geliebt, wie ich ihn geliebt habe, du mit deinem leeren Gesicht? Nein, du hast dich in deine Narrheit geflüchtet, du warst einfach krank, hast dich in einem Sanatorium päppeln und verwöhnen lassen, während ich draußen war und vor Kummer fast gestorben bin! Mich, mich hat er geliebt, nicht dich!

Ihre großen weißen Zähne leuchteten aus dem hageren Gesicht. Kitty kam auf Ellen zu, umarmte sie und murmelte: »Liebes, Liebes, wie wundervoll, daß du endlich daheim bist! Du hast dich so gut erholt!« Ihre dünnen Arme in der schwarzen Seide schlossen sich um ihren Hals.

Maud und Charles traten näher. Maud hielt Ellens eisige Hand fest, ohne ein Wort zu sagen, und Charles stand neben ihr. Das arme, arme Ding, dachte er. Ich wollte, ich hätte diesem arroganten Kerl nicht nachgegeben, der sie unbedingt allein abholen wollte!

Dann kam Christian, feierlich, elegant in seinen schwarzen Knickerbokkers, dem schwarzen Jackett und der Krawatte; das rote Haar leuchtete wie Feuer über seinem gesunden Bubengesicht. Auch Gabriele kam, in einem rosa Wollrock, in den schwarzen Locken eine große rosa Masche, das kleine Gesicht mit dem dunklen Teint, dem spitzen Kinn und die schwarzen Augenbrauen in ernste Falten gelegt, wie es dem Anlaß entsprach.

»Willkommen daheim, Mama«, sagte Christian, und Gabriele wiederholte es wie ein Echo. Ihr Benehmen war tadellos und voll Würde. Ellen schaute sie an, lange, lange. Sie traten noch näher, um den Begrüßungskuß zu empfangen, Kitty stand daneben und ebenso Maud.

Da aber erwachten Ellens matte Augen zum Leben, zu namenlosem Entsetzen, zu namenloser Qual. Ehe jemand sie halten konnte, rannte sie zur Treppe und die Stufen hinauf: »Jeremy, o Jeremy, wo bist du?«

Sie stolperte über ihren Rock und wäre hingefallen, wären ihr Miß Evans und Maud nicht beigesprungen und hätten sie aufgefangen. Sie führten sie hinauf in ihr Zimmer, und ihr Jammern verklang erst, als sich die Tür hinter ihr geschlossen hatte.

»Nein«, sagte Francis zu Charles Godfrey und Kitty, die betroffen neben ihm standen, »nein, das habe ich nicht erwartet. Ich habe sie für ... geheilt gehalten. Es ist furchtbar.«

»Ja«, nickte Charles.

»Sie hat kein Wort zu ihren Kindern gesprochen, die sie sehnsüchtig erwartet haben«, tadelte Francis. »Das nenne ich kaum mütterlich.«

Charles warf ihm einen sonderbaren Blick zu. Aber er sagte nur: »Es wird geraume Zeit brauchen. Jeremy war Ellens ganzes Glück, ihr einziger Lebensinhalt.«

Kitty seufzte. Sie blickte zu den Kindern, deren Gesichter unbeteiligt blieben. »Ihr armen Kleinen! So enttäuscht zu werden!«

Jetzt brach Gabriele in Schluchzen aus und lief in Kittys Arme; Christian hingegen blieb beherrscht. »Vielleicht sollte Mama in das Sanatorium zurückkehren«, sagte er zu Kitty.

»Meiner Ansicht nach hätte sie es niemals verlassen dürfen«, antwortete Kitty und legte den Arm um die Schultern des Knaben. »Aber wir müssen tapfer sein, nicht wahr?«

Charles blickte spöttisch auf die rührende Gruppe unter dem Kronleuchter, Francis hingegen war offensichtlich bewegt:

»Sehr traurig. Sehr aufregend für die Kinder. Warum hat sie sich nicht beherrscht? Schließlich liegt es zwei Jahre zurück.«

»Ich habe gehört, daß sich Schmerz nicht in ein festes Schema pressen läßt«, sagte Charles kalt, drehte sich auf dem Absatz um und ging hinüber in die Bibliothek.

Kitty tröstete die Kinder: »Nun, meine Lieben, ihr müßt Verständnis zeigen. Mama hat keinen sehr ... sehr starken Charakter, das wißt ihr. Sie ist eben labil. Sie hat in ihrer Kindheit nicht die Erziehung genossen wie ihr und nicht Disziplin gelernt ... Seid nachsichtig mit ihr.«

Francis hatte niemals Sympathien für Kitty, die magere Katze mit den Jettaugen und der spitzen Zunge, gehegt. Jetzt aber stimmte er ihr völlig zu.

»Mrs. Wilder hat recht, Kinder. Eurer Mutter fehlt die Kinderstube, die Schule, die Selbstbeherrschung, die man euch eingeimpft hat. Wie Mrs. Wilder sagt: Seid nachsichtig.«

Ellens Arzt war gerufen worden und hatte ihr ein starkes Schlafmittel gegeben. Er sah sofort, daß die Pflegerin tüchtig war, und das beruhigte ihn. »Ich werde Ihnen jemand schicken, der Sie stundenweise vertritt, sonst wird es zuviel für Sie«, erklärte er.

Miß Evans aber schüttelte den Kopf: »Ich habe Mrs. Porter in den letzten Monaten praktisch allein gepflegt, sie kennt mich und vertraut mir. Eine fremde Person könnte sie erschrecken und ihr schaden.«

Ellen lag in dem Bett, in dem sie lange Jahre mit Jeremy geschlafen hatte. Maud saß neben ihr, sie hatte sie mit Hilfe der Schwester ausgekleidet und war entsetzt, wie mager sie geworden war, wie schlaff und durchscheinend ihre Haut. Tränen des Mitleids traten ihr in die Augen, während sie sanft das lange, leuchtend rote Haar streichelte, das sich über das Kissen ausbreitete.

»Sie wird ganz gesund werden«, sagte die Pflegerin, während sie Ellens Tasche auspackte. »Die ersten Anzeichen der Genesung sind schon da. Sie weint nicht mehr im Schlaf, sie findet sich ab.«

»Gut, daß Sie bei ihr sind, Miß Evans.« Die Pflegerin freute sich über das Lob. Was für eine nette, hübsche Frau!

»Es wird freilich seine Zeit brauchen, Mrs. Godfrey, aber man darf den Mut nicht verlieren. Ich habe so darauf gewartet, daß sie aus ihrer Apathie erwacht, daß sie weint, daß sie jammert. Es ist früher gekommen, als ich hoffte.« Nach einem kurzen Zögern fuhr sie fort: »Die Kinder ... Sehr glücklich scheinen sie nicht über die Heimkehr der Mutter zu sein.«

Maud senkte die Augen. »Sie haben recht«, murmelte sie nach einer Weile, »sie sind anders. Mrs. Wilder steht ihnen näher als die Mutter, glaube ich. Mrs. Porter hat sehr wenig Freunde, Miß Evans. Eigentlich nur einen — und der ist ihr gestorben: ihr Mann.«

Die beiden Frauen sahen einander an, sie verstanden sich. »Aber Mrs. Porter hat Sie, Madam.«

Maud blickte zur Seite: »Das hat sie niemals recht begriffen, fürchte ich. Wir müssen ihr helfen, so gut wir können.«

Sie schauten hinunter auf die Schlafende, und Maud war es, als sähe sie friedlicher aus als zuvor. Sie freute sich darüber.

Es wurde Weihnachtsabend. Nach dem Essen schmückten Maud, Charles und die Kinder den Baum, der trotz seiner Pracht in Mauds Augen sinnlos und vergebens schien. Er stand im Salon, glitzernd im Kerzenschein, behangen mit Lametta, bunten Kugeln und feinem Glasschmuck, mit einem Stern oben auf der Spitze. Trotzdem, wie sinnlos!

Maud dachte an den schrecklichen Krieg in Europa, an die Menschen in den Schützengräben, die im Feuer der Granaten starben. Gott, sei gnädig, dachte sie; lieber Gott, wenn es dich gibt, sei gnädig.

Die Weihnachtsglocken läuteten fröhlich von den Türmen durch die schwarze Nacht, die Kirchentore öffneten sich, und die Leute stiegen in ihre Wagen, um zur Christmette in die lichterstrahlenden Gotteshäuser zu fahren. Ihr Rufen und Lachen tönte in den Straßen wieder.

Gott, sei gnädig, dachte Maud. Das ist alles, was wir dich bitten können: Gnade. Wir verdienen sie nicht, aber schenke sie uns.

Eine Gruppe von Weihnachtssängern zog durch die verschneite Straße:

»Das ist die schöne, die fröhliche Zeit ...
Tralala ... tralala ...!«

XXIX

Es war ein ausnehmend kalter Tag mit Schneestürmen und Eisschauern, als Francis Charles Godfreys Büro betrat. Die beiden grundverschiedenen Männer hatten sich niemals leiden können, und auch jetzt grüßte Charles seinen Gast mit kühler Höflichkeit und schüttelte nur kurz seine Hand, während ihn seine scharfen grauen Augen neugierig musterten. Unglaublich, daß dieser Mann ein Blutsverwandter Jeremy Porters war, dieses Inbild von Vitalität und Lebensklugheit! Er bot ihm Platz beim Kamin an.

»Ein scheußlicher Tag«, bemerkte er. »Was darf ich Ihnen bringen, Francis? Brandy? Oder einen Scotch?«

»Ich trinke keinen Alkohol«, war die steife Antwort, die unausgesprochen Charles als Trunkenbold brandmarkte. Charles ging zur Hausbar und genehmigte sich einen Whisky-Soda. Dann setzte er sich langsam nieder und wartete. Was will er von mir? dachte er. Francis saß kerzengerade im Stuhl, die mageren weißen Hände auf den Armlehnen, streng und abweisend, der Zwicker glitzerte im Schein des Feuers und der Lampe; sein Mund war ein schmaler Strich in dem bleichen Gesicht, das immer einen beleidigten Ausdruck trug. Möchte wissen, ob er jemals eine Freundin hatte, dachte Charles, ich bezweifle es. Keine Frau könnte einen solchen Mann im Bett ertragen, er hat kein Blut, kein wirkliches Leben, er täuscht nur Leben vor, er ist ein Hysteriker.

»Ich will Ihre Zeit nicht ungebührlich in Anspruch nehmen, Charles«, begann er mit seiner farblosen Stimme, in der trotzdem stets ein drohender Unterton mitschwang. Charles neigte das Haupt und wartete höflich. »Ich weiß, wie beschäftigt ein Anwalt ist.«

Und dann, mit einem mißgünstigen Blick auf den Luxus der Kanzlei mit den echten Teppichen, den schweren Draperien und den schönen Gemälden: »Sie sind der Vormund der Kinder meines verstorbenen Vetters. Sie und Ihre Kanzlei sind Testamentsvollstrecker und verwalten sein Vermögen.«

»Stimmt«, bestätigte Charles, und ein Funken Interesse blitzte in seinen Augen auf. »Ihr verstorbener Vater war ebenfalls Kurator und wäre es heute noch, wenn er lebte.«

»Jeremy hätte auch mich einsetzen sollen«, sagte Francis und warf Charles einen Blick zu, als trüge er Schuld an diesem Versäumnis. Charles schwieg und wartete.

»Ich bin nicht hier, um mich über die Verwaltung von Jeremys Vermögen mit Ihnen zu unterhalten«, fuhr Francis fort. »Aber ich bin immerhin befugt, Ihnen gewisse Ratschläge zu erteilen; schließlich bin ich der einzige Blutsverwandte der Kinder bis auf ihre Großeltern Porter. Ihr Wohlergehen liegt mir natürlich am Herzen. Die Mutter ist nicht in der Lage zu entscheiden, was das beste für sie, für ihre Zukunft ist, sie ist auch außerstande, Verfügungen für den Fall ihres eigenen Ablebens zu treffen. Das konnten Sie zweifellos selbst feststellen.«

»Ellen ist eine Frau ohne Erfahrung auf diesem Gebiet, das gebe ich zu. Es gibt nicht viele Frauen, die sich in der Verwaltung eines Vermögens auskennen, und das gereicht ihnen sehr häufig zum Nachteil. Aber wir bemühen uns, für Ellen und die Kinder zu sorgen, wie es Pflicht eines Kurators ist. Einen beträchtlichen Teil des Vermögens haben wir in Rüstungspapieren angelegt – obwohl ich es mit meinem Gewissen nur schwer vereinen kann.«

Francis wurde plötzlich lebendig: »Sie wissen also, daß es bald Krieg mit Deutschland geben wird?«

»Nein. Ich hoffe es auch nicht. Es wäre ein Unheil für Amerika und für die ganze Welt. Wenn wir uns nicht in den letzten beiden Jahren eingeschaltet und ständig entgegen allem internationalen Recht Waffen nach England geliefert hätten, wäre der Krieg in Europa längst vorbei. Aber wir haben die Gesetze der Neutralität sträflich verletzt. War es nicht Wilson, der dem König von England und dem Kaiser praktisch verbot, sich zu Friedensverhandlungen zu treffen? Ja. Und hat er nicht öffentlich erklärt, daß er es sein wird, der diesen Krieg beendet? Etwas ungewöhnlich für einen neutralen amerikanischen Präsidenten, nicht? Man fragt sich, wer ihn dazu veranlaßt hat.« Er schaute Francis gerade ins Gesicht.

Der aber blickte angelegentlich ins Kaminfeuer. Sein Zwicker funkelte. »Sie vergessen die Lusitania.«

»Nein, ich vergesse sie nicht. Wer hat aber die amerikanischen Touristen veranlaßt, ein britisches Schiff voll mit Konterbande zu benützen, trotz der Vorstellungen der deutschen Botschaft? Ja, militärische Konterbande für England! Gegen jedes Neutralitätsgesetz. Es ist nur eine Vermutung, natürlich, aber wer ist es denn, der Amerika dazu treibt, sich in ausländische Angelegenheiten einzumischen, entgegen unserer Tradition, entgegen unseren Grundgesetzen? Zum Nutzen welchen Staates? Ich glaube nicht – und Jerry war der gleichen Meinung – daß es zum Nutzen Englands oder Deutschlands geschieht.«

Francis lächelte herablassend: »Es tut mir leid, Charles, aber Sie sind der gleiche Phantast wie mein Vetter. Ich kenne den Präsidenten persönlich, ich habe oft im Weißen Haus mit ihm diniert. Er wünscht nichts sehnlicher als einen dauerhaften Frieden.«

»So sehnlich, daß er dem englischen König und dem deutschen Kaiser verbietet, sich zu Friedensverhandlungen zusammenzusetzen?«

»Er hat ausgezeichnete Ratgeber, die wissen bestimmt, was sie tun.«

»Oh, davon bin ich überzeugt!« rief Charles.

»Sie kennen die Machtgier des Kaisers und die Grausamkeit der Deutschen genau...«

»Und zweifellos auch die Grausamkeiten der Alliierten, die dasselbe und noch Ärgeres getrieben haben. Was die Machtgier betrifft – ich habe noch niemanden gekannt, der ohne gefährliche Ambitionen wäre!«

Francis fuhr auf, drehte sich zu Charles, der ihn kalt betrachtete. »Hirngespinste«, murmelte er. »Wem sollte das alles nützen?«

»Ich habe so meine Vermutungen«, antwortete Charles, stand auf und füllte sich sein Glas. Sein sonst so ruhiges Herz schlug heftig gegen die Rippen. Er war voll Haß und Wut: »Millionen von uns bemühen sich mit allen Kräften, Amerika aus dem Krieg herauszuhalten. Ob wir durchdringen oder nicht, steht in den Sternen. Ich fürchte, wir haben nicht genügend Einfluß.« Und dann, eiskalt: »Aber wir sprachen von Jeremys Vermögen?«

»Ja.« Große rote Flecken standen auf Francis' bleichen Wangen. »Ich muß etliche Extravaganzen in der Haushaltsführung der Porters feststellen, die man meines Erachtens streichen sollte, im Interesse des Vermögens der Kinder.«

»Und zwar?«

»Das große Haus in Long Island, die vielen Angestellten in New York: ein Butler, eine Köchin, drei Stubenmädchen und ein Handlanger. Das nenne ich Geldverschwendung, Protzentum. Stimmt, Ellen braucht eine gewisse Pflege, aber wozu eine diplomierte Krankenschwester? Eines der Hausmädchen würde genügen. Ellen ist schließlich keine Schwerkranke. Und dann dieses Internat in Groton, sündteuer und aufwendig, für den Jungen. Eine öffentliche Schule in New York täte es auch, ebenso wie für Gabriele. In unserer Zeit protzt man nicht mit dem Geld und man wirft es auch nicht zum Fenster hinaus. Man stellt den Reichtum nicht zur Schau, das ist provozierend...«

»Wen provoziert es?«

»Das amerikanische Volk. Die Zeiten haben sich geändert.«

»Ah!«

»Ich verstehe Sie nicht, Charles. Sie werden allgemein für einen klugen Vermögensverwalter gehalten.«

»Lassen Sie mich die Dinge klarstellen, Francis. Jeremy war ein reicher Mann, sein Nachlaß ist beträchtlich. Seine Familie lebt auf einem Standard, wie er ihn für sie wünschte. Die Hausangestellten sind gut bezahlt. Was geschieht mit ihnen, wenn sie ihre Posten verlieren?«

»Sie könnten wertvolle Arbeit auf andern Gebieten leisten.«

»In den Fabriken zum Beispiel, nicht wahr, oder in der Landwirtschaft? Wer weiß, ob sie sich das wünschen.«

»Bestimmt, wenn man sie schult und ihnen beibringt, daß diese Tätigkeit höher einzuschätzen ist als ihre frühere Beschäftigung. Was sie jetzt tun, ist – genau genommen – erniedrigend, setzt sie herab und hat keine soziale Bedeutung ...«

Charles lachte kurz auf: »Es gibt keine ehrliche Arbeit, die erniedrigt oder herabsetzt.«

»Doch, gewisse Arbeiten schon. Eine Frau, die gezwungen ist, das schmutzige Geschirr ihrer reichen Herrschaft abzuwaschen, wäre in einer Fabrik auf einer höheren Stufe der sozialen Leiter. Es wäre menschenwürdiger.«

»Warum fragen Sie Ellens Personal nicht selbst, was es wünscht?«

Francis lief rot an. »Das Volk erkennt nicht, was zu seinem Besten ist. Man muß es lenken und schulen, in seinem eigenen Interesse und zum Wohl des Staates.«

»Welchen Staates?« fragte Charles. »Und welcher Regierungsform?«

Francis verkrampfte die Hände in den Armlehnen des Stuhls: »Sie sprechen in Rätseln.«

»Nun, Francis, wir wissen beide, daß ich nicht in Rätseln spreche, versuchen Sie nicht, mir etwas vorzumachen. Nebenbei: Was verstehen Sie unter ›sozialer Bedeutung‹?«

»Wer für das allgemeine Wohl arbeitet, hat soziale Bedeutung, natürlich.«

»Das ist gegen die menschliche Natur und gegen die gesunde Vernunft. Wenn ein Mann anständig für sich selbst arbeitet, dann hat jeder andere auch seinen Nutzen davon. Zwingt man ihn aber, für andere zu schaffen, dann raubt man ihm die persönliche Freiheit, die Individualität und schränkt seine Leistungen ein. Eine solche Tätigkeit ist nichts als verkappte Fron. Meines Wissens aber ist die Sklaverei bei uns abgeschafft. Wir sind eine große, blühende und freie Nation, und das nur dank der zahllosen Menschen, die für sich selbst und im gesunden Wettbewerb arbeiten; sie eifern sich gegenseitig an und erhöhen dadurch ihre Leistungen. Wettbewerb ist der Motor, der allgemeinen Wohlstand erzeugt. Ich dächte, das müßte Ihnen klar sein? Oder wollen Sie am Ende den Wohlstand abschaffen?« Charles lächelte spöttisch.

Francis antwortete nicht, und Charles bohrte weiter: »Wie können Sie behaupten, das Volk wisse nicht, was ihm guttut?«

»Die Geschichte hat es bewiesen.«

»Im Gegenteil, die Geschichte hat gerade am Beispiel Amerikas bewiesen, daß ein Volk sehr wohl weiß, was ihm guttut, und deshalb mißtraut es den Politikern und ihren Einbläsern. Ich hoffe zu Gott, daß dieses Mißtrauen niemals erlischt.«

Das fleischlose Gesicht Francis' sah plötzlich gehässig aus.

Aber Charles redete weiter; »Sie bilden sich also ein, daß Sie wissen, was dem Volk am besten taugt?«

»Ich habe studiert, ich bin Soziologe und mit den Regierungsgeschäften vertraut. Die Masse ist unwissend, beschränkt und dumpf.«

Charles lachte: »Erzählen Sie das einmal Ihren Wählern!«

»Meine Wähler gehören nicht der Masse an!« zischte Francis, weiß vor Zorn.

Charles nickte: »Das weiß ich. Darin eben liegt die Gefahr. Im übrigen kommen wir vom Hundertsten ins Tausendste, obwohl wir uns anscheinend verstehen ... Als Verwalter von Jeremys Vermögen und Vollstrecker seines Letzten Willens weigere ich mich, das, was Sie ›Extravaganzen‹ nennen, abzuschaffen.«

»Ich protestiere! In unserer Zeit müssen wir alle klug und bescheiden auftreten, und nicht verschwenderisch.«

»Kurz, die Zeit der grauen Einförmigkeit, der Gleichmacherei und der Moralheuchelei ist gekommen.« Charles schaute auf seine Uhr: »Es tut mir leid, aber ich erwarte in wenigen Minuten einen Klienten. Wann fahren Sie nach Washington zurück?«

»Bald. Man hat mir ein wichtiges Referat zur nächsten Amtseinsetzung des Präsidenten Wilson im März übertragen.«

Sie verabschiedeten sich förmlich und trennten sich. Charles zog eine Weile nachdenklich an seiner Pfeife, dann ging er zu seinem Schreibtisch und schaute auf den Kalender: 22. Januar 1917. Er ließ ein Gespräch nach Washington, mit einem befreundeten Senator, anmelden.

Der Angerufene meldete sich, aber er drückte sich sehr vorsichtig aus: »Der bewußte Gentleman« – er meinte den Präsidenten – »hat heute eine überaus aggressive Rede im Senat gehalten – nicht an den Senat, sondern an gewisse ... andere Nationen gerichtet, Sie verstehen mich. Ja, er war anmaßend genug, einen ›Frieden ohne Sieg‹ zu fordern. Er drohte mit den amerikanischen Streitkräften, wenn die ... Gegner nicht sofort seine Weisungen befolgen. Es solle kein ›Privatfrieden‹ sein, erklärte er. Amerika müsse den Konferenzen beigezogen werden, um die Bedingungen festzulegen.«

»Guter Gott«, stöhnte Charles.

»Wahrhaftig, Charles. Aber es kommt noch schlimmer. Er spricht im Befehlston wie ein Sieger. Wieder einmal hat er seine Lieblingsidee aufs Tapet gebracht, die Liga zur Festigung des Friedens, seine eigene Erfindung. Er verhält sich, als wären sowohl das britische Empire wie das deutsche Kaiserreich ungehorsame Kolonien der Vereinigten Staaten, kleine Vasallen, die sich den Geboten des Herrschers zu fügen haben. Sie können sich vorstellen, wie die beiden Länder das aufnehmen werden. Er spielt sich als Super-Friedensstifter auf, er ist der Zwingherr, er ganz allein. Seine Drohung – vor allem an Deutschland gerichtet – war nicht mißzuverstehen: Falls man seine Wünsche nicht erfüllt, bricht er die diplomatischen Beziehungen zu Deutschland ab, was natürlich England dazu veranlassen wird, den Krieg fortzusetzen.«

»Womit die Generallinie ihrer Politik befolgt ist«, sagte Charles grimmig. »Und wie war die Reaktion im Senat?«

»Volle Zustimmung von der Gruppe, die wir kennen, und Wut bei den andern, denen allmählich ein Licht aufgeht und die merken, was dahintersteckt. Aber unser großer Gentleman hat natürlich nicht die geringste Ahnung. Er ist nur ein Sprachrohr.«

»So schlittern wir also in den Krieg, den unser Volk nicht will.«

»Wie Sie richtig bemerkten: Das ist die Generallinie ihres Programms. Übrigens habe ich noch andere Neuigkeiten für Sie: Lenin ist in der Schweiz fieberhaft tätig; er schart seine marxistischen Genossen um sich. Sein nächstes Ziel ist Deutschland; sobald als möglich will er hin, und dort wird er bestimmten Leuten überaus willkommen sein. Wäre ich der Kaiser, ich ließe ihn hinrichten. Entsetzlich, wie diese Intellektuellen Wahrheit und Lüge vermischen und dadurch die Lüge glaubwürdig erscheinen lassen. Die New Yorker Bankiers finanzieren Lenin, wie Sie wissen.«

»Die Bankiers wieder werden von anderen, wesentlich mächtigeren Personen finanziert.«

Der Senator seufzte. »Wir können nur gegen den Kriegseintritt opponieren, das ist alles, aber ich fürchte, es wird vergebens sein. Er kommt auf uns zu, die Flut ist nicht aufzuhalten. Ich möchte keinen Tag jünger sein.«

»Ich auch nicht«, murmelte Charles. »Es scheint uns ja einiges bevorzustehen. Gott helfe dem amerikanischen Volk. Anderseits, vielleicht haben wir es mit unserer Gutmütigkeit, unserem sonnigen Optimismus und der Überzeugung, auf der besten aller Welten zu leben, nicht anders verdient. Wenn ich die Macht dazu hätte, würde ich die Optimisten zwingen, mit der Wirklichkeit in ihren schwärzesten Formen konfrontiert zu werden, aber das lehnen die Optimisten von vornherein ab. Sie stecken den Kopf in den Sand.«

Ganz gut, daß ich keine Söhne habe, dachte er dankbar und hängte ab.

Dieser Francis Porter! Er hatte jetzt viel Einfluß im Kongreß, hielt Reden über den monströsen Imperialismus des deutschen Reichs und über die lahme und feige Politik Amerikas, das Deutschland nicht anzugreifen wage. Francis Porter hatte derzeit eine starke Anhängerschaft.

Dann dachte Charles an Jeremy Porter, der hatte sterben müssen, weil er die Feinde des Staates und des Menschengeschlechts erkannt und angeprangert hatte. Ein kalter Schauer überlief ihn. Nein, es verlangte ihn nicht nach einem so schrecklichen, so sinnlosen Tod, wie ihn Jeremy erlitten hatte. Seufzend beugte er sich über den Schreibtisch zu seinen Akten, während es draußen dunkel wurde und der Sturm heftiger wütete.

Ellen kauerte vor dem Kamin in der Bibliothek; es war ein kalter Februartag mit schimmernd weißem Himmel und prickelnder Luft. Kitty saß neben ihr und widmete sich hingebungsvoll dem Tee und dem Backwerk, das Cuthbert serviert hatte. Kittys Appetit war enorm, sie konnte den ganzen Tag ungeheure Mengen hinunterschlingen und setzte doch kein Gramm Fett an. Anscheinend zehrte ihr hektischer Geist die Nahrung auf. Ihr dunkles, schon faltiges Gesicht, beugte sich über das Tablett, sie gluckste wollüstig und begutachtete jedes Stückchen wie eine verliebte Frau, und ihre spitzen Finger griffen wie Krallen danach. Die Jettaugen funkelten heißhungrig. »Hm, hm, gut«, schnurrte sie. »Wirklich, Ellen, Cuthbert ist zwar uralt, aber noch immer ein wunderbarer Zuckerbäcker; warum kostest du nicht?« Dabei schnappte sie schnell nach dem Stück, als fürchte sie, daß Ellen danach greifen könnte.

»Ich bin nicht hungrig«, sagte Ellen müde.

»Hm« — schon wieder war ein Bissen in dem unersättlichen Rachen verschwunden. Sie verdrehte die Augen wie in Ekstase. »Wäre es dir recht, wenn ich zum Abendessen bleibe, Liebes?«

Ellen nickte.

»Was steht bei Cuthbert und der Köchin auf der Speisekarte?«

»Ich weiß es nicht«, antwortete Ellen. Kitty blickte sie verächtlich an. Brot und Käse und ein Stück Schinken, dazu eine fade Tasse Tee, das hätte sie wahrscheinlich am liebsten! Aber sie sagte: »Du mußt dich zum Essen zwingen, damit du wieder zu Kräften kommst. Das bist du deinen Kindern schuldig. Was würde Jeremy dazu sagen? Du hast keinen Lebenswillen. Du machst mich ganz traurig, nimm dich doch zusammen!«

Ellen schwieg. Tränen stiegen ihr in die Augen, und der Schmerz faßte wie mit eiserner Zange nach ihrem Herzen. Ihr Blick fiel auf das große, fast leer gegessene Tablett, und einen Augenblick fand sie Kittys Freßsucht unappetitlich. Sofort rügte sie sich selbst wegen dieser häßlichen Anwandlung. »Warum läutest du nicht nach Cuthbert und fragst, was sie in der Küche vorbereiten? Du solltest dich mehr für deinen Haushalt interessieren.«

Ellen zog an der Klingelschnur, und Cuthbert trat ein: »Mrs. Wilder wüßte gern, was es zu essen gibt, Cuthbert.«

»Krabben, kalten Hummersalat, gedämpfte Forellen, Kalbsbraten mit Gemüse und Kartoffelcroquetten, Weißwein, Obst und eine Torte, Madam. Eine Wiener Torte, mit Aprikosenmarmelade, geschlagener Sahne und Schokoladeglasur.«

Kittys Augen funkelten, doch Ellen hatte apathisch zugehört. »Sehr gut, Cuthbert«, murmelte sie.

»In einer Stunde, Madam?«

Kitty trommelte neckisch auf ihren Magen und blitzte Cuthbert kokett an: »Sie wollen mich wohl aushungern?« lachte sie. Und als der Butler das Zimmer verlassen hatte: »Das Wetter ist schuld daran, weißt du. Ich könnte alles vertilgen, was ich sehe.«

Das merke ich, dachte Ellen und kam sich nicht sehr freundlich vor. Der Geruch der Speisen verursachte ihr Übelkeit, Kitty aber aß fröhlich weiter, bis die letzte Krume vom Tablett verschwunden war. Ihr glanzloses Haar war nicht mehr zu einem großen Chignon aufgesteckt wie in ihrer Jugend, sie trug es jetzt in riesigen Schnecken über die Ohren gelegt. »Ich möchte mir gerne einen Bubikopf schneiden lassen, wie Irene Castle. Findest du das extravagant?«

»Darüber habe ich niemals nachgedacht«, erwiderte Ellen. Sie wirkte blaß in ihrem dünnen schwarzen Wollkleid von Worth, das nur durch eine Perlenschnur, ein Geschenk Jeremys, aufgehellt war. Sonst trug sie keinen Schmuck außer dem Ehering. Kitty hingegen prunkte in rotem Samt, mit einem modernen Rock, der so eng die Fußgelenke umschloß, daß die Trägerin nur winzige Schritte machen konnte. In ihren Ohren funkelten Rubine, zu denen ihre Lippenschminke abgestimmt war. Spöttisch dachte sie: Woran denkst du überhaupt, du beschränktes Geschöpf?

»Kommen die Godfreys zum Abendessen?« fragte sie.

»Nein, die Kleine hat Grippe. Heute ist es schwer, Dienstboten zu bekommen, alles arbeitet in den Fabriken.«

Kitty seufzte glücklich: »Nun, die Wirtschaft floriert, wenn man einen Krieg vorbereitet! Bald wird es soweit sein.«

Zum erstenmal riß sich Ellen aus ihrer Lethargie: »Jeremy wußte, daß Krieg kommen würde. Er kämpfte mit allen Mitteln dagegen an — das ging nicht gut aus.«

»Gegen das Schicksal kannst du eben nichts ausrichten. Außerdem ist es unsere Pflicht, den Kaiser und alles, was er verkörpert, zu vernichten.« Und nach einer Weile: »Maud Godfrey ist mir zu sehr zuwider. Was ist einem Mann wie Charles nur eingefallen, einen Dienstboten zu heiraten?«

Ellens schmale Wangen färbten sich blutrot. »Sie war kein gewöhnlicher Dienstbote, Kitty, das weißt du genau. Sie war Erzieherin und aus gutem Haus. Eine Dame.«

Kitty zuckte die Achseln. »Meinetwegen. Aber ich hab' geglaubt, du magst sie nicht.«

»Ich ... Sie war mir wirklich nicht immer sympathisch, aber das ist nicht ihre Schuld. Irgend etwas an ihr störte mich ...«

»Verschlagen ist sie«, behauptete Kitty energisch. »Hausangestellte haben ein leeres Leben und deshalb kümmern sie sich um Angelegenheiten der Herrschaft und schnüffeln herum. Das ist ihr Lebensinhalt.« Sie warf Ellen einen boshaften Blick zu. Ellen hatte noch immer ihre Pflegerin, Miß Evans, und eine Zofe; trotzdem war ihr rotes Haar nicht mehr kunstvoll frisiert, fand Kitty, und niemals schminkte sie sich Wangen oder Lippen. Wie eine Leiche sieht sie aus, dachte Kitty befriedigt, und alt ist sie geworden. Warum verheimlicht sie ihr wahres Alter? Niemals glaube ich ihr ihre dreißig Jahre ...

Jochan Wilder, Kittys Gatte, arbeitete noch immer in der Kanzlei Godfreys, der ihn sehr schätzte, denn trotz seiner Sanftmut war er ein gewiegter Anwalt. Seine hübsche Freundin hatte ihm vor fünf Jahren einen Sohn geschenkt, auf den er sehr stolz war. Außerdem hatte er sich finanziell erholt und verdiente gut, was wieder Kitty sehr befriedigte.

Sie fand, daß es Zeit war, das Thema zu wechseln: »Du hast Glück, Ellen, daß sich Francis Porter deiner annimmt. Du bist ihm hoffentlich dankbar dafür.«

»Doch, doch«, antwortete Ellen, »er ist sehr aufmerksam und verträgt sich auch gut mit den Kindern. Wenn er in der Stadt ist, besucht er uns häufig, das ist mir ein großer Trost.« Etwas unsicher fügte sie hinzu: »Aber er will durchaus, daß ich Christian und Gabriele in öffentliche Schulen gebe. Jeremy hätte das nie geduldet.«

»Er will dir eben sparen helfen, und das ist nicht übel.«

»Charles meint, daß ich nicht zu sparen brauche. Er erledigt alles im Sinn meines Mannes.«

Kitty und Francis hielten Kontakt. Man konnte nie wissen! Francis war schließlich eine Persönlichkeit des öffentlichen Lebens, und die Tatsache, daß Jochan ihn ablehnte, zählte nicht. Man mußte einflußreichen Leuten schmeicheln, das verstand Jochan nicht.

Seit ein paar Monaten machte sich Kitty ihre Gedanken über Francis. Er war reich, er hatte eine großartige Stellung; man las seinen Namen häufig in den New Yorker Zeitungen, obwohl ihn die Times etwas lächerlich fand, was sie allerdings geschickt umschrieb. Man munkelte, daß ihn seine Partei für den Senat vorschlagen würde. Und dann: er war Junggeselle, die Gesellschafts-Rubriken der Zeitungen hielten ihn für eine gute Partie. Kitty fand ihn zwar äußerlich durchaus nicht anziehend, trotzdem aber umgaukelte sie ihn und warf listig ihre Köder aus, allerdings ohne jeden Erfolg. Woraufhin sie sich gewisse Gedanken über seine Männlichkeit machte, denn sie kannte die dunklen Flecken der menschlichen Seele. Sie attackierte ihn nun in anderer Richtung, tat, als teile sie seine politischen Ansichten, seine Ideale und seine Ideen. Wenn er redete, stimmte sie ihm eifrig zu, obwohl sie sich oft dabei ein Lächeln verbiß, sie sprühte vor Begeisterung, wenn er Begeisterung zeigte; sie grollte, wo er grollte, sie verdammte, was er verdammte. Sie behauptete, immer eine Frauenrechtlerin gewesen zu sein. Allmählich erwärmte er sich für sie, soweit das bei ihm überhaupt möglich war. Eine Dame mit Intellekt war eine seltene Erscheinung.

Als Francis bei einem Dinner, das Jochan und Kitty für ihn gegeben hatten, erklärte, Amerika müsse sofort zu den Waffen greifen und den Alliierten zu Hilfe eilen, sahen ihn die meisten Gäste, eingeschlossen der liebenswürdige Gastgeber, kalt und abweisend an. Kitty aber hob kriegerisch den Kopf und erklärte:

»Francis kennt die Einstellung Washingtons, er hat Zutritt zu Besprechungen, die uns verschlossen sind; er besetzt einen wichtigen Posten und ist selbst eine Führernatur. Wir anderen wissen nur, was wir aus der Presse erfahren, und das ist mit Vorsicht zu genießen. Aber Francis weiß, was er weiß, deshalb sind seine Ansichten fundiert. Uns bleiben die Quellen verborgen, aus denen er seine Kenntnisse schöpft.«

Jochan, der sonst nie durch Sarkasmus oder Bitterkeit auffiel, sagte: »Vielleicht ist gerade das ein Unglück.« Seine Augen funkelten Francis gefährlich an. Kitty heuchelte reuiges Nachgeben, obwohl die Gäste belustigt lächelten. Francis selbst war nicht belustigt, aber voll Dankbarkeit registrierte er Kittys gläubigen Blick. Von nun an fühlte er sich stets in der Nähe eines verstehenden Freundes, wenn er mit ihr beisammen war. Mit der Zeit überlegte Kitty, ob sie ihn nicht heiraten sollte – warum eigentlich nicht? Eine Scheidung bedeutete keinen Skandal mehr wie in ihrer Jugend, und mit Jochan war sie längst fertig; sie wußte auch, daß er eine Freundin und einen Sohn hatte.

Im Anfang hatte sie allerdings nur höhnisch gelacht, wenn Jochan die Scheidung vorschlug, denn es machte ihr Spaß, ihn zu quälen. Schwierig würde es sein, sinnierte sie, Francis in ihr Bett zu locken, denn er war der Typ des strengen, freudlosen Puritaners. Sie vermutete sogar, daß er noch nie mit einer Frau geschlafen hatte. Aber Heirat? Es war sicher leichter, ihn zur Heirat, als zu einem Verhältnis zu verführen. Ehe, das war etwas Heiliges, etwas Weihevolles für einen Mann wie ihn, oder zumindest etwas »Reines«. Sie war schon längst draufgekommen, daß die »Reformer« keine Vollblutmänner waren, sondern schulmeisterliche Pedanten, zimperliche, anmaßende, eiskalte Gesellen, die ihre weibische Art hinter ihrem rücksichtslosen Auftreten, ihren Haßgesängen verbargen. Sie besaßen zwar die angeborene Brutalität des Puritaners, aber die war psychisch und nicht physisch, obwohl Kitty nicht bezweifelte, daß sie notfalls ihre Ideen auch mit Zwang und Mord durchzusetzen imstande waren, und das ohne das geringste Schuldgefühl, eben in der felsenfesten Überzeugung, das Richtige zu tun. Dem Herzen nach waren sie Sadisten, und ihre Exzesse – wenn es je dazu kam – waren niemals Exzesse der Freude oder der Lust, sondern Ausschreitungen des Hasses und der Menschenverachtung.

Trotzdem kam Kitty von dem Heiratsgedanken nicht los. Gattin eines Senators! Vielleicht sogar einmal First Lady! Immer häufiger deutete sie an, welche Verbindungen zu Politikern sie selbst besaß, erzählte von ihren Verehrern in Washington und von den Einladungen ins Weiße Haus. Francis lauschte ihr interessiert, ja, er schmeichelte ihr, wenn auch nicht ihren weiblichen Reizen, so doch ihrer Klugheit und ihrer Gewandtheit. Einmal hatte er sie sogar eine »charmante Dame« genannt, wobei er allerdings errötet war, als hätte er etwas Unanständiges verlauten lassen.

Eines ahnte Kitty freilich nicht: daß Francis Ellen liebte und sie heiraten wollte. Diese Ahnungslosigkeit war ihr nicht zu verargen, denn er sprach immer tadelnd und abfällig von Ellen. Sie hätte eigentlich selbst einen Vormund gebraucht, meinte er, sie wäre so unerfahren im praktischen Leben, so naiv, sie hätte keine echte Bildung und ihr Verstand lasse zu wünschen übrig. Sie hatte eben Führung nötig! Wenn Ellen einmal eine Meinung äußerte, dann war er nicht damit einverstanden. Er dankte Kitty, daß sie sich des »armen, jungen Dings« annahm und bat sie, Ellen niemals im Stich zu lassen. Ihr Einfluß könne nur von Nutzen sein, erklärte er, denn trotz der vielen Hauslehrer und anderer Möglichkeiten, die Ellen jahrelang gehabt hatte, besitze sie keinen geformten Geist. Kitty hatte bescheiden zu Boden geblickt: »Ich versuche es, Francis, ich versuche es wirklich. Aber manchmal ...« Er verstand sie und strich ihr tröstend über den Arm.

Seine männlichen Fähigkeiten bezweifelte sie allerdings. Neben einem Eiszapfen werde ich liegen, dachte sie und lachte. Tut nichts! Man wird es ertragen, und schließlich gab's immer noch andere Männer. Sie konnte sich nicht vorstellen, daß Francis echter Leidenschaft fähig war, denn er ging nie aus sich heraus, alle seine Gefühle blieben für Ellen bewahrt. So bildete Francis das große Gesprächsthema für Kitty, während sie sich an Cuthberts ausgezeichneter Küche erfreute.

»Du solltest dich mehr nach Francis richten, er hat nur dein Bestes im Sinn.«

»Ja, er hat sich immer um mich gesorgt. Aber warum sollen die Kinder in eine öffentliche Schule gehen?«

»Das ist demokratisch«, erklärte Kitty salbungsvoll, wobei sie heimlich lächelte.

Zum erstenmal lachte auch Ellen: »Jeremy glaubte nicht an Demokratie. Er hielt sie für eine Heuchelei der Reichen und eine Falle für die Armen. Oft nannte er die Demokratie ein Prokrustes-Bett.«

»Was soll das heißen?« fragte Kitty gereizt. Wie gebildet sie tut!

»Der selige Prokrustes hat seine Opfer in sein Bett gelegt, und wenn sie zu lang waren, dann wurden ihnen einfach der Kopf oder die Füße abgeschnitten.«

»Wie unzivilisiert!« rief Kitty mit geschürzten Lippen.

»Ja, und dasselbe behauptete Jeremy eben von der Demokratie.« Ellen lächelte wieder. »In mancher Beziehung war Jerry ein Monarchist. Republiken können nicht ewig bestehen, meinte er, sie wandeln sich zu Demokratien und arten dann in Despotien aus.«

»Wie unamerikanisch!« sagte Kitty scharf.

»Nein, Jerry war nur ein Realist, und manche hielten ihn für einen gefährlichen Realisten. Deshalb mußte er wohl sterben.« Ihre Augen füllten sich mit Tränen, langsam flossen sie die Wangen herab, ohne daß es ihr bewußt war. Sie schaute ins Weite und schien Kitty völlig vergessen zu haben.

»Und wie, wenn ich fragen darf, stellte er sich einen idealen Staat vor?« fragte Kitty spöttisch.

»Einen idealen Staat hielt er nicht für möglich, weil die Menschen nie und nimmer ideal sein werden. Das beste, was man tun könnte, meinte er, wäre, der Verfassung treu zu bleiben und jeden auszuschalten, der sie verletze.«

Kitty biß sich auf die Lippen.

Francis schalt die Verfassung stets einen Feind der Masse und ein Hindernis für die wahre Gerechtigkeit – aber, ach, sie wußte ja, daß er ein verblendeter Narr war! Trotzdem: er war reich und mächtig, und dafür konnte man seine Verschrobenheiten schon in Kauf nehmen.

»Francis ist ein brillanter Mann«, sagte sie energisch.

Ellen wetzte in ihrem Stuhl. »Wahrscheinlich«, sagte sie tonlos. »Aber ich bin eine Frau und interessiere mich nicht besonders für Politik. Sie ist eine Sache für Männer, nicht für Frauen.«

Kitty schaute sie neugierig an: »Wofür lebst du eigentlich, Ellen, wenn du für nichts Interesse hast?«

»Ich lebe für Jeremys Kinder.«

Die dich verachten, dachte Kitty. Warum sollten sie es auch nicht? »Sehr löblich«, nickte sie. »Aber du mußt auch ein eigenes Leben haben, Ellen.«

Ellen schaute sie an, und ihre Augen waren blind vor Schmerz.

»Mein Leben ging mit Jeremy zu Ende.«

»Nun, das ...« begann Kitty.

Aber Ellen sprang plötzlich mit gequältem Gesicht auf. »Ich kann nicht ... verzeih mir, Kitty ... Ich halte es nicht aus ... Verzeih mir ...«

Sie preßte die Hände auf den Mund und rannte hinaus.

Kitty verfolgte sie mit den Blicken. Ein Benehmen – unmöglich! Aber was konnte man schon erwarten!

Allein geblieben, widmete sich Kitty der köstlichen Wiener Torte und ihren Gedanken an Francis Porter.

Oben warf sich Ellen auf das Bett, drückte eine alte Jacke von Jeremy an sich, stumm vor Schmerz und Verzweiflung. Es dauerte eine Weile, bis es Miß Evans gelang, sie zu beruhigen, ihr die Jacke wegzunehmen, sie auszukleiden und mit einem Schlafmittel zu Bett zu bringen.

XXX

Anfang Februar besuchte Charles Godfrey seinen Freund, den Senator, in Washington. Er ging nur widerstrebend zu ihm, denn er mußte stets daran denken, was Jeremy Porter widerfahren war, der mit demselben Mann verkehrt hatte. Charles spürte keineswegs das Verlangen, ein Märtyrer oder unpopulär zu werden, denn er besaß den gesunden irischen Zynismus; freilich hatte er auch ein Gutteil von der irischen Streitlust mitbekommen und konnte heftig aufbrausen. Er hatte nicht allzuviel für die Engländer aus den »Lowlands« übrig, obwohl er selbst mit einer Engländerin verheiratet war, die er vergötterte. Maud war eben anders, sie war wie er der Meinung, daß es verderblich für Amerika sei, in den Krieg einzutreten. Die englische Politik ließ beide ziemlich kalt. Maud begriff sehr wohl, daß dieser Krieg nur zum Schein ein Handelskrieg war. Er hatte Tiefen und schreckliche Hintergründe. Oft sagte sie: »Wäre Jeremy nicht so leichtsinnig gewesen, dann könnte er heute noch leben, er hätte Größeres vollbracht, und sich nicht so viele Feinde geschaffen. Was für eine Karriere lag vor ihm! Gute Politiker müßten auch vorsichtig sein.«

Charles, von Natur aus vorsichtig, erwiderte: »Im Krieg darf man niemals Vorsicht walten lassen, das heißt, wenn man siegen will.« Worauf Maud erwiderte: »In der Liebe und im Krieg ist alles erlaubt.« Und sie fügte hinzu: »In der tatsächlichen Revolution, die hinter der Fassade dieses Krieges steckt, werden nur Angriff, Kühnheit und Mut etwas erreichen. Die Vorsicht, eine beschönigende Umschreibung für Eigennutz, macht uns zu Feiglingen.«

»Die andern sind zu stark für uns. Wir haben geschlafen und wir werden weiter schlafen.«

Maud aber lächelte: »Denk' doch an die alte Geschichte von Horatius auf der Brücke! Eine Handvoll Römer war stark genug, um eine ganze feindliche Armee zu besiegen.«

Charles lächelte etwas bitter: »Ich fürchte nur, es gibt keine alten Römer in Amerika mehr. Wenn wir sie haben, dann schlagen sie sich gegenseitig tot. Aber in der Hölle gibt es keine Streitereien, und das ist ihr Plus.«

»Mir scheint, Charles, daß es in der Hölle nach der Französischen Revolution doch Streitereien gegeben hat. In ihren Machtkämpfen haben sie sich gegenseitig weiter guillotiniert. Wenn die Hölle ausfällt, kann die Menschheit aufatmen.«

»Falls dann überhaupt noch eine Menschheit vorhanden ist. Für gewöhnlich folgt solchen Untergängen das Zeitalter des Chaos und der Anarchie, und das ganze gräßliche Geschäft beginnt von vorne.«

»Nun, niemand kann die menschliche Natur ändern. Sie ist das einzig Feststehende, trotz aller Idealisten und trotz des guten Rousseau. Zum Bessern oder zum Schlechten – wir sind eben, wie wir sind.«

Nach einer Weile sagte Charles nachdenklich: »Die römische Mythologie – oder ist es die griechische? – behauptet, daß die Göttin der Gerechtigkeit die letzte war, die von diesem Erdball gegangen und ihn seinem Schicksal überlassen hat. Sie ist nie mehr zurückgekommen.«

Es war ein frostiger und ein stürmischer Tag, als Charles den Senator in Washington aufsuchte, und er dachte dabei an das alte irische Wort, daß eine entfesselte Natur auch die Menschen entfesselt. Niemals noch hatte er einen so furchtbaren Orkan in der Stadt erlebt, und auch die Spanische Grippe wütete hier wie nirgends sonst. Überall waren Ambulanzen und Leichenwagen zu sehen, die den Verkehr behinderten und die Straßen blockierten. Durch den weißlichgrauen, wirbelnden Schnee schienen die matt schimmernden riesigen Gebäude nur aus Fassaden zu bestehen, und in seiner bedrückten Stimmung fragte sich Charles, ob sie nicht wirklich bloße Kulissen waren.

Der Unions-Platz war von kleinen, hastenden, schwarzen Gestalten bevölkert, die in den jagenden Nebelfetzen geduckt gegen den Sturm ankämpften. Wie unheimlich hektisch es jetzt in der City zugeht, dachte Charles, ein fieberhaftes, gespenstisches Getümmel wie in Höllenschlünden. Was ich mir nur einbilde, schalt er sich, aber überall scheinen Gefahr und Verderben zu lauern. Seine irische Seele fühlte es, denn waren die Iren für solche Eindrücke nicht immer empfänglich gewesen? Mit einer Art sechstem Sinn spüren sie ein Unheil schon lange vor seinem Eintreffen, während sich die andern noch des Friedens freuten.

Charles mußte lange auf ein Taxi warten. Die Züge spien Scharen von Menschen mit stechenden, gierigen Augen aus, alle mit Aktentaschen, mit vorgestreckten Oberkörpern und verbissenen Gesichtern. Manche erinnerten ihn unangenehm an Francis Porter, selbst das Zwielicht des Schneegestöbers verhüllte den fanatischen Glanz ihrer kalten Augen nicht. Nein, er brauchte sich nicht mehr einzureden, daß all das nur in seiner Einbildung bestand. Die Sturmböen trugen ihm Wortfetzen zu, die sofort wieder vertragen wurden. Es wurde dunkel, obwohl es erst drei Uhr nachmittags war, die Lampen wurden bereits entzündet und schwangen im Wind. Charles bekam endlich ein Taxi und versuchte mit klammen Fingern die Knöpfe des Vorhangs zu schließen, die aufgegangen waren. Der Wagen rutschte auf dem hart gefrorenen Schnee; Charles fühlte sich wie gerädert, als er endlich beim Büro des Senators ankam. Washington, das stets von Menschen überquoll, schien heute ein wahrer Hexenkessel.

In den Gängen und Sälen des Senatsgebäudes drängten sich Regierungsmitglieder und Abgeordnete sowie Bankiers und Finanzleute. Man unterhielt sich laut und lebhaft, fuchtelte mit Zigarren und Zigaretten herum und riß sich die letzten Zeitungen mit den riesigen Schlagzeilen aus der Hand. Ein Summen und Schwirren wie in einem Bienenkorb, jeder wollte mit jedem reden. Wie auf einem Jahrmarkt geht's hier zu, dachte Charles bitter. Er bahnte sich mühsam seinen Weg durch das Gedränge, viele Augen folgten ihm. Da er aber kaum bekannt war, wurde er nicht angeredet. Über all dem Getümmel lagerte eine dichte Wolke blauen Rauchs.

Der Senator wirkte seltsam isoliert in seinem stillen Büro. Seine Untergebenen waren niedergeschlagen und verschreckt, sie sprachen nur flüsternd, als wäre etwas Gräßliches im Gang. Hier waren keine Uniformen zu sehen wie in den andern Räumen.

»Ich bin verbannt und verfemt«, sagte der Senator, während er Charles' Hände schüttelte, und lächelte trübe. Ein Diener brachte Whisky und Soda, und ließ sie dann allein. »Hast du die letzten Äußerungen unseres wackeren Präsidenten gehört? Er will nicht nur die Bedingungen für sämtliche Friedensverträge festsetzen, sondern auch einen Überstaat bilden, eine Weltunion aller Nationen. Zweifellos mit sich selbst oder mit der amerikanischen Regierung an der Spitze, und daher mit absoluter Macht. Manchmal glaube ich, daß er den Verstand verloren hat.«

»Nein«, antwortete Charles. »Er ist nur ein Radikaler, und wie ich in den Wandelgängen aufgeschnappt habe, scheint dieses ganze verdammte Haus voll von Radikalen zu stecken.«

»Die alle sehr begütert sind«, sagte der Senator hart. »Schön, wir wissen, was wir wissen.«

Liebenswürdig bot er Charles eine Zigarre an und reichte ihm Feuer. Sein gut geschnittenes Gesicht unter dem silberweißen, leicht gewellten Haar wirkte abgespannt, und seine Augen waren müde. »Charles«, sagte er langsam, »wir sind nicht alle gewissenlose Verbrecher in diesem Gebäude, wir Senatoren. Viele sind im Bilde wie du und ich und wehren sich. Aber jetzt beginnt man die gesunde Mittelklasse zu zersetzen, die immer loyal war und die uns vertraut hat. Sie wurde von der raffiniertesten Propagandamaschine, die ich jemals erlebt habe, gegen Deutschland aufgehetzt. Millionen verlangen ›das Ende der Hunnen‹! Auf einen so einfachen Nenner wird das Ganze gebracht. Aber die Arbeiterklasse ist noch nicht völlig verblendet, Gott sei Dank. Trotzdem ist unsere Lage hoffnungslos – du und ich, wir wissen es.«

»Ich bin gekommen, um von dir zu erfahren, was ich selbst unternehmen könnte.«

Der Senator schüttelte den Kopf und lächelte wieder: »Du, ein vorsichtiger Ire, der nicht Märtyrer spielen will? Schau, schau! Woher diese Wandlung?«

»Versteh mich recht. Ich habe keine Lust, mein Leben, mein Vermögen und meine ›heilige Ehre‹ für sinnlose Aktionen zur Rettung des Vaterlandes zu opfern. Aber ich will etwas tun.«

»Kannst du dir vorstellen, was dieses ›etwas‹ sein könnte?«

»Es soll verschiedene Organisationen geben, die sich bemühen, Amerika aus dem Krieg herauszuhalten. Welche würdest du empfehlen?«

Der Senator betrachtete ihn: »Unsere Kirche. Die Kirche, die weiseste von allen, versteht, was hinter diesem Krieg steckt, und wehrt sich so diplomatisch wie möglich gegen einen Eintritt Amerikas in den Krieg.«

»Allzu diplomatisch, Senator. Aber die Kirche muß eben vorsichtig sein. Amerika ist kein Missionsland mehr, doch die Kirche wird noch immer in weiten Kreisen abgelehnt. Ich will nicht, daß es zu neuen Ausbrüchen gegen sie kommt.«

»Vorsicht, Vorsicht«, murmelte der Senator ironisch. »Manchmal muß im Namen Gottes und der Menschheit die Vorsicht ausgeschaltet werden.« Etwas ruhiger fuhr er fort: »Ich will dir von den letzten Ereignissen berichten. Aber bitte, vertraulich!« Er lachte auf. »Schau, schau, wie vorsichtig ich selbst bin! Wie du weißt, hat Deutschland vor kurzem den totalen U-Boot-Krieg gegen unsere getarnten Handelsschiffe eröffnet, die Konterbande nach England bringen, Waffen und ähnliches – obwohl wir offiziell noch immer ein neutraler Staat sind! Unsere Regierung ist neutral wie der Satan! Der Kaiser hat gesagt: ›Wenn Wilson den Krieg will – und er will ihn offenbar – dann soll er ihn meinetwegen haben.‹ Wir werden ihn haben, Charles, schon sehr bald! In wenigen Tagen will Wilson die diplomatischen Beziehungen zu Deutschland abbrechen und unsere sogenannten friedlichen Handelsschiffe bewaffnen. Ich frage mich oft, ob der englische König selbst begreift, was da gespielt wird. Ich bezweifle es. Die Verschwörer innerhalb seiner eigenen Regierung informieren ihn nicht, davon bin ich überzeugt. Er versuchte sogar, mit Deutschland Frieden zu schließen, und das wäre auch gelungen, wenn sich nicht Wilson großartig eingeschaltet hätte. Aber das ist jetzt schon Geschichte.«

»Wenn ein Prominenter von einer Verschwörung spricht«, sagte Charles, »dann wird er von den Politikern nur ausgelacht, das habe ich seit langem festgestellt. Man hält ihm vor, daß er – wie heißt der moderne Ausdruck der Nervenärzte? – unter Verfolgungswahn leide. Die Amerikaner stecken den Kopf in den Sand, sie weigern sich, an Umtriebe zu glauben, sie wollen ihr bequemes Leben führen, wollen ihre kleinen Freuden haben, ihren Kinematographen, ihr Huhn im Topf, einen Wagen, so sie sich ihn leisten können, ein kleines, gemütliches Haus, eine zufriedene Familie, ein weiches Bett, die Kartenpartie, den Sport und die gelegentlichen Seitensprünge, Dinge eben, die ihnen Spaß machen.«

»Es war nicht Nero, der die Leier schlug, als Rom brannte, es war der Pöbel— solange zumindest, bis seine eigenen Häuser brannten!«

»Die kleinen Leute regen sich viel mehr über Mary Pickfords Liebesgeschichten auf als über die Brandstifter, die ihnen das Dach über dem Kopf anzünden!«

Der Senator lächelte: »Brot und Spiele, die alte Geschichte. So war die Sache geplant. Sieh zu, daß die Menschen an ihren Wanst und ihre Wollust denken, dann kannst du sie mühelos versklaven. Aber laß sie niemals denken, laß sie niemals die Wahrheit wissen. Das ist den Politikern völlig klar. Nebenbei bemerkt, ich glaube, daß die Masse ja gar nicht denken und die Wahrheit kennen will. Schließlich ist auch Kassandras Ruf ungehört verhallt, sie hat sich nur selbst ein recht unangenehmes Martyrium damit eingewirtschaftet. Noch einmal, Charles: Wir können nichts tun.«

»Auch Christus starb den Martertod«, sagte Charles. »Und trotzdem: er schuf eine neue Welt.«

Der Senator hob den Finger, sein Gesicht war sehr ernst. »Laß mich Prophet spielen: Der nächste Krieg wird ein Krieg gegen die Juden-Christenheit sein, wenn man ihn vielleicht auch nicht so nennen wird. Denn die Religion steht, wie du weißt, zwischen dem Menschen und seinen Unterdrückern. Daher wird man gegen die Religion vorgehen, man wird sie verhöhnen und entmachten. Vielleicht nicht zu meinen Lebzeiten, sicher aber noch zu deinen.«

»Marx nennt die Religion Opium fürs Volk.«

»Leider, wir werden dem Volk nicht mehr begreiflich machen können, wo seine wahren Feinde sitzen. Lincoln wußte es genau, denn die Verschwörer sind schon zu seiner Zeit sehr aktiv gewesen. Hier habe ich seine Schriften, ich will dir eine Stelle vorlesen.« Der Senator blätterte in dem Buch. »›Wenn wir einen Berg zugeschnittener Hölzer der verschiedensten Dimensionen vor uns sehen, von denen wir wissen, daß die einzelnen Stücke zu verschiedenen Zeiten, an verschiedenen Orten, von verschiedenen Arbeitern hergestellt wurden; und wenn wir dann diese Teile zusammenfügen und erkennen, daß ein komplettes Haus oder ein anderes Gebäude daraus entsteht, daß alle Fugen und Zapfen, alle Kanten genau aneinanderpassen, daß der Maßstab stimmt, daß kein Teil fehlt und keiner übrigbleibt — dann kann wohl niemand bezweifeln, daß die Hersteller von allem Anfang an im Einverständnis arbeiteten und nach einem gemeinsam gefaßten Plan vorgingen. So stecken auch die Verschwörer unter einer Decke . . .‹ Trotzdem, Charles: das Volk will es nicht glauben.«

Charles schaute in das Schneetreiben hinaus und sagte bedrückt: »Aber wir haben noch unsere Verfassung.«

Der Senator lachte wieder. Es war ein spöttisches, ein trostloses Lachen. »Der nächste Angriff der Verschwörer gilt der Verfassung. Sie wird von korrupten Mitgliedern des Bundesgerichtshofs interpretiert werden, natürlich zum Vorteil der Verschwörer und zum Schaden des amerikanischen Volkes. Und was wird das amerikanische Volk tun? Ein bißchen jammern und dann zu seinem Kino und zu seinem Bier zurückkehren. Vielleicht verdient es nichts anderes, als daß man ihm seine Freiheit nimmt. Warum plagen wir uns, um es aufzuklären, richten uns selbst zugrunde, da es doch am liebsten in seinem stumpfsinnigen Trott verharrt?«

»Genau das glauben auch Männer wie Francis Porter.«

»Das eine haben wir Rufer in der Wüste und die Verschwörer eben gemeinsam: wir kennen die menschliche Natur. Nur: unsere Leute wollen die Menschen vor ihr retten, die Verschwörer aber wollen sie ausnützen.«

Nach einer Weile fuhr er fort: »Ich weiß nicht, wozu ich dir noch mehr erzählen soll. Rußland ist durchsetzt von rührigen Agenten, die den Zaren stürzen und den Kommunisten zum Sieg verhelfen sollen. Sehr bald werden sie ihr Ziel erreicht haben. Die russischen Kommunisten werden von den amerikanischen Bankiers ausgehalten. Das wundert dich? Natürlich nicht. Wir wissen es schon lange, Rußland wird einen Separatfrieden mit Deutschland schließen, und dann wird die Hölle los sein.«

»Ich glaube, ich gehe ins Kloster«, seufzte Charles.

»Auch dort wärst du nicht sicher, mein Lieber. Lehre deine Kinder, Amerikaner zu sein. Vielleicht lernen sie es, vielleicht schlägt es fehl, und sie werden die gleichen Gauner wie die andern. Das einzige, was wir tun können: Solange wie möglich gegen das Unheil ankämpfen. Und beten. Weißt du übrigens, wie Wilson Männer wie dich und mich nennt? Störrisch. Weil wir unserem Vaterland die Unabhängigkeit bewahren wollen!«

»Und dagegen ist er. Er möchte Amerika in seinen Überstaat eingliedern, wie du selbst gesagt hast, Senator. Männer wie er hassen Gedankenfreiheit und persönlichen Mut, Anstand und Einsatz für die Heimat. Ja, er muß verrückt sein. Und dabei hält er sich noch für einen Patrioten!«

»Meiner Meinung nach weiß er überhaupt nicht recht, was er will. Dafür weiß es ein anderer: sein Freund und Berater Colonel House. Uns ist bekannt, welcher Gruppe der Mann angehört, der ständig von Liebe und Vertrauen predigt. Das sind die Schlagwörter jener Verschwörer, die niemanden lieben und niemandem vertrauen. Für sie zählt nur das eigene Wohl und das Komplott gegen die Menschheit.«

Sie aßen gemeinsam zu Abend, aber es war ein trübes Mahl. Der Senator hob sein Glas, prostete Charles zu und sagte bitter: »Iß, trink und sei fröhlich, denn morgen sind wir tot!«

Viele Senatoren und Kongreßmitglieder waren zu Tod erschrocken, als Wilson die Bewaffnung der Handelsschiffe ankündigte. Sie protestierten und erklärten, daß sie Handlungen nicht duldeten, die unweigerlich eine Verwicklung in den Krieg nach sich ziehen würden. Es gab heftige Diskussionen. Aber, wie vorauszusehen, ging trotzdem im Kongreß eine Resolution für die Bewaffnung der Handelsschiffe durch. Eine kleine Fraktion allerdings, geführt von elf standhaften Männern, weigerte sich und trieb knapp vor Ende der Sitzungsperiode Obstruktion.

Die Mehrheit im Senat, die den Krieg wünschte, wütete. Schließlich, meinten diese Herren, könnte der Krieg die Wirtschaft ankurbeln, die angeblich noch immer darniederlag. Da eine Vertagung des Antrags drohte, was eine Bewaffnung der Handelsschiffe auf unbestimmte Zeit hinausschieben oder sogar unmöglich machen konnte, unterzeichneten 85 von 96 Senatsmitgliedern eine Protestnote gegen die elf widerspenstigen Senatoren, die, wie man erklärte, die Pflichten gegen das Vaterland sabotierten. Mr. Wilson schloß sich freudig dem Protest an, und ebenso Mr. Roosevelt.

Aber der Senat mußte am 4. März 1917 vertagt werden, da die Sitzungsperiode zu Ende war. Die Genehmigung war somit nicht erteilt worden. Mr. Wilson überbot sich an Schmähungen: »In einer Krise, wie es noch keine in der Geschichte unseres Staates gab, erweist sich der Kongreß als unfähig, das Vaterland zu schirmen und die elementarsten Rechte der Bürger zu gewährleisten! Mehr als 500 von den 531 Mitgliedern der beiden Häuser waren zum Handeln bereit. Aber der Senat konnte nicht handeln, und das, weil sich eine kleine Gruppe störrischer Eigenbrötler dagegenstellte. Diese Männer haben die Regierung der Vereinigten Staaten entmachtet und entehrt!«

Er fragte den Justizminister, ob er als Präsident das Recht hätte, die Bewaffnung der Handelsschiffe ohne Autorisierung durch den Kongreß zu verlangen. Der Justizminister versicherte ihm lächelnd, daß er tatsächlich dazu befugt sei. So erfolgte am 9. März der Befehl, die Handelsschiffe zu bewaffnen – zur Bestürzung der überwältigenden Mehrheit des amerikanischen Volks. Die deutschen U-Boote griffen prompt an.

Verjüngt und beschwingt, und voll Haß gegen Deutschland, berief Wilson eine außerordentliche Sitzung des Kongresses für den 17. April ein. Aber noch vor dieser Sitzung versenkten deutsche U-Boote drei mit Konterbande für die Alliierten vollbeladene Handelsschiffe. Das kam Wilson sehr gelegen, und, heimlich beraten von Colonel House, berief er den Kongreß zu einer sofortigen Sitzung ein, um ihm »schwerwiegende Mitteilungen« zu machen.

Freilich gab es einen Wermutstropfen in seiner Euphorie: Washington und das ganze Land waren plötzlich von Pazifisten überschwemmt. Sie versammelten sich vor dem Kapitol und forderten Frieden. »Das ist Gewalt und Aufruhr!« erklärte House. Eine Kavallerieeskorte schützte das Auto des Präsidenten vor den verschreckten und aufgeregten Männern und Frauen, die, wie House sagte, »unsern Präsidenten belästigen könnten«.

Die Herren des Bundesgerichtshofes nahmen feierlich die Sitze gegenüber der Rednertribüne ein, Präsident White in der Mitte. Dahinter befanden sich die Plätze des Ministerkabinetts, und hinter ihm die Stühle des Diplomatischen Korps, darunter Monsieur Jusserand aus Frankreich und Mister Spring-Rice aus England. Auch sie mit würdevollen und ernsten Gesichtern, aber mit strahlenden Augen.

Wilson stand vor der erlauchten Versammlung und sagte:

»Der deutsche U-Boot-Krieg ist ein Krieg gegen das Menschengeschlecht, ein Krieg gegen alle Völker, eine Herausforderung aller Menschen! Wir stehen vor der Entscheidung – und es gibt nur eine Entscheidung, die wir niemals treffen, einen Weg, den wir niemals beschreiten können: den Weg der Unterwerfung!«

Der Präsident des Bundesgerichtshofes sprang auf, lachend und weinend zugleich, und der ganze Senat erhob sich mit ihm. Donnernder Applaus erschütterte das Gebäude. Draußen rauschte der warme Frühlingsregen, fern und still, unberührt vom menschlichen Wahnsinn.

Binnen weniger Tage erfolgte im ganzen Land die Einberufung. Der Begeisterungstaumel brach jäh ab, als es klar wurde, daß der bevorstehende Krieg nicht nur mit Wilsons großsprecherischem Pathos und seinen leidenschaftlichen Anklagen ausgefochten wurde, sondern mit Waffen, und daß junge Amerikaner diese Waffen führen und dabei sterben mußten. Aber lange vor den Einberufungen schon war die Maschinerie für diese Operation in aller Stille in Gang gesetzt worden, ehe das Volk überhaupt etwas davon ahnte, und fast ohne das Wissen seiner Vertreter im Kongreß. Alles war praktisch nur dem Präsidenten, seinem Staatssekretär im Kriegsministerium, Baker, und dem Generalanwalt Enoch Crowder bekannt gewesen. Millionen gab es, die sich verständnislos fragten, wie eine so gewaltige Mobilisierung über Nacht durchgeführt werden konnte, ohne daß man vorher ein Wort in den Zeitungen gelesen oder irgendwelche Gerüchte vernommen hatte. Bis zum letzten Moment hatte man geglaubt, daß es im Kriegsfall nur eine Freiwilligenarmee geben würde.

Im Kongreß gab es zornige Anfragen. Viele erklärten, daß sie niemals einem Einberufungsgesetz zustimmen würden: »Diktatur!« schrien die Abgeordneten, und andere schmähten das geplante Gesetz als »preußisch, antidemokratisch, unerlaubten Zwang und Sklaverei«. Andere wieder sagten Aufstände im ganzen Land voraus, und darunter auch Männer, die früher lauthals den Krieg gefordert hatten. Der Kongreß wurde von Telegrammen und Briefen aufgebrachter Staatsbürger überschüttet, die sich gegen die Rekrutierung wehrten, aber er wußte keine Antwort. Am Ende konnte man nur die beruhigenden Worte des Präsidenten wiederholen:

»Wie bisher werden auch weiterhin nur Freiwillige einberufen, wenn sich nicht unerwarteterweise eine allgemeine Wehrpflicht als wünschenswert erweist. Das aber ist kaum anzunehmen.« Und etwas zögernd fügte man hinzu: »Wir glauben, daß es die Pflicht jedes Mannes ist, seinem Vaterland zu dienen.«

Aber die Amerikaner drängten sich durchaus nicht zu den Fahnen. Es war schön und gut, die Deutschen als Hunnen zu bezeichnen, aber durchaus nicht gut, die Waffen gegen sie ergreifen zu müssen. Hetze und Geschrei und dicke schwarze Schlagzeilen und wildes Fahnenschwenken und Marschmusik und Verbot der deutschen Sprache in den Schulen, Ächtung der Amerikaner deutscher Abstammung, die plötzlich zu Barbaren und Staatsfeinden wurden — all das war lobenswert und ganz in Ordnung. Aber das Bild änderte sich schlagartig, wenn der Sohn in den Schützengraben und in den Tod geschickt wurde. Die »Siegesgärten« in den kümmerlichen Hinterhöfen mit freundlichem Hinübergrüßen zu den Nachbarn und heiterem Schwingen von Rechen und Schaufeln, mit Gelächter und einem Bier nachher, donnernde patriotische Gesänge an den warmen Abenden des Frühsommers — das war wunderbar und erbaulich, erhob die Herzen und riß die Leute mit. Aber einem Sohn, einem Bruder oder einem Gatten nachschauen zu müssen, wenn er in den Krieg marschierte, in dem er fallen konnte, das war eine empörende und schändliche Verletzung der geheiligten amerikanischen Unabhängigkeit und Freiheit.

Der Präsident besprach sich mit Colonel House, seiner grauen Eminenz. Dann veröffentlichte er einen Aufruf:

»Es ist mir ein besonderes Bedürfnis, die Registrierung der Wehrfähigen und deren Auswahl auf eine Weise durchzuführen, die den Patriotismus entflammt und somit die Scheu und das Vorurteil gegen die Einberufung innerhalb der Bevölkerung beseitigt. Zu diesem Zweck sind die Aushebungskommissionen angewiesen, den Tag der Stellung zu einem patriotischen Volksfest zu gestalten. Diese Anregung wurde bereits von vielen Gouverneuren und Bürgermeistern begeistert aufgegriffen, und auch die Handelskammern unseres Landes samt den ihnen angeschlossenen Körperschaften haben ihre Mitwirkung zugesagt.«

Damit wurde zum erstenmal in der Geschichte Amerikas eine staatlich gelenkte Propaganda aufgezogen. Trotzdem protestierten Millionen Frauen und Mütter heftig in der Öffentlichkeit. Dem wurde schnell ein Ende gesetzt. Wer gegen die Einberufung und die Einmischung Amerikas in ausländische Angelegenheiten das Wort erhob, wurde als Feind des Landes, als Verräter, Unzufriedener, Feigling und geheimer Sympathisant des Deutschen Reiches bezeichnet. Die Filmindustrie überschwemmte den Markt über Nacht mit Hetzfilmen, in denen gezeigt wurde, wie amerikanische Frauen und Mädchen von wüsten deutschen Soldaten im trauten amerikanischen Heim überfallen und vergewaltigt wurden, während sich deren Gatten in den Straßen in ihrem Blut wälzten. Es gab zwar eine Menge Zeitungen, die sich über derlei Greuelpropaganda aufregten oder sich über sie lustig machten, aber sonderbarerweise wurden sie schnell zum Schweigen gebracht. Ein Blatt in Chicago schrieb in einem Leitartikel: »Die Pressefreiheit existiert nicht mehr. Die Presse ist ein Werkzeug der Regierung geworden, das nach Belieben eingesetzt werden kann. Wer Schuld an dieser Schande, an dieser Verletzung unseres Grundrechts trägt, das wissen wir, wagen es aber nicht mehr, Namen zu nennen.« Bald darauf mußte das Blatt wegen finanzieller Schwierigkeiten eingestellt werden.

Der Präsident sprach in tönenden Worten von dem großen Tag, der jedem Mann im wehrfähigen Alter die heilige Pflicht auferlege, seinen Namen in die Rekrutierungslisten einzutragen ... Diese Proklamation wurde am 18. Mai 1917 gezeichnet und gesiegelt. Da der Begriff »Ehre« vom Amerikaner seit jeher in Großbuchstaben geschrieben wurde, gab es nur sehr wenige Männer, die diesem Pathos widerstanden. Diese wenigen wurden gemaßregelt oder auch verhaftet.

Den 5. Juni 1917, an dem jeder amerikanische Bürger zwischen 21 und 30 Jahren zu den Werbestellen schritt, nannte der Präsident »einen Tag der fröhlichen Pilgerfahrt«. Berieselt von der ständigen Propaganda, benommen von den fortgesetzten Mahnungen Washingtons, wußte der Durchschnittsamerikaner nicht mehr ein und aus. Zum erstenmal in seiner Geschichte bekam er Angst vor seiner Regierung und den Maßnahmen, die sie gegen ihre Gegner ergriff.

Die Regierung gab eine »Freiheits-Anleihe« heraus, die landauf landab gezeichnet wurde; wer sie nicht zeichnete, wurde als Saboteur hingestellt. Geschäftsleute, die nicht mittun wollten, wurden zu Deserteuren erklärt. Ein Büro für Kriegswirtschaft tauchte plötzlich auf, das den Unternehmern vorschrieb, welche Waren sie in welchen Mengen zu erzeugen hatten; die gelenkte Wirtschaft war geschaffen. Produzenten, die die staatlichen Vorschriften mißachteten, wurden in den Zeitungen angegriffen und vom Staat bestraft. Plötzlich, über Nacht, wurden die Lebensmittel knapp.

Anfangs war nicht zu erkennen, daß Kritiker, die diese Vorgänge durchschauten, in den Zeitungen und oft auch persönlich von Männern attakkiert wurden, die einen sozialistischen oder populistischen Rückhalt in der Regierung besaßen. Als man das endlich begriff, war es längst zu spät.

Zehntausende amerikanische Frauen hörten nicht auf, zu protestieren und zu klagen. Man nannte sie engstirnig und vernagelt; so manche wurde verhaftet. Die Mehrheit der Frauen schritt jedoch leuchtenden Auges durch die Straßen und benützte sogar ihre Töchter als verschämte »patriotische« Köder für unschlüssige junge Männer, um ihnen Gelegenheit zum Beweis ihrer Männlichkeit zu geben und sie davon zu überzeugen, daß der Krieg ein herrliches, glorreiches Abenteuer sei.

Francis Porter hielt viele wortreiche Reden, die in die Protokolle des Kongresses aufgenommen wurden, und das Weiße Haus ehrte ihn. Dieser Krieg, so sprach er, sei ein »Kreuzzug der Freiheit gegen historische Feinde«. Er zitierte reichlich Karl Marx, natürlich ohne den Namen Marx zu nennen. Präsident Wilson nannte ihn einen vorbildlichen Patrioten. Da er zu alt war, um einberufen zu werden, reiste er durch das Land und verkaufte Freiheits-Anleihen, wie viele andere Kongreßmitglieder und Senatoren auch. Ständig war sein Gesicht hektisch gerötet vor Eifer, und seine Augen glänzten fiebrig hinter dem Zwicker. Er ließ sich für Zeitungen fotografieren, er bekam einen eigenen Sekretär, der die Reden für ihn aufsetzte. Dieser Sekretär war geheimes Mitglied der Kommunistischen Partei. Er hielt Francis zwar nicht für ein Kirchenlicht, aber für ein brauchbares Werkzeug im Kampf gegen das amerikanische Volk; er lachte Francis aus, hinter geschlossenen Türen, im Kreis seiner Gesinnungsgenossen.

»Wir haben die amerikanischen Politiker fest in Händen«, erklärte der Sekretär, der selbst zu den Begüterten zählte. »Die Aussichten sind grenzenlos. Wir sind auf dem Marsch. Wie die Deutschen sagen: Der Tag ist nahe ... Noch diesen Herbst ...«

In diesem Herbst wurde der Kriegszustand zwischen Rußland und Deutschland beendet, und die Bolschewiken rissen in einer blutigen Revolution die Macht an sich. Das russische Volk, das niemals für den Kommunismus gestimmt hatte, ließ es geschehen, ausgeblutet, wie es war, nach den Jahren des Krieges und der Entbehrungen. Nur ein paar skrupellose Männer und internationales Geld waren nötig, um diesen Umsturz herbeizuführen.

»Wir aber«, so sagte der historische Feind, »wir werden es nicht nötig haben, anderen Staaten unsere Ideen aufzuzwingen, wie wir es in Rußland tun mußten. Nein, sie werden selbst dafür stimmen, werden den wunderbaren patriotischen Schlagworten von Freiheit, Gleichheit und sozialer Gerechtigkeit erliegen, Worten, die so edel klingen und die doch nur abstrakte Begriffe ohne Wirklichkeitsgehalt sind.«

Charles Godfrey wußte sehr wohl um den traurigen Stand der Dinge. Er sagte, wie sein verstorbener Freund Jeremy Porter: »Sic transit America.« Aber, dachte er, vielleicht hat es Amerika nicht anders verdient. Jede Nation ist selbst an ihrem Untergang schuld. Er jedenfalls beschloß, auf keinen Fall zum Märtyrer zu werden. »Der Mensch muß leben«, sagte er zu seiner eigenen Verteidigung. »Regierungen kommen und gehen, doch die Menschheit muß überleben, obwohl ich nicht recht weiß, wozu!«

XXXI

Da Francis Porter keiner Ehrlichkeit fähig war, weder sich selbst noch anderen gegenüber, sagte er sich nicht: »Der beste und schnellste Weg zu Ellen führt über ihre Kinder. Ich muß mich den Kindern anbiedern, sie verhelfen mir dann zu dem, was ich ersehne.«

Nein, das dachte er nicht. Aber, nüchtern betrachtet, ging er genauso vor, ohne es sich einzugestehen. Er hatte sich immer seiner Aufrichtigkeit gerühmt, obwohl er kein bißchen aufrichtig war. Nicht einmal in den stillsten Stunden der Selbstbetrachtung vermochte er das zu erkennen; er war der klassische Fall des Menschen, der sich selbst betrügt. Er sah sich als einen Mann von aufrechter Gesinnung, voll Verständnis und Güte für seine Nächsten, Selbsterkenntnis oder gar Selbstkritik waren ihm fremd, und daher kannte er auch niemals Schuldgefühle. Überdies besaß er keinen Funken Humor.

Daß er in Wahrheit der Typ eines Großinquisitors war, völlig vertraut mit dem Scheiterhaufen, den Daumenschrauben, dem Rad, den Geißeln und dem Galgen, das kam ihm nicht einmal in Alpträumen in den Sinn. Wie in jedem Menschen verborgen der Trieb nach Grausamkeit und Rache wohnt, so lebte er auch in ihm, aber in weit höherem Maß als beim Durchschnitt. Widerspruch bedeutete ihm eine persönliche Beleidigung, eine Verletzung seiner höheren Intelligenz, seiner Bildung, seiner Überzeugung und seiner Ansichten. Was ausgezeichnet war, durfte niemals angezweifelt werden, so meinte er unbewußt, und daß er in jeder Beziehung ausgezeichnet und über alle Kritik erhaben war, verstand sich von selbst. Wenn es aber jemand gab, der seine Vollkommenheit bezweifelte, konnte man ihn nur verachten, oder, in schlimmeren Fällen, züchtigen.

Er war der neue Sadist, wie ihn eine durch die Französische Revolution zerstörte Welt hervorgebracht hatte. Er war der Fanatiker, der Reformer, der Held des kleinen Mannes, der Krieger, der seine tödlichen Kämpfe gegen alle Mächte der Vernunft, der Gerechtigkeit, der Überlieferung, der abendländischen Kultur, der Staatsreligion, des Gesetzes, der Ordnung, des Stolzes, der Vaterlandsliebe, der Mäßigung, der Philosophie, der Ausgeglichenheit und der Zivilisation führte.

Sein Vater hatte das schon während Francis' Kindheit mit Besorgnis bemerkt, aber Francis war immer zu heftig, zu unduldsam, zu überzeugt von seiner eigenen Meinung und zu gehässig gewesen, als daß man ihm hätte widersprechen können. Seine Lehrer hielten ihn für einen zwar ausgezeichneten, aber schwierigen Schüler. Er hatte sich in den spanisch-amerikanischen Krieg gestürzt, weil er ihn für gerecht hielt. Dann aber war etwas Sonderbares eingetreten, was gar nicht zu seinem Wesen paßte: er hatte seine Ansicht geändert, das heißt, sich selbst revidiert. Walter vermutete, daß die plötzliche Konfrontation mit der Wirklichkeit daran schuld gewesen sei; Francis war aus Selbstschutz zurückgewichen. Oder vielleicht hatte ihm die erste Begegnung mit einer Volksschicht, die er bis dahin nicht kannte, so hart zugesetzt, daß er sich mit Abscheu von der rauhen »Soldateska« abwandte. Francis selbst dachte über diesen Gesinnungswechsel niemals ernstlich nach, sonst wäre er später weder Fabianer geworden noch hätte er seine eigenen verschrobenen Vorstellungen entwickelt.

Natürlich hatte er für den Krieg gegen Deutschland gestimmt und seine Meinung in einer kalten, nüchternen Rede kundgetan. In gewisser Weise war nun Deutschland zur Zielscheibe seines schrecklichen Menschenhasses geworden; die Schmähungen, die er gegen Deutschland ausstieß, waren eigentlich Schmähungen gegen alles, was in Menschengestalt lebte und nicht ihm und seinesgleichen Gehorsam leistete.

Während sich also sein prinzipieller Kampf gegen die Menschheit steigerte, bemühte sich Francis angelegentlich um das Wohlwollen von Jeremys Kindern. Er war überzeugt, daß die Mutter zu schwach war, um Christian und Gabriele vernünftig zu betreuen. Jedenfalls war sie zu beschränkt, zu ungebildet und zu unwissend dazu. Sie verdienten etwas Besseres, diese vaterlosen Waisen; sie mußten zu Höherem geformt und ermutigt, ihr Horizont mußte erweitert und ihr Mitgefühl und Verständnis für die Umwelt geweckt und angeregt werden. Auch Ermutigen und Anregen waren Lieblingsausdrücke von Francis: So ging Francis daran, bei den Kindern Vaterstelle zu vertreten. Unbestimmt fühlte er freilich, daß sie aller Schandtaten fähig waren, aber das stieß ihn nicht ab. Im Gegenteil, je mehr er mit ihnen beisammen war, desto mehr fühlte er sich zu ihnen hingezogen, denn in Christian erkannte er, wenn auch unbewußt, die eigene Neigung zur Grausamkeit, die Scheu, für seine Handlungen einzustehen, und die Unfähigkeit zu echter und reiner Liebe. Er zog Christian der Schwester vor, denn Gabriele hatte einen boshaften Witz und scharfe Augen, sie war geschickter in der Verstellung als ihr Bruder. Hätte Francis etwas für Kipling übrig gehabt – was nicht der Fall war – dann hätte er ihn zitieren können: »Das Weibchen dieser Spezies ist tödlicher als das Männchen.« Und außerdem fühlte sich Francis zu dem Jungen hingezogen, weil er seiner Mutter ähnlich sah.

Während der Osterferien beschäftigte sich Francis soviel wie möglich mit Christian, trotz seiner dringenden Geschäfte in Washington. Der Junge empfand nicht den geringsten Respekt vor ihm, denn er war viel intelligenter als Francis, hatte darum sofort heraus, wie man ihn am besten herumkriegen konnte, und heuchelte große Sympathie für diesen väterlichen Freund. Und noch etwas erkannte Christian sehr bald: daß Francis fest entschlossen war, Ellen zu heiraten. Was mußte er also unternehmen, um dabei etwas für sich herauszuschlagen? Der Knabe haßte Charles Godfrey, seinen strengen Vormund, der für Schmeicheleien nicht empfänglich war, der ihm das Taschengeld nur soweit erhöhte, als er es für richtig fand, und dem man nichts vorschwindeln konnte. Das forderte Christians widerwilligen Respekt heraus, zugleich aber ärgerte es ihn: Wie kam dieser Mann dazu, ihm das Leben zu vergällen und ihn daran zu hindern, es zu genießen, wie es ihm paßte? Und außerdem war Charles ein Zuchtmeister, dem es ein Leichtes war, Ellens Freigebigkeit einzudämmen. Wenn sie ihren Sohn verwöhnen wollte, brauchte er nur zu sagen »Das würde Jeremy nicht gutheißen«, und schon tat sie, was er wollte. Christian wußte auch, daß Charles und Francis unversöhnliche Feinde waren.

Ein Stiefvater in Gestalt Francis Porters wäre daher nicht das Schlechteste. Man konnte ihn leichter lenken, und die Mutter würde sich, wenn sie einmal Francis' Gattin war, von Charles weniger einreden lassen. Denn die Mutter war weich und fügsam, ging jedem Streit aus dem Wege und war stets bestrebt, es allen recht zu machen. Sie wäre Francis Porter hilflos ausgeliefert, und Francis Porter, so meinte Christian, würde sich hilflos von den Kindern Ellens an der Nase herumführen lassen, wenn sie es nur geschickt anstellten. Gabriele stimmte dem Bruder nach einigem Zögern zu. Von nun an schmeichelten die beiden Francis, so wie er ihnen schmeichelte. Sie lauschten seinen Ergüssen mit offenem Mund, waren stets seiner Meinung und nickten ernsthaft, wenn er sie ermahnte. Daß sie ihn hinter seinem Rücken noch mehr auslachten als ihre Mutter, das ahnte er freilich nicht.

Tante Kitty gewannen sie als Verbündete, obwohl sie genau wußten, daß sie selbst Francis heiraten wollte. Sorgfältig verheimlichten sie ihr die eigenen Pläne, sie baten sie nur, ihnen gegen Charles Godfrey beizustehen, der so streng war und sich sicher ein hohes Honorar für die Testamentsvollstreckung und die Vormundschaft genehmigte, also derart zwei unschuldige Waisen bestahl.

Kitty war sofort Feuer und Flamme. Es gelang ihr, bei Ellen Mißtrauen gegen Charles zu wecken und es weiter zu schüren, wobei ihr zustatten kam, daß Ellen noch immer nicht recht warm mit Maud war, und daß ihr selbst Charles manchmal etwas hart schien. »Du solltest mehr auf Francis hören, liebste Ellen«, sagte Kitty. »Er hat nur deine Interessen im Sinn, und er liebt die Kinder aufrichtig. Er ist so großherzig.« Ständig erinnerte sie Ellen daran, wie tief sie in Francis' Schuld stand, was Ellen einiges Unbehagen verursachte. Aber sie stimmte zu, und es gab Augenblicke, da sie bereute, Francis nicht so schätzen zu können, wie er es offenbar verdiente. Dann bemühte sie sich zerknirscht, besonders freundlich zu ihm zu sein und seinen ständigen Ermahnungen zu lauschen, obwohl diese Ermahnungen stets lehrhaft, kühl und von oben herab erfolgten. Sie fühlte sich schließlich verpflichtet, seinen Ratschlägen zu gehorchen, denn er ging so nett mit den Kindern um, und die brauchten die Führung eines Mannes – sagte sie sich – ja, und die Kinder schienen auch sehr angetan von ihm. Zumindest beteuerten sie es bei jeder Gelegenheit mit treuherzigem Augenaufschlag.

In der Zwischenzeit war Francis eifrig in Washington tätig. Die Einberufungen sollten auch auf fähige Verwaltungsbeamte für die Armee ausgedehnt werden, forderte er, auf Männer um die Vierzig – wie etwa Charles Godfrey, dachte er. Charles, der das Unvermeidliche kommen sah, meldete sich im September 1917 freiwillig und wurde sofort zum Oberst im Kriegsministerium ernannt. Das hatte Francis allerdings nicht beabsichtigt, aber Charles verschwand wenigstens für eine beträchtliche Anzahl von

Monaten aus dem Blickfeld Ellens und ihrer Kinder, und Francis hatte freie Hand.

Er wußte nicht, daß Kitty sich von Jochan scheiden lassen und ihn selbst sobald als möglich heiraten wollte. Er sah in ihr nur eine treue Helferin bei seinen Bemühungen um Ellen und die Kinder; seine Antipathie von ehedem war verflogen. Was Jochan Wilder betraf, so war der in seinen Augen ein netter, aber völlig bedeutungsloser Mensch, ohne soziales Gewissen und von mäßiger Intelligenz. Francis kannte die geheime Klausel in Jeremys Testament nicht: wenn keiner der von ihm eingesetzten Vollstrecker die Großjährigkeit der Kinder erlebte, dann sollte Jochan Wilder und seine Anwaltskanzlei das Vermögen verwalten.

»Der süße Duft des Geldes«, hatte Jeremy Porter einmal gesagt, »hat schon Millionen anständiger Menschen in die schwindelnden Höhen von Verrat, Wahnsinn, Betrug und Habgier getrieben; er hat Heilige in Teufel verwandelt; in seinem Namen sind mehr Menschen gekreuzigt worden, als man ahnt.«

Im Oktober 1918 sagte Christian zu seiner Schwester: »Meinetwegen könnte der Krieg ewig dauern. Da ist immer etwas los. Wenn ich alt genug wäre, würde ich mich freiwillig melden.«

Gabriele lachte spöttisch: »O ja, wegen der schicken Uniform und der Ledergamaschen, wegen dem Stöckchen und dem Salutieren der Mannschaft, wegen der neuen Armbanduhren für Herren – für Herren! – und der Militärmusik und dem Tanz und dem heroischen Getue! Nein, mein lieber Christian, du bist nicht für Krieg und Heldentum geschaffen, ein Offizier wie du paßt höchstens auf die Operettenbühne!«

»Du Miststück«, lachte Christian. »Du kleines, dreizehn Jahre altes Miststück! Ich könnte mich trotzdem melden und behaupten, daß ich achtzehn bin, und nicht fünfzehn.«

Ellen hatte ihr Haus in Long Island Verwundeten zur Verfügung gestellt. Obwohl Francis dieses Vorgehen grundsätzlich billigte, war es ihm persönlich doch nicht ganz recht. Man wußte ja, was diese ungehobelten Burschen in einem gepflegten Haus anstellen konnten, das als Rekonvaleszentenheim benützt wurde. Dadurch verminderte sich der Wert des Besitzes.

Ellen aber riß sich aus ihrer gewohnten Apathie und verbrachte fast den ganzen Sommer in ihrem Haus, rollte Bandagen, trug eine grau-weiße Schwesterntracht, sang und spielte Klavier für die jungen Männer. Sie benehme sich beispielgebend, versicherte ihr Francis. Die Kinder freilich, so freundlich sie auch dazu aufgefordert wurden, weigerten sich herauszukommen; die augenblicklichen Bewohner des Landhauses waren ihnen ein Greuel. Sie zogen die Stadt, die Freunde und die Sensationen der Kriegstage vor.

»Sie sind alt genug, um allein in New York zu bleiben«, erklärte Francis. »Dort sorgt die Wirtschafterin tadellos für sie und auch der alte Cuthbert, der sonst wirklich nicht mehr viel nütze ist, das muß ich schon sagen. Er ist pensionsreif, Sie sollten ihm kündigen, Ellen. Hat Jeremy ihm nicht 15.000 Dollar hinterlassen? Dabei hat er immer einen hohen Lohn bezogen, besitzt also sicher Ersparnisse und kann gut leben.«

»Es ist im Sinne Jeremys, daß Cuthbert bis zu seinem Tod in unserer Familie bleibt.« Ellen sprach sanft wie immer, aber trotzdem mit einer gewissen Festigkeit – das Echo des Eisens in ihrer Seele, dem Francis mißtraute und das er haßte. Er fand es einfach unverschämt, daß sie auf seine Vorschläge nicht sofort einging. Bildete sie sich am Ende ein, sie wäre selbst fähig, Entschlüsse zu fassen? Es war ihm immerhin vor einem Jahr gelungen, Ellen zur Kündigung von Miß Evans zu bewegen, die sich sofort als Krankenschwester in ein Lazarett gemeldet hatte und nach Europa gegangen war. Sie schrieb Ellen regelmäßig, freute sich, daß sich ihre Patientin aufgerafft hatte und wieder Interesse am Leben fand, daß sie »an der Heimatfront« wirkte – eine neue Bezeichnung, die der englischen Phraseologie entnommen war.

Francis hatte sich inzwischen um einen Sitz im Senat beworben, war aber geschlagen worden. Immerhin zog er wieder in den Kongreß ein, freilich mit einer weit geringeren Stimmenanzahl als zuvor, was ihn sehr erboste. Überdies änderte sich die Stimmung im Land, und das war recht unerfreulich. Die anfängliche Begeisterung hatte immer mehr nachgelassen, je länger der Krieg dauerte, vor allem, als man am 31. August 1918 das Wehrdienstalter auf 18 Jahre herabsetzte. Sie sank noch tiefer, sobald die Verwundetentransporte eintrafen und die Listen der Gefallenen länger und länger wurden. Eine seltsam bedrückte Stimmung lastete über den Menschen, seit Rußland die Waffen niedergelegt hatte und die Sowjets am Ruder waren. Die Leute konnten ihre Angst vor den Kommunisten nicht verhehlen, und die Zeitungen brachten die bedrohlichen Nachrichten aus Rußland in noch größeren Balkenlettern als die Nachrichten von der Front. Man war entrüstet über den Mord an der Zarenfamilie; nationale Blätter wußten von der Vernichtung tausender und abertausender Gegner des Regimes zu berichten, und von Bauern, die auf ihren Höfen hingeschlachtet wurden, deren Hab und Gut man beschlagnahmte.

»Ein Glück für uns, daß die Spanische Grippe grassiert und die volle Aufmerksamkeit der Amerikaner in Anspruch nimmt«, sagten Francis' Freunde. »Wir müssen die Sache jetzt etwas energischer anpacken, es ist Zeit, mit dem Krieg Schluß zu machen – und dann, ans Werk!«

Folglich endete der Krieg, und zwar ganz plötzlich, am 11. November 1918, zum grenzenlosen Jubel des ahnungslosen amerikanischen Volks.

Ausgerechnet an diesem Freudentag wagte Francis den lange geplanten Schritt: Er machte Ellen einen Heiratsantrag. Kitty war es, die ganz unbeabsichtigt den Anstoß dazu gegeben hatte, sonst hätte Francis noch länger gezögert, da er seines Erfolgs durchaus nicht sicher war.

Seit einem Monat war Kitty geschieden. Sie hatte Jochans Freundin als Scheidungsgrund angeführt. Jochan heiratete die Dame prompt am nächsten Tag, sehr zum Mißvergnügen des Scheidungsrichters. Kitty erhielt eine namhafte Abfindung zugesprochen, die ihr, zusammen mit ihrem eigenen Vermögen und den Dividenden aus den Rüstungspapieren, ein recht bequemes Leben sicherte. Nun war's an der Zeit, die »jungfräuliche« Festung Francis zu stürmen. Kitty war überzeugt, daß er sie als Verbündete und als Frau schätzte, daß er weich und nachgiebig, und daher leicht herumzukriegen war. Außerdem kannte sie seinen Geiz und seine Habgier, weshalb sie ihm immer wieder zu verstehen gab, eine wie wohlhabende Frau sie sei. Geld interessierte ihn stets; er beriet sie bei der Anlage ihres Vermögens, und sie zerfloß vor Dankbarkeit und Bewunderung. Die beiden trafen sich regelmäßig, wenn Francis nach New York kam. Auf seine inständige Bitte kümmerte sich Kitty um Ellens Stadthaus, während sich Ellen in Long Island aufhielt. Francis stellte befriedigt fest, daß sie seine Anweisungen genau befolgte.

Trotz ihres Alters war sie noch quecksilbriger als in jüngeren Jahren, wenn sie das auch einige Anstrengungen kostete. Ihr Haar war kunstvoll gefärbt, sie war schick wie eh und je, wenn auch erschreckend mager.

Sie versäumte es in Gesellschaften und in Anwesenheit des Kongreßmannes nie, lebhaft über aktuelle Probleme zu sprechen, und ihre weißen Zähne blitzten dabei. Sie wußte, daß Francis sie immer mehr bewunderte, besonders, seit sie ihm gestanden hatte, daß sie seine politischen Projekte voll billigte, und daß diese Ideen allmählich konkrete Gestalt annahmen. »Es gibt nichts, was Sie nicht durchsetzen könnten, lieber Francis!« Keinen Augenblick kam ihr in den Sinn, daß sie nur Publikum für ihn war, daß er sie als nützliche Person und niemals als Frau betrachtete. Sie war im Kampf um das Wahlrecht der Frauen sehr aktiv gewesen und das fand Francis lobenswert, aber Kitty ahnte nicht, daß hinter diesem Lob eine unbewußte Abneigung, ja eine leichte Verachtung gegen das weibliche Geschlecht steckte. Ebensowenig konnte sie wissen, daß es in seiner Jugend gewisse Episoden mit männlichen Lehrpersonen gegeben hatte, über die sie entsetzt gewesen wäre. Die einzige Frau, die Francis Porter begehrte und jemals begehrt hatte, war Ellen.

Zwei Tage vor dem Waffenstillstand fand Francis Gelegenheit, nach New York zu fahren, Kitty lud ihn zu einem Dinner in ihr braunes Backsteinhaus, das sie jetzt allein bewohnte. Sie hatte bemerkt, daß er feine Küche nicht schätzte, ja, daß er praktisch Vegetarier war und sich höchstens dann und wann ein Frühstück mit Eiern und Speck leistete. »Hausmannskost ist am bekömmlichsten«, erklärte er lehrhaft. »Die Diamanten-Bradys und die Lillian Russells haben in Amerika ausgespielt. Fraß und

Völlerei!« Kitty lachte in sich hinein, während sie ihm eifrig zustimmte und ihre empörte Köchin zwang, wässeriges, fettarm gedünstetes Gemüse, Reispudding und magere Suppen auf den Tisch zu stellen. Francis genehmigte sich nur dann und wann einen kleinen Schluck Wein, »die süße Abwechslung«, wie er es nannte. Ständig zog er über die Amerikaner los, weil sie viel zuviel aßen. »Das Geld könnte man für die Armen verwenden.« Kitty gab sich über den Mann, den sie zu heiraten beabsichtigte, keinerlei Illusionen hin.

Das Dinner war, wie immer, scheußlich, aber Kitty tat, als schmecke es ihr köstlich, während sie aufmerksam den abfälligen Bemerkungen über die Amerikaner lauschte, die »Rußland mit einer Intervention drohten, in einem Zeitpunkt, da sich das russische Volk endlich nach Jahrhunderten der Unterdrückung befreit« habe. Kitty nippte an dem sauren Wein und nickte feierlich. Dann trat eine Gesprächspause ein. Sie beugte sich vor und sagte mit ernsthafter Miene: »Ich habe Sie noch niemals darum gefragt, Francis, aber es interessiert mich schon seit langem: Warum ist ein so angesehener, hübscher und tüchtiger Mann wie Sie nicht schon längst verheiratet?«

Er war geschmeichelt und schaute angelegentlich auf seinen Reispudding. »Aufrichtig gesagt, Kitty, ich hatte niemals Zeit, an mich zu denken. Mir lag immer das Wohl des Volkes am Herzen.«

»Das weiß ich«, murmelte sie mit bewunderndem Blick. »Aber, so ehrenhaft es ist, sich aufzuopfern, man muß schließlich auch leben.«

Francis sah Ellen vor sich, es gab ihm einen leichten Stich, und er errötete. Kitty sah es mit Vergnügen. Er aber wich ihrem Blick aus: »Ich muß gestehen, ich denke öfter an eine Ehe, seit einigen Jahren schon ...«

Sie bog den Kopf zur Seite und blitzte ihn kokett an: »Darf ich fragen, wer die Glückliche ist?«

Er fuhr auf, sah ihr verbrauchtes, kleines Gesicht, die tiefen Rillen um ihren Mund, das auffordernde Lächeln, die feuchten, vorstehenden Zähne, und ein Licht ging ihm auf. Sein Erschrecken war so heftig, daß sein Gesicht scharlachrot anlief. Er fand Kitty abstoßend. Hastig schob er den Pudding fort, er wäre am liebsten geflohen. Guter Gott, dachte er, wie kann sie nur eine Sekunde glauben, daß ich sie haben will, daß es irgendeine Frau außer Ellen für mich gibt. Ich habe ihr doch niemals Anlaß gegeben, so etwas anzunehmen! Wieso ist mir nicht früher aufgefallen, wie widerlich sie ist, dieses schwarze dürre Frauenzimmer, trotz der eleganten Kleider und des Schmucks! Ich schreie, wenn sie mich nur anrührt!

Er stotterte: »Wer weiß, ob die Dame glücklich wäre ... das heißt, wenn ich eine bestimmte im Sinn hätte ...« Er verstummte. Nein, er durfte nicht allzu hart sein. Diese Frau war ihm schließlich treu zur Seite gestanden, hatte sich um Ellen und die Kinder gekümmert, sie besaß auch viel Einfluß auf die jüngere Freundin, ebenso wie auf Christian und Gabriele, die augenscheinlich an ihr hingen. Ich darf es mir nicht mit ihr verscherzen, ich spüre, daß sie eine sehr gefährliche Feindin werden kann, sie ist rachsüchtig. Das alles ging ihm durch den Kopf und verwirrte ihn. Er hüstelte, während sie sich zu ihm neigte, und zwang sich zu einem schüchternen Lächeln.

»Ich weiß nicht, ob die Dame glücklich wäre«, wiederholte er.

»Eine bestimmte Dame?« fragte sie.

Schweißtropfen traten ihm auf die Stirn. Es war ihm klar, daß er die Aussprache mit Ellen nicht mehr lange hinausschieben durfte, obwohl er panische Angst vor einer Ablehnung hatte. So sagte er gepreßt: »Sie, Kitty, werden die erste sein, die es erfährt, die allererste. Das verspreche ich Ihnen ... falls ...«

Ein Stockfisch, dachte sie. Aber ein reicher Stockfisch, und ein mächtiger. »Sie sind zu bescheiden«, flötete sie. »Jede Frau muß sich geehrt über Ihren Antrag fühlen.«

Obwohl er Politiker war, hatte er niemals die Kunst der Verstellung beherrscht. Es gelang ihm nicht, irgend jemandem etwas vorzutäuschen, außer sich selbst. Er hatte auch niemals bewußt geheuchelt, weil er felsenfest an das glaubte, was er sagte, denn er war seiner Überlegenheit sicher.

»Nett von Ihnen, Kitty«, murmelte er, und die roten Flecken auf den Wangen vertieften sich; er blickte zur Seite und wagte sie nicht anzuschauen, und das freute sie. »Noch einmal, Kitty, ich gebe Ihnen mein Wort: Sie sind die erste, die es erfährt.«

Sie musterte ihn mit zusammengezogenen Brauen, die beiden scharfen Linien zwischen den Augen wurden zu schwarzen Strichen: »Kränken Sie mich nicht, Francis, verraten Sie es mir doch ... sofort. Ich bin Ihr bester Freund, nicht wahr? Ich schätze Sie so sehr, ich bin Ihres Vertrauens würdig ...« Mit einem schrillen, gezwungenen Lachen: »Vielleicht eine Juni-Hochzeit?«

Er fuhr heftig auf: »O nein, viel früher, wie ich hoffe ... sofern die Dame ja sagt. Aber vielleicht gibt sie mir einen Korb.«

Ah, dachte Kitty erleichtert, er braucht nur ein bißchen Ermunterung, einen kleinen Stups! Sie rief: »Sie müssen sie eben fragen!«

»Ja, ich werde sie fragen.« Er erschrak zu Tode und begann zu zittern. Kitty vermerkte es geradezu jubelnd.

»Wann werden Sie die Frage stellen, Sie schlimmer Junge?«

»In wenigen Tagen ... wenn ich mich traue ...«

»Jetzt und sofort! Jetzt ist der richtige Moment!«

Was das betraf, stimmte er ihr völlig bei. Er zwang sich, ihr in die Augen zu schauen, als sie ihn fragte: »Kenne ich die Dame?«

»Sehr, sehr gut. Niemand kennt sie besser als Sie, niemand, Kitty!«

Es gibt keine andere, dachte sie. Er hat niemals einer Frau den Hof gemacht, weder hier, noch in Washington, ich hätte es sofort erfahren.

Er zog seine Uhr heraus, und seine Hand bebte leicht: »Sie müssen mich entschuldigen, Kitty. Ich habe noch ... einige Telegramme aufzugeben und eine Rede zu konzipieren.«

Sie merkte seine Nervosität und ließ ihn gehen. Leichtfüßig sprang sie auf, begleitete ihn in die Halle und half ihm in den Mantel. Er zuckte zusammen, als sie neckisch nach seinem Arm faßte und ihm groß ins Gesicht sah; er fand sie zudringlich und gewöhnlich, es war ihm peinlich, in Tuchfühlung mit ihr zu geraten.

Draußen peitschte der kalte Novemberwind schwärzliche Regenböen durch die Straßen. Francis stürzte wortlos hinaus in die Nacht, und Kitty sah ihm beglückt nach. Jetzt hab' ich ihn! Aber in mein Bett darf er mir nicht, wenn es sich verhindern läßt. Bezweifle übrigens, daß ich mich mit einer solchen Kalamität überhaupt auseinandersetzen muß.

In seiner Angst vor Kitty Wilder suchte Francis am Abend des Waffenstillstandstages unangemeldet Ellen auf. Ganz New York war in frohem Taumel, die Menschen tanzten in den Straßen und sangen »It's a long way to Tipperary, it's a long way to go ...« Blasmusik ertönte an allen Ecken und Enden, Konfetti wirbelten durch die Luft, Fremde umarmten einander und küßten sich, alles jubelte. Aus jedem Fenster, aus jedem Haus tönten Gesang, Zurufe, Freudengeschrei, und eilige Füße klapperten über das Pflaster. Man hob die Soldaten auf die Schultern, die Straßenbahnwagen klingelten melodisch im Chor, die Autos hupten, die Auslagen strahlten und die Kinder kreischten. Den Zeitungsjungen wurden die druckfeuchten Blätter aus den Händen gerissen, und ein Münzenregen ergoß sich über sie. In den Lokalen brannten hunderte Glühbirnen, und die Schwingtüren der Bars waren in ständiger Bewegung. In den Restaurants wurde getafelt und gefeiert, die Gehsteige quollen von Menschen über, die Fahrzeuge verstopften die Straßen, die Polizisten hoch zu Roß wurden des Trubels nicht Herr, wollten es wohl auch gar nicht ernstlich, obwohl sie pausenlos ihre Trillerpfeifen betätigten.

»Ich bin so glücklich, daß der Krieg vorbei ist, Francis«, sagte Ellen, als die beiden am Kamin saßen und vor dem Abendessen ihren Sherry tranken. »Ich hatte ja solche Angst um Christian. Hätte der Krieg noch lange gedauert, wäre er vielleicht auch eingezogen worden. Bei den armen Jungen in Long Island mußte ich immer an meinen Sohn denken. Wie schön, daß nun alles vorbei ist.«

Francis aber dachte: Der wahre Kampf hat erst begonnen, der Kampf um die Befreiung aller Völker der Erde. Doch er nickte gravitätisch: Sie saß neben ihm in ihrem schwarzen Samtkleid, und obwohl sie noch immer mager und blaß war, wirkte sie ruhig und gefaßt. Sie schien sich mit ihrem Schicksal abzufinden. Mit einem Blick auf Jeremys Porträt über dem Kamin sagte sie seufzend: »Wie glücklich wäre Jeremy heute nacht gewesen!« Ihre Augen waren feucht, doch sie lächelte. Sie hatte ihr Haar nicht abschneiden lassen, wie es der Bubikopf-Mode entsprach, sondern es türmte sich wie eine Feuerkrone auf ihrem Haupt; das durchscheinende Antlitz war klar und gelassen wie einst. Gedankenlos spielte sie mit ihrer Perlenkette und ihre schöne Brust wölbte sich, als sie seufzte. Sie schien Francis völlig vergessen zu haben. Er aber konnte den Blick nicht von ihr wenden, Ellen, Ellen, stöhnte er innerlich.

Die Uhr in der Halle schlug acht. Bald würde das Abendessen aufgetragen werden. »Man wird den Kindern morgen sicher frei geben«, sagte Ellen. »Christian könnte von Groton kommen und Gabriele von der Tagesschule. Ich denke, ich führe sie morgen zu einem feinen Dinner bei Delmonico aus. An einem so festlichen Tag!«

Jetzt oder nie, dachte Francis zitternd. Er beugte sich zu Ellen: »Haben Sie je bedacht, daß Ihre Kinder einen Mann im Haus brauchen, der sich um sie kümmert, sie berät und lenkt?«

Sie warf ihm einen schnellen, verwunderten Blick zu und lächelte dann: »Sie haben ja Sie, Francis.«

»Aber ich bin nicht berechtigt, ihnen etwas zu befehlen.«

»Sie hängen an Ihnen und hören auf Sie. Ich wüßte wirklich nicht, was ich ohne Sie und Charles anfangen sollte. Ihr beide seid wie Väter zu ihnen, obwohl sich Christian manchmal über Charles beklagt. Er ist eben noch ein Kind und versteht ihn nicht.«

»Vielleicht hat er doch Grund, sich zu beklagen«, sagte Francis vieldeutig.

Ellen schüttelte erstaunt den Kopf: »Bestimmt nicht, Francis; und überdies hat der Junge auch Sie. Er verehrt Sie, genauso wie Gabriele, sie betonen es immer wieder.«

»Es könnte ja sein, daß sie mich eines Tages nicht mehr haben.« Seine Hände zitterten so stark, daß er sich an der Stuhllehne festklammern mußte. »Vielleicht heirate ich einmal und ziehe fort.«

»Ah, Sie denken an Heirat?« fragte Ellen überrascht.

»Ja, schließlich bin ich nicht mehr der Jüngste, ich möchte eine eigene Familie besitzen.«

»Kenne ich sie?« fragte Ellen neugierig. Es wäre ihr niemals eingefallen, daß Francis heiraten könnte. Schade, er würde ihr abgehen.

»Ja, Ellen, Sie kennen sie gut.«

Sie wartete. Er aber saß da, steif vor verhaltener Erregung, mit verkrampften Händen und Schweißtropfen auf der Stirn.

»Nochmals, Ellen, Sie müßten an Ihre Kinder denken. Die sind in einem Alter, wo sie eine feste Hand brauchen. Sie kommen mir manchmal recht ungebärdig vor, ein bißchen vorlaut außerdem, vor allem Gabriele. Kinder brauchen Autorität, männliche Autorität.« Er hielt den Atem an, während sie ihn arglos anschaute. »Ellen, haben Sie jemals daran gedacht, wieder zu heiraten?«

Sie begriff ihn nicht. »Aber ich bin doch verheiratet!« rief sie.

»Was?« Er war wie vom Donner gerührt, das Blut stockte ihm in den Adern. »Sie sind verheiratet?«

»Natürlich, mit Jeremy ... Ich bin seine Frau.«

Er atmete auf. Was für ein Unsinn, so zu erschrecken!

»Ellen, Liebes«, sagte er nachsichtig, »Sie sind Jeremys Witwe. Sie haben keinen Gatten.«

Die Pfirsichfarbe, noch zarter als in ihrer Jugend, wich aus ihren Wangen und Lippen. Sie wendete den Kopf ab und schwieg.

»Ebenso wie Ihre Kinder keinen Vater haben, den sie so dringend brauchen. Sie merken es selbst, Sie, Ellen, sind so schüchtern ..., sind zu nachgiebig, um ihnen eine Stütze im Leben zu sein. Das ist sehr schlecht für die Heranwachsenden. Denken Sie einmal nicht nur an sich, sondern an das Wohlergehen Ihrer Kinder. Sie müssen wieder heiraten, Ellen.«

Es fröstelte sie plötzlich, ihr Kopf sank auf die Brust.

»Wie könnte ich es, da ich nur Jeremy liebe«, flüsterte sie.

»Er ist tot, Ellen, er kann Ihnen und Ihren Kindern nicht mehr zur Seite stehen. Bedenken Sie, wie besorgt er selbst jetzt um Christian wäre, der beinahe ein Mann ist, und um Gabriele, die hinaus ins Leben tritt. Sie haben eine Mutter, die ein bißchen weltfremd und nie konsequent ist, wie ich fürchte. Wir leben in einer neuen Zeit, Ellen, und wir wissen nicht, was uns bevorsteht. Die Kinder brauchen Schutz und Stütze. Sie dürfen ihnen diesen Schutz nicht aus egoistischen Gründen verwehren.«

Das alte Schuldgefühl packte sie wieder und die alte Furcht. Er bemerkte es wohl. Sie war totenblaß und sie litt. Er aber schonte sie nicht: »Sie dürfen nicht mehr lange überlegen. Das Wohl Ihrer Kinder ist Ihre wichtigste Aufgabe, sie können Sie nicht wegen sentimentaler Erinnerungen an einen verstorbenen Gatten und Vater vernachlässigen. Es ist höchste Zeit. Christian läßt sich von Ihnen nichts mehr befehlen, und Gabriele hört Ihnen nicht einmal zu, wenn Sie sie ermahnen.«

Ellen bewegte langsam den Kopf wie in tiefer Qual.

»Ein neuer Vater würde Christian an die Kandare nehmen und Gabriele den rechten Weg weisen — mit Liebe natürlich und durch persönliches Beispiel. Vaterlose Kinder sind immer gefährdet, Ihre Kinder ganz besonders, weil sie verwöhnt sind, und, wie ich fürchte, keine festen Grundsätze und keine Ideale besitzen. Sie, Ellen, sind einfach zu weich für halbwüchsige Kinder. Die beiden sind aufgeweckt und voll von Widerspruchsgeist. Ich muß es offen sagen: sie haben kaum Respekt vor Ihnen. Sie brauchen jemanden, den sie anerkennen und achten. Charles Godfrey? Der hat eine eigene Familie und kann ihnen höchstens einmal etwas abschlagen, wenn sie gar zu unbescheiden werden.«

Ellen flüsterte kaum hörbar: »Meine Kinder ... wollen nicht, daß ich wieder heirate.« Es klang wie eine flehende Bitte, und als sie das Haupt hob, sah er ihre verzweifelte Angst und auch die Unsicherheit in ihren Zügen. »Wie sollte ich heiraten, da ich doch Jeremy niemals vergessen kann!«

»Da haben wir es wieder, Ellen. Ihr alter Egoismus! Immer nur an sich selbst denken, an die eigenen Gefühle und Wünsche! Manchmal muß man eben Opfer für andere bringen – was Sie, weiß Gott, selten tun.«

»Ich denke immer an meine Kinder, ich lebe für sie.«

Er schüttelte den Kopf: »Nein, das stimmt nicht, sonst müßten Sie erkennen, daß ich recht habe. Sehen Sie doch ein, daß Sie in der Vergangenheit leben und nicht merken, wie Ihre Kinder heranwachsen, woraus sich neue Pflichten für Sie ergeben. Die beiden brauchen eine starke Hand, sie sind in Gefahr, in tödlicher Gefahr! Glauben Sie mir, ich weiß es genau, ich beschäftige mich dauernd mit ihnen und beobachte sie!« Er glaubte es tatsächlich.

Sie rang verzweifelt die Hände, aber er fühlte kein Mitleid: »Ich kenne Sie seit Ihrer frühesten Jugend, Sie waren noch jünger als Gabriele heute, damals, als ich ins Haus meiner Verwandten kam. Ich weiß, wie schwach Sie sind, wie wenig Sie die eigenen Gefühle beherrschen können, wie – ich muß es offen sagen –, wie gedankenlos Sie immer waren, wenn es sich um andere Menschen handelte. Meinen Sie nicht, daß es Zeit wäre, sich zu ändern und sich jetzt um andere, vor allem um Ihre Kinder zu kümmern?«

Sie antwortete nicht und starrte nur unglücklich vor sich hin. Er rückte näher an sie heran und ergriff ihre Hand. Sie war kalt, aber er glaubte bei der bloßen Berührung zu verbrennen. Ellen fuhr nicht zurück, sie ließ die Hand schlaff in der seinen liegen, ihre Augen waren naß. Sie wirkte völlig abwesend.

»Hören Sie mir überhaupt zu, Ellen? Spüren Sie denn nicht, daß ich um Ihr Wohl besorgt bin, mehr als sonst ein Mensch? Manchmal bin ich ganz verzweifelt ...«

Sie murmelte: »Aber wer sollte mich heiraten? Ich kenne doch niemanden ... keinen ledigen Mann.«

Er schwieg, und tiefe Stille senkte sich über die beiden. Als sie die Augen hob, sah sie, daß sein Gesicht vor Erregung glühte.

Erst nach einer Weile sprach er stockend: »Sie haben mich, Ellen, mich, der Sie immer geliebt hat. Wollen Sie mich heiraten und damit Ihren Kindern einen Vater geben, der ihres Blutes ist?«

»Sie, Francis, Sie?« Sie schaute ihn verständnislos an.

»Kommt Ihnen das so schrecklich vor? Ich liebe Sie, ich habe Sie immer geliebt.«

Sie glaubte, nicht recht gehört zu haben. In ihrem Kopf dröhnte es, alles verschwamm vor ihren Augen.

»Immer habe ich Sie geliebt«, wiederholte er. »Vom Augenblick an, als ich Sie auf einer Wiese in Preston knien sah. Sie erinnern sich doch an Preston, an das Porter-Haus? Ja, die armen Eltern Jeremys sind vergessen und verlassen. Sie sehen ihre Enkel kaum – wessen Fehler ist das, Ellen? Die Kinder reden respektlos über die alten Leute, Sie tadeln sie deshalb nicht, Sie haben ihnen niemals etwas verboten. Sie brauchen jemanden, der Sie anleitet, genau wie ihn Ihre Kinder brauchen.«

Nun stand eine so wilde Angst in ihren Augen, daß er fürchtete, sie könnte entfliehen.

»Ich liebe Sie«, beteuerte er, »ich will Sie beschützen, Ihnen helfen. Das habe ich immer gewollt, immer stand ich in Ihrer Nähe, in Gedanken oder wirklich, alle die Jahre hindurch. Haben Sie das nicht gespürt?«

Sie schüttelte den Kopf und begann zu weinen. Er schwieg und hielt noch immer ihre Hand fest.

Dann sagte sie mit einer fremden Stimme, als wäre sie weit, weit weg: »Ich kann keine Kinder mehr haben, Francis. Ich wäre nicht die richtige Frau für Sie.«

»Lassen Sie mich das beurteilen. Ich liebe Sie, nehmen Sie mich zum Gatten, ich will alles für Sie tun.«

Sanft zog er sie an sich und drückte einen leichten Kuß auf ihre Lippen. Er wußte, wie verderblich es gewesen wäre, sich jetzt gehen zu lassen und die wahren Gefühle zu zeigen.

Alle Kraft verließ sie. Ihr war, als greife etwas Schmutziges nach ihr, als würde sie von einem eklen Wind weggetrieben, dem sie nicht entrinnen konnte. Sie schloß die Augen und hatte nur den einen Wunsch: zu schlafen – zu schlafen und zu vergessen.

»Ellen, wollen Sie mich heiraten? Ja? Morgen?«

»Ja«, flüsterte sie aus dem Dunkel, in das sie gesunken war. Sie war wie in Trance, sie wußte später nicht, ob sie an jenem Abend noch gesprochen, gegessen hatte, ja, ob sie zu Bett gegangen war. Sie schlief in dieser Nacht nicht, sie sank in eine Betäubung wie eine Narkotisierte, stumpf, ohne einen einzigen Gedanken.

Am nächsten Morgen wurden sie in der City-Hall überstürzt getraut. Standesbeamte hatte Francis aufgestöbert, während draußen in den Straßen weiter das Kriegsende gefeiert wurde. Bereits die Abendblätter berichteten, daß Kongreßmann Francis Porter in aller Stille geheiratet habe, und zwar die Witwe seines Vetters Jeremy Porter, der selbst Kongreßmitglied gewesen und in New York einem Attentat zum Opfer gefallen war.

Als Kitty Wilder diese Zeilen las, wollte sie zuerst ihren Augen nicht trauen. Doch dann begannen ihre Freunde anzurufen. Sie ließ sich verleugnen, die Zofe teilte den Anrufenden mit, ihre Herrin sei verreist. Kitty fiel ins Bett, halbtot vor Wut, Haß und Beschämung; niemals noch in ihrem Leben war sie so gekränkt und beleidigt worden. Sie hätte morden können, wußte aber nicht, wen sie glühender haßte: Francis Porter oder

Ellen. Spät nachts dann entschied sie sich für Francis: Er hatte sich gemeldet, um ihr höflich Mitteilung von seiner Eheschließung zu machen.

Somit hatte er sein Wort gehalten.

XXXII

»Ich kann es noch immer nicht glauben«, sagte Maud zu ihrem Gatten, »wie hat er Ellen herumgekriegt? Diesen Mann zu heiraten!«

»Weiß Gott«, knurrte Charles. »Ausgerechnet Francis Porter! Er hat sie sofort nach der Trauung weggeschleppt, er will sie sicher verstecken, bis sich die ersten Wogen gelegt haben. Er muß ihr Rauschgift gegeben haben, anders kann ich mir's nicht vorstellen. Sie weiß bestimmt nicht, was sie getan hat. Nun, ich werde diese Uniform bald ausziehen, Liebling. Wenn ich zurück bin, dann suche ich herauszubekommen, wo sie in Washington wohnt.«

Francis aber hatte seine junge Frau nach Baltimore, in ein ruhiges, diskretes Hotel gebracht.

Ellen blieb die ganze Woche in dem düsteren, wenn auch luxuriösen Appartement und ließ sich nicht einmal herbei, zum Essen in den Speisesaal hinunterzugehen. Sie bewegte sich wie eine Traumwandlerin, wie eine leblose Puppe. Sie dachte nichts, sie wiederholte sich nur unaufhörlich: Ich tue es für meine Kinder. In den Nächten dämmerte sie wie in einem einzigen Alptraum dahin, immer wieder von den gierigen Liebkosungen ihres Gatten, die sie stumpf über sich ergehen ließ, aus der Betäubung gerissen. Er war wie verrückt, wie gepeitscht von Leidenschaft und Verlangen. »Ellen, Ellen!« stöhnte er und vergrub sein Gesicht in ihrem Haar, ihrem Nacken, ihren Brüsten und bedeckte sie mit Küssen. Manchmal versuchte sie matt, ihn abzuwehren, aber auch das geschah wie in Trance, wie im Drogenrausch.

»Du weißt nicht, wie lange, wie lange schon ich mich nach dir sehne, meine Geliebte, all die endlosen Jahre! Du ahnst nicht, wie viele Nächte ich von dir geträumt habe! Gib mir deine Hand, Liebste, deine Hand – ich liebe dich, ich liebe dich.«

Manchmal packte sie panische Angst, ihr war, als schleppte man sie zu einer Opferstätte, aber immer wieder ließ sie alles willenlos mit sich geschehen: Ich tue es für meine Kinder, für meine Kinder.

Wäre sie weniger ahnungslos und weniger naiv gewesen, dann hätte sie ihn vielleicht bedauert; hätte Mitleid mit diesem verkrampften, verhemmten Menschen empfunden, der sie brutal mißbrauchte. Sie hätte begriffen, daß sich nur ein Mann so gehen läßt, der sich Jahre hindurch eisern beherrschen mußte. Und das Mitleid, die Rührung über eine so unbändige Leidenschaft hätte sich in verstehende Zärtlichkeit wandeln können; sie wäre sich nicht als Opfer vorgekommen; vielleicht hätte auch er dann Frieden gefunden und wäre echter, verstehender Liebe fähig geworden. Ja, sie hätten am Ende sogar glücklich werden können.

Aber sie war naiv und ahnungslos, sie konnte die Ausbrüche des sonst so kalten Mannes nicht begreifen; es ging über ihr Vorstellungsvermögen, daß Leidenschaft einen Menschen von Grund aus verwandeln kann. Hätte sie das begriffen und einen Funken Verständnis dafür gehabt, dann wären ihre Nächte kein Alptraum gewesen und alles, vielleicht ihr ganzes künftiges Leben, hätte sich verändert.

So aber empfand sie nur Furcht und Abscheu und Ekel, und den dumpfen Wunsch, ihm zu entfliehen, ihn für immer zu meiden. Darin lag die beiderseitige Tragödie. Ausgehöhlt und allen Willens beraubt, konnte sie ihn nicht abwehren, nicht mit ihm sprechen, nicht einmal bei den Mahlzeiten. Zuweilen sehnte sie sich verzweifelt nach dem Tod, einfach, um nichts mehr zu wissen, zu vergessen, alles, selbst die Kinder, selbst Jeremy. Manchmal versuchte sie, sich ihm zu entziehen, aber ihr Wille war gelähmt und alle Kraft hatte sie verlassen.

Sie wechselten kein Wort, während draußen hinter den fest verschlossenen Läden der Sturm heulte, sie sprachen nicht einmal über das Wetter, und nicht über die Zukunft. Es gab Augenblicke, da schien er zur Besinnung zu kommen und zu sehen, was er anrichtete, wie er sie zerstörte. Dann erschrak er und flehte mit bebenden Lippen: »Ellen, du ... du ...« Aber sie hob den Blick nicht. Nicht die kleinste Geste, nicht die Andeutung eines Lächelns, nicht ein Wort. Er wußte nicht, warum, er war hilflos und tief gekränkt.

Am letzten Tag, nach einer endlosen, qualvollen Nacht, sagte er: »Wir müssen heute nachmittag um vier nach New York zurückfahren, Ellen.«

Sie nickte stumm und begann gehorsam zu packen. Sie sah wie eine Schwerkranke aus, wie damals, als sie aus dem Sanatorium kam. Er beobachtete sie und war verzweifelt. Er hatte sich ihr ausgeliefert, wie er glaubte, hatte sich restlos an sie verschenkt, und sie tat, als hätte er sie vergewaltigt und dann weggeworfen. Sie sprach kein Wort im Zug, starrte nur durch die rußigen Fenster hinaus. Er griff nach ihrer behandschuhten Rechten. Sie war wie tot. Ich verstehe es nicht, ich verstehe es nicht, dachte er. Irgend etwas ist falsch – und dabei liebe ich sie doch. Begreift sie das nicht? Sie muß es doch endlich wissen.

Christian und Gabriele waren bester Laune, während sich ihre Mutter »auf Hochzeitsreise« befand. »Jetzt kann ich alles haben, was ich will«, sagte Christian hämisch. »Mein lieber Stiefvater frißt mir aus der Hand.«

Gabriele war etwas skeptischer. Trotzdem strahlte auch sie und die Augen in dem aparten, dunklen Gesicht funkelten listig: »Hoffentlich«, sagte sie mit ihrer hellen, hübschen Stimme. »Wir werden riesig lieb und nett sein, nicht wahr? Spielen wir ihm die artigen Kinder vor. Er darf nie draufkommen, was wir eigentlich von ihm halten. Aber er ist ja so blöd. Paßt wunderbar zu Mama, nicht? Er ist womöglich noch beschränkter. Na, wir werden ja sehen.«

»Möchte wissen, wie die gute Tante Kitty die Sache aufnimmt!«

»Ihre Zofe sagte am Telefon, daß sie noch immer verreist ist. Ich glaub's aber nicht, ich wette, daß sie daheim ihre Kissen zerfetzt, die Krallen schärft und Mama verflucht. Wär' lustig, heute nacht in ihr Zimmer zu gucken – ein Theater, ein Spaß!«

»Wir sollten aber trotzdem den Verkehr mit Tante Kitty weiter pflegen«, meinte Christian und kraulte seinen roten Haarschopf. »Ich hielte es für günstig.«

»Freilich, sie kann uns jetzt sogar noch nützlicher sein.« Gabriele wikkelte nachdenklich eine Locke ihres schwarzen Haars um den Finger. »Sie hat Mutter niemals leiden können. Jetzt wird es noch viel schlimmer. Wir müssen genau überlegen, wie wir es angehen und sie einbauen.« Sie lachte. »Hast du gesehen, wie verdrossen Onkel Charles war, als er uns ermahnte, ›recht nett‹ mit dem Stiefvater zu sein? Seien wir froh: ihn und diese gräßliche alte Maud wären wir jetzt los.«

»Vor allem muß ich Papa bearbeiten, daß er mich aus Groton herausnimmt«, erklärte Christian. »Ich halte es dort einfach nicht mehr aus.«

»Hoffentlich ist Mama nicht eigensinnig und versteift sich darauf. Sie kann es komischerweise zuweilen sein.«

»Wie die meisten dummen Menschen setzt sie eben manchmal einen Dickschädel auf. Aber Papa ist noch viel sturer. Das ist er sich selbst und seinen Idealen schuldig, meint er. Wir müssen uns nur bemühen, ihm einzureden, daß alles, was wir verlangen, von ihm ausgeht, daß es sein eigener Wunsch ist, und das wird nicht schwer sein. Er hält sich für einen Übergescheiten, und dabei ist er nichts weiter als ein verbohrter Fanatiker, der die Reden anderer nachkaut. Bestimmt hat er in seinem ganzen Leben noch keinen einzigen originellen Gedanken gehabt. Übrigens hat er mir unlängst ein Buch über Engels gegeben, und als ich mir eine Stelle von ihm erklären lassen wollte, da ist er ganz verlegen geworden und hat schnell das Thema gewechselt. Keine Ahnung hat er! Na, Hauptsache ich weiß, woran ich bin. Mit dem neuen Papa wird es keine Schwierigkeiten geben.«

»Das kann man nicht so genau wissen«, antwortete Gabriele zögernd. »Nichts ist voraussehbar, bilden wir uns nichts ein. Du sagst zwar, daß er ein Idiot ist, ein schlimmerer noch als Mama, doch bedenke, daß ein Idiot gefährlich werden kann, weil er unberechenbar ist. Daher Vorsicht!«

»Ich werde vorsichtig sein«, versprach der Bruder. »Morgen muß ich in diese verdammte Schule zurück, bevor Mama mit ihrem Herzallerliebsten heimkommt. Wir sollten unserer guten Tante Kitty einen Besuch abstatten und uns an ihrem Busen ausweinen. Meinst du nicht?«

Gabriele überlegte wie immer ernsthaft das Für und Wider und war dann einverstanden. Sie zog ihren dunkelroten Wollmantel mit dem Biberkragen an und setzte den breiten Biberhut auf, Christian nahm den Schulmantel und die Kappe. Sie schritten fröhlich aus und wanderten zu Kittys Backsteinhaus, das dem ihren so ähnlich war. Der Wind trieb die Schneeflocken in kleinen Wirbeln über die Gehsteige und Straßen; in der Luft lag noch immer etwas von Feiertag. Es dunkelte bereits und die Lampen blitzten auf. Ein roter, doppelstöckiger Autobus dröhnte in der Fifth Avenue vorbei. Auch in den Auslagen flammten die Lichter auf, und der Verkehr wurde dichter.

Kittys Stubenmädchen war unschlüssig, als Christian höflich nach der gnädigen Frau fragte. »Ich glaube, sie ist nicht daheim«, sagte sie, »ich sehe nach.«

Widerstrebend führte sie die zwei Kinder in die warme Halle mit den lustigen Tapeten – rote Streifen auf weißem Grund – und ging die Treppe hinauf. Kurz darauf kam sie zurück, nickte, und ließ die Geschwister in den schmalen Salon ein, wo sie schon oft gewesen waren. Im Kamin flackerte ein niederes Feuer, es brannten nur wenige Lampen, die ein dämmriges Licht verbreiteten. Gabriele hatte die diskrete Eleganz dieser Wohnung immer bewundert. Sie fand das Haus viel stiller als das ihrer Mutter, obwohl es durchaus keine friedliche Stille war. Nein, es vibrierte förmlich, eine verhaltene Spannung lag über den Räumen, wie über Kittys ganzer Person. In dem äußeren Frieden schien ein geheimes erregendes Versprechen zu liegen.

Kitty trat in einem dunkelblauen Kleid aus knisternder Seide ein. Sie hatte hastig Puder und Rouge aufgelegt und die Lippen geschminkt, wodurch ihre gelbliche Blässe noch hervorgehoben wurde. Aber ihr breites Lächeln füllte das ganze Gesicht, es verwischte beinahe die dunklen Flecken unter den Augen und die geröteten Lider. »Meine Kinder, meine süßen, geliebten Kinder!« rief sie und streckte ihnen die dünnen Arme entgegen, von denen die weiten Ärmel wie bei einem Kimono herabfielen. Gabriele rannte auf sie zu und verbarg das Gesicht an ihrer Schulter, während Christian mit finsterer Miene gemessen näherkam und ihre Wangen küßte.

»Ein entsetzlicher Schock für euch, meine armen Kleinen! Setzen wir uns, trinken wir eine Tasse Tee und sprechen wir darüber.« Sie seufzte bedeutungsvoll. »Ein arger Schock. Und junge Leute sind so empfindsam.«

»Mama hat uns kein Wort gesagt. Cuthbert hat es uns mitteilen müssen. Christian und ich kommen uns so ... betrogen vor, so hintergangen. Wir können Vetter Francis nicht mehr lieben, nein. Wir können es nicht glauben.«

»Wir können es nicht glauben«, bestätigte Christian.

Kitty war in diesen bösen Stunden zur Überzeugung gekommen, daß

Ellen doch nicht so dumm war, wie sie stets angenommen hatte, sondern wenn nötig auch listig und verschlagen. Nur Falschheit sondergleichen erklärte diese unbegreifliche Heirat. Ellen hatte ihre ganze Umgebung geschickt hinters Licht geführt, und Kitty ärgerte sich wütend, daß sie ihr hereingefallen war. Diese leeren blauen Augen hatten sehr scharf beobachten und sich sehr gut verstellen können. Kitty befeuchtete den grellroten Strich ihrer Lippen und zog die Brauen drohend zusammen. Befriedigt lauschte sie den tränenreichen Klagen Gabrieles, denen Christian mit ernstem Nicken beipflichtete. Sie seufzte tief und streichelte die Hand des Mädchens.

»Nun«, sagte sie endlich, »wir dürfen nicht richten. Aber daß sie nicht einmal mir, ihrer besten Freundin, ein Wort anvertraut hat ... ihrer treuesten Freundin! Wenn ich denke, wie sich die Leute den Mund zerreißen werden ... Aber egal. Geschehen ist geschehen, und wir müssen uns damit abfinden. Dieser Francis – so Hals über Kopf! Das sieht ihm gar nicht ähnlich. Ich habe ihn niemals für impulsiv gehalten, er war immer verschlossen, allzu beherrscht – ich begreife es nicht! Hat er den Verstand verloren?«

»Mama muß ihm etwas versprochen haben«, sagte Christian. Kitty blickte ihn scharf an, und er errötete ein wenig: »Ich meine ... sie hat ihm sicher eingeredet, daß sie ihm eine brave Ehefrau sein wird und vielleicht wird sie es auch. In gewisser Weise ist er sehr spießbürgerlich. Ich hoffe, daß er Mama ein bißchen gerne hat und daß er uns ein guter Stiefvater sein wird. Aber es war wirklich sehr häßlich von den beiden, uns die Nachricht von einem alten Diener überbringen zu lassen!«

Kitty betrachtete sie traurig. »Es muß eine Erklärung geben, Kinder. Wir warten, bis eure Mutter zurückkommt. Dann rufe ich sie an. Man muß nachsichtig sein und verzeihen, glaubt mir.«

Die Kinder verließen sie, und Kitty fühlte sich etwas leichter. Zwar würde sie niemals mehr Francis heiraten können, aber eines Tages würde sie ihre Rache haben, das spürte sie. Sie goß sich eine zweite Tasse Tee ein und summte vor sich hin. Ja, einmal würde sie es ihr vergelten.

Ellen kam mit ihrem neuen Gatten nach New York zurück. Drei Tage später kam Kitty zu ihr auf Besuch. Sie wunderte sich nicht, daß Francis am Morgen in großer Eile nach Washington abgedampft war, und war hocherfreut, Ellen in einem Zustand stumpfer Lethargie vorzufinden, grau und farblos, ohne Leben. Selbst das Haar sah matt und ungepflegt aus. Die großen blauen Augen, die Kitty so haßte, waren verschleiert, wie die Augen sehr alter Menschen. Die Nähe der Freundin schien Ellen kaum bewußt zu werden.

»Du schlimmes Ding, läufst wie ein verliebtes Schulmädchen auf und davon, ohne deinen Freunden ein Wort zu verraten!« rief sie und griff nach Ellens schlaffen Armen. Die schrille Stimme überschlug sich: »Die ganze Stadt redet davon und ist außer sich. Keiner kennt sich aus, und man zerbricht sich den Kopf, was dahintersteckt. Niemand hätte gedacht, daß Francis jemals heiratet. Und die ganze Zeit seid ihr unter einer Decke gesteckt, ihr Heimlichtuer! Ihr bösen, bösen Leute!« Sie schob Ellen auf Armlänge von sich und freute sich: Ellen sah keineswegs hübsch aus in dem unvorteilhaften braunen Kleid, das durch keinerlei Schmuck aufgehellt wurde: Sie trug nur den Ehering. Wie eine Schwerkranke kam sie ihr vor, die keine Ahnung hat, wo sie sich befindet. Gedankenverloren spielte sie mit einer Locke des nachlässig aufgesteckten Haars. Kitty zersprang vor Neugier. Ellen aber ließ sich in dem Stuhl neben dem Kamin nieder, ohne ein Wort zu sagen.

Das Feuer knisterte. Cuthbert kam mit Tee, Keks und Sherry herein, gebückt und unglücklich, mit trüben Augen unter den weißen Brauen. Er verließ das Zimmer, und Kitty wartete darauf, daß ihr Ellen Tee eingießen würde, die aber starrte nur dumpf ins Feuer. Endlich murmelte sie, ohne den Kopf zu heben:

»Ich habe es für die Kinder getan. Sie brauchen einen Vater. Das hat Francis gesagt. Sie brauchen unbedingt einen Vater ... Er ... er hat mir vorgehalten, daß ich zuwenig an sie denke, sie vernachlässige. Er hat mir zugeredet, und ich habe erkannt, wie schlecht ich an ihnen gehandelt habe ... Es ist meine Pflicht ... den Kindern zuliebe ...«

Sie schaute plötzlich auf zu Jeremys Porträt über dem Kamin. Ihr blasses Gesicht verzog sich, sie bedeckte es wimmernd mit den Händen, und ihr Körper schüttelte sich vor Schluchzen:

»Ich habe es für sie getan«, stammelte sie, und nun klang nackte Angst aus ihrer Stimme, »für sie, für meine Kinder.«

XXXIII

Charles Godfrey maß seinen Besucher mit harten Blicken. Es war ein heißer Augusttag im Jahre 1922. Die Hitze der Straße drang in die Kanzlei ein, aber kein Windhauch bewegte die schweren braunen Vorhänge. Die gegenüberliegende Mauer lag im grellen Sonnenlicht.

»Wir haben über diese Sache oft genug gesprochen, Francis«, sagte er. »Sie kennen den Wortlaut von Jeremys Testament. Ellen bekommt die Zinsen und Dividenden des gesamten Vermögens, und sogar etwas vom Kapital, wenn es unbedingt nötig ist. Wir haben jetzt eine böse Inflation, das brauche ich Ihnen nicht zu erzählen, aber Gott sei Dank steigen die Aktienkurse und damit auch Ellens Einkommen. Wir waren so vorsichtig als möglich, haben nur die sichersten Anleihen gezeichnet und die solidesten Wertpapiere erstanden, ganz nach der Methode Jeremys, der niemals ein Spieler war, wenn es ums Geld ging. Er hatte zu großen Respekt davor, obwohl es bestimmt nicht den Mittelpunkt seiner Interessen darstellte.«

»Nein, das waren die Frauen«, sagte Francis. Charles überhörte es.

»Wir sind nicht so optimistisch, zu glauben, daß die Wirtschaft weiter florieren wird. Deshalb sind wir auf der Hut. Es war nicht nötig, an das Kapital Ellens und der Kinder zu rühren. Das treuhändig verwaltete Vermögen der Geschwister Porter ist unberührt, wir fügen ihm alle anfallenden Zinsen hinzu. Niemand darf dieses Kapital angreifen, wie Sie wissen. Niemand. Hat Ihnen Ellen angedeutet, daß sie mehr Geld braucht?«

»Sie versteht nichts von Geld«, antwortete Francis etwas bitter. »Aber ich bin ihr Gatte und ich habe einige Rechte, so auch das Recht, zu protestieren, wenn ich finde, daß Ellen benachteiligt wird. Als Jeremys Eltern vor zwei Jahren starben, hinterließen sie ihren Enkelkindern ein beträchtliches Vermögen, aber Ellen hat überhaupt nichts bekommen. Das finde ich mehr als ungerecht. In Anbetracht dieses neu hinzugefügten Geldes sollten meiner Meinung nach Ellens Revenuen erheblich erhöht werden.«

Charles klopfte mit dem Federhalter auf die Schreibtischplatte: »Das ist gesetzlich unmöglich. Sie müssen es als Anwalt verstehen, Francis. Das großelterliche Erbteil darf nach dem Testament nicht angegriffen werden, die Kinder erhalten es erst mit ihrem einundzwanzigsten Jahr. In der Zwischenzeit werden die Zinsen gutgeschrieben, das Kapital wächst, obwohl, wie ich glaube, ein Teil nicht sehr glücklich angelegt ist. Egal.«

Er musterte Francis scharf. Jeremy hatte einmal gesagt, daß nach Ansicht Thoreaus die Reformer geheime »Leiden« hätten, Wehwehchen, wie er es genannt hatte. Dieses Leiden könnte bei Francis darin bestanden haben, daß sein Vater eine zu starke Persönlichkeit für ihn gewesen war. Charles sah die roten Flecken auf den hageren Wangen, und plötzlich bezweifelte er das, obwohl er selbst keine andere Antwort wußte. Niemals hätte er erraten können, daß Francis tatsächlich ein »Leiden« besaß, eine seelische Krankheit, die darauf zurückzuführen war, daß ihn sein ganzes Leben niemand so geliebt hatte, wie er es brauchte. In seinem Unterbewußtsein träumte er von einer Liebe, die nichts verlangte und alles gab, alles verstand, einer zärtlichen, selbstlosen Liebe ohne Grenzen. Walter hatte seinen Sohn geliebt, aber eben auf andere Weise, und deshalb hatte sich Francis unverstanden und zurückgestoßen gefühlt. Es war so weit gekommen, daß er seinen Vater haßte, ihn und alles, was er verkörperte und vertrat, daß er es verbissen verfolgte. Aber all das lag im Unterbewußtsein; Francis hätte sich solche Gefühle niemals einbekannt, da sie im strikten Widerspruch zu seinen Prinzipien standen.

Charles brachte dem Vetter Jeremys nicht die geringste Sympathie entgegen, er reizte und ärgerte ihn, trotzdem wollte sich mit einemmal so etwas wie Mitleid in ihm melden. Da saß ein steinreicher Mann vor ihm, der nach dem Vermögen seiner Frau gierte, ein Mann, der sehr wenig für die Annehmlichkeiten des Lebens ausgab und überaus kleinlich war. Francis lebte fast gänzlich vom Einkommen Ellens, obwohl er sie noch nicht hatte überreden können, das Haus in Long Island zu verkaufen, das Jeremy ausgesucht und geliebt hatte. Seine Einkünfte aus der Anwaltskanzlei trug er nach Möglichkeit auf die Bank; er war bei der letzten Kongreßwahl durchgefallen, was er der »Bourgeoisie« ankreidete, die »nur ihren Geldbeutel im Sinn hatte«. Jeremys alte Freunde lehnten ihn fast durchwegs ab. Ja, er tat Charles leid, obwohl er nicht wußte, warum.

Er sagte: »Ich bedauere, daß Christian nicht in Harvard aufgenommen wurde. Aber Sie haben ihm nachgegeben, als er aus Groton austreten wollte, und haben ihm erlaubt, eine billige, zweitklassige Tagesschule in New York zu besuchen. Ihre Gründe gehen mich nichts an. Immerhin, wäre er in Groton geblieben, dann hätte er die Aufnahmsprüfung in Harvard bestanden. Von Ellen weiß ich, daß ihm jetzt nur das City College bleibt, und auch da wird es ein Krampf werden. Bedauerlich. Der Junge ist intelligent, sogar besonders intelligent, aber faul. Die strenge Disziplin in Groton paßte ihm nicht, sehr schade. Er hat keinen Ehrgeiz. Das einzige, was ihn interessiert, ist – wie ich höre – Geld.«

»Er ist kein schlechter Bursche, eben kein Streber. Er ist auch nicht materialistisch eingestellt, wie die meisten jungen Männer seines Alters. Sie scheinen der Ansicht zu sein, daß er geizig ist, Charles. Er hat eben Verantwortungsgefühl, er will seinen Nächsten helfen. Wir führen lange Gespräche darüber, wenn wir allein sind. Er ist ein Menschenfreund.«

Francis hatte sich in Hitze geredet, und Charles schüttelte den Kopf. Guter Gott! Christian ein Menschenfreund! Gierig wie ein Krokodil. Charles begriff einfach nicht, daß ein Mann wie Francis so naiv, so verblendet sein konnte. Aber Typen wie Francis neigten eben dazu, sich selbst zu täuschen, wenn es einem geheimen Grund, einem eigenen geheimen schmerzenden Übel diente.

»Ellen versteht es«, fuhr Francis fort, und sein Zwicker glitzerte im grellen Licht. »Sie ist sehr glücklich, daß sich Christian so ernsthaft mit den Reformen befaßt, die unsere ungerechte amerikanische Gesellschaft benötigt. Sie spendet freigebig für verschiedene Wohlfahrtseinrichtungen, die ich ihr empfohlen habe, und ist Mitglied einiger Hilfskomitees.«

»Das weiß ich«, antwortete Charles. Er fügte nicht hinzu: Aber es ist ihr Geld und nicht deines, das sie hinauswirft und mit dem sie deine gefährlichen Ideen, deine niederträchtigen Umtriebe unterstützt. Und du elender Blödian weißt dabei gar nicht, was gespielt wird. Charles' hellgraue Augen sprühten vor Zorn.

Er sagte: »Nun, Gabriele bringt ihr Studium in Connecticut recht gut zu Ende, von dort höre ich wenigstens keine Klagen.« Aber Francis kam halsstarrig auf sein früheres Thema zurück.

»Meiner Meinung nach könnte Ellen Jeremys Vermögen doch angreifen, wenn die Beträge im öffentlichen Interesse, zum allgemeinen Wohl verwendet werden. Das müßte doch als ›Notwendigkeit‹ oder als ›Spesen‹ zu verbuchen sein.«

»Spesen?« Charles wurde ärgerlich. »Das Testament besagt: Wenn unbedingt nötig. Das heißt«, fügte er mit Nachdruck hinzu, als müsse er es einem Kind erklären, »im Falle sie bestimmte Summen dringend für sich oder die Kinder braucht. Es ist ein großer Unterschied zwischen ›Spesen‹ und ›Notwendigkeit‹, wie Sie zweifellos selbst wissen.«

»Wenn sie es aber wünscht ... Wenn sie von ihrem gegenwärtigen Einkommen größere Beträge abzweigt, so daß sie später zusätzliche Summen für ihren Lebensunterhalt nötig hat.«

»Das«, sagte Charles sehr ruhig, »das wäre ein netter, kleiner Betrug, meinen Sie nicht, Francis?«

Francis richtete sich steif auf: »In diesem Licht sehe ich es nicht.«

»Hören Sie, bitte. Ellens Einkommen ist für ihren Lebensunterhalt bestimmt. Wenn sie Spenden für, nennen wir es gnädig, Wohlfahrtszwecke macht, dann müssen sie eben von ihren laufenden Einkünften bezahlt werden und nicht vom Kapital. Nur wenn es unbedingt nötig ist, zum Beispiel bei einer längeren Krankheit oder einer andauernden Inflation, könnten diese Einkünfte erhöht werden. Aber beides trifft gegenwärtig nicht zu.«

Er warf einen kurzen Blick auf seine Uhr. Dann verfiel er in Konversationston: »Ich habe Ellen nicht gesehen, seit sie von ihrer Europareise zurückgekommen ist. Es hat Ihnen hoffentlich beiden gut gefallen. Das letzte Mal war Ellen mit Jeremy drüben, bevor der Krieg ausbrach. Wie geht es ihr?«

»Sie ist ein wenig enttäuscht, daß wir Rußland, dieses faszinierende Land, nicht besuchen konnten, weil Amerika die diplomatischen Beziehungen abgebrochen hat.« Francis' blasse Augen blitzten Charles herausfordernd an.

»Ah, Sie meinen die Sowjets. Nun, ich habe Rußland vor dem Krieg gesehen, als es noch ein verhältnismäßig freier Staat und auf dem Weg zur konstitutionellen Monarchie war. Ich bezweifle, daß sich Ellen über die gegenwärtigen Verhältnisse in diesem unglückseligen Land gefreut hätte. Sie ist einfach zu sensibel, um sich in der Gesellschaft von Mördern, Terroristen, Sklavenhaltern und blutigen Tyrannen wohlzufühlen. Ich glaube, nicht einmal der Magen eines Alligators würde das vertragen. Aber jetzt müssen Sie mich wirklich entschuldigen, Francis, ich muß in einer halben Stunde bei Gericht sein.«

Francis antwortete nicht sofort, er war sehr bleich geworden. Dann stand er auf und schaute hinunter zu Charles, der sich mit Absicht nicht erhob, und sagte: »Sie wissen nicht, was Sie reden, Charles. Sie lesen zuviel Hetzblätter und Bücher, die Rußland verteufeln, und Sie beschäftigen sich zuviel mit der reaktionären Politik, die ihre guten Gründe hat, Lügen zu verbreiten.«

»Und was lesen Sie?« fragte Charles, und seine Augen waren kalt wie scharfer Stahl. »Wie wurden die Schriften, an die Sie glauben, hereingeschmuggelt? Und von wem?«

Aber Francis drehte sich um und verließ die Kanzlei. Charles blieb eine Weile sitzen, die Fäuste geballt auf der Schreibtischplatte.

Am Abend berichtete er seiner Frau von diesem Gespräch. Sie hörte ihm schweigend zu und sagte schließlich: »Ich bin sehr besorgt um Ellen. Ich habe sie seit Juni nicht gesehen; auch vor ihren anderen Bekannten versteckt sie sich; nur diese gräßliche Kitty Wilder treibt sich im Haus herum, wie ich höre. Ellen war nie auf Gesellschaft und Unterhaltung versessen, aber jetzt soll sie sich ganz abgekapselt haben. Sie gibt keine Dinner-Parties mehr und sie geht auch nirgends hin. Ich habe sie ein paarmal angerufen, aber sie war natürlich nie zu Hause. Erinnere dich, wir haben sie öfter aufgefordert, zu uns zu kommen oder mit uns in die Oper zu gehen, aber sie hat immer mit einer nichtssagenden Entschuldigung abgelehnt. Mehr als ein Jahr lang haben wir ihr Haus nicht betreten.«

»Ich bezweifle, daß dir die Gesellschaft ihrer neuen ›Freunde‹, oder vielmehr Francis' Freunde, passen würde. O ja, sie sind aus besten Kreisen, und Geld haben sie alle. Aber sie sind, wie wir es jetzt nennen, ›Salonkommunisten‹. Nein, du hättest kein Vergnügen mit dieser Sippschaft.«

»Ist Ellen noch immer allein in Long Island?«

»Ja. Warum?«

Maud antwortete entschlossen: »Weil ich die Absicht habe, sie morgen dort zu besuchen. Ich kenne ja noch andere Leute im Ort, zu denen ich gehen kann, wenn Ellen mich nicht empfängt.«

»Ich will aber nicht, daß man dir die kalte Schulter zeigt, Maud.«

Sie schaute ihn mit ihren hübschen, dunklen Augen groß an und lächelte zärtlich und belustigt: »Unhöflichkeit berührt mich niemals, Charles, denn ich bin eine Dame. Und Ellen ist in ihrem Leben niemals absichtlich unfreundlich gewesen. Auch sie ist eine Dame. Ein kühler Empfang würde mich nicht kränken, aber Ellen ist immer höflich, auch zu Leuten, die ihr nicht sympathisch sind. Ich weiß, daß wir ihr nicht sympathisch sind, obwohl ich mir den Grund nicht erklären kann. Aber ich bin besorgt um sie, ernstlich besorgt. Vielleicht kann ich ihr doch ein bißchen helfen.«

Ellen saß allein im Garten hinter dem weißen Haus, in dessen Torbogen das Licht lag, und wo das Rauschen des Meeres widertönte. Hier im Garten war es stiller. Der scharfe, warme Wind bewegte die dunklen Föhren, die Ahornbäume, die Birken, die Ulmen und die Eichen, deren Laub sich vom schimmernden Himmel abhob. Der Efeu rankte sich in grünen Wogen um das Haus, die Blumen blühten so grell, daß es fast die Augen schmerzte. Ellen saß in einem Korbsessel unter einer Ulme, in einem hellblauen, bestickten Sommerkleid, mit einem weiten Spitzenkragen und blauen, dazupassenden Pumps, mit einer Petit-Point-Stickerei auf dem Schoß, einem Geldtäschchen, an dem sie gearbeitet hatte. Sie saß so still, daß sie halb zu schlummern schien: Ihre Lider fielen zu, selbst wenn ihr Gesicht zu den Wipfeln erhoben war. Sie war nun über fünfunddreißig, hatte sich aber eine seltsam mädchenhafte Figur bewahrt. Doch um ihre vollen Lippen, die das helle Rot der Jugend fast eingebüßt hatten, waren Falten gegraben, und ihre blassen Wangen waren eingefallen; um die Augen zog sich ein Netz feiner Linien. Nur ihr Haar lebte, wunderbar rot und flammend, und der Wind wehte die Locken über ihre bleiche Stirn und die Ohren. Ihre Tochter hatte oft energisch verlangt, sie sollte sich einen Bubikopf schneiden lassen, um modern zu sein, aber Ellen konnte manchmal unerwartet fest bleiben. »Dein Vater hat mein Haar geliebt«, sagte sie mit einem schwachen Lächeln.

Unberührt und teilnahmslos saß sie unter dem Baum, ja, es war ihr kaum bewußt, wo sie sich befand. In den letzten vier Jahren hatte sie in einer Art Zwischenreich gelebt; sie stimmte allem zu, was man von ihr verlangte, nicht um freundlich und willfährig zu sein, wie es ihre Art war, sondern einfach aus Gleichgültigkeit. Sie stand des Morgens auf und ging des Abends zu Bett, gedankenlos und mechanisch wie ein Tier; sie kleidete sich an, sie aß, redete, machte Besuche, wenn es die Höflichkeit erforderte, lächelte, wenn man ein Lächeln von ihr erwartete, antwortete, wenn man sie ansprach, liebenswürdig, bescheiden, wie immer, ohne jemals eine eigene Meinung zu äußern, niemals angeregt, niemals interessiert, niemals lebhaft oder gar zur Diskussion geneigt. Sie sah das Schöne, ohne es zu empfinden wie früher. Es war, als betrachte sie ein Gemälde, das sie hübsch fand, aber ohne innere Anteilnahme oder gar Leidenschaft. Wenn sie mit Bekannten beisammen saß, dann war ihr, als beobachte sie sich selbst wie eine Fremde, während sie abseits stand und zuhörte, ohne dem Gespräch richtig zu folgen.

Sie lebte, aber dieses Leben war rein mechanisch. Sie las Bücher, merkte sich aber deren Inhalt nicht. Rund um sie pulsierte das Leben, sie aber war fern von jeder Bewegung, jeder Regung. Seit drei Jahren hatte Francis ihr Schlafzimmer nicht mehr betreten. Sie hatte ihn nicht abgewiesen, das wäre ihr niemals in den Sinn gekommen. Aber sie war so unbeteiligt, so abwesend, sie fügte sich nur stumm, ohne das geringste Zeichen von Gefühl oder gar Zärtlichkeit, daß sich Francis eingeschüchtert und verstimmt zurückzog. Er warb nicht um sie, er wünschte nichts, er verlor alles Interesse am weiblichen Geschlecht, so wie vor seiner Heirat. Seine Liebe war nicht erloschen, dazu hatte er Ellen zu lange, zu leidenschaftlich, zu verzweifelt geliebt. Aber sie war ihm nun ferner und fremder, als sie es in den

Jahren ihrer Ehe mit Jeremy gewesen war. Oft blickte er sie bekümmert und sehnsüchtig an und sprach zu ihr, sie antwortete ihm freundlich, aber er begehrte sie nicht mehr. Seit einem Jahr hatte er sie nicht einmal mehr geküßt. Und wenn ihn seine Einsamkeit zuweilen bedrückte, dann tröstete er sich damit, daß er immerhin bald fünfzig und kein verliebter Jüngling mehr war.

Oft beobachtete er sie, wenn sie versunken vor ihm saß, und fragte sich: Woran denkt sie? Was will sie? Sie wurde nur lebendig, wenn ihre Kinder erschienen, aber auch das war nur ein leichter, plötzlicher Wellenschlag auf einer stillen Wasserfläche, die sich sofort wieder glättete. Sie liebte ihre Kinder, ihre Stimme klang weicher, wenn sie mit ihnen sprach, und ihre Augen schimmerten, dann aber zog sie sich wieder in sich zurück, sie lauschte zwar lächelnd, aber das Lächeln lag nur auf ihren Lippen. Francis fand, daß auch sie nicht mehr jung war, sie besaß nun die Gelassenheit der mittleren Jahre. Sie war eine gute Hausfrau, eine gute Mutter, eine gehorsame Gattin, liebenswürdig und angenehm, immer bereit, den Wünschen ihres Mannes und ihrer Kinder zu willfahren. Wenn sie überhaupt bemerkte, daß er ihr Schlafzimmer mied, so zeigte sie es nicht durch das kleinste Zeichen.

Woran denkt sie, fragte sich Francis. Hätte er die Frage an sie gerichtet, sie hätte ihn nur freundlich erstaunt angeschaut: »An nichts. Ich denke wirklich an nichts.« Das glaubte sie wenigstens. Nur so konnte sie sich gegen das Leben schützen.

Manchmal dankte sie Francis, daß er sich so sehr um die Kinder kümmerte. Christian war gesitteter, Gabriele ruhiger und nicht so boshaft und verletzend wie früher. Trotzdem fielen ihr in ihrem trägen Dahindämmern zuweilen eine jähe Bewegung Christians, ein Seitenblick Gabrieles auf, die sie unangenehm berührten. Die Kinder hatten sich von frühester Jugend an gut vertragen, sie waren ein Herz und eine Seele, sie lebten gleichsam zu zweit in ihrer eigenen Welt, zu der niemand anderer Zutritt bekam, obwohl sie einen großen Bekanntenkreis hatten und ein sehr geselliges Leben führten. Ellen wunderte sich oft über ihr sprühendes Temperament und ihr gesellschaftliches Talent, das ihre Umgebung bezauberte, obwohl es ihre Mutter nicht bezauberte. Die beiden waren erlebnishungrig und geradezu auf Abenteuer versessen. Alles interessierte sie, nichts ließ sie gleichgültig.

Die eigene Jugend schien Ellen unendlich fern, wie etwas, das einem andern Menschen gehörte. Nur eines brannte in ihr, schmerzhaft, Tag und Nacht: die Erinnerung an Jeremy. Sie lebte einzig und allein in dieser Erinnerung, die zeitlos, unmittelbar und unsterblich war. Sie weinte nicht mehr verzweifelt in Gedanken an ihn, denn sie spürte, daß sie in dem festen Kreis seines Weiterlebens verhaftet blieb und daß er sie niemals verlassen hatte. Sie lächelte im Schlaf, wenn sie von ihm träumte und mit ihm sprach und mit ihm lachte. Ihm zuliebe harrte sie aus. Alles andere war körperlos, zweidimensional, irreal, ohne Empfindung oder Leidenschaft, ohne tatsächliches Sein. Sie hielt sich von allem Geschehen, aller realen Wirklichkeit fern, denn sie ahnte dunkel, daß es ein schreckliches Erwachen für sie gäbe, unerträgliche Qualen, ja den Wahnsinn, wenn sie den elfenbeinernen Turm verließ, in den sie sich eingeschlossen hatte. So richtete sie unbewußt eine Schranke zwischen sich und der Außenwelt auf, und Geist und Körper verschworen sich instinktiv, ihre Gefühle zwar wachzuhalten, aber abgeschirmt und fern von aller Realität.

Der alte Cuthbert war zwei Jahre zuvor gestorben, und nicht einmal sein Tod hatte sie allzu traurig gestimmt. Sie hatte sich damals geradezu bemüht, darüber traurig zu sein, aber es war ihr nicht gelungen, und sie zürnte sich selbst wegen dieser »Gefühllosigkeit«. Ein Gefühl allerdings war geblieben, und das war ihr altes, chronisches Schuldbewußtsein, das sie auch jetzt noch überfiel, wenn sie den Kindern etwas abschlagen mußte oder Francis einmal nicht voll zustimmen konnte. Dann versuchte sie versöhnlich auf sie einzureden, zu schlichten, woraus die Kinder schamlos ihren Vorteil zogen. Francis sah nur gekränkt drein.

»Ich tue mein Bestes, um deinen Horizont zu erweitern, Ellen«, sagte er dann. »Ich bemühe mich, dich zu bilden, aber du bleibst so weltfremd.«

»Ja, ja«, antwortete sie, »ich bin gewiß borniert, aber trotzdem spüre ich ...«

»Was spürst du überhaupt, Ellen?«

Mit einem unsicheren Lächeln suchte sie zu erklären: »Nun ... daß du nicht ganz recht hast, Francis ... Ich kann dir nicht beipflichten. Ich weiß nicht warum, aber ich kann es nicht. Auch Jeremy hätte es nicht gekonnt ...«

Dann ärgerte sich Francis wie immer, wenn sie den verhaßten Namen aussprach, und zog eine Grimasse. Sie aber wurde augenblicklich von Gewissensbissen befallen, in denen sie Francis nach Kräften bestärkte: »Jetzt bin ich dein Ehemann.«

»Ja, natürlich.« Aber sie glaubte es nicht. Francis war noch immer Mr. Francis für sie, und sie war ihm stets dankbar, obwohl sie längst vergessen hatte, warum, und manchmal war er ihr sogar lieb, wie er ihr zuzeiten in ihrer Jugend lieb gewesen war. Niemals hätte sie etwas unternommen, ohne ihn um seinen Rat und seine Erlaubnis zu fragen. Oft versuchte sie, ihm nach dem Mund zu reden, so wie man bei einem guten Freund einlenkt, den man unabsichtlich verletzt hat. Sie entsann sich dabei ihrer Tante, die als quälende Erinnerung in ihrem Unterbewußtsein fortlebte, sie ständig anklagte und wegen ihrer Treulosigkeit schalt. Um diese Geistererscheinung zu bannen, hätte Ellen auch das Äußerste auf sich genommen.

In den Jahren vor ihrer Ehe mit Francis hatte sie sich allmählich zur Ruhe durchgerungen und sich in das Unvermeidliche gefügt. Die Ehe aber hatte diese tapfere Gelassenheit zerstört, die ihr Leben erträglich gestaltet hätte. Sie fühlte sich verlassen und verloren wie in der Zeit unmittelbar nach Jeremys Tod. Ja in gewisser Weise glaubte sie sich sogar in die trostlosen Jahre ihres Dienstes zurückversetzt, als sie bei Mrs. Eccles stumpf, hoffnungslos dahinvegetiert hatte. Und all das ertrug sie in dumpfer Apathie.

Maud Godfrey kam über die Wiese auf Ellen zu, und ihr Herz verkrampfte sich bei Ellens Anblick. Sie saß so schlaff in ihrem Korbstuhl, und ihr blauer Blick belebte sich nicht, als sie aufschaute. Maud zwang sich zu einem fröhlichen Lächeln:

»Guten Nachmittag, Ellen! Ich habe die Freemans im Dorf besucht und dachte, ich könnte auf ein paar Minuten zu Ihnen hereinschauen. Wie geht es Ihnen, Ellen?«

Es dauerte eine geraume Weile, bis sich Ellen der Anwesenheit Mauds voll bewußt wurde. Dann lächelte sie schwach, aber selbst jetzt lag ein Schein des alten Mißtrauens auf ihren Zügen. Sie zog sich förmlich in sich selbst zurück. Trotzdem erhob sie sich schwerfällig wie eine alte Frau und reichte Maud die Hand, ohne sie zu drücken. »Wie nett«, sagte sie. »Ein schöner Tag, nicht wahr? Haben Sie schon Tee getrunken?«

»Nein, aber das tut nichts.«

»Ich werde Margie rufen, bitte nehmen Sie Platz. Wie geht es Charles?«

»Sehr beschäftigt, wie immer. Schön ist es hier, wirklich. Charles hat mir versprochen, heuer im Sommer in East Hampton nach einem Haus Ausschau zu halten – wenn er Zeit dazu findet. Wir kommen so selten aus der Stadt heraus. Was treiben die Kinder?«

»Christian ist mit Bekannten in Boston und Gabriele mit Freunden in Vermont. Ich sehe sie sehr wenig jetzt.« Ein Schatten flog über das blasse Gesicht.

»Junge Leute eben, nicht wahr. Sie unterhalten sich lieber mit Gleichaltrigen. Immer auf Trab, die Zeiten haben sich geändert. Häuslichkeit ist nicht mehr gefragt. Unsere Tochter ist auch mit ihren Kameraden nach Plymouth gefahren.«

Ellen wechselte das Thema. »Francis möchte, daß ich dieses Haus verkaufe. Er sagt, es verursacht nur unnötige Ausgaben. Vielleicht hat er recht. Ich weiß nicht recht ...«

»Jeremy war gerne hier«, meinte Maud. Sie beobachtete Ellen genau, die auf ihre gefalteten Hände blickte.

»Ja, ich bin auch gerne da. Aber es gehört sich nicht, daß ich in solchen Zeiten unnütz Geld hinauswerfe.«

»Was ist schlecht an diesen Zeiten?«

»Man braucht Mittel für soziale Zwecke«, sagte Ellen ausdruckslos. »Wir dürfen nicht egoistisch sein. Man muß die Ungerechtigkeiten in dieser Welt auszugleichen suchen.«

Maud betrachtete sie stumm, sie hörte förmlich Francis' salbungsvolle, tadelnde Stimme. Ja, Francis, der sein eigenes Vermögen fest zusammenhielt, während er Ellens Geld freigebig verschenkte! Wahrscheinlich wußte Ellen gar nicht, was sie sprach, sie leierte eine eingelernte Lektion herunter.

Maud lehnte sich nachdenklich in ihrem Korbstuhl zurück. Sie war so schlank wie ein junges Mädchen in ihrem gelben Leinenkleid mit der seidenen Spitze, ihr brauner Strohhut bedeckte zum Teil das glatte schwarze Haar, das sie noch immer altmodisch gescheitelt, mit einem Knoten im Nacken, trug. Die Jahre hatten ihr weiches, blasses Gesicht kaum verändert. Sie wirkte vielleicht noch ausgeglichener als früher – ihre gesammelte Ruhe hatte Ellen immer ein Gefühl der Unsicherheit gegeben –, und diese innere Festigkeit schuf eine unsichtbare Mauer um ihre Person, die sie unverwundbar machte. Gerade das schüchterte Ellen ein.

»Oft denke ich daran, was ein großer Heiliger gesagt oder geschrieben hat, ein spanischer Jesuit, Baltasar Gracian, im siebzehnten Jahrhundert ...«

Ellen hob den Kopf, und zum erstenmal schien sie aufzumerken.

»Sündige niemals gegen dein eigenes Glück, nur um andere zu trösten ... Denn immer, wenn du andern Freude und dir dadurch selbst Leiden spendest, dann gilt das Gesetz: Es ist besser, wenn dein Freund heute fällt als morgen du, und du dann niemandem mehr nützen kannst.«

»Das kommt mir sehr eigensüchtig vor«, murmelte Ellen, aber sie hatte immerhin zugehört und geantwortet. Sie schien aufzuwachen.

»Ich glaube, Jeremy würde sich der Ansicht Gracians anschließen, denn er war vernünftig.« Mauds Stimme wurde lebhafter. »Wenn eine Tat beiden, dem Geber und dem Empfänger, Trost und Freude bringt, dann ist sie gut. Aber wenn das Elend nur vom einen auf den andern überwälzt wird, dann ist es schlecht. Der Mensch muß als erstes für sich selbst sorgen, das ist ein Naturgesetz. Er muß sich immer schützen. Tut er es nicht, dann ist er einfach ein Narr.«

»Sie glauben also nicht, daß man sich aufopfern soll, wie Francis immer behauptet?«

Maud unterdrückte eine unfreundliche Bemerkung. Sie sagte: »Wenn der Mensch, der ein Opfer bringt, selbst darunter leidet, dann ist er einfach borniert. Nur wenn es Freude macht, sollte er es tun. Altruismus ist nicht nur eine Art Masochismus, es ist häufig getarnte Selbstsucht, oder noch Schlimmeres. Bei den alten Juden galt ein sehr kluges Gesetz: Man sollte als erstes Gott und seinem Volk dienen, dann für das gegenwärtige und zukünftige Wohlergehen seiner Familie und seines Hausstands sorgen, wozu Eltern und Dienerschaft ebenso gehören wie Frau und Kinder. Erst dann, wenn dies alles geordnet ist, darf man sich um Fremde kümmern. Ein sehr vernünftiges Gesetz. Denn der Mann, der sein Haus und seine Familie nicht versorgt, schadet der Gemeinschaft, die vielleicht einmal für ihn einspringen muß, wenn er selbst in Not gerät, auch wenn das aus Gründen geschah, die man gerne ›edel‹ nennt. Aber, entschuldigen Sie, Ellen, ich bin nicht gekommen, um Ihnen Lehren zu erteilen . . .«

Helle Röte war in Ellens Wangen gestiegen. »Jeremy hat gut für seine Familie vorgesorgt«, sagte sie, und auch ihre Stimme hatte Klang gewonnen. »Man kann also etwas für andere Menschen abzweigen . . .«

Maud zuckte die Achseln: »Ich spreche nicht nur vom Geld, Ellen. Ich spreche von Gefühl, von innerem Anstand und Vernunft. Diese Erde ist wirklich nicht zu allen Zeiten nur ein Jammertal. Die Bibel sagt es selbst, und das glaube ich auch, daß Gott diesen schönen Garten zu unserer Freude und unserem Wohlbefinden geschaffen hat und daß er eine Menge guter Dinge enthält, die uns beglücken. Freilich, das Glück ist nichts Ewiges, aber man sollte es dankbar annehmen, wenn es geboten wird, und es nicht im Namen irgendeiner Sache, und sei sie noch so edel, zurückweisen.«

Ellen sagte: »Wenn ich in der Stadt bin, dann arbeite ich bei verschiedenen guten Werken mit, an denen Francis interessiert ist. Dann habe ich eine Beschäftigung; so zum Beispiel im Hopewell House . . .«

Die Brutstätte des Kommunismus, dachte Maud.

»Dort gibt es Kurse, wo die jungen Leute in sozialer Hilfe geschult werden. Um ihr soziales Gewissen zu wecken, Maud. Eugene Debs hält oft Vorträge dort.«

»Ich weiß«, meinte Maud gleichmütig. »War er nicht einmal verhaftet, weil er in einen Mordanschlag verwickelt war? Hat er nicht auch gegen das Spionage-Gesetz verstoßen? Außerdem war er etliche Male als Kandidat der Sozialisten für den Präsidentenstuhl aufgestellt, stimmt's? Wissen Sie, was der Sozialismus ist, den Debs und seinesgleichen meinen, Ellen?«

»Nicht ganz genau. Es hat etwas mit gerechten Löhnen und Gleichheit der Menschen zu tun.«

Maud lächelte: »Man wirft Kommunismus und Sozialismus oft in einen Topf. Das ist Ihnen doch klar? Und was in Rußland geschieht, müßten Sie auch wissen. Lesen Sie überhaupt Zeitungen?«

»Francis meint, daß unsere Zeitungen lügen«, antwortete Ellen unsicher. »Wie können sie auch wissen, was in Rußland vor sich geht, wenn wir die diplomatischen Beziehungen zu dem Land abgebrochen haben? Die Zeitungen flunkern munter drauflos, sagt Francis.«

»Sie stützen sich immerhin auf die Berichte von zehntausenden Flüchtlingen, die das Glück hatten, zu entkommen.«

»Aristokraten«, sagte Ellen mechanisch, und wieder hörte Maud Francis' Stimme. »Und Bourgeois.«

O Gott, dachte Maud, wieviel Unheil in dieser Welt wurde durch Neid und Haß angerichtet!

Ein Mädchen erschien mit dem Tablett, und Ellen goß Tee ein. Ihre mageren Finger zitterten leicht.

Maud, ermutigt, weil sie Ellen aus ihrer Apathie gerissen hatte, redete weiter: »Präsident Wilson sagte nach seinem ersten Zusammenbruch: ›Ich wäre besser gestorben.‹ Was glauben Sie, hat er gemeint?«

»Das weiß ich nicht. Wissen Sie es, Maud?«

»Doch. Er hat Amerika in den Krieg gehetzt und damit ins Unglück gestürzt. Er war lange ein radikaler Sozialist, vielleicht etwas noch Schlimmeres.«

Aber Ellen hörte sie kaum. Sie sank erschöpft zurück: »Es tut mir so leid, daß ich Ihnen nicht Wein oder Sherry anbieten kann. Francis ist strenger Antialkoholiker, Sie wissen es. Er verabscheut Alkohol in jeder Form. Schließlich arbeitet er ja auch für die Prohibition.«

»Das ist mir bekannt. Und auch für das Wahlrecht der Frauen.«

»Die Frauen werden einen künftigen Krieg verhindern, sagt er.«

»Aber hat er nicht selbst sehr wacker für den letzten Krieg gestritten? So scheint es mir wenigstens.«

»Das war ein anderer Krieg. Ganz anders. Ein Krieg gegen die Tyrannei, für das Selbstbestimmungsrecht der kleinen Völker und für die Demokratie.«

»Die Kriege sind alle gleich, alle bringen Unglück – freilich, für manche Leute auch Gewinn. Wie schon Benjamin Franklin gesagt hat: ›Kein Krieg läßt ein Land so zurück, wie es vorher gewesen ist.‹ Aber lassen wir das. Wann gedenken Sie in die Stadt zurückzukehren?«

»Anfang September, vor dem Labor-Day.« Sie seufzte: »Es tut mir so leid, daß Francis dieses Haus nicht mag und mich drängt, es zu verkaufen. Nicht einmal meine Kinder mögen es. Zwei Wochen im Juli waren sie hier bei mir, aber es war ihnen sichtlich langweilig. Doch ich ... und Jeremy ... lieben es.« Sie sprach in der Gegenwart, und Maud fühlte tiefes Mitleid mit ihr.

»Sie müssen es behalten, wenn es Ihnen Ruhe schenkt.«

Da ging eine Wandlung in Ellen vor, ihr Gesicht verzog sich, sie warf den Kopf zurück und hieb mit der Faust auf den Tisch:

»Nichts, nichts kann mir Ruhe schenken! Nichts, nichts!« rief sie. »Ich will meinen Mann. Ich will Jeremy!«

Sie stieß den Stuhl zurück, erhob sich taumelnd und stolperte schluchzend mit ausgestreckten Armen, als wollte sie das Gleichgewicht halten, dem Haus zu. Das Haar hatte sich gelöst und flatterte im warmen Sommerwind.

Maud war tief betroffen. Abends sagte sie traurig zu ihrem Gatten: »Vielleicht hätte ich sie nicht aus ihren Träumen reißen sollen. Alles, was ich sprach, erinnerte sie an Jeremy.«

»Um so besser, Liebes. Die Erinnerung an Jeremy ist ein Puffer zwischen ihrer armen Seele und Francis Porters gefährlichen Umtrieben und Phantastereien. Im übrigen munkelt man, daß er heimlich Kommunist geworden ist . . .«

»Könnte durchaus sein.«

»Trotzdem: kein Grund zur Hysterie. Millionen, die aus unklaren Vorstellungen mit dem Kommunismus sympathisieren, haben keine Ahnung von seinem wahren Wesen; sie sind blinde Idealisten und unwissend. Wir wollen nicht alle in Grund und Boden verdammen, wir wünschen keine Hexenverbrennungen en gros, nicht wahr? Wir müssen das amerikanische Volk nur erziehen.«

»Aber Francis ist nicht unwissend«, sagte Maud.

XXXIV

Obwohl Christian faul und geldgierig und durchaus kein brillanter Schüler war, begriff er viel mehr von den Doktrinen, die Francis mit Emphase predigte, als Francis selbst. Wenn Christian überhaupt Impulse hatte, dann waren sie neurotischer Natur, aber er besaß einen kalten Verstand, Scharfblick und erfaßte sofort alles in seiner vollen Tragweite, was ihn sein Stiefvater lehrte. Er erkannte, daß Haß und Neid die Triebfedern für Francis' Handlungen waren, daß er im Unterbewußtsein seine Unfähigkeit und Schwäche kannte und darunter litt. Christian merkte auch, daß Francis – wie alle Versager – nach Macht gierte, um sich an einer Welt zu rächen, die seine Minderwertigkeit durchschaute und es nicht einmal für nötig fand, ihm jene Anerkennung vorzutäuschen, die er zu verdienen glaubte, da er sich überlegen fühlte. Wenn sich Francis hitzig und wortreich für den »unterdrückten kleinen Mann« einsetzte, dann ließ sich Christian nicht täuschen, und spöttisch dachte er, daß es wohl kaum jemanden gab, der in Wahrheit den »kleinen Mann« mehr verachtete als Francis Porter selbst.

Es fiel Christian nicht schwer, herauszubekommen, daß Francis der Prototyp des leidenschaftlichen Reformers war, und ebenso, daß Sozialisten niemals der Arbeiterklasse entstammten, für die sie so feurig eintraten, sondern den gehobenen, ja den reichen Schichten und daß diese Reichen die kleinen Leute zu ihrem eigenen Nutzen schamlos ausbeuteten. Christian wunderte sich, daß Francis das nicht durchschaute. Aber nein, der Stiefvater sprach geradezu mit Ehrfurcht von den riesigen Stiftungen, die jene Menschenfreunde zugunsten der notleidenden Klassen machten, wie gut sie wären – und Christian hörte zu, hob die rötlichen Augenbrauen und lächelte spöttisch in sich hinein.

Christian, der ein Vermögen geerbt hatte, wollte noch reicher werden, obwohl er nicht die Absicht hatte, dafür zu arbeiten. Er war vergnügungssüchtig, skrupellos und geldgierig. Er erwog, sich der Politik zu widmen, denn er besaß ein sehr gewandtes Auftreten und war ein hübscher Bursche. Aber der Beruf eines Politikers war anstrengend, man stieg langsam auf und verdiente anfangs meist sehr wenig. Er war so fest von sich selbst überzeugt, daß er die Bewunderung anderer nicht brauchte. Aber er wollte Geld und Macht, und zum Unterschied von Francis wußte er auch warum: nicht, um Eindruck zu machen, sondern einfach, um zu herrschen und herrschend reich zu werden. Er hatte an das Rechtsstudium gedacht, aber dazu war Fleiß und jahrelanger Verzicht auf Vergnügungen nötig. Nach reiflicher Überlegung fand er eine blendende Lösung: Er wollte Francis bitten, ihm eine gehobene Stellung in einer der großen »Wohlfahrtsstiftungen« zu verschaffen. Auf diese Weise wurde er als Verfechter der Menschenrechte, als »Humanist« bekannt; die mächtigsten und einflußreichsten Männer Amerikas öffneten ihm Tür und Tor; er konnte sich in ihre Zirkel einschleichen und ihre Komplotte zu seinem Nutzen verwenden. Mit ungewohntem Eifer stürzte sich Christian in die einschlägige Literatur, las Lenin, Trotzki, Marx und Engels, die Schriften der Fabianer, der Populisten und alles ähnliche, was immer er auftreiben konnte; auch hörte er den Freunden Francis' bei ihren Diskussionen aufmerksam zu. Er fiel ihnen sofort auf, obwohl er erst dreiundzwanzig Jahre alt war, denn sie erkannten ihn als einen der ihren.

Deshalb fand Francis offene Türen, als er sich beim Vorstand einer der größten »Wohlfahrtsstiftungen« für Christian einsetzte. Francis erwähnte nicht, daß Christian nur mit Ach und Krach das City College durchgestanden hatte, aber sie wußten es trotzdem nur zu gut. Sie hatten kein Interesse an Intellektuellen, außer an solchen wie Francis Porter, die sie benützen konnten. Sie suchten nur Leute ihres Schlages, und das war Christian hundertprozentig: kalt und gewissenlos, grausam, ehrgeizig, gescheit, Realist durch und durch, ohne Hirngespinste, wie Francis sie hatte, und ohne unschuldsvolle Heuchelei. Christian würde als eine Art Lehrling beginnen und dann aufsteigen. Sein gutes Aussehen, seine geistige und psychische Kraft, sein ausgeprägter Charakter, seine Selbstsicherheit, sein Ehrgeiz und seine Skrupellosigkeit wurden gewogen und für richtig befunden. Dieser junge Mann ging notfalls über Leichen, also nahm man ihn mit Freuden auf.

So trat Christian im Herbst 1926 in die David Rogers Foundation in New York ein, eine Stiftung, die eine ganze Reihe von Zweigstellen in allen Teilen der Welt besaß, jede einzelne von tüchtigen, geschickten und eiskalten Männern geleitet. Die meisten waren Bankiers und Finanzleute, andere Industrielle, Reeder, alle aber immens reich. Entgegen der offiziellen Rußland-Politik Washingtons unterstützten sie die Sowjets in jeder Beziehung, heimlich natürlich, und ließen ihnen hohe Summen zukommen. Diese Leute meinte Lenin, als er proklamierte: »Die Außenhandelsstellen, die Eisenbahnverwaltung und alle anderen offiziellen Vertreter der Sowjetunion im Inland und Ausland werden verhalten, diesen Herren in allen Anliegen entgegenzukommen, sie zu unterstützen und zu fördern, unter Außerachtlassung aller sonst üblichen Formalitäten.«

Die David Rogers Foundation warf hohe Beträge für verschiedene Wohlfahrtseinrichtungen aus und gehörte zu den angesehensten Organisationen im Land. Sie finanzierte außerdem eine eigene »höhere« Schule in New York, eine weitere in San Francisco, eine in Philadelphia, weitere in Boston und Chicago, die sie bescheiden »Schulen für demokratische Erziehung« nannte. Hier wurden junge Männer und auch einige Mädchen mit den Doktrinen des Kommunismus und seinen Methoden vertraut gemacht, sie wurden in Hochverrat und in der Organisation von Umstürzen geschult; vor allem aber wurde ihnen die Abneigung gegen echte Demokratie und gegen legale Regierungen eingeimpft. Besonders fähige Schüler schickte man ins Ausland, um dort zu »studieren«; Bibliotheken mit sorgfältig ausgewählten Werken wurden eingerichtet, ja, Verlage und Druckereien gekauft, die nur Schriften radikaler Autoren veröffentlichten, ebenso Zeitungen und Zeitschriften. All dies ging sehr vorsichtig, getarnt, aber zielstrebig vor sich. Sie stellten Politiker in ihren Dienst, deren humane Gesinnung gerühmt wurde, und die dann in verschiedene Ämter und Büros Eingang fanden. Offiziell begünstigten sie keine bestimmte Partei, weder Republikaner noch Demokraten. Ihre Partei waren die Männer, die ihren Wünschen entsprachen.

Daß die Amerikaner überzeugte Gegner des kommunistischen Regimes waren, machte ihnen kein Kopfzerbrechen. Man konnte durch diverse Organisationen verderbliche Streiks ausrufen, das Volk aufhetzen und Unruhe stiften. Dafür setzten sie Männer wie Francis Porter ein — Arbeiteranwälte —, die hitzig, gefährlich und ahnungslos waren. Dazu kamen geschickt ausgebildete Lockspitzel, die keineswegs unschuldig, sondern gut trainiert waren, sehr gebildete und mit allen Wassern gewaschene, redegewandte und abgebrühte Männer, ohne Nerven und ohne Gewissen.

Die David Rogers Foundation war eine Schöpfung der Stahlwerke Gebrüder Rogers in Pittsburgh, die eine ganze Reihe Tochterfirmen besaßen. Weiters gehörten ihnen zahlreiche andersartige Betriebe, kleine Ölgesellschaften, Eisen- und Aluminiumfabriken, auch Kohlenminen und Kraftwerke. Es war bekannt, daß Washington früher einmal gegen diese Firmen Untersuchungen wegen offensichtlicher Übertretung des Antitrust-Gesetzes einleiten ließ, die aber eingestellt werden mußten. Selbstverständlich hatten alle diese Unternehmen den Eintritt Amerikas in den Weltkrieg auf jede Weise gefördert und Rüstungsmaterial geliefert, was von verschiedenen, sehr einflußreichen Abgeordneten lobend vermerkt wurde. Kürzlich hatten sie eine Radiostation in New York gekauft, und eine ihrer Tochterfirmen stellte sich auf die Erzeugung von Kristalldetektoren um.

Außerdem legten sie heimlich umfangreiche Lager von scharfen Getränken, vor allem Whisky, an, da sie von der Wiedereinführung der Prohibition überzeugt waren. Sie beherrschten den Aktienmarkt der Wall Street. Der Gründer der Werke, David Rogers, war vor dem Krieg ein Vertrauensmann der Regierung gewesen, der eifrig, geschickt und lukrativ in verschiedenen Städten des Nordens gearbeitet hatte. Er besaß auch einige Bordelle in Pittsburgh. Vorsichtig und guter Rechner wie er war, kaufte er später ein kleines bankrottes Stahlwerk und wurde dadurch zum reichen Mann. Sein Porträt, fromm retuschiert, so daß er wie ein Bischof aussah, hing im Haupthaus in Pittsburgh.

Francis führte Christian nicht nur in die David Rogers Foundation, sondern auch in die Scardo Society und in das Komitee für Auslandsstudien ein. Sie behandelten Francis reserviert, weil er ein Doktrinär war, der an seine Reden glaubte, aber sie waren tief beeindruckt von Christian, den sie sofort als zugehörig erkannten. Sie erlaubten Francis gnädig, den jungen Mann zu ihren kleineren Meetings und Diskussionsabenden mitzunehmen, von denen Francis nicht allzuviel verstand. Aber die Herren merkten befriedigt, daß Christian trotz seiner Jugend sofort im Bilde war.

Bei einer dieser Diskussionen klagte Francis heftig darüber, daß trotz des beispiellosen wirtschaftlichen Aufschwungs der Durchschnittsarbeiter und der Farmer kaum das Existenzminimum verdienten. Er gab zu, daß ihm das ein Rätsel war. Die Wall Street erlebte eine schwindelnde Hausse, das Anleihevolumen stieg ins Gigantische, die ganze Nation lebte in einer wilden Euphorie. Die Kauflustigen drängten sich in den Geschäften, die Autos verstopften die Straßen und die Fabriken arbeiteten in Tag- und Nachtschichten. Trotzdem blieb der Reallohn der Arbeiter äußerst niedrig, und die Farmer gingen zugrunde. Präsident Coolidge sagte wohlwollend: »Nun, die Farmer haben niemals sehr viel verdient.« Francis aber wußte die wirtschaftliche Hochblüte mit dem Elend und der Not der kleinen Leute nicht auf einen gemeinsamen Nenner zu bringen.

Christian freilich begriff es sofort. Die Zwillinge, raffender Kapitalismus und Kommunismus, arbeiteten beide auf das gleiche Ziel hin, und Christian kannte dieses Ziel. Er fand es komisch, daß Francis so ahnungslos war. Als ihm Francis im Vertrauen mitteilte, daß er heimlich Mitglied der in Amerika wenig geschätzten Kommunistischen Partei geworden war, »um den Arbeitern zu ihrem Recht zu verhelfen«, konnte er kaum ein Lachen verbeißen. Francis redete ihm zu, ebenfalls beizutreten. Christian machte ein ernstes Gesicht. »Das wäre zu gefährlich für mich«, erklärte er, »obwohl ich ihre Ansichten teile. Ich bin in der Foundation, und die ist, wie du weißt, völlig antikommunistisch eingestellt.«

»Ich verstehe deinen Standpunkt«, antwortete Francis, obwohl er ihn nicht im mindesten verstand. Inzwischen war das Anleihevolumen weiter gestiegen, so daß es die Höhe des Geldumlaufes übertraf. Die wenigen

Kongreßmitglieder und Senatoren, die warnend ihre Stimmen erhoben, wurden ausgelacht und mundtot gemacht. Amerika hatte den Plafond des Wohlstands erreicht. Als auch Alfred E. Smith, Gouverneur des Staates New York, seine Besorgnis äußerte, waren die Sympathien des Komitees für Auslandsstudien für ihn schnell erloschen. Das Komitee ärgerte sich außerdem über seine echten sozialen Neuerungen, die Verbesserung des Schulwesens und seine Bemühungen, die natürlichen Hilfsquellen des Landes zu bewahren. »Aber das deckt sich doch mit unsern Bestrebungen«, sagte Francis ratlos zu seinen Freunden, die einander belustigt zuzwinkerten.

Christian freilich wußte genau, warum die ernstgemeinten, echten Reformen Smiths dem Komitee durchaus nicht in den Kram paßten. Es war nicht dessen Absicht, die Gesellschaft zu verbessern, sondern sie zu zerstören. Christian begriff das gut. Francis kam ihm immer lächerlicher vor, er verachtete ihn und fand ihn unerträglich beschränkt.

Die steigende Kriminalität, die hemmungslose Vergnügungssucht, die Verantwortungslosigkeit, die laufenden Rechtsverdrehungen bedeuteten für Francis ein bestürzendes Phänomen. Nicht so für Christian. Wenn eine Nation einmal moralisch absinkt, dann wird sie schwach und unfähig, ihr Widerstand erlahmt. Die Dunkelmänner begannen Alfred E. Smith in die Zange zu nehmen, der den plötzlichen Sittenverfall in den zwanziger Jahren geißelte. Obwohl er sich offen um den Präsidentenstuhl bewarb und darin von den Demokraten gestützt wurde, war man sich in den geheimen Zirkeln klar, daß er seine Hoffnungen selbst zunichte gemacht hatte. Er war nicht tragbar für die Feinde des Landes. Man mußte einen harmlosen Mann aufstellen, einen, der als aufrecht und anständig galt, sich aber den Ratschlägen »erfahrener« Männer fügte.

Gabriele kam zu den Sommerferien heim und bat Kitty um ihren Beistand gegen die Mutter. »Ich mag nicht mehr ins College zurück«, erklärte sie. »Da stehe ich mit meinen zwanzig Jahren und werde wie ein Kind behandelt. Zwanzig Jahre – und habe noch nichts vom Leben gehabt.«

»Nun, und was willst du tun?« fragte Kitty.

Gabriele lachte: »Mich unterhalten, zum Beispiel. Ich war vor zwei Jahren Debütantin, und trotzdem sieht Mama noch ein Schulmädchen in mir. Christian hat seine eigene Wohnung; ich will auch eine.

Ich habe mit Mama darüber gesprochen, und sie war entsetzt. Dabei hatte sie in meinem Alter schon einen zweijährigen Sohn! Gearbeitet hat sie seit ihrem dreizehnten Jahr. Ich bin bestimmt reifer als sie jemals war, obwohl sie sich schon sehr jung selbst erhalten hat. Die Zeiten haben sich geändert, Tante Kitty. Wir sind jetzt aufgeklärt und verstehen das Leben, was Mama niemals verstanden hat. Sie hat noch immer keine Ahnung davon. Jetzt ist sie vierzig, du lieber Gott! Eine alte Frau!«

Kitty lächelte zärtlich, wenn auch etwas gezwungen. Sie war jetzt an die fünfzig, geschminkt und mit Falten, obwohl die Zähne noch immer grellweiß in dem mageren Gesicht blinkten. Wie immer war sie gepflegt und elegant, und die neue Mode der flachen Büste und der kurzen Röcke stand ihr gut, was bei Ellen mit ihren weiblichen Formen natürlich nicht der Fall war. Kittys gefärbtes Haar war kurz geschnitten und onduliert; sie kannte die neuesten Schlager, die internationalen Skandalgeschichten und jeden Tratsch, sie beherrschte die modernen Tänze wie der jüngste »Flapper«. Ihr Temperament war vielleicht hektischer und gezwungener, aber sie war noch genauso zappelig wie früher. Sie beneidete Gabriele um ihre Jugend, um ihre Lebhaftigkeit, um die biegsame, schlanke Gestalt, um das pikante, dunkle Gesichtchen, die funkelnden schwarzen Augen und das dichtgelockte, kurzgeschnittene Haar, das den hübschen Kopf wie ein Helm bedeckte. Sie sah reizend aus in ihrem grellroten Kleid mit der tiefen Taille, dem silbernen Gürtel und den dazu passenden Pumps. Das Kleid war sehr kurz und zeigte die schlanken Beine in Seidenstrümpfen und die hübschen Knie. Die Lippen waren voll und scharlachrot.

»Du kannst deine Mutter nicht eine alte Frau nennen!« sagte Kitty.

»Nun, sie sieht alt aus und benimmt sich auch so. Ihr Haar, zum Beispiel, geht bis auf die Hüfte herab. Wer trägt das schon? Und die häßlichen langen Röcke – und der Busen! Unmöglich. Schrecklich dick ist sie in letzter Zeit geworden. Wahrscheinlich, weil sie so träge ist, sie bewegt sich kaum mehr, verläßt das Haus nicht – nur zur alljährlichen Europareise und wenn sie nach Long Island übersiedelt. Sie ist praktisch eine Einsiedlerin geworden. Stinkfaul, interessiert sich für nichts, hat nichts im Kopf, als an mir herumzunörgeln. Das Haus kann ich auch nicht leiden, so altmodisch und in einer unmöglichen Umgebung. Ihr fällt nicht auf, wie dieses Viertel abgesunken ist; früher einmal war es eine gute Gegend, aber heute! Ich habe sie zu überreden versucht, es zu verkaufen und dafür ein hübsches Haus, das ich aufgetrieben habe, in der oberen Fifth Avenue zu erstehen. Ich hab' sie sogar hingeschleppt, es gehört der Familie einer meiner Freundinnen. Wirklich tipptopp, und nur zweihunderttausend Dollar! Mama ist mit der Zeit ein Geizkragen geworden. Daran ist Onkel Charles schuld, der ihr immer vorerzählt, daß man das Kapital nicht angreifen darf und die angelegten Werte bewahren muß. Aber schließlich, er ist ja auch alt. Höchste Zeit, daß die junge Generation zum Zug kommt. Mama hat ihr Leben gelebt, jetzt will ich meines leben.«

»Ich gebe dir recht«, sagte Kitty seufzend, »was meint Francis zu all dem?«

Gabriele zuckte die schmalen Schultern: »Ach, Francis! Fürchterlich! Die ganze Zeit redet er vom ›sozialen Gewissen‹. Knickerig ist er wie Mama. Dabei gibt er ihr Geld aus, sein eigenes legt er brav zurück. Aber er ist auch der Meinung, daß wir die alte Hütte in Long Island verkaufen sollten. Eigentlich ist er recht nett zu uns, und verständnisvoll. Er sagt oft: ›Man muß der Jugend dienen.‹ Aber ich habe die schlimme Befürchtung, daß er die Fabriksjugend in ihren Fetzen meint. Manchmal hält er mir vor, daß ich zu anspruchsvoll und zu aufgedonnert bin. Hab ich dir schon erzählt, was er von mir wollte? Daß ich in diesem gräßlichen Hopewell House, das ihm so am Herzen liegt, als Volontärin eintrete! Ein Heim voll von ›ausgebeuteten Arbeitern und Einwanderern‹, wie er es nennt.«

Sie saßen in Kittys kühlem, hochelegantem Salon, tranken illegalen Whisky und Ginger-Ale mit Eis. Die Ventilatoren surrten, draußen brütete die Julihitze. Gabrieles flinke Augen liefen durch den Raum. »Dein Haus ist auch ein altes Backsteinhaus, Tante Kitty, aber in feiner Umgebung. Und du stellst immer wieder um und bringst Neues in deine Wohnung, während Mama nichts ändert. Überall der schreckliche Damast und Plüsch, und immer düster und still. Mama rührt keine Klaviertaste mehr an, obwohl das ein Segen ist, wenn ich an ihren musikalischen Geschmack denke. Wir haben selten Besuch, Mama kapselt sich völlig ab und lebt nur in sich hinein.«

Kitty wunderte sich über die Beobachtungsgabe des Mädchens. »So war Ellen immer, sogar als sie mit deinem Vater verheiratet war, den sie vergötterte. Ich glaube, sie hat seinen Tod niemals verwunden, und nach ihrer Heirat mit Francis hat sie sich noch mehr zurückgezogen.«

Gabriele schaute Kitty scharf an. »Ich glaube, daß Mama nicht normal ist. Sie ist ein Fall für den Psychiater. Man sollte sich um eine Betreuung für sie umsehen.«

Kitty begriff sofort. Sie befeuchtete ihre geschminkten Lippen und sah sehr nachdenklich aus.

»Hast du schon einmal mit Francis darüber gesprochen?«

Wieder zuckte Gabriele die Achseln. »In gewisser Weise ist er genau so arg wie Mama. Manchmal bringt er schauderhaftes Volk ins Haus, die schnattern und schwätzen, gesellschaftlich unmögliches, schmieriges, stinkendes Gesindel. Ich nenne sie: ›die Brigade der schmutzigen Unterwäsche‹. Es sind lauter ›engagierte‹ Leute – engagiert für sozialen Fortschritt und Reformen. Meiner Ansicht nach ist es einfach ein Haufen Kommunisten, und nichts sonst.«

»Oh, still, Gaby!« rief Kitty lachend. »Das ist eine Ehrenbeleidigung. Sie könnten dich klagen!«

Gabriele lachte auch. »Manchmal komme ich einen Sprung hinein in die muffige Stube und benehme mich sehr ernst, und nicke und sage ja. Sie scheinen es mir nicht anzukreiden, daß ich anständig angezogen bin und Schmuck trage und parfümiert bin. Sie lieben ererbten Wohlstand, aber sie hassen die Menschen, die klein angefangen und sich hinaufgearbeitet haben, die Neureichen. Ich bin der gleichen Meinung wie Francis, daß man die Neureichen hoch besteuern sollte – aber nicht die Patrizier, denen der Reichtum zusteht. Wir müssen die Emporkömmlinge kurz halten und sie zwingen, ihr Geld mit den Menschen zu teilen, die Francis die ›Unterdrückten‹ nennt. Wir brauchen niemanden, der sich in unsere ererbten Positionen drängt, stimmt's, Tante Kitty?«

»Du hast ganz recht.«

»Francis tritt dafür ein, daß die Mittelklasse brav Steuern zahlt, damit sie den gebührenden Anteil leistet, wie er sagt. Er nennt es auch Gleichheit. Uns wird das natürlich nicht berühren. Ich kenne ein paar Mädchen im College, deren Väter sogar Selfmademen sind, wie sie offen zugeben, sie haben unter Opfern studiert und alle möglichen obskuren Arbeiten geleistet und sind dann schließlich reich geworden. Wirklich, solche Leute sollte man bis zum Existenzminimum besteuern. Sie haben in der Gesellschaft nichts zu suchen. Und so humorlos sind diese Mädeln. Eine hat mir ganz ernsthaft gesagt: ›Arbeit ist wie ein Gebet.‹ Bourgeoisie! Gibt's was Faderes und Stumpfsinnigeres?«

»Nichts«, sagte Kitty.

»Eine Schulkollegin ist die Tochter eines russischen Juden, der in diesem widerlichen Stadtteil – du weißt schon – einen Kleiderladen aufgemacht hat und zu Geld gekommen ist. Dann hat er seine Verwandten aus Rußland herausgeholt, um sie ›vom Kommunismus zu erlösen‹, wie Esther sagt. Sie ist die unerträglichste von allen. Redet von Politik und anderem vulgärem Zeug. Sie hat Artikel in den College-Blättern geschrieben – alle sehr salbungsvoll, viel von Gott und Pflicht und Zehn Geboten und der Gefahr des Sozialismus kommt drin vor. Wir haben sie alle ausgelacht. Nun, ihr ungebildeter Vater soll nur kräftig Steuer zahlen, dann wird Esther bald still sein. Francis hat ganz recht, wenn er Marx zitiert, der die Mittelklasse besteuern will.«

Du bösartige, kleine Hexe, dachte Kitty und lächelte Gabriele liebevoll an. Du vergißt, was deine Mutter ist und war. Sie blickte in das freche kleine Gesichtchen und fragte nachdenklich:

»Hast du mit Francis wegen eines Nervenarztes für deine Mutter gesprochen?«

»Ja. Ich glaube, er wäre einverstanden. Die beiden reden kaum ein Wort miteinander, und er scheint ganz unglücklich darüber. Ich habe von einem Nervenarzt gehört, Dr. Emil Lubish heißt er. Seine Tochter geht mit mir in die Schule, ich habe ihn kennengelernt. Ein wunderbarer Mann, obwohl er mich ganz gern abtätschelt, wenn niemand zusieht. Er ist Österreicher, ein Freud-Schüler. Ich habe ihm einmal von Mama erzählt, er nahm die Sache recht ernst und meinte, daß sie Hilfe braucht. Ich glaube, daß Francis der gleichen Meinung ist. Obwohl Mama niemals mit ihm streitet und fast alles tut, was er vorschlägt, kann sie auch sehr eigensinnig und stur sein. Dr. Lubish nennt das ein Syndrom, was das bedeutet, das weiß ich nicht.«

In Kittys Kopf arbeitete es. Endlich fragte sie: »Du willst anscheinend, daß ich dir helfe? Was soll ich tun?«

»Offen gesagt, ich möchte, daß du bei Mama eine eigene Wohnung für mich durchsetzt. Sofort. Ich kann nicht bis zum nächsten Jahr warten, bis ich einundzwanzig bin. Ich bin reich, wie du weißt, aber ich darf mein Vermögen nicht anrühren, bevor ich großjährig bin, und sogar dann wird mir Onkel Charles noch dreinreden. Ein sturer Schädel. Ich brauche auch einen eigenen Wagen, einen Cadillac. Alle Mädchen haben ihren eigenen Wagen. Aber ich muß Taxis nehmen oder mit der Subway fahren, eine Schande! Und mein Taschengeld! Ein Bettel!«

Sie schenkten sich Whisky nach. Kitty sagte: »Deine Mutter und Francis wissen doch bestimmt, wie es finanziell um dich bestellt ist? Nein? Nun, wenn du es wünscht, dann nehme ich mir deine Mutter vor. Hoffentlich hat sie nicht gerade ihren eigensinnigen Tag. Aber schließlich bin ich ihre beste Freundin. Auf mich wird sie schon hören.«

»Du weißt, daß es verboten ist«, sagte Francis vorwurfsvoll und bekümmert zu seiner Frau. »Wo hast du diesen Alkohol her, dieses geschmuggelte Gift?«

»Ich brauche es, Francis. Es . . . beruhigt mich. Ich kenne einen sehr verläßlichen Schmuggler. Es ist reiner, importierter Whisky.«

»Warum mußt du dich beruhigen?«

Ellen runzelte die Stirn und schwieg. Wie sollte sie ihm den abgrundtiefen Lebensekel, die Pein, die quälende Last der Erinnerungen schildern? Es gab keine Verständigung zwischen ihnen, er war ihr immer unendlich fern. Es kümmerte sie nicht, ob er sie begriff oder nicht, sie wollte einfach keine Vorwürfe mehr hören. Wenn er sie schalt, dann hätte sie sich am liebsten gewunden vor Reue, obwohl sie nie genau wußte, was sie zu bereuen hatte. Sie wußte nur, daß sie ein Mittel brauchte, um ihre Qualen zu lindern oder sie zu stillen. Etwas, das sie von den Alpträumen ihrer schrecklichen Jugend, dem Kummer, dem Hunger, der Hoffnungslosigkeit befreite. Etwas, das ihr die Erinnerung an Jeremy wiederbrachte, mit dem sie in ihrem dumpfen Schlummer sprach und lachte. Ohne diese Erinnerung an ihren Gatten wäre sie gestorben.

»Ich muß leben«, murmelte sie. »Ich muß leben für meine Kinder.«

Francis schaute sie an, und sein Herz verkrampfte sich in echtem Schmerz. Ellen hatte stark zugenommen und war formlos geworden, das Gesicht gedunsen, ihre schönen Farben waren verblaßt; sie saß zusammengesackt im Stuhl. Nur ihr leuchtendes Haar lebte noch, obwohl es ungepflegt war. Sie nahm fast keine Nahrung zu sich und war doch plump und dick geworden.

»Ich habe alles für Christian getan, was möglich war«, erklärte Francis und schüttelte sich geradezu vor Ärger. »Du bist undankbar, Ellen!«

Sie nahm einen tiefen Schluck der bernsteinfarbenen Flüssigkeit. »Nein, ich bin dir dankbar, wirklich. Ich kann dir gar nicht sagen, wie sehr. Aber ich ... ich brauche Frieden. Du verstehst es nicht. Ich will ...«

»Davonlaufen?«

Ellen antwortete nicht. Davonlaufen? Ja. Weglaufen aus einer Welt, der ihr Elend gleichgültig war. Davonlaufen vor den wissenden, grinsenden Gesichtern der Menschen, die nicht ehrlich, nicht anständig waren, die keine Ehre, keine Liebe besaßen.

»Ich wünschte nur zu leben, sonst nichts«, murmelte sie. »Aber das war mir versagt, ehe ich Jeremy kannte. Dann starb er. Jetzt kann ich nicht leben.«

»Du phantasierst, Ellen. Du bist betrunken.«

»Vielleicht.«

Sie schaute ihn an, aber ihre Augen waren blicklos. »Requiem für eine Unschuld, hat Jeremy einmal gesagt. Er meinte Amerika damit, Francis. Aber ich glaube, das gilt auch für Menschen wie mich.«

»Ellen!« Francis war sehr aufgebracht. »Unschuldig? In Wirklichkeit hast du niemanden geliebt, keinen Menschen, und auch keinem vertraut. Deine Tante hast du verlassen, niemals hast du dich ernstlich mit den Kindern befaßt; ich bin zwar dein Ehemann, aber ich bin dir gleichgültig. Und wie hast du die Fürsorge meiner Tante belohnt? Die Porters hast du ihrem Sohn entfremdet. Du bemühst dich nicht, deine Kinder, ihre Wünsche, ihre Bedürfnisse zu verstehen. Das überläßt du mir. Du brauchst einen Psychiater, der dir endlich klar macht, wie egoistisch du dich verhältst. – dein ganzes Leben. Das ist dein Fluch.«

Ellen machte wieder einen Schluck. Dann brach sie in Schluchzen aus, Francis zog angewidert eine Grimasse und wendete sich ab. Sie schlief im Stuhl sitzend ein. Ihr letzter zusammenhängender Gedanke war: Was verlangt die Welt von Menschen wie mir? Und von Jeremy? Käuflichkeit? Gemeinheit? Betrug? Nein, das bekommt sie niemals von uns, und wenn wir daran sterben.

Ich muß Dr. Lubish anrufen, beschloß Francis. Gabriele hat recht, sie ist geistesgestört. Vielleicht war sie es schon immer.

In der Nacht träumte Ellen von Mrs. Schwartz in dem dürren kleinen Garten der Hütte von Preston. Die alte Frau weinte. Sie streckte Ellen die Hände entgegen und stammelte: »Schöne Tochter von Toscar!« Ellen wollte nach der rauhen Hand greifen, aber Mrs. Schwartz zog sie heftig zurück, zornig oder verdammend.

DRITTER TEIL

Requiem for the Innocent

XXXV

An einem kalten Januartag des Jahres 1928 saß Francis Porter im wohlig geheizten Sprechzimmer des Nervenarztes Dr. Lubish. Es war in Gold und warmem Braun gehalten, mit Draperien aus blaßgoldener Seide; alles verriet erlesenen Geschmack und Luxus. Es war sehr still in dem Raum, der Lärm der Fifth Avenue drang nicht herauf. Der Schnee fiel in dichten Flocken vom Himmel.

»Und seit wann ist Ihrer Meinung nach Ihre Frau dem Alkohol verfallen?« erkundigte sich der Arzt. Er war ein massiger Mann, mit schwerem Körper, alles an ihm hatte Gewicht, Antlitz, Augen, Haar. Er ahmte seinen Meister Sigmund Freud im Äußeren nicht nach, er trug keinen Bart. Seine dicken Ohren waren wulstig, er kleidete sich nach europäischem Geschmack, obwohl er schon seit zwanzig Jahren in den Staaten lebte, roch nach Pfefferminz, Tabak und noch etwas, das Francis nicht zu deuten vermochte. Er sprach fast ohne Akzent.

Francis zögerte mit der Antwort. Der Arzt schüchterte ihn ein mit seinen kreisrunden sonderbaren Augen, die wie Silbermünzen blinkten und ihn so durchdringend musterten.

»Vielleicht ... seit zwei Jahren, obwohl ich nicht sicher bin. Es war ihr seit jeher bekannt, daß ich Alkohol verabscheue und höchstens dann und wann ein Glas süßen Sherry vor dem Essen trinke; sie kennt auch das Gesetz. Wir haben vor der Einführung der Prohibition geheiratet. Niemals habe ich starke Getränke im Haus geduldet, nicht einmal, wenn wir Gäste empfingen. Sie schien sich nichts daraus zu machen, denn soweit ich merkte, trank sie kaum einen Tropfen. Ich weiß nicht, woher sie den verbotenen Whisky bezieht, denn sie verläßt das Haus kaum, und das Personal ist verläßlich – es schätzt meine Frau übrigens nicht besonders, weil sie sich um nichts kümmert. Sie ist zu ... indolent, um die Leute überhaupt zu beachten.«

Der Arzt überlegte, und summte dabei wie eine mißtönende Hummel mit geschürzten dicken Lippen vor sich hin. Dann sagte er: »Wenn ich alles in Betracht ziehe, was Sie mir ausführlich von Ihrer Frau berichtet haben, dann kann ich mir ein ziemlich genaues Bild machen. Sie ist das Schulbeispiel einer schweren Neurotikerin, nicht sehr intelligent, mäßig gebildet, ichbezogen, eigensüchtig, geistesabwesend, stumpf und träge, apathisch, kontaktarm, ohne Interesse für die Familie, hysterisch, frigid, engstirnig, depressiv, verschreckt, kindisch, manchmal aggressiv mit einer infantilen Passivität. Ein typischer Fall. Sie haben mir erzählt, daß sie ihren Vater niemals gekannt hat und aus der untersten Arbeiterklasse stammt. Zweifellos haßt sie den unbekannten Vater, obwohl sie ihn ständig sucht. Ihr erster Gatte erfüllte offensichtlich dieses Vaterbild, nach seinem Tod kam sie sich daher noch verlassener vor. Organisch dürfte sie niemals ganz ausgereift sein. Daß sie Zuflucht beim Alkohol sucht, beweist ihre Frustration. Bestimmt fehlt ihr auch die Mutter. Also: ein klassischer Fall.«

Francis ließ den Redefluß über sich ergehen, bei dem einen oder anderen Wort verzog sich zwar sein Gesicht, aber er nickte feierlich.

»Ihre totale Abkehr von der Umwelt läßt auf eine verhängnisvolle psychopathische Veranlagung schließen. Haben Sie jemals daran gedacht, sie in eine geschlossene Anstalt zu geben?«

»Nach dem Tod ihres ersten Mannes war sie zwei Jahre lang in einer neurologischen Abteilung, das habe ich Ihnen schon gesagt, Herr Doktor. Aber ich fürchte, daß sie nicht völlig geheilt entlassen wurde, sie hat sich niemals ganz erholt. Während der beiden Jahre habe ich sie oft besucht, aber sie erkannte mich nicht. Ein Jahr lang soll sie überhaupt nicht gesprochen, nur wie in Trance dahingelebt haben. In der Nacht allerdings, so berichtete man mir, zeigte sie Reaktionen, sie weinte stundenlang, trotz der Schlaftabletten. Zu Hause dann war sie gleichmütig und passiv, nicht einmal die armen Kinder interessierten sie, die sich, wie ich zu meiner Befriedigung behaupten darf, unter meiner Aufsicht recht gut entwickelt haben. Ellen freilich zeigt mir nicht die geringste Dankbarkeit dafür, während die Kinder gottlob an mir hängen und sich von mir leiten lassen.«

Der Arzt nickte: »Ein Glück für die Kinder, einen solchen Stiefvater zu haben! Aber könnten Sie Mrs. Porter nicht dazu bringen, daß sie mich in meiner Ordination aufsucht, damit wir eine Behandlung einleiten können?«

»Da habe ich wenig Hoffnung. Sie verläßt das Haus kaum, obwohl ich sie zwinge, jedes Jahr eine Europareise mit mir zu unternehmen. Aber sie hat für die Museen, die Galerien, die Theater und die Bauwerke, kurz, für die Sehenswürdigkeiten immer weniger übrig. Dabei weiß ich, daß sie zu Lebzeiten ihres ersten Mannes sehr rege in dieser Beziehung war, sie ist sogar Patronesse der Met und des Balletts gewesen.«

»Und jetzt ist sie quasi in den Mutterleib zurückgekehrt. Abgeschaltet, behütet. Sie wünscht nicht, daß man Forderungen an sie stellt. Sie will abgeschirmt sein. Ich fürchte eine psychische Störung ...«

»Könnten Sie meine Frau nicht zu Hause untersuchen?«

Der Arzt schürzte wieder die Lippen, und die Augen in den silbernen Kreisen schauten Francis prüfend an. »Ich würde eine Untersuchung an einem abgeschirmten Ort vorziehen, zum Beispiel in einer privaten Nervenheilanstalt in Westchester, mit der ich in Verbindung stehe. Dort kann ich eine Intensivkur durchführen, die den Patienten wieder in die Wirklichkeit zurückführt. Sagen Sie mir, ist sie manisch? Verschwenderisch? Macht sie sinnlose Einkäufe, und vergißt sie, was sie außer Haus getrieben hat? Kauft sie wahllos unnötiges Zeug zusammen?«

»Ellen neigt zu übertriebenen Ausgaben, aber das hat sich etwas gebessert. Ich habe mich zwar erfolglos bemüht, es ihren Vermögensverwaltern klarzumachen; sie behaupten, daß sie entsprechend ihrem Einkommen lebt, aber das bezweifle ich. Wir haben vier Dienstboten, zwei würden mehr als genügen. Das heißt, wenn sich Ellen selbst ein wenig um den Haushalt kümmern wollte.«

Vor dem Besuch Francis' hatte Dr. Lubish wohlweislich erst einmal die Vermögensverhältnisse der Familie erkundet. Das Ergebnis war recht befriedigend: nicht nur der Kongreßmann, auch seine Stiefkinder waren finanziell erfreulich gut gestellt.

»Ich würde mich auch gerne mit den Kindern Mrs. Porters und den Verwaltern ihres Vermögens aus erster Ehe beraten. Es ist oft mit beträchtlichen Schwierigkeiten verbunden, einen Patienten in eine geschlossene Anstalt einweisen zu lassen.«

»Charles Godfrey, Jochan Wilder und ihre Kanzleikollegen werden Ihnen kaum sympathisch sein, Herr Doktor. Sie halten mich für einen rücksichtslosen Egoisten, einen Rohling, und lassen kein gutes Haar an mir, das war so von allem Anfang an.«

Wieder lagen die kalten, silbrigen Augen lange auf ihm. Francis ahnte nicht, wie gründlich er selbst von diesem weltmännischen Arzt studiert wurde. Es hätte ihn sehr gewundert.

»Anwälte mißtrauen meistens den zweiten Ehegatten, wenn ein Vermögen aus erster Ehe vorhanden ist«, sagte Dr. Lubish. »Haben Sie keine Möglichkeit, die Abrechnungen zu überprüfen? Traurig. Schließlich zweigen sich die Vermögensverwalter ja ganz schöne Honorare ab, wie Sie wissen.« Er lächelte. »Immerhin, wenn Mrs. Porter in eine geschlossene Anstalt eingewiesen würde – falls wir einen gerichtlichen Bescheid erhalten –, könnten Sie, Mr. Porter, zu ihrem Vormund und damit zu ihrem Vermögensverwalter bestellt werden. Aber als Anwalt wissen Sie das natürlich.«

In den Augen hinter dem Zwicker blitzte es auf, und die bleichen Wangen liefen rot an. Das überraschte den Arzt nicht.

Francis sagte: »Sie müssen verstehen, Herr Doktor, daß ich meine Frau aufrichtig liebe. Ich möchte nur ihr Bestes. Ich ... habe sie seit ihrer frühesten Jugend geliebt. Es ist ein Verhängnis, daß sie aus ihrem Stand gerissen wurde, sie wäre in ihrer Klasse glücklicher geworden.«

»Zwangsweise Milieuveränderung bleibt ein Trauma für einen schlichten Charakter, der von Natur aus für ein einfaches und unselbständiges Leben bestimmt war. Erst kürzlich hatte ich einen solchen tragischen Fall. Ein Maurer, völlig ungebildet, kam unvermutet zu einer riesigen Erbschaft ...« Der Arzt hüstelte. »Ein Unglück für meinen Patienten. Er wurde in ein Milieu geschleudert, das ihm fremd war, plötzlich war alles da, ein prachtvolles Haus, Geld, Wagen, Garderobe, und das stieg ihm zu Kopf. Er warf das Geld mit beiden Händen zum Fenster hinaus. Glücklicherweise wurde er im letzten Moment von guten Freunden gerettet, von Anwälten, sonst wäre er an den Bettelstab geraten. Er ist jetzt in einem kleinen Privatspital, wo er vielleicht doch noch geheilt werden kann, wie wir hoffen. Sein Sohn ... wurde zum gesetzlichen Vormund bestellt, ein sehr vernünftiger, gescheiter junger Mann, überaus fürsorglich.«

Er überlegte: »Ich möchte Mrs. Porter gerne sehen, damit ich mir ein klares Bild machen kann. Würden Sie Miß Gabriele und Mr. Christian veranlassen, mich aufzusuchen, bevor ich ..., quasi als einer Ihrer Bekannten, ins Haus komme?«

»Die beiden wären überglücklich, mit Ihnen zu sprechen. Schließlich war es ja Gabriele, die mir vorgeschlagen hat, Sie zu konsultieren. Sie ist mit Ihrer Tochter bekannt. Christian ist Sekretär in der Korrespondenzabteilung der David Rogers Foundation und Gabriele Modezeichnerin — wenn sie sich nicht gerade auf Reisen befindet. Sie haben eigene Wohnungen; sehr intelligente junge Leute, noch nicht verheiratet.« Francis zögerte, ehe er etwas ärgerlich fortfuhr: »Christian denkt allerdings an eine Ehe, und zwar mit der Tochter Charles Godfreys. Ich bin absolut dagegen. Völlig unpassend, obwohl die junge Dame Geld hat, wie ich annehme. Ich kenne ihre Mutter, eine Frau, die es faustdick hinter den Ohren hat und die einst in Jeremys Haus als Erzieherin der Kinder angestellt war, bis es ihr gelungen ist, Charles Godfrey einzufangen. Sie ist weder hübsch noch aus guter Familie noch vermögend.«

Der Arzt hatte wohl bemerkt, wie oft Francis Geld und Vermögen erwähnte. Es schien geradezu seine fixe Idee. Da er selbst ein Erzradikaler war, empfand er das nicht als unangenehm. Er war ein gewiegter Mann, und kannte auch eine Anzahl von Mitgliedern der David Rogers Foundation, die ihm sogar bei dem Bau seines privaten Krankenhauses unter die Arme gegriffen hatte, aus dem Fonds für Wohlfahrtseinrichtungen. Er lebte in guten Verhältnissen und spendete erhebliche Summen an radikale Gruppen; einer seiner Freunde war Colonel House, der häufig erklärt hatte, daß er einen Sieg der Sozialisten in Amerika erhoffe — Sozialisten im Sinne von Karl Marx. Houses Meisterwerk war es gewesen, Präsident Wilson zum Kriegseintritt zu bewegen, wodurch die Träume Lenins,

Trotzkis, Marx' und Engels' erfüllt wurden. Die weltweite Gemeinschaft, beherrscht von einer internationalen »Elite«, arbeitete gut.

Francis wäre über die Fakten entsetzt gewesen, die dem Doktor so geläufig waren. Er ahnte noch immer nicht, mit wem er sich heimlich eingelassen hatte.

Er sagte: »Ich werde Christian und Gabriele bitten, sich mit Ihnen ins Einvernehmen zu setzen, Herr Doktor.«

Dr. Lubish nickte: »Es ist bedauerlich, daß Mrs. Porter jetzt schon fast isoliert lebt, so daß sie kaum Freunde oder Bekannte hat, die einen eventuellen Beschluß unsererseits unterstützen könnten.«

»Doch«, sagte Francis, »sie hat eine sehr gute Freundin, Kitty Wilder, die geschiedene Frau eines der Vermögensverwalter, Jochan Wilder. Sie hat sich in den letzten Jahren schon oft besorgt über den gesundheitlichen Zustand meiner Frau geäußert.«

Kitty Wilder war dem Arzt ein Begriff, und er lächelte: »Ich glaube, meine Frau kennt sie flüchtig. Gut. Ich erwarte Ihren Anruf.«

Er fand es nicht nötig, Francis mitzuteilen, daß Kitty Wilder häufiger Gast bei ihm zu Hause war und daß sie schon oft sehr gehässig und spöttisch über das Ehepaar Porter, vor allem über Ellen, gesprochen hatte. Sie hielt Ellen für beschränkt, für abnormal, ungebildet und primitiv.

Ellen schob die schweren Vorhänge ihres Schlafzimmers zur Seite. Es war drei Uhr nachmittag, und sie war eben aus einem dumpfen Schlaf erwacht. Es schneite, ein leichter Wind trieb die Schneeflocken vor sich her. Draußen war es still, nur der bleiche Schein des späten Tages unter dem dunkelnden Himmel lag auf der Straße, kaum ein Mensch war zu sehen. Sie lehnte die Stirn an das kalte Fenster und schloß die schmerzenden, geschwollenen Lider. Wieder ein Tag, dachte sie. Wann werden diese Tage zu Ende gehen? Ein Wort Alexander Popes fiel ihr ein: »Dieses endlose Übel... mein Leben.«

Es gab keine Zofe mehr im Haus. Francis hatte es eine unverzeihliche Verschwendung genannt, und sie hatte sich nicht gewehrt, als er das Mädchen entließ. Es hatte sie nicht gekränkt. Sie wußte, daß ihr Heim immer mehr verwahrloste, aber es machte ihr nichts mehr aus. Im letzten Jahr war das Haus in Long Island verkauft worden, auch das hatte sie geschehen lassen. Es interessierte sie nicht mehr, obwohl es Jeremy gemocht hatte. Die Kinder waren ausgezogen, sie lebte allein mit Francis, der für sie zu einem quälenden Schatten geworden war.

Es hätte ihn sehr erstaunt, zu erfahren, daß sie über seine geheime Tätigkeit genau Bescheid wußte. Sie hatte die Bücher und Schriften in seinem Bücherschrank gelesen; es war ihr klar, daß er genau jene Ziele verfolgte, die Jeremy erbittert bekämpft hatte. Immer wieder beschloß sie, sich von Francis zu trennen, ihn zu bitten, sie zu verlassen, damit sie ihr Leben allein und abgeschieden beschließen konnte. Nur in der Stille konnte sie leben und denken, und ihre Gedanken waren quälend. Seit zwei Jahren ungefähr schaltete sie die Erinnerung an ihre früheren Jahre ab, ihre Lage war ihr bewußt geworden, aber niemals sprach sie davon. Wenn alles zu schmerzhaft wurde, dann nahm sie Zuflucht zum Alkohol, denn nur der Alkohol half ihr über die Schrecken der Gegenwart und über die Verzweiflung hinweg. Das Leben war fast immer unerträglich, durch die Betäubung allein entrann sie ihm. Sie hatte das Mittel, das ihr dazu verhalf, im Geheimfach ihres Schranks versperrt. Der Hauswart verschaffte ihr Nachschub vom Schwarzmarkt. Er war ein geschickter, schmieriger kleiner Kerl, und Francis schätzte ihn, wahrscheinlich, weil er kriecherisch vor ihm dienerte. »Er weiß, wie man sich zu benehmen hat«, lobte er, und Ellen schwieg dazu. Sie fand Joey widerlich, aber sie brauchte ihn. Er nützte das weidlich aus. »Direkt vom Schiff, Ma'am«, sagte er. Es war reine Schmugglerware zu zwei Dollar den halben Liter, aber er rechnete Ellen sechs dafür. Joey war es ja gewesen, der ihr eingeredet hatte, daß sie einen Trost brauche, einen Trost, den ihr nur der Alkohol schenken könne. »Gut für Sie, Ma'am, belebt die Sinne.« Zuerst hat sie sich geweigert, dann aber nachgegeben. Das Getränk erhielt sie am Leben »für die Kinder«, und deshalb fühlte sie sich nicht schuldig. Manchmal war sie Joey sogar dankbar.

Sie hatte versucht, die Kinder im Haus zu behalten, aber Francis hatte energisch erklärt, daß sie ihr eigenes Leben führen müßten, obwohl es ihn verdroß, daß sie soviel Geld brauchten. Aber Christian und Gabriele hatten ihn geschickt herumgekriegt. Gabriele hatte ursprünglich durchaus gewollt, daß die Mutter ein Haus in der oberen Fifth Avenue, im vornehmen Teil, kaufe, und vielleicht hätte sie es auch durchgesetzt. Um das zu verhindern, überredete Francis seine Frau, Gabriele wenigstens eine eigene Wohnung zu erlauben. »Schließlich sind sie erwachsen, Ellen, sie müssen auf eigenen Füßen stehen.« Und Christian, ein junger Mann, konnte der Mutter doch nicht mehr an der Rockfalte hängen.

Eine einzige Illusion hatte sich Ellen noch erhalten: den Glauben, daß ihre Kinder sie liebten, wenn sie auch nicht mehr von ihnen gebraucht wurde. Gewiß, sie waren niemals besonders respektvoll, gehorsam oder gar zärtlich gewesen, aber Ellen war trotzdem überzeugt davon, obwohl sie manchmal von Zweifeln oder von einer plötzlichen unerklärlichen Angst befallen wurde. Sie hatte ihnen alles gegeben, was sie sich wünschten – das war im Sinne Jeremys –, wobei sie freilich vergaß, daß er auch Zucht und Ordnung gefordert hatte. Ihre ganze Liebe hatte sie ihnen nach dem Tod Jeremys geschenkt – warum also sollten die beiden nicht auch sie lieben und um ihr Wohl besorgt sein? Wenn sie manchmal in ihrer trostlosen Stimmung den Tod ersehnte, dann brachte der Alkohol Linderung und stärkte ihren Glauben an die Liebe ihrer Kinder. Sie kamen ja auch Woche für Woche und erkundigten sich teilnehmend nach ihrem Befinden. Das war ihr einziger Trost. Ihr Toilettentisch und ihr Sekretär quollen über von Fotos der Geschwister, und häufig legte sie welche unter ihr Kissen, wenn sie schlafen ging.

Charles Godfrey hatte seinen Einfluß auf sie verloren, und manchmal war sie ihm sogar böse, wenn er ihr ärgerlich vorhielt, daß die Kinder ihre großzügigen Geschenke nicht brauchten, weil sie genügend eigenes Geld besaßen. »Aber ich mache ihnen so gerne eine Freude«, trotzte sie. »Jeremy wäre damit einverstanden.« Auf seine Entgegnung, daß Jeremy nicht einverstanden wäre, lächelte sie nur und drehte sich um. Diese Gaben und die Summen, die Francis für seine »Anliegen« abzweigte, waren der Grund, daß sie zuweilen knapp bei Kasse war. Aber Charles duldete nicht, daß sie das Kapital angriff. Wenn sie mit Francis nach Europa reiste, dann zweiter Klasse. »Protzentum ist ein Verbrechen«, erklärte er. »Unsere Mitmenschen brauchen das Geld. Wir dürfen dem Beispiel der reichen Verschwender nicht folgen, wir müssen mildtätig sein. Wir haben Pflichten gegen unsere Nächsten.«

Sie wußte nicht genau, wann sie das erstemal Furcht vor Francis beschlichen hatte. Es war eine andere Furcht als jene ihrer ersten Ehetage, sie war ungreifbar, gestaltlos, aber immer gegenwärtig wie eine ständig lastende Drohung. Was für eine Drohung es war, das ahnte sie nicht. Sie fand keine Ruhe, wenn er im Haus weilte, ja, sie schaute ängstlich hinter sich, ob etwas Schreckliches auf sie zukäme. Sie brachte es kaum über sich, mit ihm zu essen, und lief oft vom Tisch weg, ohne einen Bissen genossen zu haben, versteckte sich in ihrem Zimmer und griff mit bebenden Fingern nach dem Glas. Wenn er in seinem Schlafzimmer war, dann lag sie, getrennt durch einige Wände, steif und starr im Bett, mit verkrampften Händen, Angstschweiß auf der Stirn. Es war eine animalische Furcht, ein animalisches Grauen. Sobald er das Haus verließ, um sich zu seinen endlosen Konferenzen zu begeben, atmete sie tief auf und fand endlich ein wenig Schlaf. Niemals verkehrte sie mit seinen Freunden, sie setzte sich nicht an einen Tisch mit ihnen – auch in ihrer Nähe befiel sie die seltsame, unbestimmte Furcht. Er entschuldigte seine Frau immer damit, daß sie sich nicht wohl fühle. Sie hatte die Männer nur einige Male aus der Ferne gesehen, und ein Schauer war über ihren Rücken gelaufen.

Sie begriff sich selbst nicht und fragte sich oft, warum sie diesen hilfsbereiten Mann, der sie anscheinend aufrichtig liebte, der sie oft bekümmert ansah und mit ihr reden wollte, eigentlich fürchtete. Manchmal versuchte sie krampfhaft, mit ihm ins Gespräch zu kommen, aber ihre Zunge schwoll förmlich an, und sie konnte nur murmeln und stammeln und davonlaufen. Dann, allein in ihrem Zimmer, fühlte sie sich elend vor Reue; war er nicht freundlich, und benahm er sich nicht stets väterlich zu den Kindern?

Sie brachte die Furcht nicht mit den Büchern und Schriften in Zusammenhang, mit denen er das Haus vollstopfte. Jeremy hatte diese Dinge gehaßt, aber es fiel ihr nicht ein, daß sie die Ursache ihrer Angst sein könnten. Sie glaubte, daß Francis von seinen »Anliegen« besessen war und half ihm, aber sie sah keinen Grund, deshalb für sich und ihre Kinder besorgt zu sein. Im übrigen: wurden Francis' politische Ansichten in den Zeitungen nicht stets verurteilt, warnte man nicht vor ihnen, verfolgte man sie nicht? Einige Male hatte sie Francis auf solche Artikel aufmerksam gemacht, aber da hatte er sie so hart, so wütend angeblickt, daß sie zurückgeschreckt war und nicht mehr davon sprach.

Francis schien ihr kein bißchen gefährlich, trotzdem graute ihr vor ihm, physisch und psychisch. Ihre alten Bekannten besuchten sie selten, und auch sie besuchte sie nicht. Es lag etwas in der Luft, das sie nicht nennen konnte, vor dem ihr bange war. Niemals hatte sie sich in dieser Welt der oberen Zehntausend richtig daheim gefühlt, bis auf die Zeit, da Jeremy lebte. Und auch damals nur, weil er dazu gehörte — nicht aber sie, denn Erinnerungen aus frühen Jahren können nie ausgelöscht werden. Aber man kann sie verwischen und sie verdrängen, und das hatte sie zu Lebzeiten Jeremys getan und ihre Tage genossen, weil sie liebte.

In Gegenwart ihrer Kinder fühlte sich sich dumm und alt und überflüssig. Bin ich es nicht wirklich? fragte sie sich. Sie freute sich über das ungezwungene Auftreten, die weltgewandte Art der Kinder, ihre Erfolge, ihre Beliebtheit. Wenn sie von ihrem Tagwerk erzählten, dann hörte sie den temperamentvollen Schilderungen bescheiden und entzückt zu. Es war ein Geschenk, wenn sie kamen, sie konnte nicht dankbar genug dafür sein. Daß die beiden ihren Tod herbeisehnten, um sie zu beerben, wäre ihr niemals eingefallen, denn sie war eine Mutter. Es war ihr unmöglich, sich vorzustellen, daß sie ihr irgendwann, irgendeinmal übelgesinnt sein, sie verletzen oder ein falsches Spiel mit ihr treiben könnten.

Charles, der sich ernste Sorgen um sie machte, sagte einmal: »Ellen, Sie kennen Ihre Kinder nicht. Niemals kennen die Eltern ihre Kinder, aber Sie am allerwenigsten. Seien Sie vorsichtig!« Da war sie zum erstenmal in ihrem Leben aufgebraust, hatte ihn angeschrien und geradezu einen hysterischen Anfall bekommen. Nur wenn ihre Kinder im Haus waren, vergaß sie ihre Angst vor Francis und konnte sprechen. In Christians Stimme hörte sie die Stimme Jeremys, der dunkle Teint und das Haar Gabrieles erinnerten sie an den Geliebten.

Jeremys Porträt hing nicht mehr in der Bibliothek, sie hatte es in ihr Schlafzimmer gebracht. Dort sprach sie zu ihm, benebelt vom Alkohol, dort vergaß sie und war glücklich.

Außer ihren Kindern gab es nur einen einzigen Menschen, an dem sie hing, und das war Kitty Wilder. Mit ihr sprach sie über alles, was sie bedrückte, ihr konnte sie stammelnd ihre ständige Angst schildern, konnte sagen, wie stolz sie auf ihre Kinder war. Kitty lauschte stets liebevoll und verständig und lachte die Verrückte hinter ihrem Rücken aus, die ihren ganzen Reiz eingebüßt hatte, die häßlich geworden war. Seit kurzem allerdings merkte Kitty besser auf, hörte dem »Gefasel« zu und berichtete es Francis. Mit falschen Tränen ging sie zu ihm und klagte: »Ich bin sehr besorgt um Ellen. Sie scheint ... nicht ganz bei Trost zu sein. Sie hat sich ja niemals sehr klar ausgedrückt, aber jetzt ist sie völlig verwirrt. Ich fürchte für sie. Ich glaube, sie braucht Pflege.«

»Guter Gott!« rief Francis dann. »Es sind fünfzehn, sechzehn Jahre seit Jeremys Tod! Und noch immer spricht sie ständig von ihm? Warum?«

Kitty weidete sich an seiner offensichtlichen Verzweiflung und Trauer. Sie haßte ihn, aber jetzt haßte sie Ellen noch mehr. Sie war es gewesen, die Francis bekümmert anvertraut hatte, daß Ellen »unmäßig trank«. »Wußten Sie das nicht, mein Lieber?« Manchmal fügte sie hinzu: »In Wirklichkeit waren Sie niemals ihr Gatte.«

»Das weiß ich«, murmelte er unglücklich, und Kitty freute sich. Sein unverhohlener Schmerz ergötzte sie. Er hatte sie wegen dieses Küchentrampels abgewiesen, und jetzt hatte er sein Elend, und sie, Kitty, ihr Vergnügen. Sie wartete auf die endgültige Rache.

Ellen ahnte nichts von diesen Gesprächen und hätte sie auch niemals vermutet. Schwerfällig ging sie an diesem kalten Wintertag zu ihrem Toilettentisch und sah lange in den Spiegel. Ihr schönes Haar hatte allen Glanz verloren und hing zerrauft über Schulter und Rücken, ihr Gesicht war gedunsen und gelblich, die feinen Züge verwischt und das Kinn ein dicker Wulst. Die Augen versprühten kein blaues Feuer mehr, sie waren gerötet und die Lider verschwollen. Ihre Gestalt war plump und schlaff, und die Lippen, die einst voll und rot wie eine reife Aprikose gewesen waren, trocken und blaß. Ihr rosa Schlafrock war verdrückt, nicht ganz sauber und hatte einen Riß auf der Schulter.

Sie warf ihr Haar zurück und betrachtete ihr eigenes Bild. Die Glieder schmerzten und fühlten sich schwer an wie Blei. Aber es war ihr längst gleichgültig geworden, denn Jeremy war nicht da, der sie bewunderte und sie mit zärtlichen Händen liebkoste. Wie lange war er schon tot? Viele Jahre – aber es war noch immer, als wäre es gestern, als wäre es heute gewesen. Sie preßte ihre Hand auf die Stirn. Auf dem Tisch neben ihr stand seit Stunden das Frühstück, das man ihr lieblos hingestellt hatte; es war längst kalt geworden, die Eier mit einer Haut überzogen, der Kaffee ungenießbar. Essen war ihr gleichgültig, wie ihr das ganze Leben gleichgültig war. Schwache, unbestimmte Geräusche tönten aus den entfernten Zimmern, sonst war es ganz still, bis auf den Klagelaut des Windes draußen vor dem Fenster. Es war sehr frisch, denn niemand hatte ihr eingeheizt, und die Wärme von unten drang nicht bis hier herauf. Aber sie spürte die Kälte nicht. Sie saß einfach da, spielte mit ihrem glanzlosen Haar und brütete vor sich hin.

Sie wartete auf die Nacht, wenn alles schlief und sie hinunter in die Bibliothek kriechen konnte. Zusammengekauert wie ein Tier hockte sie dann in einem tiefen Lehnstuhl und las. Dabei erwachte ihr Geist, da wurde sie sich ihres ganzen Elends bewußt. Nicht einmal in den trostlosesten Tagen ihrer Jugend hatte sie so tief an Geist und Seele gelitten. Sie betete nicht mehr. Manchmal öffnete sie das Klavier und berührte die Tasten, aber nur leicht, daß sie nicht anschlugen und keine Antwort gaben. Zuweilen regte sich ein Funke ihres Lebenswillens, sie nahm ein lauwarmes Bad, bürstete ihr Haar, kleidete sich an und sprach sogar mit den Dienstboten, oder sie raffte sich zu einem kleinen Spaziergang auf, der sie unverhältnismäßig anstrengte. Aber ihr Schmerz legte sich nicht, sie lebte inmitten einer Welt von Fremden, sie war ein Schatten ohne Hoffnung.

Ein Mensch wie Ellen aber mußte trotz allem lieben und vertrauen, es war unerläßlich für sie. Nur wenn ihre Kinder sie besuchten, was immer seltener geschah, dann lichtete sich das Dunkel, und sie konnte wieder lieben und vertrauen, ohne zu ahnen, wie schwer man sie betrog. Noch immer begriff sie nicht, wie abgrundtief schlecht die Welt war und wie gemein. Daß sie es nicht wußte, das rettete sie, so wie das bloße Dasein der Kinder sie am Leben erhielt.

Immerhin begann sie, einen Teil der Tabletten abzuzweigen und aufzubewahren, die ihr der Doktor verschrieb, damit sie schlafen konnte. Warum sie es tat, war ihr selbst nicht klar, aber dieser heimliche Vorrat schien ihr ein Trost, ein Versprechen zu sein.

Sie stand auf, tödlich erschöpft, griff nach der kleinen Flasche mit dem scharfen, geschmuggelten Getränk und tat ein paar tiefe Züge. Sie trank kein Wasser dazu. Es begann sie zu wärmen. Vielleicht besuchten die Kinder sie heute abend, vielleicht wenigstens eines. Das Haus und sie erwachten, und sie konnte wieder an das Leben glauben und Hoffnung schöpfen und sich vorgaukeln, daß man sie liebte.

Präsident Wilson, der sich so sehr um das Zustandekommen des Völkerbundes bemühte, hatte gesagt: »Ich denke an das Wort Tennysons: ›Das Parlament der Menschheit, die Vereinigung der Welt.‹ Dieser Bund ist in Liebe erdacht worden, in Vertrauen auf die angeborene Güte des Menschen, die Großmut und den Friedenswillen des menschlichen Geistes. Krieg ist Wahnsinn, widernatürlich, ein Übel, das uns vernichtet. Amerika muß die Menschheit mit Liebe und Vertrauen zum Weg der Brüderlichkeit leiten. Der Völkerbund wird all dies vollführen. Ich bete, daß er zustandekommt, denn er ist der Traum meines Lebens.«

Er war so unschuldig, so arglos wie Ellen Porter, und wie dieser Frau wurde ihm nie klar, daß er in Träumen und Phantasien lebte. Denn wie sie kannte er die bodenlosen schwarzen Abgründe der menschlichen Seele nicht, die Gemeinheit und die Habgier, die Tücke, die Grausamkeit, die tierische Leidenschaft, den Haß und die Begierde.

XXXVI

Über eine Stunde hörte Dr. Lubish den tränenreichen Bitten Gabrieles zu, ihrer armen Mutter zu helfen. Christian hatte sich ihnen mit seiner tiefen, beherrschten Stimme nachdrücklich angeschlossen, und auch Francis hatte ihn angefleht. Der Arzt war ein kluger Mann, der sehr bald erkannte, daß Francis der einzige von ihnen war, der es ehrlich meinte und der die unglückliche Frau wirklich liebte. Die Kinder waren giftig wie Schlangen und ebenso falsch. Sie wollten von ihr befreit werden, um ihr Geld zu bekommen. Die silberne Iris seiner Augen flackerte über die jungen Leute hin, während er ihnen schweigend lauschte.

Er war sich sofort im klaren, daß Ellen nicht geisteskrank im medizinischen Sinn war; zugleich aber bezweifelte er, daß er sie wirklich heilen konnte, vor allem wünschte er es gar nicht. Wenn sie sonderbar geworden war, dann hatte sie auch einen Grund dazu. Er stellte ein paar geschickte Fragen und hatte seine Diagnose: Die Nerven der Frau waren zwar angegriffen, aber sie war keineswegs eine Psychopathin, sie war nur eine Frau, die über den Tod des geliebten, längst verstorbenen Gatten nicht hinwegkam. Es gab zahllose ähnliche Fälle. Ebenso ergab sich aus den Schilderungen, daß sie mit ihren schweren Kindheitserinnerungen nicht fertig wurde und daß sie sich auch nicht mit ihnen abfinden konnte. Erinnerung allein kann zur Qual werden, die glücklichsten Augenblicke vergällen und die Zukunft beschatten. Ein Mensch mit Erinnerungen an eine glückliche, behütete, sorglose Kindheit, an Lachen und Spiel, wird in späteren Jahren auch mit den größten Schwierigkeiten des Lebens fertig. Frauen wie Ellen aber scheiterten, denn man hatte sie der Kraft ihrer Kindheit beraubt.

Ein paar Jahre lang war Ellen durch einen starken und verstehenden Gatten gestützt worden, der sie vor den Dingen bewahrte, die sie getötet hätten. Nun war dieser Schild und diese Kraft geschwunden, nun stand sie hilflos vor der Wirklichkeit und wurde ihrer nicht Herr, obwohl sie es offensichtlich selbst nicht wußte und die Tatsachen nur unterschwellig erschaute. Sie konnte sich mit dem Tod ihres Gatten nicht abfinden, weil sein Leben das einzige gewesen war, was sie jemals besessen hatte.

So wie es Hamlet nicht gelang, den Geist seines ermordeten Vaters zu vertreiben, so gelang es ihr nicht, die Erinnerung an das Böse auszumerzen oder die Wunden zu schließen, die man ihr in der Jugend geschlagen hatte. Trotzdem empfand der Arzt kein Mitleid für sie. Die Schnellen machten das Rennen, dem Starken gehörte der Preis, trotz der flehentlichen Bitten der Einfältigen. Das Leben war nicht barmherzig mit den Unschuldigen, den Vertrauensseligen, den Gütigen, den Großzügigen, den Hochherzigen, den Menschen, die sich aufopferten, den Gerechten, den Menschen reinen Herzens. Wozu auch? fragte sich der Arzt. Sie waren eben schwach, sie wurden zu Recht ausgenützt, diese unverbesserlichen Narren, und sie wurden unweigerlich durch die Machenschaften ihrer Mitmenschen zugrunde gerichtet. Ihre eigenen Tugenden betrogen sie – wenn es wirklich Tugenden waren und nicht nur Zeichen mangelnden Verstands, der Weltfremdheit und fehlenden Selbstschutzes.

Nun saßen zwei skrupellose und hartherzige junge Leute vor ihm, und ein Mann, der ebenso unschuldig und versponnen war wie die Frau, die er liebte. Die Jungen wollten ihre Mutter lebend in ein Grab sperren, sie aus der Erinnerung löschen, sie aus ihrer Lebensform reißen, wenn dieses Dasein auch unerträglich schien. Ein animalisches Dahindämmern, wenn auch in einem angenehmen Kerker, das wünschten sie für sie, und zwar wegen ihres Geldes, um von ihrer unbequemen Nähe befreit zu werden. Warum erwürgen sie die Mutter nicht ganz einfach, dachte der Arzt, und der Schatten eines Lächelns erschien auf seinen wulstigen Lippen. Das wäre barmherziger, wenn auch strafbar. Bei Francis sah die Sache anders aus. Er wünschte die Heilung seiner Frau aufrichtig, ja leidenschaftlich, damit sie zu einem andern Menschen werde. Er begriff nicht, daß es unmöglich war, und ebensowenig, daß seine Anwesenheit im Haus allein schon den Zustand Ellens verschlechterte.

Der Doktor war ein gewissenloser Mann, was er sich auch selbst geradezu befriedigt eingestand. Er hatte Aussicht, eine reiche Patientin zu ergattern, mit einem reichen Gatten und mit Kindern, die ihre Mutter auf Lebenszeit hinter Anstaltsmauern verbannen wollten, wenn ihr das »hülfe«. Falls Francis zum Vormund bestellt wurde, dann war er leicht zu beeinflussen, nicht nur durch die Kinder Ellens, sondern auch durch ihn selbst. Die Patientin war verhältnismäßig jung, zweiundvierzig Jahre, und mit entsprechender Behandlung und Pflege konnte sie noch Jahre leben, körperlich, wenn auch nicht geistig. Diese Haft – denn was war es anderes? – würde sie zum menschlichen Wrack machen, aber sie würde leben – und das war eine recht schöne Einnahmsquelle. Im gewissen Sinn war es für sie gar nicht so schlimm: die Drogen und der Dämmerschlaf nahmen ihr alle körperlichen Schmerzen, und sie würde dumpf und wunschlos ihre Tage beschließen. Infantilität war auch ein Trost.

»Freilich, man muß sich mit den Vermögensverwaltern auseinandersetzen«, gab er zu bedenken. »Glauben Sie, Kongreßmann, daß sie mit unsern ... Vorschlägen einverstanden sein werden? Oder könnten sie protestieren, so daß ein Prozeß zu befürchten wäre?«

Francis stotterte: »Vielleicht. Aber sie müßten sich wohl Ihrem Rat fügen, da Sie nach den Befunden wissen, was das Beste für sie ist.«

Christian sagte: »Nein, sie werden ablehnen. Ich kenne sie. Sie werden ja für die Verwaltung des väterlichen Vermögens bezahlt, und auf dieses bequeme Einkommen wollen sie sicher nicht verzichten.«

Francis schaute ihn an: »Als Anwalt weiß ich, daß wir das Vermögen deines Vaters nicht anrühren dürfen, Christian, nur das laufende Einkommen deiner Mutter steht uns zur Verfügung, und das ist beträchtlich. Nach ihrem Tod erbt ihr beide das gesamte Vermögen deiner Eltern. Freilich, wenn sie für unzurechnungsfähig erklärt wird, dann kannst du über die Zinsen verfügen und, wenn unbedingt nötig, auch das Kapital angreifen. Wenn nötig. Für besondere Ausgaben, und so weiter, das habe ich dir schon öfter erklärt.« Er räusperte sich. »Freilich wäre auch ich als ihr Gatte erbberechtigt. Aber wir wollen von solchen Dingen nicht sprechen. Wir müssen überlegen, wie wir sie heilen und am Leben erhalten können.«

Die Geschwister lauschten mit ernster Miene und bemühten sich, ihren Spott und ihre Verachtung zu verbergen. Er aber redete weiter: »Ich bin überzeugt, daß die Kosten in Dr. Lubishs Sanatorium nicht ihre gesamten Einkünfte verzehren.«

Er begriff nicht, daß die Kinder nur eines wünschten: den baldigen Tod ihrer Mutter. Er verstand die Blicke nicht, mit denen sie ihn musterten. »Ellen selbst hat auf Anraten ihrer Anwälte ein paar recht günstige Transaktionen vorgenommen, die das Kapital und die Zinsen vermehrten. Erst in der letzten Zeit ist ihr kein Geld mehr für Investitionen übrig geblieben. Sie würde niemals ihr Kapital angreifen, denn sie hat eine panische Angst vor der Armut, was bei ihrer Herkunft nicht verwunderlich ist. Im Fall einer Einweisung in eine Anstalt durch Gerichtsbeschluß könnten diese Investitionen nach unserm Gutdünken verwendet werden.«

Die Geschwister lächelten ihn unschuldig wie Engel an, und der Arzt wußte genau, was in ihnen vorging. Es belustigte ihn, wie ihn die menschliche Natur immer belustigte. Er war abgeklärt.

»Am besten, ich sehe mir Mrs. Porter persönlich an. Nach ein paar Sitzungen kann ich mir ein endgültiges Bild über ihre geistige Verfassung machen. Dann möchte ich gerne mit den Anwälten reden und ihnen meine Vorschläge unterbreiten. Sie haben Mrs. Wilder erwähnt, Kongreßmann? Glauben Sie, daß sie als langjährige, gute Freundin bereit wäre, ihre Beobachtungen vor Gericht wiederzugeben, falls es nötig wäre?«

»Natürlich. Ich habe mich schon ins Einvernehmen mit ihr gesetzt. Auch sie ist der Ansicht, daß meine Frau sofort eine intensive Behandlung braucht.«

»Es ist möglich, daß sich die Anwälte dieser Meinung anschließen. Sie sind vernünftig und wünschen sicher nur das beste für ihre Klientin.« Als die drei sein Sprechzimmer verließen, dachte er: Glücklich der Mensch, der keine Kinder hat. Das war alles an Gefühl, was er für Ellen aufbrachte.

Gabriele besprach sich heimlich mit ihrem Bruder, und dann begaben sich die beiden mit ernsten Gesichtern zu ihrer Mutter. Gabriele hatte den Vorschlag Dr. Lubishs, nämlich als Bekannter ihres Mannes bei Ellen eingeführt zu werden, als kindisch und sinnlos abgelehnt. Die Mutter hätte niemanden in ihrer Klausur empfangen.

Mrs. Atkins, die Wirtschafterin, führte die Geschwister in das ungelüftete und verwahrloste Haus und sagte mit geheucheltem Mitleid: »Ma'am fühlt sich gar nicht gut.« Sie seufzte beziehungsvoll: »Es ist drei Uhr, aber sie liegt noch immer.« Mrs. Atkins war eine lange, magere Frau mit ungesundem Teint und mit einer ständig verschnupften Nase, die ausdruckslosen Augen waren wasserfarben wie Austern, das fettige braune kurze Haar hing in die Stirn. Sie war sehr bigott. Ellen wurde geringschätzig von ihr behandelt, denn sie kehrte niemals die Herrin heraus, und schien die Unordnung, die kleinen Diebstähle, die staubigen Ecken mit den Spinnweben zu übersehen und die schlechte Küche und nachlässige Bedienung nicht zu beachten. Das alles war ein Beweis dafür, wie inkompetent im Haushalt sie war; man durfte mit Recht auf sie herabschauen. Außerdem hielt man sie für »beklopft«, denn niemals erhob sie die Stimme, um das Personal zurechtzuweisen, wie es die Leute verdient hätten. Vor Francis hatten sie womöglich noch weniger Respekt, er war ein aufgeblasener, armer Kerl, aber er kontrollierte zumindest die Rechnungen, fragte sie aus und sprach mit ihnen häufig über die »Rechte des Arbeiters«, wobei er sie mit marxistischen Schriften versorgte. Er hatte ihnen feierlich verraten, daß auch Ellen aus kleinen Verhältnissen stamme, und dadurch wurden sie noch aufsässiger gegen ihre Dienstgeberin. Mrs. Atkins war die Nachfolgerin des alten Cuthbert, der ein Tyrann gewesen war, wie man sich im Haus erzählte.

Freilich wußten die Dienstboten nicht, daß ihr ungewöhnlich hoher Lohn von Ellens Geld kam und daß sie ihn ihr allein verdankten, denn Francis hatte oft dagegen protestiert. Der ganze Haushalt wurde praktisch von Ellen erhalten. Hätten sie es gewußt, dann hätten sie sich in der Küche über diese Närrin erst recht lustig gemacht.

Mrs. Atkins hatte für Gabriele mit ihrer flinken Zunge und den scharfen dunklen Augen und dem ironischen Lächeln nicht viel übrig; aber Gabriele war als Lady geboren und nicht als Proletin wie ihre Mutter. Dafür schwärmte sie geradezu für Christian, diesen hübschen, unwiderstehlichen Jungen, der ihr gelegentlich scherzend einen Klaps versetzte und sie mit Blicken musterte, die ihr das Blut in die Wangen trieben. Vor ihm fürchtete sie sich nicht wie vor Gabriele, die recht unfreundliche Bemerkungen über die Mahlzeiten machen konnte, deren Blick oft beziehungsvoll auf einer staubigen Lampe lag und die mit ihrem Spitzentaschentuch lässig über einen schmutzigen Spiegel wischte und sie dabei groß ansah. Vor Gabriele empfand sie Scheu, aber auch einen gewissen Respekt.

Gabriele sagte mit gepreßter Stimme: »Leider, es ist sehr wichtig, Mrs. Atkins. Bitte, wecken Sie meine Mutter, wir warten auf sie. Wir müssen sie unbedingt sprechen.«

Mrs. Atkins schaute sie scharf an. Erzählen Sie mir ja nicht, daß Sie für Ihre Mutter wirklich etwas übrig haben! Sie zuckte die Achseln und ging hinauf, um Ellen zu wecken. Die Geschwister drehten das Radio auf, Gabriele warf ihren Nerzmantel auf einen Stuhl und begann Charleston zu tanzen, ihre hübschen, seidenbestrumpften Beine schwangen im Rhythmus der Musik und ihre Haare flatterten mit. Gabriele war der Typ des modernen Flappers, wie er im Buch stand, mit dunklem Teint, grellrot geschminkten Lippen, ständig die Zigarette im Mund und voll unbändigen Temperaments. Obwohl sie dreiundzwanzig Jahre alt war, dachte sie nicht an eine Ehe; ihr Leben war zu abwechslungsreich, zu aufregend, um sich zu binden, und wenn sie etwas fürchtete, dann nur, schwanger zu werden. Wie ihr Bruder war sie durch und durch materialistisch eingestellt, ohne Gewissen, lebte nur ihren eigenen Wünschen und Einfällen, sie kannte nur sich selbst. Ihr Bruder bewunderte sie grenzenlos und bedauerte manchmal geradezu, daß sie seine Schwester war. Gabriele merkte freilich, daß er für die hübsche, blonde Tochter Godfreys viel übrig hatte und sie heiraten wollte, und war schrecklich eifersüchtig auf sie. Sie sparte nicht an bissigen Bemerkungen über dieses »dämliche Ding« mit dem »faden« Blick und der »piepsenden« Stimme, aber seit sie Christian einige Male hart angefahren und ihr geraten hatte, sich um ihre eigenen Dinge zu kümmern, hielt sie den Mund.

Jetzt tanzte auch er ausgelassen auf dem staubigen Aubusson-Teppich, und keiner von ihnen merkte, daß Ellen bereits auf der Schwelle stand und sie zärtlich betrachtete. Wie hübsch sie sind, meine Kinder, dachte sie glücklich, frisch und spritzig, wie junger Wein, und ihr Herz klopfte laut vor Liebe und Schmerz. Endlich sahen sie die Mutter, und der Tanz hörte jäh auf. Ellen klatschte in die Hände und sagte: »Wie nett ihr tanzen könnt. Das ist eine schöne Überraschung, ich habe euch nicht erwartet.«

Das Zimmer war nicht nur düster, es muffelte auch in dem ungepflegten Raum, und der Tanz hatte den Staub aufgewirbelt. Gabriele lief zu ihr hin, schlang die Arme um ihren Hals und küßte sie. Auch Christian drückte einen Kuß auf ihre Wange und schaute sie dann besorgt an: »Mama gefällt mir gar nicht, was meinst du, Gabriele?«

»Nein, sie sieht wirklich nicht gut aus«, bestätigte das Mädchen verzagt und beugte sich etwas zurück. Pfui – sie roch nach Whisky. Aber Gabriele bezwang sich: »Du schaust schon seit langem nicht mehr gut aus, Mama. Und deshalb sind wir hier. Es ist sehr häßlich von uns, nicht schon früher gekommen zu sein.«

Ellen war etwas verlegen. Sie strich mit zitternden Händen über ihren dunkelbraunen Bademantel. Ihr Haar hing unordentlich herab, und ihr Gesicht war schlaff und bleich; sie wirkte viel älter als sie war, und ihre Gestalt hatte allen fraulichen Reiz verloren. Gabriele drückte sie fürsorglich in den Stuhl. »Mir fehlt wirklich nichts«, sagte Ellen, und ihre einst so hübsche Stimme klang wie eingerostet. »Macht euch keine Sorgen um mich, Kinder. Bleibt ihr zum Abendessen?«

Gabriele warf einen schnellen Blick auf den Bruder, legte den Kopf schief und hob mahnend den Finger: »Wenn du versprichst, uns zuzuhören und unserm Rat zu folgen.«

Ellen lachte glücklich: »Ich war so allein.« Und nach einer Weile: »Francis ist in Washington oder irgendwo anders.« Ein Schatten flog über ihr Gesicht: »Aber was wollt ihr denn von mir, Kinder?«

Gabriele kniete vor ihr nieder und faßte sie bei den Händen; sie waren heiß und schlaff. »Du weißt doch, daß wir dich lieben, Mama?«

»Natürlich.« Ihre Augen wurden naß, mit bebenden Lippen flüsterte sie: »Für euch lebe ich, für euch allein.« Jeder andere wäre über den Ausdruck dieses zerstörten Gesichts, das sich krampfhaft zu lächeln bemühte, tief ergriffen gewesen.

»Nun, dann leb' wirklich für uns, und mach uns nicht unglücklich«, erklärte Gabriele energisch.

»Unglücklich?«

»Ja, unglücklich. Wir wissen, daß du krank bist und einen Arzt brauchst.«

»Aber ich habe einen guten Arzt, Gabriele. Er kommt wenigstens einmal in der Woche.« Eine köstliche, ungewohnte Wärme strömte zu ihrem Herzen, und eine leichte Röte stieg in die bleichen Wangen.

»Ach, der alte Doktor Brighton! Das ist nur ein praktischer Arzt. Du brauchst einen Spezialisten, einen, der mehr versteht und der auch jünger ist, der in Europa und in Amerika studiert hat. Einen Facharzt. Ich habe dir doch einmal von Dr. Lubish, Annabelles Vater, erzählt? Das ist ein Arzt mit modernen Methoden, der einen ausgezeichneten Ruf hat. Bitte, Mama ...« Sie rutschte auf den Knien näher, »bitte, geh zu ihm, unsertwegen. Tu was für uns, dieses einzige Mal. Denk einmal nicht an deine eigene Bequemlichkeit und an dich ...«

Das habe ich doch schon gehört, ging es Ellen durch den Kopf. Mein ganzes Leben habe ich es gehört. Die Wärme verging, die alte Schuld erwachte, sie war verwirrt und befangen. Habe ich auch bei meinen Kindern versagt, wie ich bei meiner Tante versagt habe ...? Und wahrscheinlich bei vielen andern? Sie sah Gabriele bittend an:

»Ich ... ich muß mit Francis darüber sprechen.«

»Wir haben schon mit ihm gesprochen, Mama, er ist ganz unserer Meinung. Er ist auch sehr besorgt um dich. Aber wir sind doch deine Nächsten, nicht wahr? Mama, liebste Mama ...«

Niemals noch hatte die Tochter so zärtlich zu ihr geredet, und wie wohl tat es, Christians Hand auf der Schulter zu spüren. Wieder traten Tränen in ihre Augen, und die Wärme kehrte in einer Flut des Glücks zurück. Trotzdem scheute sie sich, einem Fremden zu begegnen, und sei es ein Arzt. Sie stammelte ein paar Worte und verstummte wieder. Gabriele küßte sie; Christian beugte sich und küßte ihre Stirn — oh, dieser gepanschte Whisky! Der genügte vielleicht, sie mit der Zeit fertigzumachen – aber Christian hatte keine Zeit. Es grauste ihm vor dem grauen Taschentuch, mit dem sie die Tränen trocknete – wie sauber, wie gepflegt, wie elegant war sie früher gewesen! Konnten die Dienstboten in diesem Haus treiben, was sie wollten? War sie nicht mehr imstande, Befehle zu erteilen?

Ellen flüsterte kaum hörbar: »Ja, für euch, meine Lieben. Für euch tue ich alles.« Und nach einer Pause: »Er soll mich anrufen, ich bin jeden Nachmittag daheim.«

Das paßte ihnen nicht in den Kram. »Mama«, schmeichelte Gabriele, »du mußt in seine Ordination gehen, wo er seine Instrumente und seine Apparate hat. Hier könnte er dich nicht gründlich untersuchen. In der Medizin ist jetzt alles viel komplizierter geworden. Ich werde einen Termin für morgen nachmittag vereinbaren, ja? Tu es doch für uns, bitte!«

Der Gedanke, das Haus zu verlassen, in dem sie sich wie in einer Höhle verkroch, war ihr unangenehm. Aber sie sah Gabrieles strahlende, bittende Augen und nickte.

»Ich gehe kaum mehr aus, Kinder, aber wenn euch soviel dran liegt, dann gut. Morgen nachmittag.«

Gabriele war überströmend dankbar. Sie wischte über die völlig trokkenen Augen, küßte die Mutter, und Christian tat dasselbe. Die Geschwister tauschten triumphierende Blicke. Christian dachte: Kein Preis ist zu hoch für diesen Erfolg, nicht einmal das gräßliche Dinner, das sie uns vorsetzen wird. Mein Gott, was für eine alte Hexe sie geworden ist. Eigentlich glaube ich ernstlich, daß sie verrückt ist.

Gabriele und Christian warteten in Dr. Lubishs elegantem Vorzimmer. Gabriele lief unter den bewundernden Blicken der Sprechstundenhilfe nervös auf und ab; Christian stand steif und gespannt vor dem Fenster und schaute in das Schneegestöber. Dr. Lubish hatte die Geschwister seinem Kollegen, Dr. Enright, vorgestellt: »Ich möchte ihn beiziehen, das ist üblich bei den Untersuchungen. Zur Bestätigung meiner Diagnose.« Christian begriff sofort. Dann hatte Gabriele die Mutter fürsorglich beim Arm genommen und sie bis zur Tür der Ordination geleitet.

»Sei lieb, Mamachen«, murmelte sie, und Ellen nickte wie gelähmt vor Angst. »Erzähl den Ärzten alles, nicht wahr?« Ellen nickte wieder. Dann schloß sich die Türe hinter ihr.

Dr. Enright war groß, er sah jung und wohlgenährt aus; mit riesigen Brillen, einem runden vollen Gesicht und einem harten Mund. Er war dunkel und nervös. Er trat nicht zugleich mit Dr. Lubish und seiner Patientin ein, er wartete ebenso gespannt, wie Christian wartete. Er kannte die Rolle genau, die er zu spielen hatte. Er hatte sie oft und oft gespielt.

Dr. Lubish saß seiner neuen Patientin gegenüber und fragte sie aus, denn er war nicht nur Nervenarzt, sondern vor allem ein guter Psychologe. Er wollte keinen Irrtum begehen, den ihm mißgünstige Kollegen vorhalten könnten. So machte er sich sorgfältig Notizen während der Untersuchung, die später mit Maschinschrift festgehalten wurden. »Keine Alkoholikerin, neigt aber zu Alkohol. Haltlos. Indolent, unbeholfen, wenig Reaktion, verwirrt. Sichtlich nur durchschnittliche, absinkende Intelligenz. Geistesträgheit. Blutdruck 185/110. Erscheinungsbild: Aufgedunsen, verquollen, schlaffe Muskulatur wegen mangelnder Bewegung und falscher Ernährung. Herztätigkeit unregelmäßig. Nieren angegriffen. Lunge: deutliche Schäden ... 43 Jahre alt, jedoch Physis einer Sechzigerin. Augen blicklos, Sprache undeutlich, stockend. Durchaus passiv, ohne Lebenswillen. Haut trocken, Gesichtsmuskulatur schlaff, Temperatur normal, trotzdem heiße Hände. Krankengeschichte ...«

Er setzte die Liste der physischen Symptome fort. Aber er wußte, daß sie alle nur funktionell, nicht organisch waren. Das Gemüt seiner Patientin war krank, und das spiegelte sich in ihrem Organismus wieder. Er war mit sich selbst zufrieden. Trotzdem, man mußte Vorsicht walten lassen. Höflich bat er sie, sich anzukleiden und zu ihm und Dr. Enright in das Büro zu kommen. Dort saß er und informierte seinen Kollegen in kurzen Sätzen.

Ellen kam schüchtern herein, die beiden erhoben sich und sie nahm ihnen gegenüber Platz. Ihr dunkelblaues Kleid war alt und ungebügelt, der Hut saß schief auf ihrem dichten Haar. Ängstlich stotterte sie: »Ich bin nicht krank ... Ich ... ich bin nur müde.«

Dr. Lubish betrachtete sie teilnehmend: »Wir werden sehen«, sagte er mit seiner unheilverkündenden, aber besorgten Stimme. »Nun, erzählen Sie uns einmal etwas von sich, Mrs. Porter. Ihre Kinder haben mir schon von Ihren beiden Ehen berichtet; die erste mit einem sehr bekannten Mann, die zweite mit Kongreßmann Porter.«

Ellen befeuchtete ihre aufgesprungenen Lippen. Was hatte das mit der ärztlichen Behandlung zu tun? Aber Dr. Lubish sah sie freundlich wie ein Bruder an, und das rührte sie. Ihre Augen wurden feucht, sie fuhr flüchtig über sie hin. »Da gibt es nichts zu erzählen, nichts. Aber ... ich werde Jeremy, meinen ersten Gatten, niemals vergessen. Er war mein Leben ...« Ihre Stimme brach.

»Er starb schon vor langer Zeit, nicht wahr?«

Ellen antwortete nicht. Sie schaute mit ihren nassen Augen auf die Lampe, deren grelles Licht direkt auf ihr zuckendes Gesicht fiel. Beide Ärzte beugten sich schnell zu ihr. Sie sagte: »Er starb niemals. In Wirklichkeit ist er niemals gestorben. Ich fühle, daß er mir von Tag zu Tag näher kommt. Ich spüre ihn bei mir. Er versucht oft, mir etwas zu erzählen, aber ich kann ihn nicht verstehen ... noch nicht verstehen ... Er scheint ... um mich Angst zu haben.«

Die Ärzte kritzelten eifrig. »Halluzinationen. Weigert sich, den Tod ihres ersten Gatten zu akzeptieren. Glaubt, ihn zu sehen und zu hören. Vermutlich schizophrene Reaktionen. Fortschreitende Abkehr von der Wirklichkeit. Zieht sich von ihrer Umgebung zurück. Kontaktarm.«

Sie sprachen weiter, freundlich, verständnisvoll. Ellen antwortete zögernd. Aber sie waren so nett mit ihr, sie versuchten ihr zu helfen. Sie begann sich zu entspannen, sie faßte Vertrauen. Sie erkundigten sich nach ihrer Kindheit und Jugend und sahen die Qual auf ihrem Antlitz, als sie davon sprach. Sie kritzelten noch eifriger.

»Ohne Kontakt mit der Außenwelt. Spricht wie in Trance, als schildere sie Alpträume. Gedankenlücken, Absenzen. Wiederholungen. Phantasien. Introversion. Entpersönlichung. Gedankenflucht. Apathie, selbst wenn sie von vergangenen quälenden Erinnerungen spricht. Nach Aussagen von Bekannten, Verwandten, dem Gatten und einer Freundin Persönlichkeitsveränderung in den letzten zehn Jahren. Anzeichen vorzeitiger Senilität. Unzusammenhängende Sprache, emotionelle Reaktionen schwach. Keine Interessen. Ideenarmut. Nicht ansprechbar. Haut unrein. Inaktiv. Wortwiederholungen. Mechanische Abwehr einer nicht gewünschten Umgebung. Zwiespältige Haltung gegen jetzigen Gatten, zuweilen feindselig, zuweilen mit Schuldkomplexen. Geringes Interesse an sozialen Fragen . . .«

Die Quälerei ging weiter, unerbittlich. Der Wintertag neigte sich, es dunkelte. Dr. Enright ging lautlos durch die Zimmer, drehte weitere Lampen auf. Ellen fühlte sich zu Tod erschöpft. Sie wußte, daß sie mehr als jemals in der letzten Zeit gesprochen hatte, aber sie vergaß, was es gewesen war. Sie lechzte nach einem Schluck Whisky. Es gab Augenblicke, da überfiel sie wilde Angst vor diesen beiden Männern, dann aber wies sie sich zurecht: Sie waren so gütig und wollten ihr helfen, sie mußte ihnen entgegenkommen, und wäre es auch nur, um ihren besorgten Kindern zu Gefallen zu sein. Außerdem hatte sie ein unbestimmtes Gefühl der Erleichterung, so als wäre ein Abszeß geöffnet worden. Ach, wenn sie nur nicht so entsetzlich müde wäre! Sie streckte die schmerzenden Beine aus.

So waren fast zwei Stunden vergangen. Dann nickte Dr. Lubish seinem Kollegen zu, die beiden erhoben sich und gingen hinaus in das Wartezimmer. Ellens Kinder sprangen auf und starrten sie erwartungsvoll an.

Dr. Lubish war sehr ernst. »Ich fürchte, es ist noch zu früh, um eine endgültige Diagnose zu stellen. Wir müssen sie einige Zeit beobachten und behandeln, ehe wir einen Entschluß fassen können. Wir möchten Mrs. Porter gerne jede Woche sehen . . .«

Dr. Enright beobachtete die beiden jungen Leute und war sogleich völlig im Bild.

»Wir würden auch gerne die Dienstboten im Haus befragen . . .«

Gabriele drehte sich lebhaft zu ihrem Bruder, sie lächelte, und Dr. Enright sah, daß er sich nicht getäuscht hatte. Wie schlecht sie war! Er nickte gedankenvoll.

»Vorderhand habe ich ihr eine Arznei verschrieben, ein leichtes Beruhigungsmittel ...«

»Sollen wir ihr zureden, den Alkohol aufzugeben?« fragte Christian unschuldig.

Dr. Lubish schien zu zögern. Er kratzte nachdenklich sein Kinn. »Nein«, sagte er schließlich. »Sie ist keine Alkoholikerin im normalen Sinn. Sie trinkt, weil sie gemütskrank ist, wie ich fürchte. Das nehme ich zumindest an. Wir brauchen noch einige Zeit.«

Zeit, Zeit, dachte Christian und wütete innerlich. »Wieviel Zeit?« fragte er.

Dr. Lubish hob die Schultern. »Das kann ich Ihnen noch nicht sagen, Mr. Porter. Vielleicht einige Monate. Aber wir müssen unserer Sache ganz sicher sein, es könnten ... widersprechende Interessen auftreten ... Wir müssen uns auf eine hieb- und stichfeste Diagnose stützen.«

»Glauben Sie, daß Sie meiner lieben Mutter helfen werden?« fragte Gabriele mit kindlich frommem Blick.

Der Arzt lächelte breit: »Ich bin überzeugt ... daß wir helfen werden ... allen. Aber es braucht seine Zeit. Feste Grundlagen müssen da sein. Sie verstehen doch?«

Nun begannen für Ellen chaotische Monate konzentrierter Untersuchungen, Tränen, gräßlicher Angstzustände, quälender Träume, fassungslosen Nichtbegreifens, Drogenschlafs, aus dem sie dumpf benommen erwachte. Sie verstand nichts von Psychiatrie und wußte nicht einmal, daß sie »in Behandlung« war. Sie täuschten dreimal in der Woche harmlose »Untersuchungen« vor, sprachen von Blutdruck, von schlecht funktionierenden Nieren, Leberschädigung, Anämie, Wechseljahren. Sie behaupteten, daß sie Wahnvorstellungen hätte und sich sonderbar benehme, und wenn sie widersprach, dann legten sie begütigend die Arme auf ihre Schultern, als wäre sie nicht normal oder ein unmündiges Kind. Sie fragten sie ständig aus und hörten kritisch zu und notierten alles und schrien sie manchmal grob an, wenn ihre Antworten sie zu ärgern schienen. Das schüchterte sie immer mehr ein, sie war ängstlich bemüht, ihnen mit »guten« Antworten zu gefallen, aber was für Antworten das sein sollten, das wußte sie nicht. Zuweilen wurde sie hysterisch, wenn die Ärzte sie schalten und zankten, daß sie ihnen nicht »helfe« und ihr vorhielten, daß sie ihre Kinder zutiefst kränke. Ihre Ausbrüche wurden gewissenhaft in den Notizbüchern vermerkt.

Sie gestand ihrer Freundin Kitty die unbestimmte Furcht, die sie zermürbte, und Kitty lauschte teilnehmend und gab alles mit falschem Bedauern den Ärzten weiter. »Das arme Ding wird immer verwirrter, fürchte ich. Gestern zum Beispiel hat sie mich lange angeschaut, bevor sie mich erkannte, mich, ihre beste Freundin. Nicht einmal mein Name fiel ihr ein. Später stotterte sie etwas herum, so ähnlich, als ob sie wie in einem Traum lebe ... Ihr Zustand bessert sich nicht, leider. Es ist nicht Ihre Schuld, das weiß ich. Sie ist schon lange nicht ganz normal, und jetzt verschlimmert es sich eben. Leider ... leider ...«

Dr. Lubish ersuchte Kitty, ihm die Wirtschafterin Ellens zu bringen, was sie auch tat, freilich nach einem langen Gespräch mit Mrs. Atkins, das durch ein entsprechendes Trinkgeld unterstützt wurde. Und dementsprechend fiel auch der von vielen Tränen und kräftigem Schneuzen unterbrochene Bericht aus: Wie geistesabwesend die gnädige Frau durch die Wohnung wandle, wie sie nächtelang nach ihrem verstorbenen Gatten rufe, wie sehr sie sich vernachlässige und wie kein vernünftiges Wort aus ihr herauszubringen sei ... »Ach, wenn mir die arme Lady nicht so leid täte, lieber heute als morgen würde ich meinen Koffer packen und davonlaufen ...« Und während der ganzen Zeit liebkoste sie zärtlich das von Kitty geschenkte Goldstück in ihrer Tasche, das nicht das letzte bleiben würde ... Mrs. Wilder war sehr großzügig!

Auch Joey wurde vorgeladen, gut vorbereitet auch er, kein Wunder, daß er ebenfalls Unerhörtes berichten konnte ... unter anderem sogar, daß ihm die arme verwirrte Gnädige nachstelle und ihn zuweilen Jeremy nenne ...

»Aber ich bitte Sie beide, bei der armen Mrs. Porter zu bleiben«, ersuchte Dr. Lubish in väterlichem Ton. »Sie braucht jeden Freund, den sie hat.« Und dabei besitzt sie keinen einzigen, dachte er heimlich, bitter belustigt. Nun, sie ist eben das geborene Opfer, und Opfer müssen geopfert werden.

»Es kommt auch niemand mehr zu Besuch«, sagte Mrs. Atkins. »Ich kann es den Herrschaften nicht verargen. Sie spricht ja keinen normalen Satz mehr, sie geht auch nicht zum Telefon, wenn sie verlangt wird. Nur wenn die Kinder anrufen, dann weint sie und schreit und verlangt, daß sie kommen und hat vergessen, daß sie ohnehin mindestens zwei- oder dreimal in der Woche bei ihr sind.«

»Traurig, traurig«, sagte der Arzt zufrieden.

Ein einziger war wirklich besorgt, und das war Francis Porter. Er bezweifelte allmählich, daß Ellen gesund werden könnte und war tief niedergeschlagen. Manchmal des Nachts vergoß er bittere Tränen. Ellen war ihm schon lange keine Frau mehr, aber er liebte sie, obwohl sie ihn nur angstvoll anschaute, wenn sie ihm dann und wann im Haus begegnete. Die Ärzte machten ihm wenig Hoffnung, es sei denn, er gäbe sie in eine »Anstalt« – und es wäre höchste Zeit dafür. Wenn Francis nicht gerade die Kosten der Psychiater berechnete, dann überlegte er, wie hoch die Kur und der Aufenthalt in Dr. Lubishs Privatsanatorium kommen werde, und er wanderte ruhelos in seinem Schlafzimmer auf und ab.

Die Geschwister hatten Ellen eingeredet, daß sie Charles Godfrey nichts von der »Behandlung« erzählen sollte. »Du weißt, wie er ist, Mama«, sagte Gabriele, »er dreht jeden Cent um. Seine Frau, Maud, stachelt ihn noch an.

Es würde mich nicht wundern, wenn wir eines Tages draufkämen, daß er Vaters Vermögen verjubelt hat.«

Da Charles Godfrey die Rechnungen Ellens stets überprüfte, kamen die Geschwister überein, die Arzthonorare vorderhand selbst zu bezahlen.

Die starken Arzneien und Drogen, die Ellen ständig bekam, richteten sie zugrunde. Es ging erschreckend bergab mit ihr. Graue Strähnen zogen sich durch ihr Haar, ihr Gesicht verfiel, von tiefen Furchen gezeichnet, und ihr Geist verwirrte sich immer mehr.

XXXVII

Im November 1928 wurde Herbert Hoover zum Präsidenten der Vereinigten Staaten gewählt. Es war ein »Erdrutsch«.

Die Verschworer hatten gut gearbeitet. Er war ein Gentleman untadeligen Charakters, von ausgezeichnetem Ruf. Kein dunkler Punkt in seinem Leben. Überdies war er kein Jakobiner, kein Anhänger Rousseaus, der stets das Beste gewollt und das Schlechteste bewirkt hatte. Ja, Mr. Hoover war geradezu das Gegenstück zu Rousseau. Zum Unterschied von ihm bewunderte er das Hochgeborene und glaubte nicht, daß alle Menschen von Geburt aus gleich seien, »mit gleicher Intelligenz und gutem Charakter«; er glaubte auch nicht, daß jemand, der arm und aus niederm Stand war, schon deshalb allein etwas Besonderes und geheiligt sein müßte. Mr. Hoover bezweifelte, daß der »nackte Wilde«, den Rousseau so rühmte, dem zivilisierten Menschen überlegen war. Er war fest davon überzeugt, daß sich der Mensch in allen Schichten der Gesellschaft seine »Rechte« als Mensch verdienen sollte. Besitz war, abgesehen von ererbtem Gut, meistens die gerechte Belohnung für Überlegenheit.

Mr. Hoover hatte die schreckliche Französische Revolution gründlich studiert und sich vor allem mit Maximilien Robespierre befaßt. Er erschrak über eine neue, gefährliche Tendenz in der amerikanischen Weltanschauung: Einst waren die Amerikaner im wahrsten Sinn des Wortes »klassenlos« gewesen, ohne verankerte Aristokratie, sie hatten weder Leibeigenschaft noch Fron gekannt und den Menschen nach seinem persönlichen Wert eingeschätzt, gleichgültig, ob er reich oder arm war. Jetzt aber versuchte man ihnen einzuprägen, daß es eine amorphe, gestaltlose Klasse, die »Masse«, gäbe, die höhere Rechte als alle andern besäße. Da sich kein Amerikaner selbst als dieser »Masse« zugehörig empfand, so hielt er es für tugendhaft und edel, lauthals in den Chor einzustimmen, der verlangte, daß man für diese »Masse« etwas unternehmen müsse. Er glaubte allerdings, auch wenn er selbst noch so arm war, daß sie in einem andern Teil seines Landes und nicht in seiner Umgebung existierte. Der Amerikaner hat seinen Stolz.

Aber die Verschwörer waren im Bild, und mit Hilfe ihrer Verbündeten, der Kommunisten und der radikalen Sozialisten, begannen sie allmählich das unschuldige Gemüt des Amerikaners zu bearbeiten. Außerdem predigten sie dauernd, daß Amerika nicht ewig mit seinen Leistungen, seiner Tradition, seiner Freiheit, seiner Regierungsform und seinem männlichen Mut prahlen sollte. Wie das Frankreich Robespierres sollte Amerika ehrlich überlegen und sich seines Geistes und seiner Lebensart schämen. Diese schändlichen Ideen wurden zwar nicht von den amerikanischen Arbeitern, sondern von den höheren Klassen und der Gruppe, die sich selbst »Intelligentsia« nannte, aufgegriffen; sie wurden gesellschaftsfähig, es gehörte jetzt zum guten Ton, in den eleganten Salons darüber bei einem Glas guten illegalen Weins zu plaudern. Zum erstenmal in der Geschichte Amerikas warfen gebildete, aber verdrehte Amerikaner und Schwächlinge in Gesprächen und Zeitungsartikeln die Frage auf, ob sich Washington nicht aufraffen und endlich zu sozialer Gerechtigkeit aufschwingen sollte. Diese Hirngespinste geisterten durch die Hochschulen. Der Durchschnittsamerikaner zog noch immer seinen Föderalismus vor und wünschte nur eines, möglichst fern seiner Zentralregierung zu bleiben und ungestört seinen eigenen Zielen nachzugehen, sich selbst sein Leben zu gestalten, denn er spürte instinktiv, daß – »eine Regierung mehr zu fürchten sei, als ein wütender Tiger«, wie ein altes chinesisches Sprichwort sagt.

Diese vernünftigen Amerikaner wußten nicht, daß die Robespierres bereits in ihre Regierung, in ihre Banken eingedrungen und im Kreis der Hochfinanz äußerst aktiv waren. Er wußte nicht, daß er auf bestem Weg war, ein Opfer von Revolutionen, Planwirtschaft, akademischen Theorien, Krisen und radikalem sozialen Umbruch, wie es der Mörder Robespierre genannt hatte, zu werden. Amerika sollte Selbstmord begehen – das planten die Verschwörer, aber der Bürger ahnte es nicht. Es war ihm nur bewußt, daß er in einer »aufregenden« Zeit lebte, wie die Zeitungen behaupteten, obwohl sein Alltag im allgemeinen recht schwierig und düster war. Unterhaltung und Nervenkitzel bezog er aus der Filmfabrik Hollywood, vom Glamour, von den Berichten über reiche und gewalttätige Gangster und Schmuggler und ihren Gangsterbräuten, und vom Geld, das über Nacht auf der Börse verdient wurde. Er glaubte kaum etwas davon, die Inflation fraß seinen niedern Lohn; die Leute, die er auf der Leinwand oder auf Fotos sah oder von denen er in den Polizeiberichten las, gehörten einer Welt an, die über seine Begriffe ging und die nur seinen grauen Alltag bunt färbten. Wenn sich die »Intelligentsia« die verlorene Generation nannte und sich in französischen Cafés vor ihren Mokkatassen bitter beklagte, wegen der »Vulgarität, des Materialismus und der Unduldsamkeit« ihrer amerikanischen Landsleute verstoßen worden zu sein, so war dem Durchschnittsamerikaner nicht einmal ihre Existenz bekannt. Er verstand nicht, daß diese Leute einer Todeslegion angehörten, die sich bereit machte, ihre ureigenen Schutzdämme zu überfluten und alle Träume und alles Erhabene dieses Lebens in ihrer Heimat zu vernichten.

Immer häufiger hörten sie von Psychiatern und ihren Angriffen auf das, was diese »Puritanertum« und »Verhemmtheit« nannten. Das kam den Amerikanern seltsam und fremdartig vor, aber es war nicht uninteressant. Weniger interessant erschien es den amerikanischen Eltern, deren Kinder bereits in der Schule von Verkündern der seligmachenden sexuellen Freiheit bearbeitet wurden und denen man nahelegte, die Eltern zu hassen, da sie nur Unterdrücker und Sklavenhalter seien. Man wußte nicht, daß die Kinder zur Ablehnung jeder Autorität erzogen wurden, daß man versuchte, ihnen beizubringen, daß jede Zucht, jede Disziplin von Übel sei — sie hätten als »freie Seelen« zu leben.

Ja, die Verführung der Kinder hatte begonnen.

Mr. Hoover hörte von allen diesen Dingen, aber er hielt sie für Einbildung und übertrieben. Er war mehr darum bemüht, Amerikas Wohlstand zu bewahren — »ein Wagen in jeder Garage, zwei Hühner in jedem Topf«. Zuweilen hatte er ein unbehagliches, unsicheres Gefühl, aber seine Feinde achteten sorgfältig darauf, daß er auf seiner »Insel« blieb. Überdies verließ er sich fest auf den starken Charakter des Amerikaners. Er hielt die Mehrzahl seiner Landsleute für so anständig und aufrecht wie er selbst es war. Deshalb eben war er von den Verschwörern zum Präsidenten der Vereinigten Staaten gemacht worden. Er war ihr Schutzschild.

Mr. Alfred E. Smith hingegen war ein Realist durch und durch, der sich über die Menschen keinen Illusionen hingab. Er wußte über die Feinde im eigenen Land so ziemlich Bescheid, er war in gewisser Beziehung viel intelligenter und scharfsinniger als Mr. Hoover und jedenfalls argwöhnischer. Auch er hatte die Französische Revolution und Robespierre studiert. Aber zum Unterschied von Mr. Hoover war ihm klar, daß sich etwas Bösartiges und Gemeines aus vielen Zellen und Zirkeln auf Amerika zubewegte, und er erkannte die Parallelen zwischen dem Frankreich der Revolution und den Vereinigten Staaten.

Es war daher vorgesehen, daß er bei der Präsidentenwahl unterlag. Der Feind fürchtete ihn. Er war zu pragmatisch, zu mutig, er konnte nicht wie gewünscht manipuliert werden; das Vertrauen und die Unschuld fehlten ihm.

Als die beiden Parteien ihre Kandidaten aufgestellt hatten, setzte somit ein Propagandafeldzug gegen Smith ein — ein unterirdischer natürlich. Der Teil der mächtigen Katholiken, die der Verschwörung angehörten — sie waren selbstverständlich nicht gläubig und keine praktizierenden Katholiken —, begann zu »überlegen«, ob es weise sei, einen Katholiken in das erhabene Ornat des höchsten Exekutivorgans zu kleiden. »Soll ein Präsident zwei Herren dienen und einem Gewissenskonflikt ausgesetzt werden?« schrieben die Journalisten besorgt in den Zeitungen. Da der

Durchschnittsbürger kaum etwas von Gewissenskonflikt verstand, wurde eine deutlichere Version gebracht: »Zuerst ein Katholik als Präsident, dem der Papst diktiert, und dann ein Jude.« Mr. Hoover, ein gerechter Mann, fand das abscheulich, aber Mr. Smith begriff es ganz genau. Ein paarmal gab er diskrete Hinweise darauf, wer seine Feinde – und damit die Feinde seines Vaterlandes – tatsächlich seien, aber er konnte es nur andeuten. Der vertrauensselige Amerikaner hätte in seiner Unschuld niemals geglaubt, daß sein Tod schon beschlossene Sache war und ebenso der Tod seiner Heimat.

Er wußte nicht, daß der schreckliche Geist Robespierres über Amerika lastete, er war zu beschäftigt und zu glücklich, daß er mit ein bißchen Geld herumwerfen und sich einen vergnügten Tag leisten konnte. Er freute sich sosehr auf den bevorstehenden Besuch des Prinzen von Wales in Amerika, daß er das Nahen des alles zermalmenden Eisbergs nicht sah.

Mr. Alfred E. Smith unterlag daher bei der Wahl, und der wirtschaftliche Zusammenbruch im Jahr 1929 wunderte ihn durchaus nicht. Mr. Hoover konnte es anfangs überhaupt nicht glauben. Als er es endlich begriff, da schrieb er es dem weltweiten Niedergang der Wirtschaft als Folge des Weltkrieges zu. Er wußte nicht, daß dieser Niedergang schon Jahrzehnte vorher geplant und vorbereitet worden war und daß er, der Aufrechte und Gutgläubige, die Durchführung wesentlich erleichtert hatte. Mit einem Alfred E. Smith als Präsidenten wäre die Sache kaum gelungen.

»Das Gespenst des Armenhauses entschwindet«, sagte Mr. Hoover aufatmend und glaubte es ehrlich. »Wir werden mit Gottes Hilfe bald so weit sein, daß es keine Armut im Land mehr gibt.«

Er schaffte die Prohibition nicht ab. Aber Mr. Smith beging einen verhängnisvollen Fehler, als er die Rückkehr zur Verfassung und zu den Staatsgrundgesetzen forderte. Das konnten die mörderischen Dunkelmänner nicht dulden. Und noch ein anderer Irrtum unterlief ihm: Er vertrat die Ansicht, daß ewiger Wohlstand pure Illusion sei und warnte davor, er riet zur Sparsamkeit und empfahl, Vorkehrungen zu treffen, um Not, Krisen und allgemeinen Bankrott zu verhindern. Solche »Planungen« standen natürlich nicht im Programm des Feindes. Er brauchte Arbeitslosigkeit, Elend und finanziellen Zusammenbruch – die Keimzellen für Revolution und sozialen Umsturz.

Da die Feinde aber eben auch nur Menschen waren, begingen sie einen folgenschweren Fehler: Sie finanzierten Benito Mussolini und verschafften ihm die Herrschaft. Obwohl Italiener der Verschwörung angehörten, vergaß man, daß diese Italiener bedingungslose Individualisten sind, freiheitsliebend und mit scharfem Blick. Mussolini mochte wohl sein Volk aufputschen und mitreißen, fest entschlossen, es aus der wirtschaftlichen

Misere zu retten – in erster Linie aber war er ein glühender Patriot. Niemals hätte er sein Land verraten, niemals hätte er sich einem kommunistisch orientierten wirtschaftlichen Komplott angeschlossen. Er war kein Stalinist.

Daß er trotzdem manchem Versprechen glaubte, war sein Verhängnis.

Sobald Mussolini fest im Sattel saß – vergöttert von seinen Landsleuten –, wandten die Verschwörer ihre Aufmerksamkeit Adolf Hitler zu. Das darniederliegende, verzweifelte deutsche Volk setzte seine Hoffnung in diesen Mann, der es vor der endgültigen Auflösung retten sollte. Wenn er auch gegenwärtig in der Festung gefangen saß und wenn ihn auch die herrschende Regierung als Staatsfeind betrachtete, so gab er dem Volk doch die Hoffnung auf ein Weiterbestehen ihres Staates. Sein heftiges Temperament, sein Fanatismus, seine Bereitschaft, über Leichen zu gehen, um seine Träume zu verwirklichen – alles das gab den Dunkelmännern zu denken, und sie ließen ihn nicht aus den Augen. Auch Schweden interessierte sie. Deutschland besaß nun keine Waffen und brauchte den besten Stahl, und der wurde in Schweden erzeugt. Man beriet sich mit schwedischen Bankleuten, eine Konferenz mit den Anhängern Hitlers wurde bewerkstelligt und die amerikanische Rüstungsindustrie eingeschaltet.

Josef Stalin machte den Verschwörern keine Mühe. Er verstand sie sofort. Pragmatisch, stur, patriotisch, zugleich fest entschlossen, die Diktatur des Proletariats in der ganzen Welt zu errichten, war er ganz und gar ihr Mann. Sie mußten ihn nicht schulen. Anders als Mussolini und Hitler, wußte er gleich, was gespielt wurde.

So wurde die unheimliche Tragödie des Untergangs geprobt, obwohl der Vorhang noch nicht aufgegangen war.

Charles Godfrey war ernstlich beunruhigt. »Genny«, sagte er zu seiner hübschen Tochter Geneviève, »ich muß dich bitten, möglichst wenig mit Christian Porter zu verkehren. Du ahnst nicht, wie falsch und verlogen er ist . . .«

Sie sah ihn mit ihren grauen Augen liebevoll an und lachte: »Aber doch, Daddy, ich kenne ihn genau. Er ist amüsant und gescheit, und es ist immer lustig mit ihm. Aber glaub ja nicht, daß ich an eine Heirat denke, obwohl er mir schon ein paar Anträge gemacht hat. Er ist kein guter Charakter, ich würde ihn um nichts in der Welt zum Mann haben wollen.«

Dann wurde sie ernst. »Aber seine Schwester, Gabriele, die ist gefährlich, Daddy. Eine durchtriebene, ekelhafte Person. Ich glaube, sie ist selbst in Christian verliebt.«

»Aber um Gottes willen, Kind«, rief Charles erschrocken, »wo hast du solche Dinge gelernt?«

Geneviève zuckte die Schultern:

»Jeder weiß über solche Dinge Bescheid, Daddy. Im übrigen hat man's früher genauso gewußt. Du kannst mich doch nicht ewig im Kindergarten einsperren? Ich verkehre mit Gaby nur, weil auch sie amüsant ist.« Und nach einem kurzen Zögern: »Aber irgend etwas Häßliches geht in dieser Familie vor, ich spüre es ... Ich muß herauskriegen, was es ist ...«

XXXVIII

In der Zwischenzeit wurde Ellen Porter mit Drogen gefüttert, systematisch irregeleitet und der langwierigen »Behandlung« Dr. Lubishs und seines Kollegen unterworfen. Sie erkannte ihre Umgebung kaum mehr, niemals las sie eine Zeitung, ein Buch oder eine Zeitschrift. Ihr Haus war ein stummes Gefängnis, stets von Wärtern bewacht. Ihre Kinder waren besorgt, ihre Dienstboten verwöhnten sie, und das tat dem armen, kranken Gemüt gut, Ellen vertraute ihnen. Nur ihr Gatte und ihre Tante hatten sie geliebt; die beiden fehlten ihr, und so suchte sie krampfhaft nach einer Zuflucht, nach Ersatz. Sie lechzte nach der falschen Wärme, die man ihr bot, und wollte von Charles und Maud Godfrey nichts wissen.

Nach wie vor war sie felsenfest davon überzeugt, in Kitty Wilder ihre beste Freundin zu besitzen, und sie klammerte sich mit einer Beharrlichkeit an sie, die jeden andern als Kitty gerührt hätte. Francis schwand aus ihrem Bewußtsein, sie dachte kaum mehr an ihn. Er war ein Schatten, der kam und ging, und wenn er sprach, dann hörte sie ihn nicht. Sie sah nur, daß er die Lippen bewegte, lautlos wie die Lippen eines Stummen. Wenn er bittend nach ihrer Hand faßte, dann schauderte ihr, und sie stieß ihn weg. Sie floh, wenn sie seine Schritte vernahm, als nahe eine Gefahr.

Ihre Träume waren ihre einzige Wirklichkeit, und sie träumte lebhafter als früher. In diesen Träumen lebte sie mit Jeremy. Seit kurzem allerdings lachte er sie nicht mehr an, er schien sie zu warnen, dringend, flehend, und das bekümmerte sie, denn obwohl sie seine geliebte Stimme hörte, so verstand sie die Worte nicht. Einmal griff er im Traum nach ihrem Arm, führte sie zur Tür und versuchte sie hinauszuschieben. Sie hörte ein Wort: »Lauf!« und dann wieder: »Ellen, Liebste, lauf weg!« Sie begriff es nicht und blickte ihn flehend an. Sie sah Tränen auf seinem Antlitz, das in ihren Träumen in all den Jahren immer jünger und jünger wurde.

Dr. Lubish bat Francis und die Kinder zu sich. »Ich glaube, es ist soweit ... Wir müssen den schweren Entschluß fassen. Mrs. Porters Zustand bessert sich nicht, leider, im Gegenteil ... Es wird allmählich gefährlich, sie sich selbst zu überlassen, man müßte sie zu ihrem eigenen Schutz in eine Anstalt geben. Wir haben gute Anwälte, und die Befunde, die wir benötigen, sind bereit. Ich empfehle, sobald als möglich eine Besprechung mit Charles Godfrey anzusetzen.«

Es war Anfang August 1929.

»Ich würde Sie bitten, Mr. Porter, als Gatte der Patientin, Mr. Godfrey anzurufen und einen Termin zu vereinbaren, ohne unsere Namen zu erwähnen; es scheint mir allerdings ratsam, die Kinder beizuziehen.«

Francis nickte. Er war sehr blaß, er wünschte nur eines: die Genesung Ellens. »Wie lange wird sie in der Anstalt bleiben?« fragte er.

Dr. Lubish lächelte milde: »Bis sie wiederhergestellt ist. Es kann lange dauern ... Aber wir sind zuversichtlich.«

Charles seufzte tief und ergeben, als ihn Francis telefonisch um eine Besprechung bat: »Geben Sie es endlich auf, Francis. An der Frage des Vermögens ist nicht zu rütteln, ich habe es Ihnen oft genug erklärt.«

Francis antwortete: »Es handelt sich nicht direkt um das Vermögen, es ist etwas viel Wichtigeres.«

Charles wurde aufmerksam: »Und was ist es?«

»Es handelt sich um Ellen persönlich. Leider ist es unmöglich, die Sache am Telefon zu behandeln. Es ist eine sehr ernste Angelegenheit. Haben Sie Ellen in der letzten Zeit gesehen?«

»Nein, fast seit einem Jahr nicht. Was fehlt ihr? Ist sie krank?«

Aber Francis wiederholte seine Bitte um eine Unterredung, und Charles war gar nicht wohl zumute. »Ich habe ein ungutes Gefühl«, sagte er des abends zu seiner Frau. »Als ob sich Ellen in einer schrecklichen Gefahr befände ... Aber das ist ja lächerlich. Ich werde doch nicht im Alter abergläubisch werden?«

Er nahm die Zeitung und vergaß Ellen. Die Börsenkurse standen höher denn je, und Mr. Hoover war optimistischer denn je – der »ewige Wohlstand« schien ihm gesichert. »Mir gefällt das nicht«, grollte Charles. »Irgend etwas liegt in der Luft. Mein Gott, wenn Jeremy noch am Leben wäre! Er hat von diesen Dingen weit mehr verstanden als ich. Ich hätte mich besser informieren sollen ...«

Das beklemmende Gefühl wollte auch am nächsten Tag nicht weichen, es verstärkte sich noch. Er bat Jochan Wilder, bei der Besprechung anwesend zu sein.

Der Tag war ungewöhnlich heiß, selbst für New York, und Charles war gereizter denn ja. Er konnte sich auf die Akten nicht konzentrieren, die auf dem Schreibtisch lagen, Ellen und ihr Gatte gingen ihm nicht aus dem Kopf. Schweiß drang ihm aus allen Poren, trotz der Ventilatoren war es drückend schwül in der Kanzlei. Charles schüttete einen eisgekühlten Whisky mit Soda hinunter; er war ausgezeichnet, denn er hatte eine gute Quelle. Aber das Getränk beruhigte ihn nicht wie sonst. Er sagte zu Jochan: »Vielleicht ist es nur die Schwüle, daß ich so nervös bin, vielleicht ...«

Jochan, liebenswürdig und gewinnend wie immer, meinte: »Ich bin auch unruhig. Im übrigen verkaufe ich einen Großteil meiner Aktien; ich hoffe, du machst es ebenso, Charles.«

»Ja, ich stoße sie nach und nach ab. Der Optimismus im Land gefällt mir nicht, er kommt mir künstlich angefacht vor.«

»Wieso denn das? Durch wen?«

Charles runzelte die Stirn. »Wenn Jeremy da wäre, dann wüßten wir's. Er hat oft von diesen Dingen gesprochen, Jahre vor seiner Ermordung schon.«

»Der Hausse folgt immer eine Baisse. Deshalb verkaufe ich nach und nach.«

»Wenn das jeder täte, dann gingen wir wirklich alle kaputt«, sagte Charles. »Ich habe kürzlich einen Bericht Professor Irving Fishers gelesen, der behauptet, daß die Kurse derzeit ihren Plafond erreicht hätten, und das macht mich besorgt. Ich bin immer mißtrauisch, wenn Volkswirtschaftler allzu begeistert sind. Dann, so glaube ich, wird es Zeit, daß sich die Aktieninhaber ein wenig besinnen. Und wenn erst die Politiker in die Begeisterung einstimmen, dann versteckt man sich am besten schleunigst im tiefsten Keller.«

Sein Freund, der Senator, war vor einem Jahr gestorben und hatte ihn noch vor seinem Tod gewarnt: »Stoß deine Aktien ab, so schnell du kannst und soviel du kannst. Ich habe Tips bekommen, obwohl die Lage verworrener ist, als du denkst. Wir müssen Mussolini und Hitler und auch Stalin sehr ernst nehmen; irgend etwas ist im Gang; ich habe meine Informationen, aber diesmal wächst mir die Sache über den Kopf. Jene Männer sind nicht Narren, wie die Zeitungen schreiben – und sie werden gestützt und finanziert – von wem nur?«

»Was hat das mit den Börsenkursen zu tun, Senator?«

»Das durchschaue ich selbst nicht. Aber ich glaube, es steht in Zusammenhang. Gewiß, das klingt phantastisch, aber Phantastereien haben für gewöhnlich einen sehr realen Hintergrund.«

Um drei Uhr nachmittag erschien Francis mit den Geschwistern, zu Charles' Überraschung von drei Herren begleitet. Francis, dessen Hände zitterten, stellte sie vor, einen von ihnen kannte Charles, wenn auch nur oberflächlich: Mr. William Wainwright, Inhaber eines der angesehensten Anwaltsbüros von New York. Die beiden andern Herren hießen Dr. Lubish und Dr. Enright. Nun war Charles ernstlich beunruhigt. »Ärzte?« fragte er, während er ihnen die Hand reichte und sie forschend betrachtete.

»Psychiater, Sir«, gab Dr. Lubish mit feierlichem Ernst zurück.

Was soll das, fragte sich Charles. Er schaute die beiden hübschen Geschwister an, Gabriele in ihrem blauen Leinenkleid und der kleinen blauen Cloche, und Christian groß und elegant, und als er ihren Gesichtsausdruck sah, gab es ihm einen Stich. Er war auf der Hut.

»Ich glaube, wir können uns kurz fassen, Mr. Godfrey«, sagte Mr. Wainwright, »es ist wirklich eine ganz klare Sache. Ich vertrete Mr. Porter, Miß Porter und Mr. Christian Porter. Ich lege Ihnen eine Anzahl Befunde dieser Ärzte vor, weiters schriftliche Aussagen von Mr. Francis und Mr. Christian Porter sowie von drei Angestellten im Haus Porter und ein eigenes Gutachten. Ich habe diese Personen konsultiert und war unauffällig Zeuge, als Mrs. Porter von den Herren Dr. Lubish und Dr. Enright psychiatrisch behandelt wurde . . .«

»Behandelt?« rief Charles und nun rann ihm der Schweiß über das Gesicht. Er saß auf der äußersten Ecke seines Stuhls. »Was für eine Behandlung?«

Dr. Lubish erklärte: »Mrs. Porter leidet an Psychosen. Schizophrenie, Spaltungsirresein. Es hat sich herausgestellt, daß sie eindeutig Katatonikerin ist. Spannungsirresein: Katatonie . . . Ich . . .«

Charles war wie vom Donner gerührt. Er starrte Mr. Wainwright an, dessen Ruf unantastbar war, fassungslos, mit halboffenem Mund, während der Anwalt zeremoniell die Papiere entfaltete. Jochan beugte sich schweigend vor und lauschte gespannt.

»Hier . . . ist auch eine sehr wichtige eidesstattliche Erklärung von Mrs. Kitty Wilder, Mrs. Porters langjähriger Freundin«, sagte Mr. Wainwright.

»Ah«, machte Jochan, aber nur Charles hörte ihn.

»Bitte lesen Sie diese Befunde und diese Aussagen«, sagte der Anwalt, ein Mann um die Fünfzig in korrektem dunkelblauen Anzug trotz der Hitze, mit einem schmalen, ernsten Gesicht und sehr klugen, hellblauen Augen. »Daraus erfahren Sie alles. Wir Anwälte wissen, daß Ihre Zeit knapp bemessen ist.«

Charles nahm ihm wortlos die Dokumente ab und begann zu lesen. Die Farbe wich aus seinem Gesicht, langsam las er Blatt für Blatt und gab sie Jochan weiter, dem ein schwaches Lächeln um die Lippen spielte, aber es war kein fröhliches Lächeln. Die Ventilatoren surrten, Gabriele strömte ein feines Parfüm aus, Christian rauchte lässig eine Zigarette, Francis saß steif, mit verkrampften Händen da. Die Ärzte waren überlegen und zufrieden; Dr. Lubish rauchte seine dicke schwarze Zigarre. Der Lärm der Fifth Avenue widerhallte lauter denn je in der stillen Kanzlei, in der nur das Rascheln des Papiers hörbar war. Winzige goldene Staubkörnchen tanzten im Sonnenlicht. Gabriele betupfte ihre Augen mit einem parfumierten Taschentuch, einmal schluchzte sie laut auf, und Jochan lächelte ihr milde zu, und sie hätte ihn am liebsten erwürgt.

Als Charles und Jochan die Erklärungen überflogen hatten, lehnte sich Charles zurück und musterte seine Besucher mit harten, mitleidlosen Blicken. Aber sein Gesicht war unbewegt.

»Es geht um Ellens Geld, nicht wahr?« Jetzt sprühte Haß in seinen Augen. »Stimmt's?« Er wendete sich an Francis.

Francis stammelte: »Ich weiß, daß ich Ihnen niemals sympathisch war, Charles. Sie glaubten mir nie, daß mir einzig Ellens Wohl am Herzen liegt. Ich liebe sie. Ich möchte nur, daß sie gesund wird.«

Charles wollte ihm ein derbes Schimpfwort zurufen, aber er unterließ es. Er begriff selbst nicht, warum er plötzlich glaubte, daß Francis die Wahrheit sprach und warum er sogar etwas wie Mitleid mit ihm empfand. »Sie sind also in gewisser Weise auch ein Opfer, he, Frank?«

Francis verstand ihn nicht und schaute unsicher zu den Geschwistern. »Ihr Vampire«, zischte Charles. Er war eben niemals originell in seinen Ausdrücken gewesen. »Ihr wollt eure Mutter in eine Anstalt sperren und ihr Geld einstecken. Sehr einfach.«

Dann blickte er auf die Ärzte: »Sie besitzen ein eigenes Sanatorium, nicht wahr? Es ist vorgesehen, Mrs. Porter dort bis zu ihrem Lebensende festzuhalten.«

Dr. Enright öffnete zum erstenmal den Mund: »Wagen Sie es, unsere Ehre als Fachärzte anzugreifen? Als beeidete Psychiater?« Seine Stimme wurde heiser. »Ich rate Ihnen, unsere Atteste zu prüfen und warne Sie vor Schmähung und Verleumdung.«

»Ich habe meine eigene Ansicht«, zischte Charles. »Ja, ich sehe klar. Eine sehr einfache Sache: Sie sind bereit, die Atteste bei Gericht vorzulegen, die Einweisung Mrs. Porters in Ihre Anstalt zu erwirken und Mr. Porter zum Vormund seiner unzurechnungsfähigen Gattin einsetzen zu lassen. Dann ist sie bis zu ihrem Lebensende unschädlich geworden.«

»Nur bis sie geheilt ist«, sagte Francis kläglich.

Charles entgegnete sehr ruhig: »Francis, sie wird niemals gesund werden. Dafür wird gesorgt, so ist es geplant. Begreifen Sie das denn nicht?«

»Verleumdung!« rief Dr. Lubish.

»Das ist keine Verleumdung«, mischte sich Mr. Wainwright ein, »es ist nur die sehr normale Reaktion eines alten Freundes der Patientin. Mr. Godfrey ist auch Testamentsvollstrecker und Vermögensverwalter des Hauses.«

»Oh, ich verstehe alles«, fiel ihm Charles ins Wort, »nur zu gut verstehe ich es!« Und zu den Kindern gewendet: »Ich kenne euch von Geburt an, euch beide. Schon euer Vater hat euch nicht getraut. Heute ist er gerechtfertigt.«

»Ich protestiere«, sagte Mr. Wainwright und sein Gesicht lief rot an.

Charles lächelte, aber es war ein gefährliches Lächeln; er zitierte: »Unzuständig, irrelevant, unerheblich ... ich kenne die Formel. Sie haben nicht mir geschworen, Sir. Ich weiß, daß Sie ein durchaus korrekter Anwalt sind. Ich bedaure nur, daß Sie getäuscht wurden.«

»Getäuscht?«

»Ja. Mrs. Porter ist genauso gesund wie Sie, Sir.«

»Ich habe sie gesehen, Mr. Godfrey. Als Anwalt bin ich davon überzeugt, daß sie geistesgestört ist – obwohl ich nicht kompetent bin.«

»Ob ihr diese Krankheit nicht eingeimpft werden konnte?« meinte Charles nachdenklich.

»Von wem?« fragte Dr. Lubish mit einer Handbewegung, um den Rauch zu vertreiben.

»Oh, so leicht fangen Sie mich nicht! Ich denke nur nach ... Ich wundere mich ...«

Mr. Wainwright fühlte sich allmählich unbehaglich. Er hatte einen Ruf zu wahren. »Haben Sie Mrs. Porter in letzter Zeit gesehen?«

»Nein«, antwortete Charles zögernd, »sie lebt ja ganz isoliert.«

»Nach dem Tod ihres ersten Gatten erholte sie sich nicht mehr«, erklärte Dr. Lubish. »Das habe ich in meinem Befund vermerkt. Ein trauriger Fall.«

»Ich glaube, Dr. Lubish hat ein Foto von Mrs. Porter aus jüngster Zeit bei sich«, sagte Mr. Wainwright. »In seiner Ordination aufgenommen.«

»Ach ja, natürlich.« Dr. Lubish bewegte sich schwerfällig in seinem Stuhl und stöberte in seiner Tasche. »Hier, bitte.« Er reichte es Charles. »Ich habe noch das Negativ«, fügte er hinzu.

Charles betrachtete den Schnappschuß und war entsetzt. Ellen war in dieser ältlichen Frau mit dem verwüsteten Gesicht unter dem ergrauenden Haar, den stumpfen Augen, dem eingesunkenen halboffenen Mund nicht wiederzuerkennen. Alles an ihr war nachlässig, ja unsauber. Aber er wußte, wie Personen aussehen, die unter Einwirkung von Drogen stehen. Ein unbändiger Zorn packte ihn.

»Was haben Sie ihr eingegeben?« fragte er.

»Leichte Beruhigungsmittel, um die Angstzustände zu mildern. Nebenbei bemerkt, wußten Sie, daß sie Alkoholikerin ist?«

»Nein, das wußte ich nicht. Und ich glaube es auch nicht.« Der Anblick des zerstörten Menschenbildes zerriß ihm das Herz.

»Ich habe nur eines im Sinn: das Wohl meiner unglücklichen Patientin«, erklärte Dr. Lubish. »Sie braucht dringend die Einweisung in eine Anstalt, wenn sie durchkommen soll. Wenn das nicht sofort geschieht, dann fürchte ich um ihr Leben. Ich bin verantwortlich ...«

»Gewiß sind Sie das«, fiel ihm Charles ins Wort. Dr. Lubishs Gesicht verdunkelte sich. Dann schaute Charles Gabriele an, von der ihm seine Tochter genug erzählt hatte. »Du bist ein feines Flittchen, he? Du kannst den Tod deiner Mutter nicht erwarten, du ...«

»Verleumdung«, sagte Christian, und Charles hätte ihn am liebsten ins Gesicht geschlagen. »Weißt du, daß du einen Meineid geleistet hast?«

»Aber ...« sagte Mr. Wainwright stockend, »das ist eine sehr schwere Beschuldigung.«

»Meineid ist eben ein Verbrechen.« Charles schob seinen Stuhl zurück. »Wer hat die Rechnungen der Psychiater bezahlt?«

Dr. Lubish antwortete erst nach einer Pause: »Ihre Kinder. Sie sind so unglücklich, sie wollten die Sache vertraulich behandeln. Die Laien halten Geisteskrankheit noch immer für eine Schande. Ich verstehe es.«

»So, deshalb ist keine Rechnung in meine Kanzlei gekommen.« Er wollte sie umbringen, beide. Nur Francis saß so niedergeschlagen, so verzagt da, daß Charles von seiner Ahnungslosigkeit überzeugt war. Die Schurken waren Christian und Gabriele – und ihre Psychiater. Die Richter hatten ein zwiespältiges Verhältnis zur Psychiatrie, man wußte nicht, wie sie sich zu den beiden Ärzten stellen würden. Aber Charles kannte selbst einen Psychiater, einen sehr seriösen Mann, den er öfter beruflich konsultierte. Er sagte hart und drohend:

»Ich bestreite diese Aussagen und führe den Prozeß, wenn nötig, durch alle Instanzen. Ich verlange, daß Mrs. Porter von einem sehr angesehenen Nervenarzt, der das Vertrauen des Gerichts genießt, untersucht wird, von Dr. George Cosgrove.«

Das kam unerwartet. Auf den Gesichtern der Psychiater malte sich Bestürzung und Zorn. Dr. Cosgrove war ihnen gut bekannt, er besaß ausgezeichnete Referenzen. Dann sagte Christian: »Ich protestiere.«

Charles grinste: »So, Jungchen, du protestierst? Du wünscht keine Kontrolle? Was meinst du, wie das bei Gericht wirken wird?«

»Mr. Godfrey hat völlig recht«, erklärte Mr. Wainwright. »Ich habe das selbst vorgeschlagen, wenn Sie sich erinnern, Mr. Porter.«

Francis nickte eifrig: »Ich bin auch dafür. Ellen soll gesund werden.«

Der Mann wurde Charles geradezu sympathisch. »Dann abgemacht. Bevor wir zu gesetzlichen Mitteln greifen, wollen wir das Gutachten Dr. Cosgroves abwarten. Ich mache meine Schritte von seiner Entscheidung abhängig!« Er schaute die beiden Ärzte an: »Einverstanden?«

Dr. Lubish sagte: »Dr. Cosgrove hat Mrs. Porter nicht behandelt, sie ist seit Monaten meine Patientin. Ich bin überzeugt, daß unsere Befunde bei Gericht mehr Eindruck machen, als die Diagnose Dr. Cosgroves.«

»Das werden wir ja sehen«, gab Charles zurück. Und dann wieder zu Francis: »Ellen muß von Dr. Cosgrove untersucht werden. Wenn ihre Kinder sich weigern ...« Er machte eine Handbewegung. »Dann kommt die Sache vor das Gericht. Ich sorge dafür.«

Und dann, als spräche er zu sich selbst: »Ich habe unlängst wieder einmal ›König Lear‹ gesehen. Vielleicht ist Ellen in der gleichen Lage wie der arme, alte König. Nun, wir werden sehen.«

Er zeigte auf die Papiere auf dem Schreibtisch: »Und was diese Gutachten betrifft ... die werden von jemandem ... oder von mehreren ... sehr genau studiert werden, nachdem wir Dr. Cosgrove konsultiert haben.« Er lächelte. »Ich glaube, unsere Richter machen mit falschen Aussagen und Bestätigungen kurzen Prozeß.«

Die Gruppe brach geradezu überstürzt auf. Nur Mr. Wainwright blieb einen Augenblick zurück: »Glauben Sie mir, Charles, ich bin sehr betroffen über diese Wendung. Meinen Sie wirklich, daß ein Betrug dahintersteckt?«

»Zweifellos, und ich beabsichtige, es vor Gericht zu beweisen, wenn es überhaupt so weit kommt. Ich möchte nur der armen Ellen einen Prozeß ersparen, sie ist ein sehr empfindsamer Mensch, sie vertraut blind. Es bringt sie um, wenn sie vor Gericht erscheinen muß und erfährt, wie gemein und verlogen ihre Kinder sind. Sie glaubt doch, daß sie an ihr hängen! Dieser Glaube erhält sie am Leben. Die Sippschaft war überzeugt, daß man sie wegen ihrer körperlichen Verfassung nicht vorladen wird. Kinder sind wirklich ein Fluch, besonders wenn Geld vorhanden ist. Jeremy hatte recht. Ich rate den Eltern mit fragwürdigen Kindern folgendes: Hinterlaßt euer Vermögen Schulen und Universitäten und Wohlfahrtseinrichtungen, und teilt es den Kindern frühzeitig mit. Ihr erspart euch eine Menge Ärger und Kränkung, und vielleicht rettet ihr damit sogar euer Leben!«

Mr. Wainwright nickte resigniert. »Ich habe selbst einiges erlebt. Raten Sie mir, die Vollmacht zurückzulegen?«

»Erst nachdem wir mit Dr. Cosgrove gesprochen haben, auf ihn können wir uns verlassen. Dann müssen Sie Ellens Kindern erklären, warum Sie die Sache nicht mehr vertreten wollen.«

Charles und Jochan blieben allein zurück. »Nun, was sagst du?« fragte Charles.

Jochan schüttelte den Kopf und lächelte spöttisch: »Die liebe Kitty ...« sagte er mit seiner sanften Stimme. »Die liebe, gute Kitty. Immer hat sie Ellen gehaßt, ich glaube, sie hatte es auf Francis Porter abgesehen. Vielleicht ist das ihre Rache. Aber wir werden ihr das Handwerk legen!«

»Bestimmt. Im übrigen, stehst du mit Kitty, diesem Herzblatt, noch in Verbindung?«

»Natürlich, ich zahle ihr ja die Alimente, die sie, abgesehen von der Abfindung bei der Scheidung, bekommt. Freilich, sollte sie wegen Verleumdung, falscher Zeugenaussage oder etwas Ähnlichem verurteilt werden, dann sieht die Sache anders aus ...«

»Ich schlage vor«, sagte Charles, »wir unterhalten uns einmal mit der lieben Kitty – nachdem Dr. Cosgrove Ellen untersucht hat. Ich glaube nicht, daß sie sich hinter Gittern wohlfühlen wird.«

»Und auch den Dienstboten der armen Ellen wird es kaum dort gefallen. Mir scheint, Charles, daß wir bald alle Hände voll zu tun haben werden.«

Als Maud des Abends die Geschichte hörte, war sie außer sich. »Beruhige dich, Liebes«, tröstete Charles, »es ist eine sehr alltägliche Sache – es geht eben ums Geld. Was rätst du?«

»Wir sollten ihr deinen Pater Reynolds schicken. Ellen braucht wenigstens ein bißchen Trost. Du wirst ihr doch nicht verraten, was ihre Kinder treiben?«

»Nein«, antwortete er. »Wenn es mir auch schwerfällt. Aber es würde ihr das Herz brechen, vielleicht sie töten ...«

Auch seine Tochter zog er ins Vertrauen: »Hattest du eine Ahnung davon, Genny?«

Sie war wie aus den Wolken gefallen: »Nein, so schlimm habe ich mir's nicht vorgestellt. Christian hat mir einige Male angedeutet, daß seine Mutter nicht ganz normal ist; erst habe ich mir gar nichts dabei gedacht. Aber das... das ist ja schauerlich! Und du hast geglaubt, daß ich in dieses Scheusal verliebt bin? Wie konntest du nur so dumm sein, Daddy?«

Er küßte sie: »Alle Eltern sind dumm, wenn es um ihre Kinder geht.« Sie bemerkte nicht, daß sich sein Gesicht beschattete. Er dachte: Geld ist eine schreckliche Versuchung, da kann jeder schuldig werden, vor allem Kinder. Er hatte seiner Tochter nur eine mäßige lebenslängliche Rente vermacht. Er hielt nichts von ererbtem Reichtum.

XXXIX

Francis sagte zu den beiden Geschwistern: »Ich glaube, wir brauchen uns nicht zu sorgen. Dr. Lubish wird sich mit Dr. Cosgrove ins Einvernehmen setzen...«

»Läßt er mit sich reden?« fragte Christian, der lange nicht so klug wie seine Schwester war. Gabriele gab ihm einen heimlichen Fußtritt.

»Mit sich reden?« fragte Francis verständnislos.

»Er meint, ob Dr. Cosgrove bereit sein wird, die Mutter zu untersuchen und vor Gericht auszusagen.«

»Natürlich«, sagte Francis überzeugt.

Die beiden jungen Leute zwinkerten sich boshaft zu.

»Wir haben keine andere Wahl«, fuhr Francis fort. »Charles Godfrey hat uns ein Ultimatum gestellt: Entweder er bringt die Sache vor Gericht und läßt weitere Sachverständige in den Zeugenstand rufen – und die Ansichten der Psychiater gehen oft auseinander –, oder Dr. Cosgrove untersucht eure Mutter privat, und wir fügen uns seiner Entscheidung. Er ist ein sehr bedeutender Fachmann, ich habe ihn selbst öfters bei Gericht gehört.«

Gabrieles rosige Zungenspitze fuhr über die vollen Lippen.

»Es heißt also, Mama zu überreden, sich noch von einem andern Arzt untersuchen zu lassen«, seufzte sie. Die Ärzte Lubish und Enright hatten ihr geschworen, daß es nicht die geringsten Schwierigkeiten mit Charles geben würde – oder doch keine nennenswerten –, da sie beide in der Fachwelt anerkannt und ihre Gutachten hieb- und stichfest waren. Und jetzt hatte ihnen dieser verdammte Godfrey einen Strich durch die Rechnung gemacht!

»Wenn sich aber Dr. Cosgrove der Ansicht unserer Ärzte nicht anschließt?«

Francis war sehr ernst: »Das bezweifle ich. Eure Mutter ist zweifellos geisteskrank. Das kann selbst ein Laie sehen; auch die Dienstboten wissen es. Und Kitty Wilder, die seit so vielen Jahren mit ihr befreundet ist, kann am besten beurteilen, wie sehr sie sich verändert hat.«

»Die liebe Tante Kitty!« sagte Christian scheinheilig. »Ich habe Jochan beobachtet, als ihr Name erwähnt wurde. Er hätte am liebsten laut gelacht. Ich sehe ihn schon als Zeugen gegen sie auftreten, obwohl doch sie die Scheidungsklage eingereicht hat. Aber wir wissen ja alle, daß unser liebes, altes Tantchen mit jedem Mann im Bett herumkugelt, der Lust dazu hat.«

Francis fuhr auf: »Wie wagst du von der besten Freundin deiner Mutter zu sprechen!« Aber er war sehr betreten.

»Wenn Dr. Cosgrove trotzdem anderer Meinung als die beiden Psychiater ist?« wiederholte Gabriele. »Es ist immerhin möglich. Wir müssen darauf vorbereitet sein.«

»Dann heißt es eben, noch einen Arzt aufzutreiben«, erklärte Francis.

Sie betrachteten ihn voll Hohn. Sie wußten, was sie wußten, und Francis wußte es nicht, dieses blöde Unschuldslamm. »Wir können es ja versuchen«, sagte Christian. Er war sehr verdrossen, ja verzagt und namenlos enttäuscht. Sogar Gabriele, sonst so springlebendig, schien niedergeschlagen zu sein.

Sie begaben sich also auf den schweren Weg zu ihrer Mutter. Es war nicht leicht, Ellen aus der Lethargie zu reißen, in der sie ihre Tage verdämmerte. Die Mittel waren schwer, die ihr die Ärzte verschrieben, um sie zu »kalmieren«. Gabriele stellte nasenrümpfend fest, daß die Mutter wieder getrunken hatte, aber sie beugte sich schmeichelnd über sie: »Mama, deine Ärzte kommen nicht recht weiter. Wir haben beschlossen, noch einen andern Facharzt beizuziehen. Du bist doch einverstanden, uns zuliebe?«

Ellen beschlich eine unbestimmte Furcht, aber wie alle Gefühle, blieb auch dieses unter der Oberfläche. »Natürlich«, flüsterte sie mit einem zärtlichen Lächeln. »Aber«, meinte sie etwas verwundert, »ich fühle mich eigentlich viel besser. Ich schlafe recht gut ...«

Die Geschwister hätten der Mutter gerne den neuen Arzt ausgeredet, aber, so sagten sie sich nach einigem Überlegen, was wäre die Folge gewesen? Wenn Ellen Dr. Cosgrove ablehnte, dann marschierte Charles eben mit neuen Ärzten auf, und das Gericht stimmte zweifellos zu. Charles hatte keinen Zweifel offen gelassen. Sie überredeten also ihre Mutter, und als sie ihr Einverständnis hatten, versuchten sie, sich selbst diskret einzuschalten. Sie riefen Dr. Cosgrove an und baten ihn, sie zu empfangen. Aber er wies sie ab.

»Ich bilde mir gerne selbst eine Meinung«, erklärte er mit seiner ruhigen, tiefen Stimme. »Es ist eine sehr schwere Entscheidung, Mr. Porter. Ich will mich keinesfalls beeinflussen lassen. Seien Sie überzeugt, daß ich die Einweisung in eine Anstalt befürworte, wenn ich Ihre Mutter tatsächlich für einen Pflegefall halte. Nein, ich will die Befunde meiner Kollegen

Lubish und Enright nicht sehen, obwohl ich sie als gute Fachärzte schätze.« Und er hängte ab. Er hatte nicht hinzugefügt, daß er auch über die Privatklinik Dr. Lubishs Bescheid wußte.

Auch mit Charles Godfrey führte er ein kurzes Gespräch, auch ihm bestätigte er die Kompetenz der beiden Psychiater — »nein, sie sind wirklich keine Scharlatane!«

»Und charakterlich? Wie sind sie privat?« erkundigte sich Charles.

Dr. Cosgrove, ein untersetzter, breiter und stets heiterer Mann mit einem rosigen Gesicht und flinken, fröhlichen Augen, zwinkerte: »Es heißt, daß jeder Mann seinen Preis hat. Genügt das? Ich nehme sie mir selbst vor, nachdem ich Mrs. Porter gesehen habe.« Sein Lächeln schwand. »Vielleicht gehört sie wirklich in eine Anstalt. Dann muß ich mich wohl dem Bescheid meiner edlen Kollegen fügen.«

Gabriele »richtete« ihre Mutter für die Arztvisite »her«. »Du mußt sehr elegant sein, du darfst uns keine Schande machen«, schmeichelte sie. »Wirklich, du siehst wunderbar aus, Liebe!« Sie hatte ihr eine dicke Schicht Rouge auf das vergrämte Gesicht geschmiert und die Lippen grellrot angestrichen. Sie kräuselte das ungepflegte, glanzlose Haar und setzte einen kleinen, sehr jugendlichen Hut auf den großen, lockeren Knoten. Auch das ziegelrote Kleid hatte sie ausgesucht, es war hauteng und schien aus den Nähten zu platzen; der Rock ging kaum bis zu den Knien. Ellen protestierte schwach, sogar sie bemerkte, wie unmöglich sie aussah, als sie vor dem Spiegel stand. »Aber nein, großartig, Mutter!« Gabriele klatschte jubelnd in die Hände. »Wenigstens zehn Jahre jünger. So, Mama, und jetzt werden wir sehr brav sein, ja? Wir werden ihm alles erzählen, dann kann er dir helfen. Von deinen gräßlichen Träumen, deiner Vergeßlichkeit, deinen Zwangsvorstellungen und deinem Appetitmangel. Und daß du glaubst, Papa sei immer bei dir ...«

»Aber er ist ja bei mir, Liebling«, flüsterte Ellen.

Gabriele nickte. »Gut. Dann erzählst du es dem Doktor, und wie sich Papa die ganze Zeit mit dir unterhält. Versprochen?«

»Ja.«

»Daß du diesen grauslichen Schnaps trinkst, mußt du ihm auch sagen, he?«

Ellen errötete unter der Puderschicht, aber sie sagte sehr bescheiden: »Ich will gesund werden, Liebes.«

Dr. Cosgrove wünschte nicht, daß die Kinder ihre Mutter in die Ordination begleiteten, deshalb führte sie Francis zu ihm. Der Arzt erschrak bei ihrem Anblick, als sie wortlos und stumpf vor ihm stand, ohne ihm die Hand zu reichen, aber er sagte munter: »Sie sehen wirklich sehr gut aus, Mrs. Porter. Dieses Kleid ... dieser Hut ... stehen Ihnen ausgezeichnet. Sie haben einen guten Geschmack.«

Die Angst, die sie stets vor fremden Menschen ergriff, lockerte sich. »Ich habe sie nicht selbst gekauft«, murmelte sie. »Gabriele, meine Tochter, hat die Sachen ausgesucht. Sie hat mir auch ... das Gesicht zurechtgemacht ...«

Dr. Cosgrove nickte. So hatte er es sich vorgestellt. Dann sagte Francis steif: »Ich finde es scheußlich, Doktor. Ellen benützt für gewöhnlich weder Schminke noch Puder, ich habe sie noch niemals in einer solchen Aufmachung gesehen. Wie einen Clown hat man sie hergerichtet ...«

In Ellens ausdruckslose Augen trat Leben: »Meine Tochter versteht es besser«, sagte sie unfreundlich. »Francis, bitte, geh hinaus ...« Ihr Atem ging schnell.

Dr. Cosgrove hatte nicht beabsichtigt, allzu gnädig mit Francis umzugehen, er hatte zuviel von ihm gehört: »Ein Fanatiker und ein Doktrinär. Ahnungslos. Du hast wahrscheinlich in der Zeitung von ihm gelesen, bilde dir eine eigene Meinung.« So hatte Godfrey gesagt. Aber jetzt tat ihm der Mann fast leid.

Francis zog sich in das Wartezimmer zurück, und Dr. Cosgrove sah, daß Ellen erleichtert war. Es rührte ihn. Er sah auch die verkrampften Hände, die Angst, die sich auf ihrem Gesicht malte und verstärkte. Und ihre Unruhe. Sie fuhr mit der Zunge über die bemalten Lippen. Sie muß einmal sehr schön gewesen sein, dachte er. Aber man hat sie zerstört, vielleicht mit Absicht.

Er lächelte sie an, es war ein warmes, ein freundschaftliches Lächeln. Er saß vor ihr, und Ellen dachte verschwommen, daß er wie der heilige Nikolaus ohne Bart aussah. Er rückte in seinem Stuhl und lächelte weiter, aber er war tief erschüttert. Sie war offenbar wirklich schwer krank, physisch zumindest: der weiße, faltige Hals, die Flecken auf den Händen, die trokkene, rissige Haut, die schlaffe Brust, der zuckende Mund, die ständig blinzelnden Augen. Sie schien nur aus Furcht zu bestehen. Er sagte: »Ich glaube, wir haben den heißesten Sommer seit Jahren. Meinen Sie nicht auch, Mrs. Porter? Vertragen Sie die Hitze?«

»Nein ... Ja ...« Sie versank wieder in stumpfes Brüten. »Ich ... ich bemerke es nicht. Ich gehe nicht oft aus ... Ich erinnere mich nicht, wann ich das letzte Mal außer Haus war ...« Ihre Stimme mußte einmal schön und melodisch geklungen haben.

»Nun«, sagte Dr. Cosgrove und lächelte sie ermunternd an, »es tut nichts, wenn Sie nicht oft ausgehen. Haben Sie mir die Rezepte Dr. Lubishs mitgebracht?«

»Nein ... Ich habe nicht gewußt ...«

So. Das Lächeln Dr. Cosgroves erstarrte. Er hatte sie ausdrücklich telefonisch von Gabriele verlangt.

»Ich nehme ... eine ganze Menge Pillen«, fügte Ellen hinzu, als wolle sie sich entschuldigen. »Blaue, weiße, rosa, gelbe ...«

»Auch mit Whisky«, stellte er ruhig fest. Wieder stieg die ungesunde

Röte in die geschminkten Wangen. Aber sie spürte, daß er ihr keinen Vorwurf machte. »Ja«, stammelte sie, »Dr. Lubish meinte, er würde mir guttun. Er verschrieb ihn mir sogar, damit ich keinen gepanschten Whisky zu kaufen brauche ...«

Sie schaut fast wie fünfundsechzig aus, dachte der Arzt, und preßte die Lippen zusammen. Nun, wir werden ja sehen. Er läutete seiner Assistentin und führte Ellen in die Ordination. Ellen zitterte wieder und schaute hilflos um sich.

»Was suchen Sie, Mrs. Porter?« fragte er herzlich.

»Das ... das Ankleidezimmer ... und den Kittel ...«

»Wozu?«

»Die andern Ärzte haben mich immer untersucht ...«

Ah, dachte Dr. Cosgrove. »Wir brauchen das alles nicht, Mrs. Porter, Sie sind genug untersucht worden. Nur Ihren Blutdruck möchte ich messen, und ein Elektrokardiogramm machen; ja, und die Augen ansehen, vor allem die Augen.« Er hatte die verengten Pupillen bemerkt. »Dann plaudern wir ein bißchen, ist's recht?«

»Plaudern?« wiederholte sie flüsternd. »Ich habe den andern alles erzählt ... Sie können es Ihnen sagen ...«

»Nein, ich möchte es gerne von Ihnen selbst hören. Ich stelle ein paar Fragen ...« Blanke Angst malte sich auf ihrem Gesicht. Er beugte sich vor: »Mrs. Porter, vor allem, fürchten Sie sich doch nicht vor mir! Ich bin Ihr Freund. Niemand wird Sie kränken, niemand mehr. Das verspreche ich Ihnen.«

Er wartete geduldig. Langsam lockerte sie sich. Es gelang ihr sogar ein armseliges Lächeln. Er nickte, nahm ihre Hand. Seine Hand war warm und fest, und plötzlich vertraute sie ihm, wie sie Dr. Lubish niemals vertraut hatte. Er sprach ruhig und liebevoll auf sie ein, und Tränen stiegen in ihre Augen. Sie begann zu schluchzen, und er schalt sie nicht, wie es Dr. Lubish immer getan hatte.

»Ich will meinen Gatten wieder haben, Jeremy«, weinte sie und rang die Hände.

»Natürlich, Ellen, das ist ganz verständlich. Ich bin seit zwölf Jahren Witwer, aber meine Frau fehlt mir noch immer. Sie ist noch heute meine Frau. Und ich glaube fest, daß ich eines Tages wieder mit ihr vereint bin, genauso wie Sie mit Jeremy vereint sein werden.«

Zwei Wochen später besuchte Dr. Cosgrove seinen Freund Charles in der Kanzlei. »Du hast mir noch nichts Näheres erzählt, George, ich weiß nur, daß du Ellen mit einer privaten Pflegerin ins Spital gebracht und alle Besuche verboten hast. Wie dir das gelungen ist, das ist mir ein Rätsel. Auf alle Fälle, meine Gratulation!«

»Ich habe eine tüchtige Hilfe«, sagte Dr. Cosgrove, »den Fanatiker und

Doktrinär, ihren gegenwärtigen Gatten. Du hattest recht. Er ist ehrlich um sie besorgt und selbst ein armer Teufel. Er ist wirklich verzweifelt, er hat nur einen Wunsch: daß sie gesund wird. Er befolgt anstandslos alles, was ich anordne. Gottlob rangiert er, wenigstens nach dem Gesetz, vor ihren Kindern. Er erscheint zu jeder Tages- und Nachtzeit, um nachzuschauen, ob alles geschieht, wie ich es verlange, und achtet darauf, daß man die Kinder nicht hereinläßt. Sie quälen ihn natürlich, aber er bleibt trotzdem eisern und erzählt ihnen, was ich ihm geraten habe. Und die Krankenschwestern, die dort Wache stehen, sind Grenadiere, prachtvolle Weiber, da kommt keiner durch. Ich habe ihnen einiges angedeutet, und sie verstehen mich tipp-topp. Sie sind nicht von gestern und haben leider schon selbst einige Erfahrungen.«

»Was sagst du Ellen, wenn sie ihre Kinder sehen will?«

»Daß sie jetzt unbedingte Ruhe braucht. Gott bewahre sie vor dieser Brut!«

Er nahm einen Drink, den ihm Charles reichte und schüttete ihn herunter. »Sie wurde systematisch mit Drogen vergiftet«, sagte er empört. »Gewisse Zwangsvorstellungen habe ich noch nicht weggekriegt – einstweilen noch nicht. Aber sie ist alles eher als eine Alkoholikerin, ich erlaube ihr ein oder zwei Gläser im Tag, und das beruhigt sie.«

»Drogen«, knurrte Charles. »Das hab ich mir gedacht, aber ich konnte es nicht beweisen.«

Der Arzt seufzte: »Ja, mein Lieber, das ist es eben. Auch ich habe keinen festen Beweis, außer ihren Zustand. Ich kann diesen Schurken vor Gericht nichts Konkretes vorwerfen. Das Gesetz verlangt Beweise. Im schlimmsten Fall könnten sie behaupten, daß sie so schwere Medikamente verschrieben, weil sie ihrer Meinung nach die einzigen waren, die tatsächlich Hilfe versprachen – und wer kann das Gegenteil bezeugen? Sie bleiben sogar ungeschoren, wenn sie vor Gericht schwören, daß sie ihr nur Beruhigungsmittel für die Nerven und gegen die Hysterie gegeben haben, denn auch da gibt's keinen Gegenbeweis. Vergiß nicht, daß die beiden in der Fachwelt einen guten Ruf haben, und die Richter wissen das. Mr. Porter hat mir auf meinen Wunsch die Packungen ihrer Arzneien gebracht, und hat mir in aller Unschuld eine Schachtel Aspirin, Bromo-Seltzer und ein ganz mildes Sedativ auf den Tisch gelegt. Sonst war nichts in den Zimmern zu finden, behauptete er, und das glaube ich ihm gerne. Wer hat das alles weggezaubert? Wer kann wen beschuldigen? Wir bewegen uns auf gefährlichem Boden. Meine Anklagen, meine Diagnose und mein Verdacht helfen nichts, solange ich keinen stichhältigen Beweis vorbringen kann.«

»Und wenn du noch einen Psychiater beiziehst?«

Dr. Cosgrove lächelte säuerlich. »Die Ärzte sind eine verschworene Gemeinschaft. Eine Krähe hackt der andern kein Auge aus. Wir können keinen Skandal unter Kollegen brauchen, die Ärztekammer schätzt das durchaus nicht. Die Öffentlichkeit muß Vertrauen in ihre Ärzte haben, und diesen Standpunkt verstehe ich auch, besonders seit ihn mir ein Freund sehr ernst klargemacht hat.«

»Verdammt«, knurrte Charles.

Dr. Cosgrove stopfte gelassen seine Pfeife: »Ach, ich weiß nicht. Ich habe ein nettes kleines Gespräch mit Lubish und Enright geführt. Wir verstanden einander, auch ohne handfeste Argumente. Ich nannte die Arzneien, die sie ihr vermutlich gegeben haben, und deutete an, daß ich ein paar Schachteln und Röhrchen gefunden habe. Ich hielt ihnen einen netten Vortrag über Berufsethos. Kurz, sie haben Ellen aus ihrer Behandlung entlassen, und wir werden die beiden niemals mehr sehen.«

»Ah!« rief Charles hocherfreut. Aber die Freude hielt nicht lange an: »Schön. Ellen ist sicher im Spital, aber nur dort. Was geschieht, wenn sie herauskommt? Die Kinder treiben womöglich wieder solche Gauner auf, und alles beginnt von neuem. Sie vertraut ihren Kindern blind, die arme Haut. Wie du gesagt hast: Gott helfe ihr und allen Müttern, die wie sie sind!«

Dr. Cosgrove aber war nicht aus der Ruhe zu bringen: »Kommt Zeit, kommt Rat.« Auch er war nicht gerade originell, wenn er in Metaphern sprach. »Ich habe mich auch eingehend mit Francis Porter unterhalten. Er schrieb nach meinem Diktat einen formellen Brief an Miß Gabriele und Mr. Christian und verbot strikt als ihr Gatte, die Mutter ohne seine Erlaubnis zu besuchen. Und ebenso untersagte er ihnen, ohne ausdrückliche schriftliche Genehmigung einen andern Arzt zu konsultieren. Nebenbei bemerkt: Der Anwalt Wainwright hat eine Kopie dieses Briefes erhalten, und hier übergebe ich dir seine Antwort: Er hat die Causa abgetreten.«

Charles lehnte sich in den Stuhl zurück, er strahlte: »Du hast allerhand geleistet in den letzten Tagen, he? So ist Ellen eine Zeitlang in Sicherheit. Aber du hast mir noch nichts über ihren Gesundheitszustand berichtet.«

»Sie ist schrecklich unterernährt. Wir zwingen sie, zu essen, und reden ihr ein, daß ihre Kinder unglücklich wären, wenn sie sich weigert. Es geht ihr besser, Gott sei Dank. Aber das Grundübel, die Zwangsvorstellungen, bestehen noch immer. Wir hoffen, daß sie in einer Woche die Wirkung der Drogen überwunden hat. Die Pflegerin führt sie auf den Dachgarten und in den Pavillon; zwingt sie, jeden Tag spazierenzugehen, trotz ihres Protests. Aber sie ist viel ruhiger geworden; immer wieder erzähle ich ihr, daß ihr früherer Gatte sehr böse wäre, wenn sie sich nicht zusammennimmt und meinen Ratschlägen folgt. Die Schwestern haben den Auftrag, sie ständig zu Gesprächen über den Verstorbenen anzuregen.« Er seufzte. »Erschreckend, diese tiefe, bedingungslose Liebe. Niemals noch, bei keiner Frau, habe ich eine solche Leidenschaft, ein solches Aufgehen in einen andern Menschen erlebt. So sollte man nicht lieben, es ist tödlich, es vernichtet den Liebenden. Aber du hast mir ja oft gesagt, daß sie keinen andern Menschen als ihn wirklich besessen hat. Tragisch. Sie wird den Tod niemals verwinden, aber sie wird sich damit abfinden und Frieden erlangen, wie damals, vor ihrer zweiten Ehe.«

»Du glaubst somit an ihre Heilung?«

Der Arzt antwortete zögernd. »Sie ist einer jener seltenen Fälle, die nie völlig von ihrer Liebe geheilt werden können. Aber sie hat Mut, eine verborgene Kraft, das habe ich bemerkt. Sie wird niemals vergessen, aber sie wird sich aufraffen und den Schmerz mit Fassung und Würde ertragen. Wenn sie nur religiös wäre!«

»Sie war es bis zur Ermordung Jeremys.«

»So? Vielleicht kann man diese religiösen Gefühle wieder erwecken? Vielleicht gibt es einen Menschen, der sie zum Glauben zurückführt?«

Charles fiel Pater Reynolds ein, den Maud erwähnt hatte. Der Arzt nickte fröhlich: »Er soll es auf jeden Fall versuchen, der Geistliche«, meinte er. »Das kann nicht schaden. Er muß es nur behutsam angehen ...«

»Er ist ein alter Priester und voll Verständnis für die Menschen. Erfahrene Seelsorger sind sehr weise, George. Und jetzt sag mir noch: was macht der arme Teufel Francis?«

»Nun, das ist auch ein trauriger Fall. Ich habe ihm so vorsichtig wie möglich geraten, sie nicht zu besuchen, während sie im Spital ist.«

»Diese Ehe hat ihrer Gesundheit schwer geschadet, wie ich fürchte.«

»Sicher, aber darauf kommen wir noch zurück. Sie ist durchaus keine Psychopathin, wenn auch eine Neurotikerin, das heißt, ein Mensch mit sehr geschwächten Nerven. Das ist kein Wunder, nach dem, was sie erlebt hat. Ich wollte Francis erst nahelegen, sich von ihr zu trennen, aber dann fielen mir ihre Kinder ein, und so bat ich ihn, wohl im Haus, aber möglichst unsichtbar für sie zu bleiben, da er sie beschützen solle. Vor ihren Kindern. Ich mußte recht energisch in diesem Punkt werden, denn er glaubt, daß die Kinder an der Mutter hängen; er war außer sich, und konnte es nicht fassen, als ich ihm die Augen zu öffnen suchte – was mir kaum gelungen ist. So warnte ich ihn nur davor, neue Ärzte, wenn auch in bester Absicht, beizuziehen, denn das könnte gefährliche Rückschläge im Befinden Ellens zur Folge haben. Er ist wirklich ein sehr schlichtes Gemüt, trotz seines ideologischen Wahns. Eigentlich wäre er selbst ein Fall für einen Nervenarzt. Ist dir das nie aufgefallen?«

»Doch, ja. Sie sind alle nervenkrank, diese Brüder, wie Jeremy zu sagen pflegte.«

»Es gibt ein altes Sprichwort: Wer soll die Stadt behüten, wenn die Narren Wächter sind? Die Grenze zwischen Vernunft und Wahnsinn ist sehr schwer zu ziehen, die beiden überschneiden sich häufig. Ein bißchen verrückt sind wir alle, zumindest zeitweilig. Aber Männer wie Francis Porter sind niemals ganz normal. Freilich, wir haben ihn in der Hand: Er liebt seine Frau, und Liebe ist stets der beste Wächter.«

Er hat recht, sagte sich Charles und dachte mit leiser Rührung an seine geliebte Maud daheim. Aber noch eine andere Ehegattin fiel ihm ein: Kitty Wilder. Er sagte: »Jochan Wilder hat seiner geschiedenen Frau geraten, die Staaten zu verlassen und eine Weltreise zu unternehmen oder jedenfalls für eine Zeitlang zu verschwinden. Auch sie wird Ellen nicht mehr belästigen.«

Dessen war sich Dr. Cosgrove allerdings nicht so sicher.

»Das wird sich ja zeigen und unsere spätere Sorge sein. Vorerst muß Ellen gesund werden; und Gesundheit ist an sich ein ausgezeichneter Schutz vor dem Bösen.«

Er seufzte. »Je mehr ich mich mit meinen Mitmenschen befasse, desto trauriger werde ich. Wir sind alle die Söhne Kains, potentielle Mörder.«

XL

Charles bestellte Christian und Gabriele zu sich, zu einer Beratung, wie er es nannte.

Er schaute sie hart an, und eine Welt von Verachtung lag in seinen Blicken. »Ich brauche nicht lange herumzureden, ihr seid bereits durch euren früheren Anwalt, Mr. Wainwright, vorbereitet worden. Wenn ihr noch einmal etwas gegen eure Mutter unternehmt, ihr zu schaden sucht, dann werdet ihr von ihm hören, und eure ›guten Verbindungen‹ nützen euch gar nichts. Eines der höchsten ethischen Gebote ist der Schutz des unschuldigen Lebens vor Mördern. Ihr beide seid tödliche Feinde eurer Mutter. Ein einziger Versuch noch, und ich gieße eurer Mutter reinen Wein ein. Ich werde sie notfalls sogar zwingen, ein neues Testament aufzusetzen und euch zu enterben. Ihr bekommt gar nichts. Ich glaube, das ist die einzige Sprache, die ihr versteht, nicht wahr? Geld.«

Christian heuchelte weder schlechtes Gewissen noch Furcht. Er grinste boshaft: »Ein neues Testament kann ungültig erklärt werden. Sie ist geisteskrank.«

»Damit rechnet ihr, he? Ihr seid im Irrtum. Sie ist geistig völlig gesund, es ist medizinisch festgestellt. Stimmt, sie wurde hart an die Grenze des Wahnsinns getrieben — von ihren lieben Kindern. Ja, von ihren heißgeliebten Kindern! Ihr Verbrecher, ihr! Reizt mich nicht mehr, sonst bringe ich euch auch vor Gericht. Grinst nicht! Um ihre eigene Haut zu retten, schwören Dr. Lubish und Dr. Enright sofort, daß eure Mutter niemals psychisch erkrankt war, daß sie durch unwahre Angaben und falsche Aussagen selbst irregeführt wurden. Ja, ihr habt falsche eidesstattliche Erklärungen abgegeben, Meineid habt ihr geleistet, und wißt ihr, was im Strafgesetz für dieses Delikt vorgesehen ist? Schwere Geldstrafen und fünf Jahre Kerker.«

Er lehnte sich zurück und beobachtete sie grimmig. Ihr Lächeln gefror auf den Lippen und verschwand dann ganz.

»Es würde mich richtig freuen, wenn ihr etwas tätet, was mir ermöglicht, euch dort hinzubringen, wohin ihr gehört. Im übrigen, Christian – wie gut dieser Name zu dir paßt! – du bist ja bei der David Rogers Foundation angestellt, ich kenne diese Stiftung gut. Die Leute wünschen keinen Skandal bei ihren Angestellten. Sie sind sehr diskrete, wenn auch etwas unheimliche Herren. Sie dulden es nicht, daß die Aufmerksamkeit auf sie gelenkt wird – sie machen kurzen Prozeß. Aus ist es mit deinem Posten als Sekretär in der Korrespondenzabteilung, wie du es nennst. Und ich verfolge dich mein ganzes Leben, glaub mir. Ich lasse dich nicht mehr zur Ruhe kommen.«

Jetzt schaute er Gabriele an, in deren pikantem, keckem Gesicht sich jetzt kalter Haß malte.

»Du wirst nicht mehr so geschniegelt und geputzt aussehen, Gaby, wenn du wegen falschen Eides fünf Jahre im Knast gesessen bist. Glaub mir, das ist keine leere Drohung. Wenn es nicht wegen deiner Mutter wäre, ich hätte euch beide mit Freuden ins Gefängnis gebracht. Ihretwegen mäßige ich mich – ungern, sehr ungern. Übrigens, noch etwas: Die Ärzte halten fest zusammen, es spricht sich alles unter ihnen herum; ihr findet keine Psychiater mehr, die sich kaufen lassen und versuchen, eure Mutter hinter Mauern zu bringen. Ich glaube, das Gesetz ahndet dieses Verbrechen noch schwerer als Meineid. Es hat nicht viel übrig für Muttermord – und das habt ihr versucht: eure Mutter zu ermorden.«

Er stand auf: »Und jetzt hinaus mit euch, ehe ich mich an euch vergreife und euch mit eigenen Händen hinauswerfe. Vergeßt nicht: ich habe euch gewarnt!«

Sie verließen ihn wortlos. Er fühlte sich elend, er brauchte einen tüchtigen Schluck. Wie lange würde der Sieg währen? Mörder, wie es die Kinder Ellens waren, fanden immer noch einen Weg. Der Brandy tat ihm gut. »Gott verdamme sie«, sagte er laut.

An einem warmen, goldenen Tag im späten September betrat Dr. Cosgrove Ellens kleines Spitalsappartement. Er war bester Laune. Sie saß in ihrem Salon, in einem hübschen blauen Seidenkleid; Gesicht und Körper waren nicht mehr aufgedunsen, sie wirkte gefaßt und ruhig, wenn auch von leichter Trauer überschattet. Der blaue Schein ihrer Augen kehrte langsam zurück, und ihr gepflegtes und gebürstetes Haar leuchtete wie früher. Ihre Lippen hatten sogar etwas Farbe gewonnen, und ihre Hände waren wieder weich und weiß. Sie war um Jahre verjüngt. Mit einem schüchternen, aber vertrauenden Lächeln sah sie ihrem Arzt entgegen.

»Wie schön wir heute sind!« lobte er. Sie hatten sich so angefreundet, daß sie ihn dankbar anblickte, wenn er ihre Wange küßte. Er drückte ihre

Hand: »Schauen Sie, was ich Ihnen gebracht habe: eine Flasche Dom Pérignon, bester Champagner.« Und zu der Krankenschwester, die lächelnd mit ihrem Strickzeug daneben saß: »Wollen Sie uns bitte Eis bringen?« Dann setzte er sich zu Ellen nieder und schaute sie stolz an. Sie fragte: »Wann dürfen mich meine Kinder besuchen, George?«

»Oh, bald, wenn es aufwärts mit Ihnen geht. Wie steht's mit dem Appetit?«

»Miß Hendricks, die Schwester, ist sehr zufrieden.« Aber es klang so mutlos, daß Dr. Cosgrove, der sie beobachtete, fragte: »Wo fehlt's denn, Ellen?«

Sie wendete ihr Gesicht ab. »Ach, es ist alles so schwer, ich weiß wirklich nicht, warum ich lebe. Ich will gar nicht leben. Niemand braucht mich, nicht einmal meine Kinder.«

»Sie haben immer für irgend jemanden gelebt, nicht wahr? Wissen Sie nicht, daß die erste Pflicht des Menschen darin besteht, für sich selbst zu leben? Sie, Ellen Porter, sind eine Person, ein Individuum, und somit einmalig. So hat Sie Gott geschaffen. Er hatte einen Grund, Sie auf die Welt zu schicken, und das nicht nur, damit Sie andern dienen. Sie sagen, daß Sie niemand braucht. Gott braucht Sie. Sie können nicht nur in anderen und durch andere leben, meine Liebe, Sie leben für sich, und zu Ihrer Freude. Wir sind in einer schönen Welt, trotz der Menschen, die sie bevölkern.«

Aber sie wetzte unruhig in ihrem Stuhl.

Dr. Cosgrove schlug auf sein Knie: »Ich habe einen Freund hier, einen sehr guten, draußen vor der Tür steht er. Sie sollten ihn kennenlernen, Ellen. Erlauben Sie, daß ich ihn bringe?«

Sie schrak sofort zurück: »Einen Freund? O bitte, bitte, nicht!«

»Sie enttäuschen mich, meine Liebe. Ich dachte, Sie hätten das dumme Angstgefühl überwunden. Er ist hergekommen, weil er mit mir meinen Geburtstag feiern will, nun, darf er herein? Mir zuliebe?«

Sie zögerte, alle Farbe war aus ihrem Gesicht gewichen. Dann murmelte sie: »Bitte, Ihretwegen, George.« Aber ihre Lippen zuckten, und sie sah furchtsam zur Türe. Der Doktor ging hinaus und kam mit einem hochgewachsenen, alten Mann herein. Ellen atmete auf. Sie erkannte sofort, daß dieser Fremde mit dem fast kahlen Kopf, den buschigen weißen Augenbrauen und dem freundlichen Gesicht ein Geistlicher war. Von ihm hatte sie nichts zu fürchten.

»Pater Reynolds, das ist Mrs. Porter, meine Patientin. Sie leistet uns Gesellschaft bei der Geburtstagsfeier. Er hat nämlich auch Geburtstag, denken Sie«, fügte er hinzu, und der Priester schmunzelte. Er schüttelte Ellens Hand und spürte mitleidig ihr Zittern. Doch sie lächelte schüchtern. Um kein Mißtrauen in ihr zu erwecken, waren die beiden Herren übereingekommen, daß der Arzt und nicht Charles Godfrey den Pater ins Spital brachte.

Er setzte sich nieder, und Ellen wurde unter dem ernsten, gütigen Blick warm ums Herz. »Wie nett von Ihnen, Mrs. Porter, daß Sie bereit sind, die beiden Geburtstage mit uns zu verbringen. Es gibt nicht viele Anlässe, man muß die Feste feiern, wie sie fallen.«

»Ich glaube, Pater ... das kann ich gar nicht mehr: feiern. Vor allem habe ich niemanden, mit dem ich feiern könnte.«

Der Geistliche tat sehr erstaunt: »Wieso, Sie haben doch den lieben Gott und die Sonne, den Mond, die Sterne und den Garten und die Bäume, die Wolken ... Meine Liebe, genügt Ihnen das nicht? Lauter unschuldige Dinge.«

»Das habe ich nie bedacht, daß sie unschuldig sind«, antwortete sie lächelnd. »Wirklich, Sie haben recht, aber sie sind eben doch gefühllose und unbelebte Wesen.«

»Wer hat Ihnen das erzählt? Sie sind ein Teil Gottes, genauso wie wir. Und als dieser Teil empfinden sie auch, natürlich anders als wir. Niemand braucht allein zu sein, selbst wenn er von der menschlichen Welt getrennt ist. Die Welt quillt über von Freunden einer ganz andern Welt, und einer schönen, anders als die Welt, die wir Menschen geschaffen haben.«

Ihr Gesicht belebte sich, und das freute den Arzt. »Sie mögen recht haben«, murmelte sie, und leise, als schäme sie sich, fuhr sie fort: »Früher habe ich viele Menschen für gut gehalten, doch jetzt komme ich allmählich drauf, daß sie es gar nicht waren. Sie werfen mir sicher vor, daß mir die Nächstenliebe fehlt ... vielleicht bin ich lieblos.«

»Wenn man sich in einem Menschen getäuscht hat und ihn dann durchschaut, dann hat das nichts mit Lieblosigkeit zu tun, Ellen. Ich darf Sie doch Ellen nennen? Danke. Wer sich vor dieser Wahrheit verschließt, ist töricht, aber nicht lieblos, und das betrifft auch die Einstellung zum Nächsten. Nicht nur töricht, sogar gefährlich. Ich bin ein alter Mann, und fast sechzig Jahre lang Priester gewesen. Ich habe zahllose Menschen gekannt, unzählige Beichten gehört. Das Leben der Menschen ist eine einzige Folge von Verbrechen und Sünden, gegen Gott und den Nächsten – das ist eine bittere Wahrheit. Das Gute ist sehr rar, und kaum zu finden. Trotzdem sollten wir die Bösen, die zahlreich wie der Sand am Meer sind, nicht verdammen, sondern sie bemitleiden. Aber dieses Mitleid darf kein schwächliches, sentimentales Gefühl sein und nicht zum Selbstbetrug werden. Wir gehören der menschlichen Rasse an, in uns allen steckt die Fähigkeit, Böses zu tun. Das Böse ist keine Stärke, es ist eine Schwäche, eine Schändung unserer unsterblichen Seele und eine Sünde gegen Gott. Deshalb sollten die Guten, die Starken jene Entarteten bedauern – und für sie beten.«

Ellen hatte ihm mit großen Augen zugehört. »Ich fühlte mich immer so schuldig, wenn ich lieblos über andere dachte ...«

»Noch einmal: Wo liegt die Schuld, wenn man eine Wahrheit erkennt? Die Wahrheit kann Sie nicht nur befreien, sie kann Sie schützen und sogar retten. Man muß nicht unbedingt richten, wenn man eine böse Wahrheit sieht, so gerechtfertigt es auch oft wäre.«

»Es ist noch etwas anderes ...« Sie sprach sehr leise. »Wenn ich einen Menschen durchschaue – wie es mir in der letzten Zeit, glaube ich, manchmal geschehen ist –, dann bedrückt es mich schwer, und ich habe Angst. Ich glaube, darin lag die Ursache meiner ... Krankheit.«

Sie lächelte schüchtern, wie entschuldigend. »Die Wahrheit kann einen Menschen auch töten, nicht wahr?«

Er nickte. »Keats irrte sich gründlich, als er sagte, daß Wahrheit und Schönheit eins seien. Sie schließen sich sogar oft gegenseitig aus. Aber wir sollten uns wappnen und Kräfte sammeln, damit wir auch der schlimmsten Wahrheiten Herr werden. Wir können tapfer sein. Denken Sie«, er lächelte sie gewinnend an, »ich bin der Meinung, man sollte den Zehn Geboten ein elftes hinzufügen: Du sollst mutig sein! Gott weiß, wenige von uns besitzen die Tugend der Tapferkeit, aber man kann sie sich aneignen und entwickeln, wie die anderen Tugenden auch.«

Ellen flüsterte: »Ich glaube, ich bin niemals mutig gewesen.«

Der Priester und der Arzt wechselten einen Blick. Der Geistliche, der die Geschichte Ellens kannte, beugte sich vor und faltete die Hände über den mageren Schenkeln: »Ich sehe Sie zum erstenmal, Ellen, aber ich fühle es, ja, ich bin felsenfest davon überzeugt, daß Sie einer der tapfersten Menschen sind, denen ich begegnet bin.«

»Ich?« fragte sie erstaunt. »Sie irren sich, Pater. Ich hatte schon soviel Angst ...«

»Angst und Tapferkeit schließen einander doch nicht aus! Wie Wahrheit und Schönheit ... Ja, ich möchte behaupten, daß nur die Menschen, die berechtigten Grund zur Furcht haben, echten Mut in sich entwickeln können. Es ist Ihnen vielleicht nicht bewußt geworden, aber Ihre Seele hat es geahnt und sich gewappnet.«

Sie schüttelte den Kopf, und nun standen Tränen in ihren Augen: »Ich war sehr tapfer, als mein erster Mann noch lebte. Jetzt bin ich es nicht mehr.«

»Ich habe viel von Ihrem Gatten ... Ihrem ersten Gatten gehört. Er war ein aufrechter, unerschrockener Mann. Wollen Sie ihn enttäuschen?«

Ihr Mund zuckte, als er von Jeremy sprach, als lebe er. »Ich ... ich weiß nicht, ob er lebt ... Denn in meinen Träumen ...« Und nach einer Pause: »Was kann mich davon überzeugen, daß er nicht tot ist ... Ich meine, daß sein Geist nicht gestorben ist?«

»Seien Sie gewiß, daß er lebt, denn es gibt keinen Tod. Das ist eine wissenschaftliche Tatsache, ebenso wie eine religiöse Wahrheit. Alles ist in stetigem Wandel, aber nichts stirbt. Die Meere kommen und gehen, aber entschwinden niemals. Feurige Sterne explodieren am Firmament und verlöschen, und dann sprühen sie in einem neuen Feuer auf. Es gibt kein Nacheinander, nichts Vergangenes, alles ist jetzt und gleichzeitig. Denn Gegenwart und Vergangenheit und Zukunft sind nur ein- und dasselbe. Sie haben sicher gelesen, daß die Liebe niemals stirbt, weil sie eine unsterbliche Kraft ist. So dürfen Sie überzeugt sein, daß auch Ihr Gatte noch heute lebt, wenn er Sie geliebt hat. Können Sie sich vorstellen, daß Sie ihn nicht mehr lieben?«

Die Farbe kehrte in ihre Wangen zurück, und mit einem Male schien sie in jugendlichem Feuer zu glühen: »Nein, ich könnte niemals aufhören, ihn zu lieben. Eine wunderbare Vorstellung, daß er mich vielleicht noch heute liebt...«

Ohne diese Gewißheit, so dachte sie plötzlich, müßte ich sterben. Sie sagte: »Der Gedanke allein, daß er mich noch liebt wie einst, macht mein Dasein lebenswert.«

Der Priester lächelte sie an. Es war ein schönes Lächeln. »Er liebt Sie, er wartet auf Sie, und wenn Sie es nicht wissen, so weiß doch er es, daß Sie als menschliche Seele seines Wartens würdig sind. Um Ihretwillen. Nicht nur er weiß es, auch Gott weiß es.«

Sie blickte zur Seite: »Früher einmal war ich fromm, ich habe an Gott geglaubt. Aber als Jeremy ermordet wurde, weil er ein edler und guter Mensch war, da habe ich den Glauben verloren.«

»Traurig. Wenn wir im Unglück den Glauben verlieren, dann kann er nicht sehr stark gewesen sein, oder?«

Es war fast ein schalkhaftes Lächeln, mit dem sie ihm antwortete, und der Arzt freute sich wieder: »Da sehen Sie, wie schwach ich bin, Pater. Ich hab's ja gesagt: ich bin nicht tapfer.«

Er entgegnete langsam und sehr ernst: »Ellen, ich bin Priester. Ich war schon als Kind ein Priester in meinem Herzen. Trotzdem gab es Zeiten, da wankte mein Glauben, manchmal hatte ich ihn fast verloren. Ich war trostlos, denn ich hatte mich von Gott entfernt. Hat man ihn einmal erkannt und verstößt man ihn dann, so hat man die Hölle auf Erden und für alle Zukunft, denn wir können ohne ihn nicht leben, wenn wir uns der Glorie unseres verlorenen Glaubens und unserer Kindschaft Gottes erinnern. Was in der ganzen Welt könnte den Segen unserer früheren Gewißheit ersetzen?«

Ja, dachte Ellen, wie heiter und wunschlos war ich in meiner Kindheit, trotz des Elends, der Not und des Hungers, weil ich so schrankenlos an Gott glauben konnte! Ihre Augen wurden feucht. »Wie arm sind die Menschen, die Gott niemals gekannt haben«, sagte der Priester und drückte fest ihre Hand. »Verdienen sie nicht unser tiefstes Mitleid, unsere Gebete, unsere Hilfe? Denn was ist das Leben eines Menschen ohne die Wirklichkeit Gottes? Ein Phantom, ein Nichts; dürr und unfruchtbar. Wenn solche Menschen das Leben und seine Freuden zu kennen glauben, so kennen sie nur die Fata Morgana in der Wüste. Was unser Dasein zum echten Leben macht, das ist nicht von dieser Welt. Die Gottlosen leben nicht, sie sind nur tote Schatten. Sie haben niemals gelebt.«

Tränen rannen über Ellens Wangen, sie schluchzte heftig, aber es waren heilsame Tränen. Der Priester hob die Hand, um sie zu segnen, und obwohl sie nicht wußte, was er tat, empfand sie einen seltsamen Trost, als hätte sie mit einem Freund einen Pakt geschlossen. Als seine Hand sank, griff sie nach ihr und hielt sie wie ein Kind fest und lächelte unter Tränen, und er wußte, daß er ihr sein Gebet nicht versprechen mußte. Sie aber wußte, daß er für sie beten werde.

Draußen sagte der Geistliche zu Dr. Cosgrove: »Sie ist eine schöne Frau, mit einer schönen Seele und einem schönen Leib. Weich ist sie und zart, und sehr empfindsam. Trotzdem besitzt sie eine innere Kraft. Das ist kein Widerspruch. Wir müssen sie lehren durchzuhalten, denn sie hat die Fähigkeit dazu, wenn sie sich auch lange Zeit gehenließ. Wir müssen ihr helfen.«

»Ich glaube, sie ist bereits über dem Damm. Sie beherrscht sich, sie hat keine Angstträume mehr. Wir dürfen also mit gutem Grund hoffen.«

Dr. Cosgrove war eine fröhliche und optimistische Natur, trotzdem beschlich ihn ein seltsam beklemmendes Gefühl wie eine böse Vorahnung. »Gott stehe ihr bei«, sagte er unwillkürlich, »Gott stehe ihr bei.«

Sie kehrten beide zum Champagner und zu Ellen zurück, und sie lachte, wie sie seit Jahren nicht gelacht hatte. Ihr Gesicht war jung.

XLI

Am 24. Oktober wurde Ellen aus dem Krankenhaus entlassen. Charles Godfrey hatte die Kinder gewarnt: »Seid nett mit ihr, täuscht ihr Liebe vor, wie ihr es immer gemacht habt. Wenn nicht, dann werdet ihr es schwer büßen. Dafür sorge ich.«

Und zu Francis: »Lassen Sie Ellen in Frieden. Gewiß, Sie meinen es gut, aber bleiben Sie ihr möglichst fern. Kommen Sie nur, wenn Sie nach Ihnen ruft. Das ist das beste, glauben Sie mir.« Francis sah ihn so unglücklich an, daß er hinzufügte: »Es ist nicht Ihre Schuld, aber es ist nötig. Sie wird Jeremy niemals vergessen. Sie können in ihrem Haus bleiben, ich empfehle es Ihnen sogar. Sie braucht Schutz vor ihren Kindern, das habe ich Ihnen schon früher einmal gesagt. Sie glauben mir noch immer nicht, daß sie gefährlich sind – aber sie sind es, wirklich!«

»Ellen hat sich so gut erholt, sie hat mich bei der Begrüßung angelacht – fast wie damals, als sie jung war.«

»Sehr gut. Dann bleiben Sie Mr. Francis für sie, was Sie in ihrer Kindheit waren.«

Während Ellen im Spital war, hatte Maud im Haus gründlich sauber gemacht, die Dienstboten entlassen und neue, brave Leute aufgenommen. Alles blinkte und glänzte, Blumen standen in den Vasen wie zu Jeremys Zeiten. Sie hatte auch neue hübsche Kleider für Ellen gekauft. Ellen aber wußte nicht, was jene wahren Freunde für sie geleistet hatten, denn sie hatte niemals echte Freunde in ihnen gesehen.

Sie fühlte sich wie neugeboren in dieser Frische, diesem Komfort, es war, als ob Jeremy durch die Räume gehe. Als sie sich bei ihrer Tochter nach Mrs. Atkins und Joey erkundigte, antwortete Gabriele mit einem Blick auf Christian: »Ach, wir haben sie hinausgeworfen. Sie waren sehr schlampig, und außerdem dürften sie gestohlen haben.« Gabriele und ihr Bruder wüteten über die wunderbare Genesung und Verjüngung ihrer Mutter, über den Schmelz auf ihren Wangen, die strahlenden Farben. Es war also nicht gelungen, sie zu verderben, und, was das Wichtigste war, zu ihrem Geld zu kommen. Sie hatten sie seit jeher belogen und verlacht, jetzt kochten sie vor Zorn. Sie umarmten sie zärtlich und hätten sie dabei am liebsten geschlagen. Ellen nahm sich zusammen und begrüßte ihren Gatten freundlich, und er war selig. Vielleicht, vielleicht kam doch einmal der Tag, da sie Jeremy vergaß und sich ihm zuwandte. Es war sein heißer Wunsch.

Die Krankenschwester Ellens, Miß Hendricks, kam mit und sollte noch eine Zeitlang bei ihr bleiben. Sie war resolut, tüchtig und klug. Dr. Cosgrove hatte ihr Weisungen gegeben, und die befolgte sie genau. So sorgte sie auch jetzt dafür, daß die Begrüßung nicht zu lange währte und brachte Ellen bald zu Bett. »Und jeden Tag machen wir einen hübschen Spaziergang«, sagte sie, »und vielleicht eine nette Ausfahrt. Ich möchte sogar gerne in einen Tonfilm mit Ihnen gehen; es ist wirklich aufregend, die Schauspieler auf der Leinwand richtig sprechen zu hören – ganz lebensecht!«

»Ich fühle mich sehr frisch«, erklärte Ellen, »habe ich nicht wunderbare Kinder, Miß Hendricks? Wieviel Mühe sich Gabriele für mich gemacht hat! Das ganze Haus geputzt, und die neuen Kleider, und die Blumen ... Haben Sie die Pflanzen gesehen? Diese Pracht! Ein Segen Gottes, gute Kinder zu haben!«

»Ja«, sagte Miß Hendricks, und ihr freundliches Gesicht sah plötzlich grimmig aus. Auf solche Kinder kann ich verzichten, dachte sie. Aber sie fügte nichts hinzu. Ellen fiel in tiefen und ruhigen Schlaf. Gabriele und Christian waren in die Wall Street gefahren, wo eine sonderbare Unruhe herrschte. Sie waren sehr besorgt – und das mit Recht.

Schlimme Gerüchte gingen um; begonnen hatte es um 10 Uhr morgens an diesem frostigen und trüben Tag. Nicht nur die Wall Street schien aus den Fugen geraten, die Luft selbst vibrierte in der Erwartung eines Unheils, als künde sich ein Erdbeben an, über das ganze Land hin; in jeder Bank, in jedem Maklerbüro spürte man es. Zu Mittag brach es aus. Charles E. Mitchell von der National City Bank in New York sei, so sagte man, plötzlich in der Wall Street erschienen, und habe Millionen auf den Markt geworfen. Standard-Oil von New Jersey, die Aluminium Corporation of America, die Bethlehem-Steel-Company setzten noch größere Summen »auf Abruf« ab. Um ein Uhr hatten diese Beträge die unwahrscheinliche Höhe von über 750 Millionen Dollar erreicht. Die Gerüchte überstürzten sich, und sie erwiesen sich als richtig. Man stieß ab, verkaufte, die Hölle war los. General Motors verkaufte zwanzigtausend Aktien zu 57,5, Kennecott Copper zwanzigtausend Aktien zu 78. Die Sensale verhandelten aufgeregt mit ihren Kunden, und der Ausverkauf stieg in schwindelnde Höhen. U.S.-Steel, die erst vor einem Monat mit 261 notiert hatten, fielen auf 194.

Wer verkaufte, und warum? Niemand wußte es, als die schweigenden Dunkelmänner, wie sie Jeremy genannt hatte. Sie trafen sich heute hinter verschlossenen Türen im Gebäude des Komitees für Auslandsstudien und sandten verschlüsselte Meldungen in die ganze Welt. Sie lächelten kühl, als sie die Nachricht erhielten, daß Thomas W. Lamont die größten Bankiers New Yorks zusammengerufen und einen 250-Millionen-»Fonds« geschaffen hatte, um den wankenden Markt zu stabilisieren. Richard Whitney von der J. P. Morgan-Company kaufte fünfundzwanzigtausend Aktien der Big-Steel zu 205. In der Zwischenzeit kaufte er auch große Aktienblocks der besten Aktien zum letzten, niedern Kurs. Die Sensale glaubten, das Schlimmste überstanden zu haben. Aber die Ticker morsten im Höllentempo wie rasend über das ganze Land, und als ihr Klingeln nach fünf Stunden endlich verstummte, da stand man vor etwas noch nie Dagewesenem, einem Rekord: Fast vierzehn Millionen Wertpapiere waren mit einem Verlust von nahezu zwölf Billionen Dollar verkauft worden.

»Mein Gott,« sagte Charles Godfrey zu Jochan Wilder, »so hatte Jeremy wirklich recht! Er hat begonnen: der gelenkte Börsenkrach in Amerika. Dank deiner Ratschläge, Jochan, habe ich in den letzten drei Monaten gottlob einen Großteil der unsicheren Papiere abgestoßen.« Er schmunzelte: »Eines freut mich. Auch Jerrys Vermögen, das gut angelegt war, erleidet keine nennenswerte Verluste, denn ich habe Wertpapiere verkauft, die mir nicht ganz sicher schienen, und gegen gute eingetauscht. Es ist also alles in Ordnung. Aber was mir richtigen Spaß macht: Die Aktien Christians und Gabrieles, die sie von den Großeltern geerbt haben, können in ein paar Stunden keinen Cent mehr wert sein. Die beiden sitzen tatsächlich auf dem Trockenen. Freilich bekommen sie später einmal Jeremys Vermögen ...« Sein Lächeln verging. »Wenn Ellen stirbt ...«

Jochan sagte liebenswürdig wie immer: »Sie wollten auf deinen Rat nicht hören und haben falsch spekuliert. Christian hat dich für einen Schwarzseher gehalten, und sich selbst schon als steinreich mit zwei Millionen Gewinn zu Ende des Jahres gesehen, und seine Schwester auch. Möchte wissen, wie ihnen heute zumute ist.«

Charles lachte, aber es war ihm gar nicht wohl zumute, wenn er an Ellens Geld dachte. Die geringfügigen Verluste, die sie erleiden würde, fielen nicht ins Gewicht ... Aber auch wenn die Kinder Bettler waren, durfte nach Jeremys Willen nichts abgezweigt werden. Erst nach Ellens Tod ...

»Nun, wo fehlt's?« fragte Jochan, der den Freund beobachtete. Charles verriet seine Sorge. Jochan schüttelte beruhigend den Kopf:

»Übertreib doch nicht, lieber Freund. Die Geschwister würden über den Tod ihrer Mutter wahrscheinlich nicht allzutief trauern, aber sie gehen bestimmt nicht mehr gegen sie vor. Die Lust ist ihnen vergangen, sich in gefährliche Dinge einzulassen, du hast sie gründlich gewarnt. Sie lieben ihr kostbares Ich viel zu sehr, um etwas zu riskieren. Glaubst du am Ende, sie könnten Ellen vergiften oder erschießen oder erwürgen?« Jochan lachte. »Gemeine, herzlose Schurken sind sie – aber feig.«

Charles war nicht ganz überzeugt. »Gewiß, sie sind aalglatte Verbrecher und sehr vorsichtig. Aber wenn Geld, und noch dazu viel Geld im Spiel ist, verliert auch der beherrschteste und kühlste Gauner manchmal den Kopf und wird verrückt, ja, zum Mörder. Ach, lassen wir das. Ich habe eine üppige Phantasie, scheint's, das macht mein irisches Blut.«

Aber sein Unbehagen wollte nicht vergehen. Wenn Ellen nur genügend Vertrauen zu ihm hätte, wenn er nur vernünftig mit ihr reden könnte! Aber sie war verblendet und in ihre Kinder vernarrt, sie hätte ihm niemals geglaubt – es war aussichtslos.

Die großen Finanzleute und Bankiers in New York kauften riesige Mengen Aktien auf. Warum tun sie das, dachte Charles. Um den Markt zu festigen, die erregte Bevölkerung zu beruhigen? Oder um die kleinen Aktienbesitzer zum Kauf zu animieren, und sie dann endgültig zu ruinieren? Na also, dachte er, da schlägt meine irische Phantasie wieder einmal Kapriolen. Aber er fühlte sich deshalb nicht wohler in seiner Haut. »Der süße Duft des Geldes«, hatte Jeremy gesagt. »Die Menschen verlieren den Verstand, wenn es um Geld geht. Vor dem Geld liegen sie im Staub.«

»Kommen die Kinder heute zum Abendessen?« fragte Ellen, nachdem sie vom Nachmittagsschlaf aufgewacht war.

»Ich glaube nicht, Ma'am«, antwortete Miß Hendricks. »Sie wurden von der Wall Street angerufen. Hat irgendwas mit der Börse zu tun.«

Ellen war enttäuscht, aber sie sagte freundlich: »Ja, ich habe gestern in der Zeitung darüber gelesen. Gerüchte.« Trotzdem kam ihr in den Sinn, was Jeremy so oft prophezeit hatte: »Der endgültige Zusammenbruch der amerikanischen Wirtschaft, der so sorgfältig vorbereitet und geplant wurde, tritt bald ein. Dann folgt die Tyrannei, die Planwirtschaft und die Versklavung unseres Volks.« Das Vermögen ihrer Kinder, das sie von den Großeltern geerbt hatten, war doch sicher gut angelegt? Sie dachte nicht an ihr eigenes Einkommen, und auch nicht an die Gefahr, die dem Vermögen Jeremys drohen könnte. Aber Christian und Gabriele ... ihr wurde bang. Nein, ich besitze doch selbst genug, tröstete sie sich, ich kann ihnen ja helfen. Aber sonderbar, bei diesem Gedanken wehrte sich etwas in ihr, es war wie eine leichte Warnung. Pater Reynolds hatte sie im Spital häufig besucht. Was hatte er gesagt? »Wer sich nicht selbst schützt, selbst vor der eigenen Familie, macht sich verächtlich und zum Opfer. Wir haben kein Recht, unsere Nächsten in Versuchung zu führen. Du sollst nicht in Versuchung führen! Auch das ist eine Forderung, die ich den Zehn Geboten gerne hinzufügen möchte.« Er hatte bei diesen Worten gelächelt, aber seine Augen waren ernst geblieben.

Ellen begriff sich selbst nicht, während sie sich für das Abendessen ankleidete. Wie konnte sie so hart sein? Und wo blieb das Schuldgefühl, das sie sonst befiel? Ja, es meldete sich, aber sonderbar, es verflüchtigte sich sofort wieder. Sie spürte eine Kraft in sich, eine Frische, die sie vorher nie gekannt hatte. Sie dachte lächelnd: Richtig, man muß seiner Familie helfen. In einem bestimmten Maß, gewiß. Aber wenn ich mich nicht um mich selbst kümmere, warum sollten sich die andern dann um mich sorgen? Wenn ich mich nicht selbst achte, wie kann ich erwarten, daß mich die andern achten?

Während sie sich ankleidete, schaute sie auf das Bild Jeremys, und ihr schien, als lächle er ihr zu, und sie lächelte zurück. Sie war nicht verzweifelt wie früher, nein, ihr war wehmütig, aber friedlich zumute. Denn sie durfte überzeugt sein, daß Jeremy sie noch immer liebte und sie behütete – er war ihr Schutzwall, der alles Böse von ihr abhielt. Seine Liebe schenkte ihr die höchste Sicherheit; das Übel der Welt konnte nicht an sie heran.

Sie ging hinunter in die Bibliothek, wo Francis saß und trübe ins Feuer starrte. Er kaute an den Fingernägeln und saß keinen Augenblick still. Als Ellen eintrat, stand er auf und sah sie stumm und erwartungsvoll an. Sie wunderte sich selbst, daß sie nicht erschrak und hinauslief, ja, sie lächelte sogar. Francis sah ihr freundliches Gesicht und vergaß alle Schreckensnachrichten, die er heute gehört hatte und die Tatsache, daß seine »Freunde« plötzlich für ihn nicht zu sprechen waren.

»Ellen?« sagte er schüchtern. Sie lächelte wieder. Er war nicht ihr Gatte, er war Mr. Francis, der treue Freund ihrer Jugend, und sie bedauerte, ihn mißverstanden und vertrieben zu haben. Sie reichte ihm die Hand, und ihre blauen Augen schimmerten.

»Willst du mit mir zu Abend essen, Francis?« fragte sie. »Es würde mich freuen.«

Er ließ ihre Hand nicht los. Er wagte nicht zu sprechen, er hätte geweint, wenn er geredet hätte. So küßte er ihre Hand und flüsterte: »Danke, Ellen, danke dir!«

Sie setzte sich neben ihn und nippte an ihrem Glas Sherry, und er konnte den Blick nicht von ihr wenden. Sie war so verjüngt, frisch und anmutig, wie sie in früheren Jahren gewesen war. Sie sagte: »Ich habe eben Radio gehört, es soll Aufregungen in der Wall Street geben. Es scheint sehr schlimm zu sein. Was ist passiert?«

Francis begriff allmählich, was vorging. Er wußte, daß die Sache geplant war, er hatte es viele Jahre lang von seinen »Freunden« gehört. Aber sie hatten sich immer sehr vorsichtig und zurückhaltend in seiner Gegenwart ausgedrückt: »Ein Umschwung in der Wirtschaft ... um das Volk von seinen Ausbeutern, den Kapitalisten, zu befreien ...« Es geschah also aus sozialen Gründen, gut, aber dann, als er selbst auf die Börse gelaufen war, da hatte er verzweifelte und erregte Menschen gesehen, doch das waren nicht nur »Kapitalisten«, sondern viele »kleine Leute« gewesen, die im guten Glauben ihre Anleihen gezeichnet hatten und denen »ewiger Wohlstand« versprochen worden war. Er kannte sich nicht mehr aus. Er hatte einen Umbruch erwartet, aber keinen, der das gewöhnliche Volk zu Bettlern machte und es ins Unglück stürzte. Er hatte Einsicht in sein eigenes Depot genommen, und erkannt, wie gefährdet es war. Warum hatten ihn seine Freunde vorige Woche nicht gewarnt? Warum waren sie in ihren abgeriegelten Büros so beschäftigt gewesen, daß sie keine Minute Zeit fanden, um ihm die Sachlage zu erklären, ihn zu beraten und zu beruhigen? Er war schwer besorgt.

Diese Freunde waren selbst Kapitalisten und enorm reich. Fühlten sie sich nach dem Debakel ebenso bedroht wie er? Jahrelang hatte er sich nach ihren Ratschlägen gerichtet, Wertpapiere erstanden und abgestoßen, wie sie es ihm vorschlugen. Und trotzdem hatte er heute festgestellt, daß er riesige Verluste erlitten hatte.

Er sagte zu Ellen: »Ich weiß nicht, was dahintersteckt, ich weiß nicht mehr als jeder andere. Es geht drunter und drüber. Aber ich habe auch gehört, daß gewaltige Stützungskäufe vorgenommen wurden, um den Börsenmarkt zu retten – wahrscheinlich kommt alles wieder ins Lot.«

»Hoffentlich.« Dann zeigte er auf die Sherryflasche: »Woher hast du das bekommen, Ellen? Es ist verboten, das weißt du doch.«

Die kleinen, lang verlorenen, lustigen Grübchen erschienen wieder auf den Wangen: »Denk dir, Pater Reynolds hat es mir gegeben. Es ist kein geweihter Wein, er stammt aus seinem eigenen Keller, sagt er.« Sie machte einen Schluck, und ihre Augen strahlten blau wie früher und spitzbübisch über den Rand des Glases. Er konnte ihr nicht böse sein. Er sagte nur: »Ich halte nichts von Religion – und schon gar nichts von der römischen.«

Sie stellte das Glas zurück und sagte lächelnd: »Pater Reynolds und Dr. Cosgrove haben mir das Leben wieder geschenkt. Glaub mir, ich halte mich an das, was Pater Reynolds sagt und tut. Hätte ich meinen Glauben nicht verloren, dann wäre ich nicht so elend und krank geworden ... Ich habe in einer Wildnis gelebt. Jetzt sehe ich die Erde und den Himmel wieder.« Sie sprach sehr ruhig. »Und endlich kann ich von neuem hoffen.«

Er sah sie an, und wieder wurden seine Augen feucht. Ihre Stimme hatte ihn noch tiefer berührt als ihre Worte. »Alles, was dir helfen kann, Ellen, heiße ich gut. Ich kann es nicht ausdrücken – ich war so verzweifelt! Daß ich dich jetzt so sehen darf, so blühend, so schön – es ist mir, als ... als sähe ich eine Tote auferstanden.«

Sie wunderte sich, und zum erstenmal begriff sie, wie sehr er sie liebte, und das beschämte und betrübte sie zugleich, und sie war voll Mitleid.

»Danke, Francis, danke dir sehr. Es gibt nicht genug Liebe und Fürsorge in der Welt, man sollte sie fest behüten.« Und nach einer Pause: »Ich muß dir gestehen: ich habe Dr. Lubish und Dr. Enright niemals recht getraut. Es war etwas Unheimliches in ihnen – ich hatte immer Angst in ihrer Nähe. Ich weiß, du hast sie mir in der besten Absicht geschickt ...«

Er war sehr bestürzt. Erst nach einer Weile sagte er stockend: »Ich kannte die beiden gar nicht. Gabriele und Christian haben mir diese Ärzte für dich empfohlen.«

Sie sah ihn groß an: »Meine Kinder?«

»Ja. Gabriele ist mit Dr. Lubishs Tochter befreundet, und ich habe mich auf ihren Rat an ihn gewendet. Ehrlich gesagt, sie haben mir selbst nicht gefallen. Sie haben dir auch überhaupt nicht geholfen.«

Ellen war sehr blaß geworden: »Christian und Gabriele?«

»Ja.«

Sie stellte das Glas nieder und starrte hinein.

»Es sind sehr berühmte Ärzte«, fuhr Francis eifrig fort. »Sicherlich haben sie schon viele Menschen geheilt. Aber bei dir haben sie anscheinend nicht die richtigen Mittel gefunden.«

»Nein, bei mir nicht«, erwiderte Ellen langsam. Ihre Augen lagen auf ihm, aber sie schienen ihn nicht zu sehen: »Meine Kinder waren bestimmt davon überzeugt, daß ich bei ihnen in besten Händen bin.«

»Bestimmt, Ellen.«

Alles erstand wieder vor ihr: die gräßlichen Monate der Behandlung, die Angstträume, die Schmerzen, die Lethargie, die Halluzinationen, der Überdruß, und vor allem die ständige schreckliche Furcht.

»Was ist, Ellen?« fragte er unruhig.

»Nichts, wirklich nichts. Ich dachte nur, wie verschieden Ärzte sein können. Als Patientin von Dr. Lubish wäre ich gestorben, glaub mir. Ja, dann wäre ich schon tot.«

»Du warst sehr krank, Liebste. Ich war fast verrückt vor Kummer.«

Er meinte es ehrlich, das fühlte sie. Der arme Mr. Francis! Er ist wirklich sehr lieb – und sehr einfältig. Sonderbar, daß mir das früher niemals aufgefallen ist. Wie bedrückt er aussieht, mit seinem von Sorgen gezeichneten Antlitz, wie alt, wie mager und wie verbraucht! Ich muß nett zu ihm sein, und darf niemals vergessen, was er mir einmal bedeutet hat. Sie lächelte ihn an, wie man einen Freund anlächelt, den man schlecht behandelt hat, und ihr Gesicht war durchscheinend und jung. Er streckte ihr die Hand entgegen und sie ergriff sie. Seine Hand war kalt und feucht, und sie fühlte tiefes Mitleid mit ihm.

»Wie gut du bist, wirklich«, sagte sie spontan. Nun brauchte sie ihn niemals mehr zu fürchten, denn sie hatte sein wahres Wesen erkannt; ach, er war ein betrogener, wenn auch aufgeblasener Mensch, ein Fanatiker, einer, den man bedauern mußte. Mit einem Male begriff sie Dinge und Menschen, wie niemals zuvor, und sie war überwältigt von Trauer.

»Ich bin nicht so gut«, murmelte er und preßte ihre Hand an seine Stirn. »Die Dinge ... kommen mir ... jetzt sehr sonderbar vor. Ich bin erschüttert. Ich begreife nicht, was dahintersteckt. Ich sehe nicht klar, nur eines steht fest: daß ich glücklich bin, dich wieder daheim zu haben, ganz so, wie du früher einmal warst.«

Sie aßen zusammen, auf Francis' Bitte mit dem Radio in Reichweite, damit sie die Nachrichten hören konnten. Die Ansager jubelten: Auf der Börse hatte es wohl einen ›Rummel‹ gegeben, aber die Wogen hatten sich geglättet, jetzt war alles in Ordnung. Der Präsident hatte sich sehr positiv geäußert: »Eine Krise – schon behoben. Etwas Vorübergehendes«, meinte er. »Wir haben den ewigen Wohlstand für alle Amerikaner erreicht und gesichert. Unser Land ist heil, reich und stark. Kein Grund zur Sorge.«

»Gott sei Dank«, sagte Ellen zu dieser letzten Meldung. Aber zu ihrer Verwunderung schien Francis keineswegs erleichtert zu sein. Er hatte niemals viel gegessen, jetzt aber stocherte er verzagt in den Speisen herum, ohne etwas anzurühren. Sie haben mich nicht gewarnt, dachte er. Er hatte nicht erwartet, daß »dies« eintreten werde. Er hatte Angst und begriff es nicht. Aber vielleicht war es wirklich nur ein »Rummel« gewesen. Wenn sich der Börsenmarkt wieder festigte – was morgen schon der Fall war, bestimmt –, dann würde er mit dem Verkauf seiner Wertpapiere beginnen, wenigstens mit einem großen Teil. Wenn das Unheil über Amerika hereinbrach, dann wollte er nicht zu den Opfern gehören. Seine »Freunde« hatten ihn sicher nur deshalb nicht gewarnt, weil es keine Veranlassung dazu gab.

»Ich habe heute einen netten Brief von Kitty bekommen«, sagte Ellen. »Sie war schwer krank, und ihre Ärzte haben ihr Ruhe empfohlen. Sie richtet sich mit ihren vielen Arbeiten und Laufereien für die Wohlfahrtseinrichtungen und Vereine zugrunde. Und wenn sie noch so rege und geschäftig ist, die Jüngste ist sie eben doch nicht mehr. In zwei Tagen will sie nach New York zurückkommen, ich freue mich schon, sie wiederzusehen.«

Francis riß sich aus seinen Gedanken. »Kitty? Ja, natürlich, Kitty.«

Die schriftliche Erklärung fiel ihm ein, die sie für Ellen ausgestellt hatte. »Sie hat sich sehr um dich gesorgt; aber dann mußte sie plötzlich abreisen, obwohl sie gerne hier geblieben wäre, um sich weiter nach dir umzusehen. Es kam ganz überstürzt.«

Doch Kittys sonderbares Lächeln ging ihm nicht aus dem Kopf, und der Tonfall, mit dem sie über die Freundin gesprochen hatte. Er wußte selbst nicht, warum er plötzlich glaubte, Ellen warnen zu müssen: »Vielleicht wäre es ganz gut, sich auch einmal andere Freundinnen zu suchen, was meinst du? Kitty Wilder ist zu alt für dich, und dann zu mondän – eine Gesellschaftsdame durch und durch, und du bist gar nicht weltgewandt, Liebes«, fügte der Mann hinzu, der selbst kein bißchen weltgewandt war und es auch niemals sein würde.

»Aber ich habe keine anderen Freundinnen«, antwortete Ellen. »Jahrelang bin ich allen aus dem Weg gegangen und wollte niemanden treffen. Es ist nicht ihre Schuld, es ist meine.«

»Vielleicht.« Dr. Cosgrove hatte ihm geraten, Ellen zu schonen und alles zu vermeiden, was sie aufregen könnte. So ließ er das Thema fallen, lächelte sie an und sie erwiderte das Lächeln.

»Du hast recht, mit der Zeit muß ich mich um meine alten Bekannten kümmern«, gab sie zu. »Ich muß wieder zu leben beginnen.« Sie fühlte sich so gelöst, so froh, so lebenshungrig, ja, und so sonderbar stark.

Die Geschwister saßen in Christians Wohnung in der 48. Straße. Das Radio lief, und sie lauschten schweigend. Bei Sendeschluß drehte Gabriele den Apparat ab und sagte sehr ruhig: »Es scheint, daß wir bankrott sind.«

Christian antwortete nichts, er saß vorgebeugt auf seinem Stuhl, die geballten Fäuste zwischen den Knien. Sein dichtes, rotes Haar leuchtete im Lampenlicht, aber sein Gesicht war angespannt und die Muskel zuckten.

»Irgendwas geht vor, ich verstehe es nicht«, murrte er. »Mein eigenes Büro war ganz durcheinander, keiner will arbeiten. Ich begreife nicht, was los ist, und das macht mich ganz verrückt.«

»Warum?«

Er warf ihr einen sonderbaren Blick zu und senkte die Augen. »Du weißt nicht, was vorgeht«, murmelte er. »Wenn ich es nur genau wüßte . . .«

»Was meinst du? Was soll vorgehen?« drängte sie.

Aber er konnte es ihr nicht verraten. Mit verbissenem Gesicht stieß er hervor: »Sie hätten es mir vorher sagen müssen . . .«

»Ich weiß nicht, was du meinst. Das einzige, was mir klar ist: daß wir praktisch zu Bettlern geworden sind. Das heißt, wenn die Börse, trotz der riesigen Stützungskäufe, kracht.«

Es war sehr still in dem Zimmer. Dann sagte Gabriele freundlich abschließend: »Wenn sie nur gestorben wäre. Wenn sie im Grab läge.«

Er nickte. »Ja. Das Vermögen meines Vaters ist sicher angelegt. Wenn sie nur tot wäre. Warum ist sie nicht gestorben?«

»Nun«, meinte Gabriele mit einem häßlichen Lächeln, »wir haben unser Möglichstes getan. Dieser verdammte Charles Godfrey hat uns hereingepfuscht... Sonst wäre sie erledigt, und wir säßen nicht auf dem Trokkenen.«

Ihr Bruder betrachtete sie lange: »Wir werden einen Weg finden, trotzdem. Wir finden einen...« Er stand auf und küßte sie, und sie schmiegte sich an ihn. Zum erstenmal seit ihrer Kindheit weinte sie: »Es ist gemein, es ist so erbärmlich gemein!«

Charles Godfrey war nicht überrascht, als am nächsten Tag, am 20. Oktober, die Börse wirklich zusammenbrach und die Bankiers sich nicht mehr bemühten, sie zu retten.

Die Zeitungen nannten es einen finanziellen Alptraum, eine Katastrophe, wie es noch keine in der Wirtschaft der Staaten gegeben hatte. Trotzdem schöpfte Amerika am nächsten Tag noch eine leise Hoffnung aus der Tatsache, daß John D. Rockefeller eben verkündet hatte: »Da wir glauben, daß unser Land im Kern und in seinen Fundamenten noch heil und gesund ist, haben mein Sohn und ich für einige Tage große Stützungskäufe vorgenommen.« Das Unheil schien aufgeschoben, die Aktien zeigten leicht steigende Tendenz. Dann erklärten die Börse-Präsidenten eine zweitägige Sperre, einen »Urlaub«. Aus irgendeinem Grund wurde dieser »Urlaub« trotz der vorhergegangenen Transaktionen als günstig für das Land angesehen.

Francis Porter hielt es in seiner Kanzlei nicht aus. Er rannte, so wie Scharen anderer, in die Wall Street. Er drang noch immer nicht zu seinen »Freunden« vor, sie waren alle so beschäftigt. Sein einziger Trost war, daß ihn Ellen beim Heimkommen stets freundlich begrüßte und daß es ihr von Tag zu Tag besserging. Sie saßen stundenlang beisammen, während Ellen ein Buch las und er die schwarzen Überschriften der Zeitungen studierte und sich bemühte, nicht alle Hoffnung zu verlieren. Man hätte ihn doch verständigt, wenn »der Tag« nahte, nicht wahr? Man hätte ihn Monate vorher gewarnt? Er versuchte sogar herauszubekommen, ob Christian etwas »wußte«. Doch er mußte erkennen, daß Christian ebensowenig Informationen besaß wie er selbst. Somit also war »der Tag« noch nicht gekommen.

Gabriele und Christian riefen ihre Mutter einmal an und zersprangen vor Wut über ihre wunderbare Genesung, ihr gutes Aussehen, ihr zärtliches Lächeln und ihre warme Herzlichkeit. Sie waren die ersten, die Kitty nach ihrer Rückkehr besuchten. Kitty sah alt, verschrumpelt, dürr wie ein Ast im Winter aus, aber ihre riesigen weißen Zähne bleckten wie eh und je in ihrem bräunlichen, verlebten Gesicht.

»Es war so herrlich in London, Paris und Rom, Kinder!« schwärmte sie. »Und soviel los auf den Schiffen! Kleider habe ich mir in Paris gekauft, feenhaft, phantastisch. Wir sind rückständig in Amerika, glaub mir, Gaby, provinziell.« Und nach einer Pause voll Mitgefühl: »Und wie geht es eurer Mutter, meine Süßen?«

»Sie sieht zwanzig Jahre jünger aus«, antwortete Gabriele bitter. »Kerngesund ist sie. Sie blüht geradezu auf, ich möchte nur wissen, was ihr dieser Arzt verschrieben hat. Ich kann's eines Tages vielleicht selbst brauchen.«

Kitty konnte ihre Enttäuschung nicht verhehlen. Aber sie jubelte: »Das ist ja eine herrliche Nachricht! Ich muß sie wirklich demnächst besuchen, wenn ich meine Koffer ausgepackt und alles verstaut habe.« Und mit gerunzelter Stirn: »Sie wird also in keine Anstalt eingewiesen?«

»Nein, sie steht noch in der Behandlung Dr. Cosgroves. Dann gibt's einen alten Priester. Der bewacht sie wie ein Löwe – er, zusammen mit dem gottverdammten Francis.«

»Ah«, meinte Kitty nachdenklich. »Wir brauchen also die Hoffnung nicht aufzugeben, daß sie geheilt wird?«

Sie tauschten beziehungsvolle Blicke, und die Geschwister grinsten: »Wir verlassen uns auf dich, Tante Kitty, was die endgültige Genesung betrifft.«

Sie ließen das Thema fallen und besprachen die Ereignisse auf der Börse. Kitty war optimistisch, denn sie hatte in den letzten Jahren nur sichere Papiere gekauft. »Keine Angst, es ist nicht alles verloren. Bestimmt nicht«, tröstete sie. »Es ist nur eine vorübergehende Flaute, und auf Flauten folgt meistens eine Hausse; alles beruhigt sich, und die Aktien steigen wieder.«

Wie besprochen, besuchte sie Ellen zwei Tage später. Sie wurde herzlich und unbefangen von ihr begrüßt und in die Bibliothek geführt. Ellen bot ihr Tee an und plauderte wie ein junges Mädchen. Kitty aber musterte sie sorgenvoll:

»Mein Schatz, ich habe wirklich gehofft, dich in besserer Verfassung zu finden.« Sie schaute auf ihre frischen Wangen und schüttelte den Kopf: »Fühlst du dich wirklich ganz gut? Du kommst mir so nervös und aufgekratzt vor. Vielleicht wärst du in einer Anstalt besser aufgehoben gewesen als in diesem trostlosen Spital.«

»In einer Anstalt?« fragte Ellen und erblaßte. »Was soll das heißen, Kitty? Wer hat jemals davon gesprochen? In eine Anstalt steckt man doch nur Geisteskranke?«

Kitty erkannte sofort, daß sie zuweit vorgeprellt war und zog geschickt zurück: »Versteh mich recht, von einem Sanatorium war die Rede oder von sowas ähnlichem. Ein Haus eben in schöner Umgebung, in dem du dich gut erholst, statt in einem Spital.«

»Wer hat davon gesprochen?«

Kitty zuckte die Achseln. »Mein Gott, ich kann mich nicht erinnern, es ist schon lange her. Und Sanatorien sind wirklich nicht nur für ›verrückte‹ Leute da, Liebes. Auch für Menschen, die seelisch leiden, die bedrückt sind, die eine Zeitlang Ruhe und Frieden brauchen.«

Ellen goß schweigend Tee ein. Kitty konnte in dem ausdruckslosen »Kuhmagd-Gesicht« nichts lesen.

»Der arme Francis und die Kinder waren so unglücklich. Es war tragisch, sie anzusehen. Sie sind fast selbst gemütskrank geworden. Tragisch.«

Ellens Gesicht entspannte sich. »Das weiß ich. Gabriele weinte sogar, und ich merkte, daß es Christian auch danach zumute war. Und Francis ... wir sind gute Freunde geworden. Er ist mir oft ein Trost, wenn ich mich einsam fühle.« Und lächelnd fügte sie hinzu: »Nächste Woche führt er mich sogar ins Theater, denk dir, es soll was sehr Nettes, ganz Neues sein, die ›Ziegfeld Follies‹, glaube ich. Ich bin solange nicht aus gewesen.«

»Francis? Ziegfeld Follies?« Kitty war etwas aus der Fassung gebracht. »Das paßt wirklich kaum zusammen.«

»Ja, nicht wahr? Er ist zu allem bereit, wenn er mir Spaß damit macht.«

Kitty trank ihren Tee. Ihr Blick fiel auf das elegante dunkelblaue Kleid mit dem silberbestickten Oberteil, das Ellen wunderbar stand und ihre schöne Gestalt zur Geltung brachte, auf die strahlenden Augen und das leuchtende Haar.

»Sag mir, um Himmels willen, wer hat dir dieses Kleid gekauft? Altmodisch, und viel zu jugendlich für eine Frau, die kränkelt und dadurch ... gealtert ist.«

»Das hat Gabriele ausgesucht, und sie hat einen vorzüglichen Geschmack«, protestierte Ellen.

»Wirklich? Das wundert mich ein wenig. Natürlich, die Jugend versteht niemals, was sich für das Alter schickt.«

Nun lächelte Ellen unbefangen. Vielleicht zum erstenmal in ihrem Leben machte sie eine kleine boshafte Bemerkung: »Gar so alt bin ich gar nicht, Kitty. Ich bin noch keine vierundvierzig, also jedenfalls viel jünger als du.«

Kitty zersprang beinahe: »So, ich dachte, wir wären gleich alt, Liebste. Wann bist du geboren?«

»Laut Taufschein am 4. Januar 1886.«

Sie schaute sie mit ihrem offenen Lächeln an, und Kitty dachte: Ich hab's ja immer geahnt, daß du schlau und hinterhältig bist, du Dienstmagd du, und jetzt weiß ich es. Erst hast du den armen Jeremy herumgekriegt, und dann Francis, und wie ich gehört habe, soll's noch ein paar andere gegeben haben. Was diese Unglücksraben an dir gefunden haben, du hirnloses Geschöpf, das ist mir ein Rätsel. Sie sagte leichthin:

»Nun, man ist so alt, wie man sich fühlt, nicht wahr? Was bedeuten schon die Jahre? Zahlen.«

»Ich fühle mich wieder wie achtzehn«, antwortete Ellen heiter und wunderte sich über sich selbst. Die arme Kitty meint es doch sicher gut mit mir, wie kann ich nur so schnippisch sein! So lenkte sie ein:

»Koste doch diese warmen Törtchen, Kitty, sie sind mit Himbeermarmelade gefüllt, das ist dein Lieblingsjam.« Und dann begann sie über das schlechte Wetter zu plaudern, bis sie auf die Börse zu sprechen kamen: »Ich bin nicht ganz im Bild über die Ereignisse«, erklärte sie. »Wenn man so lange ausgeschaltet war wie ich, hat man viel nachzuholen. Jeremy, der könnte es mir leicht erklären!«

»Das könnte er bestimmt.« Und nach einer eindrucksvollen Pause: »Er hätte sich auch um die Kinder gesorgt. Die beiden schonen dich natürlich, aber es geht ihnen an den Kragen. Die Aktien, die sie von ihren Großeltern geerbt haben, sind fast nichts mehr wert. Die Kinder tun mir schrecklich leid.«

Ein Schatten lief über Ellens Gesicht: »Sie sind doch nicht in ernsten Schwierigkeiten?«

»Du mußt sie selbst fragen, wenn es dir bessergeht – viel besser. Man muß vorderhand noch alle Aufregungen von dir fernhalten.«

Vor Kittys Besuch hatte sich Ellen so frisch, so lebendig gefühlt, aber jetzt, bei diesem Gespräch, kehrte mit einemmal die alte Müdigkeit zurück, sie senkte das Haupt und versank in trübe Gedanken. Sie mußte mit den Kindern reden, sie mußte einen Weg finden, ihnen zu helfen. Sie glaubte allerdings nicht, daß die Lage allzu ernst war, denn sonst wären sie schon zu ihr gekommen, um sich ihr anzuvertrauen. Wie rücksichtsvoll sie waren, daß sie kein Wort verlauten ließen!

Sie redete wie zu sich selbst: »Wäre Jeremy am Leben, dann müßte ich nichts fürchten, für mich nicht und für die Kinder nicht. Aber du merkst doch, Kitty, die Angst kann trotzdem nicht wirklich an mich heran. Ich spüre, daß er immer in meiner Nähe ist, fühle, daß er mich immer geliebt hat und weiter lieben wird. Das ist mein ... Hafen.« Ein Lächeln spielte um ihre Lippen. »... mein Schutz und mein Schild. Weil mir Jeremys Liebe gewiß ist, bin ich voll Zuversicht, ja, deshalb lebe ich, seinetwegen.«

Sie wunderte sich über die sonderbare Stille, die ihren Worten folgte und noch mehr über das plötzliche Aufleuchten in Kittys Gesicht. Jetzt sah sie zum erstenmal bewußt, wie häßlich diese Frau war, wie abgrundtief häßlich, und daß es Bosheit war, die in den schwarzen Augen und auf den weißen Zähnen glitzerte.

Kitty hob ihren magern braunen Finger und sagte ernst:

»Ellen, Liebes, du mußt vorsichtig sein. Ich hoffe, du redest nicht zuviel von solchen Wahnvorstellungen, und phantasierst nicht davon, daß Jeremy, der arme Jeremy noch am Leben ist. Was würde der Arzt denken? Er würde dich schnurstracks ins Spital zurückschicken.«

Doch Ellen hatte sich wieder gefaßt. »Nein, das täte er nicht. Er ist es ja gerade gewesen, er und Pater Reynolds, die mir versichert haben, daß Jeremys Seele noch lebt, gegenwärtig ist und mich liebt.«

»Das ist verrückt, Ellen!«

Ellen schüttelte den Kopf: »Nein, es ist die volle Wahrheit, das einzige, was wirklich wahr ist. Liebe stirbt nicht, sie betrügt nicht, sie ist unsterblich.«

Wieder wurde es still, aber diese Stille lastete wie etwas Ungutes, Böses, eine Drohung im Raum. Kitty leckte ihre Lippen, ihre Augen funkelten in freudiger Erregung. Aber erst mußte sie in Ruhe überlegen. Ungeheure, geradezu wahnwitzige Möglichkeiten taten sich auf . . .

Francis kam in die Bibliothek, wie ein graues Gespenst wirkte er in dem halbdunklen Zimmer. Er war überrascht, Kitty zu sehen und grüßte sie zurückhaltend und förmlich, dann wendete er sich mit rührendem Ernst an Ellen: »Wie geht es dir, Liebling?« fragte er, zögerte, dann beugte er sich über sie und küßte ihre Wange. Sie streichelte flüchtig seine Hand und lächelte: »Wunderbar geht es mir, Francis. Willst du eine Tasse Tee?«

Kittys Gegenwart schien ihm plötzlich unerträglich. Er sah ihre neugierigen Blicke genau, während er antwortete: »Leider, ich habe eine Verabredung, aber zum Abendessen bin ich wieder zurück. Morgen allerdings muß ich nach Washington; ein Klient steckt in Schwierigkeiten und braucht mich dringend.«

Kitty verabschiedete sich wenige Minuten später. »Ellen«, sagte er zögernd, »etwas an Kitty gefällt mir nicht, früher habe ich es nicht bemerkt. Sie meint es nicht gut mit dir . . .«

Hat sie sich vielleicht über meine kecken Antworten geärgert, dachte Ellen leicht beunruhigt. Aber sie tat den Gedanken sofort ab:

»Warum soll sie es nicht gut mit mir meinen? Sie war doch immer nett und gefällig zu mir . . .«

Und ihr Zeugnis für den Arzt? dachte Francis. Mit einemmal wurde ihm klar, daß Kitty alles eher als die Freundin Ellens war; nein, sie war ihr neidig und haßte sie. Er war nie ein guter Menschenkenner gewesen, jetzt aber glaubte er sich nicht zu irren. Trotzdem sagte er nichts; als Gentleman gehörte es sich nicht, häßlich über eine Dame zu sprechen, und noch dazu über eine Dame aus so hohen Kreisen. So wiederholte er nur den Rat, den er Ellen schon einmal gegeben hatte: »Du solltest dir andere, jüngere Freundinnen suchen.«

Er wunderte sich, daß seine Frau mit einem fröhlichen Auflachen antwortete: »Was sind schon Jahre? Zahlen!« Aber er freute sich über die Grübchen in den Wangen, und es wurde ihm neuerlich bewußt, daß sie das einzige in seinem Leben war, das galt und zählte, und das einzige Wesen, das er jemals tief und heiß geliebt hatte und liebte.

Nun setzte er sich doch nieder, nahm die Tasse, die ihm Ellen bot und sagte, nach einem kurzen Blick auf die Uhr: »Das Kleid kenne ich noch gar nicht. Ich muß zugeben, daß Maud Godfrey es gut ausgesucht hat, es steht dir fabelhaft.«

»Maud? Maud Godfrey? Ist das wahr?« fragte Ellen verblüfft. »Ich habe geglaubt, daß Gabriele es gekauft hat, wie die anderen Kleider auch.«

Francis runzelte die Stirn: »Hat Gabriele das gesagt? Nein? Dann hast du nur falsche Schlüsse gezogen, Ellen«, erklärte er, und wieder einmal klang der alte Schulmeister aus ihm. »Eine schlechte Gewohnheit von dir, das muß ich leider feststellen. Ich habe nicht allzuviel für Maud Godfrey oder ihren Gatten übrig, aber sie waren beide rührend. Maud hat im ganzen Haus gründlich gemacht, alles auf Glanz gerichtet, sogar der Dekorateur war hier – hat auch eine schöne Stange Geld gekostet! – hat die Dienstboten entlassen, die sich, wie ich erst später erfuhr, einiges herausgenommen haben. Ich dachte, du wüßtest es.«

»Nein, ich hatte keine Ahnung.« Jetzt empfand sie wirklich Reue.

»Wie nett von Maud! Ich habe sie natürlich noch nicht gesehen, seit ich daheim bin, aber sie hat mir einige Male ins Spital geschrieben und niemals eine Bemerkung darüber gemacht, und Charles ebensowenig. Daß ich die Menschen so verkenne! Es tut mir wirklich sehr leid. Morgen rufe ich sie an und bedanke mich.«

»Die beiden haben dir auch die vielen Blumen ins Spital geschickt, und diese Pflanzen sind ebenfalls von ihnen. Hast du das wirklich nicht gewußt?«

»Nein.« Ellen war den Tränen nahe. »Aber anderseits – ich darf Gabriele keinen Vorwurf machen. Sie hat ja niemals behauptet, daß sie sich um das Haus gekümmert und die Kleider gekauft und alles andere so nett getan hat. Ich ... ich habe es nur geglaubt und, wie du sagst, falsche Schlüsse gezogen. Sicher hätte Gabriele es gemacht, wenn ihr Maud nicht zuvorgekommen wäre!«

Wirklich? dachte Francis. Aber er sagte: »Bestimmt. Jetzt mußt du mich aber entschuldigen; ich habe dringend außer Haus zu tun. Ruh dich gut aus bis zum Abendessen!«

Gleich nachdem er das Zimmer verlassen hatte, rief sie bei Godfreys an, wo sie aber erfuhr, daß Mr. Godfrey und seine Familie in Boston seien und wahrscheinlich erst in vierzehn Tagen zurückkämen. Ellen war enttäuscht und erleichtert zugleich. So konnte sie sich bei Maud schriftlich bedanken und brauchte nicht direkt mit ihr zu sprechen. Die alte Abneigung gegen Maud war noch nicht ganz erloschen, und jetzt kam ein leichter Ärger dazu, weil sie sich ihr verpflichtet fühlte. Und diesen Ärger wieder bereute sie erst recht. Aber es war ein anderes Schuldgefühl als jenes, das sie all ihr Leben lang gekannt hatte, ein erfrischendes, echtes, heilsames – etwas Reines.

Sie ging in das obere Stockwerk. Miß Hendricks saß strickend im Schaukelstuhl und erhob sich, als Ellen an der Schwelle stand. »Wollen Sie sich für das Abendessen umkleiden, Mrs. Porter?« Dann sah sie Ellens Gesicht und rief: »Du lieber Gott, wie böse Sie dreinschauen! Was ist geschehen?«

»Ich ärgere mich über mich selbst«, gab Ellen zurück. Dann mußte sie zu ihrer eigenen Verwunderung lachen und schaute übermütig wie ein junges Mädchen aus: »Haben Sie jemals Lust gehabt, sich selbst einen Fußtritt zu geben?«

»Sehr oft«, erwiderte die Schwester und freute sich. »Das erfrischt das Gemüt – wenn man es verdient hat, natürlich.«

»Oh, diesmal hab' ich's verdient«, sagte Ellen. Das Radio lief, es sandte »gute Nachrichten«. Na also. Ellen war sehr erleichtert. Das Vermögen der Kinder war nicht in Gefahr – sonst hätten sie es ihr erzählt.

»Ich habe eine glorreiche Idee, meine Süßen«, sagte Kitty am nächsten Tag zu den Geschwistern, während sie in ihrem Salon saßen und Cocktails tranken. Ihre Augen funkelten vor Bosheit und Vergnügen. »Sie ist so großartig, daß ich sie noch gründlich durchdenken muß, bevor ich euch den Plan entwickle.«

»Was für eine Idee?« fragte Christian mürrisch. »Betrifft sie unser Geld?«

»Ja – und noch etwas viel, viel Wichtigeres. Aber ich muß mir alles noch gründlich durch den Kopf gehen lassen.«

»Wenn es nur eine Möglichkeit gäbe, sie anzubringen«, sagte Gabriele. »Ich ertrage es einfach nicht mehr, in das alte Haus zu gehen. Ich hasse es, ich hasse alles, was drin ist – ein Alptraum ist es mir. Aber ich zwinge mich, die liebe Mama zu besuchen, so gräßlich es mir ist.«

»Sie schaut gut aus«, sagte Kitty, erfreut, jemanden ärgern zu können. »Ich war ganz überrascht.«

Am nächsten Tag besuchte Pater Reynolds seinen Schützling zur Teestunde, und Ellen nahm seine Hand, wie man die Hand eines geliebten Vaters nimmt. »Blendend sehen Sie aus«, lobte er. »Nur so weiter! Ich hoffe, Sie verhalten sich genau nach den Vorschriften Dr. Cosgroves.«

»Es geht mir so gut, Pater, und ich bin so zuversichtlich. Ich weiß eigentlich nicht, was ich erhoffe, aber es gibt mir Freude. Ich bin voll Erwartungen.«

Er setzte sich neben den Ofen und sein schmales, müdes Gesicht war voll Liebe. Ellen war dem Leben wiedergegeben, sie nahm Interesse an ihrer Umgebung, sie war heiter und unbefangen – das beglückte den alten Mann.

»Wer erwartungsvoll ist, bleibt jung«, sagte er. »Man kann niemals alt sein, wenn man fühlt, daß etwas Schönes, Frohes auf einen zukommt, selbst wenn einem nicht ganz klar ist, was es ist.«

Er nahm gerne von dem Gebäck, das sie ihm anbot. Dann wurde er ernst. »Das waren schwere Tage für die Amerikaner, aber sie sind ein widerstandsfähiges Volk. Sie haben schon manche Krise durchgestanden, selbst wenn sie geglaubt haben, daß alles aus ist. Trotzdem, ich entsinne mich nicht, zu meinen Lebzeiten – und ich bin ein alter Mann – jemals solche Angst und Verzweiflung gesehen zu haben. Man sagt, es sei eine späte Nachwirkung des Weltkriegs, aber ich glaube, es ist was anderes.«

»Jeremy hat das schon vor vielen Jahren behauptet. Ich hätte ihm damals besser zuhören sollen.«

Der Priester schüttelte den Kopf. »Ich gebe nicht gern Weisheiten von mir, aber wahrscheinlich neigt ein Priester zu Sentenzen. Solange man lebt, darf man hoffen – das habe ich oft erklärt, und meistens habe ich recht damit behalten. Aber jetzt fühle ich, daß ein Unheil in der Luft liegt, und das hängt nicht direkt mit dem Börsenkrach zusammen. Mir ist, als ginge eine Ära zugrunde und eine neue käme auf Amerika zu, eine neue, die entsetzlich sein wird. Aber vielleicht wird man als alter Mann ängstlich.«

Ellen war sehr ernst geworden und sah den Priester fragend an.

Er schob seine Tasse zur Seite, faltete die Hände und blieb lange mit gebeugtem Haupt sitzen. Endlich sagte er: »Ich lese die Zeitungen. Manchmal fällt der Blick auf eine kleine Meldung, die anscheinend ganz bedeutungslos und uninteressant ist – bis sich plötzlich herausstellt, daß sie lebenswichtig war und unabsehbare Folgen hat, weit entscheidender als die Leitartikel mit den großen Schlagzeilen.«

Ellen schwieg. Seufzend wiederholte er: »Ja, das Ende einer alten und der Anfang einer furchtbaren neuen Zeit. Vielleicht habe ich unrecht, ich bete darum. Es gärt in der Welt. Das arme ausgeblutete Deutschland, zerstört durch den Vertrag von Versailles, setzt seine Hoffnung in einen radikalen Fanatiker, Adolf Hitler. Haben Sie von ihm gelesen? Vielleicht nur eine kleine Notiz? Aber die amerikanischen Bankiers und Finanzmänner haben mitgeholfen, Stalin zur Macht zu verhelfen. Werden sie Hitler auch unterstützen?«

Ellen lauschte ihm mit wachsender Unruhe. »Francis ... ist ein Radikaler, ein Sozialist. Das hat er mir schon vor vielen Jahren gestanden. Ich kann mir nicht vorstellen, daß er grausam und ein Verbrecher ist.«

Der Priester zwang sich zu einem Lächeln. »Viele gute oder unschuldige Menschen – das ist nicht immer das gleiche – haben ein krankes Gemüt, das sie irreleitet und zum Fanatismus treibt. Ich bin sicher, daß Ihr Gatte nicht schlecht ist, er befindet sich nur auf einem falschen Weg, er wurde getäuscht, bewußt betrogen und hat noch nicht zur Wahrheit zurückgefunden. Aber Sie sollen nicht so traurig sein – lassen wir diese trüben Gedanken.«

Er fragte sie nach ihren Plänen für die nächste Zeit und lächelte freundlich, als sie ihm glücklich erzählte, daß sie im Sommer mit ihren Kindern verreisen wolle. Ihr Gesicht leuchtete. Sie ist selbst ein Kind, dachte er. Möge Gott sie beschützen.

Und zu Hause betete er: Agnus Dei, qui tollis peccata mundi ... O Gott, sei ihr gnädig!

Zur gleichen Zeit stand Ellen auf ihrem Bett und küßte den Mund und die Hände von Jeremys Porträt. »Verlaß mich niemals, Liebster«, flehte sie, »verlaß mich niemals. Du, mein Geliebter, bist meine Hoffnung und meine Freude. Vergiß mich nicht, und liebe mich immer, allezeit – laß mich ewig bei dir sein.«

Sie seufzte, legte sich nieder und schlief mit einem Lächeln auf den Lippen ein.

XLII

Dr. Cosgrove besuchte Ellen nicht in ihrem Haus, es war ihm lieber, wenn sie ihn aufsuchte, damit sie aus ihren vier Wänden herauskam. Stets riet er ihr, die Straßenbahn, den Bus oder die Subway zu nehmen; nur bei ganz schlechtem Wetter, wenn an ein Weiterkommen nicht zu denken war, sollte sie ihren Wagen benützen, den ihr neuer Portier lenkte. Der Arzt war sogar gegen das Taxi. Er freute sich, wenn sie allein kam und von den Menschen in der Subway erzählte und von ihrem langen Warten auf den Autobus in der Fifth Avenue. Sie wurde von Tag zu Tag sicherer, sie sah frisch und fröhlich aus, als wäre die Welt nicht etwas Schreckliches, das man ständig fürchten mußte, sondern voll von Abenteuern und Neuigkeiten.

Sie vertraute ihm blind wie ein Kind und lachte hell, und ihre Augen leuchteten wie in längst vergangenen Jahren. Einmal zeigte sie ihm stolz einen neuen Mantel und einen Hut, die sie – ganz allein – gekauft hatte, und freute sich schüchtern über seine Bewunderung. Es schien ihm, als wäre sie nicht nur verjüngt, sondern als gewänne sie ein Verhältnis zur Mitwelt und zu sich selbst, wie sie es nicht einmal zu Lebzeiten Jeremys besessen hatte. Sie kam ihm selbstsicher und innerlich gefestigt vor; sie hatte Fortschritte gemacht, die sogar ihren Arzt in Erstaunen setzten.

Immer wieder ermahnte er sie: »Ich kann Ihnen nicht oft genug raten, Ellen: die erste Pflicht haben Sie gegen sich selbst, Sie müssen für Ihr eigenes Wohlergehen sorgen. Eine Binsenweisheit, gewiß, aber sie gilt für alle Menschen und für alle Völker. Nächstenliebe ist löblich, wunderbar und christlich – aber sie muß immer hinter der Achtung vor der eigenen Person und der Wahrung der eigenen vitalen Interessen zurückstehen. Sie können andere Menschen nicht echt und aufrichtig lieben, solange Sie nicht auf sich selbst stolz sind.«

»So etwas ähnliches hat mir Maud Godfrey vor vielen Jahren gesagt – ein spanischer Jesuit im 17. Jahrhundert hat es gepredigt.«

Dr. Cosgrove nickte. »Man ist nicht edel, wenn man sich erniedrigt und für unwürdiger erachtet als seine Umgebung. Denn wir alle haben eine unsterbliche Seele und sind vor Gottes Angesicht gleich. Wenn man das vergißt, dann fordert man das Böse und die Verachtung der Mitmenschen heraus, und das wieder ist ein Verbrechen gegen diese anderen. Sie wurden in Versuchung geführt, ihrem Nächsten zu schaden – das ist eine Sünde wider Gott. Pater Reynolds hat Ihnen das sicher auch schon klargemacht.«

Kopfschüttelnd fuhr er fort: »Angeblich lehrt man jetzt in unseren Schulen und Colleges, ja sogar in den Kirchen, daß Amerika dem Völkerbund beitreten sollte, damit Frieden und Ruhe in den Staaten erhalten bleiben. Das heißt: Amerika soll seine glorreiche Geschichte, seinen Aufstieg verleugnen und sich dazu hergeben, den anderen Nationen zu dienen. Das wäre keine löbliche Bescheidenheit, Ellen, es wäre – kurz und knapp – Blödsinn. Ich fürchte, Amerika europäisiert sich, und das bedeutet den Verfall unseres Landes, das Ende unserer Stärke. Amerika soll sich um seine eigenen Angelegenheiten kümmern, für sich selbst sorgen und sich niemals der Meinung oder Herrschaft jener Völker unterwerfen, die ihren Mut, ihre Ausdauer, ihren Lebenswillen verloren haben. Es soll auch nicht zum Armenhaus gescheiterter Existenzen oder fremder Zivilisationen werden, die das Überleben nicht verdienen, weil sie sich dessen unwürdig erwiesen. Verstehen Sie mich, Ellen?«

»Ja.«

»Wenn sich ein Mensch – oder ein Volk – der Dinge entblößt, die ehrlich erworben und durch eigene Kraft geschaffen wurden, dann hat das nichts mit Wohltätigkeit oder Nächstenliebe zu tun. Das verleitet die anderen nur zur Bettelei, zur Überheblichkeit und zur Mißgunst und ist für alle Teile sehr gefährlich. Wenn man unterschiedslos seine Gaben verstreut, dann verarmt man nicht nur selbst, sondern schädigt auch den Beschenkten, der sich gehenläßt und noch tiefer in Armut versinkt.« Er dachte an zweierlei – an Ellens grausame Kinder und an die weinerlichen Klagen des Völkerbundes. »Wer anständig für sich und für sein Vaterland sorgt, der spornt auch die andern zu Leistungen an.«

Zum erstenmal wurde Ellen unruhig. »Der Börsenkrach, Herr Doktor. Was soll ich tun, wenn meine Kinder Hilfe brauchen?«

»Warum sollten sie Hilfe von ihrer Mutter verlangen, wenn sie zu leichtsinnig oder zu profitgierig waren, um ihre Interessen zu wahren? Wenn sie sich aus eigener Habsucht ruiniert haben, dann müssen sie sich das selbst zuschreiben.« Er hatte ein ungutes Gefühl, wenn er von Ellens Kindern sprach, aber er sagte: »Sie sind jung, Ellen. Sie müssen ihren eigenen Weg gehen, so wie Sie und Jeremy ihn gefunden haben und gegangen sind. Je mehr sie sich anstrengen müssen, desto stärker werden sie; sinnlose ›Hilfe‹ anderer schwächt ihren Charakter nur und nimmt ihnen die Kraft. Gott weiß, daß wir alle Kraft brauchen!«

Da Ellen schwieg, sprach er weiter: »Wenn Ihre Kinder etwas von Ihnen verlangen, dann müssen Sie sich fragen: Wird mir das wehtun und mich verletzlicher machen? Wenn die Antwort ›ja‹ lautet, dann verweigern Sie die Hilfe. Versprechen Sie es?«

Sie zögerte, ehe sie ja sagte. Dann schaute sie ihm offen in die hellen Augen, die so besorgt auf ihr ruhten: »Sie kennen meine Kinder so wenig, Herr Doktor. Die beiden meinen es gut mit mir, sie würden mir niemals weh tun oder etwas Ungebührliches von mir verlangen.«

Sein Gesicht verzog sich, es sah plötzlich so grimmig aus, daß es sie wunderte. Er dachte: Wenn sie wieder ganz zu Kräften gekommen ist, dann öffne ich ihr die Augen und erzähle ihr, was für Hyänen sie an ihrer Seite hat. Laut aber sagte er:

»Kinder sind nicht immer ein Segen für ihre Eltern – sie können auch zum Fluch werden. Es wäre billige Gefühlsduselei, das zu leugnen ... Schon die Bibel sagt, daß der Mensch von Geburt aus schlecht ist, im Gegensatz zu dem, was die Psychoanalytiker in die Welt hinausposaunen. Nur strenge Zucht kann ein Kind zum ordentlichen Menschen machen.«

Ellen fielen die Kinder von Preston ein, deren Bosheit und gemeiner Spott. Ein Schatten flog über ihr Gesicht. Er sagte sehr liebevoll: »Es macht nicht immer froh, die Wahrheit zu wissen, Ellen, aber es verleiht Kraft.«

Als sie in der Subway heimfuhr, heiterte sie sich auf: Er kennt eben Gabriele und Christian nicht. Sie lächelte. Jeremys zornige Warnungen hatte sie längst vergessen.

Gabriele und Christian saßen in Kitty Wilders Wohnzimmer, blaß und verstört. Kitty aber lächelte fröhlich: »Regt euch doch nicht unnütz auf, Kinder! Ich bin überzeugt, daß die Krise überwunden ist, wie die Zeitungen schreiben, und daß sich der Börsenmarkt stabilisieren wird. Der Präsident spricht sehr optimistisch, ich habe ihn unlängst abends im Radio gehört. Es ist alles ganz einleuchtend. Wir haben das Gold der ganzen Welt in unseren Schatzkammern. Also, Kopf hoch!«

»Meine Papiere sind weiter gefallen, Tante Kitty«, sagte Christian.

»Meine auch«, fügte Gabriele hinzu. »Wir sind noch nicht völlig ruiniert, obwohl Christian von seinen Sensalen bestürmt wird. Sie verlangen die Auszahlung der fälligen Prämien. Ich habe nicht soviel riskiert wie er, habe daher weniger Schulden, aber es sieht schlimm genug aus. Immerhin soll ich heute 12.000 Dollar berappen, Christian 18.000. Wenn das so weitergeht, sind wir binnen kurzem bankrott.«

Kitty wollte auftrumpfen: Recht geschieht euch, ich habe niemals spekuliert, und deshalb sind meine Konten in Ordnung. Ich brauche nur zu warten, bis die Kurse wieder steigen. Aber sie lächelte liebevoll: »Beruhigt euch! Es kann unmöglich noch schlechter werden, sagen die Sensale und die Bankiers.«

»Und wenn es doch noch schlechter wird?«

»Dann habe ich mir einen Plan zurechtgelegt, Kinder. Abwarten! Ich muß mir noch alles genau durch den Kopf gehen lassen – ein bißchen Geduld!«

»Warum weihst du uns nicht ein, damit wir vorbereitet sind?«

»Weil es vielleicht gar nicht nötig wird, Gaby.« Sie verstummte. »In der Zwischenzeit möchte ich gerne, daß ihr die Lage mit meinen eigenen Anwälten besprecht und ihnen die Situation genau klarlegt. Auch vom Testament eures Vaters und den Einkünften eurer Mutter müßt ihr reden. Schildert ihnen die ganze Geschichte: die Krankheit und den Spitalsaufenthalt eurer Mutter, und daß die Einweisung in die Anstalt verhindert wurde, obwohl sie unbedingt nötig war. Du lieber Gott, Ellen ist noch genauso verrückt wie früher, redet von eurem Vater, als ob er am Leben wäre, immer in der Gegenwart. Wenn das kein Zeichen von Geistesgestörtheit ist! Gestern zum Beispiel: ich war geradezu erschrocken ... Da bringt sie mir ein paar neue Kleider herein, die sie jetzt erst gekauft hat und sagt, daß sie Jeremy bestimmt gefallen werden und putzt sich auf, wie eine verliebte Frau für ihren Galan. Arme Seele!«

»Der liebe Francis ermutigt sie noch«, zischte Christian giftig.

»Ich glaube, er spinnt wie sie, oder noch mehr. Früher einmal war er auf unserer Seite und hat sie richtig beeinflußt. Jetzt ist es gerade umgekehrt, er paßt wie ein Wachhund auf sie auf und beobachtet uns Tag und Nacht — der Teufel soll ihn holen!«

»Ich weiß wirklich nicht, was über Francis gekommen ist«, seufzte Kitty. »Er hat offenbar den Verstand verloren. Aber den hat er ja schon verloren gehabt, als er eure Mutter heiratete. Bis heute kann ich mir nicht erklären, was ihm da eingefallen ist.«

»Sehr einfach, ihr Geld wollte er«, sagte Gaby trocken. »Was sonst?«

»Wirklich, was sonst?« wiederholte Kitty. »Nun, hier sind die Namen meiner Anwälte. Seid diskret, aber erzählt ihnen trotzdem alles.«

Gabriele blickte auf die Karte, die ihr Kitty reichte: »Witcome und Spander. Ich habe von ihnen gehört. Sind ziemlich teuer, nicht wahr?«

»Wie alle Anwälte, mein Schatz. Aber sie riechen das Geld noch schneller als andere. Sucht sie so bald als möglich auf, sie sind in meine Pläne eingeweiht. Freilich werden sie einen Vorschuß und einen Spesenersatz verlangen. Dafür sind sie absolut verläßlich, sie arbeiten seit Jahren für mich.«

Gabriele zwinkerte, während ihr Bruder die Karte unschlüssig in Händen hielt. »Ich beginne zu verstehen.« Dann erhob sie sich seufzend und schnitt eine Grimasse. »Los, Christian, wir haben einen Besuch und ein Abendessen mit der lieben Mama vor uns. Und müssen wieder einmal ihrem Gefasel zuhören und ihr Gesicht ertragen. Lustig ist sie auch noch in ihrem Alter! Widerlich!«

Kitty gab es einen leichten Stich. Einen Augenblick lang fand sie Gabriele nicht ganz so liebenswert. Sie sagte spitz: »Ich habe eure Mutter immer für älter gehalten, als sie sich ausgibt ... Aber vielleicht ist sie momentan gar nicht in der Lage, ihr Alter richtig zu berechnen?«

»Senil ist sie wie eine Hundertjährige, mit ihrem Getue«, murrte Christian, und Gabriele fügte mit einem Augenzwinkern hinzu: »Sie wirkt mindestens fünfzehn Jahre älter als du, Tante Kitty. Du, mit deinem Temperament! Da bleibt man jung. Aber Mama war immer indolent. Und jetzt ist sie von allen guten Geistern verlassen. Nicht auszuhalten ist sie mit ihrem Getue!«

Sie machten den Besuch bei ihrer sehnsüchtig wartenden Mutter, und Ellens sichtliche Freude, ihre Aufmerksamkeit und Liebe ärgerten sie nur. Hinter Mauern gehört sie, dachten sie, oder noch besser, ins Grab. Wieder war sie ein Hemmschuh in ihrem Leben, und die Zeit verging. An diesem Abend waren die Zeitungen nicht sehr trostreich. »Ich habe Angst, wenn ich morgens den Briefkasten öffne«, sagte Christian, »und wenn das Telefon läutet. Lauter Anrufe der Sensale, die Geld wollen. Prämien. Ich habe noch genau 30.000 Dollar auf meinem Konto – und haufenweise Aktien im Depot, die fast wertlos sind –, zumindest heute.«

»Nur Mut«, tröstete Gabriele, als sie in Christians eleganten neuen Pakkard stiegen. »Mir ist allmählich klar, was die gute Tante Kitty im Sinn hat. Es ist sehr klug, glaub mir. Dann sind wir unsere Sorgen los.«

Am 9. November sagte Charles Godfrey in Boston zu Maud: »Ich habe das Gefühl, daß wir morgen nach New York zurückfahren sollten.«

»Du und deine irischen Gefühle!« lachte Maud und küßte ihn. »Ihr seid alle abergläubisch, ihr Iren. Ich weiß nicht, warum ich euch immer wieder hereinfalle. Aber sag mir, was du eigentlich fühlst!«

»Ehrlich gesagt, ich weiß es selbst nicht. Aber mir ist nicht wohl in meiner Haut, mir scheint, daß wir dringend nach New York zurück müßten. Es ist nicht die Börse, glaub mir. Ich war immer vorsichtig bei meinen Ankäufen. Vielleicht ist es eine allgemeine Vorahnung ... oder was Ähnliches. Ich denke auch an Ellen Porter.«

»Es geht ihr jetzt doch sehr gut, wie Dr. Cosgrove und Pater Reynolds bestätigen.«

Charles nickte. »Ja, das sagen sie. Aber ich kenne Ellen besser als die beiden. Und da gibt's ihre gottverdammten Sprößlinge – ich kann nicht vergessen, was sie ihr anzutun versucht haben.«

Daß Charles noch immer für Ellen schwärmte wie für ein poetisches, unwirkliches Wesen, wußte Maud genau. Aber sie war nicht eifersüchtig. Manche Männer haben eben eine romantische Ader und schweben gerne in höheren Sphären. Maud war zufrieden, daß sie Charles' rechtmäßige und irdische Gattin war. Ein Mann ohne Träume ist arm dran, es tut nichts, wenn diese Träume und diese Poesie eben eine andere Frau betreffen. Tatsächlich, je unerreichbarer das Ideal für ihn ist, desto verklärter wird das Bild, desto edler und pathetischer sein Gefühl ritterlichen Verzichts.

»Ellens Kinder werden solche Gemeinheiten nicht wieder wagen«, meinte Maud. »Sie sind feig und fürchten dich zu sehr.«

»Hoffentlich hast du recht. Aber die nackte Habgier überwindet die Furcht.«

In den letzten Tagen hatte Ellen schüchtern begonnen, die Verbindung mit den Bekannten aus der Zeit vor ihrer zweiten Ehe wieder aufzunehmen. Die Leute wunderten sich, von ihr zu hören, sie hatten ihre Existenz fast vergessen. Aber sie waren ehrlich erfreut über ihre Anrufe und nahmen ihre Einladung für den 11. November gerne an. Miß Hendricks hatte ihre Stelle vor ein paar Tagen aufgegeben, was Ellen sehr bedauerte. »Rufen Sie mich an, wenn Sie mich brauchen, Mrs. Porter«, sagte sie am letzten Abend, »ich komme sofort.« Dabei schaute sie Ellen stolz an, die so jung und frisch und lebendig vor ihr stand; sie wertete es als einen höchstpersönlichen Triumph.

Auch zum Klavier war Ellen zurückgekehrt, und hatte beschämt festgestellt, wieviel sie verlernt hatte, und daß sie eine Menge Lektionen nehmen mußte, um ihre frühere Geläufigkeit wieder zu erlangen. Sie bat den Professor von damals und freute sich, daß er sofort bereit war, sie zu unterrichten, wenn auch nur einmal in der Woche. Auch er war sehr erstaunt gewesen, als sie sich meldete. »Ich war krank«, erklärte sie, »aber jetzt sehne ich mich wieder nach Musik und Freude. Meinem Gatten wäre es recht.«

Sie bedauerte nur, daß ihre Kinder für ernste Musik nichts übrig hatten. Nun, sie waren eben jung, sie liebten das »Moderne«, Dissonanzen, laute Trompeten und Saxophone, verrückte Sänger, die sie »Flüsterbaritone« nannten. Das alles gehörte zu einer Welt, die Ellen widerwärtig fand, die Welt der Sensale, der Gangster, der billigen Nachtklubs, der fragwürdigen, ordinären Mädchen und der »Mörderbanden«, der kreischenden Tonfilme, der viel zu kurzen Röcke, der öffentlichen Skandale und anderer Schamlosigkeiten. Ich werde anscheinend alt, dachte sie lächelnd. Ich sollte das alles so wie meine Kinder nur aufregend finden. Aber ich finde es schäbig und gemein, ohne Gehalt, ohne Schönheit. Flitter und Talmi. Woher in der Welt kamen nur alle diese sonderbaren Menschen, die in den Straßen herumbrüllten, mit ihren grell bemalten Gesichtern und ihrer Roheit? Das Leben war nicht mehr reich und ausgeglichen, die Kultur zerstört. Die Vandalen herrschten. Würde das wahre Amerika wiedererstehen, das Amerika der Zucht, des Anstandes, der Schicklichkeit, das Land mit seinen echten Werten? Die Frage allein schon war bedrückend. Da Ellen aber fest entschlossen war, nie mehr traurig zu sein, schob sie diese Probleme einfach ab. Die Welt ging ihren fröhlichen Weg im Guten und im Bösen weiter, und kein Mensch konnte sie aufhalten. Man mußte sich eben anpassen, wie Dr. Cosgrove riet.

Aber sollte man sich dem Armseligen, dem Niedrigen, dem Unwürdigen, dem Letztklassigen anpassen? War es Fortschritt, das Niedrige, Häßliche und Gemeine anzuerkennen? Die Anmut war aus der Welt entschwunden – konnte sie jemals wiederkommen? Ellen schob auch diesen Gedanken ab. Sie hatte die Welt nicht gemacht, die das Vergangene und dessen Traditionen mißachtete.

Die Welt ihrer Jugend, überlegte Ellen, mit ihren harten Forderungen, war nicht freundlich gewesen. Aber es war eine starke Welt gewesen. Die Tüchtigen und die Fähigen waren gerecht entlohnt worden, ein anständiger, ehrlicher und gescheiter Mensch hatte stets die Möglichkeit gehabt, aufzusteigen, wie es seinen Fähigkeiten entsprach, sich aus Not und Elend zu befreien. Wenn er dabei litt, dann hatte er damit fertig zu werden, es war verdient. Die Menschen hatten ihren Stolz, auch die einfachsten.

Sie war überrascht und verlegen, als sie einen Anruf von Maud erhielt, und entschuldigte sich stockend: »Ich möchte Ihnen herzlich danken für Ihre Güte, Maud. Eben erst habe ich erfahren, was Sie für mich getan haben; Sie müssen mich für sehr undankbar halten.«

»Nein«, antwortete Maud, »Sie können niemals undankbar sein, Ellen. Das liegt nicht in Ihrer Natur. Ich bin froh, daß es Ihnen gefallen hat und daß ich Ihnen eine Freude machen konnte.«

»Möchten Sie nicht am 11. November zum Tee zu mir kommen?«

»Natürlich, gerne.« Maud war sichtlich angenehm überrascht. Nach einer Pause sagte sie zögernd: »Charles war besorgt um Sie, deshalb sind wir früher als geplant zurückgefahren.«

»Oh, Charles ist immer besorgt!« rief Ellen mit einem hellen Lachen. »Es geht mir jetzt wunderbar, ich bin so glücklich. Ich kann Charles gar nicht dankbar genug dafür sein, daß er mich zu Dr. Cosgrove geschickt hat.«

»Na also«, sagte Maud am Abend zu ihrem Mann. »Deine Ängste waren unbegründet. Seit Jahren habe ich Ellen nicht mehr so fröhlich und unbefangen gefunden.«

Charles aber blieb skeptisch. »Ich weiß nicht . . . ich fürchte für sie. Man kann sie so leicht kränken, sie ist so schrecklich verletzbar.«

Und ich bin so schrecklich tüchtig und widerstandsfähig, dachte Maud belustigt und zugleich ärgerlich.

Als Charles mit Dr. Cosgrove über Ellen redete, meinte der Arzt: »Sie ist in einem Zustand der Euphorie wie ein Schwerkranker, der dem Tod nahe war und gerettet wurde. Das Leben gewinnt für sie eine Farbe, die es früher niemals besaß. Alles macht sie froh, jeder Tag ist ihr eine einzige glückliche Überraschung, eine neue Entdeckung. Wenn sich Ellen nur ein bißchen von dieser Stimmung auf Dauer bewahrt, wird sie ein reifer, ausgeglichener Mensch, wird unangreifbar. Dann hat sie ein langes, zufriedenes Leben vor sich. Hoffentlich wird sie dann auch den Unsinn mit ›jedermann vertrauen‹ und ›jedermann lieben‹ vergessen.«

»Du sprichst so zynisch wie ein Anwalt, George!«

»Ach, ich habe in meiner langen Praxis genug erlebt. Ich frage mich manchmal, warum wir nicht alle von dieser unschuldigen Erde weggefegt werden. Nebenbei – ich hoffe, Ellen auch von ihrer Unschuld zu befreien, ihrer Arglosigkeit, die ihr größter Feind gewesen ist. Ein bißchen Skepsis, ein bißchen spöttischer Humor – was meinst du, täte ihr das nicht gut? Ist das eine übertriebene Hoffnung?«

»Ein deutscher Philosoph, ich glaube Fichte, behauptet allerdings, daß wir unsere Natur niemals ändern können.«

»Wir haben bei unserer Geburt auch ein gewisses Maß von Selbstachtung und Individualismus mitbekommen, und eine gesunde Portion Egoismus. Das sollten wir schon in der Jugend pflegen, damit wir nicht sabbernde Säuglinge bleiben, die nach ihrer Milchflasche greinen – die ein anderer bezahlen muß. Die Amerikaner können sich das hinter die Ohren schreiben.«

»Wenn sich Ellen wirklich ändert und verborgene Eigenschaften ans Tageslicht treten, dann wird sie ein ganz anderer Mensch werden. Ich frage mich ...«

»Von Herzen hoffe ich, daß sie eine Wandlung durchmacht! Sie ist das Opfer jener Menschen geworden, die sie geliebt und denen sie vertraut hat.« Der Arzt lachte. »Wenn sie die erste kleine Gaunerei begeht und ihre lieben Nächsten an der Nase herumführt, dann weiß ich, daß sie geheilt ist.«

XLIII

Kitty wußte natürlich nicht, daß die Godfreys früher als geplant zurückgekommen waren, aber sie wußte, daß Francis am 10. November abends aus Washington erwartet wurde. Der Zeitplan mußte daher genau eingehalten werden, wenn ihr Vorhaben und das der Kinder gelingen sollte. Sie hatte sie erst wenige Tage zuvor in ihre »Idee« eingeweiht. »Sei überzeugt, daß es klappt«, sagte sie zu Christian, der etwas skeptisch schien. »Eure Feinde sind nicht in der Stadt, eure Mutter ist allein. Wir müssen schlagartig handeln – das heißt, wenn ihr noch dazu bereit seid.«

»Es bleibt uns keine andere Wahl«, erklärte Gabriele. »Jetzt oder nie! Morgen schon kann es zu spät sein. Schau, wie es auf der Börse zugeht. Sogar die Makler sind bedrückt, und wenn solche Leute einmal bedrückt sind, dann – wie sagen die Seeleute? – ist es Zeit, die Segel in den Wind zu drehen.«

Gabriele rief ihre Mutter an und fragte schmeichelnd: »Mama, hast du heute nachmittag etwas vor? Christian und ich wollen mit Kitty gern auf einen Drink – will sagen, eine Tasse Tee – zu dir kommen. Um vier, wenn es dir paßt?« Sie zwinkerte ihrem Bruder zu.

Ellen jubelte geradezu: »Natürlich, kommt! Ein so scheußlicher Tag heute, kalt und grau und windig! Ich sitze herum und lese und weiß mit der Zeit nichts Rechtes anzufangen. Ich bin so ruhelos geworden, Gaby; mir ist, als müßte ich alles zugleich machen: ins Theater laufen, ins Museum, in die Galerien – ich weiß gar nicht, wo ich beginnen soll. Mir ist sogar durch den Kopf gegangen, Tanzstunden zu nehmen, damit ich mit euch jungen Leuten einmal in eine Bar gehen kann. Eine Schande, nicht wahr?«

»Ja, wirklich«, antwortete Gabriele in einem mehr als ironischen Ton.

Sie hängte ab. »Höchste Zeit, daß wir etwas unternehmen, Christian. Die alte Schachtel will jetzt noch moderne Tänze lernen. Was wird das nächste sein? Scheidung von Francis und wahrscheinlich ein neuer Ehemann. Ihr ist alles zuzutrauen. Kindisch, wie senile Leute eben werden. Ruf deine Anwälte an, Christian, erklär ihnen alles und bestelle sie für vier Uhr ins Haus der lieben Mama. Verläßlich!«

»Aber ... Charles Godfrey ...« warf Christian zögernd ein.

»Was kann er tun, wenn alles abgeschlossen ist? Unterschrieben und gesiegelt? Das einzige, was ihm bliebe: erklären, daß Mutter unzurechnungsfähig war und nicht wußte, was sie tat. Und damit hat er unsere Sache erst recht bestätigt.«

In ihrer Freude über den Besuch der geliebten Kinder machte sich Ellen besonders schön. Sie zog ein silberblaues Samtkleid an und holte den Saphirschmuck heraus – Halskette, Ohrgehänge, Ring und Armband – das letzte Geschenk Jeremys. Sie stand vor dem Spiegel und betrachtete sich. Die grauen Strähnen waren verblaßt, das rote Haar leuchtete wie früher. Sie überlegte, ob sie es abschneiden lassen sollte – würde es Jeremy billigen? Sie rollte die schwere Masse versuchsweise auf, so daß sie einem Bubikopf ähnelte – o ja, es stand ihr recht gut. Sie wollte sich mit Gabriele und Kitty beraten. Schließlich waren vierundvierzig Jahre heutzutage noch kein Alter. Die arme Tante May freilich, die war mit diesen Jahren eine Greisin gewesen, weil sie ihr Leben lang geschuftet und gedarbt hatte. Einen Augenblick lang verweilten ihre Gedanken bei der Verstorbenen. Sie dachte oft an sie, traurig und zärtlich, aber ohne das Schuldgefühl von einst. Dr. Cosgrove hatte ihr auseinandergesetzt, daß sie alles getan hatte, was man für eine alte, gebrechliche Frau tun konnte, und alles mit Liebe; und wenn Tante Mays Reaktion trotzdem nur Klage und Vorwurf gewesen war, dann war eben das Alter daran schuld, das oft das Wesen eines Menschen veränderte.

»Ellen«, hatte er gesagt, »Sie dürfen nie vergessen, daß Ihre Tante Sie liebte und für Sie arbeitete und daß Sie es ihr reichlich vergolten haben. Sie haben alles Menschenmögliche für sie getan. Ein unbegründetes Schuldgefühl zerstört den Menschen, es ist auch eine Art Masochismus, eine Selbstgeißelung ... eine ...« Er stockte, fuhr aber dann mit einem offenen Lächeln fort: »Ich will einen Fachausdruck der Psychoanalyse gebrauchen: Es ist oft auf sexuelle Gefühle und Wünsche zurückzuführen, eine Art Selbstbefriedigung.«

Ellen errötete, dann schüttelte sie lachend den Kopf.

»Doch«, setzte der Doktor fort. »Ich kenne Fälle, da haben sich Patienten sogar mit Ruten geschlagen, um Sünden abzubüßen, die sie niemals begangen haben. Das bedeutete ihnen dann so etwas wie eine sexuelle Befriedigung ...«

»Ach, Herr Doktor!« Ellen lachte wieder. »Trauen Sie mir das zu?«

»Nein, bestimmt nicht. Aber eines ist sicher: Sie haben nichts zu bereuen, wirklich. Komisch, die Menschen, die tatsächlich etwas verbrochen haben, die fühlen sich niemals schuldig. Sie sind überzeugt, daß sie rechtschaffen sind, daß man sie schlimmstenfalls zu ihren Handlungen gezwungen hat, jedenfalls, daß sie das Richtige taten. Deshalb hassen die Bösen ihre Opfer, sie müssen schließlich einen Grund für ihre Schlechtigkeit finden. Ein feiner Grund!«

»Ich habe inzwischen auch eine andere Einstellung zu den Menschen gewonnen«, gab Ellen nachdenklich zu. »Ob ich glücklich darüber bin, das weiß ich nicht, aber sie ist jedenfalls realistischer.«

»Unser Herr wollte nicht, daß wir waffenlos durch diese gefährliche Welt wandeln. Der heilige Petrus und auch andere Heilige besaßen Schwerter.«

All dies ging ihr durch den Kopf, während sie sich mit Jasminparfum besprühte und dann summend hinunter in die Bibliothek ging, um die Kinder und Kitty zu erwarten. Sie setzte sich ans Klavier, spielte ein paar Takte Debussy, und die Töne stiegen auf und schimmerten wie goldene Perlen in der Luft. Sie sah sie förmlich im Schein des Kaminfeuers tanzen. Um vier wurden die Besucher von der Wirtschafterin, einer robusten, tüchtigen Frau, gemeldet. Ellen sprang leichtfüßig wie ein junges Mädchen auf, um ihnen entgegenzulaufen. Aber ihr Fuß stockte, als nicht nur die Erwarteten, sondern auch zwei fremde Herren, grau und schmal, mit fuchsähnlichen Gesichtern und harten, scharfen Augen vor ihr standen.

Sie ließ sie schweigend eintreten. Kitty, in ihren Zobelpelz gewickelt, war ebenfalls gekommen. Ellen hatte plötzlich ein ungutes Gefühl, als sie den Gesichtsausdruck ihrer Kinder sah: sehr ernst, ja, fast grimmig, und Gabriele schien sogar geweint zu haben. Kitty begrüßte sie mit matter Stimme und besorgten Fragen nach ihrem »Befinden« – ob es ihr auch wirklich gutgehe? »Du siehst so erschöpft, so blaß aus, Liebes. Hast du vergangene Nacht nicht geschlafen?« Sie küßte Ellens Wange so behutsam, wie man eine Schwerkranke küßt.

Ellen war sehr befremdet. Sie stotterte »Es geht mir gut« und warf einen fragenden Blick auf die fremden Herren. »Das sind meine Anwälte, Mama«, sagte Christian, »Mr. Witcome und Mr. Spander. Darf ich Ihnen meine Mutter vorstellen, Gentlemen, die sich – wie wir hoffen – langsam von einer schweren Krankheit erholt. Wir müssen die Sache kurz machen, denn sie ist noch sehr anfällig.«

Die Herren verbeugten sich mit düsterer Miene und sprachen leise und deutlich, wie man zu einem schwer leidenden Patienten spricht, der geschont werden muß. Ellen kannte sich nicht aus und wurde unsicher.

»Kommen Sie bitte in die Bibliothek«, sagte sie mit einer Handbewegung. Und zu Christian, mit einem Blick auf die Fremden: »Anwälte, Christian, warum? Ist etwas Schlimmes passiert?«

»Es steht sehr schlimm«, gab der Sohn zurück.

»O Mama«, klagte Gabriele, »wir sind so in Sorge!«

»Regt eure Mutter doch nicht auf!« fiel Kitty mit ihrer schrillen Stimme ein. »Ihr wißt, wie krank sie ist. Wir müssen vorsichtig sein.«

»Vorsichtig – warum?« fragte Ellen. Sie entsann sich ihrer Hausfrauenpflichten. »Bitte, nehmen Sie Platz«, sagte sie höflich. »Tee kommt sofort, wenn ich läute. Oder wollen Sie lieber Sherry?«

Mr. Witcome und Mr. Spander sahen wie Zwillingsbrüder aus, beide gleich unauffällig, mit den gleichen scharf geschnittenen und doch ausdruckslosen Gesichtern, gleich grau und blaß, gespensterähnlich. Der Schein des Feuers flog über sie, und es sah aus, als flöge er über dürres Holz. Kitty öffnete ihren Mantel, zog ihn aber nicht aus.

Ellens Verwirrung wuchs, eine unbestimmte, peinigende Furcht wollte sie beschleichen. Sie schaute ihre Kinder an, und plötzlich zitterte sie, wie sie seit langem nicht gezittert hatte.

»Bitte, Christian, sprich doch: was ist geschehen? Handelt es sich um die Börse?«

Christian senkte seinen Kopf so tief, daß sein Kinn die Brust berührte. Er rang die Hände: »Nein, Mama!« Und mit erstickter Stimme: »Was bedeutet schon die Börse, wenn es um dich geht!«

»Mama, liebste Mama«, flüsterte Gabriele und streckte ihr die Hände bittend entgegen. Ellen sah die Hände, sie wollte nach ihnen greifen, aber aus einem unverständlichen Grund war es ihr unmöglich, die Tochter zu berühren.

»Habe ich mein ganzes Geld verloren?« fragte sie und zwang sich zu einem Lächeln. »Kränkt euch nicht, Kinder. Charles war sehr vorsichtig. Irgend etwas ist bestimmt geblieben. Wenn euch das bekümmert...«

»Glaubst du, daß wir deshalb alle zu dir kämen?« kreischte Kitty. »Beleidige uns nicht, Ellen! Wir sind hier, um dir zu helfen, dich zu retten.«

»Wovor retten?« Nun bekam sie echte Angst. »Erklärt mir endlich, was das alles bedeuten soll. Warum hast du deine Anwälte hergebracht, Christian?«

»Um dich zu retten«, wiederholte Kitty, »vor Dieben, vor verlogenen Ärzten, vor Menschen, die dich berauben und dich wegschaffen möchten.«

»Wegschaffen?« rief Ellen, und ihr Körper wurde kalt und starr wie Stein. »Hört endlich mit dem Gerede auf und erklärt mir, was ihr wollt!«

»Geduld, liebste Mama«, schluchzte Gabriele, »wir lieben dich, wir wollen dir helfen ...«

Ellen sah die Tochter sonderbar an, mit einem Blick, wie ihn Gabriele niemals an ihrer Mutter bemerkt hatte. »Gabriele«, sagte sie sehr ruhig, »bist du es gewesen, die mich vor langer Zeit in eine Irrenanstalt sperren wollte?«

»Eine Irrenanstalt!« Gabriele erschrak zutiefst. Sie schaute erst Kitty, dann ihren Bruder an, die sich plötzlich in ihren Stühlen versteiften.

»Ja«, sagte Ellen. »Du, Kitty, hast es angedeutet, vor kurzem erst. Ich habe dich gefragt, wem das eingefallen ist, und du bist mir ausgewichen. Erinnerst du dich?«

Kitty drehte sich heftig zu ihren Anwälten, die mit einemmal wachsam wie Jagdhunde geworden waren: »Ellen wird Ihnen selbst zugeben, daß sie lange Zeit, sehr lange Zeit unter Halluzinationen und Gedächtnislücken gelitten und Stimmen gehört hat. Sie wird es bestätigen. Sie war auch wochenlang im Spital. Stimmt das, Ellen?«

Ellen antwortete nicht sofort, während die Blicke ihrer Besucher gespannt auf ihr lagen. Dann sagte sie:

»Ja, ich war krank. Ich konnte mich vom Tod meines Mannes nicht erholen. Meine zweite Ehe war ... ein Irrtum. Ich habe Francis getäuscht. Aber das ist alles vorüber und vorbei. Inzwischen habe ich meine Gesundheit wiedererlangt. Vollkommen.«

Mr. Witcome fragte leise mit seiner heiseren Stimme: »Wer hat Ihnen das bezeugt, Mrs. Porter?«

»Mein Arzt, Dr. Cosgrove.«

Der Anwalt nahm langsam einige Schriftstücke aus seiner Aktentasche. »Ich will Sie in Ihrem gegenwärtigen Zustand ... nicht allzulange belästigen, Mrs. Porter. Glauben Sie mir, ich habe volles Verständnis für Ihre Lage und möchte Sie so weit als möglich schonen. Ich habe hier Befunde von Dr. Lubish und Dr. Enright, die bestätigen, daß Sie seelisch schwer gestört sind und in eine geschlossene Anstalt einzuweisen wären, wenn man Sie am Leben erhalten will. Das ist die ärztliche Diagnose.«

Ellen wurde kreideweiß. »Ich bin nicht mehr in ihrer Behandlung. Ich habe einen neuen Arzt, Dr. Cosgrove, und der hat mich geheilt!« sagte sie mit mühsam beherrschter Stimme.

Gabriele beugte sich vor: »Wer hat dir Dr. Cosgrove empfohlen, Mama?«

Ellen kniff die Augen zusammen: »Ja, natürlich du, Gabriele. Natürlich. Aber ich habe herausbekommen, daß Charles darauf bestanden hat, ihn beizuziehen.«

Gabriele warf den Kopf zurück und lachte bitter auf: »Hat er das behauptet? Und du glaubst ihm? Er ist ein Lügner! Meine Idee war es, und die Idee Christians, weil wir merkten, daß es bei den andern Ärzten zu langsam vorwärtsging!«

Einen Augenblick regte sich das alte Mißtrauen gegen Charles und Maud in ihr, bohrte sich schmerzend wie ein gekrümmter Finger in ihr Herz. Aber nur einen Augenblick lang. Ellen verkrampfte die Hände auf den Knien.

»Glaubst du einem Mann wie Charles Godfrey, der dir jeden Cent vorrechnet, mehr als uns, deinen Kindern, die dich lieben?« fragte Gabriele klagend. »Sei überzeugt, er wäre überglücklich, dich hinter Schloß und Riegel zu setzen, damit er mit deinem Vermögen tun und treiben kann, was ihm paßt!«

»Sein Wort gilt dir mehr als unseres?« fragte auch Christian tief gekränkt und schaute sie mit großen, blauen Augen unglücklich an. »Ist das dein Ernst, Mama?«

»Wie kannst du deinen leiblichen Kindern so unrecht tun?« schalt Kitty.

Und da kam es wieder gekrochen, das alte, schreckliche Schuldgefühl, und wollte sie packen. Beißend drang es in ihr Fleisch, und sie blickte auf ihre Kinder, die so verzagt vor ihr standen. Nein, sie logen nicht, ihre Kinder – undenkbar! Sie wollten nur ihr Bestes. Aber dann erhob sich etwas gegen dieses Gefühl, wie eine starke, abwehrende Hand. Sie fragte ruhig: »Was wünscht ihr also von mir, ihr beiden? Worauf soll das alles hinaus?«

Sie war so verändert, daß die anderen einen Moment die Fassung verloren. Christian sah hilfesuchend auf seine Anwälte, aber die lehnten mit steinernen Mienen in ihren Stühlen und warteten ab.

»Mama«, begann er, halb erstickt vor Haß gegen diese Mutter, die plötzlich solche Kraft ausstrahlte, »ich will es ganz einfach machen. Du hast komplizierte Dinge niemals verstanden, du kannst nichts dafür. Das liegt an ... aber lassen wir das. Also: Es gibt Leute, die wollen dich in eine Anstalt bringen, dich für geistesgestört erklären lassen, für unzurechnungsfähig. Wir möchten dich davor bewahren und dir ermöglichen, daß du friedlich weiter in deinem Haus bleiben kannst.«

Ihre großen blauen Augen ruhten auf dem Sohn: »Und wer ist das, Christian?«

»Mama, du vertraust Menschen blind, die deine Feinde sind! Glaub unserem Wort. Es ist keine Zeit zu verlieren. Morgen kann es zu spät sein. Unsere Anwälte haben Schriftstücke hier, die du einfach unterschreiben mußt. Kitty, Tante Kitty, wird als Zeugin fungieren. Du übergibst Gabriele und mir und unseren hier anwesenden Anwälten dein gesamtes gegenwärtiges Einkommen und die künftigen Zinsen aus dem Vermögen unseres Vaters zur Verwaltung. Du erhältst von uns eine angemessene monatliche Summe, über die du frei verfügen kannst – in deinem eigenen Haus, im Haus unseres Vater, das du liebst – und du bleibst hier in Frieden und Sicherheit. Dein ganzes Leben lang. Und wir wünschen dir ein langes und schönes Leben, wenn du gesund wirst.«

Ellens Augen ließen ihn nicht los. Etwas Seltsames, Ungeheures geschah ihr, als schwelle das Eisen in ihrer Seele, maßlos, und fülle sie ganz aus. Ihr war, als stünden fremde Menschen vor ihr. Alle Warnungen Dr. Cosgroves, alle Mahnungen des Priesters vereinten sich zu einer Streitmacht, die sie schützte. Zugleich aber überflutete sie eine Woge des Schmerzes, furchtbarer noch als bei Jeremys Tod. Ihr war, als hänge sie über einem Abgrund und fände keinen Halt für ihren Fuß. Sie war allein, wie sie noch nie allein gewesen war.

Aber sie sagte tonlos: »Ich muß es überdenken, ich muß mich mit Charles, mit Dr. Cosgrove beraten ...«

»Mit deinen Feinden!« zischte Gabriele, und nun versteckte sie ihren Haß nicht mehr. »Berate dich nur mit ihnen, gegen uns, deine Kinder! Was werden sie tun, wenn du mit ihnen sprichst? Sie werden uns herabsetzen, uns verleumden, sie könnten uns sogar vor Gericht bringen, und das nur, weil wir dich retten wollen! Deine Feinde! Sie werden uns vernichten, uns, die wir heute hergekommen sind, um dir zu helfen. Jetzt ist es klar, daß du uns niemals geliebt hast. Du hast niemals einen anderen Menschen geliebt als dich selbst. Immer mußte es nach deinem Kopf gehen – alle übrigen waren dir gleichgültig! Warum sind wir so an dir gehangen, wir Idioten? Warum haben wir dich nicht durchschaut? Du benimmst dich nicht wie eine Mutter. Oder steckt vielleicht etwas anders dahinter? Sag, Mama, wirst du von Charles erpreßt? Hat er dich in der Hand? Das wäre die einzige Erklärung.«

Ellen war wie vor den Kopf geschlagen. »Erpressung? Bist du verrückt, Gabriele? Womit sollte er mich erpressen? Was habe ich verbrochen?«

Dann sprach Christian, leise, bodenlos gemein: »Deine Vergangenheit, Mama. Deine Vergangenheit. Anwälte bringen alles an den Tag. Deine Vergangenheit in Preston und auch in Wheatfield, Mama.«

Ellen begriff nichts. Sie bewegte den Kopf, als wollte sie einen Alptraum abschütteln. »Meine Vergangenheit?«

»Oh, Mama«, sagte er gelangweilt, »wozu sollen wir lange darüber reden? Unsere Großeltern in Preston haben uns alles erzählt, als wir zu Besuch bei ihnen waren. Wenn es Charles Godfrey publik macht, dann kannst du nicht mehr in New York bleiben. Du hättest keinen einzigen Freund hier. Du wärst verfemt. Du hast unserem Vater vorgelogen, daß du ein braves, einfaches, anständiges Mädchen warst, als er dich heiratete ... Unsere Großeltern haben es uns verraten: In Wirklichkeit warst du eine ...«

»Vorsicht!« sagte Mr. Witcome.

»Zum Teufel mit der Vorsicht!« knurrte Christian. »Sie lesen die Wahrheit auf ihrem Gesicht. Schön, das ist vorbei und vergessen. Wir hätten es nicht ausgegraben, aber wir mußten es tun. Um sie zu warnen, daß es... Leute... gibt, die nicht nur bereit sind, sie zu erpressen, sondern sie auch auf Lebenszeit verschwinden zu lassen. Es tut mir leid, daß die Rede darauf kam, aber es war nötig.« Er schaute wieder auf Ellen. »Bedenke, was es für das Ansehen meines Vaters bedeutet! Er hat Feinde genug, heute noch. Nun, die ganze Stadt würde sich freuen und lachen. Sein Ruf... Ich nehme an, daß du daran überhaupt nicht gedacht hast. Nun, willst du unterschreiben, Mama?«

Ellens Zunge schwoll ihr im Munde an wie dicke Seife. Ihr war elend, wie ihr noch niemals elend gewesen war, nicht einmal an der Schwelle des Todes.

»Es geht nur um das Geld, nicht wahr?«

Die Anwälte waren verblüfft. Man hatte ihnen von einer ungebildeten ehemaligen Dienstmagd erzählt, unbeholfen, die vom Geld nichts verstand, einem beschränkten Geschöpf, das in eine Anstalt gehörte; einer Frau mit zweifelhafter Vergangenheit, die immerhin einen Mann herumgekriegt und verführt hatte. Nun, es war offensichtlich, daß sie einmal sehr schön gewesen war; Mann ist eben Mann. Frauen dieser Art hatten schon so manchen, der für weibliche Reize empfänglich war, verrückt gemacht. Das kam immer wieder vor. Die Anwälte tauschten einen Blick, sie waren unsicher geworden. Auch ihre Klientin, Kitty Wilder, sahen sie an, deren Atem stoßweise ging und deren Gesicht nackte Bosheit ausdrückte. Sie hatten schon ähnliche Fälle gehabt, sie waren vorsichtig. Sie wollten ihrer Sache gewiß sein, bevor sie sich einschalteten.

Mr. Spander sagte: »Der Fall scheint recht verwickelt zu sein. Vielleicht sollten wir uns noch einmal beraten, Miß Porter und Mr. Porter. Wir sehen noch nicht klar, ob die Einweisung in eine Anstalt oder die Unterzeichnung dieser Verzichtserklärung durch Ihre Mutter – zu ihrem Nutzen natürlich – tatsächlich die einzige Alternative ist.«

Sie wendeten sich Ellen zu. Aber die Frau war wie zu Stein erstarrt, das Gesicht eine tragische Maske, nur die Augen lebten und schimmerten in blauem Feuer. Trotzdem drückte dieses Antlitz einen Schmerz aus, der jedes erträgliche Maß überschritt. Es kam selten vor, daß ihnen jemand leid tat. Mit Ellen Porter aber empfanden sie Mitleid.

»Wir sind jederzeit zu einer Besprechung bereit, Mr. Porter. Inzwischen...«

Christian verlor die Beherrschung. Er schrie: »Bedenke, was es für Gabriele und mich bedeutet, wenn deine Vergangenheit ans Tageslicht kommt! Wenn man erfährt, daß du lange Zeit in psychiatrischer Behandlung warst, weil du verrückt bist! Verrückt! Wahnsinnig! Nicht nur dich wird man aus New York hinausjagen, auch uns! Unsere Zukunft ist ruiniert! Die ganze Stadt verlacht mich, gerade jetzt, wo ich meine Laufbahn beginne! Denkst du daran, liebe Mutter? Oder denkst du wieder nur an dich, deinen eigenen Geiz, deine eigenen lächerlichen Wünsche?«

Ellen schaute ihn noch immer an. Dann drehte sie langsam den Kopf zu Gabriele hin: »Ja, ich war verblendet, die ganze Zeit. Ihr habt mich gehaßt, schon als Kinder. Jetzt sehe ich es klar. Ich habe mich bemüht, die Augen vor der Wahrheit zu verschließen, der Wahrheit, die euer Vater bereits geahnt hat. Ich habe mich verkrochen, ich habe mich vor der Wahrheit verkrochen.«

Ihre Stimme klang ganz ruhig. Niemand konnte die Leere in ihrem Innern, den Schmerz, der mehr als Schmerz war, den Kummer, der mehr als Kummer war, das tödliche Leid erkennen. Ihr Gesicht wurde klein und verfiel, aber ihre weit aufgerissenen Augen glühten.

»Ich habe immer die unrichtigen Menschen geliebt und den falschen Menschen vertraut – bis auf euren Vater. Ich war voll Argwohn gegen meine echten Freunde und mochte sie nicht. Es war sehr dumm, nicht wahr, an die Lügen meiner Kinder zu glauben, weil ich sie liebte? Ihr habt versucht, mich in die Irre zu führen, mir etwas vorzutäuschen. Ich sollte mich schuldbeladen fühlen, damit ihr eure Ziele erreicht, die mir jetzt ganz klar sind. Aber ich fühle mich nicht schuldig – das einzige, was ich tief bedaure, ist, daß ich Maud und Charles unrecht getan und ihre Güte nicht erkannt habe.«

Sie atmete tief, und ein Schauer lief ihr über den Rücken: »Wie soll ich weiterleben, jetzt, da ich weiß, wie ihr seid? Meine Kinder! Wie soll ich das ertragen? Aber ich werde es ertragen, und ich werde mit dieser Last leben. Ich werde es überstehen. Ihr könnt mich nicht umbringen, wie es eure Absicht war. Gott hat mir die Kraft geschenkt, mich zu wehren, euch zu vergessen, euch aus meinem Gedächtnis zu tilgen.«

Große Tränen flossen aus ihren Augen und liefen die weißen Wangen hinab. »Ich habe keine Kinder mehr. Ich habe niemals Kinder besessen.«

Die Anwälte erhoben sich und verließen unauffällig den Raum, niemand bemerkte es. Jetzt lag Ellens Blick auf Kitty:

»Und was dich, meine Freundin, betrifft, ich wurde gewarnt. Von Jeremy, von Francis, von Charles und von Dr. Cosgrove. Jetzt erkenne ich alles ganz genau, ich kann mein Leben betrachten, wie ich es niemals vorher konnte. Du warst von Anfang an meine Feindin, ich weiß nicht, warum du mich immer gehaßt hast; ich war dir treu ergeben. Trotzdem hast du mich gehaßt. Ich kenne den Grund nicht, und ich will ihn auch nicht wissen.«

»Aber du sollst ihn wissen!« schrie Kitty mit wutverzerrtem Gesicht. »Ich habe mich nur wegen Jeremy, dem armen, betrogenen Jeremy, mit dir abgegeben, und alle anderen auch! Ich habe versucht, dir Benehmen beizubringen, einen halbwegs zivilisierten Menschen aus dir zu machen, Jeremy zuliebe. Es war alles vergebens! Dein Platz ist in der Küche, meine Teure, dort gehörst du hin, für immer! Da hast du die Wahrheit!«

Ellen jedoch blieb unnatürlich ruhig und strahlte eine nie gekannte Würde aus. Sie stand auf, sah die drei an, ihre Kinder, ihre Freundin, und sagte: »Bitte, verlaßt mein Haus und kommt niemals wieder. Ich kenne euch nicht. Ich werde euch niemals mehr kennen.«

Ihre Tränen flossen heftiger. »Wenn ihr nur nicht so falsch gewesen wärt! Wenn ihr offen und ehrlich gesagt hättet, daß ihr mein Geld wollt! Ich, eure Mutter, hätte euch sicher geholfen, nach besten Kräften. Aber jetzt bin ich eure Mutter nicht mehr. Die Mutter, die ihr kanntet, ist tot. Von der Frau, die ich ab heute bin, könnt ihr nichts erwarten. Bitte, verlaßt mein Haus!«

Der Schein des Kaminfeuers tanzte über Ellens starres Gesicht, dieses neue schreckliche Gesicht, und ihre Kinder wußten, daß sie ihr Spiel verloren hatten. Sie rasten vor Wut und vor Haß. Da hob Christian die Hand und schlug in dieses beherrschte Antlitz. Ellen wankte, und sie wäre gestürzt, wenn sie sich nicht an einer Sessellehne festgehalten hätte. Aber sie schaute ihn noch immer an, und keinerlei Furcht malte sich in ihren Zügen, nur eine geradezu übermenschliche Festigkeit.

»In die Hölle mit dir!« schrie Christian. »Du Hexe, du Diebin! Warum bist du nicht krepiert, und hast uns mit deinem Geld glücklich gemacht, mit dem Geld unseres Vaters, das uns gehört und nicht dir!«

Er hob die Faust und zielte auf ihre Brust, um nochmals zuzuschlagen, aber Gabriele warf sich dazwischen und packte ihn beim Arm: »Christian, willst du sie umbringen? Sie ist nicht wert, daß du ihretwegen in den Kerker oder auf den elektrischen Stuhl kommst!«

Er tobte, er wollte die Schwester abschütteln, aber es gelang ihm nicht.

»Ihr habt mich schon beinahe getötet, meine Kinder«, sagte Ellen, »aber ich werde weiterleben, und so werdet ihr nichts bekommen als das, was übrig geblieben ist, wenn ich nicht mehr bin.«

Gabriele schaute ihre Mutter an, sah ihre Stille, die tödliche Blässe des Gesichts, die weitoffenen, in Tränen schwimmenden Augen, und zum erstenmal in ihrem Leben empfand sie einen Funken Scham, einen Funken Reue, und das raubte ihr fast den Verstand.

»Ihr habt von jeher meinen Tod gewünscht«, fuhr Ellen fort und schaute nur ihren Sohn an. »Das hat sich in all den Jahren offen gezeigt, aber ich habe es nicht sehen wollen. Ihr habt versucht, mich durch eure Ärzte zu ermorden, mit Drogen, Giften, Drohungen und Grausamkeit. Es ist euch nicht gelungen, denn Gott war mit mir und mit meinen Freunden.« Etwas Riesiges brach in ihr auf wie eine tödliche Wunde, blutend, aber sie wankte nicht.

Und mit einem Blick auf ihre Tochter fuhr sie fort, ohne die Stimme zu erheben: »Auch du.«

Gabrieles bräunliches Gesicht war gelb geworden. Sie hielt dem Blick nicht stand. »Komm, gehen wir, Christian. Es ist alles vorbei.«

»Nein«, sagte Kitty, »so einfach ist das nicht. Auch ich habe ein Wort mit dieser Frau zu reden, die euch verleugnet, die nichts von euch wissen will, und die keine Hand rührt, um euch zu retten. Denn ihr seid ruiniert, das wißt ihr.«

Sie trat fast tänzelnd auf Ellen zu, niemals noch hatte sie so triumphierend böse ausgesehen. Nun streckte sie den Kopf vor und wies mit dem dürren Finger grinsend auf Ellen.

»Jetzt bin ich an der Reihe. Du hast oft gesagt, daß es nur die Erinnerung an Jeremy ist, die dich am Leben hält. Du sprichst von ihm, als ob er noch am Leben wäre, du behauptest, daß er dich noch liebt ... Jetzt will ich dir etwas verraten: Er hat dich niemals geliebt. Er hat dich verachtet. Er ist dir davongelaufen, so oft er konnte – zu anderen Frauen. Du hast ihm das Leben vergällt, er hat deine Nähe nicht ertragen!«

Ellens Stimme war laut und klar: »Du lügst, Kitty. Du warst immer eine Lügnerin!«

»Ah, bin ich das? Da stehe ich, eine Frau mit gutem Ruf, den ich verlieren könnte, den ich verlieren werde, um der Wahrheit willen! Ich war seine Geliebte, jahrelang, du Närrin! Er hat in meinem Bett geschlafen, er hat mich in seinen Armen gehalten, er hat mich geküßt, und er hat sich mir anvertraut – ich war seine Freundin! Weil du nicht normal warst, weil er es neben dir nicht mehr aushielt! Ja, in meinen Armen ist er gelegen. Glaubst du es nicht?« Ellen schwieg.

Kitty lachte laut, es war ein schrilles, ein gemeines Lachen. Sie hob die Hand wie zum Schwur: »Bei Gott, ich spreche die Wahrheit. Er war mein Geliebter, Jahre und Jahre hindurch. Es hat Zeiten gegeben, da hast du ihn mit deiner Borniertheit rasend gemacht. Ich war nicht die einzige. Auch mit Emma Bedford hat er geschlafen ... und mit anderen. Welcher Mann hält sich Freundinnen, der seine Frau wirklich liebt? Das muß sogar einer so vernagelten Person wie dir einleuchten.«

Sie zeigte auf den Ring an ihrem Finger, einen großen, diamantgerahmten Opal: »Da, schau ihn dir an! Den hat er mir zum Geburtstag geschenkt, zwei Jahre vor seinem Tod!« Sie drückte den Stein an ihre Lippen und bedeckte ihn mit verzweifelten Küssen. Zugleich rannen ihr Tränen über die Wangen: »Mein Liebster, Jeremy, mein Geliebter! Niemals, niemals werde ich dich vergessen!«

Ellen glaubte ihr. Mit gigantischer Macht kam es über sie, daß Kitty die Wahrheit sprach. Es wurde ihr schwarz vor den Augen, sie schwebte im Dunkeln, und ein gräßlicher Schmerz drang in ihr Haupt, in ihr Herz. Sie glaubte zu sterben. Jeremy hatte sie nicht geliebt. Er hatte sie betrogen. Es war nicht seine Schuld, es war die ihre. Sie hatte kein Recht gehabt, ihn zu heiraten, sein Leben zu zerstören, ihn ins Unglück zu stürzen. Die Tante hatte sie gewarnt. Sein Leben war verdorben und elend gewesen, weil sie ihn geehelicht hatte. All die Jahre hatte er sie ertragen, weil er anständig war, weil er ein gegebenes Versprechen nicht brechen wollte. Wie finster er sie oft angesehen hatte, wie fremd! Jetzt begriff sie es. Sie hatte ihm das Gräßliche angetan, und er hielt durch, aus Mitleid und nicht aus Liebe. Um sie zu schonen.

Sie schloß die Augen und griff nach einem Stuhl. Sie spürte das Brennen auf der Wange nicht mehr, an der sie der Sohn getroffen hatte. Allmählich wurde sie ganz gefühllos, kalt und steif. Als sie die Augen öffnete, war sie allein.

Allein. Sie hatte niemals einen Gatten gehabt, sie hatte niemals Jeremy gehabt. Sie hatte niemals einen Menschen besessen. Sie bedauerte sich nicht. Aber sie war schuldig geworden, ja, sie hatte eine tödliche Schuld auf sich geladen, und eine Qual drang in ihr Herz, der sie keinen Namen geben konnte. Und doch litt sie nicht wirklich. Sie war leer, ausgehöhlt, körperlos.

So hatte sie in einer Lüge gelebt, sie hatte sich selbst ihr ganzes Leben lang betrogen, hatte sich von einem unseligen Mann geliebt gewähnt, der schließlich nicht einmal mehr ihren Anblick ertragen konnte, der zu einer Frau wie Kitty laufen mußte, um sich zu trösten. Kitty Wilder! Alles war ein Traum.

Aus Träumen muß man erwachen, Träume müssen enden. Doch man träumt, solange man lebt . . . Nur der Tod bereitet den Illusionen ein Ende. Der Tod allein schenkt Vergessen. Vorher aber mußte man für begangene Schuld Sühne leisten, mußte büßen, dann erst kam der Friede und die endgültige Vergebung.

»Verzeih mir, Jeremy«, flüsterte sie in dem leeren Zimmer, das nur durch das Kaminfeuer erhellt war. Dann ging sie hinaus, die Treppe hinauf, langsam, Stufe für Stufe. Sie hatte ein Ziel.

Die Haushälterin erschien und rief ihr nach: »Soll ich jetzt den Tee servieren, Ma'am?«

Ellen hörte sie nicht. Sie ging weiter, ohne zu stocken, ohne zurückzublicken.

XLIV

Sie war fast heiter, als sie oben vor die hübsche deutsche Spieldose trat, die ihr Jeremy vor vielen Jahren geschenkt hatte. Auf der vergoldeten Spitze stand eine zarte Meißener Figur, die sich anmutig bewegte und drehte, sich verneigte und die blassen Arme ausstreckte, wenn das Werk aufgezogen war. Darin lag, sorgfältig versteckt, eine Handvoll gelber Pillen, die sie vor Jahren beiseite gebracht hatte, kleine, tödliche Schlaftabletten. Sie zählte sie, und ihre Finger blieben ganz ruhig. Es waren fünfundzwanzig. Sie lächelte sogar. Dann sagte sie laut: »Ich habe gewußt, daß ich sie eines Tages brauchen werde.«

Tiefe Ruhe, ja Frieden zog in ihr Herz. Sie stand vor Jeremys Porträt, dann stieg sie auf das Bett und küßte demütig nicht seine Lippen wie sonst, sondern die Hände. »Verzeih«, flüsterte sie, »bitte, verzeih mir alles, was ich dir angetan habe, mein Liebster.«

Langsam kleidete sie sich aus. Sie spürte nichts, keine Erregung, keine Angst, keinen Schmerz, keine Verzweiflung. Alles glitt von ihr ab, nicht einmal das Haus wurde ihr bewußt, und nicht die Dienerschaft, die sich unten aufhielt. Nur eine tiefe Leere, die leise in dem Klingeln der Spieldose widertönte, nichts anderes existierte in der Welt, in ihr selbst. Sie zog ihr feines, spitzenbesetztes Seidennachthemd an und hängte das Kleid ordentlich auf den Haken. Dann bürstete sie ihr Haar. Die Frau im Spiegel war nicht Ellen Porter. Es gab keine Ellen Porter mehr, das Bild dort gehörte einer andern Person. Alles war unwirklich, wie ein stummer, wesenloser Traum. Sie füllte das Glas mit Wasser und warf stehend langsam und methodisch alle Tabletten hinein, mit blicklosen, blinden Augen. Die Wirklichkeit hatte sie verlassen. Und trotzdem spürte sie, daß sie in der einzigen echten Wirklichkeit lebte, die sie jemals gekannt hatte, jemals kennen würde.

Sie hatte auch keine Gedanken. Gedanken sind für die Lebenden, sagte sie sich selbst, und sie war bereits tot. Sie seufzte. Es war der Seufzer eines Kindes, das alles weggegeben hat, das müde ist und bald schlafen wird. Im Schlaf konnte es den Alptraum des Lebens vergessen. Sie wiederholte das alte Wort: Dieses endlose Übel ... mein Leben. Nun war sie von allem Übel befreit, befreit von der tödlichen Krankheit.

Sie drehte die Lampe ab, legte sich auf das Bett, deckte sich mit der seidenen Decke zu und schloß die Augen. Allmählich drang eine köstliche, weiche Wärme in sie ein, die Nacht umhüllte sie zärtlich mit ihrem leisen Murmeln. Sie lächelte, schlief ein und bewegte noch einmal die Lippen im Schlummer.

Nun wanderte sie durch den alten Garten, über weite Wiesen, auf die das letzte Abendlicht fiel. In den Bäumen zitterte ein feiner Dunst, und das Gras war lebendig und weich unter ihren Füßen. Der Garten nahm kein Ende.

Sie trug ein langes, helles Kleid mit Veilchenmuster, und dazu den großen Strohhut in der Hand, mit den gleichen Blumen verziert. In der andern hielt sie eine einzige weiße Rose, deren Stengel in ihren Fingern schwang, und deren Blätter leuchteten wie Smaragde. Ihr Schritt wurde schneller, sie begann zu laufen, atemlos und lächelnd, denn sie wußte, wer ihrer harrte. Die Sonne schien heller durch die Zweige, die Vögel stimmten ein Konzert an, und in der Ferne rauschten Brunnen.

Ein großer, junger Mann trat aus dem Wald, kam ihr über die Wiese entgegen, rasch, mit ausgebreiteten Armen, lachend.

»Jeremy!« rief sie, »oh, Jeremy!«

Er lief zu ihr und sie lief zu ihm, und er fing sie auf und umarmte sie, und sie fühlte seine Wärme, seine Kraft, die Geborgenheit, die Freude und den grenzenlosen Frieden und die Liebe. Er drückte seine Lippen auf ihren Mund, sie hob die Arme und schlang sie um seinen Hals.

»Du hast mich wieder gefunden. Du hast mich nie vergessen«, sagte sie, und ihr Gesicht war das eines siebzehnjährigen Mädchens.

»Ich habe dich niemals verloren«, sagte er. »Ich wußte, wo du all die Zeit warst. Und jetzt, meine Liebste, wollen wir zusammen heimgehen und uns nie mehr verlieren.«

»Es war ein so schrecklicher Traum, Jeremy«, sagte sie an seiner Hand.

»Ja, aber es war nur ein Traum. Jetzt bist du daheim. Bei mir.«

Ein Unfall, sagten sie. Sie ist sehr krank gewesen, sagten sie. Aber dieses »sie« schloß nicht Ellen Porters Mörder ein, denn diese Mörder mieden einander und sagten nichts. Von da an freilich hatte sich Gabriele ihrem Bruder entfremdet. Auch sie war von einem alten Übel geheilt.

Francis Porter war gebrochen. Als er nach Hause gekommen war, hatte er von der Wirtschafterin gehört, daß Mrs. Porter sehr müde gewesen und deshalb früh zu Bett gegangen sei. Auch zum Abendessen war sie nicht heruntergekommen. »Ich war in ihrem Zimmer, aber sie hat so fest geschlafen, daß ich sie nicht wecken wollte«, sagte die Haushälterin, als Francis sie fragte.

Francis war, von einer seltsamen Unruhe getrieben, gegen Mitternacht selbst ins Schlafzimmer gegangen. Niemand antwortete auf sein Klopfen, er trat leise ein und sah in dem matten Schein, daß Ellen schlummerte. Er flüsterte: »Ellen? Ich bin zurück von Washington.«

Sie rührte sich nicht. Eine so tiefe Stille herrschte in dem Raum, daß er sie nicht zu stören wagte. Er schloß die Türe leise, liebevoll hinter sich, und ging, müde von einem anstrengenden Tag, selbst zu Bett. Er hatte niemanden von Bedeutung in Washington getroffen, wo Gerüchte schwirrten Hektik und Aufregung herrschte.

»Warum hat sie es getan?« fragte Maud weinend ihren Gatten, aber er wußte keine Antwort. Auch Dr. Cosgrove fand sie nicht. »Niemand«, sagte er zu Charles, »weiß eine gültige Antwort auf die Dinge, die in der Welt geschehen. Nun ist Ellen von aller Mühsal, allen Enttäuschungen und aller Tücke dieses Lebens erlöst. Das muß uns Trost und Hoffnung sein.« Und nach einer Pause fügte er noch hinzu: »Niemand kann seinen Nächsten, nur wir selbst können uns retten.«

Ellen Porter wurde am 13. November beerdigt. An diesem Tag begrub man auch für immer die Republik, die sich die Vereinigten Staaten nannte. Es war das Ende einer Ära.

Pater Reynolds schloß beide in sein Gebet ein: »Requiescant in pace.«

Seine Tränen galten der Toten und sie galten dem Vaterland. Verschwommen war im bewußt, daß mit Ellen und mit dem, was sie verkörpert hatte, die Unschuld aus der Welt gegangen war. Sie und das Land, beide hatten geglaubt und vertraut, und beide waren an ihrem Vertrauen zugrunde gegangen.

Alle ihre meisterhaften Romane, mit denen Taylor Caldwell die internationalen Bestsellerlisten eroberte, erscheinen als Heyne-Taschenbücher:

Der Engel
(01/844 - DM 4,80)

Die Ehe der Maggie Hobart
(01/966 - DM 4,80)

In einem großen Haus
(01/5043 - DM 8,80)

Einst wird kommen der Tag
(01/5121 - DM 8,80)

Alle Tage meines Lebens
(01/5205 - DM 9,80)

Ewigkeit will meine Liebe
(01/5234 - DM 5,80)

Mit dem Herz eines Löwen
(01/5294 - DM 9,80

Um Deines Namens willen
(01/5345 - DM 8,80)

Melissa
(01/5368 - DM 7,80)

Die Turnbulls
(01/5401 - DM 7,80)

Ein ruhmreicher Sieg
(01/5437 - DM 7,80)

Prolog zur Liebe
(01/5518 - DM 8,80)

Der Preis der Macht – Die Armaghs
(01/5632 - DM 9,80)

Aspasia
(01/5692 - DM 8,80)

In einem großen Land
(01/5753 - DM 7,80)

Wolf unter Schafen
(01/5799 - DM 7,80)

Nie siegreich, nie geschlagen
(01/5873 - DM 8,80)

Wo Licht und Finsternis sich scheiden
(01/5910 - DM 7,80)

Alle Macht dieser Welt
(01/5972 - DM 7,80)

Romanbiographien

Der Herr der Erde Das Lebensbild Dschingis-Khans
(01/5087 - DM 8,80)

Eine Säule aus Erz Cicero-Roman
(01/5161 - DM 8,80)

Arztroman

Doctor Ferrier
(01/5252 - DM 8,80)

Wilhelm Heyne Verlag
München